La leyenda de la montaña de fuego

La leyenda de la montaña de fuego

SARAH LARK

Traducción de Susana Andrés

Barcelona • Madrid • Bogotá • Buenos Aires • Caracas • México D.F. • Miami • Montevideo • Santiago de Chile

Título original: *Die Legende des Feuerberges*
Traducción: Susana Andrés
1.ª edición: octubre, 2016

© 2015 by Bastei Lübbe AG, Köln
© Ediciones B, S. A., 2016
 Consell de Cent, 425-427 - 08009 Barcelona (España)
 www.edicionesb.com

Printed in Spain
ISBN: 978-84-666-5909-3
DL B 16482-2016

Impreso por RODESA
Pol. Ind. San Miguel, parcelas E7-E8
31132 - Villatuerta-Estella, Navarra

Taku manu, Ke turua atu nei,
He Karipiripi, ke kaeaea.
Turu taku manu,
Hoka taku manu,
Ki tua te haha-wai.
Koia Atutahi, koia Recua,
Whakahoro tau tara,
Ke te Papua, Koia, E!

Aléjate de mí al vuelo, cometa mía,
baila sin descanso en las alturas.
Vuela cada vez más alto, pájaro maravilloso,
elévate por encima de las nubes, de la tierra y de las olas.
Vuela hacia las estrellas, pasando por Canopus, rumbo a Antares.
Lánzate a las nubes como un guerrero a la batalla.
¡Vuela!

Turu Manu, canción con que los maoríes dirigen las cometas
a los dioses (traducción muy libre).

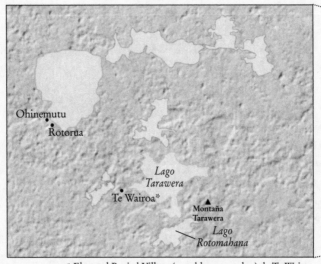

Ohinemutu

Rotorua

*Lago
Tarawera*

Te Wairoa*

▲
Montaña
Tarawera

*Lago
Rotomahana*

* El actual Buried Village («pueblo enterrado») de Te Wairoa

NUEVA ZELANDA

Cabo Reinga

NORTHLAND • Russell

Auckland •

WAIKATO •
Hamilton • • Opotiki

ISLA NORTE

MAR DE TASMANIA

Patea • • Wanganui

*Lago
Wairarapa*

• Otaki
WAIRARAPA
• Greytown
Blenheim • Wellington

Arthur's Pass
• Kaiapoi
Christchurch
• Lyttelton
Bridle Path

Llanuras de Canterbury

OTAGO
• Queenstown

ISLA SUR

Gabriel's
Gully
• • Dunedin
Lawrence*

* En 1866 se cambió el nombre de Tuapeka por el de Lawrence.

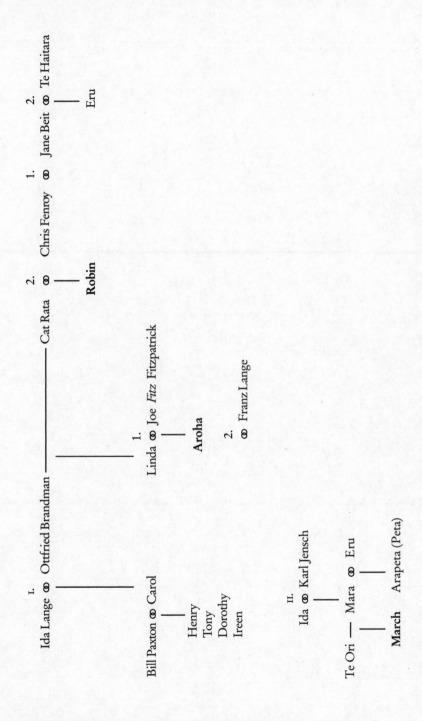

LA CUERDA DE LA COMETA

*Otaki, Wairarapa, Greytown (Isla Norte)
Christchurch, Llanuras de Canterbury,
Dunedin (Isla Sur)*

Agosto de 1880 - Abril de 1881

1

—A mí ya me asusta un poco... —admitió Matiu.

El esbelto maorí llevaba un nuevo traje marrón que no se ajustaba del todo a su musculada y armoniosa silueta. Se había cortado el cabello, negro y ondulado, y lo llevaba pulcramente peinado hacia atrás. Linda Lange, su madre de acogida, supuso que había utilizado brillantina para alisárselo, tal vez porque el rizo natural era raro entre los maoríes de pura cepa. En el caso de Matiu, debía de tratarse de la herencia de su padre, un inglés.

—Es absurdo, Matiu, ¡vas a casa de tu familia! —replicó Aroha con una pizca de impaciencia.

No era la primera vez que Matiu comunicaba sus reparos a la hija de Linda. El joven estaba muy unido a Aroha; y Linda sospechaba que estaban enamorados. Seguro que el muchacho había confesado sus temores a la joven, mientras que a Linda y su esposo Franz solo les había hecho partícipes de su alegría por establecer contacto con su familia de origen.

—De acuerdo. Pero no los conozco en absoluto... ni siquiera hablo bien el maorí.

Matiu cambiaba vacilante el peso de un pie al otro, mientras buscaba con la vista el tren. También Linda esperaba con impaciencia. En el andén de la pequeña ciudad de Otaki soplaba un viento frío. Quería regresar lo antes posible a casa, en el viejo *marae* donde vivía con Franz y un centenar de niños maoríes. Desde hacía catorce años, los Lange dirigían el antiguo hospicio para niños maoríes huérfanos de guerra, un establecimiento que se había convertido en internado a esas alturas. Los alumnos asistían de forma voluntaria o enviados por sus familias. Una vez que habían crecido, los primeros alumnos de Franz y Linda habían regresado con sus tribus, o habían buscado trabajo en las granjas del entorno o en empresas de los alrededores de Wellington. Después, Linda se alegraba de visitar a algunos de ellos. En el camino de vuelta tenía que hacer compras y tres de sus antiguos pupilos trabajaban en tiendas de Otaki. Pero primero tenía que tranquilizar a Matiu.

—¡Matiu, hablas estupendamente el maorí! —le aseguró—. Además, tu tribu haría acopio de toda la paciencia del mundo si no fuese así. Ya has leído las cartas. Tu gente se alegra de que hayas establecido contacto con ella. Todos se acuerdan muy bien de tu madre. Tienes parientes carnales en el *iwi* y, como sabes, este es como una gran familia. No podrás librarte de un montón de madres y abuelas, padres y abuelos. —Linda sonrió animosa.

En efecto, Matiu era uno de los pocos niños acogidos por los Lange que no habían pasado sus primeros años en un poblado maorí. Había llegado de Patea, una ciudad al sur de la región de Taranaki, a los tres años de edad. Un capitán de los *military settlers*, las milicias de colonos, a quien Linda conocía de su época en Patea, había llevado al niño y les había contado su triste historia.

—Uno de nuestros colonos concibió al niño con una mujer maorí de uno de los poblados conquistados e incluso vivió con ella algún tiempo —explicó—. Ella se marchó con él voluntariamente o a la fuerza, no pudimos averiguarlo. No hablaba ni una palabra de inglés. Más tarde murió, tal vez a causa de unas fiebres, tal vez de tristeza, quién sabe. Al principio, el hombre conservó al niño. Pronto encontró a una mujer blanca en Patea que se encargaba de él. Pero cuando ella se quedó embarazada, el pequeño tuvo que marcharse. —El capitán Langdon parecía algo turbado, como si se avergonzara de la pena que sentía por el niño—. Entonces —concluyó— pensé en traerlo aquí. En esa zona ya no hay tribus maoríes. De ahí que el pequeño no pueda volver con su gente.

Por supuesto, Linda y Franz habían dado cobijo al niño y la primera había pedido al capitán Langdon que le describiese cómo había evolucionado la colonia donde había vivido con su primer marido antes de que naciera Aroha. El territorio estaba en la actualidad pacificado. Los colonos que habían obtenido tierras como recompensa por sus operaciones militares las cultivaban, ya no surgían más incidentes.

Sin embargo, Matiu no se había criado como un *pakeha*, palabra con que los maoríes se referían a los colonos blancos. Aunque en el orfanato los niños aprendían inglés, también se hablaba maorí. Tanto Matiu como Aroha dominaban con fluidez la lengua de los nativos. Omaka Te Pura, una anciana maorí que había pasado sus últimos años en el hogar de acogida de Franz y Linda, había conseguido desentrañar a qué tribu pertenecía el chico. Las mantas tejidas y las prendas con que el capitán Langdon había cubierto al niño y que eran de la madre de Matiu remitían a los ngati kahungunu.

Después de la guerra, no se había oído hablar demasiado de aquella tribu, que, como tantas otras, había sido desterrada a la Isla Norte. Pero un par de semanas atrás, Franz se había enterado de que los ngati kahungunu volvían a ocupar su territorio en Wairarapa. Animó a Matiu, quien siempre había estado algo reñido con sus orígenes —los niños maoríes «de pura cepa» se burlaban de él muy a menudo—, a que tomara contacto con su gente. Así pues, Matiu escribió una carta al jefe tribal, para lo que necesitó varios días. Junto con Aroha pulió hasta la mínima expresión. Poco después recibió una respuesta inesperadamente afectuosa. En ella se le revelaba que el nombre de su madre era Mahuika y con cuánto dolor la había añorado su familia. En realidad, los ingleses la habían secuestrado junto con otros chicos y chicas de la tribu. Los ngati kahungunu nunca habían vuelto a saber nada de la mayoría de ellos. En cualquier caso, la tribu invitaba cordialmente a Matiu a que visitara a sus parientes. Y ese día el muchacho iba a hacer realidad su sueño. No había motivo para dudar, pensaba la intrépida Aroha.

—¡En cualquier caso, seguro que te entienden! —añadió a las palabras de su madre—. ¡Y será emocionante! ¡Una aventura! ¡Yo nunca he estado en un auténtico *marae*! Bueno, en Rata Station, claro. Pero eso no cuenta.

Después de insistir con obstinación, Aroha había conseguido convencer a su madre y a su padre adoptivo de que la autorizaran a acompañar a su amigo en el viaje de visita a su familia maorí. Algo que Franz, en especial, admitió de mal grado. A fin de cuentas, la muchacha acababa de cumplir catorce años y era demasiado joven para viajar sola, y además con un chico del que era evidente que estaba enamorada. Y en los poblados maoríes reinaban unas costumbres más relajadas. Los adolescentes de las tribus tenían sus primeras experiencias sexuales a una edad muy temprana, algo que asustaba de verdad a Franz Lange, un hombre de educación rígida, como correspondía a un antiguo luterano, y reverendo desde hacía casi veinte años de la Iglesia anglicana. Linda no lo encontraba tan alarmante. Tanto Aroha como Matiu habían sido educados según los principios morales de los *pakeha* y los dos eran jóvenes inteligentes y sensatos. No tirarían por la borda todos sus valores por pasar un par de noches en el dormitorio común de los ngati kahungunu.

Al final, lo determinante habían sido los buenos resultados de Aroha en la escuela secundaria. La joven había insistido en viajar con Matiu a Wellington para hacer el examen. En realidad, todavía tenía que esperar dos años para la prueba, pero Aroha era muy inteligente y soñaba con ir al *college* con Matiu. De hecho, había superado excelentemente todas las pruebas y Matiu, por su parte, también formaba parte de los diez mejores estudiantes de su curso. Esto, según la opinión de Aroha, clamaba a gritos una recompensa y Linda logró al fin convencer a su marido de que permitiera viajar a «los niños» juntos.

—¿Por qué no cuenta el *marae* de Rata Station? —inquirió Linda con tono de reproche.

Rata Station era una granja de ovejas de la Isla Sur propiedad de la familia de Linda. Ella había crecido allí con sus hermanas, más o menos carnales, Carol y Mara. Allí siempre habían mantenido buenas relaciones con sus vecinos, nativos de la tribu ngai tahu.

Antes de que Aroha pudiese contestar, resonó un silbato agudo anunciando la llegada del tren. Linda abrazó una vez más a Matiu y a su hija antes de que aumentase más el ruido de la traqueteante locomotora.

—Hasta ahora, vosotros erais mi familia... —dijo Matiu cuando Linda lo estrechó afectuosa contra sí.

La mujer le sonrió.

—¡Y seguimos siéndolo! —le aseguró—. Da igual que te guste o no tu tribu. Incluso si decidieras quedarte allí...

—¿Qué? —Aroha intervino moviendo la cabeza—. No estarás planeando eso en serio, ¿verdad, Matiu? No es nada más que una visita, mamá, él... él quiere ir al *college*, quiere...

Matiu no le contestó. Se quedó mirando a Linda.

—No pensáis que... que soy un desagradecido, ¿verdad? ¿No os tomáis a mal que quiera conocer a mi gente?

Linda movió la cabeza del mismo modo que su hija, aunque ese gesto en ella fue más cordial que indignado.

—No pensamos nada, Matiu, ¡y te aseguro que no malinterpretamos que vayas en busca de tus raíces! Aquí siempre serás bien recibido... —Sonrió—. Pero la próxima vez que vengas a nuestro *marae*, ¡quiero escuchar tu *pepeha*!

Esto provocó por fin una ancha sonrisa en el rostro de Matiu. El *pepeha* era un recitado mediante el cual todos los maoríes se presentaban explicando cuáles eran sus orígenes y quiénes sus antepasados. Hasta el momento, Matiu nunca había podido pronunciar ninguno, pues no conocía la historia de su familia. A partir de ahora eso iba a cambiar.

Se despidió de Linda desde la ventanilla, sereno y a simple vista aliviado, después de instalarse con Aroha en un compartimento. La joven estaba impaciente por que el tren partiera hacia Greytown. Adoraba viajar. Todavía no había visto demasiado de la Isla Norte, donde había nacido. Aunque ya había visitado con Linda en dos ocasiones la Isla Sur, donde había conocido a sus parientes de Rata Station.

—Ahora hablemos francamente. No estarás pensando en quedarte con tu tribu, ¿eh? —preguntó a Matiu cuando el tren se hubo alejado de la estación.

Al principio no había mucho que ver por la amplia ventanilla, la locomotora tiraba de los dos vagones a través de los prados y campos de cultivo de los alrededores de Otaki. Aroha y Matiu los conocían al dedillo.

Matiu cogió la mano de su amiga. Casi no podía creerse que el reverendo Lange le hubiese permitido hacer el viaje con su hija. Para él cada minuto que estaba con Aroha —realmente a solas con ella— era un regalo. Y eso que en un principio se habían dado todas las circunstancias para considerarla más una hermana que una amante. Linda no había enviado con los demás huérfanos al niño de tres años abandonado, sino que le había dado cobijo en la cabaña donde vivía con su marido y la hija de su primer matrimonio. Por aquel entonces, Aroha tenía un año de edad. Durante dos años había compartido el dormitorio con Matiu. Y aunque ahora ninguno de los dos lo recordara, Linda los metía con frecuencia en la misma camita. La tranquila y despreocupada Aroha también había sosegado más tarde al niño, todavía atemorizado, cuando este despertaba sobresaltado por alguna pesadilla.

No obstante, cuando Matiu cumplió cinco años, la anciana Omaka exigió que el niño aprendiera su idioma y escuchara las leyendas de su pueblo. Esa mujer sabia ya había percibido por entonces los primeros indicios de que los niños maoríes marginaban a Matiu. Pese a los reparos de Linda, la anciana se llevó al niño a su cabaña para proporcionarle toda la educación maorí de la que había carecido hasta entonces. Cuando Omaka murió, Matiu se instaló en uno de los dormitorios para los jóvenes. Durante todos esos años, Aroha siguió siendo su compañera de juegos preferida y su amiga, pero ahora, llegada la edad para ello, Matiu también veía a la mujer que había en ella.

—Yo nunca te abandonaría —replicó con seriedad—. Ni por todas las tribus, familias, tíos, tías, padres o madres del mundo...

—¿Y hermanas? —preguntó ella traviesa—. Seguro que entre los ngati kahungunu hay chicas guapas. Y ellas... bueno... no ponen ningún reparo, según Revi Fransi.

Revi Fransi era el apelativo que utilizaban los niños maoríes para referirse al reverendo Franz Lange. Aroha lo había adoptado con toda naturalidad en lugar de llamar «papá» al segundo marido de su madre.

Divertido y fascinado, Matiu vio cómo al pronunciar esas francas palabras la joven enrojecía. Para distinguirlo había que observar con más detenimiento que a la mayoría de las muchachas *pakeha*. Aroha tenía una tez oscura. Si no fuera por sus ojos claros y el cabello rubio se la habría confundido con una maorí. Las visitas solían creer que era mestiza como Matiu. Cuando Aroha era pequeña, le había preguntado a su madre por ello, ya que su nombre era maorí. Pero Linda le había asegurado que el color de la piel y los ojos eran herencia de su padre biológico, Joe Fitzpatrick. También las pupilas de este, del color del agua de una laguna helada, ofrecían un fascinante contraste con su tez más bien oscura. Solo el cabello rubio procedía de la familia de Linda, le había contado esta, y el nombre se lo había dado Omaka. Aroha significaba «amor».

—Aroha, ¡yo te pertenezco! ¡No hay una muchacha en el mundo más hermosa que tú! ¡Nunca podría amar a otra! —dijo Matiu ahora con extrema seriedad.

Ella era muy delgada, todavía tenía que desarrollar sus formas femeninas. Su tierno rostro casi se veía infantil. Sin embargo, para el muchacho ya había alcanzado la perfección de la belleza. Para él era calidez, ternura y confianza. Amor... Omaka no podría haberle dado un nombre mejor.

Aroha asintió despreocupada. Ya se había olvidado de su pequeña indirecta... a fin de cuentas, tampoco estaba realmente preocupada porque fuera a perder a Matiu. También él era para ella parte de su mundo, era inconcebible que se separase de ella. En ese momento le interesaba más el paisaje que se veía por la ventanilla que la declaración de amor de Matiu. El tren ya había dejado los alrededores de Otaki y se dirigía a Rimutaka Range, una cordillera situada entre el valle Hutt de Wellington y la planicie de Wairarapa.

—¡Por Dios, mira esas montañas! —exclamó Aroha.

Todavía atravesaban bosques claros de árboles de *manuka* y *rimu*, palmeras de *nikau* y helechos. Sin embargo, en la lejanía ya asomaba un imponente paisaje montañoso y los raíles no tardaron en circular sobre unos puentes bajo los cuales corrían ríos caudalosos. Algo más adelante se sucedían tramos a través de túneles. El Rimutaka Incline Railway era una joya de la ingeniería ferroviaria. Legiones de diligentes trabajadores —entre los que se incluían *military settlers*— habían hecho realidad, subyugando la geografía, los audaces sueños de intrépidos ingenieros. Las vías transcurrían junto a abismos y a través de túneles cuya negrura incitaba a Aroha a coger asustada la mano de Matiu. Pero todavía le parecían más emocionantes los ascensos.

—¿Cómo vamos a subir ahí? —preguntaba cuando el bosque al fin cedió el lugar a la montaña.

Apenas había árboles altos; abundaban los helechos bajos, los arbustos *rata* y los azotados hayedos. Las montañas se erigían ante ellos como una barrera infranqueable.

—Las locomotoras son muy potentes. Y además hay un moderno sistema de carriles. Un raíl especial en medio refuerza el arrastre y permite un frenado seguro —explicó Matiu en tono didáctico.

Se interesaba mucho por la construcción de vías y en secreto soñaba con dedicarse un día profesionalmente a ello. Aunque tenía objetivos más ambiciosos que la simple colocación de raíles. Había solicitado una beca para estudiar la carrera de Ingeniería en Wellington.

—¡Sea como sea, parece increíble! —exclamó Aroha mientras observaba horrorizada el abismo junto al que circulaban en ese momento. Habían tallado el precipicio para construir las vías que, en ese lugar, parecían literalmente estar pegadas a la montaña—. Quien haya construido esto, seguro que no sufría vértigo. ¡Yo me mareo solo con mirar hacia abajo!

—Aquí también perdió la vida más de uno —observó con gravedad el revisor, que acababa de entrar en el compartimento y oyó las últimas palabras de la joven—. Durante la construcción se produjeron muchos accidentes graves y hoy mismo tampoco debe bajarse nunca la guardia. La lluvia suele depositar piedras y escombros sobre las vías o inundar los túneles. Habéis tenido suerte con el tiempo. En invierno, a veces tenemos que suspender el servicio durante días. Es una lucha constante contra los elementos. El mantenimiento de esta línea resulta muy caro. Espero que sepáis apreciarlo y hayáis comprado vuestros billetes de viaje.

—Sonrió y mostró su perforadora para marcarlos.

Aroha y Matiu contestaron tensos a su sonrisa. Hasta ese momento no se habían imaginado que el viaje en tren pudiese ser peligroso.

—¡Sujétame fuerte! —pidió Aroha cuando poco después el tren subía con esfuerzo una empinada montaña por unas angostas curvas.

Matiu la rodeó con un brazo vacilante, hasta entonces nunca se había atrevido a hacerlo.

—No puede pasarte nada —dijo con dulzura—. No mientras yo esté contigo.

2

Si Aroha y Matiu habían oído hablar de la guerra de Taranaki, los guerreros maoríes siempre habían aparecido en su mente como unos individuos tatuados y semidesnudos, con el pelo recogido en moños de guerra, haciendo girar los ojos y con lanzas y mazas en la mano. De hecho ninguno había visto todavía a un maorí con su indumentaria tradicional. Si bien Omaka no había vestido a la europea, las faldas tejidas de la anciana no se diferenciaban demasiado de las faldas largas de las *pakeha*, y el reverendo no había permitido que se paseara por el orfanato con los pechos al aire como hacía en su poblado. Por otra parte, los escuetos corpiños de Omaka solían quedar ocultos bajo una capa, pues era algo friolera. Esa vestimenta no tenía nada en común con los faldellines de lino endurecido de los guerreros. Omaka tampoco estaba tatuada. Lo había impedido su elevado rango de anciana y hechicera de la tribu. En el *marae* de los ngai tahu, en la Isla Sur, todos los hombres y mujeres vestían como *pakeha* y eran pocos los que mostraban tatuajes. Quizás esa fuese la razón por la que Aroha tenía la sensación de que la población maorí no era tan significativa.

En cualquier caso, la joven se hacía otra idea de los ngati kahungunu. A fin de cuentas, formaban parte de las tribus que habían participado en las guerras maoríes. Sin duda vestían todavía de forma tradicional y celebraban los antiguos ritos y formas de vida. Aroha y Matiu se figuraban, con una mezcla de miedo y curiosidad, salvajes danzas de guerra y cánticos truculentos. ¿Acaso por aquel entonces esas tribus no cortaban las cabezas de sus enemigos y las secaban con humo? ¡Matiu incluso había oído decir que los del movimiento hauhau comían seres humanos!

A este respecto, se sintieron casi decepcionados cuando el tren entró en Greytown y vieron a los maoríes que los esperaban en el andén. Un hombre y una mujer, ambos en la treintena, vestidos con una discreta ropa *pakeha*. El hombre llevaba pantalones de algodón grueso y una camisa cerrada. Bajo un sombrero de ala ancha escondía los pocos tatuajes del rostro. La mujer mostraba un pequeño tatuaje alrededor de la boca, pero llevaba el cabello recogido en lo alto como una *pakeha* y se cubría con un sencillo vestido de algodón estampado.

Aroha y Matiu enseguida se sintieron incómodos con sus propias vestimentas, elegantes en comparación. Sobre todo Matiu habría deseado no llevar su traje formal de los domingos. Aroha, ataviada con un entallado vestido de viaje azul claro, tuvo que volver a animarlo cuando dejaron el compartimento.

—Vamos, ¡no van a comerte!

Matiu hizo una mueca. Ninguno de los dos tenía aspecto de caníbal. Al contrario, cuando reconocieron al joven maorí, en sus rostros resplandeció una sonrisa.

—¡Tú ser Matiu! —dijo la mujer en un inglés elemental.

—¡Tu familia te da la bienvenida! —añadió el hombre—. Yo Hakopa, hermano de Mahuika. Ella Reka, hermana...

Es decir, el tío y la tía de Matiu. El muchacho se los quedó mirando sin dar crédito, enmudecido.

Aroha dio un paso adelante.

—Yo soy Aroha —se presentó—. También sabemos hablar maorí.

—*Kia ora!* —intervino Matiu—. Disculpad, yo...

—¿Tú no hablar inglés? —preguntó sorprendida Reka—. Yo pensar que tú vives con *pakeha*. Yo practicado mucho por ti. —Sonrió—. ¡Bien-ve-ni-do! O sea... *haere mai!*

Sin más formalidades, colocó las manos sobre los hombros del joven y le ofreció el rostro para proceder al *hongi*, el saludo tradicional. Matiu sintió su nariz y su frente en las suyas, percibió su olor y se sintió más seguro.

—Claro que sé inglés —explicó entonces en maorí—. Aprendemos las dos lenguas en Otaki. Pero estaba tan sorprendido...

—¡No contaba con encontrarse tantos familiares en la estación! —se entremetió Aroha—. Y también pensábamos... bueno, creíamos que ahora venía una especie de *powhiri* y...

Reka y Hakopa se echaron a reír, aunque con más tristeza que alegría.

—¿Aquí? —preguntó Reka—. ¿Habíais pensado que nos íbamos a poner a cantar y bailar en la estación para vosotros?

Aroha se sonrojó.

—No, nosotros... nosotros solo pensábamos que como vivís aquí...

El rostro de Hakopa se endureció.

—Sí, hija, vivimos aquí en Wairarapa, pero eso no significa que nos pertenezca. Los *pakeha* nos toleran aquí, nos han permitido volver a construir un *marae* en nuestras tierras originales si nos avenimos a sus condiciones. Nos vestimos como ellos, trabajamos para ellos y tampoco hacemos grandes reclamaciones respecto a la propiedad de las tierras. Por supuesto que nos dejan cultivar un par de campos, pero no es la tierra más fértil. En el pasado, nuestra tribu fue rica. Ahora tenemos que luchar para salir adelante. Sin provocar a los blancos.

—Nuestro *marae* no está en la ciudad, sino fuera, en el bosque —agregó Reka—. Ni los *pakeha* ni nosotros pretendemos intimar. Nunca nos habríais encontrado si no hubiésemos venido a recogeros.

Aroha asintió y se sintió ridícula. ¿Cómo se les había ocurrido que iban a llegar directamente a un poblado maorí con el ferrocarril de los *pakeha*? A un mundo que hacía veinte años que ya no existía en que los maoríes dominaban Wairarapa.

—Cuando estemos allí —señaló Hakopa, que interpretó el

desencanto de Aroha como una decepción—, os daremos la bienvenida como es debido. Estamos muy contentos de que hayas vuelto con nosotros, Matiu. Y además vienes con tu... con tu ¿*wahine*?

Matiu y Aroha se ruborizaron. Luego se echaron a reír.

—¡Sí! —contestó Matiu—. Por supuesto, los *pakeha* dicen que todavía somos demasiado jóvenes. ¡Pero Aroha se convertirá en mi esposa!

Hakopa sonrió.

—Le damos la bienvenida a nuestra tribu —dijo afablemente—. Pero vayámonos de aquí, los demás nos están esperando impacientes. ¿Tenéis hambre? Os hemos preparado un *hangi*.

Matiu no pensaba en comer, pero Aroha aguzó el oído. Había oído hablar muchas veces de la comida que los maoríes preparaban en los hornos de tierra, pero nunca la había probado. Los ngai tahu de Rata Station no utilizaban *hangi*. En las llanuras de Canterbury no había actividad volcánica que pudiese aprovecharse para encender fuego.

Delante de la pequeña estación de Greytown, un carromato con dos caballos más bien flacos aguardaba a los viajeros.

—Es nuestro —explicó Reka, como si fuera una importante adquisición.

Hakopa depositó el equipaje de Matiu y Aroha sobre la plataforma de carga, donde los jóvenes también tomaron asiento. No había bancos donde sentarse, lo que Aroha encontró divertido. A Matiu esto le preocupó por el traje nuevo. Reka y Hakopa subieron al pescante y Hakopa condujo el carro por la bonita calle mayor de la pequeña ciudad.

—Ahora la llaman Greytown, por el gobernador que pagó a los ngati kahungunu un precio irrisorio por ella —explicó Hakopa con amargura—. Nosotros la llamábamos Kuratawhiti. Y no nos asentamos aquí para no encolerizar a los espíritus del río Waiohine. Fue una sabia decisión. Los *pakeha* todavía luchan hoy en día contra las inundaciones. Además, los espíritus hicieron temblar la tierra en cuanto sus primeros colonos llegaron aquí.

—¡Sorprendentemente, eso no los asustó! —observó Reka—. Así que poco a poco empiezo a creer que no hay nada que asuste a los *pakeha*. Eso los hace muy fuertes, de ahí que sean superiores a nosotros.

Entretanto, el carro ya salía de la ciudad rumbo al lago Wairarapa. El *marae* se hallaba allí, aunque no tan cerca como para que pudieran verse las aguas desde las casas.

—Las orillas son pantanosas —explicó Reka—. Buenas para cazar y pescar, pero no para establecerse en ellas.

Greytown estaba rodeada de tierras fértiles y cultivables que explotaban los *pakeha*. Más adelante, un camino junto al río se internaba en los bosques y tras un recorrido de una media hora apareció la cerca que los ngati kahungunu habían construido en torno a su *marae*. A Aroha y Matiu les recordó la valla que cercaba su escuela, construida con varas de *raupo* y lino. Con ella no se detendría ningún ataque. Pero los ngati kahungunu no parecían contar con enemigos, o creían que, al fin y al cabo, tampoco se les podía robar gran cosa. Aroha y Matiu habían visto ilustraciones de grandes y coloridas estatuas de dioses que guardaban la entrada de los *marae* tradicionales de la Isla Norte. En cualquier caso, ahí solo había una puerta sin adornos que en ese momento estaba abierta. Unos niños jugaban en el acceso y al ver el carro echaron a correr excitados para anunciar la llegada de los visitantes.

Hakopa guio los caballos directamente hacia la plaza de las asambleas, en torno a la cual se distribuían las diversas casas comunes, cocinas y dormitorios. Aroha echó un vistazo a los edificios, que también la decepcionaron. Su padre adoptivo había renovado el *marae* en cuyas tierras se hallaba la escuela con sus primeros alumnos, y un par de discípulos habían demostrado ser hábiles carpinteros. El reverendo Lange les había permitido decorar las casas con las tallas tradicionales y pintarlas. A cuál más bonita. Ahí, por el contrario, no había esculturas talladas, y se diría que las casas se habían construido a toda prisa y sin el menor cariño. El *marae* tenía un aire provisional, como si sus habitantes no estuvieran del todo seguros de si podrían quedarse a vivir para siempre ahí.

En cuanto a la acogida, las expectativas de Aroha y Matiu se vieron colmadas. La tribu se había preparado para la ceremonia: no de manera tan formal como se honraba a los extranjeros, pero sí lo suficientemente trabajada como para mostrar su aprecio a los invitados y dar la bienvenida a Matiu en el seno de su tribu. Cuando los recién llegados bajaron del carro, las muchachas de la tribu ya estaban bailando un *haka*. Entonaban una canción sobre el mar, el lago, la caza y la pesca. La canción describía la tierra y la vida de la tribu.

El jefe y los ancianos se habían reunido delante del *wharenui*, la casa de asambleas, aunque el *ariki*, un hombre todavía bastante joven y con el rostro parcialmente tatuado, se mantenía junto a su familia algo apartado de los demás. Tocar al jefe tribal era *tapu*, su sombra ni siquiera podía proyectarse sobre sus súbditos. Por el contrario, los ancianos de la tribu intercambiaron gustosos el *hongi* con Matiu y un par de mujeres lo hicieron también con Aroha. Una de las ancianas rompió a llorar cuando acercó el rostro al del chico.

—La madre de tu madre —explicó Reka al desconcertado muchacho.

La mujer debía de ocupar un rango elevado en la tribu, pues a continuación entonó una oración a la que se unieron los demás. Parecía esperar que también Aroha y Matiu se sumaran a sus palabras, pero la tolerancia del reverendo Lange no había llegado al extremo de permitir que sus alumnos aprendieran a invocar los espíritus. Reka se percató del dilema en que ambos se encontraban y pidió a Matiu que pronunciara una oración.

—Al dios *pakeha* —dijo—. No debemos excluirlo. La... la mayoría de nosotros estamos bautizados.

A Aroha eso le pareció extraño. Más tarde averiguaría que los *pakeha* habían puesto como condición para que la tribu se instalara en el lugar que los maoríes adoptaran la religión de los blancos. Así pues, el jefe enviaba todos los domingos una delegación de su *iwi* a la iglesia, la mayoría jóvenes y niños que todavía no habían sufrido ninguna mala experiencia con el dios *pakeha* y sus seguidores. En general, Te Haunui demostraba ser un hombre extremadamente flexible. Hacía pocos años que desempeñaba el cargo, su antecesor había sido asesinado durante los disturbios de la guerra de Taranaki. ¿O después? Al poco tiempo, a Aroha ya le zumbaba la cabeza y ahora, para más inri, uno de los ancianos de la tribu se puso a recitar el *mihi*, un discurso que se refería al presente, pasado y futuro de los ngati kahungunu y presentaba a vivos y muertos.

—Nuestros antepasados llegaron a Aotearoa en la canoa *Takitimu*, tripulada por Tamatea Arikinui. Su hijo Rongokako tomó a Muriwhenua por esposa y ambos tuvieron un hijo, Tamatea Ure Haea. El hijo de este, Kahungunu, nació en Kaitaia y fundó nuestra tribu. Kahungunu viajó de Kaitaia al sur y engendró muchos hijos. Edificaron poblados y se multiplicaron, fueron granjeros, carpinteros y construyeron canoas. Hay tres ramas importantes de los ngati kahungunu, nosotros pertenecíamos a los ki heretaunga. Vivíamos junto al mar...

El orador habló de la fundación de fortalezas y de las contiendas con otras tribus, de cinco jefes de los ngati kahungunu que firmaron el tratado de Waitangi para vivir en paz con los *pakeha*. Las tribus habían cultivado cereales y verduras para los blancos, que entonces administraban sobre todo estaciones balleneras en las costas del territorio tribal.

—Pero entonces aparecieron las granjas de ovejas y dejaron pastar a los animales en nuestras tierras. ¡Por ellas nos dieron al principio un par de cosas y luego algo de oro, y dijeron que a partir de entonces las tierras les pertenecían!

El tono del orador era de indignación, y también de las filas de los oyentes surgieron gritos de rabia. Un escalofrío recorrió la espalda de Aroha. Siempre pasaba lo mismo, desde niña había escuchado tales historias, de labios de Omaka y de los niños que llegaban al orfanato. Linda le había contado en una ocasión que los maoríes tenían una actitud ante la propiedad distinta de la *pakeha*. Cogían el dinero y dejaban que los granjeros se asentaran en sus tierras y apacentaran sus ovejas, pero no concebían que fuera algo definitivo. Cuando los blancos se pusieron realmente manos a la obra, construyeron ciudades y pueblos y reclamaron cada vez más tierra, los maoríes se defendieron. Estallaron las primeras guerras, en las cuales cada uno de los contrincantes estaba convencido de tener la razón. Tanto los *pakeha* como los maoríes afirmaban que el otro había violado los acuerdos.

Aroha esperaba ahora escuchar las crónicas sobre los combates con los ejércitos ingleses, de hecho las tribus que estaban instaladas en la bahía de Hawke no se habían visto, proporcionalmente, demasiado afectadas por las guerras por la propiedad de las tierras. Cayeron en desgracia con la marcha triunfal del movimiento hauhau, cuyo profeta Te Ua Haumene había jurado expulsar a los *pakeha* de Aotearoa. Sus reclutadores llegaron también hasta las tribus de la costa Este. Muchos, especialmente los jefes tribales jóvenes, siguieron su doctrina, se produjeron violentas confrontaciones y asesinatos. Del rapto de la madre de Matiu y de otra gente del *iwi* no eran responsables los *pakeha*, sino sus aliados los kupapa, maoríes que luchaban del lado de los británicos. Como era habitual entre las tribus, habían tomado como esclavos a los prisioneros de guerra. Mahuika debió de establecer contacto de algún modo con el colono militar inglés con el que había engendrado a su hijo. Nunca se supo con certeza exactamente lo que había sucedido.

—Y cuando ya hacía tiempo que parecía haber terminado la guerra y estábamos llorando a nuestros muertos, aparecieron los *pakeha*...

El orador contó, de nuevo entre triste e indignado, que el gobernador había reprochado a su *iwi* que hubiese apoyado a los hauhau durante la guerra de Taranaki. Un argumento que en los años sesenta los blancos habían empleado muchas veces como pretexto para confiscar tierras a los maoríes. Aun así, la tribu, que siempre había sido pacífica, intentó defenderse contra el destierro, pero los maoríes no tenían nada con lo que oponerse a las armas de los ingleses. Pese a todo, a la tribu de Matiu se le ofrecieron alternativas. Los ngati kahungunu ki wairarapa, asentados tradicionalmente en el altiplano de Wairarapa y las montañas adyacentes, les habían ofrecido asilo. La tribu tenía un gran e importante asentamiento en Papawai, un fuerte al sureste de Greytown. Pero el *iwi* de Matiu no había querido unirse a ellos, sino que prefirió seguir por su cuenta.

—Nuestras almas no están ancladas aquí —reveló después Ngaio, la abuela de Matiu—. Nuestros *maunga* son las colinas y acantilados que rodean la bahía que llamáis de Hawke. Tal vez podamos volver allí algún día.

Esto explicaba el carácter provisional del asentamiento, el *iwi* no era feliz en ese lugar. Pero Aroha sabía por su madre que podrían haberlo pasado mucho peor. Muchos maoríes desterrados se habían mudado a regiones donde imperaban tradiciones de tribus enemigas. Allí había habido más confrontaciones y asesinatos entre unas y otras.

Matiu se empapaba de todas las palabras del *mihi*, aprendiendo por fin algo relativo a su propia historia. Aroha, por el contrario, se alegró de que el orador concluyera y fuera ampliamente aclamado. Siguieron canciones y danzas, oraciones e intercambio de regalos. Matiu y Aroha habían llevado un par de tallas de Otaki que entregaron a los familiares de Matiu. Ngaio regaló a Aroha un trozo de jade.

A continuación, la joven pareja se sentó junto al fuego con la familia de Matiu y probó la carne y las verduras asadas en el horno de tierra. Aroha encontró exquisito el plato. Se alegraba de que Matiu se fuera relajando poco a poco. Después de haber presenciado tenso e inseguro el ceremonial de bienvenida, charlaba ahora con un par de jóvenes guerreros. También Aroha se quedó tranquila... hasta que Reka se dirigió a ella.

—¿Y qué ocurre con tu historia, Aroha? —preguntó la tía de Matiu—. Todos preguntan por ella. Toda la tribu quiere conocerla. Pero no se atreven a hablarte. La *wahine* de Matiu, una *pakeha* con nombre maorí que habla nuestra lengua... Nunca habíamos conocido a nadie como tú. ¿Dónde está entonces tu *maunga*,

Aroha? ¿Con qué canoa llegaron tus antepasados a Aotearoa? ¿A qué montaña o lago te sientes unida?

Aotearoa era el nombre que los maoríes daban a Nueva Zelanda, y cualquier miembro de una tribu sabía el nombre de la canoa con que sus antepasados habían arribado a la isla.

Aroha enrojeció. Ya no contaba con que esa tarde le pidieran su *pepeha*. Pero tal vez todavía tenía suerte. Los maoríes podrían haberle pedido también que contara la historia de su vida delante de toda la tribu. La muchacha tragó el bocado que tenía en la boca y a continuación respiró hondo.

—Soy Aroha Fitzpatrick —empezó por su nombre y luego se puso a improvisar—. Y mis abuelos llegaron con el velero *Sankt Pauli* a Aotearoa.

En realidad, esto atañía a un solo antepasado de la muchacha, un hombre del que nadie se sentía orgulloso en la familia de Aroha. Ottfried Brandman había violado a la madre de Linda, Cat, y, casi simultáneamente, engendrado con su esposa Ida a la media hermana de Linda, Carol. La misma Cat había nacido en Australia y acabado con su madre alcohólica en una estación ballenera de la Isla Sur. Nadie recordaba ya el nombre del barco. Y la joven tampoco sabía cómo había llegado Joe Fitzpatrick a Nueva Zelanda. Procedía de Irlanda, pero afirmaba haber estudiado en Inglaterra. Linda había dicho que nunca había averiguado hasta qué punto todo eso respondía a la verdad.

«Tu padre era un embustero, Aroha, un fanfarrón, y fabulador. Un mentiroso encantador... La vida con él no era nada aburrida, pero también era peligrosa. Lamentablemente, no se podía confiar en él.»

Su madre siempre hablaba de Joe Fitzpatrick con contenida afabilidad. Revi Fransi, no. Contraía el rostro e insistía en que Joe había sido sobre todo un mentiroso. El padre adoptivo de Aroha no disimulaba su desprecio hacia ese sujeto.

Aroha sabía que Linda había abandonado a su marido. Hubo otra mujer, pero lo decisivo fue un ataque maorí durante la guerra de Taranaki en el cual Fitz, como todos lo llamaban, dejó en la estacada a su esposa y su hijita. Linda nunca contó los detalles, y Aroha tampoco se interesó mucho por ellos. Franz Lange siempre fue para ella un padre cariñoso. No necesitaba a ningún otro. De ahí que tal vez la información sobre el origen de sus antepasados encajara en el *pepeha*: Franz había viajado también en el *Sankt Pauli* a Nueva Zelanda.

—Mi familia se instaló al principio en la Isla Sur —siguió contando Aroha—. Cuando mi madre se casó, se fue con su marido a Patea. Allí le dieron tierras...

—¿Tierras robadas? —preguntó Reka con severidad.

Aroha se mordió el labio. En efecto, Joe Fitzpatrick había sido miembro de un regimiento de los *military settlers*, de Taranaki. Le habían adjudicado parte de las tierras requisadas a los maoríes.

—Luego no fue así —respondió Aroha con una evasiva.

Por supuesto, cuando expulsaron a su padre del ejército por cobardía ante el enemigo, le quitaron las tierras.

—¿Y dónde está anclada tu alma, niña? —preguntó la abuela de Matiu, que se había unido preocupada al grupo—. Parece como si no tuvieses hogar.

Aroha no sabía si debía asentir o negar con la cabeza.

—¡Sí! —respondió decidida—. He crecido en Oraki, en tierra maorí. Mis padres siempre dicen que solo la explotamos y que no nos pertenece... —De hecho, la Iglesia anglicana había requisado sin hacer demasiadas preguntas el antiguo fuerte maorí para su orfanato cuando la tribu maorí local se había marchado de Otaki. De todos modos, los te ati awa se habían ido voluntariamente para instalarse en Taranaki—. Pero mi *maunga* no está en ningún lugar de Aotearoa. —Aroha sonrió. Su propia historia era algo especial y sin duda sería del agrado de sus oyentes. Los parientes de Matiu escuchaban con atención—. Omaka, una *tohunga* de los ngati tamakopiri, que ayudó a mi madre durante el parto, ancló mi alma en el imperio de Rangi, el dios del Cielo. —Se oyó un murmullo. De repente toda la tribu parecía estar pendiente de ella—. Envió mi alma al cielo con el humo de la hoguera en la que quemó la placenta, y nombró a Rangi su protector.

—¡Debía de ser una gran sacerdotisa! —observó Reka admirada—. Enviar al cielo un alma como una cometa en la fiesta de año nuevo...

Era habitual durante los festejos de Matariki remontar cometas con las que se enviaban ruegos y deseos a los dioses.

—En cualquier caso, puso de tu lado espíritus poderosos —dijo Ngaio con respeto—. Seguro que Omaka tenía mucho *mana*. Pero habría que ver si ese *maunga* es una suerte para ti, pequeña... Siempre serás una viajera. No habrá ningún lugar al que pertenezcas.

Aroha negó resuelta con la cabeza.

—No, *karani* —respondió—. Me gusta mucho viajar, es cierto. Me encantaría ver el mundo entero. Pero yo pertenezco a Matiu. ¡Aquí en la tierra, él es mi *maunga*! —Se estrechó contra el joven, que estaba sentado a su lado.

Matiu sonrió feliz.

—¡Yo la sujeto con fuerza, *karani*! —dijo, apretando a Aroha contra sí.

La anciana no sonrió, parecía más bien preocupada.

—Sé prudente, nieto —dijo en voz baja—. Puede ser peligroso encarnar la cuerda que sujeta la cometa que los dioses anhelan...

3

Aroha y Matiu pasaron unas semanas maravillosas en Wairarapa. Matiu se sumó a los jóvenes guerreros y cazadores. El *rangatira* local, responsable de educar a los chicos en el empleo de las armas tradicionales, lo incluyó con toda naturalidad en las prácticas habituales. Aroha se echó a reír cuando vio a Matiu por primera vez con la indumentaria de guerrero, y los jóvenes se rieron bonachones de él cuando dejó al descubierto un tórax más bien enjuto y nada musculoso.

—¡Tienes que comer más! —le aconsejaba Reka, cebando a su sobrino.

El lago Wairarapa demostró ser ideal, efectivamente, para la pesca y la caza. Las chicas de la tribu enseñaron a Aroha a colocar nasas, a la vez que charlaban sobre Matiu y los otros muchachos por los que se interesaban sus amigas. Al principio en ocasiones pasaba vergüenza —Revi Fransi tenía razón al decir que esas muchachas eran increíblemente desenfadadas—, pero enseguida dejó de poner reparos a desnudarse delante de las demás y comparar sus pechos todavía en flor con los de sus amigas.

—Te crecerán más —señaló animosa Rere, algo mayor que ella y ya muy desarrollada, y de quien corría la voz de que había hecho el amor dos veces con un joven guerrero en el cañizal que había junto al lago.

A Matiu también le habría gustado estar allí a solas con Aroha.

Los matorrales de *raupo* y las playas eran los puntos de encuentro favoritos de las jóvenes parejas. Al final Aroha se dejó convencer. Era un soleado día casi primaveral y los dos se llevaron a la playa una manta para tenderse uno al lado del otro y besarse y acariciarse. Por desgracia, había llovido el día anterior y hacía bastante frío. Por eso decidieron no desnudarse del todo. Aun así, Aroha permitió que su amigo le tocara los pechos por debajo del vestido, aunque como experiencia le pareció algo decepcionante. Matiu tampoco encontró nada que valiera la pena acariciar. Las descripciones de sus nuevos amigos le habían parecido más prometedoras. No obstante, aseguró a Aroha que no podía imaginar unos pechos más bonitos.

Ella, por su parte, deslizó con el corazón palpitante las manos por debajo del pantalón de él y se asustó cuando el miembro del joven se endureció, aunque las explicaciones de las otras chicas la habían preparado para eso y al final se sintió orgullosa por haber excitado a su amado. Aroha y Matiu no abandonaron del todo los principios morales *pakeha* con los que se habían educado, y en ningún caso los infringieron seriamente. A pesar de ello, esos días asimilaron muchas cosas acerca de los cuerpos femeninos y masculinos.

Durante ese período, Matiu aprendió mucho sobre la historia de su tribu. Su abuela era *tohunga*, la herborista y sacerdotisa de su tribu. Podía pasarse horas hablando de sus abuelos maternos y contar las heroicidades de los guerreros y la belleza de las mujeres. Además, describía la vida de la tribu junto al mar, evocaba la pesca y las arriesgadas salidas de los hombres con sus canoas, los peligrosos acantilados y las playas blancas, las verdes y fértiles colinas vigiladas por espíritus cordiales. Matiu la escuchaba con atención, aunque muchas descripciones le resultaban simplemente raras. Siempre se había interesado más por la técnica que por las historias. Tampoco le gustaba la caza ni el arte de la guerra. De ahí que le pareciera agradable la propuesta que les hizo el jefe: acompañar a la delegación de la tribu a la iglesia de Greytown y asistir al servicio. Matiu y Aroha volvieron a cambiar la indumentaria tradicional maorí (también la muchacha habría probado cómo le sentaban las faldas de colores y los corpiños de lino tejido) por el vestido de viaje y el traje de los domingos. Matiu, al menos, lo hizo con agrado. Nunca lo habría admitido, pero siempre pasaba frío con la vestimenta de joven guerrero. No quería ni pensar en cómo se las arreglarían de esa guisa los otros jóvenes al aire libre en invierno.

Los invitados de la tribu no pasaron desapercibidos en la pequeña iglesia de la localidad. Sin duda siguiendo las indicaciones del jefe tribal, Reka los presentó al reverendo, quien, naturalmente, ya había oído hablar de la escuela de Otaki.

—¡El reverendo Lange está realizando allí una labor estupenda! —dijo admirado el sacerdote—. ¿Tienes el título de la Highschool, joven? ¡Los niños maoríes de aquí no pueden ni soñar con algo así! Claro que la gente ni los envía a la escuela. Hay una en Papawai. Aunque no es que tenga muy buena reputación...

En efecto, había una escuela para niños maoríes dirigida por misioneros en la colonia más importante de las tribus locales, pero no parecía ser muy apreciada. Al menos la tribu de Matiu no enviaba allí a ninguno de sus niños.

Después del servicio religioso, se ofrecía café, té y pasteles en la sala de la congregación, y el reverendo invitó afablemente a los maoríes a reunirse con ellos. Por la expresión de Reka podía adivinarse que nunca accedían, pero ese día harían una excepción por sus invitados. Después de intercambiar un par de frases con los otros feligreses, se sumaron obedientemente a los demás, se buscaron un sitio a la larga mesa y se dejaron servir por las curiosas mujeres de la congregación. Fueron engullendo en silencio los pasteles mientras la vivaracha Aroha no dejaba de hablar. La joven describió con gran colorido la escuela y la labor misionera de Revi Fransi. Matiu enseguida perdió el interés. Por azar se había sentado a la mesa con algunos hombres que trabajaban o habían trabajado en el ferrocarril. En esos momentos escuchaba con sumo interés sus explicaciones, que luego repitió a Aroha.

La muchacha lo escuchó aburrida, pero aliviada en secreto.

Por mucho que le gustara estar con los ngati kahungunu, no quería permanecer mucho tiempo con la tribu. Se alegró de que a Matiu le pasara igual. El muchacho estaba impaciente por empezar los estudios de técnica y construcción de maquinaria.

El lunes, a Aroha la esperaba una sorpresa. Después de desayunar, cuando ya se había ido con su grupo, Reka y Hakopa fueron a buscarla y le pidieron por indicación del jefe que hiciese de intérprete.

—El reverendo de Greytown está aquí —explicó Reka, y por su expresión parecía como si el diablo en persona y no un religioso se hubiese extraviado en su *marae*—. Quiere hablar con el *ariki* y yo debería traducir... Pero no entiendo tan bien el inglés. ¿Quieres echar una mano, Aroha?

La joven asintió. Delante de la casa del jefe encontró a Matiu, a quien le habían pedido lo mismo. ¿Para qué necesitarían dos traductores?, se preguntó mientras saludaba al reverendo, que permanecía vacilante bajo la llovizna. Por lo visto, esperaba que lo invitaran a entrar. Pero como bien sabía Aroha, esto no iba a suceder.

—El *ariki* lo recibirá aquí —le explicó al sacerdote, que miraba abatido hacia el interior—. No... no es habitual compartir una habitación con un jefe tribal, respirar el mismo aire que él... Su... bueno... su sombra podría proyectarse sobre usted. Los maoríes lo llaman *tapu*.

El reverendo gimió.

—Sé perfectamente lo que es *tapu*, señorita Fitzpatrick —replicó—. Tonterías de gente impía. Aunque estoy dispuesto a presentar mis respetos al *ariki*. Pero ¿realmente no es posible hacerlo cobijándonos de la lluvia?

Aroha invitó al religioso a que se pusiera al escaso abrigo de una palma de *nikau*. Lo entendía perfectamente. Tampoco a ella le gustaba estar al aire libre con un tiempo así, por eso había combinado por la mañana la blusa y la falda con una chaqueta *pakeha*.

Los nuevos amigos de Matiu seguramente se habrían burlado de él si se hubiera mostrado tan delicado. Pese a ello, el muchacho llevaba en ese momento unos tejanos con una chaqueta de piel. Debía de haber esgrimido la visita del reverendo como pretexto para abrigarse más.

El jefe, por el contrario, había renunciado a adoptar lo que los *pakeha* consideraban una indumentaria correcta. Apareció con el traje de guerrero y cubriéndose solo con una preciosa capa que le protegía de la lluvia gracias a las plumas de ave que llevaba cosidas.

—¡*Kia ora*, reverendo! —saludó el *ariki* desde cierta distancia al religioso—. Me alegro de darle la bienvenida a nuestro *marae*. Mi pueblo siente gran respeto por usted.

Aroha tradujo sus palabras. El reverendo se inclinó y respondió con un par de formalismos similares. No obstante, en las palabras que siguieron introdujo un ligero reproche. Se alegraba de la solícita comitiva que asistía al servicio divino, pero todavía estaría más contento si también pudiera dar con mayor frecuencia la bienvenida a la iglesia al jefe y los ancianos de la tribu.

El *ariki* contestó con una evasiva.

—Tengo mis deberes. Y nuestros ancianos ya no son tan ágiles. El trayecto a Greytown es largo. Tendrá que contentarse con la presencia de los jóvenes.

—¡Y los niños acuden encantados a su escuela de verano! —añadió Aroha por su parte.

En realidad, los niños solo habían hablado positivamente de las clases de Greytown por el hecho de que allí siempre había leche y pasteles. Pero Aroha prefirió no mencionarlo.

El rostro del religioso se iluminó.

—Precisamente de esto quería hablarle, *ariki*. La escuela. Me han llamado la atención algunos de sus niños, parecen espabilados y con ganas de aprender. Sin embargo, no hablan suficiente inglés para seguir mis clases. Y, naturalmente, no saben leer y escribir, lo que a su vez...

—El camino es largo hasta la escuela de Papawai —observó el

jefe. Parecía saber adónde quería llegar el reverendo—. Los niños pasarían cada día muchas horas caminando.

—¿No hay ningún internado? —se entremetió Aroha.

De inmediato sintió la mirada reprobatoria del jefe. El largo camino a la escuela era evidentemente una excusa, como en el caso de los ancianos de la tribu. De hecho, al menos la abuela de Matiu pasaba horas cada día en los bosques, recogiendo hierbas. A ella no le habría costado nada ir a pie hasta Greytown.

—Reverendo, en Papawai están los ngati kahungunu ki wairarapa —intentó explicar el jefe—. Nosotros somos ngati kahungunu ki heretaunga. Por supuesto, no somos rivales. Al contrario, somos hermanos. No obstante, tenemos raíces distintas, y mi tribu espera fervientemente poder regresar un día a la bahía de Hawke. Nos expropiaron injustamente. Debe de haber una posibilidad de...

—¡Por eso mismo todavía es más importante que su pueblo esté formado! —replicó el reverendo—. Si tuviera entre sus filas a juristas, topógrafos, políticos, todo sería más sencillo. ¡Tiene que enviar a los niños a la escuela!

El *ariki* movió negativamente la cabeza.

—Estarían solos entre extraños —insistió.

El reverendo se mordió el labio. Adquirió una expresión obstinada, parecía guardarse un as en la manga.

—De acuerdo, no tiene por qué ser la escuela de Papawai —dijo con prudencia—. Mire, cuando sus jóvenes huéspedes asistieron ayer a mi servicio, Dios me iluminó. El reverendo Lange dirige en Otaki una escuela para niños maoríes de distintas tribus. Y tal como ve en nuestro joven amigo Matiu... —sonrió al novio de Aroha— el reverendo Lange no ha pretendido alejar a los niños de sus tribus. ¿Por qué no envía allí a un par de sus chicos? No estarían solos, tendrían a un mentor en el joven Matiu y también a una mentora en la señorita Fitzpatrick...

Aroha no sabía exactamente cómo traducir la palabra mentora, pero en general la propuesta del religioso le parecía sensata. También ella y Matiu habían lamentado que los niños de la tribu no fuesen a la escuela, y más aún porque estaban interesados en aprender. Los adolescentes chapurreaban el inglés y muchos habían insistido a Aroha y Matiu en practicar con ellos la lengua *pakeha*. A algunos también les habría gustado aprender a leer y escribir.

Aroha decidió ponerse a favor del plan del reverendo.

—Revi Fransi y mi madre, los niños la llaman *koka* Linda, son como padres para los alumnos —explicó—. Y es cierto que los niños proceden de tribus distintas, algunas rivales. Al principio, cuando la escuela todavía era un orfanato, había grandes problemas. Revi Fransi se inventó un juego: llevaba a los niños a la escuela por el río, en un bote que se llamaba *Linda*. Así podían decir que todos habían llegado juntos en la misma canoa a una parte de Aotearoa común. Con eso todos estaban satisfechos. ¡Revi Fransi ponía mucho empeño en que los niños se llevasen bien!

El jefe se mordisqueó el labio inferior. Seguro que no temía que los alumnos se peleasen. Los hijos de los ngati kahungunu no se marginarían entre sí, fuera cual fuese el *iwi* al que pertenecían. Ese no era más que otro pretexto para evitar la escuela de Papawai. En realidad, temía que el reverendo se extralimitara con la enseñanza religiosa de los niños. No había ningún jefe maorí que no aprovechase la oportunidad de instruir a los miembros de su tribu. Pero no debían abandonar las tradiciones de su pueblo.

—Y tampoco está tan lejos —intervino inesperadamente Matiu—. Solo a un par de horas en tren. Los niños no deben permanecer allí durante años, pueden regresar en vacaciones.

El jefe jugueteó con las plumas de la capa.

—Ese reverendo Lange... —dijo—, ¿no tendrá nada en contra?

Era un secreto a voces que los misioneros cristianos eran reacios a volver a dejar en libertad a los alumnos que habían caído en sus garras. Muchas tribus maoríes habían tenido malas experiencias. Los niños que habían enviado de forma voluntaria y confiada a las escuelas de los piadosos hermanos habían regresado años más tarde totalmente cambiados. No habían obtenido ningún título de bachillerato ni de enseñanza superior, sino que los habían formado para ocupar un puesto de serviciales criadas y criados en una familia *pakeha*. Al final, esos individuos ya no se sentían en casa en ninguno de los dos mundos: ni en el maorí ni en el *pakeha*.

Matiu y Aroha negaron con la cabeza.

—Revi Fransi no es así —tranquilizó Matiu al *ariki*—. En Otaki los niños son felices.

4

—¿Y volverá? ¿Me lo prometes?

Aputa, la madre de la pequeña Haki, se dirigió por quinta vez a Aroha con la misma pregunta.

Ella volvió a decir que sí y añadió:

—¡Todos cuidaremos de Haki! ¿Verdad que sí, niños?

Haki era la más joven de los cuatro niños que la tribu ngati kahungunu enviaba a Otaki con Aroha y Matiu. En realidad, habían planeado llevarse a niños de más de diez años, pero Haki había insistido en ir a la escuela y estudiar. Era extraordinariamente inteligente, muy vivaz e independiente. Al final había conseguido que sus padres le dieran permiso.

Aroha se valió de que la más pequeña necesitaba protección para avivar la cohesión del grupo. A menudo había visto a sus padres utilizar ese método. Que los niños tuvieran una tarea común, que se apelase a su sentido de la responsabilidad en especial, evitaba que surgieran rivalidades. Pero Anaru, Purahi, Koria y Haki estaban lejos de pelearse entre sí. Estaban demasiado orgullosos de haber sido elegidos y de representar a su tribu en Otaki.

—¡Yo seré abogado! —declaró con toda convicción Anaru, de doce años—. ¡Llevaré nuestra causa ante los tribunales *pakeha* y nos devolverán las tierras!

De todos los niños, Anaru era el que mejor hablaba inglés, pero Koria no le iba a la zaga. A Purahi le iba más la técnica. Debía agradecer sobre todo a Matiu el ir a Otaki, pues este enseguida se había percatado de su capacidad inventiva y sus ansias de conocimiento. También Purahi ardía en deseos de saber más sobre la construcción y funcionamiento del ferrocarril. Aguardaba impaciente la llegada del tren que estaba a punto de entrar en la estación. Matiu y Aroha, los futuros alumnos y sus padres esperaban en el andén. La madre de Purahi y la de Haki lloraban. La madre de Koria alisaba una y otra vez la falda del nuevo vestido *pakeha* de su hija. La congregación de Greytown había equipado generosamente a los niños maoríes por medio de donativos. Todos habían recibido ropa, por supuesto aquella que ya habían utilizado los niños de la comunidad. En sus hatillos también había material escolar como abecedarios, cuadernos, lápices y libros.

Aroha ignoraba si Revi Fransi realmente necesitaría todo eso, pero los niños se sentían muy importantes.

—En el viaje me lees este libro —decidió Koria, y le tendió un ejemplar de *Little Princess* a Aroha—, y cuando hayamos llegado ya sabré inglés.

—Tan fácil no es —respondió Aroha, rebajando un poco las expectativas de la pequeña, para después dirigirse al padre de Anaru y asegurarle por segunda vez que a los niños les iría bien en la escuela de sus padres.

—¿Y ese monstruo? —La madre de Purahi tuvo que elevar la voz para superar el silbido del tren que entraba en la estación—. ¿No se comerá a los niños?

Señaló la locomotora, que debía de ofrecer un aspecto amenazador a una persona que jamás había visto un tren.

—¡No es ningún monstruo, es una locomotora de vapor! —exclamó Purahi riendo—. Tira de los vagones en que viajamos. Como un caballo, solo que mucho, mucho más fuerte...

—A mí me parece un dragón —murmuró su madre—. ¿Es que los *pakeha* también doman a los dragones?

—¡Dice Matiu que a veces las locomotoras también empujan trenes! —explicó maravillado Purahi—. Y los frenan en las subidas. Viajaremos por montañas. Y pasaremos por túneles...

—Tenemos que subir, *koka* —dijo Matiu a la madre de Purahi. La llamaba tía, pues también ella pertenecía a su amplio círculo de familiares—. ¡Tenéis que despediros ahora de los niños!

Matiu y Aroha intercambiaron el *hongi* con Reka, que se secó unas lágrimas furtivas.

—¡El año que viene tienes que volver! —le pidió a su sobrino—. ¡Da igual lo que diga tu *karani*!

La despedida entre Matiu y su abuela había sido agitada. La anciana Ngaio recitó una fórmula que Matiu no entendió. Como toda *karakia* (oración, bendición o maldición), se pronunciaba rápidamente, casi uniendo las palabras entre sí. Pero llenó de miedo y espanto a Reka. No se lo había explicado con más detalle a Matiu y Aroha, pero la anciana daba por sentado que nunca volvería a ver a su nieto.

Matiu sonrió animoso a su tía.

—Volveré y os traeré a los niños de regreso —prometió—. El verano que viene mismo. Hay vacaciones en la universidad. Esto todavía estará más bonito. Y no hará un frío tan terrible como hoy.

De hecho, nunca hacía mucho frío en Greytown, aunque sí soplaba el viento y ese día era intenso y helado. Aroha se alegró de sentarse al fin en su compartimento. Distribuyó los asientos a los excitados niños y controló de nuevo que todos los billetes estuvieran listos, mientras Matiu colocaba los equipajes en los anaqueles de red que había por encima de los asientos. Por último, las pesadas ruedas de hierro de la locomotora de vapor se pusieron en marcha. Los niños saludaron a sus padres contentos. Era evidente que no sentían ninguna pena al separarse de ellos, mientras que la madre de Purahi casi se había desplomado en el andén. Su marido tuvo que sujetarla. La madre de Haki corrió un trecho junto al vagón en que estaban sentados. No parecía soportar ver partir a su hija. Los otros padres se contenían un poco más. La madre de Koria incluso logró sonreír mientras saludaba con la mano a los niños.

—¡Muy bien, y ahora el libro! —indicó Koria en cuanto la locomotora se hubo puesto en marcha entre resoplidos—. ¿Qué clase de historia es esta? Una princesa es... la hija del jefe de una tribu, ¿no?

—El primer túnel es el Prices Creek, ¿verdad? —preguntó Purahi a Matiu—. ¿O es el Siberia? ¿Cuál es más largo? —Intentaba aprender de memoria todas las maravillas de la construcción del Rimutaka Incline.

Matiu y Aroha empezaron a contestar a las preguntas; no tendrían mucho tiempo para mirar por la ventana, al menos Aroha. Mientras ella leía y traducía —las niños maoríes carecían de conocimientos generales sobre las costumbres *pakeha*, y su inglés tampoco era tan bueno—, Matiu explicaba a Purahi lo que él mismo había entendido sobre el funcionamiento de la locomotora con raíl central y la función que desempeñaban los furgones de cola. Los chicos lo escuchaban fascinados, y cuando el tren se detuvo en Cross Creek, en la estación de maniobras, no se pudieron controlar. Era ahí donde se separaba la locomotora y se sustituía por otra más potente en el centro del convoy. Los empleados del ferrocarril no pusieron objeciones a que los niños mirasen desde una distancia prudencial cómo se acoplaba la pesada máquina detrás de los dos vagones de pasajeros y del vagón de carga, de los que había tirado hasta el momento la locomotora más ligera.

—¡Esta nos empujará montaña arriba! —gritó Matiu por encima del mal tiempo, del que Aroha y las niñas ya se habían guarecido en un refugio provisional.

Ese lugar tan poco acogedor era la única concesión de la compañía del Rimutaka Incline a la comodidad de sus pasajeros. Ahí no se contaba con que hubiera mucho tráfico de personas, el tren transportaba sobre todo mercancías. Sin embargo, esa diáfana mañana de septiembre viajaban muchas personas. Aroha vio a familias con niños y a hombres de apariencia importante que iban a Wellington por negocios. Muchos se quedaban mirando a los niños maoríes y cuchicheaban entre sí. Los maoríes viajaban pocas veces en tren.

Después de que engancharan a la locomotora dos vagones más de mercancías y un furgón de cola, un estridente silbato indicó a los pasajeros que debían volver a sus sitios. Aroha obedeció de buen grado a la llamada. Por muy contenta que se hubiera puesto de tomar el aire fresco, ahora agradecía guarecerse del frío. Si bien no había calefacción en los vagones, estos sí protegían del viento helado. Esa era la razón por la cual la mayoría de los pasajeros se había negado a abandonar sus compartimentos.

—Ahora nos vamos a Sib... Sib... ¿Cómo es que se llama, Matiu?

Purahi había vuelto a olvidar la palabra con que los ingenieros habían llamado en broma un trecho de la línea lleno de curvas y muy escarpado.

—Siberia, Purahi, y sí, ahí vamos ahora. Ahí está ese túnel tan largo y oscuro del mismo nombre. En ese lugar tan frío e inhóspito, los ingenieros se acordaron de la Siberia rusa. Dicen que allí nieva mucho...

—¡Pero no vuelvas a hacerme cosquillas en el túnel! —dijo Haki riendo.

Purahi estaba concentrado en la contemplación de las maravillas de la técnica; Anaru, por el contrario, no había podido contenerse de molestar un poco a las niñas al atravesar los primeros túneles entre Greytown y Cross Creek.

—Dime, ¿me lo parece a mí o el tren está tambaleándose?

Aroha levantó la vista del libro mientras el vagón ascendía la montaña describiendo meandros y trazando curvas cerradas. Se envolvió más en el abrigo. El viento soplaba fuera de un modo infernal. Incluso se notaba dentro el vagón, pues se filtraba por las ranuras de la madera.

—¡Qué va! —contestó Matiu, a quien Aroha había dirigido su inquieta pregunta—. El tren se apoya totalmente seguro en las vías, para eso se inventó el raíl central adicional. A lo mejor te lo parece porque ya no hay locomotora delante...

—Yo también encuentro que se tambalea un poco —intervino Koria, aunque sin tono de preocupación—. Es el viento. En realidad, también se podría empujar un tren así con velas, como las canoas, ¿no?

Aroha y Matiu rieron.

—¡El tren es demasiado pesado! —dijo Matiu a la pequeña—. Por eso tampoco puede tambalearse o caer porque lo empujen. Es... —Enmudeció cuando sintió de golpe que el tren realmente se inclinaba en una curva—. La curva Siberia —dijo con fingida alegría.

La preocupación lo invadió. Aroha bajó temerosa la mirada hacia el precipicio junto al que circulaban, y de repente notaron una sacudida. El viento se apoderó del vagón, que se inclinó hacia el abismo.

—¡Al suelo! ¡Agachaos! ¡Hay que ponerse a cubierto!

Aroha no supo si había gritado Matiu u otra persona. Instintivamente se lanzó al suelo, se agarró a la base de los asientos y vio con el rabillo del ojo que Koria era arrojada por el pasillo central, mientras que Haki gateaba por la puerta abierta del compartimento.

—¡Quiero salir de aquí! —gritaba la niña.

Su voz se mezclaba con los gritos de terror de los demás pasajeros. El vagón cada vez se inclinaba más, ya no se mantenía seguro sobre los tres raíles. Las paredes de madera crujían, los ganchos entre los vagones rechinaban.

—Se cae, oh Dios, nos precipitamos al abismo, nos...

—¡Salgamos de aquí!

De nuevo era Haki gritando. La pequeña se deslizaba por el suelo hacia la puerta de salida.

—¡No, Haki! ¡Ahora no puedes salir!

Matiu la siguió a trompicones. Aroha, que se aferraba desesperadamente a su asidero, vio que entraba luz cuando la puerta se abrió de repente y luego fue lanzada a través del compartimento. Se sujetó a un saliente para no ser despedida al exterior. En ese momento el vagón perdió definitivamente la sujeción de las vías. Descarriló y arrastró consigo al segundo vagón de pasajeros.

Los viajeros gritaron horrorizados. Llamaban a sus familiares y suplicaban a Dios. Aroha estaba como paralizada por el miedo. Acababa de mirar estremecida al abismo. Si el vagón se desprendía de la locomotora que lo empujaba y caía, se estrellaría al pie de la montaña. Nadie sobreviviría.

Pero entonces una sacudida infernal recorrió el vagón y este dio un brusco frenazo. Aroha oyó gritos de pasajeros que se habían golpeado contra el suelo, las ventanillas o las paredes de madera. Tenía que abandonarse al destino. El vagón colgaba inclinado sujeto a algo y ella inevitablemente resbalaba hacia la puerta de salida. Intentó agarrarse al estribo y llena de espanto vio que por encima de ella permanecían suspendidos en el aire los dos vagones de pasajeros y uno de mercancías. Era una imagen espeluznante. Parecía como si un niño travieso hubiera hecho descarrilar su tren de juguete. Sin embargo, los enganches parecían resistir, y la pesada locomotora porfiaba contra la ventisca. No se desprendía del tren.

Aroha ya no desafiaba al viento ni a la fuerza de la gravedad. El hierro del estribo estaba demasiado frío y resbaladizo para darle sostén. El siguiente envite del fuerte viento hizo balancear el pesado vagón. Aroha temía que se abatiera y que ella quedara enterrada bajo él, pero antes de que se le pasara otra idea más por la cabeza, cayó sobre una pendiente y empezó a rodar cuesta abajo. Gritó de dolor, intentó agarrarse a algún sitio, pero el brazo derecho ya no la obedecía. Desvalida, se deslizó montaña abajo hasta que un bloque de piedra detuvo su descenso. Entonces se dio un buen golpe en la cabeza.

La oscuridad se adueñó de Aroha. Antes de perder el conocimiento, se percató de que al menos ya no podía seguir cayendo. Cuando volvió en sí, se dio cuenta de que solo había pasado unos segundos en esa compasiva oscuridad antes de volver al infierno.

Vio los vagones descarrilados que se balanceaban sobre ella como una loca amenaza. Luego paseó la mirada por la pendiente y divisó llena de espanto los cuerpos heridos o sin vida. Oyó gritos, lamentos y quejidos, horrorosos sonidos que se llevaba el viento. Aroha creyó estar en una pesadilla. Le dolía la cabeza, pero tenía capacidad para pensar.

¡Matiu! ¿Dónde estaban Matiu y los niños? ¿En el vagón todavía? No, lo último que había visto de Haki y Matiu era que se dirigían hacia la puerta, la puerta que se había abierto y a través de la cual ella y los demás habían caído al exterior. ¿Para salvarse? ¿O para resultar heridos de gravedad y muertos?

—¡Matiu! ¡Koria! ¡Anaru!

Aroha empezó a llamarlos. Las lágrimas le anegaban los ojos. Se esforzó por enderezarse, se puso de rodillas... y descubrió a Matiu. El joven yacía sobre una roca que interrumpía la pendiente.

Aroha se arrastró hacia él. No estaba muy lejos, pero le pareció que tardaba horas en llegar a su lado. El brazo derecho le fallaba. Al final se quedó tendida, jadeando a su lado, y miró su rostro demacrado. Parecía sin vida. Aroha lo sacudió.

—Matiu, estoy aquí, ¡soy Aroha! ¡Matiu, contéstame!

Intentó levantarle la cabeza y entonces vio la sangre. Una herida en la nuca... y los brazos y las piernas extrañamente torcidos. Por un espantoso segundo, Aroha pensó que Matiu ya no respiraba, su pecho apenas se movía. Se apoyó en la mano izquierda, acercó el rostro al suyo y trató de percibir si respiraba. Sí respiraba, y él también pareció notar su presencia.

—A... Aroha... —No tenía más que un hilillo de voz—. Vives...

Ella intentó sonreír.

—¡Claro! —respondió—. A fin de cuentas, estabas a mi lado. ¿Te acuerdas de lo que me dijiste en el viaje de ida? Que estando contigo no podía ocurrirme nada.

Le habría gustado acariciarlo, pero temía perder el equilibrio y caerse encima de él. Así que solo acercó su mejilla a la del joven. El rostro de Matiu estaba frío.

—No... no puedo moverme —susurró él.

Aroha se incorporó un poco.

—Te has dado un buen golpe —dijo—. Creo que yo también me he roto un brazo. Pero todo irá bien, Matiu...

El chico contrajo el rostro. Cada vez estaba más pálido. No, más... gris.

—Aroha, ¿me darías un... un beso? —La muchacha intuyó más que oyó sus palabras.

—Lo intentaré —dijo en voz baja y pegó suavemente los labios a los de él. Creyó sentir el suave hálito de su respiración cuando lo besó—. ¿Te ha gustado?

Matiu no respondió. Ella vio que había cerrado los ojos. Parecía como si el rostro se le hundiera. Volvió a confirmar si respiraba y el pánico la invadió. Consiguió como pudo apoyar la oreja en su pecho para escucharle el corazón. No lo oyó, pero se convenció de que era por los gritos y el ulular del viento.

Se sentó con gran esfuerzo y puso la cabeza de Matiu sobre su regazo con el brazo que tenía sano. ¡Tenía que volver a respirar! Se inclinó sobre el chico y le susurró palabras de ánimo y cariño. Horrorizada, vio que su falda estaba empapada de sangre.

Entonces se puso a gritar.

5

Más adelante, Aroha no sabía cómo había vuelto a ese pequeño refugio expuesto a las corrientes de aire de Cross Creek. Solo recordaba vagamente que con la mano sana había pegado a un hombre que quería arrancarle a Matiu de los brazos. Luego había vuelto a perder el conocimiento o se había apartado de la realidad lo suficiente como para dejar de percibir lo que le estaba sucediendo. Fue cuando oyó la voz de Koria y alguien intentó darle un té caliente que volvió en sí y comprendió lo ocurrido. Si es que alguna vez lograba comprender que Matiu ya no estaba, que simplemente había dejado de respirar mientras ella lo besaba y lo sostenía entre sus brazos.

Sintió la manita de Koria entre las suyas. Los niños... tenía que ocuparse de los niños. Haki... Oh, Dios, ¿dónde estaba Haki? Si Matiu había salido despedido del vagón, también la pequeña...

—Haki ha muerto —dijo Koria con voz serena—. Y Purahi también. Los encontré a los dos. Estuve buscando. Os encontré a todos... —La pequeña temblaba. Estaba medio congelada, pero no se veía herida.

—¿No te caíste del tren? —preguntó Aroha haciendo un esfuerzo.

Volvía a sentir el frío pese a la taza de té caliente que una asistente le había puesto en la mano izquierda. Llevaba el brazo derecho en cabestrillo y el hombro le dolía horrores.

Koria negó con la cabeza.

—No. Resbalé hasta un rincón del compartimento y me agarré allí. Solo me di un golpe en la rodilla. Y cuando el tren dejó de moverse, salté fuera. Bueno, al principio resbalé un poco, pero pude sujetarme. Luego me dejé caer, bajé rodando... y entonces... os encontré a todos. —Empezó a balancear el torso adelante y atrás—. Os encontré a todos... Os encontré a todos.

—¿Y Anaru? —preguntó Aroha en voz baja.

—El segundo niño maorí está herido —respondió la asistente que había acabado de repartir el té entre los demás supervivientes y ahora regresaba con Aroha—. Lo están llevando en tren a Greytown.

—¿En tren? —La voz de Aroha estaba impregnada de espanto.

La mujer asintió.

—¿Qué otra cosa iban a hacer? No hay carreteras normales, ninguna por la que se pueda transportar heridos, y si la hubiera se tardaría horas. Entiendo que ninguno de vosotros quiera volver a subirse a un tren, pero no hay más remedio. Ahora el vendaval ha amainado. Antes todavía soplaba con fuerza. La locomotora que fue a rescataros tuvo que detenerse en un túnel para evitar un nuevo accidente.

De hecho, Aroha no tenía ningún interés en escuchar los detalles de esa tremenda desgracia, pero la mujer le describió minuciosamente todos los detalles. Cuando el tren ya había recorrido la curva Siberia, lo alcanzó un golpe de viento de unos ciento cincuenta kilómetros, según los cálculos. Entonces descarrilaron los dos primeros vagones de pasajeros, luego el de mercancías. Sorprendentemente —la mujer no se cansaba de dar gracias a Dios por ello—, algunos enganches habían aguantado. La locomotora permaneció en la vía a causa de su peso y evitó que los vagones cayeran al vacío.

—Al principio todo parecía espantoso —dijo la asistente—. La gente que fue lanzada fuera de los vagones dijo que estos colgaban por encima de su cabeza y se balanceaban como si fueran a caer de un momento a otro. Todo el que pudo se apartó a rastras.

La mayoría estaban heridos. Otros, a los que en realidad no les había ocurrido nada, saltaron aterrados de los vagones y se fracturaron los huesos. Tú has tenido suerte, pequeña.

Se volvió a Koria, que no había entendido nada de lo que contaba y que posiblemente tampoco le habría prestado atención si hubiese hablado maorí. La muchacha se balanceaba a un lúgubre compás.

—Os encontré, os encontré a todos...

La asistente la miró con recelo.

—¿Le pasa algo? —preguntó—. ¿Ha perdido la cabeza?

Aroha no respondió.

—¿Hay... hay muchos muertos? —preguntó con un hilo de voz.

—Tres. Todos niños maoríes... Y uno de los niños blancos está muy grave. También lo han llevado a Greytown. Los heridos graves han salido en el primer tren. Luego os vendrán a recoger a vosotros. Desafortunadamente no disponen más que de un vagón y una pequeña locomotora. Todo lo demás está en el lugar del accidente.

Como averiguó más tarde Aroha, el conductor del furgón de cola había reaccionado con mucha serenidad ante el accidente. Desenganchó rápidamente su vehículo y regresó a toda prisa a Cross Creek. Allí de inmediato se puso en marcha un tren de rescate y pudieron iniciarse las tareas de salvamento. Sin embargo, para Matiu, Haki y Purahi la ayuda había llegado demasiado tarde.

—Tengo frío —susurró Aroha.

La mujer la envolvió en una manta.

—Enseguida habrá más té —dijo para consolarla.

Aroha tenía la sensación de que nunca más volvería a entrar en calor.

Aroha, Koria y los demás que habían salido ilesos o con heridas leves del accidente todavía tuvieron que aguantar varias horas en aquel gélido refugio a que por fin llegara el tren. Aroha apenas se dio cuenta de las tareas de rescate. Se encontraba inmersa en un mar de frío y pena y sentía un intenso dolor en el hombro dislocado. Le palpitaba la cabeza. Como desde la lejanía, oía la enervante cantinela de Koria.

—Os encontré a todos, a todos...

Ya era de noche cuando por fin llevaron a Aroha a la casa parroquial de Greytown. Allí se había montado un hospital provisional y un médico superado por las circunstancias se dispuso a recolocar el hueso dislocado.

—Voy a hacerle un poco de daño, señorita... —dijo apenado y, en efecto, le hizo un daño espantoso.

Aroha se sentía demasiado débil para gritar. Gimió cuando el brazo volvió a encajar en la articulación. El dolor fue cediendo lentamente, pero ella estaba demasiado agotada para alegrarse por ello.

A continuación, volvió a notar una taza en los labios, abrió mecánicamente la boca y se puso a toser. Ya no escupió el segundo trago de whisky. El tercero, la sumió en un profundo sueño.

Cuando despertó al día siguiente, apenas le dolía el hombro. El médico le había sujetado firmemente el brazo al pecho. Los zumbidos de la cabeza y la quemazón que sentía en su corazón fueron mucho peores cuando de nuevo tomó conciencia de lo ocurrido. Matiu, Haki, Purahi...

Se frotó las sienes. Le habría gustado pensar que todo había sido un mal sueño, pero, naturalmente, entonces no se habría despertado en una sala repleta de camillas donde yacían las víctimas del accidente, atendidas por unos asistentes. Tanta gente hablando, llorando, gimiendo... El dolor de cabeza aumentó. Lo que más le habría gustado hubiera sido volver a dormirse, pero de repente se acordó de Koria y Anaru. ¿Dónde estaban los niños?

Ahora se sentía culpable. Debería haberse preocupado por Anaru el día anterior. De hecho, ni siquiera había preguntado cómo estaba.

Al instante decidió enmendar su error. Se irguió con esfuerzo y venció las palpitaciones cada vez más intensas que sentía en la cabeza. Se mareó un poco al ponerse en pie, pero después respiró algo mejor. Inclinó la cabeza para mirarse y casi se le escapó un grito. Tenía la falda empapada en sangre. Era evidente que los asistentes estaban demasiado atareados para ocuparse de eso, ya que de lo contrario le habrían cambiado de ropa...

Aroha buscó apoyo en el respaldo de una silla que había junto a su cama y atrajo la atención de una de las cuidadoras.

—Espere, joven, ya la ayudo. —La pequeña y regordeta mujer acudió presurosa hacia ella—. La señorita Fitzpatrick, ¿no es así? ¿Ya puede levantarse? Vuelva a sentarse un poco, le traeré un té. Soy la señora Clever.

—¿Los niños...? —preguntó con esfuerzo Aroha. Estaba afónica, su propia voz le parecía ajena—. Koria, Anaru..., ¿cómo... cómo están?

—¿Se refiere a los niños maoríes? —preguntó la señora Clever, empujando a Aroha de vuelta a la camilla—. Los recogieron esta mañana. Muy temprano, todavía era casi de noche y el doctor era algo reacio a dejarlos marchar. Pero los padres han insistido en llevárselos... En fin, una pierna rota también se curará en el poblado maorí.

Por su tono, no se diría que la señora Clever estuviera muy convencida de sus palabras. Sin embargo, Aroha se sintió aliviada. Anaru al menos no moriría.

—Y el reverendo también ha telegrafiado a sus padres —siguió diciendo la mujer—. Se sentirán más tranquilos al saber que no le ha pasado nada, señorita Fitzpatrick. —Detuvo a otra asistente que pasaba con una tetera y unas tazas y tendió a Aroha un té caliente—. En realidad podría usted marcharse a casa hoy mismo, ha dicho el doctor. Pero usted... usted vivió con los maoríes y yo... en fin... nosotros... no sabemos si todavía será bien recibida allí. —Bajó la vista al suelo mientras Aroha la miraba sorprendida—. Después de lo que ha ocurrido... Ay, por todos los cielos, tesoro, ¿qué le ha pasado a su falda? —Cambió bruscamente de tema cuando posó la vista en la ropa de Aroha—. Le traeré prendas nuevas. Y también agua para que se lave...

Solícita, se puso en camino. Aroha se recostó agotada. La señora Clever tenía razón, era mejor que no se levantara. Pero entonces resonó una voz llena de odio.

—¡La *pakeha* llena de sangre! —La voz se alzó sobre los murmullos, los llantos y los gemidos de aquella sala provisional. Pertenecía a una corpulenta maorí que se había plantado entre las hileras de camas. En medio del ajetreo nadie se había dado cuenta de que había entrado, además llevaba indumentaria *pakeha*. Todos se la quedaron mirando. Aroha se acurrucó. Reconoció a la madre de Haki, que se aproximaba dispuesta a descargar sobre ella su pena y su rabia—. ¡Sangre traer muerte! —gritó a Aroha—. Traer desgracia. ¡Tú traer desgracia! ¡Tú prometer traer Haki a casa! «Haki ser feliz, Haki aprender...» —Repitió con ironía las palabras con que Aroha había apaciguado sus temores un día antes—. ¿Y ahora? ¡Ahora mi Haki muerta! —Rompió en sollozos, pero se recompuso—. Y Purani también muerto. Como decir su madre, ¡comido por el dragón *pakeha*! Y Koria hablar como loca, hay que sacar malos espíritus... ¡Tú tener culpa, *pakeha*! ¡Tú tener culpa!

La mujer se acercó amenazadora. La señora Clever se interpuso decidida entre ella y Aroha. Pero alguien más intervino.

—Tranquilízate, Aputa, ¡nadie tiene la culpa!

Reka había entrado en la sala parroquial, sin duda en busca de la madre de Haki. Se dirigió entonces a la mujer en maorí y quiso echarle el brazo por los hombros para consolarla. Pero Aputa se lo quitó con rudeza.

—¡Es culpable! ¡La maldigo! ¡Yo te maldigo, muchacha *pakeha*! ¡Los espíritus de los muertos te perseguirán! ¡Nunca hallarás la paz! —Pronunció estas palabras en su lengua, en voz alta, desaforada.

Mientras, el médico y el reverendo, alertados por los gritos, se habían acercado precipitadamente. Los hombres alcanzaron por la espalda a la furiosa mujer, que esgrimía amenazadora un palo en dirección a Aroha.

Aroha reconoció un *tiki wananga*, una vara adornada con figuras de dioses que formaba parte de los objetos de culto de los sacerdotes y sacerdotisas maoríes. Esa visión la asustó. Omaka también tenía un *tiki wananga* y Linda le había explicado en una ocasión cómo la anciana había utilizado el poder de este utensilio para echar una maldición a una joven. Aputa parecía a punto de golpear a Aroha. Los hombres se lo impidieron inmovilizándole los dos brazos. Reka le quitó la vara.

—Entendemos su dolor, pero tiene que marcharse...

El reverendo habló con afecto a Aputa, quien al ver que la apartaban de Aroha estalló en lágrimas. Reka se volvió a la joven, sostenía el *tiki wananga* con tanto cuidado como si este quemara.

—No puede echarte una maldición —explicó a la temblorosa Aroha—. No tiene *mana* suficiente para ello. No es una *tohunga* y no tiene poder. Y los espíritus tampoco prestarían atención a alguien tan furioso de dolor. Has de perdonarla. Espero que los espíritus también la perdonen. No debería haber cogido la vara de los dioses. Debe de habérsela quitado a Ngaio. En realidad no debería ni tocarla.

—A lo mejor Ngaio se la ha prestado —dijo Aroha con voz ahogada—. Para vengar a Matiu.

Reka negó con la cabeza.

—La abuela de Matiu llora la muerte de su nieto, pero no te culpabiliza. Fue un accidente. Previó que sucedería, sabía que no volvería a ver a Matiu. Pero tampoco podía saber cuándo ocurriría tal desgracia.

—Dijo que podría ser peligroso que me amase —sollozó Aroha. En ese momento las palabras de la *tohunga* cobraron sentido para ella—. Los dioses podían romper la cuerda que unía a la tierra la cometa por ellos elegida. ¡Dijo algo similar!

—Incluso así, no serías culpable —repuso Reka con dulzura—, habría como mucho un dios celoso. Pero no lo creo, tú no debes creértelo en ningún caso. Tú rezas al dios de los *pakeha* y al parecer él siempre es solo bueno, afectuoso y sabio.

No se diría que Reka se creyera del todo esto último. Era obvio que solo quería tranquilizar a Aroha.

—He convencido a la tribu de que envíen a los niños a la escuela —siguió enumerando Aroha sus supuestos pecados—. La madre de Haki tiene razón, le prometí que cuidaría de su hija. Yo...

—Disculpe, usted también debe marcharse ahora... —La señora Clever intervino suave pero resuelta en la conversación que Reka y Aroha sostenían en maorí—. Seguro que su intención es buena, pero está excitando a la joven. La señorita Fitzpatrick tiene que descansar, está herida.

—Ella herida en el alma —replicó Reka—. Ella debe comprender que no tener culpa de muerte de niños.

La señora Clever asintió, pero insistió en poner punto final a la visita.

—Cuando se encuentre mejor lo comprenderá —declaró—. La joven no es responsable de la desgracia ocurrida con el tren. Hablaré con el reverendo y él se lo explicará a la señorita Fitzpatrick. Después de que ella haya dormido un poco. Venga, hijita, bébase esto... —le tendió un vaso a Aroha con un líquido incoloro—. Dice el doctor que con esto tendrá usted unos bonitos sueños.

Aroha bebió obediente el láudano y percibió enseguida un plácido cansancio. Pero no tuvo bonitos sueños. Los sueños de Aroha estaban poblados de Matiu, Haki, Purahi y su tribu. Todos le atribuían la culpa y no se cansaban de repetirle la maldición de Aputa.

6

Franz Lange llegó en el primer tren que volvió a circular por la línea Rimutaka Incline después del accidente. Tras recibir el telegrama de Greytown, Linda había sido la primera en querer emprender el viaje sin esperar el tren, quería poner de inmediato rumbo a Wairarapa a caballo. Sin embargo, Franz logró convencerla de que abandonara esa idea. Tardaría como mínimo dos días cabalgando y al final llegaría más tarde que si tomaba el tren. Además, el reverendo de Greytown pedía expresamente que acudiera su homólogo. Tal vez el reverendo Lange podía aplacar los ánimos de los maoríes que culpaban a Aroha y al reverendo de la pérdida de sus hijos.

«Naturalmente, ya no quieren enviar sus hijos a su escuela ni a mi iglesia —había telegrafiado el religioso—. Otra nueva generación crecerá sin fe ni educación.»

—Habrá que ver si se preocupa más por la fe o por la educación —murmuró Linda—. Comprendo muy bien a los maoríes —añadió—. Por supuesto, ahora no se despegan de sus hijos. En todo caso, yo tal vez los visitaría el año que viene para hablar con ellos. Cuando el dolor se haya aplacado un poco y todos puedan volver a pensar con claridad...

Franz pensaba igual, pero no quería decepcionar al reverendo. Opinaba que, a fin de cuentas, daba igual quién de los dos fuera a buscar a Aroha.

—El reverendo ha insistido en que su vida no corre peligro —tranquilizó a su esposa—. Claro que está triste y alterada después de una experiencia así. Además, Matiu significaba mucho para ella, y para todos nosotros. A lo mejor ayuda a su familia que se lo diga y rece una oración por él. Eso tal vez anime a los maoríes a volver a la iglesia.

A Linda le parecía poco probable, pero no contradijo a su marido. Franz tenía a veces ideas poco realistas. Cuando años atrás había llegado a Rata Station desde Australia, antes de trabajar como misionero en Nueva Zelanda, había vivido inmerso en su propio mundo. Se había educado en la comunidad de ortodoxos donde había crecido y al principio había sacado de quicio a todos los habitantes de la granja. Con el tiempo, Franz había cambiado. Trabajar con los niños maoríes y convivir con Linda habían convertido al rígido fanático en un cristiano comedido y amable, que mostraba comprensión hacia casi todos los errores y desórdenes humanos. Y en la práctica actuaba correctamente, más allá de esos sueños ajenos al mundo que había alimentado antes.

—Entonces trae a Aroha lo antes posible a casa... —concluyó Linda—. No da igual quién vaya a buscarla. Ahora necesita a su madre.

Franz encontró a su hija adoptiva en casa del reverendo de Greytown. Pálida y triste, estaba sentada en una silla de la habitación de invitados del religioso y miraba fijamente las montañas a través de la ventana. La casa estaba en una colina y la vista era preciosa. Por la noche había nevado —Franz no lo habría admitido, pero había necesitado hacer acopio de toda su fe para emprender el viaje en tren con ese tiempo— y la montaña boscosa estaba como espolvoreada de azúcar. Pero Aroha no tenía aspecto de percatarse de ello. Se diría que su mirada estaba velada; cuando se volvió hacia Franz, sus movimientos parecían lentos. Su brazo descansaba en un cabestrillo sujeto con un vendaje al pecho.

—Ha muerto Matiu —dijo en voz baja, como si Franz no supiera nada de lo ocurrido—. Y los niños. Y todo por mi culpa, yo...

—Tonterías, Aroha, ¿qué estás diciendo? —exclamó sorprendido su padre adoptivo.

El reverendo había informado a Franz por escrito que los maoríes culpaban a Aroha de la desgracia, pero era imposible que ella misma se tomara en serio esas acusaciones.

—Al menos ahora habla —observó la esposa del reverendo, que había conducido a Franz hasta la habitación—. Desde que está aquí no ha abierto la boca. Casi no come y está mirando siempre por la ventana. La pobre está como petrificada.

Franz la escuchaba, pero solo tenía ojos para su hija. Se acercó a ella.

—El reverendo y yo vamos a celebrar un servicio por Matiu —dijo—. Y por los otros niños. Hoy por la tarde. Rezaremos por sus almas y suplicaremos a Dios que nos ayude...

—¿Que nos ayude? —repuso Aroha con voz apagada—. Ahora es demasiado tarde, están muertos. Dios tendría que haber hecho algo antes, antes de que Rangi cortase la cuerda... Pero Dios tampoco quiere que la gente se ame... A lo mejor los dioses querían castigarnos a todos, a lo mejor se habían puesto todos en nuestra contra.

Franz frunció el ceño. Estuvo a punto de pronunciar una dura réplica, pero luego vencieron los instintos humanos que Linda tan fatigosamente le había inculcado. Estrechó a Aroha entre sus brazos.

—Hija mía, qué absurdas ideas son esas —le dijo en tono cariñoso—. Claro que Dios no se opone a que los seres humanos se amen. Al contrario, Jesús desea que hasta a nuestros enemigos...

—Puede que a nuestros enemigos, ¡pero no a Matiu! —Aroha rompió a llorar—. Vosotros siempre habíais dicho que éramos demasiado jóvenes. Teníamos que esperar para amarnos y todo eso. Y esperamos, éramos castos y...

Se mordió el labio. Tan castos tampoco lo habían sido. ¿Se habría ofendido Dios por ello? Aroha no podía evitarlo, desde el infortunio todos sus pensamientos giraban en torno a la culpa.

—Hija mía, todo eso no tiene nada que ver con el accidente del tren. —Franz Lange empezaba a darse cuenta de a qué se había referido Linda. Habría sido mejor que ella hubiese ido a recoger a esa persona llena de dolor en que se había convertido su alegre hija—. Aroha, primero iremos a comprar —intentó cambiar de tema—. Así no puedes asistir al servicio religioso.

La joven llevaba un vestido que, a simple vista, le iba demasiado grande. Su traje de viaje se había estropeado y no se había podido recuperar el equipaje del vagón. Una gran parte de las maletas había caído al vacío. Una de ellas había sido la de Aroha.

—No necesito nada —murmuró—. Y tampoco quiero ir al servicio...

Franz se enderezó decidido.

—Pues claro que vas a ir —dijo con severidad—. Y mañana te vienes conmigo a casa. Debes olvidarte lo antes posible de todo lo ocurrido.

Finalmente, Aroha iba con un traje y un abrigo negros cuando, en la iglesia, los dos reverendos dieron la bienvenida a la congregación. La esposa del reverendo la había ayudado a vestirse y estaba sentada a su lado. Reka tomó asiento al otro lado de Aroha, era la única representante de los maoríes que había acudido.

—Ngaio también quería venir, pero no se sentía bien. Hace conjuros para Koria, ¿sabes? El espíritu de la niña todavía está en las montañas, donde descarriló el tren. Ngaio y las demás *tohunga* la ayudarán a encontrar el camino de vuelta con nosotros. Aun así es agotador, Ngaio está agotada. Además, tuvieron que celebrar ceremonias de purificación para el *tiki wananga* que Aputa se había llevado. También recitamos *karakia* por Aputa. Y por ti, hija. Tienes cautivo el espíritu de Matiu. Debes dejarlo en libertad...

Aroha hizo una mueca con los labios.

—Sí, primero él me sujetaba a mí, ahora soy yo quien lo sujeta —respondió enojada—. Ya veremos si los espíritus también pueden romper tan fácilmente esta cuerda.

Sus ojos resplandecieron por vez primera tras el infortunio. Reka entendió el mensaje: Aroha estaba dispuesta a desafiar a los dioses.

—Ningún dios ni ningún espíritu puede desunir un vínculo así —dijo con dulzura—. Debes hacerlo tú misma.

Bajó la vista después de que la mirada severa del reverendo se posara en ella. Se estaban rezando las primeras oraciones y los feligreses debían callar.

Por supuesto, Franz Lange mantuvo su promesa de hablar con los ngati kahungunu antes de regresar a Otaki con Aroha. Se reunió con Reka, quien pidió una vez más a la joven que la acompañase. Era obvio que la tribu estaba de duelo, pero exceptuando a Aputa y la madre de Purahi, a quienes el dolor no les permitía tener una visión clara de la situación, nadie le reprochaba nada. Sin embargo, Aroha rechazó la invitación con tal vehemencia que Reka no insistió.

Franz habló con el jefe y los ancianos de la tribu, pero no consiguió que el consejo de los ngati kahungunu cambiase de opinión. La tribu no enviaría al colegio a sus hijos. Pese a ello, aprobaron complacidos rezar todos juntos por Matiu y los niños. Franz pronunció unas conmovedoras palabras que trataron más de la feliz infancia de Matiu en Otaki que de Dios. Al final, al menos los familiares del chico parecían haber hallado algo de consuelo. La anciana Ngaio le dio un colgante de jade con la figura de un pequeño dios como obsequio para Aroha.

—Sé que tú no querer que lleve *hei tiki*. Los *pakeha* solo quieren la cruz. Pero esto bueno para el alma...

—¡Esto ser buen recuerdo de Matiu! —la interrumpió hábilmente Reka. Sabía que la anciana *tohunga* quería apaciguar a los dioses que velaban por Aroha, pero era mejor no contarle algo así al reverendo cristiano—. Un regalo de la tribu, de la abuela. Así Aroha sabe que nosotros no estar enfadados.

Franz hizo de tripas corazón y le entregó el regalo a su hija. Aroha lo contempló largamente.

—El cielo y la tierra... —susurró.

Cuando Franz observó con mayor atención, distinguió dos figuras diminutas estrechamente enlazadas. Papa y Rangi, en la mitología de los maoríes la diosa de la Tierra y el dios del Cielo, a quienes había habido que separar para crear el mundo de los hombres.

Franz murmuró algo sobre las supersticiones paganas, mientras que Aroha se puso el colgante sin pronunciar palabra. Franz no hizo más comentarios, por el momento tenía otras preocupaciones. Había planeado marcharse al día siguiente a casa, pero Aroha se negó categóricamente a volver a subir a un tren.

—¡No puedo! —susurró—. Tienes que entenderlo, Revi Fransi, no puedo. ¡Nunca más podré viajar en tren!

—Entonces tendrás que quedarte aquí hasta la primavera —respondió Franz—. Sí, ya sé, podríamos volver a caballo, pero sería una locura con el tiempo que hace. Podrían sorprendernos nevadas, podríamos extraviarnos... —A ello se añadía que Franz era un mal jinete. Si bien conducía carros pesados, mantenerse a lomos de un caballo durante horas significaba para él una tortura. No se hubiera atrevido a manejar una montura tal vez insegura sobre un terreno difícil. Vio que la joven sopesaba las alternativas—. A lo mejor el doctor te da algún brebaje sedante para el viaje —sugirió sin mucho entusiasmo.

De hecho, Franz no aprobaba que la esposa del reverendo estuviera suministrando a su hija una cucharita de láudano cada noche para que conciliase el sueño. Pero justificaba cualquier método con tal de llevarse a Aroha a casa.

Finalmente, la muchacha cedió ante la necesidad, pero se negó a dormir durante el viaje. Con una palidez mortal, subió al tren con su padre adoptivo. En esta ocasión era un día sin viento pero lluvioso. Cuando dirigió una última mirada a Greytown, vio una pequeña ciudad adormecida y cubierta de nubes. Por lo demás, poco hubo que recordase al último viaje con Matiu, por ejemplo, no pararon en Cross Creek. Alertada por el accidente, ahora la compañía de ferrocarriles incorporaba las locomotoras más pesadas antes de llegar a las montañas.

Franz posó su mano sobre la de Aroha para reconfortarla cuando pasaron junto a la estación. Los dedos de la joven se crisparon en torno a los de su padre. Antes de la curva Siberia, Aroha cogió el *hei tiki* y lo aferró. Franz no quiso prohibírselo, pero recitó una oración por las víctimas del accidente y la invitó a que rezase el padrenuestro con él cuando llegaron al lugar de la catástrofe. El maquinista accionó la sirena de la locomotora en homenaje a los muertos y Aroha se estremeció con el penetrante pitido. No miró por la ventanilla; de todos modos, Franz ya había comprobado en el viaje de ida que allí no había nada que ver. Habían vuelto a colocar los vagones en los raíles, rescatado a heridos y muertos, y la lluvia y la nieve habían limpiado la sangre. La curva Siberia no era más que una curva en herradura como tantas otras de ese tramo. Sin el pitido del tren, Franz ni siquiera se habría dado cuenta de que pasaban por allí.

Aroha se relajó cuando dejaron atrás el lugar del accidente y enfilaron el túnel Siberia. Franz observó cómo se quitaba lentamente el *hei tiki* del cuello, lo ponía con cuidado en una bolsita de piel y luego lo guardaba en su bolsa.

Nunca más la vio llevar el pequeño colgante.

7

—¿Y si simplemente la enviamos unos días fuera?

Como tantas veces en las últimas semanas, Linda observaba preocupada a su hija. Mientras que los demás alumnos de la escuela charlaban en la sala común, jugaban o hacían deberes, Aroha permanecía sentada junto a la ventana y miraba indiferente la plaza de las asambleas, polvorienta al sol otoñal. Unos pocos niños jugaban allí al rugby, pero a ella no parecía interesarle el partido. Miraba al vacío, inmersa en sombrías cavilaciones.

Había pasado más de medio año desde que había vuelto de Wairarapa. Ya hacía tiempo que sus heridas físicas se habían curado, pero las del alma estaban profundamente arraigadas. De nada servía todo lo que hacía Linda por animar a su hija o al menos distraerla de su pena. Aroha ejecutaba mecánicamente las tareas que su madre le encargaba, si bien prefería ayudar en la cocina o la lavandería antes que ocuparse de los niños. Respondía a las preguntas, pero con monosílabos, y cuando la dejaban tranquila se encerraba en sí misma.

—¿Enviarla fuera? —repuso Franz. Estaba atornillando una lámpara de gas. Le encantaba hacer reparaciones, ya fueran sencillas o complicadas, durante su tiempo libre—. ¿Adónde? No volverá a subir en ningún tren, ya lo sabes.

Linda no había conseguido en verano ir a Russell a visitar a Karl e Ida, un intento por lograr que Aroha pensara en otra cosa.

Sin embargo, a su hija siempre le había gustado ir a Russell, le encantaba el mar.

—Estaba pensando en Rata Station —contestó Linda—. Para ir allí no es necesario coger el tren. Nos llevas a Wellington en el carro y ahí embarcamos directas a Lyttelton Harbour.

Franz sonrió a su esposa.

—Así que te gustaría visitar a tu hermana y tu madre. —A Franz siempre le costaba un poco pensar en Catherine Rat como la madre de Linda. Durante mucho tiempo había pensado que era hija de su hermana Ida, y, por ello, sobrina suya. Si ese hubiese sido el caso, su relación con Linda habría fracasado, pues él, por supuesto, nunca se habría casado con una pariente tan cercana—. Puedes ir a verlas en cualquier momento, ya sea con o sin Aroha.

Linda puso los ojos en blanco.

—No se trata de mí —replicó—, sino de Aroha. Seguro que por unas semanas te apañas bien por aquí sin mí. Ella necesita pensar en otras cosas. En Rata Station trabajará. Ayudará con las ovejas, montará a caballo, tendrá amigos de su misma edad...

Franz frunció el ceño y observó a los niños de la sala común.

—¿Y aquí está sola? —preguntó sin entender—. ¿Y no tiene nada que hacer? Linda, hace un par de meses estaba ocupada todo el día en tareas importantes. Se queda mirando al vacío desde lo que le ocurrió a Matiu. A lo mejor deberíamos involucrarla más, ser más severos también...

Pronunció la última frase sin mucho entusiasmo, ya que la muchacha no solía protestar. No había razones para castigarla, pero su permanente tristeza desgarraba el corazón de Franz igual que el de su esposa.

Linda negó con la cabeza.

—Claro que tiene suficientes niños a su alrededor, Franz. Pero son todos maoríes. Y ella los ve demasiado pequeños para relacionarse con ellos. Siempre asistió a un curso con chicos de la misma edad que Matiu. Y ahora todos están en la universidad.

Naturalmente, los Lange habían tratado de motivar a Aroha para que también asistiera a la Universidad de Wellington. Aunque todavía era muy joven, cabía la posibilidad de que compartiera una habitación con una vieja amiga en el albergue de estudiantes. Aroha se había negado. Wellington no tenía el menor interés para ella si no estaba Matiu. Y Pai, con quien iba a compartir la habitación... ¡lo mismo le traía mala suerte!

—Antes le gustaba ocuparse de los más pequeños —observó Franz.

Linda suspiró.

—Para lo cual tenía que asumir una responsabilidad —le recordó a su marido—. Lo que ahora no se atreve a hacer. Ya viste lo que ocurrió ayer: ni siquiera quiso acompañar a las niñas a nadar. ¡Porque podrían ahogarse! Me lo dijo muy seria. Y eso que esas criaturas nadan como peces en el agua, sin contar con que el lago del bosque tiene como mucho un metro de profundidad. Se obsesiona. Si tiene que hacer algo con los niños, le da miedo.

—¿Y no ocurrirá lo mismo con los caballos y las ovejas? —preguntó Franz meneando la cabeza—. ¡Todo esto es puro desvarío, Lindie! No es culpable de la muerte de los niños de Wairarapa y en ningún caso de la de Matiu. Es solo un delirio...

—Del que está claro que aquí no se librará —insistió Linda—. Mientras solo vea a su alrededor a los niños maoríes que sus padres nos han confiado, revivirá las escenas de la partida en el tren del accidente, cuando aseguró a los padres de Haki y Purani que a sus hijos no les pasaría nada. Y luego los reproches de la madre de Haki... No quiero ni pensar en lo mal que lo pasará cuando se acaben las vacaciones y los niños nuevos vengan a la escuela.

Muchos padres maoríes llevaban ellos mismos a sus hijos a la escuela de Otaki y planteaban preocupados preguntas similares a las de Aputa. Cada año, Linda y Franz pasaban horas tranquilizándolos. Eso se convertiría en una tortura para Aroha.

—Es posible que se desenvuelva mejor con niños *pakeha* —aventuró Linda—. Y no veo ningún problema con las ovejas y los caballos. Siempre se lo ha pasado bien en la granja trabajando con los animales. A eso se añade el movimiento y el aire fresco. Tendrá menos tiempo para darle vueltas a la cabeza, por las noches acabará rendida. ¡Todavía sigue tomando láudano, Franz! Y a pesar de eso tiene pesadillas y llora todas las noches. ¡Esto no puede seguir así! Vamos a intentarlo con Rata Station. Si sigue tan apática se nos tendrá que ocurrir otra idea. Sea como sea, cualquier cosa es mejor que quedarse cruzado de brazos.

Aroha aceptó sin rechistar la decisión de sus padres. Antes se hubiese alegrado de emprender el viaje. Había pasado dos veces las vacaciones en Rata Station y siempre había disfrutado de la estancia allí. Ahora, sin embargo, no sentía nada ante la perspectiva de cambiar de lugar, aunque tampoco le causaba ningún temor. Al contrario, al menos en Rata Station nadie le pediría que se ocupara de algún niño, y menos de los niños maoríes. Naturalmente, también había niños *pakeha* en Rata Station. La media hermana de Linda, Carol, y su marido Bill tenían dos niños y dos niñas de entre dos y diez años de edad. March, la hija de Mara, a la que llamaba tía pese a no tener vínculos sanguíneos, y Robin, el tío de Aroha (Catherine, la madre de Linda, con los cuarenta ya cumplidos, había tenido un hijo con su marido Chris) eran aproximadamente medio año más jóvenes que ella.

Los últimos días antes de la partida, mientras Aroha se arrastraba como en una permanente pesadilla, a Linda la espera se le hacía larga. Ponía muchas expectativas en la estancia en Rata Station, y aún más porque Carol estaba totalmente de acuerdo con ella: cambiar de sitio le sentaría bien a Aroha.

«Tenemos aquí una yegua muy bonita, lista para ser montada —escribió Carol—. Muy suave. Con un poco de ayuda, Aroha conseguirá reponerse. Y no hay nada mejor que un potro para distraer a una persona de sus pensamientos.»

Linda era de la misma opinión. Había crecido con Carol en una granja, las dos incluso habían dirigido el negocio durante un tiempo. Siempre había encontrado muy placentero el trato con los animales y todavía tenía un caballo de montar, aunque Franz le reprochaba de vez en cuando que eso era un lujo.

Linda tuvo que ayudar a su hija a hacer las maletas, de nuevo una tarea que en el pasado no había sido necesario realizar. Antes del viaje a Wairarapa, Aroha había pasado días pensando qué iba a llevarse y con qué regalos obsequiaría a los parientes de Matiu. Ahora, miraba indiferente cómo Linda hacía una selección.

—En la granja utilizarás sobre todo ropa de montar, pero una o dos prendas bonitas tienes que llevar —dijo a su hija, y metió en la maleta un vestido de tarde azul adornado con puntillas. Aroha no lo había vuelto a tocar desde el accidente.

—Me basta con lo que llevo puesto —objetó.

Linda se mordió el labio. Desde que había regresado, Aroha solo había llevado las prendas oscuras que Franz le había comprado en Greytown. Cuando Linda había hecho valer su autoridad al respecto, había cambiado sin poner objeciones a las faldas grises y las blusas blancas. El tema de la ropa no le parecía lo suficientemente importante como para pelearse. Con el soso conjunto que Aroha llevaba ese día, parecía una maestra joven. Linda odiaba ver a su hija vestida de esa manera, pero no quería regañarla.

—No es ropa lo bastante gruesa. ¡Pronto hará frío! —afirmó—. El invierno llega más rápido de lo que te piensas. Además, con eso pareces tu abuela, sin querer ofender a Cat. ¡Ella no llevaría una ropa tan anticuada!

Catherine Rat, a la que todos llamaban Cat, no era alguien que siguiera la moda, pero no veía ninguna necesidad de vestirse como una anciana. Solía llevar ropa de montar y, como baronesa de la lana pudiente, disponía de vestidos bonitos para ir a la ciudad o asistir a eventos sociales.

De nuevo, Aroha no puso objeción alguna. Cuando por fin emprendieron el viaje a la Isla Sur, vistió obedientemente el traje de viaje granate que Linda había separado para la ocasión.

Franz encargó a uno de sus alumnos mayores, un joven y espabilado maorí, que condujera el tiro que debía llevar a las mujeres a la ciudad. El carruaje no era muy cómodo, en realidad no era más que un carro con adrales en el que se habían atornillado unos bancos. En él podían transportarse de diez a veinte niños, así como mercancías. Linda y Aroha sufrieron unas buenas sacudidas. Por suerte, el trayecto no duró mucho. En el curso de la guerra de Taranaki, las carreteras entre Otaki y Wellington se habían acondicionado bien. Por allí habían desfilado ejércitos completos de soldados y *military settlers*. Los caminos eran adecuados para vehículos pesados y se utilizaban asimismo para el transporte del avituallamiento militar.

Linda pasó el trayecto contando a su indiferente hija y al pequeño cochero, un oyente más atento, cómo había sido antes la ruta. Los caminos atravesaban unos bosques que eran espesos y oscuros cuando las tierras todavía pertenecían a diversas tribus maoríes de la Isla Norte. Entonces los indígenas podían permanecer durante meses ocultos de los *pakeha* sin que sus fortalezas o poblados fueran descubiertos. En la actualidad, el número de árboles de la región de Wellington había disminuido. Se había necesitado madera para construir los numerosos asentamientos *pakeha* junto a las carreteras. Los maoríes se habían establecido en otros lugares. Tan cerca de la capital ya no había ningún *marae* digno de mención.

Al final, la carretera discurría a lo largo de la costa y Linda se deleitó ante la visión de acantilados y playas. Aroha no veía nada de eso. Vivía en su propio y lóbrego mundo.

Linda había reservado habitación en un buen hotel para pasar la noche y por la mañana propuso ir a ver unos cuantos escaparates en Wellington antes de embarcar. Que Aroha estuviera dispuesta a ponerse ropa normal le había dado ánimos, tal vez accedería a comprarse un par de vestidos. Pero su hija se limitó a negar con la cabeza, algo que sumió a Linda en una rabiosa impotencia. Por unos segundos pensó en obligarla, pero luego renunció a hacer ningún comentario y pidió que las condujeran al puerto. En el viaje de Lyttelton a Rata Station pasarían por Christchurch. Allí tal vez Aroha estuviera más receptiva. Además, Linda estaba muy interesada en que la travesía en barco acabase lo antes posible. De hecho, asociaba los viajes en barco con recuerdos tan horrorosos como los que tenía Aroha del tren.

Años atrás, Linda y su media hermana Carol habían vivido el hundimiento del *General Lee*. Se dirigían a una boda en las Fjordlands con Cat y Chris y los había sorprendido una tempestad que había desviado mucho el barco de la ruta prevista. Cuando se precipitó contra un escollo y se hundió, Linda y Carol se salvaron en un pequeño bote tras una auténtica odisea. Cat y Chris, por el contrario, habían acabado en las islas Auckland. Habían sobrevivido allí durante dos años y medio, mientras Carol y Linda los habían dado por muertos y habían luchado por conservar Rata Station.

Desde entonces, Linda apenas se atrevía a subirse a un barco y solo por amor a Aroha hacía un gran sacrificio al no coger simplemente el transbordador a Blenheim para viajar luego en tren a Christchurch, y al optar por la travesía más larga en barco hacia Lyttelton.

Mientras embarcaba con su hija, tuvo que dominarse, al menos para permanecer el tiempo suficiente en cubierta y saludar con la mano a su joven cochero. A continuación se retiró al camarote.

Aroha contempló sin ninguna emoción la Isla Norte. Ahora no había nada allí de lo que valiera la pena despedirse. Pero cuando la tierra desapareció de su vista y el barco se puso a balancearse sobre las olas del estrecho de Cook, empezó a sentirse más ligera. Su intención era retirarse cuando el viento empezó a soplar y agitar las cintas de su capota. Desde el accidente, odiaba el viento y escapaba en cuanto lo oía susurrar en los árboles. Comprobó entonces que se trataba de una leve brisa y no de un violento vendaval como el de Siberia. Se sorprendió disfrutando de la caricia de la brisa en su piel, así como del burbujeo de la espuma cuyas salpicaduras le llegaban cuando la proa golpeaba las olas. Al final se quitó el tocado y expuso su rostro al sol. Y luego descubrió ante ella algo plateado. ¡Delfines! Miró emocionada a los vivarachos animales que acompañaban el barco con sus espectaculares saltos. No se cansaba de contemplarlos y, por primera vez en muchos meses, dejó de pensar unos minutos en Matiu.

De inmediato volvió a sentirse culpable y fue en busca de su madre. Como era de esperar, la encontró en un estado bastante lamentable en el camarote. El fuerte oleaje del estrecho de Cook la había mareado y ni siquiera la animó el que Aroha le contara de los delfines. La joven se vio obligada a cuidar de Linda, lo que la distrajo de su continuo cavilar.

Al anochecer, cuando su madre por fin se durmió, volvió sola a cubierta. Sin duda no era algo bien visto, pero Aroha necesitaba aire fresco. Mientras buscaba con la mirada a los delfines, pensó en las experiencias de Linda y Carol durante el hundimiento del *General Lee*. ¿Se habrían sentido ellas también culpables? Claro que no. ¿Qué culpa iban a tener dos chicas de dieciocho años en el hundimiento de un barco? Tan poca como Aroha en el accidente de ferrocarril.

La idea pasó por su mente antes de que pudiese rechazarla como solía. Hacía meses que sus padres intentaban explicarle que ella no habría podido hacer nada para salvar a Haki, Purahi y Matiu. Había sido cosa del destino. Incluso en la investigación oficial del suceso se había concluido que nadie había cometido ningún error.

Se frotó las sienes. Aunque tenía la sensación de que debía oponerse, se sentía mejor. Todavía le dolía pensar en la catástrofe, pero la presión que sentía en el corazón parecía ceder.

Por primera vez consiguió dormir esa noche sin tener que sedarse. Aroha había llegado a depender del láudano.

8

Al día siguiente, el mar estaba en calma y Linda, por su parte, se sentía mejor, aunque prefirió seguir en su camarote.

—No puede pasar nada, mamá —la animó Aroha. Tenía hambre (otra experiencia nueva) y le habría gustado ir al comedor a desayunar. Linda había reservado en primera clase aunque Franz lo consideraba un derroche. Pero ella tenía ingresos de Rata Station que le permitían esos pequeños lujos. Y tampoco consideraba un lujo tener un camarote propio donde poder retirarse durante la travesía, sino una absoluta necesidad—. Estamos navegando a lo largo de la costa, ¡se puede ver tierra! —le explicó Aroha.

—También se podía entonces, en el *General Lee*, y luego la corriente nos arrastró a millas de distancia... —Linda inspiró profundamente—. Lo siento, cariño, en esta vida no vas a conseguir que me entusiasme una travesía en barco, aunque me digas que el mar está sereno, ya vuelvo a marearme. Pero me alegro de que tengas hambre. Pediré que te traigan el desayuno al camarote.

Aroha disfrutó comiendo unos huevos con tostadas y mermelada y luego subió a cubierta con el visto bueno de su madre. Allí el tiempo le pasaba en un abrir y cerrar de ojos. El barco había atravesado el estrecho de Cook por la noche y ahora navegaba junto a la costa rumbo al sur. La línea costera de la Isla Sur era bonita, unos abruptos acantilados se alternaban con playas blancas y calas oscuras. Se veían estaciones balleneras abandonadas y bellas y pequeñas colonias. Totalmente *pakeha*, como Aroha comprobó desgarrada entre el alivio y la mala conciencia. ¡No debía alegrarse de que estuvieran desplazando al pueblo de Matiu! Pero, al menos, aquí no habían expulsado a los maoríes de sus poblados. La Isla Sur había estado mucho menos habitada por nativos que la Isla Norte. Los escasos dos mil maoríes que vivían ahí al llegar los ingleses se habían entendido bien con los *pakeha*. Se habían producido menos conflictos bélicos que en la región de origen de Aroha, lo que sin duda también se debía a que no hubiese tantas tribus maoríes distintas. Prácticamente, casi toda la Isla Sur pertenecía a los ngai tahu. Los distintos *iwi* no peleaban entre sí y se mantenían unidos contra los blancos.

Por la tarde, el barco llegó al idílico puerto natural de Lyttelton. El lugar era más pequeño de lo que habría cabido esperar de una ciudad portuaria tan importante; al fin y al cabo, se podía decir que atracaban allí todos los barcos de inmigrantes que no pasaban por Dunedin. La mayoría de los colonos solía quedarse una noche como mucho y enseguida continuaba hacia Christchurch, una ciudad mucho más grande. Para ello tenían que cruzar un paso que inicialmente había sido muy inhóspito. Con el tiempo, sin embargo, se habían construido carreteras fácilmente transitables. En el mismo puerto, un carro de Rata Station esperaba la llegada de Linda y Aroha. Catherine Rat estaba sentada en el pescante y miraba sonriente a las recién llegadas.

Aroha la saludó con la mano y se sorprendió a sí misma sonriendo. Por primera vez en mucho tiempo volvía a sentir alegría. Era bonito ver de nuevo a su abuela y a las dos fuertes yeguas de pelaje bayo oscuro. Estas últimas también pertenecían a la familia. Linda, entristecida, había enviado a Rata Station su primer caballo cuando este envejeció, una yegua cob, *Kiward Brianna*, que había dado a luz varias veces bajo el cuidado de Cat. Linda se había quedado con el primer potro y todavía lo montaba. Los otros descendientes se encontraban en los establos de la granja. *Brian-*

na todavía vivía y Aroha había aprendido a montar con ella durante sus anteriores vacaciones.

Cuando Cat distinguió a Aroha se bajó del pescante, dudando en si dejar al caballo solo para ir al encuentro de su nieta. Catherine Rat Fenroy no aparentaba su edad, al menos desde lejos. No se percibían las primeras hebras blancas en su cabello rubio, pues Cat se lo había recogido para viajar a la civilización, como solía decir bromeando. De lo contrario, casi nunca se lo peinaba así. La mayoría de las veces se ataba despreocupadamente con una cinta de cuero su abundante cabello, que llevaba largo hasta la cintura, en una coleta que le caía sobre la espalda, o se lo apartaba del rostro con una banda ancha que se ponía en la frente a la manera maorí.

Tal como había señalado Linda al hacer el equipaje, Cat no iba vestida como una abuela. Ese día llevaba un elegante vestido de montar de color burdeos que también podía lucir para tomar el té en la ciudad. Tal vez hasta había planeado permanecer unos días en Christchurch. Rata Station se encontraba junto al río Waimakariri, bastante alejada de la ciudad. Era probable que Cat quisiera pernoctar en Christchurch. Aroha se asombró de que eso le pareciera realmente atractivo. La Isla Norte, y todo lo que había ocurrido allí, iban relegándose a un segundo plano. Naturalmente, todavía experimentaba el dolor por Matiu y los niños, pero ya no parecía dominarlo todo.

Linda abandonó su refugio en el camarote en cuanto el velero atracó. Indicó a un mozo que sacara el equipaje, se adelantó luego al hombre y a su hija, y se arrojó en brazos de su madre.

—¡Mamaca! ¡Cuánto tiempo!

—¡Demasiado!

Cat reía y estrechaba a Linda. De hecho, había visitado a su hija el año anterior. Para ser barones de la lana, a Chris y Cat Fenroy les gustaba viajar, conscientes de que dejaban en buenas manos Rata Station con Carol y Bill. No obstante, Cat sabía lo mucho que Linda echaba de menos la granja y a su familia. Linda y Carol habían crecido como mellizas aunque solo tenían el mismo padre, no la misma madre, y estaban muy unidas. Durante su juventud habían esperado poder vivir juntas en Rata Station, o al menos en dos granjas vecinas. Pero el destino había querido que las cosas fueran de otro modo y ambas estaban muy felices con la vida que llevaban. No obstante, por mucho que Linda amara la Isla Norte, la escuela y su trabajo con los niños maoríes, habría deseado simplemente estar más cerca de Rata Station.

—¿Todo marcha bien en la granja? ¿Cómo se encuentra *Brianna*? —La última pregunta tuvo un deje algo temeroso, pues la yegua ya casi tenía treinta años.

—Disfruta de ser abuela. —Cat rio—. Ahora ya tiene varios bisnietos. Aroha, Carol tiene lista para ti a su última hija. *Crésida*.

—¿*Crésida*? —preguntó Linda sorprendida.

Los antecesores de la yegua habían sido cobs galeses de la famosa granja Kiward Station, en las llanuras de Canterbury. Tradicionalmente ponían a los potros nombres celtas.

Cat se encogió de hombros.

—Cosa de Robin —dijo—. Ya sabes, el primero que ve al potro puede darle el nombre. Y a Robin le encanta Shakespeare. De tratarse de un macho, seguramente se habría llamado *Troilo*.

—Entonces *Crésida* ha estado de suerte.

Linda estaba contenta y aliviada de ver a su madre tan saludable y vigorosa, pero todavía más de constatar la alegría de Aroha. Parecía cambiada. Por supuesto que no era la de antes, aquella muchacha segura y carente de preocupaciones, pero se la veía más interesada y menos retraída y triste.

—¡Venga, vámonos, nos marchamos de aquí! —anunció Cat—. A no ser que estéis famélicas; entonces pararíamos en un *pub*. Pero yo me pondría en camino lo antes posible para pasar el Bridle Path y luego comer alguna cosa en Christchurch. Chris ha reservado habitación en el Excelsior; es el hotel más nuevo y elegante de la ciudad, estoy impaciente por verlo. Nos reuniremos allí con él a la hora de cenar. Se está peleando por no sé qué asunto de la asociación de criadores de ovejas...

—¿Jane? —preguntó Linda.

Como siempre, lo primero que pensaba cuando surgían complicaciones era que su vecina Jane era la causante. Jane Te Rohi to te Ingarihi, de soltera Beit, había llegado a Rata Station siendo la primera esposa de Chris. Pero luego se había enamorado de Te Haitara, el jefe de la tribu maorí del lugar, mientras que Chris se había quedado prendado de Cat. Los dos se habían separado amigablemente hacía mucho tiempo y Te Haitara la consideraba su esposa hasta que Jane, deseosa siempre de hacer negocios, había metido mano en Rata Station después de que dieran por desaparecidos a Chris y Cat en aquel naufragio. Jane había echado a Linda y Carol de la granja y con ello había desencadenado una serie de terribles acontecimientos.

Ya había pasado mucho tiempo de todo eso. Jane llevaba años ocupándose de los negocios de Maori Station, la granja de ovejas de la tribu de Te Haitara. De que hubiera una buena relación de vecinos entre Rata Station y los maoríes ya se encargaba la pareja formada por el hijo de Jane, Eru, y la media hermana de Carol, Mara. Pero Linda todavía no había perdonado a Jane.

—No, no se trata de Jane —respondió Cat—. Son más bien las extrañas ocurrencias de los miembros de la asociación sobre cómo acabar con los conejos. —Unos años atrás alguien había introducido en Nueva Zelanda a esos roedores, que amenazaban con convertirse en una plaga. En la isla no tenían enemigos naturales—. Hay un par de barones que quieren introducir zorros para combatirlos; naturalmente, con la idea de fundar luego una sociedad de cazadores. Chris es escéptico al respecto. Con Jane no tenemos problemas. Conserva la calma últimamente y está... casi hogareña, o maternal.

—¿Maternal? —repitió incrédula Linda, mientras le daba una propina al mozo que en ese momento cargaba sus maletas en el coche de Cat.

—He dicho «casi». En cualquier caso, se ocupa de la hija de

Mara. March y Jane son inseparables, al parecer por fin ha encontrado en la niña a alguien con quien compartir sus intereses.

Jane Te Rohi to te Ingarihi —su amantísimo marido había elegido el nombre maorí, que significaba «rosa inglesa», junto con el irónico Chris— era una mujer de negocios hasta la médula. Las teorías sobre economía de un tal Adam Smith constituían su Biblia, llevaba las cuentas del coste-beneficio con pasión, realizaba inversiones y estaba desaprovechada dirigiendo la relativamente pequeña granja de los maoríes. Al principio había soñado que con el tiempo el negocio se ampliaría bajo la dirección de su hijo Eru. Nadie lo sabía con certeza, pero todos suponían que Jane además de explotar la granja de ovejas había invertido en la construcción de las vías y la línea del ferrocarril. Teóricamente, ella y sus descendientes podrían dominar un pequeño imperio. Sin embargo, Eru nunca se había interesado por los negocios. Era maorí de la cabeza a los pies, había decidido distinguirse de los *pakeha* y, siendo joven, se había hecho cortar literalmente la cara. Eru llevaba tatuajes de su pueblo, un maestro en *moko* había convertido el rostro del chico en una obra de arte. Al menos a ojos de los maoríes. A la mayoría de los *pakeha* solo les provocaba miedo. Impensable que un hombre tan tatuado ocupase un puesto de importancia en la economía.

—Sea como fuere, la pequeña March parece calcular bien —siguió Cat—. Y hace negocios desde que era una niña. Al menos a Robin lo engatusó totalmente hace años cuando él le compró una canica. Podría pensarse que es la nieta biológica de Jane.

De hecho, no era así. Aunque Eru había criado a March como si fuera hija suya, era en realidad el fruto de la violación de su madre por un guerrero maorí. Te Ori había secuestrado a Mara en el curso de las guerras de Taranaki y la había retenido durante meses como esclava. Eru, que amaba a Mara desde que eran niños, había conseguido liberarla.

—¿Qué tal están los chicos? —preguntó Linda. Mara y Eru tenían otro hijo además de March, se llamaba Arapeta.

—Ah, Peta se parece más a Eru —respondió Cat—. Exceptuando que él no se atiene tanto a la tradición. Es más *pakeha* que maorí. Y más pragmático, le gusta echar una mano con las ovejas... un chico muy simpático. Y no parece un rebelde, soporta con calma los intentos de educarlo de Jane. Ahora quiere contratar a un profesor particular para March y para él, se supone que con el fin de enseñarles los principios básicos de la administración de empresas. Como si ella misma no pudiese enseñarles cómo llevar la contabilidad de Maori Station. Por lo demás, March ya se desenvuelve muy bien, y le ha propuesto a Chris llevar ella la contabilidad de Rata Station.

Linda sonrió.

—Para luego contarle a su abuela todos los ingresos y gastos con pelos y señales.

Cat asintió.

—Aunque nosotros no tenemos nada que esconder —señaló—. Lo que me molesta es de nuevo ese ardid. Mara tiene que poner atención a todo esto urgentemente. Jane está educando a la niña demasiado a su manera.

—¿Y a Mara no le preocupa? —se sorprendió Linda.

Antes, Mara había sido una muchacha extremadamente despierta a quien no se le escapaba nada ni en Rata Station ni en Maori Station.

Cat negó con la cabeza.

—Mara toca la flauta. Ahora los maoríes de toda la región la consideran una *tohunga*, siempre llegan jóvenes de otros lugares para aprender. A ella le gusta enseñarles, también a los niños de la tribu y a Robin, que pone mucho afán en aprender, aunque carece de talento. ¡A Chris esto le vuelve loco! —Cat sonrió vagamente, para volver de nuevo al tema de Mara—. Pero salvo por eso, Mara no hace gran cosa. Vive apartada, es como si Eru y ella tuvieran bastante el uno con el otro. Eru tampoco sale del *marae* de buen grado. Antes Jane a veces le presionaba para que asistiera a las reuniones de los criadores de ovejas, y lo cierto es que entiende mucho de animales. Sin embargo, odia las miradas de los curiosos. La gente se lo queda mirando como si fuera un... un...

Cat suspiró. En la Isla Sur apenas se habían producido disturbios, pero, obviamente, la gente de Christchurch conocía las masacres cometidas por los tatuados guerreros maoríes. Los representantes del movimiento hauhau habían perpetrado bastantes estragos en la Isla Norte. De ahí que los *pakeha* recelaran de cualquiera que llevase el tradicional *moko*, precisamente en la Isla Sur, donde eran muy pocos los maoríes que se tatuaban. Eru era víctima de ello, y como ya no se sentía tan orgulloso del *moko*, sino que se avergonzaba de muchas de las cosas que había hecho en su juventud, prefería evitar el contacto con los blancos.

—Mara, por su parte, tampoco es muy sociable desde lo ocurrido con Te Ori —prosiguió contando Cat—. No es que no quiera a sus hijos. Cuando eran pequeños los trataba con mucha dulzura. Pero es como si no le importase lo que acabe siendo de ellos. Es como si estuviera... hum... en las nubes.

Linda no podía imaginarse algo así de su hermanastra, aunque el hecho de que Te Ori la secuestrara había afectado profundamente a la joven. Y en la actualidad veía en la propia Aroha el modo en que una experiencia traumática podía cambiar a una persona.

Aroha se subió al pescante.

—¿Quieres conducir tú? —ofreció Cat.

Sabía que Aroha podía hacerlo, también conducía los caballos de sangre fría de Franz. Y las briosas yeguas eran más interesantes. El corazón de Linda dio un brinco de alegría cuando vio que su hija hacía un gesto afirmativo.

La muchacha dirigió hábilmente el tiro por el paso de montaña y Linda experimentó una agradable sensación de regreso al hogar cuando, desde el punto más elevado, contempló a sus pies Christchurch y las vastas llanuras de Canterbury. Los pastizales se extendían desde ahí hasta los Alpes Meridionales interrumpidos por ríos y arroyos, así como algunos bosquecillos y formaciones pétreas. Linda pensó en los miles de ovejas que pastaban en la Isla Sur. Se sentía tan contenta como una cría de pasar unos días en Rata Station.

Pero lo primero era la escapada a la civilización de Cat, la noche en el nuevo y distinguido hotel Excelsior. Cat había crecido en las condiciones más elementales, primero en una estación ballenera y luego en un *marae* maorí. Podía sobrevivir también en las circunstancias más primitivas, pero en lo más profundo de su corazón amaba el lujo. Así que, en cuanto llegaron a Christchurch, se retiró a su habitación para cambiarse y sugirió a Linda y Aroha que tomasen un baño de espuma antes de la cena.

—Mimaos un poco. ¡En la granja ya volveremos a entregarnos a la vida sencilla! —les recomendó entre risas.

Linda no se lo hizo repetir dos veces. La cabaña donde vivía en la escuela ofrecía pocas comodidades: la cocina común ya tenía agua corriente, pero para uso propio Linda tenía que cargar cubos o pedir a un par de jóvenes que lo hicieran por ella. Esa era la causa por la que se bañaba pocas veces. En verano se lavaba, como los niños maoríes, en el estanque del bosque cercano. Franz siempre estaba preocupado por si algún notable de Otaki descubría a su esposa bañándose desnuda en esas aguas claras.

Así pues, ese día se metió en un baño de espuma, mientras que Aroha revolvía su maleta en un peculiar estado que oscilaba entre el cansancio y el desasosiego. Era un hotel tan elegante... La idea de no tener nada adecuado que ponerse le provocaba una sensación de malestar, pero no se dejó amilanar. Al final se puso el vestido azul de tarde e intentó no pensar en lo mucho que le había gustado a Matiu cuando lo había llevado para la fiesta de fin de curso.

Cuando más tarde bajó a cenar con su madre —al ser esposa de un reverendo, Linda se veía obligada a vestir con sencillez—, Chris Fenroy le dedicó unas palabras de admiración.

—Aroha, ¡qué guapa te has puesto! —la saludó su abuelo adoptivo—. La niña traviesa se ha convertido en toda una jovencita. ¿Todavía te acuerdas de montar a caballo, o ahora solo te dignas ir en bote a casa de los Butler para tomar el té?

Linda rio la broma. Los Butler, propietarios de una granja más arriba junto al Waimakariri, conservaban las tradiciones de la nobleza. Las reuniones para tomar el té de Deborah Butler eran célebres y no tenían buena fama.

Aroha miró a Chris con expresión traviesa; Linda pensó que era la primera vez que veía brillar sus ojos desde la muerte de Matiu.

—Prefiero el café —contestó—. Y me alegro de contar con *Crésida* aunque me cueste pronunciar su nombre.

Chris hizo una mueca. Las arruguitas de la risa le daban un aspecto más ajado: tantos años trabajando en la granja expuesto al sol y la lluvia habían tostado su piel y lo habían envejecido más que a Cat. Pese a ello, Chris Fenroy era atractivo. Su cabello espeso, que seguía llevando más largo de lo que la moda dictaba, le caía sobre el rostro, sus ojos de un verde amarronado brillaban tan pícaros como antes, y resplandecía de alegría al volver a ver a su hija adoptiva Linda y a su «nieta».

—No se lo digas a Robin, pero la llamamos *Sissi* —le confió a Aroha—. Empezó Dorothy, porque no podía pronunciar *Crésida* y Carol encontró que el nombre le iba bien.

Dorothy tenía cuatro años y era la mayor de las hijas de Carol y Bill. La media hermana de Linda había tenido dos niños y luego había dado a luz dos niñas.

Linda ya iba a preguntar por ellos, cuando Cat apareció por la escalera. Llevaba un elegante vestido holgado con el que atrajo las miradas de todos los huéspedes del hotel que estaban en el salón. Cat no hizo caso. Estaba acostumbrada, incluso si en esa ocasión no solo despertaba el interés por su singular belleza, sino también por el corte de su vestido. Cat odiaba los corsés y últimamente llevaba vestidos reforma. Para la cena había optado por una túnica dorada larga con las mangas caídas y unas flores rojas bordadas.

—Flores *rata*... —Chris sonrió—. El vestido es obra de una modista de Dunedin. Es extraordinariamente bonito y, dicho entre nosotros, increíblemente caro. ¡Pero no pensemos hoy en eso!

Le tendió galantemente un brazo a Cat y otro a Linda y las

condujo al comedor decorado con arañas doradas y cortinas de terciopelo. Tardaron un poco en llegar a su destino, pues varias personas se dirigieron a ellos. Al ser barones de la lana frecuentaban la alta sociedad de Christchurch y algunos clientes del hotel y el restaurante todavía se acordaban de Linda. Le preguntaron afablemente sobre su vida en la Isla Norte y le presentaron sus mejores deseos para ella y su hermosa hija. Linda vio que Aroha se sentía rara. Parecía algo perdida entre todo ese lujo.

Los Fenroy fueron conducidos a una mesa elegantemente decorada y todos se concentraron en la carta escrita a mano sobre papel de tina. Linda sintió un poco de pena por su hija. Era la única jovencita en medio de adultos de aspecto sumamente distinguido.

—¿No iba a venir Robin? —preguntó a Cat y Chris—. Le habría hecho compañía a Aroha.

Cat negó con la cabeza.

—No. A Robin no le atraen las cenas. Solo nos habría acompañado si después hubiésemos ido al teatro. Y eso era pedirme demasiado. Sin contar con que prefiero conversar con mi hija que seguir los amores y penas de un personaje de Shakespeare. Aunque eso sea sin duda... edificante.

Cat se esforzaba por adoptar un tono divertido, pero Linda concluyó por la expresión de su rostro que Shakespeare no le gustaba especialmente. Ella misma tampoco sabía demasiado sobre teatro. Ni Cat ni Chris, como tampoco Ida y Karl, habían asistido con sus hijas al teatro. Durante la construcción de Rata Station habían tenido otras tareas en que ocuparse y, por aquel entonces, tampoco había demasiada oferta cultural en Christchurch. En la actualidad las cosas habían cambiado.

—Ahora no hagas como si realmente le encontraras algo al bardo de Stratford upon Avon... —se burló Chris de su esposa, confirmando así las sospechas de Linda—. No lo admite, Lindie, pero se muere de aburrimiento cuando va al teatro. Le veo en la cara que está contando ovejitas mientras los protagonistas languidecen en el escenario.

—Lo que me sugiere que a los otros barones de la lana probablemente les ocurra lo mismo. —Linda rio—. A ver, no me imagino a los Redwood y los Deans con esmoquin y vestido de noche en la platea de un teatro. En todo caso a los Butler, aunque el capitán...

—El capitán Butler amasó fortuna como cazador de ballenas —observó Chris—. Él no es un amante de las artes. Pese a ello, todos vienen de buen grado a Christchurch cuando actúa alguna compañía famosa. Ver y ser visto. A fin de cuentas, somos la alta sociedad de las Llanuras... —Chris se señaló el pecho y Cat y Linda se echaron a reír.

Aroha picoteaba su cóctel de gambas. Sabía bien, aunque extraño. No podía opinar demasiado sobre Shakespeare. Habían leído un par de obras suyas en la escuela y una vez había ido con la clase al teatro en Wellington. Pero allí no habían visto nada de ese autor, sino *La cabaña del tío Tom*, de Harriet Beecher Stowe.

—¿Así que Robin estaba disgustado porque hoy no ibais a ninguna función? —preguntó Linda cautelosa. Cat y Chris parecían tener algunas ligeras desavenencias con su hijo.

Cat negó con la cabeza.

—No disgustado del todo —respondió—. Robin no se enfada tan fácilmente, tiene paciencia con su ignorante entorno. —Se rio turbada—. Y los teatros de Christchurch tampoco son tan frecuentados como para que pueda temer perderse gran cosa. Así que hizo la propuesta, y cuando la rechazamos prefirió quedarse en casa. Allí también colabora en las tareas domésticas.

Chris Fenroy resopló. El padre adoptivo de Linda parecía tener otra opinión sobre el trabajo que realizaba el medio hermano de esta, Robin, en la granja. Linda decidió que era mejor cambiar de tema. Disfrutaba de la atmósfera y el ambiente del elegante restaurante, además del vino y la exquisita comida. No tenía ninguna intención de aguarles la fiesta a Cat y Chris con preguntas incómodas.

—Ya lo veremos mañana —dijo.

9

A la mañana siguiente, Cat no se privó de ir de compras con Linda y Aroha. Sabía que Franz escatimaba con su esposa y Linda también tenía escrúpulos a la hora de comprarse ropa bonita. Explicaba que en la escuela y en la cocina tampoco tenía oportunidad de lucirla. Así que Cat casi tuvo que obligarla a aceptar el elegante traje azul oscuro y las dos blusas blancas a juego, pero al final Linda no pudo resistirse y también se llevó un sombrero de conjunto. No una de esas aburridas capotas, sino una pequeña y atrevida creación con plumas y velo.

Pero lo que hizo más feliz a Linda que sus propias adquisiciones fue que Aroha no se opusiera a probarse un par de nuevos vestidos reforma. No solo dirigió a su imagen en el espejo más atención que en los últimos meses, sino que hasta se entusiasmó. Al final se decidió por un vestido azul marino con un estampado de flores. Era más discreto y sobrio que los vestidos que llevaba antes de la muerte de Matiu, pero al menos no era negro.

Hacia mediodía las mujeres se reunieron de nuevo con Chris y prosiguieron su camino hacia Rata Station. Linda se asombró del buen estado de las carreteras que discurrían junto al Waimakariri. Antes solo había sido posible llegar a Christchurch desde la granja en un día navegando, ahora los caballos podían trotar por doquier. Cat y Chris hicieron un breve descanso en la granja de los Deans, junto a la desembocadura del río, y disfrutaron de su afectuosa hospitalidad. Tras un pequeño tentempié siguieron a buen ritmo rumbo a las Llanuras y Linda se deleitó complacida ante la visión de su tierra natal, la cinta brillante del río y el mar infinito de tussok. Comentó también como una experta en la materia el estado de las ovejas que pastaban. Llegaron a la granja cuando el sol se estaba poniendo.

—¡Justo para la cena! —exclamó Carol. Salió corriendo de la casa en cuanto oyó entrar el carro en el patio. Directamente de la cocina, la ropa le olía a pan recién horneado. Ni siquiera se había parado a quitarse el delantal. Llevaba en el brazo a su hija más pequeña, Ireen, de dos años. Sin pensar, le tendió la niña a Aroha antes de abrazar cariñosamente a Linda—. ¡Toma, seguro que te gustan los bebés! ¿A que es mona?

Aroha cogió a la perpleja cría, que era bonita de verdad. Ireen tenía unos bucles rubios como su madre, Dorothy era morena. Carol solía decir que Dorothy se parecía a su madre Ida, pero su marido Bill Paxton también era moreno.

—¡Tienes buen aspecto! —señaló Linda contenta cuando al fin pudo contemplar a su media hermana con más atención.

Pese a los cuatro partos, Carol estaba delgada. Tenía una tez más oscura que Linda, seguramente a causa de trabajar mucho al aire libre, y alrededor de sus ojos asomaban unas arruguitas más. Salvo por eso, fácilmente podía tomarse a las dos mujeres por hermanas mellizas. Carol también tenía los ojos un poco demasiado juntos, labios carnosos y un cabello rubio a cuyo cuidado no dedicaba demasiado tiempo. Lo llevaba descuidadamente recogido en un moño en la nuca, lo que de nuevo le daba un aspecto más jovial que el de Linda, quien, al ser esposa de un reverendo, siempre se preocupaba de que su aspecto fuese impecable.

—¡Entrad enseguida, antes de que se enfríe todo! —dijo Carol, invitando a Linda y Aroha al interior de la casa después de haber abrazado también a esta última. La paciente niña pequeña había pasado entonces a los brazos de Linda—. Vosotros también, Mamaca y Chris, he preparado comida para todos. ¡Solo tenéis que traer el vino!

Le guiñó el ojo a Linda. A Cat le encantaba el vino y siempre tenía una buena provisión. Seguro que había aumentado las reservas durante esa visita a Christchurch.

Chris entregó los caballos a un trabajador, que tenía tareas que hacer en el establo, y ayudó a Cat a guardar sus compras antes de dirigirse los dos a casa de Carol y su familia. Una larga mesa los esperaba en la galería. Los Paxton vivían en la gran casa de piedra que Chris había construido en su día para Jane y él, y la gran familia por fin llenaba de vida el amplio edificio. Chris y Cat preferían la sencilla nave donde habitaban. Chris había vivido allí los primeros meses con Jane, mientras la casa de piedra estaba en construcción y, más adelante, Cat la había elegido para ella. En los primeros años de su relación, Cat había insistido en vivir sola. Chris únicamente iba de visita. Pero no podían estar separados mucho tiempo y cuando Carol se casó con Bill y convencieron por fin a Cat de que aceptara la propuesta de matrimonio de Chris, se instalaron definitiva y oficialmente en la nave, más pequeña y cómoda.

—La galería es nueva, ¿no? —preguntó Linda, mientras Carol distribuía a sus hijos por los asientos de la larga mesa.

Los dos chicos, Henry y Tony, se sentaron frente a Linda y Aroha, y la pequeña Dorothy se subió con expresión grave en una trona junto a su madre. Ireen se sentó en el regazo de Carol.

Esta asintió contenta.

—Sí. Bill ha cubierto con cristal una parte del porche para que podamos sentarnos «fuera» también cuando hace frío. Es bonito, ¿verdad? Y tan práctico... Incluso cuando estoy aquí encerrada, puedo ver todo lo que sucede en el patio.

Torció un poco la boca. En el fondo, Linda era la más hogareña de las dos hermanas. Carol prefería ocuparse de las ovejas y los perros pastores. Incluso en ese momento un par de jóvenes border collies a los que estaba adiestrando correteaban alrededor de ella. Pero con cuatro hijos había mucho trabajo doméstico que realizar y era prácticamente imposible tener personal *pekeha*. Carol podría haber enseñado en qué consistían las labores del hogar a una sirvienta maorí, pero no tenía ganas.

«Si tengo que enseñarle todo a la chica, también puedo hacerlo yo misma», afirmaba siempre, y pedía a sus hijos mayores que colaborasen en el mantenimiento de la casa.

—¿Estamos todos?

Linda ayudó a Carol a servir la comida. Se le hizo la boca agua al oler el aroma del asado de cordero y del *soufflé* de boniatos. Chris abrió la primera botella de vino.

Carol deslizó la mirada por la mesa, todavía había una silla vacía.

—Falta Robin —confirmó, sin sorprenderse demasiado—. Seguro que ha vuelto a olvidarse de la hora. —Observó a todos sus hijos. Era evidente que pensaba en cuál de ellos corría el menor riesgo de distraerse por el camino si lo enviaba a buscar a Robin. Al final se volvió hacia su sobrina—. Ve a buscarlo, Aroha. Debe de estar en el pajar. Quería dar de comer a sus corderos.

Chris hizo una mueca de desaprobación al oír ese comentario. El cuidado de los corderos huérfanos solía ser tarea de las mujeres de la granja. Que un joven de catorce años se ofreciera a hacerlo era, cuando menos, algo inusual.

Aroha se levantó servicial. Aunque estaba hambrienta, no se resistió a echar un vistazo rápido a la yegua *Sissi* antes de comer. Cat acababa de enseñársela rápidamente y Aroha estaba encantada con su señal en forma de corazón y las largas pestañas de sus grandes ojos. Como todos los potros de *Brianna,* era baya con las crines negras. Pero ¿tenía manchas blancas en las patas? Aroha no había tenido tiempo de mirarla con detenimiento. Era lo que quería hacer ahora. Cogió disimuladamente un trozo del pan recién hecho de Carol y se puso en camino hacia el establo.

Como siempre, la paz que allí reinaba le sentó bien. Los caballos y bueyes rumiaban el heno y de vez en cuando un animal resoplaba, y dos soltaron un oscuro gruñido como saludo cuando Aroha entró. A primera vista, no descubrió a Robin, pero *Sissi* miró amistosamente a Aroha y le cogió con sus suaves labios el sabroso bocado que ella le tendió en la mano. La joven le susurró unas palabras cariñosas y aguzó el oído. Algo se oía en el pajar, como si alguien estuviera recitando conjuros. Volvió a acariciar la ancha frente de *Sissi* y se acercó curiosa. De inmediato la cautivó una voz suave y sonora que parecía expresar toda la pena del mundo.

—«¡Es ella, mi diosa, mi amor!... ¡Si supiera que lo es! Habla, pero sin decir nada: ¿Qué más da? ¡Sus ojos lo expresan todo; les responderé!...»

Aroha buscó al recitador en un rincón del establo y distinguió a Robin, quien, medio escondido detrás de una paca de heno, se comía con los ojos a una gorda gata tricolor.

—«¡Qué necio por mi parte... No es a mí a quien habla. Dos de las más bellas estrellas del firmamento, ocupadas en otro quehacer, ruegan a sus ojos que reluzcan en su esfera hasta que ellas vuelvan...»

La gata miraba apática al joven. Parecía escuchar con atención, pero encontraba ese asunto tan cuestionable como Aroha, que observaba más de cerca a su joven tío. Robin, que todavía parecía un niño durante su anterior estancia en la granja, se veía mucho mayor. Era alto y delgado, casi frágil. Su cabello rizado y de un rubio blanquecino revoloteaba alrededor del rostro estrecho y expresivo como una nube brillante. En la penumbra del establo, su palidez adquiría un matiz etéreo.

—«¿Y si sus ojos estuvieran allí? ¡Ya solo el brillo de sus mejillas avergonzaría a esas mismas estrellas, como la luz del día a la de una vela!»

La mirada de los grandes ojos de Robin (Aroha no podía distinguir su color a la difusa luz del pajar, pero creía recordar que eran castaños como los de Cat) envolvía a la gata con calidez y amor. La expresión del joven era celestial. Aroha decidió advertirle de su presencia.

—¡Hola, Robin! —lo saludó—. No sabía que te gustaran tanto los gatos...

Robin salió sobresaltado de su ensimismamiento. El arrebatado muchacho se convirtió en un joven consciente de su entorno y sus ojos mostraron cierta turbación. Sonrió amablemente cuando reconoció a su sobrina. Los dos siempre se habían llevado bien.

—¡Hola, Aroha! Qué bien que ya estés aquí. Sí, me gustan los gatos. ¿A ti no?

—Sí, pero... no tanto. —Aroha se interrumpió y se mordió el labio inferior. Cuando Robin sorprendió ese gesto, una sonrisa divertida asomó en su rostro.

—¡Tienes razón! ¡Esto debe de haberte parecido raro! Seguro que has pensado que estoy chiflado. Pero solo estaba ensayando. Era Romeo, acto segundo, segunda escena. Ve a Julieta en el balcón y recita un monólogo. Y es... es más fácil cuando uno mira a alguien mientras recita. —Señaló a la gata, que se había puesto de pie y se estiraba.

Aroha comprendió. Ahora también ella recordaba el texto.

—¿Te refieres a... a que era tu Julieta? —preguntó atónita, mirando a la gata, que parecía haberse hartado de la compañía de los humanos y se marchaba.

Robin asintió.

—¡Cielos, mirabas a esa gata gorda como si realmente estuvieses enamorado de ella! —Aroha no sabía si debía sentirse divertida o impresionada.

—Eso es al menos lo que he intentado —contestó él—. Esa es la idea. Romeo ama a Julieta. Y esa es la impresión que da. Pero no es imprescindible hacerlo con una gata —explicó—. También podría, por ejemplo... ensayar contigo. —Su rostro resplandeció—. Sería incluso mucho mejor. Hasta podrías contestar. ¡Podrías leer el texto de Julieta!

A Aroha se le encogió el corazón. Si hacía un momento se había sentido fascinada por la representación de Robin, ahora la asaltaban otros recuerdos de *Romeo y Julieta*. Habían leído el texto en la escuela, donde se habían distribuido los papeles. Naturalmente, los demás alumnos habían insistido riendo en que Matiu y Aroha representasen a Romeo y Julieta. Todavía creía estar escuchando el accidentado parlamento de Matiu. La actuación del joven había resultado lamentable. Y sin embargo...

—¡No! —exclamó Aroha—. No, yo... yo no puedo...

Sintió que los ojos se le humedecían y se los secó rápidamente. Robin no debería haberse dado cuenta de nada, pero el joven la miraba serio y compungido.

—¿Te he molestado? Oh, qué tonto soy, lo siento. ¿Lo habías leído con tu amigo? ¿El... el chico que murió en el accidente?

Robin se acercó y pareció dudar en si ella quería que la abrazase. Decidió no hacerlo. Aroha respiró aliviada. Todavía no soportaba el exceso de intimidad.

—Lo siento —repitió él—. De verdad.

Aroha había oído con frecuencia estas palabras. Las decían atropelladamente, de hecho formaban parte de la conversación con el superviviente de una tragedia. Pero Robin las dijo de corazón. Sus ojos se cubrieron de un velo, como si sintiera de verdad el dolor de Aroha.

—Gracias —repuso ella secamente.

Robin se rascó la nariz. Ahora volvía a parecer más joven.

—Si puedo hacer algo... —murmuró—. Yo... yo sé cómo... bueno, intento comprender.

Y de nuevo la expresión de Robin cambió. Otra vez el joven, totalmente normal, se transformó en Romeo, el amante infeliz que miraba sin entender el cuerpo inerte de su amada.

—«Pues aquí yace Julieta, y su belleza convierte esta cripta en luminosa sala de ceremonias. No deseo abandonarte jamás, no saldré más de este palacio de noche sombría...» —Aroha no daba crédito. Las palabras de Shakespeare expresaban exactamente lo que había sentido todos esos meses. Al menos cuando alguien las pronunciaba como lo hacía su joven tío, que siguió declamando—. «Brindo por mi amor...» —Aroha ya no pudo contener las lágrimas.

Robin volvió a disculparse cuando la vio llorar.

—No quería hacerte llorar, Aroha, de verdad que no. Es solo... es solo que tú me has incitado a pronunciar estas palabras, yo...

Ay, estoy loco. —Sonrió—. Eso es al menos lo que dice mi padre. Supongo que vienes a buscarme... para la cena, ¿no? Siempre me olvido. Es que justo a esta hora es cuando hay más calma. Es ideal para ensayar. Los trabajadores de la granja también están comiendo, no hay nadie que pase por aquí.

—Solo Julieta —dijo Aroha, sonriendo entre lágrimas y señalando a la gata, que en ese momento se ovillaba en un rincón del establo.

Robin sonrió.

—A veces también hablo con un caballo —admitió—. O con una escoba. Pero prefiero seres vivos.

—¿Y qué tal los corderitos?

Aroha distinguió un corral donde dormían tres madejitas de lana. Los corderos parecían acostumbrados a los monólogos que Robin recitaba tras darles de comer.

En el rostro del muchacho asomó una expresión de ternura.

—Me gustan los corderos —dijo—. Aunque «no tanto». —Rio casi con amargura—. Aquí basta con que te guste cuidar de los animalitos para que te pongan un sambenito. Los pastores me tachan de afeminado.

Aroha le sonrió.

—Deberían escucharte hablar embelesado con Julieta. ¡Así no se les ocurrirían ideas absurdas! Y más si representas la escena con una chica y no con un cordero.

Robin la miró sonriente.

—Bueno, realmente un cordero no podría llegar a ser mi Julieta —observó—. Hasta a mí me falla ahí la imaginación. Todavía son bebés...

Poco después estaban todos sentados a la mesa. Aroha se sirvió una porción grande de asado, mientras que Robin miraba asqueado la bandeja y solo tomó un pequeño trozo cuando Carol le insistió por segunda vez. Era evidente que tampoco le gustaba comerse a los corderos. Aroha estuvo a punto de sentirse culpable.

Chris, por el contrario, parecía exasperado.

—¡Come de una vez como Dios manda, Robin! Estás demasiado delgado, ¿qué va a ser de ti si no pruebas la carne?

Robin no contestó, pinchó obediente la carne con el tenedor y se la llevó a la boca con visible repugnancia.

—Déjalo —intervino Cat calmando los ánimos—. Toma un poco más del *soufflé*, Robin. Está gratinado con mucho queso. Esto también engorda. —Sonrió a su hijo esforzándose por ser comprensiva y deslizó luego la mirada hacia Linda—. A Robin no le gusta la carne. ¡Tenemos que aceptarlo! —Estas últimas palabras parecían dirigidas más a su marido que a su hija.

Linda no había prestado atención a lo que su medio hermano comía, pero por lo visto Chris desaprobaba que fuera vegetariano. A pesar de todo, ella asintió. Habían despertado su interés y ahora siguió observando a Robin. No podía evitar admirar los elegantes gestos del joven. Robin exhibía unos excelentes modales en la mesa. Destacaba entre los vivarachos hijos de Carol, que hablaban con la boca llena, agitaban las manos con los tenedores y no dejaban de hablar. Robin solo decía algo cuando le preguntaban. Aroha le dirigió un par de veces la palabra, sin que Linda comprendiese sobre qué tema conversaban. Estaba bastante alejada de ellos. Pero Robin respondía educada y afablemente y siempre dedicaba a Aroha una cálida sonrisa. Sin duda le caía bien. Pero ¿intimaría realmente con ella? ¿Tenían algo en común? Linda sintió una vaga compasión por el joven. Estaba claro que no encajaba en ese ambiente.

Tras la cena, tocó el tema del chico. Los niños ya estaban en la cama, y Aroha, Robin, Chris y Bill se habían retirado a sus habitaciones. Cat abrió una última botella de vino para Linda, Carol y ella misma. Las tres disfrutaban del hecho de estar juntas en la galería y de poder mantener una conversación entre mujeres. Además, el tiempo se había puesto de su parte. Era una noche de otoño inusualmente cálida y ellas habían dejado abiertas de par en par las ventanas. La luna brillaba sobre el Waimakariri, cuyas aguas emitían unos destellos plateados.

—Ay, Robin... —Cat suspiró y tomó un sorbo de vino—. Es un buen chico, pero sin duda peculiar.

—Siempre fue muy sensible —observó Carol—. Con las ovejas, por ejemplo. Cuando era pequeño, mientras esquilaban a los animales, lo encontraba junto al cobertizo deshecho en lágrimas. Decía que los esquiladores no tenían que tratar con tanta violencia a las ovejas, que estas tenían miedo...

—Yo pensaba que se le pasaría al crecer —la interrumpió Cat—, pero en realidad ha empeorado. Una vez vio a Chris sacrificando una gallina y no le dirigió la palabra en tres días. No para castigarlo, creo que no podía pronunciar palabra de lo impresionado que estaba. Desde entonces no come carne. O no comería carne si lo dejaran. Chris y Carol insisten...

Por su tono, se veía que Cat no aprobaba esa conducta. Se había criado con los maoríes y había adoptado su forma de educar a los pequeños. Le repugnaba forzar a un niño a hacer algo.

—No se le puede permitir tanta tontería —se justificó Carol—. Mamaca, vive en otro mundo, ¡eso no le hace ningún bien!

Cat volvió a exhalar un suspiro.

—Es que es diferente —declaró—. Le gustaría ser actor. Le fascina Shakespeare. Me ha dicho que lo único que desea es interpretar un día el papel de Hamlet. Por lo que he entendido, se trata de un príncipe que habla con los espíritus. Vimos la obra de teatro en Christchurch, pero yo no entiendo esa forma que tienen de hablar. Tampoco consigo familiarizarme con ella. Y eso que Robin me recomendó mucho *El sueño de una noche de verano*. El de Puck también es un papel fantástico. O *Romeo y Julieta*... Creo que Gibson nos habló de esa obra, una vez que íbamos de viaje de Nelson a las Llanuras, cuando contábamos historias alrededor de la hoguera.

La única vez que Cat había tenido contacto con la literatura inglesa fue durante un viaje con Ida, el que entonces era su marido, Ottfried, y el socio de este, Joe Gibson, quien tenía un poco de formación.

—Es cierto que Robin se parece un poco a Puck —observó

Linda. Con frecuencia hacía de maestra y había leído las obras más importantes de Shakespeare—. Es algo así como un elfo, ¿no? —Sonrió—. ¿Es posible que cambiaran a Robin cuando estaba en la cuna, Mamaca? ¿Por el hijo de un hada? En realidad no se parece a ti ni a mí ni a Chris.

Cat rio, aunque con una pizca de amargura.

—Algo así sospechó una vez Chris —afirmó—. Pero él pensó más bien que había tenido una aventura con un silkie. Ya sabéis, esas grandes focas de las canciones escocesas. Las había a montones en la isla Rose... —Robin había sido concebido en la isla donde habían encontrado a Chris y Cat tras el naufragio del *General Lee* y su ascendencia no dejaba lugar a dudas—. Pero puedo rebatirlo con bastante seguridad —prosiguió bromeando Cat, para ponerse seria de repente. Miró melancólica más allá de la granja y el río antes de continuar—. Se parece a Suzanne. No me acuerdo exactamente de los rasgos de su cara. Pero sí de su cabello casi blanco, de la tez clara y de su frágil osamenta; todavía la veo delante de mí...

—¿Suzanne? —preguntó Linda. El nombre le decía algo, pero no recordaba de qué.

—Era mi madre —explicó Cat—. ¿En serio que nunca os he contado nada de ella? Por su aspecto, Robin se le parece.

Se llenó otra vez la copa de vino. Linda y Carol la imitaron.

—Nos has hablado de ella —apuntó Carol—. Pero muy pocas veces, y las descripciones eran... en fin, en el mejor de los casos parcas.

—No sabemos de dónde era Suzanne, qué aspecto tenía y cómo era —añadió Linda. Las hermanas miraron a Cat interesadas.

Esta se encogió de hombros.

—Precisamente no hay mucho que contar —respondió—. Siento tener que decirlo, pero creo que, cuando nací, a Suzanne no le quedaba mucho entendimiento y muy poco de su naturaleza original. ¿Cómo es posible, si no, que ni siquiera me pusiese nombre? Se destruyó con el whisky y los hombres... De mí ni siquiera se percataba. Las otras pu... —Cat se interrumpió—. Además de Suzanne, había dos mujeres que vendían su cuerpo en la estación ballenera. Ambas hablaban de vez en cuando conmigo, a veces me tiraban un trozo de pan o me daban un sorbo de leche, como si yo fuera un gatito vagabundo. Y así me llamaban: Kitten, «gatita». —Más adelante, ella misma había cambiado ese nombre por el de Cat, «gata» y luego por el de Catherine—. Suzanne, en cambio, me atravesaba con la mirada. En realidad, miraba a través de todo. Ella... vivía en otro mundo... —La voz de Cat se quebró cuando tomó conciencia de que Carol acababa de decir lo mismo de su hijo—. Lo único que recuerdo es que era hermosa —concluyó—. Estaba destrozada, pero seguía siendo hermosa.

Linda y Carol bebieron en silencio su vino. Cada una se quedó absorta en sus propios pensamientos, ninguna quería mencionar los inquietantes paralelismos que advertían entre Suzanne y Robin. Cat había conocido a Suzanne cuando esta ya era una piltrafa, pero antes debía de haber sido tierna y sensible, con tendencia a la adicción y la docilidad. Alguna razón debía de haber para que Suzanne se hubiese degradado de ese modo. Había necesitado protección y no la había recibido.

Linda apoyó la mano en el brazo de su madre. Entendía. Cat estaba sumamente preocupada por su hijo.

10

—¿Por qué Robin no puede ser actor? —preguntó Aroha a su abuela en un tono casi desafiante. Por la mañana, cuando había ido con su madre a ver a *Brianna* al establo, Linda le había preguntado qué impresión le había causado Robin y Aroha le había hablado de su actuación en el pajar (con mala conciencia, pues a fin de cuentas el ensayo se realizaba a escondidas). De todos modos, había hablado muy cariñosamente de él, seguro que no se lo tomaría a mal—. A mí me parece muy convincente —prosiguió—. Incluso un poco inquietante. En un momento era Robin, y luego era Romeo. Quizás es eso lo que les pasa a los actores. Me refiero a que... cuando nosotros leímos la obra en la escuela, a nadie le ocurría algo así... —Tragó saliva. Matiu siempre había sido Matiu.

Con ayuda de su abuela, Aroha trabajaba por primera vez con *Sissi*. La habían estado adiestrando con la cuerda en una pista circular vallada. La yegua ya llevaba silla y había sido muy obediente. Ahora, abuela y nieta la conducían de vuelta al establo.

Cat se apartó disgustada un mechón que se le había soltado de la coleta.

—Lo dices como si tuviésemos algo en contra —respondió—. Y Robin también debe de pensar lo mismo. Pero no es así. Por mi parte, puede convertirse en lo que le apetezca, y Chris tampoco le pondrá impedimentos. Aunque no lo entienda, es su hijo y lo quiere mucho. Para la granja no necesitamos herederos —sonrió—.

Incluso si tú no tienes ningún interés, lo que no puedo creer por la destreza con que manejas a los animales —Aroha acarició a *Sissi* en el cuello y resplandeció con el elogio—, los hijos de Carol se desenvuelven estupendamente. La ayuda de los chicos en la granja ya es mucho mayor que la que prestará Robin jamás. Se entregan con pasión. Si Robin prefiere hacer cualquier otra cosa antes que criar ovejas, no nos opondremos. Lo apoyaríamos de inmediato si quisiera tal vez ser médico, veterinario, maestro o incluso... hum... reverendo. —Esto último no parecía agradarle mucho a Cat—. Pero ¿actor? Para empezar, nadie sabe exactamente cómo se llega al teatro. En Europa hay escuelas para eso. O al menos una. Robin nos la mencionó en una ocasión. Enseñan música, danza e interpretación. No has descubierto ningún secreto, Aroha, sabemos cuáles son sus sueños. Solo que... incluso si lo aceptaran en esa escuela (puede que tenga talento para actuar, pero no está especialmente dotado para la música), todo en mi interior se... se me revuelve en cuanto pienso en enviar a un chico como Robin a Europa solo... —Cat había estado a punto de confesar que simplemente no lo encontraba lo suficientemente preparado para la vida, pero en el último momento se contuvo. No era algo de lo que se hablase con una niña de catorce años que posiblemente se lo contaría con pelos y señales al propio Robin—. Es todavía demasiado joven, simplemente —concluyó.

—Y a eso se añade que todo este asunto me da mala espina —contó Cat más tarde a Linda lo que pensaba. Era evidente que creía que tenía que justificarse. El pequeño reproche de Aroha la había afectado y no quería que Linda pensara de ese modo sobre ella y Chris—. Esos actores... bueno, no conozco a ninguno a fondo, pero como ya contamos, en principio nos invitan siempre que en Christchurch actúa alguna compañía famosa. Habitualmente vamos allí porque Robin nos urge a ello. La función suele ir acompañada prácticamente siempre de una recepción para la gente importante. Tenemos el honor de estrechar la mano de esas figuras rutilantes de la escena. Robin se lo toma de una manera que, aunque hayan pasado tres días, todavía le resulta imposible pronunciar palabra. Yo, en cambio, pienso que esa gente... Bueno, me parece que todos están un poco pagados de sí mismos. Son muy engreídos y compiten entre sí. Si quieres saber mi opinión, un ambiente de ese tipo es un acuario de tiburones. ¿Estará Robin a la altura?

Linda se encogió de hombros. En su fuero interno daba la razón a su madre. No veía a un luchador en Robin.

—Tal vez lo podríais preparar mejor para lo que le espera —sugirió—. Por ejemplo, enviándolo a una escuela superior en lugar de proporcionarle un profesor particular. Que salga de casa y haga nuevos amigos. A lo mejor no aprende a recitar Shakespeare correctamente, pero sí a lidiar con la vida.

Con ayuda de Linda, Cat terminó de lavar la vajilla. Madre e hija habían tomado juntas un café rápido antes de ponerse a trabajar en la granja. Ya la mañana posterior a su llegada, Linda había aparecido con traje de montar para realizar encantada las antiguas tareas y sin preámbulos se había integrado en el engranaje. Así aliviaba a Cat y también a Carol de sus tareas, lo que a las dos les permitía dedicar más tiempo a las visitas. En ese momento, Linda atrapó con destreza la taza que su madre casi había dejado caer al oír sus palabras.

—Lindie, también nosotros hemos pensado en eso —respondió algo brusca—. Y más porque la formación que obtiene aquí no satisface sus aficiones. Si tiene una inclinación artística, sería sin duda razonable darle clases en ese sentido. No tienen por qué ser de teatro. Es posible que tenga talento para pintar o escribir, por mí hasta para escribir obras de teatro. Lamentablemente, los profesores que contrata Jane no están para eso. Cálculos (lo que ahora se llama matemáticas), contabilidad, economía... incluso la historia parece tratar más sobre la explotación de nuevos mercados que sobre las conquistas. Y esto empeorará a partir de ahora. Jane está esperando a un joven científico de Edimburgo y March está entusiasmada. Al parecer estudió en la universidad donde enseñaba Adam Smith... —El célebre economista no era el ídolo solo de Jane, sino también de March.

—¡Entonces Robin debería alegrarse de poder ir a un *college* de su elección! —exclamó Linda al ver confirmada su intuición.

Cat arqueó las cejas y sonrió entristecida.

—Pero no lo está, Linda. Finge estar impaciente por estudiar Economía Política, a saber qué es eso. Pero es que, además del teatro, en la vida de Robin Christopher Fenroy hay otra pasión. A diferencia de William Shakespeare, es hermosísima y vivaz, pero probablemente se convertirá en un mal bicho como Jane Te Rohi to te Ingarihi. Y esa pasión se llama: March Catherine Jensch.

Linda se desplomó en una silla sin soltar el trapo de secar.

—La hija de Mara...

Cat asintió.

—Está locamente enamorado de ella.

—¿Por qué no quieres venir con nosotros a Dunedin? —preguntaba en ese mismo momento Robin, mirando abatido a su interlocutora. Aroha había acompañado a su joven tío al poblado maorí para reunirse con March y el hermanastro de esta, Peta. Ahora llevaba una hora observando extrañada cómo ese Robin tranquilo, cordial y ecuánime se convertía en un manojo de nervios que no cesaba de ruborizarse. Había necesitado una eternidad para atreverse a invitar a March y Peta—. Representan *Hamlet*. La Bandmann Beaudet Shakespearean Company. ¡Es posible que nunca más podamos verla!

La delicada March puso los ojos en blanco. Unos ojos preciosos, como admitió Aroha. Nunca había visto a nadie con unos ojos de ese brillante azul ultramarino. Dominaban un rostro en forma de corazón de un tono marrón dorado. March llevaba la tradicional indumentaria maorí: una falda larga y un escueto corpiño tejido.

—Ya hemos visto *Hamlet* —le recordó a Robin—. En Christchurch. Y me resultó bastante aburrido...

—Solo tenías doce años —replicó el joven—. A lo mejor no lo entendiste bien. Además, *Hamlet* se puede ver dos veces o tres o... Bueno, cada actor lo interpreta de una forma distinta...

March arrugó la frente.

—Sea como sea que lo representen siempre será la misma estúpida historia. El protagonista ve espíritus y jura vengar a su padre sin realmente hacerlo. Dios mío, ¡ese Claudius es su padre adoptivo! No se espera nada malo; en cualquier caso, nada si antes no anuncian treinta veces que han planeado matarlo. Una estocada con la lanza o la espada y ya estaría todo resuelto. Pero no. Y cuando Hamlet por fin se anima, va y se equivoca de víctima.

March movió la cabeza, su cabello espeso y largo hasta la cintura se balanceó de un lado a otro. Era negro y brillante. Aroha pensó que tal vez March no creyera realmente en los espíritus, pero que todas las hadas se habían reunido alrededor de su cuna cuando se le otorgó la belleza. Solo su figura... March ya tenía formas muy femeninas, a diferencia de Aroha, que era casi un año mayor.

Robin miraba afligido a la joven.

—Es una tragedia —dijo—. Una historia larga, fatal. Hamlet es... bueno, es inseguro y sufre, su madre y sus amigos lo han decepcionado. Él...

—En cualquier caso, ya la he visto —repitió March—. Y no necesito verla una segunda vez.

—Podrías ir de compras a Dunedin —intervino Peta. A diferencia de March, que encarnaba una mezcla extraordinariamente atractiva de *pakeha* y maorí, el joven Peta, con sus doce años, era igual a su padre y su abuelo. Solo los ojos claros permitían deducir que llevaba sangre *pakeha*. Los de Peta eran verdes como los de su padre Eru. Era vigoroso y muy alto para su edad, y tenía el rostro tan bondadoso como el de su padre antes de decidir hacerse el tatuaje marcial—. Siempre estás diciendo que necesitas ropa nueva. —Peta esbozó una cándida sonrisa.

—*Granny* Jane irá conmigo de compras a Christchurch antes de que llegue el señor Porter —anunció despreocupada March.

Aroha se preguntó si pretendía torturar a Robin no tomando en consideración el viaje a la región de Otago.

—Christchurch no es Dunedin —señaló Peta—. Tú siempre dices que la ciudad es mucho más... esto... ¿mundana?

En su origen, Dunedin había sido una ciudad de provincias fundada por escoceses ortodoxos. Pero con la fiebre del oro todo había cambiado. En los últimos años se habían abierto diversos comercios que ofrecían artículos de lujo.

March parecía debatir consigo misma.

—¿Tú qué vas a hacer? ¿Vas también? —preguntó a Aroha—. Podríamos ir de compras juntas. ¡Las dos chicas! ¡Sería divertido!

Por primera vez, March parecía estar interesada en el viaje. Sin duda le gustaba más pasear con alguien de su edad por los comercios de una gran ciudad que ir de tiendas con su abuela.

—¡Yo también te acompañaré a comprar encantado! —exclamó con fervor Robin.

March se lo quedó mirando como si no estuviera en sus cabales. ¿Un chico que se ofrecía voluntariamente a ir de tiendas con dos chicas? Aroha pensó que se estaba pasando, por muy ansioso que estuviera por convencer a March de que lo acompañara al viaje. Por lo demás, llegó a la conclusión de que March no lo atormentaba a propósito. Simplemente no captaba lo mucho que se esforzaba él por ella. A Peta, por el contrario, esto no se le escapaba. Había puesto diestramente el cebo. Si Aroha se decidía de una vez a tirar de March...

—Yo... no lo sé —respondió—. Me gustaría ir a Dunedin, todavía no he estado. Y también me gusta ir al teatro... —Miró a Robin—. Pero es... es que no me gusta viajar en tren. —Bajó la mirada.

March frunció el ceño.

—¿No te gusta viajar en tren? Nunca había oído algo así. Y da igual si te gusta o no. En tren simplemente se llega enseguida a cualquier sitio y no hay que preocuparse por los caballos y todo eso.

Aroha enrojeció.

—Yo... —Se dispuso a dar una explicación, aunque odiaba tener que hablar de Matiu y del accidente.

Robin se le adelantó.

—Aroha ha tenido una mala experiencia —señaló—. Entiendo muy bien que tenga miedo.

—¿Miedo? —repitió March—. Ah, claro, el accidente. Lo siento, no había pensado en eso. Pero ¿no volver a ir en tren por eso? ¡No lo dirás en serio, Aroha! Sí, te ha ocurrido una desgracia, pero la posibilidad de que vuelva a sucederte es igual a cero. Estadísticamente hablando.

—¿Cómo? —Aroha la miró sin entender.

—Estadísticas. Cálculo de probabilidades —explicó March—. ¿Nunca has oído hablar de eso? Escucha, ¿sabes cuántas líneas de ferrocarril hay en Nueva Zelanda? Están la South Line y la North Line, la North Island Main Trunk... —Las marcaba con los dedos y enumeró tres o cuatro líneas más—. Y cada día circulan por ellas trenes de un lado para otro... qué sé yo, tres o cuatro veces. Esto significa decenas al día, miles al año. ¿Y de cuántos accidentes hemos oído hablar en los últimos años? ¡De uno! Y además de uno de un tren que funcionaba en una línea en condiciones meteorológicas extremadamente adversas. Con una velocidad de viento de más de ciento cincuenta kilómetros, ¿no? —March parecía recordar muy bien las circunstancias exactas del accidente—. Cuando estableces una relación entre un accidente de viaje y todos los viajes sin incidentes especiales, y luego incluyes en la cuenta todas las condiciones externas, llegas a una probabilidad de cero coma cero cero por ciento de probabilidades de que vuelva a ocurrirte en la vida algo similar.

Aroha se mordisqueó el labio inferior.

—¿Y... y si llevo una maldición? —preguntó a media voz.

March puso los ojos en blanco y alzó las manos al cielo.

—¡Cada vez peor, Aroha! ¿No creerás realmente en maldiciones?

—Los maoríes sí creen —susurró Aroha.

March asintió.

—Esos se lo creen todo. Pero yo sé más, lo he probado.

—¿Qué? —preguntaron Aroha y Robin al unísono.

Peta parecía haber mordido una almendra amarga. Por lo visto, conocía la anécdota.

—La tía Linda nos contó una vez una historia así a Peta y a mí, de esa *tohunga* que vivía con vosotros en la escuela.

—Omaka —señaló Aroha.

—Y de cómo maldijo a esa chica que había hecho destruir su árbol kauri. Después no podía dormir porque tenía miedo, pero *granny* Jane me contó que no había espíritus y que no se podía maldecir a nadie. En eso creo que mamá es de otra opinión... —Al parecer, March había pedido su opinión a varias personas, pero había llegado a la conclusión de que los datos recogidos de ese modo eran muy poco consistentes para realizar un cálculo de probabilidades—. Así que planté nueve plantas de *kumara*. Maldije tres, a otras tres les canté *karakia* y recé, como es debido... —Las mujeres maoríes solían pronunciar sus buenos deseos cuando sembraban o cosechaban sus productos agrícolas. Cat, que había crecido con tales usos y costumbres, todavía lo hacía, e incluso Linda cantaba *karakia* con los niños de la escuela, que mezclaba con cánticos cristianos tal como era su obligación—. Y con las tres restantes —prosiguió March—, simplemente no hice nada.

—¿Y? —preguntó Robin impaciente—. ¿Cuáles crecieron mejor?

La chica soltó una risita.

—Las que maldije son las que dieron más boniatos —contestó—. Y no provocaron dolores de barriga. Entre las otras no hubo grandes diferencias. En cualquier caso, las maldiciones no perjudican y las *karakia* tampoco tienen ningún efecto.

—¡Tampoco conoces las palabras correctas! —intervino Peta—. ¿O es que alguna *tohunga* te ha dicho el texto de un *makutu*? Ni siquiera tienes *mana* suficiente para hacer algo así. No eres más que una chica normal. Hay que tener bastante poder para echar una maldición. El suficiente para que funcione.

March hizo una mueca con la boca.

—Una maldición es una maldición —afirmó—. Pero incluso si tuvieras razón... ¿a qué *tohunga* con suficiente poder e influencia debería de haber irritado tanto Aroha como para que le lanzara un *makutu*? ¿O a su amigo? —Lanzó a Aroha una mirada desafiante—. ¿Qué hicisteis, Aroha? ¿Prender fuego a un kauri en la chimenea? ¿O cavaste en una montaña sagrada?

Aroha se mordió el labio inferior.

—Nada... —contestó con un hilo de voz.

—¡Por supuesto! —exclamó March triunfal—. Y por eso tampoco te ha maldecido nadie. Puedes ir la mar de tranquila a Dunedin en tren. Seguro que no descarrila, Aroha.

—¡Además estaremos contigo! —señaló Peta, como si eso fuera un consuelo—. ¿No es cierto, March? —sonrió animoso tanto a Aroha como a su hermanastra.

—¡Seguro! —confirmó March.

Parecía haberse olvidado de que apenas unos minutos antes se había negado categóricamente a viajar a Dunedin. En circunstancias normales, Aroha habría admirado la diplomática maniobra de Peta, pero en esos momentos estaba demasiado absorta en sus miedos. Para ella no constituía ningún alivio subirse a un tren con personas a las que apreciaba. Al contrario, reforzaba sus temores.

Robin le apoyó suavemente la mano en el brazo.

—No pasará nada —dijo afable—. El rayo no cae dos veces en el mismo árbol.

Aroha asintió. Ojalá pudiera creérselo.

11

En efecto, el viaje en tren se desarrolló sin incidentes. Además de March y Peta, también iban Carol y Bill. Los dos se habían ofrecido a acompañar a los jóvenes. Se alegraban de tomarse un descanso de las labores de la granja, incluso si no les interesaba demasiado el teatro. A Linda sí le habría gustado ir a ver la obra, nunca había estado en una de esas famosas salas de teatro. Pero había tenido que marcharse dos días antes. La necesitaban en la escuela. Pese a ello, nada podía hacerla más feliz que Aroha hubiese aceptado ir en tren a Dunedin.

—¡Por fin lo está superando de verdad! —dijo aliviada al despedirse de Cat y Carol—. No puedo expresaros lo agradecida que estoy.

Por supuesto, Aroha no disfrutó nada del viaje. Permaneció sentada, pálida y contraída junto a Robin, y no dijo ni pío durante todo el trayecto. Aunque tampoco tenía que hacerlo. Robin estaba ilusionado con la función y les dio la lata con la historia de la Bandmann Beaudet Shakespearean Company y la evolución de sus fundadores y estrellas, Daniel E. Bandmann y Louise Beaudet.

—Él es de origen alemán y ella canadiense. En este sentido, todavía tiene más mérito que logren dar vida tan bien al inglés de Shakespeare. Es bastante difícil.

Pero cuando empezó a comparar el inglés moderno y antiguo

basándose en citas de Shakespeare, March lo interrumpió. El modo en que Aroha se encogía tan callada y temerosa en su rincón del compartimiento había llamado su atención. Con la intención de tranquilizarla, retomó el tema «accidentes de tren». Esta vez desde el punto de vista de la rentabilidad de las compañías ferroviarias.

—Si hubiera tantos, nadie invertiría en líneas de ferrocarril —observó—. ¿Te imaginas lo que les cuesta un suceso como el de Siberia a los empresarios del Rimutaka Incline? Dos vagones de pasajeros, un coche de mercancías y los daños personales. ¿Han recibido los padres de los niños maoríes una indemnización? Podrían haber demandado a la compañía...

Carol miró a Aroha, que cada vez se encogía más y ya tenía lágrimas en los ojos. Decidió intervenir.

—March, ¡esas personas han perdido a sus hijos! ¿Cuánto dinero vale la vida de un ser humano?

March hizo una mueca.

—Seguro que los padres del niño *pakeha* muerto han recibido algo —señaló—. Y el *utu* es muy usual entre las tribus. Claro que el dinero no les devolverá a los niños. Pero no es una razón para rechazarlo.

En su acepción más civilizada, *utu* significaba que el perjudicado recibía una especie de pago como compensación por la pérdida de un familiar, pero la palabra también significaba «venganza».

Aroha reprimió un sollozo. Ella no habría querido que le pagaran dinero por Matiu, y los ngati kahungunu tampoco habían pensado en ello, por supuesto.

Al final todos se alegraron cuando el tren entró en la estación de Dunedin. La ciudad, realmente grande y muy activa, no tardó en distraer los pensamientos de Aroha. Se olvidó de que estaba resentida con March y se lo pasó en grande yendo de compras con ella. March también demostró en las tiendas que tenía una lengua afilada y desveló una destreza inusual a la hora de regatear los precios y buscar gangas. Carol casi se sintió avergonzada cuando la muchacha pidió que le hicieran descuento en el comercio más elegante de la ciudad.

—Mi prima y yo nos vamos a llevar dos blusas cada una. Nos arreglarán un poco el precio, supongo.

Por el contrario, Aroha, que había sido educada en la sobriedad del reverendo, estaba dispuesta a admirar por su espíritu comercial a March, a la que siempre llamaba prima aunque en rigor no eran parientes. Al final, en la mayoría de las tiendas aceptaban negociar con la bellísima muchacha.

—Pero solo si lleva el vestido esta noche en el Queen's Theatre —puso como condición una tendera—. Le queda tan maravillosamente bien que todo el mundo preguntará quién lo ha diseñado.

La función impresionó poco a Aroha. La cena previa a la representación en el elegante restaurante, el champán en el descanso y el ambiente del teatro la impresionaron más que la obra en sí. Todo ese oro, y los lujosos adornos de estuco del teatro, las enormes arañas, los pesados cortinajes rojos delante de los palcos y las inmensas pinturas del *foyer*, el telón imponente y pintado de colores que mantenía misteriosamente cerrado el escenario antes de abrirse y desvelar el mundo de Shakespeare... A Aroha el Queen's le resultó soberbio.

Peta parecía sentir lo mismo. También él palpó respetuoso las butacas tapizadas de terciopelo de la sala y apenas si se atrevió a doblar el programa impreso en papel de tina para metérselo en el bolsillo de su nuevo traje negro.

March, por el contrario, no daba a entender si había algo que la impresionara. Estaba preciosa con su nuevo y holgado vestido color turquesa, que ondulaba en torno a su delicado cuerpo. Sin embargo, ahora notaba tan poco las miradas interesadas de la gente como antes los brillantes ojos de Robin mientras ella bajaba engalanada las escaleras del vestíbulo del hotel. Su expresión era de indiferencia, como si estuviera ensimismada. Aroha se sorprendió a sí misma pensando si March estaría calculando cuánto dinero se ingresaba en una función así y cuánto quedaría como beneficio tras deducir los costes de mantenimiento del edificio.

Robin no parecía percatarse del distinguido público asistente. Después de entrar en el teatro hasta había dejado de hacer caso a March. El muchacho de cabello rubio claro estaba impaciente por ver aparecer a los actores, sobre todo a su ídolo Bandmann y su compañera. Cuando por fin se levantó el telón, se quedó prendado con las palabras de Hamlet y se zambulló extasiado en el mundo del príncipe danés. Aroha se preguntó si estaría recitando mentalmente el texto. Había estado espiándolo los últimos días en el pajar. Robin se sabía de memoria todo el papel de Hamlet.

Por su parte, ella encontró la historia inesperadamente emocionante. La obra ejercía un efecto mucho más intenso viendo a los actores sobre el escenario recitando el texto que cuando este solo se leía. Pero en el fondo tenía que darle la razón a March. Menos reflexión y más energía y pensamiento lógico habrían evitado la tragedia del príncipe de Dinamarca. En la escuela, en el pasado, Matiu había dicho lo mismo de Romeo y Julieta: su historia no habría acabado tan tristemente si Romeo hubiera procedido con más prudencia. Aroha prefería que las obras de teatro terminasen bien, pero aun así al final se sumó al caluroso aplauso que el público dedicó a los actores.

Robin emitía un resplandor celestial. ¿Estaría imaginándose en el lugar de Daniel Bandmann y Louis Beaudet, que no dejaban de inclinarse en el borde del escenario y recibían flores y felicitaciones?

—Hoy tampoco me ha gustado más que el año pasado —comentó March cuando por fin el telón bajó por última vez y los espectadores ya abandonaban las butacas.

—Pero las peleas a espada son bonitas —apuntó Peta, posiblemente para no ofender a Robin. Durante la representación, Aroha lo había visto bostezar varias veces.

—¿Qué hacemos ahora, tomamos otra copa de champán en el

hotel? —propuso alegremente Carol a su marido. También a ella se la veía contenta de que hubiera concluido la función—. Solo los adultos, claro, los pequeños os vais a la cama.

Robin se la quedó mirando sin dar crédito.

—¿Ya os queréis ir? —preguntó—. Pero yo... bueno, ya que estamos aquí, ¡tengo que conseguir un autógrafo de Bandmann y Beaudet!

—¿Un qué? —preguntó Carol.

—Un autógrafo —repitió Robin—. Una firma. Como recuerdo de la velada. Les pediré al señor Bandmann y a la señorita Beaudet que me firmen el programa.

—No creo que lo consigas —terció Bill—. Esa gente ya ha terminado su trabajo, quiere marcharse a casa. —Tampoco él parecía dispuesto a quedarse más tiempo en el teatro.

—Hay que esperar en la entrada de artistas —explicó Robin—. Hasta que salgan. Tardarán un poco, tienen que desmaquillarse, cambiarse y todo eso.

Carol frunció el ceño.

—No sé —respondió—. ¿No es pedir demasiado? Bill tiene razón, han acabado su trabajo. Seguro que no tienen ganas...

—¡Pero si es lo que se hace! —insistió Robin desesperándose—. Todos los actores firman autógrafos. Les encanta. ¡Seguro! —Su rostro ardía de fervor—. ¡Por favor! Esperaos a que salgan. Tengo... tengo que verlos de cerca.

Carol suspiró y se envolvió en su chal. Había sido un agradable día de otoño, pero al anochecer hacía más frío. Si por ella fuera, se habría marchado lo antes posible al hotel. Aunque March y Peta también se quejaban, al final cedió.

—Si tanto depende de ello tu felicidad, seremos pacientes. Esperemos que Beaudet no sea una de esas señoras que necesitan horas para cambiarse...

Robin no era el único que aguardaba a los actores en la entrada de artistas del teatro. De hecho, diez o veinte personas, la mayoría jóvenes, se apretujaban delante de la puerta en la parte posterior del edificio. Tenían preparado el programa de la representación o un librito elegantemente encuadernado, así como pluma y tinta.

Durante un rato, Daniel Bandmann y Louise Beaudet pusieron a prueba la paciencia de sus admiradores, pero luego los recompensaron con una espléndida aparición. Louise llevaba un elegante vestido con un gran cuello, combinado con un atrevido sombrerito, que recordaba lejanamente a una boina vasca, bajo el cual asomaban unos rebeldes bucles rojizos. De cerca parecía de menor estatura que en el escenario. Su rostro era más bien redondo y tenía esa delicada palidez de los pelirrojos. Ojos castaños y expresivos y una boca pequeña, bien delineada. Sonreía condescendiente.

Robin no había exagerado. Tanto la señorita Beaudet como el señor Bandmann se mostraron más que dispuestos a satisfacer el deseo de sus admiradores de obtener su firma. A Bandmann en especial parecía halagarle la atención que se le tributaba. Y eso que lejos de las candilejas ejercía un efecto menos imponente. Aroha ya había pensado durante la función si no era demasiado viejo para encarnar al joven Hamlet. Ahora se veía que el actor debería además vigilar su peso. Tenía un rostro carnoso y bastantes entradas, ojos demasiado juntos, nariz prominente y labios llenos. La joven se imaginaba de otra forma a un Hamlet o un Romeo.

Los otros amantes del teatro no parecían percatarse de eso. Todos rodeaban y elogiaban a los dos actores y un par de valientes hasta intentaron intercambiar unas palabras con ellos. A Aroha le llamó la atención una muchacha, un poco mayor que ella, que se dirigió ruborizada al señor Bandmann en alemán para pedirle un autógrafo. El actor respondió sorprendido y muy cordialmente. Aroha vio que le escribía una dedicatoria en alemán en su librito de autógrafos: «A la encantadora señorita Morris con todo mi respeto. Daniel E. Bandmann.»

La resplandeciente muchacha se volvió a continuación hacia la señorita Beaudet y, para sorpresa de Aroha, le habló en un francés igual de fluido. Louise Beaudet era francocanadiense. El resultado fue otra dedicatoria personal que Aroha no logró leer. Ella hablaba además del maorí un alemán aceptable, en la escuela superior solo le habían enseñado un poco de francés. Sus conocimientos no iban más allá del mínimo para aprobar los exámenes. Aroha pensó en ese momento que eso era una pena. Pero al menos vio la posibilidad de ayudar al nervioso Robin a causar una buena impresión ante Bandmann.

—Mi pariente es un gran admirador suyo y del señor Shakespeare —dijo en alemán al actor cuando Robin le tendió el programa para que se lo firmase. El chico posiblemente se hubiera mantenido callado—. Le gustaría llegar a ser actor —añadió Aroha.

Bandmann se tomó la molestia de contemplar con mayor detenimiento tanto a su interlocutora como al joven.

—¿En serio? —preguntó cortésmente—. ¿Y qué está haciendo usted, hijo mío, para hacer realidad ese sueño?

Cuando Robin pidió ayuda con la mirada a Aroha, el actor repitió la pregunta en inglés.

—Me gustaría asistir a una escuela de teatro —respondió Robin precipitadamente—. Pero aquí no hay ninguna academia de ese tipo.

Bandmann asintió.

—En general todavía hay pocas —confirmó—. Lo que resulta lamentable. Pero hay una academia que vale la pena recomendar. Inténtelo en la Guildhall School of Music and Drama. Hace poco que la han abierto en Londres. —Y dicho esto, dio la espalda a Robin, pues lo esperaban otros admiradores.

Robin, al igual que la señorita Morris, corrió hacia dos figuras más que acababan de salir por la puerta de actores. Aroha reconoció a los intérpretes de Laertes y Polonio. Robin se puso en la fila, antes de que Carol y los demás llegaran a detenerlo. Se había despertado su fiebre de cazador.

Aroha se quedó aburrida a su lado y, sin quererlo, se vio de nuevo junto a la joven políglota. La señorita Morris era bajita y algo regordeta. Sin embargo, no utilizaba corsé y vestía sin el menor escrúpulo un amplio vestido reforma. Un cabello rubio claro asomaba por debajo de su sombrerito, en su rostro dominaban unos ojos despiertos de color azul claro y unos divertidos hoyuelos. Cuando reconoció a Aroha, le sonrió.

—Acabas de hablar en alemán, ¿verdad? —La señorita Morris optó enseguida por el tuteo. Aroha calculó que debía de tener unos dieciocho años—. No se oye mucho por esta región.

—Mi familia es de origen alemán —respondió vagamente Aroha. Aunque no tenía vínculos sanguíneos con Franz ni con Ida, la explicación habría sido muy larga—. Algo aprendí con ella. Y se me dan bien las lenguas extranjeras.

De hecho, era la única de su generación que podía hablar un alemán aceptable aunque en los encuentros familiares se seguía hablando ese idioma. Franz y Linda solían recurrir a él cuando discutían sobre asuntos que no eran apropiados para los oídos infantiles. Naturalmente, eso era para Aroha un incentivo más para enriquecer su vocabulario.

—¿Qué otros idiomas hablas? —preguntó Morris. La firma de autógrafos era lenta. Laertes estaba bastante pagado de sí mismo y escribía una larga dedicatoria a cada uno de sus admiradores—. Por cierto, me llamo Isabella. Isabella Morris. Y también estoy aprendiendo italiano y un poco de español. —Sonrió de nuevo.

—Soy Aroha Fitzpatrick —se presentó Aroha, impresionadísima. ¿De verdad esa chica hablaba cuatro lenguas?—. Y solo sé inglés... Y maorí, claro.

—¿Maorí? —fue casi un chillido. Isabella bajó la voz cuando la gente se volvió para mirarla—. ¡Eso sí que es inusual! La señorita Vandermere estaría encantada. ¿Lo hablas realmente fluido? ¿No solo *kia ora* o *haere mai*? —Isabella seguramente no sabía más que unas palabras en maorí, pero pronunciaba correctamente los saludos, cosa que no conseguían muchos *pakeha*.

—Igual que el inglés —respondió Aroha, ahora un poco orgullosa por su parte. Describió la escuela de Otaki.

—¡Es estupendo! —se entusiasmó Isabella—. A la señorita Vandermere le encantaría estudiar maorí, pero no se encuentran profesores. La señorita Vandermere es mi profesora. Estudio idiomas.

Mientras en la fila Robin se iba aproximando lentamente a Laertes, Bill miraba significativamente su reloj de bolsillo, Carol se estaba congelando de frío y March pregonaba a voz en cuello su mal humor, Aroha escuchaba fascinada lo que le contaba su nueva amiga.

Henrietta Vandermer dirigía desde hacía un tiempo una academia de idiomas en Dunedin. Procedía de Filadelfia, en Estados Unidos, donde había tomado clases con Berlitz.

—El señor Maximilian Berlitz ha desarrollado un método totalmente nuevo de aprender idiomas —comentó Isabella—. No como el de antes, a base solo de gramática y traducción puras y duras. En lugar de eso, se empieza a hablar enseguida, es muy entretenido y se va mucho más rápido. La señorita Vandermere aprendió el método con él y su escuela sigue sus principios. Es una academia pequeña, con menos de cincuenta alumnos. Por eso me dejan asistir mis padres. En realidad, yo quería ir a la universidad, pero mi padre no lo encuentra adecuado para una chica. —Soltó una risita—. Si fuera por mi padre, me casaría enseguida. Pero yo ni pienso en eso. Hay profesiones muy interesantes a las que dedicarse si se saben idiomas. Justo aquí en Nueva Zelanda, donde hay tantos inmigrantes.

—Yo tampoco me casaré —dijo Aroha en voz baja. No imaginaba que pudiera enamorarse de nuevo tras la pérdida de Matiu.

Isabella le sonrió con complicidad.

—¡Pues tú también podrías dedicarte a lo mismo que yo!

Cuando al día siguiente el tren salió de Dunedin rumbo a Christchurch, Aroha ya no sintió miedo. No hacía más que mirar el prospecto de colores que había recogido por la mañana al visitar Princess Street, donde la señorita Vandermere tenía su academia de idiomas. Carol y Bill la habían acompañado de buen grado. Ambos se quedaron prendados de la amable y distinguida directora, las modernas y amplias aulas y el ambiente animado y políglota de la escuela. Naturalmente, Linda y Franz tenían la última palabra, pero Carol apoyaría a Aroha. El establecimiento de la señorita Vandermere era una academia privada, la matrícula era cara, aunque Aroha obtendría una deducción si aceptaba impartir clases de maorí al mismo tiempo que realizaba sus estudios. El curso siguiente empezaba en julio y la señorita Vandermere anunció complacida que iba a reservar una plaza para Aroha.

También Robin parecía animado, aunque esta vez no lo demostró recitando emocionado textos de Shakespeare. Era como si brillase por dentro. La breve conversación que había mantenido con Daniel Bandmann, en la que no apareció la palabra «imposible» acudía una y otra vez a su mente. El gran actor opinaba que era factible que Robin pudiese seguir su estela. ¡Si tan solo encontrase una posibilidad para formarse!

Robin susurraba al ritmo de la marcha del tren las palabras, como si custodiase un tesoro o conjurase un espíritu: «Guildhall School of Music and Drama, Guildhall School of Music and Drama...»

¡Tenía que conseguirlo!

¿DON O MALDICIÓN?

*Otaki, Auckland, Te Wairoa (Isla Norte)
Christchurch, Llanuras de Canterbury,
Dunedin (Isla Sur)*

Julio de 1882 - Diciembre de 1884

1

—Ahí fuera hay dos señoras que desean visitar la escuela.

Cuando Keke, la niña maorí que ese día se ocupaba de la portería, anunció a las recién llegadas, Linda estaba poniendo la mesa para tomar el café. A esas horas de la tarde, mientras los alumnos mayores de Franz tenían clase y los más jóvenes hacían los deberes, disfrutaba de un poco de tiempo libre. Había pensado dedicar ese rato a conversar tranquilamente con su hija, antes de que esta regresase al día siguiente a la Isla Sur.

Aroha pasaba las vacaciones de invierno en Otaki después de haber concluido exitosamente los dos primeros semestres en la academia de la señorita Vandermere. En las vacaciones de verano todavía no había vuelto a casa, pero parecía haber superado el accidente del tren. También llevaba mejor la pérdida de Matiu. Hacía mucho que no sabía nada de los ngati kahungunu. Se diría que había relegado al olvido la maldición de la madre de Haki, o que al menos había logrado colocarla en el sitio que le correspondía: la expresión de la pena de una mujer profundamente triste e infeliz.

La hija de Linda había vuelto a ocuparse con cariño de los niños que no habían podido marcharse con su tribu y vestía de nuevo el estilo de ropa de alegre colorido que era usual en ella. Sin duda, su amiga Isabella Morris había contribuido a que despertara de nuevo. Cuando Aroha dijo que quería estudiar con la señorita Vandermere, el único punto de controversia para Linda y Franz fue el relativo al alojamiento de Dunedin. La academia de idiomas no ofrecía alojamiento para estudiantes y ellos no querían que una chica tan joven viviera sola. Al final, Isabella Morris y sus padres salieron en su ayuda.

Las chicas se habían estado escribiendo entusiasmadas y al final los Lange recibieron la propuesta del señor y la señora Morris de acoger en su casa a Aroha durante el curso. No querían dinero por ello: el señor Morris era un conocido orfebre y joyero, y la familia se había hecho rica con sus dos tiendas de Otago. «Vale más que inviertan el dinero en la escuela —había recomendado cordialmente a Franz—. Naturalmente, me he informado sobre ustedes, y su establecimiento realmente disfruta de una estupenda reputación. Como compensación, simplemente admita en mi nombre como becario a un pequeño más.»

La señora Morris resultó tan amable como su marido y su hija, y Aroha se sentía muy bien en la elegante residencia de la pequeña familia. Por primera vez, tenía en Isabella a una amiga *pakeha* con la que compartía muchos intereses. Las chicas se divertían juntas tanto dentro como fuera de la escuela.

—¿Qué hacemos con las señoras? —insistió Keke cuando Linda tardó en responderle.

—¿Las señoras? —preguntó Aroha sorprendida. Estaba colocando la cafetera y una bandeja de magdalenas recién hechas sobre la mesa de la cocina.

La niña asintió vehemente.

—Sí. *Ladies* inglesas. Han llegado en una carroza muy elegante. Creo que el coche es de Triangle Station.

Linda frunció el ceño. Triangle Station era una granja de ovejas de los alrededores. Conocía superficialmente al propietario. Como la mayoría de los granjeros entregaba donativos a la escuela, sobre todo en especies. De todos modos, los Lange no tenían mucha relación con los Beckham, los administradores de la granja. El capitán Beckham había luchado en las guerras de Taranaki y guardaba cierto resentimiento contra los indígenas. A diferencia de los demás granjeros, no contrataba maoríes, ni siquiera cuando hablaban un inglés perfecto y habían adoptado los modales *pakeha*. Franz nunca había conseguido que Triangle Station diese trabajo a uno de los estudiantes de la escuela que habían acabado su formación.

—¿Han dicho qué quieren? —preguntó Linda.

No tenía ganas de ocuparse ahora de las recién llegadas, pero si realmente la gente de Triangle Station mostraba interés por conocer la escuela, ella se la enseñaría a esas damas.

—Son raras —contestó Keke—. Primero me hablaban muy alto, como si yo fuera dura de oído. Y luego hablaban un inglés muy extraño. —Hizo una mueca con la boca e imitó a las damas—: «¿Poder aquí mirar maorí?»

Linda suspiró.

—Por lo visto, vamos a tener que ocuparnos de ellas —dijo a su hija—. ¿Quieres venir o todavía has de hacer las maletas?

Aroha negó con la cabeza.

—Ya estoy lista —dijo—. Y además esto suena interesante. ¿Dos señoras hablando así el inglés? A lo mejor puedo echar una mano. —Aroha aprendía francés e italiano con la señorita Vandermere y ya podía expresarse bien en ambos idiomas.

Las dos mujeres de mediana edad, que ciertamente estaban sentadas en una carroza conducida por un aburrido pastor de Triangle Station, no daban la impresión de proceder de países del Mediterráneo. Al contrario, con su tez clara y el cabello rubio rojizo tenían aspecto de típicas inglesas. Llevaban unos prácticos trajes de viaje y botas de cordones, además de unos elegantes sombreros.

Linda les dio la bienvenida en inglés y se presentó a sí misma y a Aroha.

—¿En qué puedo ayudarlas? —preguntó.

Una de las damas, de unos cincuenta años de edad, inclinó la cabeza. Tenía unos ojos despiertos de color azul, sus ricitos hacían pensar en un perro de aguas.

—Mi hermano... —respondió en un inglés perfecto— mi hermano el capitán Beckham nos dijo que aquí podíamos ver maoríes. ¿Es cierto?

Linda arrugó la frente.

—Esto es un internado para niños maoríes, señorita... Beckham...

—Señora Toeburton, por favor. Y ella es mi cuñada, la señora Richardson.

La dama señaló a su compañera, que era más alta y flaca y daba la impresión de tener más desconfianza que amable interés.

—Y naturalmente aquí viven también maoríes —prosiguió Linda.

La señora Toeburton resplandeció.

—Bien, tal como dijo Peter. Y nos contó que no son peligrosos, de eso estaba seguro. Venga, no hagas remilgos, Serena. —Se volvió a su cuñada, para luego dirigirse de nuevo a Linda y Aroha—. ¿Nos... nos enseñarían maoríes?

Linda encontraba la conversación bastante desconcertante, pero se ofreció a mostrarles la escuela.

La señora Toeburton estaba encantada.

—¿Su hija tiene un nombre maorí? ¡Qué original! Qué idea tan buena, ¿verdad, Serena? Deberíamos... ¿Tiene que venir Jack en el coche o vamos a pie?

—Los terrenos de la escuela son bastante extensos —contestó Linda—. Si quieren ver las aulas y los talleres y todo esto, es mejor que me sigan a pie. Su cochero puede entrar con la carroza, seguir el camino principal y esperarlas en la plaza de las asambleas.

Explicó brevemente al cochero dónde ir a recoger a sus pasajeras más tarde, e invitó a las damas con un gesto a que descendieran del vehículo.

—¿De verdad no es peligroso? —receló la señora Richardson.

—Es una escuela —repitió Linda, a esas alturas algo molesta. Keke tenía razón, las dos *ladies* eran bastante raritas—. Esto significa que quizá los niños las mirarán con curiosidad o que a lo mejor les cae una pelota de rugby en la cabeza, como en establecimientos ingleses similares. Por lo demás, aquí reina la paz.

—¡Venga, Serena! —urgió con impaciencia la señora Toeburton a su compañera, al tiempo que bajaba ágilmente del vehículo. Aunque era regordeta, se movía con ligereza. Serena Richardson, que se levantaba en ese momento, parecía más rígida, pero tampoco se quedó atrás cuando Linda y Aroha se pusieron en marcha a paso ligero.

Linda les explicó que la escuela era un antiguo *pa* que los te ati awa habían abandonado.

—La tribu heredó tierras en Taranaki y la gente prefería instalarse allí. Se marcharon, pues, de forma voluntaria y nos cedieron las tierras y los edificios. No se echó a nadie y tampoco murió nadie. Esto es muy importante, pues en caso contrario los niños maoríes no se sentirían a gusto. Si se ha derramado sangre en algún lugar, la tierra es durante años *tapu* para los nativos. Y al principio venían aquí muchos niños que habían vivido en carne propia los horrores de la guerra y el destierro. En sus orígenes, la escuela era un orfanato...

Mientras les hablaba, Linda las conducía hacia las primeras casas, que habían formado parte de las dependencias de servicios de la anterior fortaleza maorí. Ahora albergaban talleres de aprendizaje y cocinas, y bullían de vida. Por las tardes, los alumnos solían tener asignaturas prácticas y deporte. Franz estaba enganchando un caballo de sangre fría con unos jóvenes y Linda presentó su marido a las visitantes. Las mujeres tampoco mostraron allí demasiado interés, ni plantearon ninguna pregunta, sino que se limitaron a un escueto saludo antes de seguir a Linda y Aroha a las cocinas, donde se trabajaba bajo el control de una resoluta mujer del poblado. Al lado había un taller de costura. Unas niñas trabajaban en telares y un joven maorí enseñaba a tallar la madera a los niños.

Estos ni advirtieron la presencia de las visitas. Solía pasar con bastante frecuencia que Linda o Franz mostraran las instalaciones a desconocidos. La escuela se financiaba en gran parte a través de donativos y, obviamente, los mecenas querían saber en qué se empleaba su dinero. De vez en cuando, Linda y Aroha elogiaban a los escolares o bromeaban con ellos, la mayoría de los visitantes también hacían algún que otro comentario amable o halagaban a algún alumno que les había llamado la atención. No obstante, la señora Toeburton y la señora Richardson permanecían mudas.

Linda se alegró cuando pudo dejar los talleres para dirigirse al núcleo de la escuela. En las anteriores casas comunes de los maoríes se habían instalado las aulas y salas de descanso, así como también los dormitorios y las viviendas para los profesores que vivían en las dependencias de la escuela.

—Los dormitorios reciben los nombres de los animales locales —explicó Aroha alegremente—. Aquí, por ejemplo, está la casa Kea, y allí viven kiwis. Los niños llevan el nombre de sus casas. Lo encuentran divertido y eso ayuda a que la atmósfera les resulte más hogareña. Algunos proceden de *marae* muy lejanos y no pueden volver durante las vacaciones con sus familias.

Las dos damas asintieron escuetamente. Si era cierto que venían de Inglaterra, como indicaba su cuidado acento, sin duda no les resultarían ajenas las asperezas de la educación en un internado.

—En la clase de deporte, los niños juegan a rugby, fútbol y al tradicional ki o rahi —prosiguió Linda. Este último se jugaba con una pelota de lino trenzado—. Nos cuidamos de que los niños no olviden las costumbres de su pueblo. Naturalmente, siempre que no se opongan a los principios cristianos. Mi marido es reverendo de la Iglesia anglicana. Todos nuestros alumnos están bautizados.

Linda las condujo a través de algunas aulas, ahora vacías, y a la sala común, donde los alumnos más jóvenes hacían los deberes bajo la supervisión de una mujer maorí. Linda presentó brevemente a la profesora y contó algo de su historia. Pai había sido una de las primeras alumnas de Otaki y Linda estaba sumamente orgullosa de que hubiese asistido al *college*.

A continuación dejó la sala con las silenciosas visitantes. El paseo concluía allí y la carroza de Triangle Station esperaba en la plaza de las asambleas. Pero Franz se acercó en ese momento a su esposa y sus acompañantes. Había dejado a otra persona a cargo de sus alumnos para dedicar un poco de atención a las invitadas. Sabía por experiencia que los eventuales donantes apreciaban ese detalle.

—¿Les ha gustado nuestra escuela? —preguntó amablemente.

La señora Toeburton contrajo un poco la cara.

—Bueno... claro. Ustedes... esto... están realizando aquí un estupendo trabajo con los niños. Es solo que... bueno, nosotras no contábamos con que los salvajes estuvieran tan... civilizados. Pensábamos... nos habíamos imaginado que bailarían y esgrimirían sus lanzas. Además, ¿los maoríes no eran cazadores de cabezas?

Linda frunció el ceño.

—En fin, si lo que querían era ver un *powhiri*, donde se canta y baila, tendrían que haber ido a un auténtico poblado maorí y no a una escuela —dijo con un deje airado—. Aunque no todos los días se celebra en ellos una fiesta. Y en cuanto a guerreros esgrimiendo sus lanzas, no es una visión agradable. Tan poco como la de cabezas cortadas. Hace mucho que finalizaron las guerras maoríes, algo de lo que debemos dar gracias a Dios. ¿Cómo se les ha ocurrido que aquí podrían presenciar un combate como... como en un teatro?

La señora Richardson hizo un puchero, como un niño decepcionado.

—Bueno, nos lo habían dicho —contestó—. En la agencia que organizó nuestro viaje nos dijeron que en Nueva Zelanda todavía vivían salvajes. Y que se podían ver. Que ya no eran tan ariscos.

Linda estaba furiosa.

—Vaya, ariscos nunca han sido —dijo a las mujeres en un tono indignado—. ¡No son animales! De hecho, al principio acogieron muy amistosamente a los inmigrantes europeos. Luego llegaron las divergencias que desembocaron en intrigas y guerras. Ahora eso ha pasado, aunque queda algo de desconfianza. Sea como sea, yo, en su lugar, no iría a un poblado maorí cualquiera esperando que me reciban con los brazos abiertos. Además, por los alrededores no hay ninguno.

—¿Dónde sitúa su agencia a esos salvajes más o menos auténticos? —intervino Franz—. ¿Y qué es lo que las trae a Nueva Zelanda?

—¡En las Terraces, por supuesto! —exclamó la señora Toeburton, como si estuviera hablando con un discapacitado mental—. Las Pink and White Terraces. Hay que verlas. Desde que el príncipe Alberto habló con tanto entusiasmo de ellas, son simplemente un *must* cuando se da la vuelta al mundo...

—¿Están dando la vuelta al mundo? —preguntó Aroha impresionada.

La señora Richardson asintió.

—Claro, pequeña. La gente de la buena sociedad no puede renunciar a un viaje así. —Su tono era de indiferencia.

—Sobre todo sus acaudalados miembros. —Linda sonrió.

Había leído que últimamente, entre los europeos ricos, viajar formaba parte de los símbolos de estatus, como tener casas elegantes, jardines y caballos de carreras. Las revistas femeninas, que ella leía con placer siempre que podía pillar una, rebosaban de noticias al respecto. Pero hasta entonces no había oído que también Nueva Zelanda fuera una de esas metas de viaje.

—Las Pink and White Terraces pertenecen de hecho a una tribu maorí —comentó Franz por su parte—. A los tuhourangi.

—El reverendo poseía una memoria extraordinaria. Nunca olvidaba nada que hubiese leído o de lo que hubiese oído hablar—. Salvo por esto, no sé más de esa tribu, al menos nunca han enviado a ningún niño a nuestra escuela. Tampoco viven aquí, sino en el norte, lejos, y allí están, por supuesto, esas maravillas de la naturaleza. A más de trescientos kilómetros de distancia de aquí, si no me equivoco. Se han... ejem... desviado un poco de su ruta, ¿no?

—Más bien mucho —bromeó Aroha.

Su madre le lanzó una mirada ceñuda.

—Pero ¿de dónde vienen? —preguntó Franz—. Deben de tener un itinerario marcado.

La señora Toeburton le habló también a él del capitán Beckham, en cuya granja estaban alojadas, para seguir después su viaje a las famosas Terraces.

—En cualquier caso, les espera un trayecto bastante largo hasta Te Wairoa —dijo Linda, preparándose para despedir a las damas—. A lo mejor encuentran por el camino maoríes que viven de forma más primitiva. —En realidad no lo creía. En las cercanías de las grandes carreteras y caminos frecuentados por viajeros, se habían instalado casi por doquier *pakeha*. Las tribus maoríes que habían sobrevivido a los «traslados» del gobernador Grey en el marco de las guerras hauhau vivían muy retiradas en los bosques, o habían adoptado el modo de vida de sus vecinos ingleses—. Pero llegado el caso, trátenlos, por favor, con cortesía. Un *marae* no es un zoo.

La señora Toeburton y la señora Richardson miraron a Linda ofendidas y bastante desconcertadas. Sin duda habían aprendido ya con la leche materna a tener modales finos y mostrarse corteses con quienes tenían su mismo rango social y, dentro de unos límites, también con los criados. Pero ¿con los salvajes?

—Tal vez sea mejor que vuelvan ustedes a Wellington y cojan el barco a Auckland —propuso Franz—. Estoy seguro de que allí su agencia de viajes se ocupará de ustedes.

—¿Qué clase de personas eran esas? —se sorprendió Franz cuando se tomó un descanso para beber un café con Linda y Aroha.

—¡Bastante ignorantes! —resopló Aroha—. Y además tontas. Mamá les ha dicho tres veces que esto era una escuela, y aun así estaban esperando ver cazadores de cabezas.

—Arroja una extraña luz sobre la educación en los internados ingleses. Con los que yo también tengo mis propias experiencias... —bromeó Linda, cuyo primer marido se jactaba de haber asistido a una de las universidades más famosas de Inglaterra—. ¡Entre los alumnos de Oxford y Cambridge uno puede encontrar de todo!

2

Pese a que ya podía volver a subirse a los trenes sin morirse de miedo, Aroha volvió a embarcar en Wellington rumbo a Lyttelton. Habría podido viajar directamente a Dunedin, pero quería pasar un par de días en Rata Station. Su yegua *Crésida* —por respeto a Robin intentaba no pensar en ella solo como *Sissi*— ya se había convertido en un ejemplar que se podía montar con toda confianza.

Aroha se alegró como una niña al ver que su caballo favorito la esperaba en Lyttelton. Cat había enganchado a *Crésida* al carro con que iba a recoger a la joven. Además, la acompañaba Robin. Aroha saludó calurosamente tanto a sus familiares como a su caballo y apartó a dos perros que brincaban a su alrededor.

—A ellos no tendrías que haberlos traído, mamá —protestó Robin cuando vio que las patas de los alegres collies habían dejado sus huellas en el traje de viaje de la muchacha.

—Ya se los habré entregado a su nuevo propietario antes del encuentro con el señor Elliot —aclaró Cat molesta—. No te preocupes, no tendrán la oportunidad de ensuciar el elegante vestido de la adorable señorita Pomeroy. Tranquilízate de una vez, Robin. No eres el centro del universo. Además de satisfacer tu extremadamente importante deseo, hay otras cosas que hacer en Christchurch.

Aroha frunció el ceño al oír las palabras de su abuela, inusualmente duras. Robin debía de haber puesto a Cat de los nervios para hacerle perder así la paciencia. Como fuere, se extrañó de la presencia de su joven tío. Si bien mantenía una buena relación con él, nunca había ido a recogerla al puerto.

Robin tenía muy buen aspecto. En los últimos meses había crecido algo más y se había puesto más fornido. Ya no era un fideo de brazos y piernas demasiado largos como en el verano pasado. El traje claro y bien cortado realzaba su figura. El rostro de elfo de Robin se había vuelto más anguloso y masculino. Estaba ligeramente bronceado, era probable que Chris hubiera insistido en los últimos meses en que el joven trabajara en la granja. Pero había conservado sus rasgos delicadamente cincelados. Aroha se sorprendió pensando en que la gente habría calificado ese rostro de muy hermoso si Robin hubiera sido una chica.

—Perdona, mamá —dijo él, educado como siempre—. Es que estoy un poco nervioso. Tengo una entrevista, Aroha, ¡imagínate! Con el señor Elliot, el marido de Louise Pomeroy. —Miró a la joven esperando su admiración.

Aroha se sintió impresionada. Ya había oído hablar en Dunedin de la intérprete de Shakespeare, Louise Pomeroy. Su compañía se había instalado en Christchurch, invitada por la ciudad para una larga temporada. Isabella Morris, amante del teatro como era, ya estaba haciendo planes para acompañar a su amiga a Rata Station en las próximas vacaciones y de allí viajar a la ciudad para ver una función.

Cat frunció el ceño.

—No es una entrevista, Robin —interrumpió a su hijo—. ¡No te hagas ilusiones! El señor Elliot solo está dispuesto a recibirnos unos minutos. Y sin duda, no porque lo hayas impresionado tanto, sino porque la asociación de criadores de ovejas financia gran parte del presupuesto del Theatre Royal. Hemos movido nuestros contactos, Robin. Nada más. Lo más probable es que te dé calabazas.

El rostro de Robin se ensombreció y Aroha sintió pena por él. Durante todo el año pasado, el joven había trabajado duramente para aproximarse más a su sueño de estudiar en la Guildhall School de Londres. Si bien Chris y Cat no eran partidarios de esa idea, no le impidieron que solicitara folletos y planes de estudio. El resultado había sido decepcionante. La Guildhall School enseñaba interpretación, pero su actividad principal residía en la formación de músicos y cantantes. A partir de ahí, Robin había empezado a ampliar sus conocimientos musicales. Estudiando piano se confirmó, no obstante, lo que sus esforzados oyentes ya habían intuido cuando aprendía a tocar la flauta: Robin no estaba dotado para la música. Por muy sensible que fuera y por mucho que observara la menor flexión tonal en el habla de un ser humano y que la interpretara correctamente, carecía de oído musical.

«Debe de ser cosa de Chris, yo siempre he sabido cantar bien —escribió Cat a Aroha y Linda en Otaki—. Robin tiene una voz preciosa, pero no afina cuando canta. Lo veo negro para que lo admitan en un conservatorio, y la Guildhall School of Music and Drama es algo similar.»

A esas alturas, Robin parecía poner sus expectativas en algo distinto.

—De todos modos, quiero hablar con los dos —anunció obstinado—. Sé que antes el señor Elliot enseñaba teatro en Australia. A lo mejor conoce otras escuelas...

Cat asintió paciente.

—Estamos yendo, Robin. Lo veremos a él y a la señorita Pomeroy en el Excelsior a la hora del té. Pero hasta entonces me gustaría poder hablar de otra cosa. ¿Qué tal Otaki, Aroha? ¿Cómo están Franz y Linda?

Pese a los esfuerzos de Cat y Aroha para abordar temas de conversación normales, el nerviosismo y la tensión de Robin menoscabaron la atmósfera del carruaje mientras *Crésida* atravesaba el Bridle Path. El joven no participaba en ninguna conversación, sino que jugueteaba nervioso con la cadena del reloj. Por lo visto, temía no llegar puntual a la cita y no logró quedarse sentado y quieto mientras Cat daba con todo detalle las instrucciones sobre la alimentación y la instrucción de los jóvenes collies a sus nuevos propietarios.

Todavía era muy temprano para ir a tomar el té cuando los criadores de ovejas de Otago, que habían ido especialmente a Christchurch para recoger los perros, se despidieron. Cat y Aroha hubieran aprovechado ese tiempo extra para dar un paseo por la ciudad, pero Robin insistió en ir de inmediato al Excelsior para arreglarse de nuevo antes de la «audiencia», como bromeaba Cat. Y eso que ya iba como un pincel y su creciente nerviosismo le hacía resplandecer de dentro afuera. Si Arthur Elliot era una persona que se dejaba impresionar con el entusiasmo y la entrega, Robin podía estar seguro de lograr su patrocinio.

Sin embargo, el matrimonio Elliot Pomeroy no parecía dejarse impresionar por nada. Louise Pomeroy estaba sentada erguida, a simple vista aburrida, en el vestíbulo del hotel, bebiendo un té. Su marido no disimuló que consultaba el reloj de bolsillo en cuanto los Fenroy llegaron.

Cat entendió la indirecta y, en cuanto hubo saludado, anunció que, por supuesto, no iba a entretener a tan ocupadísimos artistas. Elliot, un hombre alto, de cabello oscuro, rasgos faciales suaves y un voluminoso bigote, hizo un esfuerzo, se levantó y se inclinó ante Cat.

—Claro que no, y de buen grado le dedicaremos nuestro tiempo, ¿verdad, Louise, cariño?

Louise Pomeroy no era una beldad que llamase la atención. Tenía un cabello rubio oscuro, que llevaba cuidadosamente recogido en lo alto. Una flor de seda daba un toque excéntrico al peinado. La actriz lucía un vestido de tarde de un blanco roto con muchas puntillas y adornado con perlas, y guantes a juego de cabritilla. Tenía un rostro oval y armónico y ojos muy grandes. Aroha juzgó que Louise Beaudet tenía más presencia, pero tal vez la Pomeroy se crecía cuando estaba sobre el escenario.

—¿Desea usted un té, señora...? —Pomeroy se dirigió educadamente a Cat, pero se había olvidado de su nombre.

—Fenroy —volvió a presentarse Cat—, Catherine Fenroy. Y estos son mi nieta Aroha y mi hijo Robin. —Apenas esperó a que Aroha y Robin hubiesen saludado de forma adecuada, para proseguir—. Robin es, por así decirlo, la causa de que esté aquí. Mi hijo sueña con ejercer la profesión de actor y él... en fin... espera de ustedes... no sé... ¿algún consejo, quizá?

—Soy un gran admirador de su arte —terció Robin, una frase que había pensado largamente, y sonó a ensayada—. Y yo... yo estudio las obras del señor Shakespeare. Los... los papeles, me refiero. El de Romeo y el de Hamlet y...

Se detuvo cuando Arthur Elliot soltó una carcajada y Louise Pomeroy esbozó una leve sonrisa.

—¡Se pone usted el listón muy alto, jovencito! —le dijo el actor—. ¿Piensa acaso debutar de inmediato con un gran papel? ¿Tiene también a alguien que vaya a construirle un teatro?

Robin se sonrojó.

—No me refería a eso. Yo... yo sé que todavía he de aprender mucho... que en realidad tengo que aprenderlo todo. Yo... solo pensaba que usted tal vez sabría de alguna escuela o academia de formación para actores. Había pensado en la Guildhall School de Londres. Pero sucede que... que no tengo oído musical —añadió en voz baja, casi con resignación.

—Celebro que no carezca usted de conocimiento de sí mismo —observó Elliot.

Robin se mordió el labio.

—Pero solo porque no sepa cantar no significa que no sea un buen actor. En Shakespeare, por ejemplo, ¡nunca se canta! —Fue una exclamación casi desesperada.

Cat, a quien no le gustaba el modo desdeñoso con que Elliot trataba a su hijo y que odiaba oír a Robin pedir y mendigar de esa manera, intervino:

—Nos tememos, señor Elliot, que la Guildhall School no acepte a mi hijo —empezó.

—Y es del todo correcto —la interrumpió el actor con aplomo—. Precisamente en estos tiempos difíciles, la profesión de actor exige ser polifacético. Lo sé, joven, sueña usted con el gran arte, y también yo prefiero interpretar al rey Lear a estar bailoteando sobre el escenario en un musical. Gracias a mi maravillosa esposa hasta tengo ahora la posibilidad de hacerlo. Con Louise en el papel principal, la gente ama a Shakespeare... —Lanzó teatralmente un beso con la mano a su esposa. Esta sonrió halagada—. Pero la gente desea sobre todo que la entretengan. Miren si no a Bandmann Beaudet. Una función de *H.M.S. Pinafore* financia toda una producción shakespeariana... —*H.M.S. Pinafore* era una opereta con música de Arthur Sullivan y libreto de W. S. Gilbert que Bandmann y Beaudet estaban representando con mucho éxito junto a las obras de Shakespeare—. Todos tenemos que vivir de algo, joven. Si su talento no alcanza, ¡olvídese de los escenarios!

—Pero no puedo —repuso Robin con calma, aunque sonó a grito de socorro—. Creo que tengo suficiente talento. No para cantar, en tal caso iría a un conservatorio, sino para interpretar. ¿No puedo mostrarles al menos una vez cómo recito, señor Elliot, señora Pomeroy? Solo para que tengan una somera impresión.

Era evidente que Elliot iba a rechazar la oferta, pero su esposa terció.

—Escuchémoslo —dijo con voz dulce y comprensiva, aunque la mirada no transmitía ninguna emoción.

En Aroha surgió una sospecha. Ni Cat ni Robin habían dejado la menor duda de que no había razones económicas que impidieran que los sueños de Robin se hicieran realidad. ¿Acaso la condescendencia de Pomeroy se fundaba en la idea de que su esposo había ganado antes dinero como profesor de actores y que podía volver a hacerlo? El mismo Elliot había reconocido que eran malos tiempos para el teatro. Probablemente aludía al final de la fiebre del oro. Como el señor Morris había comentado con cautela, muchos teatros y otros establecimientos se habían cerrado en Dunedin tras la partida de los buscadores de oro. ¿Necesitarían dinero los Elliot?

—Que recite Romeo —sugirió Louise Pomeroy—. Como tal estaría arrebatador sobre el escenario.

Robin volvió a enrojecer. Pero luego se concentró y no dio ninguna oportunidad a Elliot de oponerse. En un abrir y cerrar de ojos se repitió el fenómeno del que Aroha había sido testigo tiempo atrás en el pajar de Rata Station: Robin Fenroy se transformó totalmente en Romeo Montesco. Sus grandes y expresivos ojos se volvieron tan soñadores hacia Louise Pomeroy como otrora hacia la gata. Pero esta vez «Julieta» respondió.

Aroha había esperado que Elliot interrumpiera la declamación de Robin, pero para su sorpresa no solo permitió que recitara todo el monólogo, sino que tampoco intervino cuando Louise se dirigió al joven Romeo como Julieta. Los dos intercambiaron las palabras sondeando cautelosamente al otro, como Romeo y Julieta habían hecho en su primer encuentro. Aroha los veía igual de cautivadores a ambos. Robin dedicaba a Louise, mucho mayor que él, la misma mirada abnegada que había reservado en realidad para March, y Louise Pomeroy parecía mucho más joven en el papel. Su Julieta prestó atención a Romeo sin rendirse tanto a él como él se había subyugado con ella desde el primer momento. Incluso se burló un poco del joven, y Romeo se sintió encantado por una parte de que así lo hiciera, y por la otra, herido. La representación fue, sin duda, extraordinaria.

Al final, Elliot carraspeó.

—Bien... bueno... no ha estado nada mal, jovencito.

Cat lo interrumpió sin más.

—¿Así que opina que mi hijo no carece de talento? —preguntó—. ¿Sus... esperanzas están justificadas?

No parecía que estuviera saltando de alegría por ello. Por otra parte, el recitado de Robin no podía haber dejado indiferente a su madre.

Elliot volvió a carraspear y su mujer tomó la palabra.

—Sin duda el joven señor Fenroy tiene talento —afirmó—. Señor Fenroy, para mí ha sido un placer interpretar con usted. No obstante, todavía le falta dirigir la respiración y la voz, adoptar la postura corporal correcta... —Aroha se preguntó cómo iba a mejorar todavía más la expresión de Robin; para ella, su comedida actuación era mucho más verosímil que los grandes aspavientos de un Daniel Bandmann—. Un intérprete de Shakespeare debería tener también conocimientos de esgrima —prosiguió—. Necesita presencia en el escenario... De nada servirá, señor Fenroy, que simplemente pida trabajo en un escenario cualquiera. Y debería usted también representar primero papeles más pequeños antes de que alguien le pida que interprete un Romeo o un Hamlet.

Robin se mostró abatido. Cat, por el contrario, entendió adónde quería llegar la actriz. Evidentemente, un par de días antes, cuando había concretado la cita con Elliot y Pomeroy, Cat había pensado lo mismo que Aroha.

—¿Y dónde se obtiene esa experiencia, la presencia en el escenario, la técnica para respirar y todo lo demás? —preguntó impaciente—. Usted debe de haberlo aprendido en algún lugar, al igual que el señor Elliot y el señor Bandmann y toda esa gente...

Robin lanzó una mirada perpleja a su madre. A él nunca se le había ocurrido que sus ídolos hubiesen llegado al mundo sin ser ya estrellas.

Louise Pomeroy se llevó la taza de té a los labios con un gesto amanerado.

—Bien, por lo que a mí corresponde, tuve... una educación privada.

—Naturalmente, se imita mucho. Un auténtico talento es... —Elliot no quería admitir que él había empezado desde abajo. Su esposa lo miró.

Cat suspiró.

—Mire, señor Elliot, no sé si ha dado usted antes clases de interpretación, pero mi hijo ha leído por algún lugar que impartía algunas, al menos antes de conocer a su esposa. ¿Qué tal si durante su estancia en Christchurch (la ciudad les ha contratado hasta el año que viene) Robin viniera, digamos que dos veces a la semana, para que le diera clase? —Cat dijo «ciudad», pero en realidad todos los interesados, salvo Robin quizá, sabían que se refería a la asociación de criadores de ovejas. Obviamente, los barones de la lana financiaban toda la oferta cultural en Christchurch—. Naturalmente pagaríamos la tarifa habitual —añadió—. Díganos cuánto cobra y enseguida le firmaré un cheque.

Pomeroy y Elliot intercambiaron una mirada, ella satisfecha y él algo molesto. No se le veía entusiasmado con la propuesta, pero se dejó convencer cuando Cat sacó la chequera. Actuar, al menos fuera de las metrópolis europeas como Londres y París, no le hacía a uno rico. Y aún menos cuando optaba por alojarse durante meses en hoteles como el Excelsior.

—Será... será para mí un placer —anunció.

Cat asintió satisfecha.

—Entonces estamos de acuerdo. Robin, da las gracias y arregla una cita con el señor Elliot. Pero no te olvides de que tu formación escolar no debe verse perjudicada con estas clases extra. Chris y yo queremos que, además de llevar a cabo otras actividades, acabes el bachillerato.

Robin se preparaba para el examen final con March y Peta. Jane le había contratado un profesor privado. Ahora miraba resplandeciente a su madre. No cabía en sí de felicidad.

—Maestro... —susurró con veneración cuando se inclinó ante Elliot para despedirse.

Era evidente que había dicho lo correcto. Arthur Elliot se sintió halagado y tan satisfecho como su esposa cuando los Fenroy se marcharon.

3

Cat, Robin y Aroha emprendieron ese mismo día el viaje de regreso a Rata Station y pernoctaron en Riccarton, en casa de los Deans, una familia de criadores de ovejas con la que les unían vínculos de amistad. Todos se mostraron sumamente impresionados, aunque algo sorprendidos, de los planes de Robin.

—¿Se puede vivir de eso? —preguntó preocupado William Deans a Cat cuando Robin ya se había ido a la cama.

El joven se había retirado temprano y seguramente estaría ahora empollándose un libro de Shakespeare. Después de que el señor Elliot le hubiese advertido que no empezara queriendo alcanzar las estrellas, había comunicado en el viaje que comenzaría a estudiar los papeles secundarios.

Cat se encogió de hombros.

—Los actores famosos seguro que sí. Pero que Robin llegue a abrirse paso... En cualquier caso, no tiene nada en común con ese Elliot. Tampoco necesita ganar mucho dinero. La granja obtiene beneficios suficientes para seguir ayudándolo si es necesario. En principio se trata de que sea feliz. Y de que pueda evitar un poco a Chris, quien todavía cree que puede cambiarlo introduciéndolo en el negocio de la granja. Pero así se convierte más en una carga que en una ayuda. Y no es que él se niegue, al contrario, es amable y voluntarioso, aunque detesta ese trabajo. A veces, cuando un par de carneros testarudos se empeñan en escaparse, Robin se echa a un lado y los deja marchar. Pronto volveremos a bajar los rebaños. Naturalmente, esto pone a los trabajadores en su contra. Se burlan de él. Incluso Henry y Tony, los hijos de Carol, con diez y doce años, lo hacen mejor que él. Lo deseable sería que demostrara su valía en esas clases y que el señor Elliot le diera un pequeño papel cuando la compañía siguiera su viaje. Se quedarán un año en Christchurch, y hasta entonces Robin tiene tiempo para acabar sus estudios superiores. También tendría que dejar Rata Station para ir a la universidad. Si en lugar de eso prefiere el teatro, por mí no hay problema.

Chris Fenroy no las tenía todas consigo. Pese a ello, hizo de tripas corazón y felicitó a Robin sin mucho entusiasmo, pero más tarde, a solas con Cat, se quejó.

—Le has dado a ese Elliot la oportunidad de ganarse un dineral dando clases a Robin, ¿no? Admítelo, cada hora nos costará un ojo de la cara.

Cat se tomó el reproche con indiferencia.

—¿Y qué? ¿Qué hay de malo? ¿Es que tiene que trabajar gratis? Ese Martin Porter tampoco enseña en Maori Station por mero placer. —Porter era el economista que Jane había solicitado en Edimburgo y contratado como profesor particular de su nieta—. De todos modos, me pregunto qué hace aquí. Si tal como afirma Jane fuese una eminencia, debería encontrar algo mejor.

Chris esbozó una sonrisa irónica.

—No se le puede negar cierto entusiasmo —señaló—. Ayer lo vi con la pequeña March. La adora. Parece casi tan enamorado como Robin. Y no parece que March se oponga. Aplica todas las reglas del coqueteo en el trato con él. Y la causa de que este hombre esté aquí en lugar de brillar en otro lugar de Europa te la puedo desvelar yo mismo: la querida Jane lo engatusó con la perspectiva de una cátedra en una escuela de comercio recién fundada. Se quedó pasmado al verse ante solo dos alumnos y nuestro Robin, a los que debe preparar para el examen final de bachillerato. Te

Haitara sostiene que ha estado a punto de marcharse. Si se queda más tiempo entre nosotros, será únicamente por los hermosos ojos de March.

A la mañana siguiente, Aroha aprovechó la oportunidad de conocer a Martin Porter, cuando Robin se marchó a clase en Maori Station. Por supuesto, estaba impaciente por contarles a March y Peta su éxito en la entrevista.

Martin Porter era un joven alto, de cabello oscuro, que a veces caminaba algo encorvado como si temiera golpearse contra el dintel de una puerta. De hecho, las entradas de las casas maoríes eran bajas. Otra razón, seguramente, para que el joven científico no se encontrase totalmente a gusto en el *marae* ngai tahu. Por lo demás, se le veía bastante seguro de sí mismo. Detrás de las gafas —poco a poco se estaba imponiendo la pequeña montura con las patillas por encima de las orejas, aunque la mayoría de la gente todavía prefería los impertinentes, monóculos o quevedos— observaban unos fríos ojos de un marrón verdoso. Los labios de Porter eran finos, el cabello abundante, el rostro oval y regular y la nariz pequeña y bonita. En realidad era un hombre atractivo, y su expresión se dulcificaba cuando se encontraba frente a March. En el último año, la joven había crecido más y se había hecho más mujer, aparentaba más de quince años y ser más madura. Sin embargo, sus intervenciones en clase resultaban cínicas e impertinentes. A Aroha no siempre le gustaba lo que oía.

—Adam Smith califica el trabajo de un actor de poco útil —observó March cuando Robin le contó el éxito que había tenido con Elliot.

El brillo de los ojos de Robin se apagó al instante.

—De no productivo —intervino Peta; casi sonó a disculpa—. Y tampoco lo dijo en sentido literal. Es decir, no produces nada cuando interpretas a Hamlet.

—Hago feliz a la gente —replicó Robin—. ¡Algún valor tiene, ¿no?!

Martin Porter abrió de golpe un grueso libro y se inmiscuyó en la conversación.

—Con lo que se plantea si la aparición en escena de un actor en el papel de Hamlet contribuye a la felicidad general de la sociedad o a la felicidad personal —dijo—. Está claro que la actividad de un actor es reconocida en nuestra cultura y está legitimada. Claro que no aumenta la riqueza social, aunque...

—¡Pero hay un mercado para el teatro! —replicó afligido Robin.

Aroha supuso que, como era su obligación, había leído el grueso libro cuyo título distinguió en ese momento: *La riqueza de las naciones*.

—Teatro...

—Se beneficia de la riqueza de los terratenientes y fabricantes —aclaró March, la alumna modelo—. Como los sirvientes y jornaleros. Con lo que en parte estos tampoco son muy útiles. ¿Para qué necesita una mujer adulta una doncella, por ejemplo? ¿Es que no se puede vestir sola?

Porter le lanzó una mirada que, en él, podía calificarse de romántica.

—Una acertada reflexión, March, y creo que todos presenciaremos que la mano invisible que dirige el mercado hará superfluas esas profesiones. Las energías humanas que se liberan allí desembocarán en la producción por el principio del reparto del trabajo. Una fábrica ya no precisa de mano de obra especializada en un oficio; tras una breve instrucción, todo el mundo podrá ocupar cualquier puesto...

Aroha, Peta y Robin escuchaban más o menos aburridos el discurso de Porter acerca del crecimiento de la producción que, según el economista de mercado Adam Smith, llevaría al bienestar general y, con él, al aumento de la felicidad social y personal. March era la única que mostraba interés en asuntos como la estructuración de los salarios y los precios. A Robin todo eso le resultaba indiferente y flotaba en esferas más elevadas. A Peta algunas cosas no le gustaban, pero todavía no era ni tan mayor ni tan experimentado como para describir lo que le incomodaba. Sin embargo, asintió vehemente cuando Aroha le señaló a March, tras la clase, que la doncella de la señora Morris tal vez se dedicaba a una profesión desfasada, pero que era evidente que le gustaba su trabajo.

—Creo que trabajar en una fábrica la haría más infeliz.

March se encogió de hombros.

—Pero si ganara más dinero...

—Para mí no sería tan importante ganar mucho dinero —intervino Robin, soñador—. Con tal de poder actuar...

—Ya te lo pensarías mejor si te estuvieras muriendo de hambre —se burló March, pero sorprendió a todos cuando admitió que envidiaba un poco a Robin; incluso si sus planes tal vez lo llevaban a la pobreza.

—En cualquier caso, puedes hacer lo que quieras. ¡Es estupendo! Yo, en cambio... A mí me gustaría estudiar en Europa. Economía política o Ciencias del Comercio. En la Universidad de Edimburgo, de donde viene el señor Porter, ¡sería como un sueño! O también en Cambridge, Viena... Por todas partes hay facultades importantes. ¡Pero no admiten mujeres!

March se echó el cabello atrás. Lo llevaba suelto a la manera maorí, aunque vestía ropa *pakeha* para las clases del señor Porter y de la señora Reagan, una profesora de Christchurch que les enseñaba todas las asignaturas no matemáticas. Robin también lo hacía. Solo Peta mostraba de vez en cuando ramalazos de rebelión y aparecía con el torso desnudo y el faldellín de lino endurecido que había llevado antes, en los entrenamientos para el combate de los jóvenes guerreros. Su padre Eru y, sobre todo, su abuelo Te Haitara apoyaban la formación tradicional, mientras que su madre Mara, en extraña armonía con la abuela Jane, la consideraba arcaica y superflua. No obstante, los argumentos de ambas mujeres eran muy distintos: Jane, como Adam Smith, aludía a la falta de productividad del manejo de lanzas y mazas en tiempos de pistolas y rifles; Mara simplemente quería que nunca más estallase una guerra.

—¡Estudia entonces aquí, en Nueva Zelanda! —propuso Robin—. En Dunedin, por ejemplo, como Aroha.

Con respecto a la formación de las mujeres, Nueva Zelanda estaba extraordinariamente avanzada. Las estudiantes tenían libre acceso no solo a academias privadas, como la escuela de la señorita Vandermere, sino también a las universidades públicas.

—¡Aquí no se puede estudiar nada! —exclamó March, despectiva—. Nada que tenga que ver con la economía. En cuanto a esto, vivimos en las cavernas. ¡A saber lo que refleja esto de nuestro país! No hay facultades de Política y Economía...

—Ni tampoco una academia de teatro —intervino Aroha antes de que siguiera acalorándose—. Al parecer, Nueva Zelanda tiene ideas propias sobre lo que resulta útil a los seres humanos.

Al cabo de poco tiempo, empezó el tercer curso de Aroha en Dunedin, y ella volvió complacida a sus estudios de idiomas. Consideraba más útil aprender a comunicarse con personas de distintas nacionalidades que las áridas discusiones que se sostenían en la clase del señor Porter, por no hablar de su clase de matemáticas. En realidad, solo había acompañado cada día a Robin a Maori Station para observar la relación entre Porter y su prima March. Sin embargo, no había llegado a ningún resultado real. Si bien no cabía duda de que la fascinación era mutua, no se dejaban llevar por accesos sentimentales como el romanticismo y la espiritualidad. Martin Porter tal vez deseaba a March, pero no iba a poner en peligro su puesto por intimar con una chica tan joven. Y March seguro que estaba un poco enamorada de su profesor, probablemente más del inteligente economista y buen orador, de cuyo saber podía beneficiarse, que del hombre de carne y hueso.

Así pues, esa relación no prometía evolucionar de forma muy emocionante. En la academia de la señorita Vandermere, en la que estudiaban juntos alumnos y alumnas, había relaciones mucho más románticas. Ese curso, el febril enamoramiento de su amiga

Isabella por un estudiante de Wellington tuvo a Aroha en vilo. Isabella todavía mantenía en secreto la relación.

—En cualquier caso, quiero acabar mis estudios. Después ya veremos —advirtió.

En efecto, siguió en sus trece. Hasta el otoño siguiente —Aroha había vuelto a pasar las vacaciones de verano en Otaki— no apareció formalmente un joven con flores en casa de los Morris y pidió permiso para cortejar a su hija en público. Como consecuencia de ello, se produjeron discusiones y peleas acerca de si era decente que Isabella y su admirador siguieran yendo juntos a la escuela. Sin embargo, el final de los estudios estaba a la vuelta de la esquina. Isabella pensaba pasar pronto los exámenes, y Aroha, por su parte, empezaría el tercer y posiblemente último curso.

Pero a mediados del año, hacia comienzos del invierno, llegaron novedades de Rata Station. Carol informó por carta de que Martin Porter había dejado Maori Station en cuanto había concluido su contrato con Jane. El joven había encontrado un puesto mucho más satisfactorio en la Canterbury Spinning y Waving Company, que tenía una fábrica en Kaiapoi, una pequeña localidad cerca de la desembocadura del Waimakariri. Allí se ocupaba de optimizar el ritmo de trabajo.

«Más bien se encarga de reducir todo lo posible el sueldo de los trabajadores —afirmaba Carol en una carta a su sobrina—. Al menos eso entiendo yo de lo que dice March, quien está encantada con él. También sigue estudiando con él, dos veces por semana. Hasta ahora acompaña periódicamente a Robin a Christchurch. Aunque esto acabará pronto. La Pomeroy Dramatic Company se marcha, el contrato con Christchurch ha terminado. Por supuesto, Robin está desolado, lo único que le consuela es la perspectiva de interpretar un pequeño papel en la última producción shakespeariana del Theatre Royal. A lo mejor lo hace tan bien que le dan un puesto y se lo llevan. Se lo deseo de corazón. Todo este último año ha trabajado duramente y el señor Elliot lo tiene realmente en alta estima.»

Aroha respondió que por supuesto viajaría a ver una de las funciones en Christchurch, aunque ello supusiera perder un par de clases. Robin interpretaría el papel de Lisandro en *El sueño de una noche de verano*.

—¡Un auténtico papel! No como el de los duendes, por ejemplo, que como mucho dicen dos frases... —exclamó él, orgulloso, cuando llegó el momento.

Aroha no consiguió presenciar el estreno, pero fue a Christchurch para la función de clausura. Eran las vacaciones de invierno en la academia. Robin fue personalmente a recoger a su sobrina al tren para llevarla al hotel. Durante el tiempo que la obra estaba en cartel pasaba mucho tiempo en Christchurch. Durante cuatro semanas había habido casi cada día una función.

El señor Elliot había admitido a otros dos estudiantes mientras la compañía permanecía en Christchurch, y también ellos subían al escenario. Aun así, les había dado unos papeles de figurantes secundarios. El de Lisandro, por el contrario, estaba entre los papeles principales de la obra: un joven amante que sufre los efectos de una poción mágica.

Tal como esperaba Aroha, Robin lo encarnó de forma maravillosa. La obra, con sus cautivadores decorados, el vestuario de fantasía y los coloridos personajes, le gustó mucho más que *Hamlet*, que encontraba demasiado tétrica. Aplaudió encantada cuando cayó el telón después del primer acto y los espectadores disfrutaron del intermedio.

En el *foyer* del teatro, tan tapizado y lujosamente decorado como el del Queen's Theater de Dunedin, se servía champán.

—Es impresionante ver a Robin sobre el escenario —observó Cat—. Yo no creo que sea peor que los otros actores. ¿Cómo lo veis vosotros?

Aroha le dio la razón con vehemencia. A lo mejor era un poco partidista, pero encontraba a Robin mejor incluso que la mayoría de los actores. Relucía sobre el escenario, encarnaba el joven amor de Lisandro, su pasión y su ingenuidad de forma tan convincente que uno temblaba de anhelo con él. No cabía duda de que Louise Pomeroy también tenía presencia en el escenario, iluminada por los focos se la veía más imponente que en la vida cotidiana. Por el contrario, Arthur Elliot estaba tieso y parecía un farolero en el papel de Oberón.

—No cabe duda de que es agradable de ver —señaló Chris—. Solo desearía que la interpretación no fuera un arte tan poco lucrativo.

—¿No le pagan por actuar aquí? —preguntó March.

También ella había evitado a Shakespeare tanto como le había sido posible, pero no quería decepcionar del todo a Robin y al menos apareció en la última función. Como siempre, estaba bellísima, esta vez con un vestido azul noche muy escotado. Aroha nunca se habría atrevido a llevar un vestido que resaltara tanto sus formas. Esa noche, March les dio una sorpresa cuando apareció en el teatro del brazo de Martin Porter. Aroha se preguntó si habría obtenido el permiso de Mara y Eru para eso, pero lo consideró poco probable. Entre los maoríes no había tantos formalismos. Antes que los padres de March, debía de ser Jane quien reclamara el derecho de intervención cuando se trataba de con quién salía su nieta. ¿Lo habría pasado March por alto?

Por el modo confiado en que su prima se comportaba con Porter, Aroha no tenía la impresión de que se escondiera de nada. Al antiguo profesor esto parecía resultarle incómodo delante de Cat y Chris. Sin embargo, con ellos no corría ningún peligro, seguro que ninguno de los dos le contaría a Jane nada al respecto.

—¿Pagarle? —preguntó irónico Chris—. Bromeas. Para Robin esto es un honor, por decirlo de algún modo. Nosotros cargamos con los costes. Solo con lo que vale el alojamiento en Christchurch...

—No te pongas así —lo tranquilizó Cat—. Considéralo un examen final. En general también surgen gastos, al menos en una formación privada. ¿No es cierto, Aroha?

—Cierto —confirmó la muchacha, aunque la señorita Vandermere le compensaba generosamente que enseñase maorí además de cursar sus estudios.

La directora de la academia de idiomas la eximía de pagar casi toda la matrícula y a veces mencionaba que después de terminar los estudios le ofrecería un puesto de profesora con sueldo. Pero Aroha no estaba segura de si era eso lo que quería. En realidad, le gustaba más traducir que dar clases.

—A lo mejor Elliot le ofrece un trabajo a Robin cuando hayan acabado aquí y prosigan su gira.

Si Cat tenía que ser honesta, todas las esperanzas que había depositado en su hijo descansaban ahí. Arthur Elliot y Louise Pomeroy seguro que no eran unos santos. Sin embargo, la suya era una compañía decente y sin duda ofrecían a sus miembros más jóvenes cierto apoyo. Cat seguía teniendo miedo de dejar a ese muchacho sensible en manos de un futuro incierto.

—¿Pudiendo contar igualmente con él gratis? —objetó March—. Perdona, tía Cat, pero es improbable. En la realidad imperan la oferta y la demanda, y en el teatro no será distinto que en la economía. Si hay pocos aspirantes a un trabajo, este se paga bien. Por el contrario, si hay gente haciendo cola para obtener un puesto, entonces el que lo ofrece baja el sueldo. Y cuando los solicitantes de un trabajo además pagan, entonces ese Elliot se buscará nuevos alumnos en el lugar donde vayan a actuar y volverá a cobrar para ponerlos sobre el escenario.

—La calidad también tendrá algo que ver —objetó Aroha, aunque March no estaba del todo equivocada, por supuesto—. A Robin lo puede presentar de forma muy distinta de como haría con un novato.

March se encogió de hombros.

—Ya veréis —señaló.

Robin pensaba entrevistarse de nuevo a la mañana siguiente con Elliot y Pomeroy. Por la tarde, después de la función de clausura, se había celebrado una recepción para los actores y sus invitados en el Excelsior; pero ahí, por supuesto, no habían tenido tiempo para conversar. Elliot y Pomeroy habían estado continuamente rodeados por un círculo de admiradores, aunque también Robin se había ganado muchas alabanzas. Resplandeció cuando lo felicitaron varios miembros de la asociación de criadores de ovejas. Los Deans estaban maravillados. Era la primera vez que veían una obra de teatro y apenas sabían expresar lo fabuloso que les había parecido todo. William Deans felicitó a Chris y Cat por tener un hijo con tanto talento.

—Pensaba que sería imposible que no me durmiera. Shakespeare es más para empollones que para nosotros. Pero en cambio vuestro hijo ¡le da mucha vida! ¡Ahora entiendo por qué se paga a la gente por eso!

Era evidente que esto había animado a Robin. Estaba decidido a abordar el tema contratación esa mañana. Pese a ello, no se atrevía a ir a hablar solo con Elliot. Tímidamente, pidió a Aroha que lo acompañara.

—¿No sería mejor llevar a March contigo para hablar de sueldos? —bromeó ella.

Pero enseguida cambió de tema cuando vio el rostro afligido de Robin. Se veía que no había dormido bien, seguramente había estado toda la noche dándole vueltas a cómo sería mejor abordar a Elliot.

Finalmente, fueron a ver al *impresario* y su esposa cuando desayunaban en el restaurante del hotel. Elliot les pidió en un tono inusualmente campechano que se sentaran a su mesa.

—Así tenemos la oportunidad de despedirnos de una forma más personal de ti, Robin —añadió.

—Y de decirte una vez más lo mucho que nos ha impresionado tu Lisandro —añadió Louise Pomeroy—. Un año atrás todavía no lo habría creído. Pero ahora sí: ¡algún día interpretarás el papel de Romeo, muchacho! Si sigues trabajando con aplicación...

—¿Dónde voy a trabajar? —soltó Robin. Él no se había imaginado la conversación así—. Yo pensaba que ustedes... que ustedes a lo mejor me ofrecían un puesto. Yo tampoco quiero mucho dinero... —Aroha pensó en March y tuvo que reprimirse para no poner los ojos en blanco—. Ni papeles importantes. Solo... solo la posibilidad de seguir estudiando y reunir experiencia y...

Elliot movió la cabeza negativamente.

—Robin, chico, ya me gustaría darte esa oportunidad... pero ahora vamos a reducir la compañía en lugar de contratar a gente nueva. Además, ya tenemos a un galán joven. Puedo repartir todos los papeles que tú podrías interpretar entre otros miembros de la compañía. Son malos tiempos para nuestro gremio, chico. Hace diez años era distinto...

Elliot explicó a su destrozado oyente, remontándose a un tiempo lejano, lo que Robin ya sabía: durante la fiebre del oro se habían inaugurado muchos teatros, sobre todo en Otago. La gente tenía dinero y estaba dispuesta a pagar para distraerse. Eso cambió en los años setenta. El dinero ya no corría como antes y muchas compañías no podían permitirse mantener un teatro propio. Hacían giras por el país, actuaban en parroquias, escuelas y a veces también al aire libre. A menudo no ganaban lo suficiente como para pagarse una comida. En la actualidad, para atraer un buen número de espectadores había que ofrecer algo especial, como la Pollard's Lilliputian Opera Kompagnie, que trabajaba con niños de entre diez y trece años. Los pequeños cantaban y bailaban. Su director, Thomas Pollard, ganaba con ellos una fortuna.

Robin suspiró, incluso si supiese cantar era demasiado mayor para trabajar con Pollard.

—¿Y ahora qué he de hacer? —preguntó a media voz.

Elliot se encogió de hombros.

—Buscar trabajo. A lo mejor encuentras una compañía que te admita. Es probable que aquí no, pero tal vez en la Isla Norte... o en Australia. Ahora estás preparado, al menos para papeles secundarios. Tu dicción es buena y tienes talento. En cualquier caso, estás en condiciones de trabajar.

Robin enrojeció con el elogio. Pero la voz de Elliot se hizo más grave.

—No puedo ofrecerte nada más, Robin. Y tampoco te prometí nada. En caso de que tu madre tenga alguna reclamación que hacer en relación a tu educación...

Robin negó con la cabeza. Aroha se encargó de despedirse por los dos.

4

—¡Por Dios, Robin, a ver si lo entiendes de una vez! Lo que ellos necesitan tú no lo tienes, y lo que tienes nadie lo necesita. La oferta no responde a la demanda, es la regla más simple de la economía de mercado.

Robin se estremeció ante las palabras de March, como si le hubiesen propinado un puñetazo. Y eso que la joven únicamente resumía con su forma directa de expresarse lo que todos sus familiares y amigos le decían desde que Elliot había rechazado contratarlo. La mayoría de ellos lo decía de forma más amable para no desanimar del todo al muchacho.

Robin, por supuesto, se había aferrado a lo que Elliot le había sugerido y leía con atención las páginas de las ofertas de trabajo de todos los diarios que podían obtenerse en Christchurch. Para sus adentros, Cat daba gracias al cielo de que en los kioscos solo de vez en cuando llegara alguna revista de Australia. Nunca habría permitido que Robin se marchase tan lejos.

—A lo mejor deberías pensar en una profesión alternativa —le sugirió incluso Aroha.

Habían transcurrido unos meses desde que Robin había subido por última vez a un escenario. Un nuevo curso había pasado. Aroha se había marchado a Otaki, a casa de sus padres, al comienzo de las vacaciones de verano; pero ahora se quedaba todavía un par de semanas en Rata Station antes de regresar a Dunedin. Ese día había ido con Robin a Christchurch. Una compañía de teatro extranjera actuaba de nuevo en la ciudad, no con Shakespeare esta vez, sino con *The Lady of Lyons*, de Edward Bulwer. Aroha y Robin, y March y Martin Porter habían asistido a la representación. En el marco de la recepción para invitados especiales que siguió —Porter era el representante de la Canterbury Spinning and Weaving Company—, Robin había hablado con el director de la compañía. El hombre se había mostrado impresionado por lo que había hecho hasta el momento, pero no le había dado ninguna esperanza.

—¡Debe de ser muy bueno si Elliot le ha dejado interpretar Lisandro! Pero nosotros no contratamos a nadie ni representamos a Shakespeare. Más bien comedias y operetas. Pero si usted tampoco canta...

Robin se reunió con sus parientes y amigos totalmente desmoralizado.

—Podrías estudiar otra cosa —insistió Aroha—. A lo mejor literatura. También está relacionada con el teatro.

—¡No quiero escribir obras de teatro, sino interpretarlas! —replicó Robin. Volvía a presentar un aspecto abatido y había vuelto a perder la seguridad en sí mismo recién adquirida. Las sombras oscuras que tenía bajo los ojos le daban un aspecto todavía más tierno y etéreo—. ¡Puedo hacerlo! ¡Incluso Elliot dijo que puedo!

—Si quieres saber mi opinión, puedes hacerlo incluso mejor que ese Elliot —declaró Martin Porten ante la sorpresa de todos—. No voy a decir que yo entienda mucho de teatro, pero asistí a varias funciones en Edimburgo y también en Londres. Y el modo en que tú encarnas tus papeles, de forma tan convincente, no se ve con frecuencia. Y Elliot debió de darse cuenta. Robin, en un par de años, tal vez en un par de meses, lo aventajarías, y entonces Louise Pomeroy se libraría de él sin miramientos. Solo por eso nunca te habría contratado. Elliot nunca llegaría a ser alguien en Europa. No interpreta ningún papel, solo se interpreta a sí mismo. Tú, por el contrario... —Sonrió—. En Matemáticas tuve que ponerte malas notas, pero tu Lisandro merecía un sobresaliente.

Los ojos de Robin volvieron a resplandecer, aunque solo por un breve instante.

—¿Se refiere a que debería marcharme a Inglaterra, señor Porter? —preguntó.

Martin Porter se encogió de hombros.

—Al menos deberías pensar en ello. Con tus padres. ¿Te escribió Elliot una carta de recomendación? O mejor aún, ¿Louise Pomeroy? Ella es muy conocida, incluso en Europa se ha hablado de ella. A lo mejor podrías escribir a un par de compañías inglesas y preguntarles si quieren darte una oportunidad. No un contrato, pero sí una especie de... hum... prácticas.

March gimió.

—Vuelta a gastar dinero —señaló.

—Podría ser una buena inversión —dijo Porter—. Sabes que las ganancias salen de las inversiones. También mi familia invirtió en mi formación, y la tuya hace lo mismo, March. Claro que invertir en una formación científica es más seguro que invertir en una artística. Como sabes, las inversiones más osadas con frecuencia son las que dan más beneficios. Robin, tú no te harás rico en una compañía ambulante de Nueva Zelanda. Pero los grandes actores de Inglaterra no solo disfrutan de reconocimiento, sino que se labran una fortuna.

Robin pasó otra noche en blanco antes de atreverse a hablar con su padre de la sugerencia de Porter. Y eso que le sonaba muy bien. La palabra «inversión» parecía seria y comercial, a Chris le gustaría más que «arte».

Robin precisó de una salida a caballo para plantear a su padre la idea. Unas ovejas se habían descarriado y había que recogerlas de Maori Station, a ser posible antes de que Jane se enfadara. Chris se marchó con dos perros pastores para guiarlas y su hijo se ofreció a acompañarlo y ayudarle. También Aroha se unió a ellos. Aprovechaba cualquier oportunidad para montar en su querida *Crésida*.

—Yo, en tu lugar, hablaría antes con Cat —aconsejó al joven, después de que él le desvelara el origen de su repentino interés por conducir ovejas—. Ella ya convencerá a Chris. Así no sé si lo lograrás.

Pero Robin sacudió la cabeza. Su padre tenía que tomarlo en serio de una vez por todas y él tenía que aprender a librar sus propias batallas. Su pequeña aparición como actor invitado en la Pomeroy Company no solo le había dado una visión de los aspectos agradables del teatro, sino también de la inmisericorde competitividad que imperaba entre los actores. Los miembros más jóvenes de la compañía se habían hecho mala sangre cuando habían dado el papel de Lisandro al joven estudiante de teatro. No siempre habría un Arthur Elliot que impusiera su criterio. Quizá tendría que convencer por sí mismo al siguiente *impresario*.

Robin decidió aprovechar la conversación con su padre para practicar. Le salió muy bien. Expuso sus deseos tan objetiva y elocuentemente como Martin Porter, y no de modo dubitativo y emocional como solía hacer.

Chris también meditaría acerca de ello. Los tres habían encontrado las ovejas y las habían devuelto a los terrenos de Rata Station. Ahora descansaban en un bosquecillo. Hacía fresco en ese día soleado. El viento agitaba la fronda de los árboles y arbustos y arrastraba la hojarasca hacia un arroyo donde abrevaban los caballos. Aroha se regocijaba en el juego de luces y sombras del sol con la inmensidad de las llanuras al fondo. Pero padre e hijo no ponían atención a la belleza del paisaje. Robin solo miraba suplicante a su padre, mientras que Chris jugueteaba indeciso con la fusta y prefería no mirar a los ojos a su hijo.

—Inversiones —dijo, repitiendo la palabra de la que Robin tan orgulloso estaba—. Más bien me remite a construcción de líneas de ferrocarril o fábricas. Aunque no me gusta cómo dirige tu señor Porter esa hilandería ahí abajo, en Kaiapoi... —Robin se mordió el labio. No tenía ganas de discutir en ese momento sobre las condiciones de trabajo de la fábrica textil, sobre la que también había oído comentarios negativos. Suspiró aliviado cuando Chris volvió al tema—. Las inversiones constituyen un riesgo calculado.

Pero tu carrera de teatro, Robin, de ningún modo es calculable. Yo lo veo más bien como si te enviásemos a Londres para tu disfrute.

—¡No es para mi disfrute! Se trata de mi profesión...

—Es la profesión que tú deseas —puntualizó Chris—. Un deseo que nos costará un dineral. Por no hablar de los riesgos que supone. ¿Hemos de enviarte solo a Inglaterra? Acabas de cumplir diecisiete años. Nunca te has ocupado de ti mismo...

Los labios de Robin temblaban. En los últimos tiempos tendía a llorar muchas más veces de lo que debería un chico de su edad. Chris no se lo tenía en cuenta.

—No crees en mí —dijo en voz baja.

Chris se frotó las sienes, esforzándose por mantener la calma, y suspiró.

—Claro que creo en ti —dijo—. No cabe duda de que tienes talento, nos impresionaste a todos en la función, te lo hemos dicho muchas veces. Pero cabe plantearse si eso es una bendición, Robin, o una maldición, ya que vives en el lugar y el tiempo equivocados. Hazme caso, sé lo que es. Cuando empecé aquí con la granja me pasó lo mismo. Nunca había deseado nada más que esta granja, estaba dispuesto a trabajar todo lo que hiciera falta. Hasta me casé con Jane Beit, aunque debo admitir que le profesaba más miedo que amor. Todo lo hice por esta tierra. Pero lamentablemente no rindió nada. Intenté hacerla cultivable. Labré y sembré, sí, también coseché un poco, pero transportar el grano a Christchurch costaba más de lo que ganaba vendiéndolo. No es que yo no tuviera talento para ser granjero o que no me esforzara lo suficiente, es que era inútil. La granja empezó a ser rentable solo cuando a Karl se le ocurrió venir con las ovejas. Pero para ti no habrá ovejas. Es más que improbable que las compañías de Shakespeare empiecen a brotar de repente como setas en Nueva Zelanda, y tampoco creo que los teatros de Inglaterra te estén esperando a ti. Asúmelo, Robin, haz otra cosa. Al menos al principio. Cuando seas un poco mayor, hijo, y con un poco más de capacidad para imponerte... ¡Por Dios, no empieces a llorar, eso no hay quien lo aguante!

Chris se puso en pie y se dirigió a su caballo. Se había esforzado de verdad por no perder la paciencia con su extraño hijo, pero cuando uno se pasaba de la raya, hecho estaba. De nada servía estar siempre mimando a Robin. ¡El chico tenía que endurecerse!

Robin se secó los ojos.

—De todos modos, lo conseguiré —susurró—. ¡Se lo demostraré a todos!

Se diría que recitaba las palabras de un personaje. Y él las pronunció sin demasiado convencimiento.

Pero entonces ocurrió algo con lo que nadie en Rata Station había contado. Dos días antes de que Aroha tuviese que volver a Dunedin, Robin se precipitó emocionado con un periódico en la mano a la cocina de Carol. Cat, Carol y Aroha estaban allí poniendo en conserva las primeras frutas del verano. En el horno se cocía una bandeja de pastas rellenas de mermelada que despedía un aroma exquisito.

—¡Mirad! —exclamó Robin triunfal—. ¡Es aquí donde me presentaré! —Puso el periódico delante de Cat, pero no esperó a que ella se hubiera limpiado las manos en el delantal, sino que se puso a leer en voz alta. Aroha reconoció el *Wellington Times*—. «La Carrigan Dramatic and Comedy Company ofrece puestos a intérpretes, ya sean cómicos o actores dramáticos, tanto de sexo masculino como femenino.» ¡Voy a ir a verlos, mamá! ¡Hablaré con ellos! ¡Seguro que me contratan! ¡Oh, mamá, Carol, Aroha! ¡Por fin, por fin una oportunidad! —Robin parecía a punto de ponerse a bailar allí mismo.

—¡Déjame ver! —Cat cogió escéptica el diario, se sentó en una silla y leyó.

Robin se balanceaba de un pie al otro de la emoción.

—La compañía está en Wellington —explicó a Aroha y Carol—. Se les puede visitar allí. A cualquier hora, dicen... ¡Tengo que ir inmediatamente a la Isla Norte!

—Primero deberíamos hablarlo con Chris —apuntó Cat insegura, mientras Carol le cogía el periódico.

También Aroha echó un vistazo. El anuncio apenas se veía. Pequeño y de pocas palabras, se escondía entre noticias sobre inauguraciones de comercios y casamientos.

—¿De qué tenéis que hablar conmigo?

Chris acababa de entrar, seguido del marido de Carol, Bill, y de cuatro alegres y mojados perros pastores. Era la hora de tomar el café y los hombres habían olisqueado las pastas recién hechas. Ambos llevaban abrigos encerados. Fuera llovía a cántaros. Pese a ello, se los veía de buen humor cuando se quitaron sus abrigos. Al menos hasta que Cat le tendió el *Wellington Times* a su marido.

Chris leyó el anuncio por encima.

—¿Y cómo es que esta compañía está buscando actores de todos los colores mientras que las demás se están más bien deshaciendo de ellos? —preguntó.

Cat se frotó la frente. También esa idea le había pasado por la cabeza al leer el texto. Le encantaría satisfacer el deseo de su hijo, pero aquel anuncio le daba mala espina.

—A lo mejor deberíamos escribir primero al señor Elliot y preguntarle si sabe algo de la compañía —propuso.

—¡No, mamá, tardará meses! —saltó Robin—. Para cuando el señor Elliot responda, ya hará tiempo que todas las plazas estén cubiertas. Y a lo mejor tampoco ha oído hablar nunca de la compañía porque acaba de fundarse. Continuamente se crean nuevos grupos de teatro y...

—Para disolverse enseguida —observó Chris con sequedad—. Ya oíste lo que dijo Elliot: solo unos pocos actores pueden vivir aceptablemente de su arte.

—¡Pero vale la pena probarlo! —objetó Robin—. ¡No es Australia, papá, tampoco Inglaterra! ¡Solo se trata de la Isla Norte!

—Podríamos telegrafiar a los Elliot —reflexionó Cat, aunque sin mucho entusiasmo. No tenía ni idea de dónde se encontraba en la actualidad la compañía de Louise Pomeroy.

—¿Por qué no se lo preguntamos al señor Foreman? —se inmiscuyó Aroha. Foreman dirigía el grupo que estaba de gira por la Isla Sur con *The Lady of Lyons*—. La compañía seguro que todavía está en Christchurch y, si no es allí, tal vez esté en Dunedin. En cualquier caso, estará cerca. Y yo puedo preguntar en Dunedin. Allí hay algunos teatros. Me voy, pido una cita con los directores artísticos y les pregunto si conocen al señor Carrigan. En algún sitio debe de haber hecho teatro antes de formar su propia compañía.

Por regla general, los grupos de teatro se formaban en torno a un actor que ya se había hecho conocido en otra compañía y había ganado dinero suficiente para contratar a gente por su cuenta.

Robin negó con la cabeza.

—¡Tardaremos mucho! —insistió—. ¡A lo mejor ya es demasiado tarde! —Siempre pasaban unos días antes de que el *Wellington Times* pudiera comprarse en Christchurch—. Debería marcharme de inmediato. ¿Qué maleta puedo coger, mamá? ¿O con una mochila es suficiente? Tampoco necesito gran cosa, y a lo mejor me podéis enviar algo luego...

Cat miraba al grupo indecisa. Odiaba impedir a sus hijos que hicieran algo, y además ahora se trataba del gran sueño de Robin. Pese a ello, todas las alarmas sonaban en su interior. Ojalá pudiera asegurarse de que en la Carrigan Company no había nada raro.

Chris percibió el dilema en que se encontraba su esposa y tomó de mal grado una decisión. A Bill no le agradaría, los dos habían comenzado una amplia reparación en un cobertizo de esquileo. Pero no había otro remedio.

—Mañana voy contigo a Christchurch, Robin —declaró—. Buscaremos a esa Foreman Company y hablaremos con el *impresario*. Si no puede darnos ninguna información, también cabe la posibilidad de coger el tren a Dunedin y pedir información en los teatros.

—Pero Dunedin... —Robin iba a objetar que viajando a Otago se alejaban más de Wellington en lugar de aproximarse.

—De Dunedin zarpan barcos a la Isla Norte —le informó su padre—. Así no perderemos tiempo.

—¿Perderemos? —preguntó Robin.

Chris asintió.

—Sí. Te acompañaré a Wellington y veré de qué pie calza ese tal Carrigan antes de enviarte de gira con su compañía. Quiero que tu madre duerma tranquila.

Cat dirigió a su marido una mirada de agradecimiento, mientras Robin seguía lamentándose. Encontraba inútiles tanto la estancia en Christchurch como en Dunedin. El camino más corto para llegar a la Isla Norte era ir en tren a Blenheim y de ahí en transbordador al estrecho de Cook. El *ferry* salía cada día, mientras que los barcos a Wellington zarpaban de Lyttelton o Dunedin una o dos veces a la semana como mucho.

—¿Y qué van a pensar si me presento allí con mi padre? —objetó—. El señor Carrigan creerá que soy incapaz de arreglármelas solo.

Chris movió la cabeza.

—No hay peros que valgan. Todavía eres menor de edad —recordó a su hijo—. Ni siquiera puedes firmar un contrato de trabajo. Carrigan entenderá perfectamente que te acompañe. Siempre que esté dispuesto a contratar a actores menores de edad.

—¡Podría decir que soy mayor! —replicó Robin, provocando la risa de toda la familia. Nadie con un mínimo de experiencia en la vida y con la gente se lo creería.

Chris se puso en pie y cogió el abrigo. Al parecer ya no tenía ganas de comer las pastas.

—Robin, es una compañía de teatro, no la Legión Extranjera. Si Carrigan te ofrece un contrato, también querrá ver tu documentación. Así que déjate de tonterías. Puedes hacer la maleta y ultimar los preparativos que estimes convenientes. Mañana temprano nos vamos. Y nosotros, Bill, deberíamos trabajar todavía un par de horas. A lo mejor acabamos media cubierta antes de que te deje mañana solo con toda esa faena.

Salió de la cocina seguido de mala gana por Bill. Cat se propuso llevarles enseguida un tentempié al cobertizo.

A las cinco de la madrugada, Chris ya estaba listo para la partida. Antes de fundar la granja había viajado mucho y lo hacía ligero de equipaje. Cat preparó para él y su hijo un desayuno suculento.

—No puedo ni expresar lo agradecida que te estoy —dijo después de servirle un huevo revuelto y pan fresco—. Sé que consideras superfluo todo esto, pero Robin...

—También es mi hijo —repuso tranquilo Chris—. Y también quiero que sea feliz. Pero ¿dónde se ha metido? Habíamos quedado en que cogeríamos el bote en cuanto saliera el sol.

Desde hacía unos años Robin no dormía en la pequeña nave en que vivían sus padres. Tenía su propia habitación en la casa de piedra y solía desayunar con la familia de Carol. Pero allí todavía no había nadie despierto.

—A lo mejor se ha dormido —supuso Cat, aunque no podía creérselo. De repente volvió a sentir el mismo malestar que cuando había leído el anuncio—. Subo un momento a buscarlo.

Su presentimiento se confirmó cuando, al atravesar el patio bajo la llovizna, no vio luces en la casa de piedra. Inquieta, abrió sin llamar la puerta, que no estaba cerrada con llave, y subió la escalera que conducía a la habitación de Robin. Poco después tuvo la certeza: la habitación estaba vacía, la cama sin tocar. En la mesilla de noche había un papel.

«Me he ido a Wellington. Por favor, no os enfadéis conmigo, pero he de conseguirlo solo. ¡Deseadme suerte! Os quiero a todos. Robin.»

Cat sintió que el frío se apoderaba de ella. Y el miedo. En el pasillo se encontró con una Aroha adormilada. La muchacha debía de haber oído sus pasos. Cat le contó escuetamente que Robin había desaparecido.

Aroha se despertó de golpe. Lamentaba no haber oído a Robin. De nuevo la asaltó un sentimiento de culpa.

—¡Deberíamos haber tenido más cuidado con él! —dijo afligida—. ¡Deberíamos haberlo sospechado!

Cat la miró extrañada. ¿Tan obvio había sido? Ella nunca había creído que llegara a suceder algo así.

Entretanto, Carol y Bill también habían oído las voces en el pasillo y salieron del dormitorio. Los Paxton, como Aroha, tampoco habían oído marcharse a Robin.

Carol cogió del brazo a Cat, que seguía como petrificada.

—No te preocupes, Mamaca —intentó consolarla—. Es posible que todavía no esté muy lejos. Ahora nos vestimos y planeamos qué hacer.

Aroha se echó por encima un albornoz.

—Voy a comprobar si se ha marchado en el bote o a caballo.

Cat negó con la cabeza.

—Puede que todavía no esté preparado para la vida —murmuró—, pero es probable que se haya marchado por la noche, mientras todos estábamos en la cama. Voy a decírselo a Chris. Y luego...

—¡Tengo que irme enseguida a Wellington! —anunció a su marido cuando regresó nerviosa a la casita—. Con suerte, todavía lo encontraré antes de que salga el próximo transbordador. De lo contrario ya daré con él de algún modo.

Chris sacudió la cabeza. Era evidente que había sospechado algo, pues no pareció sorprendido cuando Cat regresó sin su hijo.

—No vas a hacer algo así, Cat —dijo con firmeza—. Y yo tampoco. El chico ha tomado una decisión y vamos a dejar que se las arregle.

—Pero es demasiado joven...

Cat, inquieta, había empezado a recogerse el cabello para prepararse con vistas al viaje. En ese momento dejó caer desanimada el peine.

Chris llenó una taza de café y se lo tendió.

—Yo a los diecisiete años ya me estaba ganando la vida —le dijo—, y tú a su edad ya eras considerada una *tohunga* y hacías de intérprete de un jefe maorí. Linda y Carol no eran mucho mayores cuando tomaron las riendas de la granja. —Ella quiso objetar algo, pero él no la dejó hablar—. Sí, ya sé, Robin es distinto. Es algo especial. Y tal vez sea incluso tan especial que las compañías de teatro europeas se lo disputen. No lo sé. A lo mejor deberíamos haberle dado la oportunidad de probarlo el año que viene, si todavía lo deseara tanto. Pero ahora no nos ha dejado elección. Y no sé cómo te sientes tú, pero a mí me infunde cierto respeto incluso. Si te soy sincero, nunca lo habría creído capaz. —Cogió la mano de su esposa—. Se ha lanzado al agua, Cat —dijo con gravedad—. Si así comprueba lo fría que está, la experiencia le será beneficiosa.

5

Robin Fenroy desembarcó del transbordador en Wellington sin poder creerse que realmente hubiese llegado hasta allí. ¡Por su cuenta y riesgo y sin el permiso de sus padres! Hasta que el barco zarpó en Blenheim, se había temido que Cat y Chris fueran a buscarlo para llevárselo a casa. Aunque había cogido el primer tren de la mañana que salía de Christchurch y adquirido un billete para el primer transbordador del día siguiente, creía a su madre capaz de todo. Al pensarlo, sintió mala conciencia. Por supuesto, Cat no le deseaba ningún mal, al contrario, le quería. Pero nadie en Rata Station, ni su amiga March ni su confidente Aroha, entendía todo lo que el teatro realmente significaba para él. Tenía que aprovechar esa oportunidad, aunque a riesgo de que el señor Carrigan lo despidiera por no tener documentos que mostrar. Se limitaría a presentarse con toda naturalidad como una persona mayor de edad y responsable de su propia vida.

Leyó por enésima vez el anuncio que había recortado del *Wellington Times*. La Carrigan Company daba la dirección de un hotel para las entrevistas, lo que Robin encontró lógico. Si el señor Carrigan estaba formando al grupo de actores, era normal que no hiciese todavía pruebas en el escenario de ningún teatro.

Decidió permitirse una comida en uno de los restaurantes del puerto (durante la travesía había sufrido mareos) y preguntar por la dirección al patrón o al camarero. Aunque no se sentía especialmente hambriento, pensó que debía reunir fuerzas. Seguro que uno daba mejor impresión si llegaba descansado y comido a una entrevista. Sobre todo tenía sed. Pidió limonada. La joven que le servía se lo quedó mirando complacida. Después de haber bebido aprisa y picoteado con desgana una empanada de verduras, le tendió a la muchacha el recorte del periódico.

—¿Sabe... sabe cómo se llega aquí?

La camarera sonrió.

—¿Es usted actor? —preguntó con admiración.

Robin se ruborizó.

—Bueno... me gustaría serlo. Espero que me contraten.

La joven leyó el anuncio con atención.

—No está muy lejos. Es una pensión, aquí mismo en el puerto. —Reflexionó un momento antes de añadir—: Pero no es que tenga precisamente buena reputación.

Robin se mordió el labio inferior. No sabía qué contestar. ¿Quería esa joven prevenirle?

—A lo mejor... a lo mejor el señor Carrigan la ha elegido porque es un lugar céntrico —intentó buscar una justificación.

La joven rio.

—El Albert Hotel también es muy céntrico —dijo—. Y mucho más confortable. Pienso que el señor Carrigan ha elegido el Golden Goose simplemente porque tiene un precio razonable. Así que no espere un gran sueldo. Siga la calle del malecón y luego gire la tercera a la derecha.

Robin dio educadamente las gracias y pagó la comida. Después de liquidar los gastos del viaje y la noche en una pensión barata de Bleheim, no le quedaba mucho de las cien libras que le había dado un prestamista en Christchurch por su reloj de bolsillo. De ahí que se alegrara de no tener que coger ningún coche de punto.

Se puso en camino sin mucho optimismo. En efecto, tras pocos minutos llegó al Golden Goose, una pensión anexa a un *pub*. De la puerta abierta del edificio de madera de dos pisos, que necesitaba urgentemente una nueva capa de pintura, salía hedor a humo y cerveza rancia. Un hombre flaco estaba fregando el suelo. El mobiliario de la taberna se componía de unas frágiles mesas y unas sillas de madera, una barra con el mostrador manchado y una selección más bien reducida de licores. Robin se hubiera dado media vuelta asqueado, pero entonces vio el escenario en el lado largo de la estancia... Una tosca tarima de madera que no tenía nada que ver con el escenario del Queen's o del Royal, pero contaba con una cortina de terciopelo rojo raído. Su corazón se aceleró. La Carrigan Company no era rica, pero existía. Estaba en el sitio correcto.

—¿Puedo ayudarlo? —gruñó el hombre de la escoba.

Robin asintió y se sacó del bolsillo el recorte del anuncio.

—Busco al señor Carrigan —contestó.

El tipo echó un vistazo por encima al anuncio y movió la cabeza.

—Aquí no tenemos a ningún señor Carrigan. Solo a una señorita. La señorita Vera Carrigan se aloja aquí. Con su compañía. Un triste grupo por el momento. ¿Busca trabajo con ellos?

Robin asintió nervioso.

—Yo... yo tengo cierta formación —empezó a explicar—. Estudié con el señor Arthur Elliot en Christchurch y...

—Sí, sí, cuénteselo a ella —lo interrumpió el hombre—. Suba a la habitación quince. Seguro que la señorita estará encantada.

Así que no se trataba de un señor Carrigan. ¡La directora de la compañía era una mujer! Robin dio rápidamente las gracias y subió a tientas la oscura escalera. El pasillo no presentaba mejor aspecto y olía a orines. No envidiaba a quien se encargara ahí de la limpieza.

La habitación 15 resultó fácil de localizar. Respiró hondo antes de llamar a la puerta.

—¿Pase? —La voz oscura tuvo tono de pregunta.

Robin lo encontró extraño, pero cogió decidido la manilla de la puerta. En la penumbra distinguió una habitación grande. Unas cortinas delante de las ventanas amortecían la luz. Había una cama doble cubierta por una gastada colcha azul, una sucia butaca tapizada con la misma tela, una mesa baja y un secreter con la silla de madera a juego en un rincón. El armario estaba medio abierto, se diría que habían metido la ropa dentro sin el menor cuidado. En la cama se hallaba tendida una mujer robusta y de cabello oscuro. Llevaba una bata roja. A Robin no le pareció normal. Debía de ser la una y media.

—¿A quién tenemos aquí? —La mujer soltó una especie de arrullo cuando vio a Robin—. Qué chico tan guapo. ¡No te quedes ahí, pasa! —En su rostro de facciones recias asomó una sonrisa que suavizó su expresión de indiferencia. Vera Carrigan tenía labios finos y unos grandes y oscuros ojos que miraban inquisitivos a Robin—. ¡Acércate! No muerdo.

Sonó como si realmente dijese en serio eso último. A Robin le pareció una mujer bastante amenazadora. No obstante, entró y sacó el recorte del periódico.

—Yo... hum... Mi nombre es Robin Fenroy —se presentó—. Y estoy interesado en el trabajo de su anuncio. —Y enumeró todas sus experiencias y aptitudes—. Si lo desea, puede usted ponerse en contacto con el señor Elliot. No tengo duda de que intercederá en mi favor —finalizó animado.

De hecho, Robin no había acordado nada al respecto con su profesor. Pero tampoco consideraba muy probable que Vera Carrigan se pusiera en contacto con Elliot y Pomeroy.

Ella mostró auténtico interés. Se enderezó, con lo que su bata se abrió un poco. Robin se ruborizó al ver que iba completamente desnuda.

La mujer se percató de la mirada y sonrió.

—Perdona que vaya así vestida. Acabo de levantarme. Bah, ya sabes, guapo, las noches son largas en nuestro gremio.

Robin, torpemente situado en medio de la habitación, observó con desconfianza cómo se levantaba y daba una vuelta a su alrededor. Era robusta y muy alta, incluso más que él. En su rostro todavía quedaban indicios del maquillaje, seguramente de la noche anterior. Su cabello caía suelto en grandes bucles sobre los hombros y la espalda.

—En efecto, eres un chico muy guapo —repitió insinuante, pero su voz adquirió de golpe el tono de un negociante—: ¿Qué crees que vas a interpretar? ¿A Hamlet? ¿A Romeo?

Robin volvió a ruborizarse.

—Ese... ese es mi objetivo, naturalmente... Pero sé... sé que hay que empezar por abajo. Ya le he dicho, he representado el papel de Lisandro y...

—Hemos suprimido a Lisandro —dijo Vera Carrigan—. Interpretamos a Shakespeare en una especie de versión libre. Nos faltan los actores.

Robin alimentó esperanzas.

—¿Cómo es posible? —preguntó—. Por todas partes se cierran teatros. Muchos actores están en paro. No hay ninguna compañía que dé una oportunidad a un actor joven... —Se interrumpió y tomó aire. Eso sonaba como si él no fuera lo suficientemente bueno. Sin contar con que la pregunta había sido crítica.

Vera Carrigan hizo una mueca irónica.

—Digamos que no acepto a cualquiera... —afirmó—. De alguna forma tiene que... encajar. —Colocó un dedo bajo la barbilla de Robin y miró con mayor atención su rostro.

El joven se sintió incómodo.

—¿He de recitar algún fragmento? —preguntó.

La directora de la compañía asintió aburrida.

—Bien, de acuerdo. Interpreta a... —de pronto, su rostro resplandeció con una sonrisa— a un apasionado amante, pequeño. Sí, justo es lo que hoy deseo. Haz de Romeo, jovencito...

Robin no sabía hacia dónde mirar. ¿Quería la actriz burlarse de él? ¿O sacarlo de su reserva? Al final, se concentró y recitó el monólogo de Romeo con el que había convencido a Elliot.

—«Sal, hermoso sol...»

Como siempre que actuaba y tras pronunciar las primeras palabras, Robin se olvidó de dónde estaba y de cuánto tenía en común su interlocutora con Julieta o con cualquier otro personaje de la obra. Se metió totalmente en el mundo de Shakespeare. La sucia habitación de la pensión se convirtió en el jardín de los

Capuleto y Vera Carrigan, con su aspecto de no haber dormido lo suficiente y con más de treinta años de edad, se transformó en la joven y preciosa Julieta, a quien pertenecía el corazón de Romeo.

Lo interrumpió cuando había recitado las primeras cinco líneas.

—¡Maravilloso! Lo haces estupendamente. El señor Lockhart estará encantado. Y si miras a la pequeña Leah de este modo... —sonrió— hasta me pondré celosa.

Robin se la quedó mirando sin comprender.

—Significa que usted... usted... ¿estaría dispuesta a darme un puesto?

Vera Carrigan asintió.

—Pero no pago sueldos maravillosos, pequeño. Cinco chelines a la semana, si tenemos trabajo. Si yo no gano nada, vosotros tampoco. Pero no tienes que preocuparte, siempre consigo algo. Y de los ingresos extraordinarios... bien, depende de lo que hagas. Ya hablaremos de eso. Ahora coge una habitación aquí y ya veremos después. Esta noche ya podrás aportar algo. Lo discutiremos mientras comemos. A las seis abajo en el *pub*.

Robin no se lo podía creer.

—Yo... yo... a usted... le estoy muy agradecido, por supuesto. Pero ¿no deberíamos hablar de los papeles, los...? Bueno, ¿qué es lo que he de interpretar?

Ella levantó la mano en un gesto de rechazo.

—Interpretarás lo que se tercie, pequeño. ¿Cómo te llamas? ¿Robin? Es lo que hacemos todos, Robin.

Él se ruborizó, pero entonces creyó que tenía que ser honesto y confesar su gran carencia.

—Yo... esto... no sé cantar.

La mujer soltó una risotada.

—Pequeño, eso no ha evitado que otros alzaran la voz —observó—. Ya oirás después a Leah.

—Realmente no canto —insistió Robin, rogando que la actriz no se retractase.

La directora de la compañía lo cogió por el hombro y lo arrastró suavemente fuera de la habitación.

—A veces está muy bien que la gente no cante. Por no decir que en algunas áreas de nuestra actividad profesional es una condición previa. Ya aportarás dinero, Robin Fenroy. ¡No te preocupes!

Robin no entendía de qué hablaba. Solo se preguntaba por qué esas últimas palabras le habían hecho desconfiar.

El hombre que seguía limpiando abajo el local ya tenía preparada la llave de la habitación de Robin. No parecía haber dudado de que el joven obtendría un empleo, algo más que a Robin le extrañó e inquietó un poco. Su habitación se encontraba en el mismo piso que la de Vera Carrigan y estaba amueblada del mismo modo, aunque no era tan grande. Lo primero que Robin hizo fue correr las cortinas para que entrara la luz. Pero eso no le sirvió de mucho, pues la calle era angosta y la casa de enfrente no dejaba pasar el sol. Pese a ello, creyó poder respirar mejor. Pensó un momento si debería aprovechar el tiempo antes de reunirse con los demás actores en escribir una carta a su madre. Los Fenroy seguro que estarían preocupados y se alegrarían de recibir la buena noticia. Mientras soñaba despierto en el transbordador, Robin había disfrutado al imaginarse escribiendo esa carta, pero en ese momento no experimentaba un sentimiento triunfal, sino más bien miedo. Vera Carrigan era muy distinta de Louise Pomeroy o Louise Beaudet. ¿Qué le esperaba en esta compañía?

Cuando Robin llegó al *pub* a eso de las seis, todavía no había actividad. Más tarde averiguaría que hasta las siete no abría.

—La señorita Carrigan y su gente están en el cuarto trasero —señaló Jeff, el propietario o el único empleado del Golden Goose. Estaba ahora ocupado en la barra—. Enseguida estará la comida. La cocinera ha llegado un poco tarde, pero antes de la función seguro que tendréis algo que llevaros a la boca.

—¿Antes de la... función? —preguntó Robin.

Vera no había dicho nada al respecto. Naturalmente, estaba claro que la compañía actuaba en el escenario del *pub*. Robin estaba inquieto por ver lo que la directora iba a proponer.

—A las ocho —dijo el hombre y se volvió hacia sus botellas.

Robin se dirigió a la habitación contigua, donde habitualmente se retiraban los jugadores de cartas u otros grupos pequeños. Vera Carrigan estaba a la cabeza de una gran mesa, demasiado grande sin duda, pues solo estaban sentados otros dos miembros de la compañía. Había dejado un sitio libre para Robin a su lado. Ella le sonrió, o al menos hizo una mueca, pero su sonrisa no pareció llegar hasta sus ojos. A lo mejor la expresión se veía tan artificial debido al maquillaje que Vera se había puesto. Tenía el contorno de los ojos pintado de negro; la tez, de natural oscura, maquillada de blanco; la boca, de un rojo sangre.

—Ya estás aquí, pequeño. Y aquí está el resto. Nuestra *soubrette* o ingenua: Leah.

Y señaló a una mujer rubia, muy joven, que en comparación con ella parecía incolora. Tenía un cabello mal peinado, pestañas y cejas casi invisibles y una piel lívida, el rostro en forma de corazón y los labios de un rosa pálido. Cuando se subiera al escenario, no distinguirían la expresión de su rostro a partir de la segunda fila. Antes de actuar tendría que maquillarse mucho. En realidad lo único que tenía expresión eran sus ojos violáceos. Robin creyó reconocer en ellos una especie de asombro y se preguntó qué era lo que veía tan raro en él. Más adelante confirmaría que en realidad Leah siempre miraba al mundo ligeramente desconcertada. Era delgada y el vestido colgaba de su silueta casi infantil. Robin le calculó dieciocho años, a lo sumo veinte, y no podía creerse que fuera a beberse el whisky que tenía delante. Pero pronto salió de su error.

—Y nuestro actor de carácter, Bertram Lockhart —siguió Vera con las presentaciones—. Como ya te he dicho, ahora tendrás un compañero de armas en lo que concierne a tu querido Shakespeare, Bertram. De aquí en adelante, vamos a interpretarlo mucho más.

—Y eso que sigo sin recordar ningún fragmento de Shakespeare que solo tenga cuatro actores —refunfuñó el hombre, corpulento y de cabello oscuro, que se levantó y tendió la mano al joven.

—Robin Fenroy.

Robin estrechó la zarpa como pudo y tomó nota de que el actor tenía un rostro ancho, pero armonioso y bien proporcionado. De pómulos altos, labios bien contorneados y nariz prominente, antes tal vez lo habían considerado apuesto. Ahora su cara se veía hinchada y los ojos oscuros vidriosos. El whisky que había sobre la mesa no sería el primero que consumía ese día Bertram Lockhart, quien siguió hablando.

—Mi nombre no te dirá nada, mis días de gloria ya hace tiempo que pasaron. Londres, Sídney... Una vez estuve en la Royal Shakespeare Company. Increíble, ¿verdad? —Robin sí creyó que el hombre tenía como mínimo experiencia en el escenario. Su voz era potente y la modulaba con claridad—. Y tú serás el que nos hará de Romeo... ¡Esperemos que no solo con Vera! —El actor contrajo la boca burlón.

Robin se ruborizó. Vera Carrigan debía de haberle contado la entrevista. ¿Acaso se había reído de su ineptitud? Pese a ello, reunió fuerzas y habló a Bertram Lockhart de Elliot y de su actuación con la Pomeroy Company. El hombre escuchaba interesado. A Leah (Robin se preguntaba si tendría apellido) todo eso parecía resbalarle. Entretanto, sirvieron la comida. Una mujer gorda con un delantal manchado llevó una salsa grasienta en la que flotaban unos trozos de carne y unas verduras recocidas. Robin se sirvió de estas últimas y rechazó el whisky que le ofreció Bertram. El actor no se dio por enterado.

—Tómate un sorbo, chico, para celebrarlo. Y voy a decirte una cosa: puedes necesitarlo. La Pomeroy Company, la Bandmann Beaudet Shakespearean Company... Ya verás que esto es distinto.

Dicho lo cual se atizó su siguiente whisky. Leah también bebió un sorbo de su vaso. Robin se limitó a un whisky hasta el comienzo de la función, a las ocho. En cuanto a Bertram, después del cuarto dejó de contar los que tomaba. En cambio, escuchó con atención la breve discusión con que los intérpretes planearon el desarrollo de la velada. Se trataba sobre todo del orden de las entradas. Al parecer, lo que cada uno declamaría, lo decidían los mismos actores.

—¡Y al final interpretaremos *Otelo*! —dispuso por último Vera, ante la cual había una gran jarra de cerveza.

Bertram Lockhart se estremeció.

—Todavía no lo puedo prometer —murmuró—. Depende de si me he metido lo suficiente para entonces.

Poco antes de las ocho, Leah desapareció, y luego Vera. A Robin le habría gustado hablar con Bertram, pero no se atrevió a dirigirle la palabra. El maduro actor parecía enfurruñado y poco comunicativo.

Robin se alegró de que las mujeres volvieran, pero se sobresaltó al ver a la joven Leah. Su maquillaje era grotesco: el rostro blanco con manchas rojas en las mejillas, los ojos contorneados de negro y la boca demasiado grande y roja.

Antes de que pudiera decir algo al respecto, la puerta se abrió y la cocinera se asomó.

—Podéis empezar —anunció—. Hay público, mucha gente, según Jeff. Así que a ver qué ofrecéis a la chusma.

Vera Carrigan arqueó las cejas, murmuró algo y empujó a Leah a la taberna. Acompañadas por el aplauso de los hombres de la sala, Vera y Leah se encaramaron al escenario. Robin, que entraba después con Bertram Lockhart, no distinguió a ninguna mujer entre el público. Eso no parecía un teatro. Las sillas seguían alrededor de las mesas. Los clientes del *pub* podían darse la vuelta hacia el escenario y seguir la función, pero no necesariamente. Por consiguiente, el nivel de ruido era alto. El público no calló cuando Vera ocupó su posición. Los parroquianos menos interesados simplemente siguieron conversando entre sí.

La directora de la compañía no se dejó amilanar. Abrió los brazos y saludó a los espectadores anunciándoles un «entretenimiento edificante, contemplativo y agradable». La Carrigan Company haría lo que estuviera en su mano para depararles una velada inolvidable, prometió.

Por lo que a Robin respecta, esto último quedó en efecto garantizado cuando Leah (Carrigan la presentó como Leah Hobarth) entonó una canción de *H.M.S. Pinafore*. Representaba el papel de Josephine y cantaba *Sorry her lot who loves too well*. Consiguió con ello desafinar más de lo que habría hecho el mismo Robin. Además, estaba tan tiesa sobre el escenario como si esa fuera su primera función. Y por otra parte tenía una voz muy débil. El público la abucheó, de lo que ella apenas se enteró. Pero a Bertram Lockhart le dio pena. Con un gruñido, se metió otro whisky entre pecho y espalda.

—Voy a sacarla del apuro —murmuró a Robin.

Había enviado al chico a una mesa en un rincón de la sala, donde solían esperar los actores su siguiente entrada. Ya tenían preparada allí una botella de whisky.

Bertram se levantó y se dirigió al escenario con paso sorprendentemente seguro para rodear con el brazo a Leah y, con una voz potente y extraordinariamente hermosa, empezar un *duetto* con ella. También pertenecía a la opereta de Gilbert y Sullivan. El impresionante actor ejecutó, guiando a su prácticamente abúlica pareja, una pequeña danza. Por su edad, Robin le habría confiado más bien el papel de capitán, pero representaba el papel de joven amante de la protagonista femenina dándole una credibilidad asombrosa. Cuando al final estrechó entre sus brazos a «Josephine», el público aplaudió. Entonces Bertram dejó el escenario a Vera.

La directora de la compañía se había cambiado de ropa. Con un vestido blanco corto, que le quedaba estrecho, y unas medias de red, una sombrillita en la mano y cintas de colores en el cabello recogido en un moño, representó una escena tomada de una comedia burlesca.

—*The Alabama* —reveló Bertram al perplejo Robin—. Lydia Thompson la hizo famosa en todo el mundo. Se decía que la señorita Thompson podía representar el erotismo sin ofender el pudor del público. —Los espectadores del *pub* parecían disfrutar con la representación de Vera. Un par de hombres la jalearon y todos aplaudieron cuando ella se despidió con una reverencia que realizó tan grácil y amaneradamente como una elefanta. Se inclinó y ofreció a los hombres una generosa visión de su escote—. Esto en cuanto a «contemplativo», farfulló el actor, y luego se dirigió a Robin—. ¿Haces tú algo edificante o salgo yo?

—¿Yo? —La voz de Robin se quebró, lo que no le había pasado en años.

—Sí, hombre, podríamos interpretar algo del *Rey Lear* o de *Romeo y Julieta* —propuso tranquilamente Bertram—. Ni se darán cuenta de la diferencia. Bueno, si tantas ganas tienes de subirte a un escenario, yo te lo cedo encantado.

—Yo... usted... ¿Quiere que representemos ahora Shakespeare? —balbuceó.

—Es parte del trato. Una o dos veces por función tengo que representar algo bien. No porque la gente sepa apreciarlo, sino porque yo lo necesito.

Dicho esto, se levantó y volvió al escenario, donde se decidió por *Hamlet*.

—«Ser o no ser, esta es la cuestión...»

Bastaron las primeras dos frases para que Robin se quedara sin respiración. Nunca había visto encarnar de ese modo a Hamlet. Por supuesto, Bertram Lockhart era demasiado mayor para ese papel, si bien eso no había molestado ni a Daniel Bandmann ni a Arthur Elliot. Los dos habían representado al príncipe danés con más de cuarenta años, aunque no de forma tan convincente.

Este actor maduro y a ojos vistas alcohólico, exponía tan sugestivamente las dudas del joven príncipe, su desorientación, daba tal vida al joven Hamlet... Robin aplaudió enloquecido cuando Bertram finalizó. Aunque fue el único. Los hombres de las mesas renacieron cuando Vera y Leah representaron a continuación una escena picante. Vera encarnaba a una señora que castigaba a su doncella porque al parecer había puesto los ojos en el mismo hombre que ella. Leah no era como actriz mucho mejor que como cantante. Robin se preguntó qué se le había perdido a aquella joven en el teatro. No se atrevía a plantearse esta pregunta en relación a Vera Carrigan, aunque se le imponía. Claro que la voz de Vera era fuerte y sonora, su actuación acorde con ella y su representación no carecía de claridad. Pero para Robin estaba más dotada de desfachatez que de talento.

—Y ahora algo edificante, queridos amigos —anunció al público, que a esas alturas estaba más atento, reía y aplaudía—. El miembro más joven de nuestra compañía, Robin Fenroy, les seducirá en el papel de Romeo... aunque seguramente les gustaría más ver a Julieta.

Carcajadas. Robin se quedó petrificado. ¡No lo habían acordado! ¿De verdad quería que saliera él a escena?

—Mientras, voy a cambiarme —apuntó Vera, levantándose la falda como si fuera a desvestirse ahí mismo. Y añadió—: Como punto culminante de la velada, Otelo y Desdémona... de noche... —Esbozó una prometedora sonrisa.

Bertram se tragó otro whisky. Por su expresión, el vaso también habría podido contener cicuta.

—¡Venga, sal! —dijo, dando un empujón a Robin hacia el escenario—. Y hazlo bien, chico. Te oigo, aunque me esté maquillando en la habitación de al lado.

Robin se arrastró al escenario como en trance. Experimentaba una sensación de irrealidad, allí arriba y mirando la taberna iluminada. Las salas de espectadores de los teatros en los que había actuado hasta entonces siempre estaban en penumbra. Aquí, en cambio, veía los rostros de hombres que no expresaban el menor interés. Robin se dejó invadir por el pánico, y ni con toda su fantasía fue capaz de imaginarse a Julieta entre ellos. Miró brevemente a Vera, pero llevaba todavía ese vestido tan corto y escotado, el maquillaje barato... ¿Y Leah? La joven se estaba bebiendo un whisky como si fuese agua. Una gata en un establo tenía más en común con la ingenua heroína de Shakespeare que aquellas dos mujeres. Pero al final se topó con la mirada de Bertram Lockhart, sorprendentemente diáfana pese a todos los whiskys. Robin cogió aire, forzó su imaginación y conjuró la imagen de March Jensch. Tampoco era Julieta, pero bastó para que su mirada se suavizara.

Al final pronunció las palabras de Romeo con voz firme y, como siempre, aconteció el milagro: el espantoso *pub* se transformó en el jardín de los Capuleto y ante él apareció la esbelta figura de Julieta.

Robin estaba sobre el escenario y si hacía un instante todavía había dudado de si realmente quería o no quería pertenecer a la Carrigan Company, en ese momento solo pensó en la trascendente pregunta de Hamlet: ¿Ser o no ser? A Robin le ocurría lo mismo que a Bertram: solo sobre las tablas cobraba vida.

Para su sorpresa, incluso le dedicaron unos aplausos cuando concluyó, y le llenó de alegría que Bertram le apretara el hombro en señal de reconocimiento cuando se dirigía al escenario. En efecto, el veterano actor se había maquillado para encarnar al moro y junto a él estaba Vera, con el pelo suelto, cubierta de un escueto camisón que casi mostraba más de lo que ocultaba.

El actor arrastró al medio del escenario una cama que ya había formado parte del decorado en la escena de la señora y la doncella, y Vera se deslizó debajo de la colcha con aire guasón.

—«Esta es la causa, esta es la causa, alma mía...»

Bertram inició el conmovedor monólogo de Otelo mientras Vera se repantigaba, atrayendo así la atención del público. Silbaron cuando Otelo la besó. Y entonces, cuando Desdémona despertó, Robin fue testigo de una parodia tan obscena de Shakespeare que le costó no vomitar.

Vera Carrigan interpretaba a una Desdémona tan ninfómana y seductora que evocaba a ojos vistas todos los pecados que solo podían cometerse en una cama: acosaba a su marido, le tocaba la entrepierna, se manoseaba a sí misma, intentaba coger la mano de él y ponerla sobre su pecho, hasta que al final se levantaba y se frotaba contra él. Mientras, recitaba las palabras inmortales de Shakespeare, pero no con respeto, sino con un deje lascivo, arrullador, risueño...

Robin se alegró de que abreviaran la escena. A Vera le importaba un pimiento que Desdémona tuviese que morir, y también al público parecía darle igual la historia con Cassio. Los hombres silbaron y gritaron obscenidades cuando Vera acabó el espectáculo.

—«Solo media hora...»

Hasta el último ruego de Desdémona se convirtió en una provocación. Y entonces Bertram ni siquiera pudo estrangularla. Después de «Una vez hecho, no hay vacilación...», Vera cogió de la mano al veterano actor y lo arrastró fuera del escenario.

El público premió a los dos con aplausos y gritos. Vera y Bertram se inclinaron e hicieron ademanes a Leah y Robin para que subiesen al escenario y pudieran recibir también el aplauso final.

Robin se sentía como si lo hubiesen apaleado. Se bebió el whisky que Bertram le sirvió cuando volvió a sentarse a la mesa. Y una hora más tarde todavía luchaba con unas profundas dudas tras cerrar la puerta de su habitación. ¿Era eso realmente lo que él quería? ¿Podía soportar la parodia de un arte que para él, y seguramente también para Bertram Lockhart, era sagrado? ¿Qué le tocaría interpretar en el futuro? ¿Con qué compañera? No podía imaginarse a Vera Carrigan como Ofelia o Julieta, y menos aún a la insulsa e indolente Leah.

Mientras todavía cavilaba, oyó a alguien tras la puerta. El joven se asustó cuando esta se abrió suavemente, se coló un rayo de luz y luego apareció una figura envuelta en una bata roja. Vera Carrigan llevaba una vela a la luz de la cual su rostro maquillado adquiría un aspecto fantasmagórico.

—¿Has rezado antes de ir a dormir, Robin Fenroy? —preguntó con voz seductora.

Y acto seguido estaba a su lado. Sus labios se posaron sobre los del chico y su beso ahogó cualquier intento de respuesta. Robin se dio media vuelta muerto de vergüenza y sintiendo un difuso miedo, pero también deseo. Vera sabía cómo excitar a un hombre y Robin no tenía nada con lo que oponerse. Las manos de la mujer parecían estar por todas partes, su lengua se abría camino por el cuerpo del joven, su boca se cerraba alrededor de su sexo. La bata ya hacía rato que había resbalado. Estaba desnuda, sus pechos eran grandes y blandos...

—Tócame, pequeño...

Empezó a guiar las manos de Robin. El chico le palpó el cuerpo, olió su perfume mezclado con el penetrante olor de su sudor. Cuando la penetró y estalló en un éxtasis del que se avergonzó en el mismo instante, oscilaba entre el asco y el deseo.

Esa noche, Vera Carrigan hizo del joven Robin Fenroy un hombre, pero él no sabía si quería ser el hombre en que se había convertido.

6

Vera abandonó la habitación de Robin esa noche y, a pesar de toda la excitación y las dudas, el muchacho durmió como un tronco. La dura jornada y el whisky le hicieron pagar su tributo.

Por la mañana, despertó con dolor de cabeza y malestar. Las sábanas de la cama olían a sudor y esperma, se sintió pegajoso y sucio por dentro y por fuera. Se levantó con esfuerzo y fue tanteando hacia el baño. Le habría gustado bañarse o zambullirse en el agua clara y fría de un lago o un mar para limpiarse los restos de la pasada noche. Pero en el Golden Goose ni siquiera había agua corriente.

Se limpió cuanto pudo con el agua que había en una jofaina sobre una mesita de su habitación. Ahora se sentía mejor, pero un regusto amargo permaneció en su boca incluso después de lavarse los dientes. Tal vez un café ayudara, y seguramente lo encontraría en el *pub*, incluso a riesgo de toparse con Vera u otro miembro de la compañía.

Se obligó a tomar una decisión después de desayunar. Cuando llegó a la taberna, se desplegó ante él el mismo cuadro más o menos que a su llegada. Jeff limpiaba las mesas. Por lo demás, no parecía haber nadie despierto en la casa.

Robin saludó educadamente y Jeff le dirigió una mirada sorprendida.

—¿Tan pronto despierto? —preguntó—. Lo nunca visto en vuestro gremio. ¿Quieres café? Mary todavía no ha llegado, si quieres desayunar te lo tendrás que preparar tú mismo. Ahí está la cocina.

Al menos, el hombre hablaba claro. Robin encontró una cocina inesperadamente aseada y café caliente sobre el hornillo. En una mesa todavía había pan, mantequilla y mermelada del desayuno de Jeff. El joven se sentó, cortó una rebanada, la untó con mantequilla, se la comió y luego bebió el café. Entonces se sintió mejor y más preparado para pensar.

Esto no era, estaba seguro, lo que él había imaginado. Vera Carrigan no dirigía ninguna auténtica compañía de teatro, por muy bien que Bertram actuase. Después de la representación, Robin se creía todo lo que el actor había contado sobre su pasado. La bebida debía de haber acabado con su carrera profesional, no su falta de talento. Vera Carrigan, por el contrario, no era ninguna actriz. Más bien una... ¿puta?

Se ruborizó solo de pensar en la palabra y al recordar todo lo que ella había hecho con él. Sin embargo, en el fondo, no tenía por qué avergonzarse, ni él ni Vera estaban casados o atados de algún modo. De hecho, Robin hacía tiempo que habría podido perder su virginidad en los brazos de alguna afectuosa muchacha maorí, sin que nadie se hubiera molestado por ello. Incluso Chris y su madre habrían hecho la vista gorda. Sin embargo, nunca había cedido a las provocaciones de las chicas, nunca había llegado a imaginarse haciendo el amor con otra persona que no fuera March Jensch. Ahora era evidente que March no lo quería y Robin prefería no pensar en lo que hacía con Martin Porter en Kaiapoi. Así pues, él podía hacer o no hacer lo que quisiera y, de algún modo, había disfrutado con Vera. Nunca había experimentado una excitación tan fuerte como cuando ella se le puso encima y se arqueaba mientras él la penetraba.

Y a pesar de todo, estas sensaciones debían ir unidas al amor, al intercambio de caricias y palabras cariñosas. Vera más bien le provocaba repugnancia, y su manera casi profesional de poseerlo no tenía nada que ver con los sentimientos. Su visión ni siquiera lo excitaba, y tampoco le habría gustado si no hubiera sido tan mayor como para ser su madre. Robin estaba seguro de que no se iba a repetir una noche como la pasada. A partir de entonces, cerraría su puerta con llave.

Pero ¿debía quedarse? Todavía no había firmado ningún contrato, y este tampoco sería válido sin la firma de Chris o Cat.

Robin reflexionó sobre sus alternativas. Apenas si tenía cincuenta libras, una parte de las cuales se las llevaría el pago de la pensión. Vera no se haría cargo de los costes si él se marchaba de inmediato. Claro que podía irse sin avisar... pero descartó enseguida esa idea. Él era honesto, solo de pensar en largarse sin pagar sentía remordimientos.

Sin embargo, seguro que el dinero sobrante bastaría para costear el viaje de vuelta a la Isla Sur y desde Blenheim podría telefonear a Rata Station. Sus padres le enviarían dinero o irían a recogerlo y, hasta entonces, cualquier hotel le concedería crédito. La acaudalada granja de ovejas de Rata Station era conocida en toda la Isla Sur. ¿Qué sucedería después? ¿Iba a quedarse eternamente en Rata Station? ¿Haciendo trabajos que ni le gustaban ni sabía hacer? A eso se añadía que su aventura en la Isla Norte se convertiría en tema de chismorreo y habladurías en la granja y en todo Christchurch. Nadie se creería que había rechazado un «contrato». Todos supondrían que Robin Fenroy había fracasado una vez más.

Se frotó la frente. Entonces mejor se quedaba. Intentaría utilizar la Carrigan Company como trampolín para buscar contratos serios. Naturalmente, trabajar en esa compañía no favorecería su reputación. Pero Vera y su grupo viajaban. La noche anterior habían mencionado que el contrato con el Golden Goose terminaba el día siguiente. Los actores seguirían viaje rumbo a Greytown. Se hospedarían en una serie de ciudades y él podría presentarse en todos los teatros que viese por el camino. Vera no tenía por qué enterarse.

Por lo visto, ningún miembro de la compañía se dejaba ver a

la luz del sol antes del mediodía. En algún momento y en algún lugar habría un director artístico dispuesto a brindar una oportunidad a un joven actor con talento. Y entretanto él podría ir aprendiendo. Solo observar a Bertram Lockhart sobre el escenario ya le aportaba algo, y además parecía que le caía bien. A lo mejor le daba clases.

Tomó otra taza de café y decidió probar al menos una noche más. Renunciar un poco a sus ideales seguramente era mejor que desanimarse. Una pequeña oportunidad era mejor que una existencia aburrida, carente de acontecimientos y esperanzas, que era tal como siempre se había sentido en la Isla Sur.

Los actores aparecieron, en efecto, a primera hora de la tarde. La cocinera Mary ya les tenía preparada la comida, que ellos tomaron en la mesa auxiliar desde la que la noche anterior Robin había seguido la función. Se concentraba en sacar los trozos de carne del puchero, una buena razón para no tener que mirar a Vera Carrigan. Ella ya estaba maquillada como si fuera a salir, se la veía despierta y dinámica, al contrario que a Bertram y Leah, con aspecto resacoso. Bertram combatía la resaca con un vaso de whisky. Leah, pálida y sin pronunciar palabra, tomaba una sopa.

—Qué, ¿has dormido bien, pequeño? —preguntó Vera con un deje lascivo.

Bertram levantó brevemente la vista del whisky, vio que Robin se ruborizaba y lanzó al joven una mirada compasiva.

—¿Ayer te lo pasaste bien?

Robin optó por relacionar la pregunta con la función y se deshizo en cumplidos en torno al arte interpretativo de Bertram.

—Tú tampoco lo haces mal —farfulló el veterano actor.

Robin lo miró radiante.

—Yo también veo muchas y variadas posibilidades de explotar su talento —observó Vera—. ¿Qué opinas, Robin? ¿Quieres probar esta noche una escena con Leah? Algo amable. ¿A lo mejor el fragmento en que Romeo y Julieta se besan? Tengo un texto muy bonito, con una ligera variación...

Leah levantó la vista indiferente. A Robin se le notaba que no tenía ningunas ganas.

El rostro de Vera se endureció.

—Tendrás que hacer algo más que interpretar un par de monólogos y ya está, chico.

Robin asintió.

—Entonces... ¿ensayamos sobre el escenario? —preguntó a Leah—. ¿Después de comer? Voy a buscar el libreto...

Vio con el rabillo del ojo que Vera miraba de reojo a Leah cuando él se levantó. Y poco después tuvo que volver a presenciar cómo la puerta de su habitación se abría sin que nadie hubiera pedido permiso para entrar. Él todavía estaba buscando los libretos y Leah entró, sin decir palabra se quitó el vestido por la cabeza y se tendió en la cama. Llevaba un corsé que empezó a desatarse. Robin estaba horrorizado pero no pudo evitar cierta excitación cuando quedaron a la vista sus pechos y su cuerpo joven. Se la quedó mirando incrédulo.

—¿Qué pasa? —preguntó Leah—. ¿Vienes? Si después tengo que aprenderme algo de memoria, tenemos que empezar lentamente.

Robin negó con la cabeza.

—Vuelve a vestirte, Leah —le pidió—. Tenemos que representar una escena de amor. Para eso no es necesario acostarnos juntos. Basta con que hagamos como si estuviéramos enamorados el uno del otro.

Leah arqueó las cejas.

—Vera cree que esto ayuda —objetó—. Y a Bertram le gustó.

Robin no daba crédito. Precisamente el maduro actor que hacía unos segundos era su ídolo. Se sintió profundamente decepcionado. ¿Cómo podía haberse aprovechado ese actor de la idiotez y desamparo de esa chica?

—Estaba borracho —añadió Leah, lo cual aclaraba un poco las cosas pero tampoco las justificaba.

—En cualquier caso, yo no lo necesito —respondió Robin con determinación—. Ponte la ropa. Vamos abajo y ensayemos la escena sobre el escenario.

Leah obedeció y cuando los dos bajaron poco después, Bertram sonrió. Vera, por el contrario, parecía enfadada.

Robin consiguió en el tiempo que quedaba hasta la noche que Leah se aprendiera un par de frases de Julieta y enseñarle dónde debía colocarse, cómo tenía que moverse y, a ser posible, con qué tono de voz debía recitar los versos. En esto último solo obtuvo un éxito parcial. Leah carecía de talento, además de interés. No entendía el inglés de Shakespeare y se limitaba a pronunciar una palabra tras otra. Pese a ello, se aprendió el texto de memoria y no se puso nerviosa antes de la *première*.

Cuando la escena se representó por fin, Leah se alejó un poco de la interpretación que habían ensayado. Sin duda porque Vera así lo había ordenado, no interpretó el papel de la dulce e ingenua Julieta, sino el de una depravada mujerzuela que se ofrecía desvergonzadamente a Romeo. Si hubiera puesto más pasión en el texto que alguien había alterado, se habría convertido en una horrible parodia como el *Otelo* de Vera y Bertram. Sin embargo, resultó aceptable, aunque Robin sintió vergüenza. Dudó de nuevo acerca de su decisión de quedarse con aquella gente. Tal vez debiera subir a la mañana siguiente al transbordador rumbo a Blenheim y no al tren camino de Greytown.

Después de la representación, se retiró temprano y no olvidó cerrar la puerta con llave. Poco después alguien llamó con los nudillos.

—¿Quién es? —preguntó Robin, nervioso—. Ya... ya estoy durmiendo.

Detrás de la puerta resonó la risa gutural de Vera.

—Tonterías, ni tú mismo te lo crees. Solo tienes miedo de tu propio valor. Ayer te gustó, a que sí, inocentón.

—No... bueno... —Titubeó. No sabía qué decir.

—Déjame entrar —ordenó ella—. No voy a hacerte nada. Solo tengo que hablar de una cosa contigo.

Robin se acercó vacilante a la puerta. No quería verla, pero tampoco quería que creyese que le tenía miedo. Y además era su jefa... tenía que obedecerla.

Sus miedos se demostraron injustificados. Vera Carrigan estaba totalmente vestida. Llevaba un provocador vestido rojo de salir y un sombrerito. Robin retrocedió cuando ella entró con toda naturalidad.

—Esta noche te necesito otra vez, Robin —dijo en tono profesional—. Una escena, pequeño, o más bien... una obra.

—¿Ahora? —preguntó Robin perplejo. Eran las diez de la noche. A esas horas, las compañías serias no representaban más funciones—. ¿Sobre el escenario?

Vera negó con la cabeza.

—No sobre el escenario. Aquí arriba. Es... por decirlo de algún modo, una prueba. —Apretó los labios y miró a Robin con severidad—. Chico, voy a serte sincera, antes no me has convencido. Tienes talento, seguro, pero estabas demasiado rígido cuando actuaste con Leah. Si quieres seguir con nosotros... Claro y conciso: quiero ver algo más. Y tiene que ser ahora, no olvides que el tren sale temprano. Haremos... una improvisación. Seguro que habrás hecho alguna con tu querido señor Elliot, ¿a que sí?

—Claro...

Robin asintió angustiado, aunque en la Pomeroy Company pocas veces había habido improvisaciones en los ensayos. Elliot daba más importancia a la formación de la voz y a la interpretación de los textos de Shakespeare. Además, Robin no entendía del todo de qué se trataba eso. A fin de cuentas, ese mismo mediodía Vera estaba convencida de que la compañía lo necesitaba.

La mujer se quitó el abrigo, hacía calor en la habitación. Robin retrocedió un poco. ¿Pensaba desnudarse otra vez? Después de sentarse en una silla, la actriz siguió explicándose de forma profesional.

—Presta atención, lo haremos así: tú interpretarás a mi marido. Porque eres mi marido, ya lo hemos ensayado anoche, ¿verdad? —Vera puso una mueca que debía plasmar una sonrisa perversa—. Y entonces llegas a casa, bueno, a nuestro dormitorio, y resulta que estoy con...

—¿El señor Lockhart?

Vera rio.

—Podría ser que te encontraras con otro actor —respondió misteriosa. Robin se lo pensó: ¿era posible que alguien más se hubiese entrevistado esa tarde con la señorita Carrigan? Eso explicaría que ahora ella dudase de Robin—. Sea como sea, tú entras y te enfadas. Te enfadas tanto de que un desconocido esté conmigo que lo amenazas, y también me insultas un poco a mí... ¡Enseña carácter, pequeño! Como... como Otelo.

Robin reflexionó. Nunca había estudiado a Otelo. Pero por supuesto conocía el texto a grandes rasgos y podía echarle un vistazo.

—¿Ahora? —preguntó—. ¿Vamos a ensayarlo... ahora?

Vera puso los ojos en blanco.

—No. Más tarde. Todavía tienes tiempo de pensarte el texto. Por Dios, Robin, nos oirás en el pasillo, delante de tu habitación. Estaré coqueteando un poco con él, que a lo mejor está un poco borracho... bueno, hará como si lo estuviera. Te esperas unos minutos y luego entras en mi habitación. Dejaré la puerta abierta. ¡Tan difícil no es! ¡No para un actor como Dios manda!

Robin tragó saliva. Un par de minutos antes había dudado de si realmente quería ese puesto. Pero ahora que estaba en peligro, se despertó su ambición.

—Lo conseguiré —murmuró.

—¡Eso espero! —respondió Vera, que se levantó, cogió su abrigo y salió precipitadamente.

Qué situación tan rara. También la indumentaria de Vera. Su elegante vestido de seda era apropiado para ir al teatro o a un restaurante. La señorita Pomeroy y las otras mujeres no solían engalanarse tanto para un ensayo. En general, se ponían vestidos cómodos, a menudo sin corsé y casi nunca se maquillaban. Vera, por el contrario, volvía a llevar el maquillaje propio de una actuación. Robin pensó en que la señorita Pomeroy solía maquillarse de una forma muy distinta de la que era usual ahí. En su compañía se intentaban resaltar los rasgos del actor para que se pudiera percibir su expresión incluso desde la última fila del patio de butacas. Por el contrario, el empleo exagerado de polvos y pintalabios convertía el maquillaje de Vera en grotesco.

Regresó a su cama y sacó el guion de *Otelo* de la maleta. Tendría tiempo suficiente para echarle un vistazo. Vera regresó dos horas después. Iba, efectivamente, acompañada por un hombre. Robin la oyó reír y hablar, pero no entendía qué decían. Miró nervioso el reloj, dejó pasar diez minutos. Y luego salió al pasillo y llamó a la puerta.

—Señorita... ay... ¿Vera?

—¡Uy! ¿Quién puede ser? ¿No será el camarero? ¿Ha pedido champán mi príncipe... mi semental? —La voz de Vera sonaba tan forzada como en escena, en este caso exageradamente alegre. Robin notó que su sensación de incomodidad crecía. Le habría gustado marcharse de ahí, pero en la habitación resonó la voz provocativa de Vera—: ¡Oh, entra pues con tan refinada bebida!

Era el pie para que interviniese Robin. A pesar suyo, el joven abrió la puerta y acto seguido le costó no sonrojarse. Vera estaba tendida en la cama con el corsé abierto y los pechos al descubierto. Delante de ella estaba de rodillas un hombre, también medio desnudo. Bajito, gordo, no tan joven. No tenía aspecto de actor. Y su expresión de asombro parecía auténtica.

—¡Oh, Dios mío! —chilló Vera—. ¡Mi marido!

—Yo... —El monólogo de *Otelo* se quedó atascado en la garganta de Robin. Ahí seguro que no encajaba—. ¿Cómo... cómo has podido? Esto... ¿quién... quién es este?

Seguro que no sonaba como Vera se lo había imaginado. Pero en ese momento ella volvió a tomar las riendas de esa pésima escena.

—No le hagas daño, cariño, ¡te lo ruego! ¡No me hagas daño! Sí, sí, lo sé, soy débil, mi carne es débil... Deja el cuchillo en su funda, amor mío... —Vera saltó de la cama, se lanzó al suelo a los pies de Robin y le abrazó las piernas.

El hombre, con quien se había estado divirtiendo hasta ese momento, estaba perplejo. Sus ojos mostraban unos cercos rojizos, sin duda estaba borracho.

—Ve... Ve... Vera... t... t... tú... tú me *hafías* dicho que eras *lifre* y... —balbuceó.

—Oswald, ¡por el amor de Dios, vete, vete antes de que te haga daño! —Vera se había colocado entre los dos hombres con expresión de horror. Para Robin se trataba de teatro del nivel más chapucero, pero el hombre ebrio y medio desnudo se lo tomó en serio—. Casi mató al último con el que me perdí... Ten, rápido, los pantalones, la chaqueta... Corre... corre, Oswald, si quieres conservar la vida. —Y al decirlo, le tendió las prendas al hombre y lo empujó fuera de la habitación.

»Perdóname, por favor, perdóname, tú eres el único al que amo realmente... —Vera vociferó un par de disculpas más lo suficientemente fuerte para que se oyeran a través de la puerta. Al hacerlo se separó de Robin e inspeccionó cuánto dinero había en la bolsa que casualmente había resbalado del bolsillo de la chaqueta del hombre.

Robin espió qué sucedía en el pasillo. El hombre se alejaba a toda prisa. Vera sacó de la bolsa dos monedas de cincuenta libras.

—No está mal —dijo satisfecha—. Una buena cantidad por tres minutos de función, ¿no? —Lanzó una mirada socarrona a Robin—. Y más cuando tú no te has cubierto de gloria precisamente. Bertram lo hace mejor... cuando está sobrio.

—Usted... ustedes... ¿ustedes lo hacen con frecuencia? —Robin empezaba a tomar conciencia de en qué se había metido—. Esto... esto no era una representación. Era un hombre que... que ha salido con usted y... ¿y esto solo ha servido para robarle?

Ella sonrió irónica.

—¡Qué chico tan listo eres! —se mofó—. ¡No pongas esa cara! También otras compañías tienen sus mecenas. El bueno de Oswald ha hecho su aportación al arte. Con este dinero pagaremos el viaje a Greytown y el hotel y la sala en que actuaremos. Interpretaremos *Como gustéis*... o *Hamlet*. Podrás interpretar el papel del príncipe de Dinamarca, pequeño. Es lo que querías, ¿no? —Se acercó a él como la noche anterior.

Robin la rechazó.

—Yo... ¡yo no soy un ladrón! —exclamó escandalizado—. ¡No puedo colaborar en esto! ¿Qué... qué ocurrirá si el hombre va a la Policía y...?

Vera rio despreocupada.

—Ese no irá a la Policía. Pasaría demasiada vergüenza. ¿Qué va a explicarles? ¿Que había creído que una actriz se había enamorado de golpe de él y que estaba impaciente por llevarse a su príncipe azul a la cama?

—Puede que vuelva mañana a reclamar su dinero —reflexionó Robin, y enrojeció solo de pensarlo.

—Este primero ha de dormir la mona. Y mañana a las nueve ya estaremos en el tren a Greytown. En fin, y en caso de que apareciera, le diría que no he visto la bolsa, pero que la buscaré. Y que si la encuentro se la enviaré con alguien a su casa. Que ya se la entregarán a su esposa si él está en el trabajo... Si le digo esto, seguro que se va con el rabo entre las piernas, hazme caso. De ese no tenemos nada que temer.

—De todos modos, yo no quiero participar en esto —insistió Robin—. Me voy. Esta noche o... mañana temprano. —La mera idea de quedarse en la calle en plena noche en una ciudad extraña le daba miedo.

La expresión divertida de Vera dejó paso a otra que a Robin le congeló la sangre. Sus ojos negros eran fríos. A él le pasó por la cabeza que la había minusvalorado. Era una actriz excelente. Ahora sí que no actuaba. Ese era su auténtico rostro.

—Tú aquí ni quieres ni dejas de querer nada, pequeño —observó—. Tú has colaborado en esto. Incluso es posible que haya sido idea tuya. Al menos es lo que yo diría a la Policía si apareciera por aquí. Yo tenía las manos limpias hasta que tú te presentaste... En cualquier caso, estás metido en esto. Ahora me perteneces, pequeño Robin, ya puedes ir acostumbrándote. Naturalmente, todavía tienes que aprender. Ya te digo yo que tu reciente desempeño dio pena. Para mí no eres el mejor. Pero ahora estás aquí y los dos haremos cuanto podamos. Bienvenido a la compañía Carrigan, Robin. Seguro que juntos nos lo pasamos la mar de bien...

7

Los Fenroy estaban muy preocupados por Robin. Los ánimos en Rata Station, por los suelos. Aunque Cat entendía a Chris, que no quería salir en busca de su hijo, tampoco podía conformarse con cruzarse de brazos y dejar que el chico se las apañara por sí mismo. Así que se declaró partidaria de seguir con sigilo el camino de Robin por la Isla Norte y su evolución con la Carrigan Company. Sería fácil contratar a un detective privado que saliera en su busca, pero Chris se opuso. Cuando Cat abordó por enésima vez el tema, Chris presentó como argumento que, según podía preverse, en la Isla Norte no podía pasarle nada más que quedarse sin dinero ahí donde estuvieran.

—Y en ese caso tendrá que hacer de tripas corazón y telegrafiarnos —señaló Chris—. O a Karl e Ida, que están más cerca. Así no sería como darse por vencido. Pero primero tiene que probar, Cat. A oídos sordos, palos de ciego. Aunque es un dicho feo, por lo que se ve Robin todavía no ha entendido cuál es su situación. Si ahora anda vagando por las ciudades con una compañía de tercera clase o descarga barcos para ganarse el pan, en caso de que le haya ido mal con ese tal Carrigan, la experiencia le hará bien.

Pese a todo, Chris no se opuso a pedir información sobre la Carrigan Company. Arthur Elliot y el señor Foreman nunca habían oído hablar de ella.

—Eso no tiene por qué significar nada —afirmó este último—.

Hay docenas de compañías pequeñas que actúan por los *pubs*. Antes visitaban los campamentos de los buscadores de oro, ahora quizá trabajan para los obreros del ferrocarril. Interpretan un par de escenas y luego pasan la gorra. Es posible que la Carrigan Company se haya instalado en algún sitio. Yo solo estaría angustiado si el muchacho fuera una chica. Prácticamente todas se sacan algo más por noche. Entre esos tipos duros no debe de haber demanda de chicos. No se atreverían, se convertirían en el hazmerreír del campamento. Así que no se preocupen.

De todos modos, Cat estaba inquieta y pidió también a Aroha, que ya volvía a estar en Dunedin, que solicitara información en los teatros de la ciudad. La joven lo hizo encantada pero sin resultados. Estaba tan inquieta por Robin como los padres de él.

Pero entonces ocurrió algo que relegó de golpe a un segundo término la preocupación por su casi coetáneo tío. Un lluvioso día de otoño, la señorita Vandermere mandó llamar a Aroha a un seminario donde estaban trabajando sobre una traducción del francés.

—¿Qué ocurre? —preguntó intranquila al secretario de la señorita Vandermere. El joven la había hecho salir de la clase y la conducía ahora a través de los pasillos al despacho de la dirección de la escuela—. ¿He hecho alguna tontería?

El secretario rio.

—No. Es que esta mañana hemos tenido la visita de tres personas... cómo decirlo... singulares. Es acerca de una oferta de empleo. En cualquier caso, la señorita Vandermere quería consultarla. Limítese a entrar y ya verá de qué se trata.

Abrió la puerta del despacho de la directora y Aroha descubrió estupefacta a tres maoríes, dos hombres y una mujer que, visiblemente incómodos, habían tomado asiento en las sillas que había delante del escritorio. Todos llevaban vestimenta *pakeha*. Uno de los hombres y la mujer ya eran algo mayores e iban tatuados. No les sentaba bien el terno y el vestido de viaje que habían elegido para la ocasión. Aroha supuso que eran prendas nuevas. Ambos llevaban peinados tradicionales. El hombre se había recogido el largo cabello en unos moños de guerra, la mujer se había dejado suelta la melena, encanecida hacía tiempo. Expresiones indiferentes y porte majestuoso. Era probable que no comprendieran demasiado el inglés. Quien conversaba con la señorita Vandermere era el hombre más joven. También él vestía un traje, pero con cierta naturalidad. No tenía tatuado el rostro y llevaba el cabello corto como los *pakeha*.

—*Kia ora!* —saludó Aroha, inclinándose ceremoniosamente ante los ancianos maoríes—. *Haere mai* a la Academia Vandermere.

La señorita Vandermere la miró.

—Aroha, ¡qué bien que hayas venido!

Los mayores se agitaron un poco cuando oyeron el nombre. Estudiaron a Aroha con la mirada. El joven, por el contrario, sonrió y se levantó cortésmente para presentarse.

—¿La señorita Fitzpatrick? Mi nombre es Koro Hinerangi. Yo alegrarme de conocerla.

Koro Hinerangi hablaba el inglés con mucho acento, no a la perfección, pero se le entendía perfectamente. Aroha estrechó estupefacta la mano que le tendía.

—Aroha, estos son Moana te Wairoa y Kereru te Ika, de la tribu tuhourangi, espero haberlo pronunciado más o menos bien. —La señorita Vandermere dirigió una sonrisa de disculpa a los ancianos maoríes—. El señor Hinerangi ya se ha presentado. Tal vez es mejor que informe usted mismo a la señorita Fitzpatrick acerca de su petición, señor Hinerangi. La tribu tuhourangi tiene un problema, si es que he entendido bien. ¿Has oído hablar alguna vez de las Pink and White Terraces, Aroha?

La muchacha hizo memoria y recordó a las dos extrañas inglesas que daban la vuelta al mundo y que dos años atrás habían visitado el internado de Otaki.

—Son unas... unas rocas en la Isla Norte, ¿no es eso? —dijo vacilante.

Uno de los ancianos maoríes dijo algo. Koro Hinerangi hizo un gesto apaciguador con la mano.

—Las Terraces junto al lago Tarawera —explicó dirigiéndose a Aroha— son sagradas. Son patrimonio de nuestro pueblo.

Aroha frunció el ceño.

—Pero no son *tapu*, ¿verdad? —preguntó—. He oído decir que se pueden visitar.

Koro Hinerangi asintió.

—Sí. Los espíritus allí son cordiales, dan la bienvenida a los desconocidos. —La explicación en inglés le resultaba demasiado complicada y pasó a su propio idioma—. Por supuesto, solo permitimos el acceso en compañía de un miembro de nuestra tribu. Nos tomamos muy en serio nuestra responsabilidad ante las rocas y los espíritus.

La señorita Vandermere parecía algo incómoda. Le habría gustado saber de qué hablaban, si bien Koro ya le había expuesto antes lo que quería.

—Esas formaciones rocosas son espectaculares. La tribu recibe visitas de todo el mundo —dijo por su parte la directora, mencionando lo que había entendido de la explicación previa de Koro.

El maorí le dio la razón.

—Es correcto —dijo, de nuevo en inglés—. Una vez estar príncipe inglés. A él gustar mucho. Desde entonces cada vez más *pakeha* quieren ver Terraces cerca de nuestro poblado Te Wairoa.

—Y pagan por la visita —resumió lacónica la señorita Vandermere.

—Sí, lo hacen. —A Koro Hinerangi eso no parecía molestarlo. Para dar más explicaciones cambió de nuevo de idioma—. La visita conlleva cierto gasto —corrigió—. Las Terraces son accesibles únicamente desde el lago, están muy aisladas. Ofrecemos alojamiento y visitas guiadas a la gente. Esto da a la tribu, en efecto, mucho dinero. Pero nuestros visitantes no están del todo contentos. Tenemos que mejorar. Aunque eso suponga un esfuerzo por nuestra parte.

Deslizó la mirada por sus acompañantes, que miraban hacia la pared casi adormecidos. Aroha creyó deducir de su expresión que les resultaba tan indiferente que sus visitantes estuvieran satisfechos como fastidiosa la estancia en Dunedin. Koro Hinerangi parecía desaprobar esta actitud. A él se le veía sumamente activo y muy simpático con Aroha. Era alto y por su figura esbelta se podía pensar que tenía algún antepasado *pakeha*. La mayoría de los maoríes eran más bajos. Sin embargo, la tez de Koro era oscura, el cabello liso y negro. También sus ojos eran negros como el carbón, redondos y muy grandes. Eran tan vivaces como toda su gesticulación. Tenía labios carnosos, nariz recta y unos dientes sorprendentemente blancos. Brillaban cuando siguió hablando.

—Nosotros por el momento solo contar dos guías que hablan bien inglés. Los demás saben un poco.

—¿Como usted? —preguntó la señorita Vandermere con severidad.

Era evidente que el saludo y la introducción en inglés de Koro no la habían complacido demasiado.

—Mucho más mal —admitió Koro, volviéndose de nuevo hacia Aroha—. Y de ahí que nos hayamos decidido a contratar a alguien que realmente entienda la lengua de nuestros huéspedes —explicó en maorí—. Y que quizá se encargue de las visitas guiadas para los visitantes de otras nacionalidades. Por el momento no son muchos. La gran mayoría de nuestros invitados son británicos, pero contamos con que esto pronto cambiará.

Aroha asintió. La alta sociedad europea estaba íntimamente conectada. Cuando los británicos hablaran en su país de las Terraces, también irían a Te Wairoa nobles y magnates alemanes y franceses, italianos y rusos.

—Esta es razón de que vengamos aquí —intentó explicarse Koro en inglés—. Pedir a señorita Vandemere que nos aconseja alguien para el empleo.

Sonrió a la directora y a Aroha, los otros dos maoríes siguieron sin mostrar ninguna emoción. Aroha supuso que habían acompañado de mal grado a Koro a la Isla Sur. Era probable que el joven hubiera convencido al jefe del *iwi* de su misión, pero este no había considerado aconsejable enviarlo solo como representante de los tuhourangi. Los dos ancianos de la tribu que ahora estaban sentados en el despacho de Vandermere lo acompañaban, aunque ni intervenían ni estaban interesados en las negociaciones. Aroha se preguntaba si Moana te Wairoa y Kereru te Ika no habrían estado incluso en contra de contratar a una *pakeha* en la reunión del consejo.

—¿Queréis ofrecerme este puesto a mí? —Aroha se dirigió directamente a los dos ancianos. El corazón le latía con fuerza. ¡Debía de ser increíblemente interesante trabajar en Te Wairoa, enseñarles la región a extranjeros y conversar con ellos! Esto la entusiasmaba mucho más que un puesto de profesora en la academia de la señorita Vandermere o las demás tareas que solían realizar los ex alumnos de la escuela. Conocer a gente de todo el mundo sería mucho más divertido que hacer traducciones o ayudar a inmigrantes mientras iban de despacho en despacho—. Me siento muy honrada, *kahurangi, ariki*. Me haría muy dichosa mostrar a vuestros visitantes las maravillas de vuestra tierra. Naturalmente, seré respetuosa con los espíritus.

Aroha se dirigía a los dos ancianos con los títulos formales —dama y jefe—, lo que pareció agradarles. Se miraron uno al otro brevemente. Aroha recibió su consentimiento.

—Gracias, *mokopuna* —fue cuanto dijo la anciana.

La llamó nieta. Aroha se alegró del tratamiento familiar. Moana te Wairoa le daba con él la bienvenida a la tribu.

—Por supuesto, pagamos bien —prosiguió Koro sin comentar las palabras de Aroha—. La gente hasta da propina cuando está contenta del servicio —añadió en maorí. Aroha sonrió. Koro debía de encontrar la costumbre de dar propina al personal como algo especialmente satisfactorio—. Y también pondremos a su disposición una vivienda en el *marae* o en uno de los hoteles. Es algo solitario, bueno, salvo los clientes no hay *pakeha*.

—¡A mí no me importaría! —exclamó Aroha antes de traducir lo que el joven decía a la señorita Vandermere—. Yo... me refiero a que... ¿no soy yo la única que se toma en consideración para este trabajo? —Dijo estas palabras en inglés y las dirigió tanto al maorí como a su profesora.

La señorita Vandermere los miró a ambos con severidad.

—¿Estaría usted interesado en una mujer? —preguntó al joven—. O, dicho de otro modo: ¿puedo hacerme responsable ante los padres de la joven en caso de que ella acepte este trabajo? ¿Qué hay respecto a... hum... la decencia? Es inadmisible que la señorita Fitzpatrick viva sola en un hotel.

Los maoríes se la quedaron mirando desconcertados cuando Aroha hubo traducido. Luego contestaron los dos ancianos y a continuación Koro también añadió unas palabras.

—Hasta el momento, las mujeres son las únicas guías de viaje —contestó Aroha a su profesora—. Una de ellas es la madre del señor Hinerangi. Vive con su marido y sus hijos en una casa grande. Sugiere que podría vivir allí si lo prefiero a un hotel. Mis padres no pondrían objeciones. Por favor, señorita Vandermere, ¡recomiéndeme para ese puesto!

Moana te Wairoa y Kereru te Ika debieron de percibir la urgencia en su voz. La mujer dijo unas palabras rápidas a Koro. Mientras la directora todavía jugueteaba con su pluma a la expectativa, el joven se volvió a Aroha. Habló en inglés, por lo visto tenía interés en que la señorita Vandermere lo entendiera.

—Moana Te Wairoa representante de jefe tribal. Dice que da igual que señorita Fitzpatrick sea hombre o mujer. Da igual que esté recomendada o no recomendada. —Miró a Aroha—. Si quieres el trabajo, *wahine*, ¡ser tuyo!

La anciana maorí se puso lentamente en pie para intercambiar un ceremonioso *hongi* con Aroha. Las mujeres juntaron narices y mejillas: el contrato entre Aroha Fitzpatrick y la tribu tuhourangi se formalizó de ese modo.

Koro Hinerangi esperaba a Aroha delante del portal de la academia, a la hora en que acababan las clases. Estaba escondido detrás de una de las columnas que flanqueaban la señorial entrada. Al parecer, no quería llamar la atención. Pero Aroha lo reconoció enseguida, le sonrió y lo saludó en maorí.

—¿Me estabas esperando?

Koro asintió.

—Espero que no te moleste. Sé que para los *pakeha* no es conveniente que un hombre hable con una muchacha joven a la que en realidad no conoce.

Aroha se encogió de hombros.

—Ya nos han presentado —observó—. Y no me vas a pedir la mano, sino solo a hablar de mi trabajo, ¿no? —añadió burlona.

Delante de un *pakeha* se hubiera comportado de otro modo, pero las costumbres entre los maoríes eran más relajadas.

Koro sonrió.

—Primero haremos una cosa y dejaremos la otra para más tarde —le siguió la broma—. No, en serio, Aroha... ¿Puedo llamarte Aroha?

Aunque había tratamientos formales entre los maoríes, no se conocían equivalentes a señor, señora y señorita.

Ella sonrió.

—¡Pues claro!

—Quería volver a hablar contigo —siguió Koro—. Sin la mujer *pakeha*... —Señaló la academia.

—Y sin los ancianos —añadió Aroha.

Koro asintió y la miró como si lo hubiese pillado in fraganti.

—¿Cómo lo has adivinado? Los has tratado con mucha habilidad, Moana se ha quedado muy impresionada. Y también Kereru. Si hemos de tener relaciones con los *pakeha*, que al menos sea con alguien como tú. Tienes que contarme por qué hablas tan bien nuestro idioma y cómo es que conoces nuestras costumbres. ¿Podemos ir a algún sitio?

Aroha lo llevó a un café cercano a la escuela donde solían reunirse los estudiantes. El personal estaba acostumbrado a ver chicos y chicas juntos hablando sobre sus estudios. Aroha no se ponía en ningún compromiso si se sentaba a una mesa con Koro.

—Moana y Kereru te han acompañado de mala gana, ¿no es así? —preguntó después de haber pedido un café y un pastel. Estaba hambrienta después de la jornada—. ¿Acaso a los espíritus de las Pink and White Terraces no les resulta del todo indiferente cuántos *pakeha* van a visitarlas? —Sonrió traviesa.

Koro le guiñó el ojo.

—Podría decirse así —respondió—, si bien los espíritus son los que menos problemas plantean. Tanto mi madre como Kate Middlemass tienen excelentes relaciones con ellos.

—¿La señorita Middlemass es la segunda guía? —preguntó Aroha mientras masticaba un bocado.

A Koro eso no le importó. Las tribus tampoco daban excesiva importancia a los modales en la mesa.

—Exacto. Los visitantes *pakeha* se dirigen tanto a mi madre como a Kate, y ellas organizan las canoas y los remeros para llevarlos a ver las Terraces. Los espíritus nunca se han quejado. Pero en lo que concierne a los seres humanos... en nuestra tribu hay distintas posturas.

—¿Hay una facción a la que no le gustan los *pakeha*? ¿O que tiene escrúpulos a la hora de aceptar dinero por visitar santuarios?

Koro arqueó las cejas y apretó los labios. Era una mueca cómica, pero también un poco afligida.

—A casi todos les gusta el dinero —explicó—, solo hay uno o dos sacerdotes que advierten que la riqueza corrompe. Aroha, en el *wharenui* Hinemihi las estatuas de los dioses tienen ojos de soberanos de oro en lugar de conchas de *paua*... —Ella lo miró sin dar crédito—. Por lo tanto, en general los *tohunga* no dicen nada. La mayoría de los miembros de la tribu quisieran tener más dinero, pero desdeñan a los *pakeha*. No entienden qué quieren de ellos, ¿comprendes? Los consideran raros, y a menudo es verdad que son un poco ajenos a la realidad e ingenuos. Esto hace que sea sencillo engañarlos y desplumarlos. Es vergonzoso, pero de este modo algunos individuos de nuestra tribu se han convertido en maleantes. Otros no hacen nada ahora que la tribu es rica, holgazanean por ahí y se quedan mirando a los visitantes. Se emborrachan y mendigan.

—¿Qué opina de esto el jefe?

—Considera a los *pakeha* un mal necesario. También él quiere dinero, pero no le gusta en qué está convirtiendo a la tribu esta afluencia de visitantes. Solo que no puede hacer nada al respecto...

—Podría ordenar el cierre de las Terraces —indicó Aroha.

Koro rio.

—¿Contra la voluntad de la mayor parte del *iwi*? Lo destituirían de inmediato y eso sería lo peor que podría pasar. El *ariki* es un hombre sensato y apoya a los pocos miembros de la tribu dispuestos a recibir a los *pakeha* como huéspedes honrados y respetados, a no aprovecharse de ellos ni tratarlos con desdén, como lamentablemente hacen muchos en la actualidad. Personas como mi madre y Kate aceptan el dinero de los *pakeha*, pero les ofrecen algo a cambio. Tenemos precios fijos y razonables. Nuestra meta es poner a disposición de los huéspedes alojamientos limpios, buena comida y trato agradable. Así como mostrarles aspectos de nuestra vida. ¿Qué hay de malo en realizar un *powhiri* cada dos días para dar la bienvenida a los *pakeha*? Pero si queremos organizarlo todo mejor, ¡tenemos que poner manos a la obra pronto! Ya están viniendo los primeros blancos y construyendo hoteles cerca. Rotorua (donde hay aguas termales) ya está en manos *pakeha*. El gobierno ofrece encantado tierras a hoteleros con experiencia. Nuestra gran ventaja tan solo consiste en que las Terraces están cerca. Desde Te Wairoa se llega directamente a ellas. Y solo hay un hotel, que dirige un escocés. Las casas *pakeha* más cercanas están a unos quince kilómetros de distancia. Eso significa casi un día de viaje por carreteras mal pavimentadas...

—Las carreteras pueden mejorarse —observó Aroha.

—Exacto —coincidió Koro, sombrío—. Para cuando los *pakeha* se pongan de acuerdo con el jefe, Te Wairoa ya no tendrá ningún valor. Debemos convertirlo en un lugar más acogedor. ¿Quieres ayudarnos? Si te entiendes tan bien con los otros ancianos de la tribu como con Moana y Kereru... a lo mejor acaban por comprender de una vez de qué va esto en realidad.

Aroha sonrió.

—Entonces, ¿no solo tengo que ejercer mi influencia sobre los *pakeha*, sino también sobre el *ariki* y sus consejeros?

Koro asintió y volvió a guiñarle el ojo, esta vez con complicidad. Aroha sintió que algo en su interior se agitaba. Koro Hinerangi sabía guiñar el ojo de forma irresistible.

—Veremos entonces qué se puede hacer.

8

En las siguientes semanas, Aroha no solo estaba nerviosa por los exámenes finales, sino por el viaje que realizaría a Te Wairoa al concluir el año. La señorita Vandermere había insistido, por supuesto, en pedir permiso a sus padres antes de recomendar formalmente a Aroha. La mayoría de los viajeros llegaba a Nueva Zelanda en los meses de verano, de noviembre a diciembre. Después de hacerlo en el Milford Sound, en la Isla Sur, descendían el río Wanganui en la Isla Norte, se bañaban en los baños termales de Rotorua, una localidad del mismo nombre que el lago al sur de Ohnemutu, y visitaban las Pink and White Terraces.

Como cabía esperar, Linda y Franz habían dado el visto bueno al deseo de su hija de aceptar el puesto con los tuhourangi. Linda se alegraba de que Aroha volviese a vivir en la Isla Norte, aunque fuera tan lejos de Otaki. Planeaba ir a visitarla más adelante a Te Wairoa, eventualmente incluso con Franz.

«No tiene que ser de inmediato, a fin de cuentas las Terraces no se hundirán enseguida en el lago —escribió en una carta a su hija—. Franz habla a veces de compartir la dirección de la escuela con alguien más joven. Nuestra Pai se ha casado hace poco con un profesor *pakeha*. Los dos serían sus dignos sucesores. A lo mejor es cierto que Franz se permite hacer un viaje uno de estos días.»

Aroha respondió diciendo lo mucho que se alegraba de la perspectiva de enseñar a sus padres aquella maravilla de la naturaleza. Escribió que junto a las famosas Terraces había fuentes de aguas termales. Koro también planeaba hacer algo con ellas. A lo mejor no tardaban en abrirse hoteles y restaurantes en las inmediaciones.

Cat, por el contrario, estaba triste por la marcha de Aroha.

—Todos se van —se lamentó cuando Aroha, durante su siguiente visita a Rata Station, les contó de su trabajo.

Aroha se esforzaba, incluso durante el curso, por pasar algún fin de semana en la granja, aunque fuera para consolar a su abuela. Allí seguía reinando una atmósfera de desánimo, los Fenroy llevaban meses sin saber nada de Robin. Cat se preocupaba por él, aunque no tenía una idea clara de qué podía haberle pasado de malo. Chris y Carol decían que estaba loca. Suponían que Robin habría aceptado cualquier trabajo fuera del teatro, ya que su orgullo le habría impedido volver a casa después de haber fracasado en su empeño artístico. Era comprensible que se avergonzara de ello y que no escribiera por esa causa.

—¿Quién más va a marcharse? —preguntó Aroha para desviar los pensamientos de su abuela hacia otro tema. Y así se enteró de que Peta acudía desde hacía poco a la escuela superior de Christchurch. March también se había ido de Maori Station. Vivía con Martin Porter en Kaiapoi—. ¿Sin estar casados? —chilló—. ¿En Kaiapoi, tan cera de Christchurch? La gente debe de chismorrear.

Cat se encogió de hombros.

—Creo que la reputación que el señor Porter se ha ganado en Kaiapoi ya no puede empeorar. Se supone que las condiciones de los trabajadores en la fábrica son infernales, y como allí no hay otra salida para los inmigrantes pobres (por lo que he oído decir, los reclutan ya en el barco y los encierran en Kaiapoi antes de que puedan echar un vistazo en otro sitio) los salarios son mínimos. No sé si realmente se puede culpar de eso a Porter, pero ahora ya dirige la fábrica y dicen que es duro. Naturalmente, March también colabora. Los propietarios hasta le pagan un sueldo. A fin de cuentas, la mayoría de los empleados de la fábrica son mujeres y March hace las veces de mediadora. Aun así, Peta dice que las mujeres la odian tanto como a Porter...

—¿Qué tiene que ver Peta con eso? —preguntó Aroha.

—Es gracias a él que lo sabemos todo. Esa industrialización, o como se quiera llamar, es un mundo totalmente distinto para nosotros. De acuerdo, se trabaja la lana, seguro que de nuestras ovejas, pero no tenemos nada que ver con los trabajadores, y con las trabajadoras aún menos. Los hombres todavía pueden decidir si prefieren buscarse un empleo en una granja, pero las mujeres dependen de la fábrica de tejidos. Si Carol y yo o los Deans y los Redwood vamos a la ciudad, no las vemos. Y en los acontecimientos sociales hablamos con el otro extremo de la cadena, los empresarios industriales. Ahí no se discute de las condiciones laborales de la fábrica. Como sea, Peta las ha visto. Por obligación. Jane cree que además del bachillerato tiene que tener alguna formación práctica, así que trabaja en las vacaciones con March y Porter en la oficina.

—¿Otra vez Jane? —protestó Aroha—. ¡Peta tiene padres! ¿No son ellos los que tienen que decidir sobre su educación? ¿Qué dicen Mara y Eru de... March y Porter? De todo este asunto, quiero decir.

Cat levantó el índice.

—Te refieres a que vivan juntos sin estar casados, Aroha, ¡no lo niegues! A ti lo que te interesa es el chismorreo. —Su sonrisa le quitó dureza a la frase—. En lo que a eso se refiere, Mara y Eru se comportan como siempre: no se ocupan de él. Eru sigue los pasos de su padre. Un día lo elegirán jefe tribal y lo hará bien. Media entre Jane y la tribu, se ocupa de que en la cría de ovejas todo transcurra sin roces y nadie se sienta explotado o perjudicado. Los ngai tahu están contentos. Mara en el fondo solo se interesa por la música. Ha criado a sus hijos con amor, nunca ha hecho sentir a March cuáles fueron las circunstancias en que fue engendrada. Pero puesto que ni March ni Peta se han visto seducidos por la idea de tocar la flauta, en cierto momento Mara se olvidó de ellos, así de simple. Vive en su propio mundo, que comparte a lo sumo con Eru. Era distinta, el período que pasó con los hauhau la cambió. Está feliz con su marido, y además es muy respetada como música. Llegan estudiantes de diversas partes del país para estudiar con ella, incluso *pakeha* que se interesan por la música tradicional. Un estudioso de la costa Oeste la invita asiduamente a dictar conferencias e intercambiar ideas. Esto le interesa, se implica con fervor. Pero le da igual que March viva con Porter sin un certificado de matrimonio o qué opina Peta sobre las condiciones de trabajo en una fábrica de Kaiapoi. Lo único importante para Mara y Eru es que sus dos hijos estén más o menos contentos. Si además hacen feliz a Jane, todavía mejor. Para ella los dos son la realización de sus sueños. March se interesa por la economía, y Peta quiere ser abogado para luchar por los derechos de los obreros.

—¿De verdad? —preguntó Aroha.

Cat sonrió.

—Dice que el trabajo en la fábrica le ha abierto los ojos. Lee libros de no sé qué alemanes... Marx y Engels, y Bebel. Estos abogan por que el trabajador de la fábrica sea mejor tratado y pagado, y Peta quiere hacer lo mismo más adelante. Naturalmente, Eru y Te Haitara creen que luchará por los derechos de los maoríes, mientras que Jane espera que sea abogado economista. Peta deja que crean lo que quieran, siempre fue un excelente diplomático.

—¿Y resulta que March y Porter son unos tiranos? —Aroha por fin quiso dejar el tema del amancebamiento y abordar otros más serios—. Me cuesta imaginarlo. March... claro que no es especialmente comprensiva, ¡pero no es mala persona!

Cat se encogió de hombros.

—A lo mejor en esa fábrica no es tan fácil seguir siendo una buena persona —respondió—. Ella misma afirma que Peta exagera mucho. Dice que las condiciones en Kaiapoi son mejores que en las grandes ciudades industriales de Inglaterra o América. Lo que pasa es que en las fábricas de tejidos e hilados hay mucho polvo y ruido y el aire es insano. Esas máquinas tan caras han de estar funcionando siempre, a ser posible las veinticuatro horas del día. Los turnos de doce horas para los trabajadores son lo normal. Yo no soy capaz de emitir un juicio al respecto. Tal vez debería verlo, pero, como de todos modos no podría cambiar nada, no creo que tenga sentido preocuparme por ello. Que sea Peta quien mejore el mundo cuando sea mayor. Yo tengo mis propios problemas. Robin...

Cat empezó de nuevo a hablar de su hijo. Y Robin, pensó Aroha, no podía estar más alejado de los asuntos de una fábrica.

Más adelante, sin embargo, de vuelta a Dunedin, se dio la posibilidad de que Aroha visitase una fábrica de tejidos. Acompañó a Peta a Christchurch, donde empezaba para el joven una nueva semana escolar, mientras que ella iba a tomar el tren. Peta tenía un pequeño bote de remos con el que podía bajar y subir el río. Esto último representaba un enorme esfuerzo para un joven quinceañero pero, como todos los hombres de su familia, Peta era alto y fuerte. El chico llevó el bote hasta el medio del río y evitó con destreza los rápidos. El resto lo hacía la corriente. Así que Peta tuvo tiempo para charlar con Aroha, que le preguntó por March y la fábrica de Kaiapoi. A partir de ahí, Peta no dejó de hablar de los sueldos reducidos y las malas condiciones laborales. Al final echó un vistazo a su reloj de bolsillo. Todavía era temprano, habían partido antes del amanecer.

—Si quieres, te la enseño —ofreció solícito—. Kaiapoi está junto a la desembocadura del río, y la fábrica, cerca de la orilla. Utiliza mucha agua y la arroja después completamente sucia y apestosa al Waimakariri. ¡Eso tampoco le importa a nadie! —Peta gimió. Acababa de contar indignado que la pequeña y recogida localidad de Kaiapoi había cambiado mucho desde que estaba la fábrica.

Aroha reflexionó. El Waimakariri los llevaba rápidamente junto a orillas de cañizales y llanuras cubiertas de tussok. El escenario era tan apacible que apenas podía creer que ahí al lado ocurriese algo tan repugnante.

—Pero llegarás demasiado tarde a la escuela —objetó.

Peta hizo un gesto de rechazo con la mano.

—¿Y qué? Ya se me ocurrirá alguna excusa. Que el bote hacía agua o algo así. De todos modos, tú tienes suficiente tiempo. El tren no sale hasta las doce, ¿verdad? Llegaremos mucho antes a Christchurch.

—¿Y la fábrica? ¿Podemos entrar así sin más? —preguntó Aroha.

Era muy temprano, en efecto, la niebla matinal sobre las montañas empezaba a levantarse y las cumbres de los Alpes Meridionales todavía se hallaban entre nubes. También eso era hermosísimo. Aroha echaría de menos el paisaje montañoso de la Isla Norte. A cambio, la naturaleza junto al lago Tarawera debía de ser más salvaje, incluso había volcanes.

Peta se encogió de hombros.

—En la fábrica empieza ahora el turno de mañana —respondió—. Y seguro que March se sentirá honrada de mostrarte el establecimiento. Como el señor Porter. ¡Se sienten orgullosos de lo que están haciendo!

Aroha lidió brevemente contra su mala conciencia por incitar al joven a hacer novillos, pero al final venció la curiosidad de ver las condiciones reinantes en la fábrica y cómo contribuía a ello su prima. Aroha apenas podía creerse que March, con diecisiete años recién cumplidos, formase parte de la dirección de la fábrica. Y tampoco la creía capaz de explotar a la gente sin el menor escrúpulo.

—De acuerdo, pero no nos quedaremos mucho rato —convino al final—. Una visita corta, no una larga visita guiada. Echamos un vistazo y ya está.

Peta rio con amargura.

—Tú, sin duda, ya tendrás bastante con eso —contestó—. Pero los obreros están cautivos allí.

Kaiapoi, habitado en su origen por pescadores y emplazamiento de un pequeño astillero, no tardó en aparecer al entrar en la desembocadura del Waimakariri. Hasta entonces Aroha había pasado de largo cuando había ido a Christchurch por vía fluvial. Era más frecuente que los Fenroy cogieran su propia barca y desembarcaran lejos de la desembocadura, en la granja de los Deans. Desde allí, a caballo o en carro, se llegaba antes a la ciudad. Peta también habría debido ir con los hijos de los Deans a la escuela esa mañana. Ahora tendría que darse prisa o, ya que Aroha debía coger el tren, pedirle a William Deans que enganchara el carro para ellos. A Aroha esto le resultaba embarazoso. Pero se olvidó en cuanto Peta atracó en Kaiapoi. La Canterbury Spinning and Weaving Company no había erigido el edificio de la fábrica directamente en la ciudad, sino en las afueras, junto a la carretera que llevaba a Christchurch. Aroha se la había imaginado como una pesada y enorme mole de piedra, pero de hecho el arquitecto se había esforzado. Las fachadas, con sus ventanas arqueadas, eran sencillas pero no carentes de adornos. Solo el muro que la cercaba le daba un aspecto militar. Las máquinas de vapor ya estaban funcionando en el interior, pues de las enormes chimeneas salía humo. Alrededor del terreno de la fábrica no había edificios más grandes ni las coloridas casas de madera típicas de la región de Christchurch. En su lugar, unas cabañas diminutas y primitivas se inclinaban ante el muro de la fábrica.

—Ahí es donde viven los obreros —informó Peta—. Y no vayas a pensar que el propietario de la fábrica pone esas casas a su disposición como hacen las sociedades mineras en Europa. La compañía no se preocupa de eso y el señor Porter menos aún. Los trabajadores tienen que decidir dónde se instalan, así que se construyen algo a toda prisa. Para eso talan todos los árboles de los alrededores, los ngai tahu del lugar ya se han quejado. La gente entra en terreno maorí y eso siempre acarrea problemas.

Por lo visto, al trabajador le resultaba beneficioso instalarse cerca de su lugar de trabajo y del río. La colonia se extendía alrededor de los muros de la fábrica, como en la Edad Media lo hacían los pueblos al pie de los castillos y burgos. Por desgracia, el efecto que eso producía ahí no era aseado y acogedor como en las colonias europeas de casas con paredes entramadas que Aroha había visto en los libros, sino que daba la impresión de ser un lugar destartalado. Sin embargo, las construcciones no debían de ser viejas, hacía solo cuatro años que existía la fábrica. En las estrechas callejuelas olía a basura y excrementos. La gente esperaba que lloviera, y llovía con frecuencia en las llanuras de Canterbury, para que la lluvia arrastrase la porquería de las calles. Aunque de hecho, las dejaba enfangadas.

Peta no atracó directamente junto a la fábrica, sino en un embarcadero junto al cual se balanceaba un par de deterioradas barcas de pesca. Para llegar al edificio había que caminar un poco por la colonia. Aroha arrugó la nariz y se recogió la falda.

Alrededor de la fábrica había a esa hora mucho trasiego. Los hombres y mujeres, estas con los niños de la mano, se dirigían a la entrada. Las trabajadoras no habían de temer que su ropa se ensuciase, pues las faldas llegaban justo por encima del tobillo. Aroha se sorprendió un poco de eso. En las granjas tampoco se hacía mucho caso cuando, por ejemplo, al montar a caballo se mostraba el tobillo. Pero en la ciudad eso era considerado una indecencia.

—¿Qué hacen con los niños? —preguntó preocupada Aroha.

Había oído hablar del trabajo infantil en Inglaterra, pero eso no lo permitirían March y Porter, ¡era imposible!

—No lo sé —respondió Peta—. En cualquier caso, no trabajan para la fábrica, lo que March siempre pone como ejemplo de lo humanitaria que es la empresa. De hecho, en Nueva Zelanda hay leyes contra el empleo infantil. Está prohibido que los niños se maten trabajando. De todos modos, a nadie le importa lo que les ocurra cuando la madre y el padre se pasan todo el día atareados. Deben de buscarse a alguien que cuide de sus hijos... a cambio de dinero, claro, lo que de nuevo reduce su salario. O simplemente los dejan solos en casa. Si hay hermanas mayores que cuidan de ellos, funciona. En caso contrario... Ya se han ahogado varios críos en el río.

—La fábrica debería ofrecer un lugar donde dejarlos —observó Aroha.

Peta se echó a reír. Ya habían llegado al portal que iba engullendo racimos de seres humanos. Cat había dicho que trabajaban unas doscientas personas, algo que a Aroha también le parecía imposible.

Peta saludó al portero que dejaba entrar a los obreros y le pidió que informara a Martin Porter de su llegada. Mientras esperaban, Aroha leyó las normas de la fábrica, colgadas en un lugar bien visible de la entrada.

Cada trabajador es personalmente responsable de las herramientas que se le han confiado. Si no puede presentarlas cuando le sean solicitadas, el coste de las nuevas que las sustituyan correrán de su cargo.

Si aparecen desperfectos en alguna sala de trabajo y no se averigua quién es el causante de ellos, los trabajadores de toda la sala serán responsables de los daños.

Se castigará:

Comportarse irreverentemente con los vigilantes, molestar a otros trabajadores, la impuntualidad y las demoras, beber y comer en el puesto de trabajo, fumar, hacer ruido al entrar y salir de la fábrica...

—¡Dios mío, aquí no se puede hacer nada! —exclamó Aroha.

Se estremeció cuando del edificio salió el estridente sonido de una sirena. Los obreros se apretujaron para pasar más deprisa todavía por el portal y formar filas en el patio. Aroha dirigió su atención a las mujeres. Todas iban aseadas. Por lo que había contado Peta, Aroha se había temido que las trabajadoras fuesen con harapos, pero no era el caso. Llevaban vestidos de algodón azul marino, algunos con un pequeño motivo, topos o estrellitas de color blanco estampados. Además, llevaban delantales negros. Con los zapatos cerrados parecía que fueran de uniforme. Las obreras se protegían del frío con unos chales tejidos similares a los que llevaban las vendedoras del mercado en Christchurch o Dunedin. Pero ahí predominaban los colores oscuros. En general todo se veía más triste. El motivo no solo era la niebla matutina típica de la Isla Sur, sino también el vapor que ascendía de las chimeneas y del río. El agua que la fábrica volvía a arrojar debía de estar caliente y al entrar en contacto con la fría del río se transformaba en un vapor hediondo.

—¡Mira, ahí está March! —Aroha distinguió a su prima entre las trabajadoras. Parecía estar pasando lista, acompañada de unas mujeres vestidas como las obreras—. ¡Ven, vamos con ella!

Peta dudó unos segundos. Seguro que su hermanastra no vería con buenos ojos que él apareciera por allí con Aroha, y el portero también hizo ademán de querer objetar algo. Pero Aroha ya corría entre las filas de las obreras, saludando a March. Esta levantó la vista de la lista que había estado repasando. Sus ojos tenían un brillo emprendedor, como si estuviera impaciente por empezar la jornada laboral. Aroha se percató de que March parecía mayor ahí que en Maori Station. Llevaba su abundante cabello negro peinado tirante hacia atrás y vestía una blusa blanca de cuello cerrado y puntillas y una falda sencilla, estrecha y negra. Se había puesto sobre los hombros la chaqueta a juego. Esa anticuada indumentaria no podía, sin embargo, restarle belleza. La joven siempre llamaría la atención dondequiera que fuese. Aroha experimentó, como siempre, una pizca de envidia.

Las mujeres que rodeaban a March no lograban rivalizar con ella. Si bien había chicas muy jóvenes y guapas entre las trabajadoras, había algo en su expresión... Aroha no sabía qué nombre darle. ¿Cansancio y apatía?

—¡Aroha! —March resplandeció al ver a su prima. Un instante después su mirada se posó en su hermano—. ¿La has traído para que vea lo horrible que es esto? —le preguntó medio en serio medio en broma. Luego se volvió de nuevo hacia Aroha—. Me alegra que te hayas dejado convencer, Aroha. Martin enseguida te lo enseñará todo. Aunque deberíais haber esperado un poco hasta que él...

March se interrumpió cuando una joven llegó corriendo y casi sin respiración al patio de la fábrica y se unió a su grupo, que en ese momento se ponía en marcha con su celadora.

—¡Señora Stone! —March llamó a la joven y le mostró la lista. Luego señaló el enorme y visible reloj colocado en un muro—. Llega con once minutos de retraso. Lo siento, pero debo restarle una hora de su sueldo.

Los rasgos de la joven, que acababan de distenderse tras conseguir reunirse con sus compañeras antes de que entraran en la fábrica, se contrajeron de nuevo.

—Han sido solo nueve minutos —afirmó—. He entrado justo a las siete y nueve minutos en el patio. Por favor, señorita Jensch...

—La he marcado en la lista a las siete y once minutos —advirtió March—. Y nueve minutos es también demasiado tarde. Damos mucha importancia a la puntualidad, ya lo sabe usted.

—No he sido impuntual —se justificó la mujer—. He salido de casa a la hora correcta. Con mi marido. Él lo puede confirmar. ¡Jim...! —Miró alrededor, pero la cuadrilla de su esposo ya había entrado en la fábrica—. Tuve que llevar a los niños a la mujer que los cuida, pero no me abría y me ha costado despertarla, y... ¡No iba a dejar a los críos en la calle!

March miró a la joven con el ceño fruncido.

—¿La mujer que cuida de sus hijos todavía no estaba despierta?

La señora Stone asintió con vehemencia, parecía sorprendida de que March se dignara escucharla.

—A veces le pasa —contó—. Ella... bebe...

March hizo una mueca.

—No debería dejar a sus hijos al cuidado de una bebedora —dijo con severidad—. Podría pasarles algo. ¿Sabía que el año pasado se ahogaron dos niños en el río?

La señora Stone hizo un gesto compungida.

—Yo...

March se estaba poniendo nerviosa a ojos vistas.

—A partir de ahora, a ver si llega al trabajo a la hora —ordenó—. Hoy le perdono el retraso, pero que no vuelva a suceder.

March se volvió de nuevo a Aroha mientras la joven corría al interior del recinto sonriente y tras darle las gracias.

—Ya ves —dijo—. No somos tan inhumanos. Si alguien da una disculpa creíble por haber incumplido las normas, lo escuchamos y somos comprensivos. —Aroha se preguntó si la señora Stone habría salido tan bien librada si March no hubiera estado bajo la observación de su prima y su crítico hermano—. Entrad conmigo, os enseñaré... ¡Ah, ahí está Martin! —March dirigió una sonrisa reluciente a su compañero. Martin Porter bajaba en ese momento al patio por una escalera. El departamento de administración estaba situado en el primer piso del edificio—. Tenemos visita, Martin.

Martin Porter asintió y saludó cariñosamente a Aroha. No pareció tan entusiasmado ante la presencia de Peta, pero le tendió cortésmente la mano.

—¿Le hago yo una visita guiada o se la haces tú, March? —preguntó—. ¡Me gustaría mucho enseñarle las máquinas de vapor, Aroha, y las turbinas! Obras maravillosas de la técnica, no me canso de mirarlas. Pero, por otra parte, tengo mucho que hacer... Habría sido mejor que anunciara su visita. —En estas últimas palabras se apreció cierto reproche.

March le acarició el hombro con la mano, la insinuación de un abrazo.

—Ya lo hago yo —dijo—. Además, seguro que Aroha se interesa más por las naves de la fábrica que por las máquinas de vapor y las turbinas. Sé que las adoras, pero hay gente para la que solo son unos monstruos sucios y ruidosos...

Sonrió complaciente, y Aroha se acordó de repente de la locomotora de Greytown y de las palabras de la madre de Purahi: «Y ese monstruo... ¿no se comerá a los niños?»

—No contamos con tanto tiempo —aclaró.

Hasta el patio llegaba el ruido de las imponentes máquinas que ponían en funcionamiento todos los telares e hiladoras mecánicos. En cualquier caso, no quería acercarse demasiado a esas cosas.

—Está bien. Luego tomaremos un café en el despacho, ¿de acuerdo? —Y tras esta invitación, Porter se despidió visiblemente aliviado y volvió a subir por la escalera.

Aroha y Peta siguieron a March por los accesos de los obreros. Entraron en una especie de guardarropa. Los chales y chaquetas de hombres y mujeres estaban colgados en ganchos. Las mujeres habían dejado sus cestos y los hombres sus cubiertos de hierro sobre unos largos bancos y mesas.

—En las naves hace bastante calor —explicó March—. No necesitan chaquetas, y en cuanto a las otras cosas... No nos gusta que metan cestos o bolsas dentro. Después es difícil de controlar si se han llevado algo. —Hizo un expresivo gesto con la mano.

—¿Qué se puede robar aquí? —preguntó Aroha.

March torció el gesto.

—Carretes, herramientas, tela, lana para tejer... Hay gente que cree que simplemente lo necesita todo. Y nosotros aquí no producimos artículos de lujo, sino cosas de uso diario. Mantas, *tweed*, franela... —Aroha se preguntó cómo iban las mujeres a sacar a escondidas de la fábrica mantas y balas de tela en esos cestos tan pequeños—. En cualquier caso, los trabajadores han de tomar aquí sus meriendas, servimos dos tazas de café a cada uno.

—¡Qué generosos! —se burló Peta.

March lo miró disgustada.

—Pues sí —dijo—. Vamos a entrar, Aroha. No te asustes si al principio te parece que hay mucho ruido. Uno se acostumbra.

El estrépito que salía de la enorme nave equipada con docenas de telares mecánicos azotó a Aroha con una violencia similar a la de una maza de guerra maorí golpeada contra sus oídos. Cuando las urdimbres corrían a través de las tramas, con lo que una parte de los hilos se alzaba mecánicamente y la otra se hundía, el martilleo era atronador. A eso se añadía un calor infernal provocado por las máquinas de vapor. Decir «mucho» calor era quitarle importancia al asunto. La pulcra vestimenta de los trabajadores mostraba ya, pocos minutos después de comenzado el turno, manchas de vapor. Los rostros de mujeres y hombres estaban perlados de sudor. Aroha no pudo calcular cuántos telares había en la nave y qué hacían en concreto las mujeres que trabajaban junto a las máquinas. Las maniobras parecían sencillas, pero se repetían monótonamente. A los pocos minutos de estar allí, Aroha tenía la sensación de que nunca más podría pensar. El ruido y el calor le causaban dolor de cabeza.

March no se daba cuenta de todo ello. Conducía a los visitantes a través de las hileras de obreros, mientras se detenía una y otra vez para dar instrucciones a la gente. Ahí no acababa de funcionar bien una máquina, allá había que recoger unos hilos caídos. Una mujer que barría con una escoba tosía sin parar, y Aroha percibió la cantidad de polvo que flotaba en el aire. Durante el trabajo se desprendían de la lana unas hebras minúsculas que permanecían en el aire. Cuando a continuación pasaron a la hilandería, Aroha casi tenía la sensación de que nunca podría volver a respirar. Ahí todavía había más polvo y además apestaba a los productos químicos con que se manipulaba la lana. En las máquinas de hilar trabajaban sobre todo los hombres. Las mujeres solo ayudaban. Algunas preparaban la lana, otras limpiaban las máquinas en funcionamiento (al verlas, Aroha sintió un escalofrío por la espalda). Esos trabajos debían de ser peligrosos. Incluso alguna mujer especialmente menuda trajinaba debajo de una máquina.

—¡Los hilos se rompen continuamente! —gritó March al oído a Aroha—. Luego hay que remendarlos. Es más fácil cuando se tienen manos pequeñas y dedos finos. En Europa se encargan de hacerlo los niños.

También en la hilandería el ruido era insoportable. En la tintorería había algo más de silencio, pero el hedor era horrible. Aroha dio gracias a Dios de que March le ahorrase la inspección.

—Y si has encontrado esto ruidoso y que no podías respirar —observó Peta cuando salieron al aire libre y Aroha, aliviada, inspiró profundamente después de toser—, deberías ver las máquinas de vapor y las salas de turbinas. Ahí reina un calor achicharrante y además el trabajo es peligroso. También allí hay seres humanos.

—Exactamente como en los barcos de vapor o como los fogoneros en el ferrocarril —lo interrumpió March—. Las máquinas de vapor son el futuro, sin ellas no hay nada que funcione. Por otra parte, los hombres que las manejan no se quejan y se les paga muy bien.

Aroha pensó qué entendería March por estar bien pagado. Era imposible que los trabajadores ganasen mucho dinero, de lo contrario las mujeres no deberían ir también a la fábrica.

—Para fijar los salarios nos guiamos por las necesidades de la familia —explicó Martin Porter cuando le planteó la pregunta. Recibió a sus visitas en un amplio despacho del primer piso, con grandes ventanales que daban tanto al exterior, al río, como abajo, a las naves. Por descontado, estaba insonorizado y el ruido de las plantas de producción solo se intuía. Un asistente les llevó café y cruasanes. March se sirvió hambrienta. Aroha, por el contrario, todavía tenía polvo en la garganta. Se moría por beber agua—. Si el hombre y la mujer trabajan —explicó Porter—, se las apañan.

—¿No debería ajustarse el salario a lo que rinde cada uno? —preguntó Aroha.

Porter pareció algo desconcertado y Peta se echó a reír.

—Según August Bebel, el noventa y nueve coma dos por ciento de las mujeres trabajadoras gana sueldos más bajos —intervino—. Como media, una mujer gana solo el sesenta por ciento de lo que un hombre lleva a casa. Pero seguro que el señor Porter te dirá que las mujeres también rinden mucho menos. En especial las que con sus finos deditos reparan los hilos...

March lo fulminó con la mirada.

—Las chicas ganan aquí unos veinte chelines a la semana. Es el doble de lo que reciben los empleados domésticos.

—No se pueden comparar los hombres y las mujeres —afirmó Porter.

—En cualquier caso, a las mujeres les gusta trabajar aquí —cambió March de tema, señalando triunfal la imagen colgada en la pared. Mostraba a un grupo de trabajadoras recién contratadas. Las mujeres, tanto maduras como jóvenes, miraban serias pero con optimismo a la cámara—. Tendrías que ver lo orgullosas que están cuando reciben su primer sueldo. Pueden comprarse ropa bonita...

Peta frunció el ceño.

—E impresionar así a cualquier tipo con debilidad por la bebida que no tardará en hacerles un hijo —dijo con rudeza.

Aroha se estremeció. Era posible que Peta tuviera razón, pero Linda y Franz sin duda habrían criticado su forma de expresarse. A March, eso no la molestó. Hizo un gesto de indiferencia.

—Nosotros no somos responsables de que sean idiotas —replicó con frialdad—. Pueden quedarse solas, ahorrar dinero, obtener mejores cualificaciones y llegar a ser celadoras... En lugar de eso, se cuelgan de un borracho inútil y van trayendo un niño tras otro al mundo. ¡No irás a responsabilizar a la fábrica por eso!

Peta iba a replicar algo, pero Aroha consideró que había llegado el momento de dar por finalizada su visita. Haciendo mención al tren que debía coger, anunció su partida, para volver a darse un susto al oír la sirena de la fábrica.

—Descanso —dijo March con un deje triunfal—. Tenemos unos horarios muy regulados. Nueve horas para las mujeres y doce para los hombres. La gente puede tomarse un descanso cada dos horas, comer algo...

Como Aroha comprobó al cruzar el patio, el tentempié de la mayoría de las obreras consistía en un mendrugo de pan que tomaban con el café de malta que les servían. Puesto que ese día no llovía e incluso asomaba un poco el sol, se reunieron en el patio. Junto a la escasa comida, los cestos también contenían labores de punto y agujas. Las mujeres aprovechaban el resto del descanso para tejer ropa para su familia o para zurcirla. Mientras, hablaban animadamente entre sí. Las más jóvenes coqueteaban con los trabajadores, que formaban grupitos en el patio. Se diría incluso que se divertían.

—¿Y bien? ¿Estás de acuerdo conmigo en que eso es un infierno? —preguntó más tarde Peta a Aroha.

Las callejuelas que rodeaban la fábrica estaban desiertas. Solo un par de mujeres cuidaban de los niños. Aroha distinguió horrorizada una botella de ginebra en las manos de una.

—No sé —murmuró. De hecho, todavía le resultaba difícil hacerse una idea clara. Le dolía la cabeza después de tanto ruido y polvo—. Claro que es un trabajo duro. No sé si yo podría acostumbrarme a hacerlo. Sin embargo, March no está equivocada. Las mujeres ganan su propio dinero. No tienen que casarse a la fuerza y fundar una familia. Antes de que hubiera fábricas, no tenían más remedio. Yo también creo que están a gusto trabajando. Más que en casa y cuidando de sus hermanos hasta que se casan. Pero hay muchas cosas que no me parecen... hum... correctas.

Aroha no sabía cómo expresar lo que sentía. Entendía que no se podía detener el tiempo. Se necesitaban fábricas para producir más rápido y barato. Había más gente con mayor poder adquisitivo y que podía llevar una vida mejor. Y tal vez la industria incluso hacía a los individuos más libres. Revi Fransi le había contado cuál era en Europa la situación ante la cual su familia había escapado años atrás a Nueva Zelanda. Los campesinos de su pueblo habían sido prácticamente esclavos del *junker*. Las ciudades, con sus fábricas, ofrecían mayores posibilidades de elección, al menos teóricamente. En Kaiapoi solo había una fábrica. Si a la gente no le convenían las condiciones de trabajo, podía marcharse a Oamaru o Roslyn. Ambos lugares estaban muy lejos...

Y de pronto, Aroha entendió qué era lo que le había producido esa sensación de malestar. La fábrica ataba a las personas a ese lugar y su reglamento ejercía tanta presión sobre los trabajadores como había hecho en el pasado el *junker*.

No era justo que un Martin Porter pretendiera saber cuánto dinero necesitaba una familia para «apañárselas» y que él fijara los salarios. No era justo que una muchacha impertinente como March tuviera el poder de castigar o no, según le viniera en gana, a mujeres adultas. Aroha consideraba su comportamiento con la señora Stone increíblemente humillante. Esa mujer necesitaba ayuda, no que la amonestasen. Todavía pensaba en cómo expresar todo esto cuando Peta impuso su opinión.

—¡Claro que no es justo! En estas fábricas todo está sometido al beneficio. A March y Porter no les importa la gente. Les resulta indiferente, les da igual, por mucho que hablen de orgullo, de posibilidades de ascenso y de autonomía. ¡No te irás a creer que una de las chicas que trabaja allí pueda alquilar una habitación con su sueldo y vivir sola!

Aroha suspiró. El chico volvía a tener razón, pero si ella expresaba sus ideas la criticaría. A fin de cuentas, se basaban en la doctrina de Adam Smith: oferta y demanda. Si hubiera más fábricas que necesitaran a más trabajadores, los propietarios deberían tratar mejor a la gente.

Defendió a su prima.

—March no sabe lo que dice...

Peta soltó un resoplido.

—¡Ojalá algún día entendiera lo que está haciendo!

9

Aroha aprovechó el trayecto en tren hasta Dunedin para seguir meditando sobre la fábrica y March. No sabía exactamente qué contarle a Cat al respecto en su próxima carta. Al principio no escribió nada. Simplemente tenía demasiado que hacer, estaba en época de exámenes.

Además, al cabo de pocos días tuvo un extraño encuentro. Ocurrió una tarde de junio. Caminaba a paso ligero por Princess Street en dirección a la casa de la familia Morris. Estaba contentísima, había rendido el último examen de la academia. En un par de días le darían el resultado, pero todo había salido muy bien. Podía contar con obtener notas muy altas. En el camino intercambió unas palabras con el verdulero al que solía comprar. Este le ofreció unas peras frescas.

—¡Recién llegadas! ¡Deng, pésale una bolsa a la señorita!

El señor Peabody llamó a su empleado chino, quien se inclinó cortésmente delante de ella y llenó solícito una bolsa de fruta. Aroha lo saludó afablemente. Lo había visto ahí con frecuencia y le había comprado, aunque nunca habían conversado. Era posible que Deng no hablase nada de inglés, como la mayoría de los chinos de Dunedin. En proporción, había muchos en la ciudad. Unos años antes, cuando la fiebre del oro había disminuido y los buscadores de oro europeos se habían desplazado a la costa Oeste, la Cámara de Comercio de Otago había contratado a asiáticos de forma selectiva. Tenían fama de diligentes y pacíficos y sobre todo de estar dispuestos a seguir trabajando en las concesiones mineras ya explotadas.

Aroha se preguntó si Deng habría llegado con esa oleada de inmigrantes. Si era así, le daba pena. En ese período, la madre de Aroha, Linda, había vivido un tiempo en Tuapeka, la actual Lawrence. Joe Fitzpatrick, el padre biológico de Aroha, había creído que aún podría encontrar oro. Según Linda, había sido un tormento arrancar a la tierra el último polvo de oro que quedaba. Seguro que ninguno de los chinos que lo habían intentado después se había hecho rico.

Pero en ese momento un hocico húmedo se puso a hurgar en la mano de Aroha y ella se olvidó del empleado oriental del señor Peabody. Dirigió toda su atención a *Tapsy*, la enorme y mansa perra del verdulero. *Tapsy* solía tenderse al sol delante de la tienda de su amo y Aroha la acariciaba siempre que pasaba. A la joven le gustaba vivir en Dunedin, pero echaba de menos el trato con los animales. En la escuela de Otaki, y sobre todo en Rata Station, por todas partes se veían perros, gatos y caballos, y a Aroha le habría gustado tener en Dunedin al menos un gatito. Sin embargo, la madre de Isabella tenía alergia al pelo de los animales. Después del menor contacto con *Tapsy*, Aroha tenía que cambiarse para no provocar un ataque de asma a su anfitriona. Ahora pensó sonriente en Te Wairoa. Sin duda habría muchos cuadrúpedos en el *marae* de Koro.

Mientras pagaba las peras, Aroha dirigió unas palabras amables a *Tapsy* y le prometió llevarle la próxima vez unos huesos de la cocina de la familia Morris. Después se despidió del señor Peabody y de Deng y siguió contenta su camino. La fruta que llevaba en la bolsa le hizo pensar en otra cosa. En realidad, tendría que comprar una botella de champán para abrirla con los Morris en la cena y celebrar que había pasado su último examen. Un pequeño gesto de agradecimiento por la amabilidad con que la había tratado la familia en el transcurso de esos años.

Aroha se dirigió a una tienda de exquisiteces que había en una calle secundaria. El dependiente le recomendó amablemente qué comprar y al final ella salió con dos botellas de un champán escandalosamente caro. No necesitaba ahorrar, a partir del verano siguiente tendría un puesto fijo con los maoríes. Y también ganaría algo de dinero en los próximos meses. La señorita Vandermere le había pedido que continuara enseñando maorí hasta que se mudara a la Isla Norte. De ese modo, el idioma se seguiría estudiando en su academia al menos un tiempo más.

Llegó satisfecha de sus compras a casa de los Morris y ya estaba pulsando el timbre de la puerta cuando a sus espaldas oyó exclamaciones y gritos de indignación, así como pasos apresurados. Un perro ladraba. Aroha se dio la vuelta y lo primero que vio fue a *Tapsy*. La perra perseguía, encantada con el juego, a un hombre asustado que iba esquivando transeúntes y carros para escapar de ella. Corría empujando a la gente, que reaccionaba lanzándole invectivas. Aroha se sorprendió de que nadie lo ayudara. *Tapsy* era conocida por todo el mundo en el barrio. Sabían que era inofensiva. Luego distinguió un rostro delgado y atemorizado, en el que resaltaban los peculiares ojos rasgados de un chino.

—¡Vigila por dónde vas, chino! —le gritó el cochero de un carro.

—¡Cógelo, *Tapsy*! —gritó riendo un vecino—. ¡Pero ten cuidado, no vaya a sentarte mal eso tan amarillo!

Desde que los chinos llegaban en masa a Dunedin, procedentes de los yacimientos de oro, no eran especialmente bien recibidos.

El joven corría jadeante, intentando escapar. En ese momento se abrió la puerta de la familia Morris. El chino se acercó de un salto a Aroha.

—¡Por favor! ¡Por favor, ayúdeme! ¡Ese animal quiere matarme! —gritó en un inglés sorprendentemente correcto.

—No, hombre, ¡es solo *Tapsy*! —intentó tranquilizarlo Aroha, al tiempo que le dejaba vía libre. El hombre se coló en la casa pasando junto a la sorprendida doncella. Aroha cogió a *Tapsy* por el collar—. ¡Quieta, *Tapsy*! —ordenó—. No se persigue a la gente por la calle. ¡Os podrían haber atropellado a los dos, al hombre y a ti!

Tapsy la miraba moviendo la cola y dirigió también al chino una amistosa sonrisa canina, al tiempo que le mostraba unos enormes colmillos. El hombre retrocedió aún más hacia el interior, donde se topó con una nueva amenaza.

—¿Qué pretende usted entrando aquí sin más? ¡Como no desaparezca inmediatamente, llamo a la Policía! ¡Señor Stuart, por favor, venga! —La doncella, que por lo visto acababa de barrer, levantó la escoba hacia el amedrentado joven. A su llamada acudió el mayordomo, quien mostró su rostro más severo—. ¡Este hombre se ha metido aquí! —dijo la sirvienta excitada—. Le he dicho que se vaya, pero no obedece, se...

El oriental estaba aterrado entre el mayordomo y *Tapsy*. Sobrecogido, empezó a explicarse.

—Disculpen, por favor, que haya invadido su casa. El señor Peabody ha lanzado al perro contra mí, mi vida corría peligro y yo...

—¡Váyase de aquí! —lo interrumpió el señor Stuart, expulsándolo enérgicamente de la casa.

El oriental buscó la mirada de Aroha y vio a la perra jadeando, pero pacífica. La joven la tenía cogida por el collar.

—Señorita... a lo mejor podría usted aclarar...

—¡Primero tienen que tranquilizarse todos! —soltó Aroha—. Al final no ha sucedido nada, salvo que casi se me rompen las botellas de champán. —Sonrió y le tendió la bolsa con la apreciada bebida a la doncella—. ¿Podría ponerlas a enfriar, Teresa? Lo que cuenta el joven es la verdad. He permitido que el señor... —Miró al chino.

—Duong —se presentó—. Duong Bao.

—... Que el señor Bao entrase porque huía de la perra —prosiguió Aroha. La doncella fue a decir algo, pero Aroha no la dejó—. Sí, ya sé, *Tapsy* no es peligrosa. Pero es enorme y el señor Bao no la conoce. Me gustaría verla a usted, Teresa, si un perro como este corriera tras usted ladrando. En cualquier caso, el señor Bao ha entrado en la casa porque yo le he invitado a hacerlo, no porque se haya colado.

Stuart contrajo el rostro, molesto.

—Dudo, señorita Fitzpatrick, que el señor Morris estuviera dispuesto a dar la bienvenida a este... señor en su casa.

Aroha suspiró.

—Pues claro que el señor Morris daría acogida a alguien que huye —afirmó, aunque no estaba nada segura. Por muy amables que fueran los Morris, no confiaban ni en asiáticos ni en negros. De hecho incluso tenían sus prejuicios respecto a los maoríes. No les entusiasmaba demasiado que Aroha tuviese un empleo en el lago Tarawera, sino que más bien estaban preocupados por la joven—. Además, no he invitado al señor Bao a comer —dijo previniendo otras objeciones del personal doméstico—. Ahora mismo se irá. Y yo voy a devolver la perra al señor Peabody. El señor Bao ya puede sentirse seguro y marcharse a su casa o adonde quiera.

Agarró a *Tapsy* con firmeza. El chino pasó junto a Teresa y el mayordomo, quienes cerraron la puerta en cuanto hubo salido.

—Muchas gracias —dijo con expresión seria a Aroha—. Me... me ha salvado usted la vida. ¡No sé cómo agradecérselo!

La miró a los ojos, algo inusual en un chino. Deng y los demás mozos de los recados con los que a veces ella tenía contacto solían bajar reverentemente intimidados la cabeza frente a ella. Así que nunca había podido observar a fondo sus rostros. Duong Bao casi le recordaba a su joven tío Robin. Era más bien bajo, solo un poco más alto que Aroha. Los ojos almendrados y su tez producían un efecto extraño pero no amenazador. Aroha tampoco habría calificado de amarillo el tono de su piel, más bien broncíneo. Los ojos, de pocas pestañas, eran de un castaño claro, la nariz pequeña y recta, los labios bien formados. Si sus gestos no hubieran sido tan vivos y sus ojos tan despiertos, Aroha habría podido confundirlo con una estatua de bronce.

—Bah, no hay nada que agradecer. *Tapsy* es totalmente inofensiva. Si se hubiera quedado usted quieto y le hubiera hablado, habría dejado de ladrar. Y si se hubiese caído, le habría lamido cariñosamente la cara. Hace un momento casi se mete usted bajo las ruedas de un carro del miedo que ha pasado. No entiendo al señor Peabody. ¿Y dice que ha lanzado al animal contra usted? ¡Cómo es posible! Vamos a ver qué explica cuando le lleve a la perra. Y usted... —Aroha pensó unos segundos, su curiosidad luchaba contra su sentido del pudor. En realidad no debería ir sola por la ciudad acompañada de un joven, y aún menos de un chino. Pero se moría de ganas de averiguar qué ocurría con Duong Bao—. Podría esperarme aquí. ¿Le parece? Podríamos... tomar un café.

Duong Bao resplandeció.

—Sería para mí un honor invitarla —dijo cortésmente. Casi no tenía acento. Solo batallaba un poco con la lengua para pronunciar la erre, que se escuchaba un poco como una ele.

—Bien, enseguida vuelvo.

Aroha llevó a *Tapsy* a su casa, pero allí solo encontró a la señora Peabody, que estaba atendiendo a unos clientes. La mujer dio brevemente las gracias a Aroha por devolverle la perra. La mirada que le lanzó fue muy significativa. Aroha esperaba enterarse pronto de lo ocurrido.

Duong Bao esperaba cerca de la casa de los Morris. Abrió atentamente la puerta del cercano café a su acompañante, mientras la joven camarera lo observaba con desconfianza. Aroha se preguntó si la muchacha lo hubiera dejado entrar de no ir acompañado por ella. Aroha y la familia Morris eran muy conocidos allí. Seguramente la chica sentía curiosidad por saber qué tenía que hablar una señorita con un recadero chino. En cualquier caso, no puso ninguna objeción cuando ambos se sentaron en un rincón. Ella pidió café y él, té.

—¿Le gusta el té de nuestro país? —preguntó Aroha para iniciar la conversación—. Lo digo porque... el té viene de China, ¿no? En su país debe de ser mucho mejor que lo que toma usted aquí.

Duong Bao bebió un sorbo para paladearlo y luego sonrió.

—Al menos en Inglaterra el té es más rico que aquí —opinó—.

En Nueva Zelanda habría que tomar café. Pero me resulta difícil renunciar a los hábitos antiguos.

—¿En Inglaterra? —se asombró Aroha—. ¿No viene usted de China?

El joven negó con la cabeza.

—No directamente —respondió—. Llevo ahora dos años en Dunedin, y antes pasé diez en Inglaterra. En un internado, en Sussex, por eso prefiero el té. Y el *yorkshire pudding*. Tuve que volver a acostumbrarme al arroz y los brotes de bambú cuando me mudé aquí al barrio chino. Las ratas no forman parte de los alimentos básicos de los chinos, como señaló equivocadamente uno de los notables de esta bella ciudad. Tampoco los perros.

Aroha sonrió.

—Al parecer a *Tapsy* le han contado algo distinto —replicó—. ¿Por qué si no iba tras usted?

—*Tapsy* es... ¿el rottweiler? —preguntó el chino con el ceño fruncido—. ¿Cómo puede llamarse a un monstruo así *Tapsy*? Da igual, en todo caso el animal no tiene la culpa. Su amo lo ha lanzado contra mí. Contra nosotros dos, en realidad, Deng Yong y yo. Pero a Deng lo conoce, por eso no lo ha atacado.

—Probablemente porque no ha salido corriendo —supuso Aroha—. *Tapsy* es muy cordial. No es un rottweiler, sino un cruce. Un poco tontita, pero amable. Cuando alguien corre, se pone a correr ella también con él. —Duong Bao no parecía muy convencido—. ¿Y cómo es que el señor Peabody le ha lanzado al perro? ¿Y también al señor Yong? Es su empleado, ¿no? A mí me ha atendido un par de veces.

Duong Bao suspiró.

—Yong es en realidad su nombre de pila, pues en China el apellido se pone delante. Sí, trabaja para el señor Peabody. Desde las cuatro de la mañana, cuando va al Gran Mercado, hasta las nueve de la noche. Después de cerrar la tienda ha de limpiar. El señor Peabody le paga un chelín y medio al día, lo que no le alcanza para vivir. Yong, sin embargo, pensaba que era muy generoso hasta que la semana pasada se enteró, por casualidad, de que en Nueva Zelanda hay leyes y contratos de trabajo. Quería preguntarle amablemente al señor Peabody si esas leyes también eran válidas cuando los empleados eran chinos. Por desgracia, no sabe mucho inglés, por lo que me pidió que hiciera de intérprete. La respuesta ha sido lanzarnos a *Tapsy*. —Duong Bao torció la boca.

—Oh... —Aroha removía el café. Se avergonzaba de su compatriota—. El señor Yong debería denunciarlo —dijo—. No hay que tolerar que la gente haga esas cosas. Con los trabajadores maoríes sucede lo mismo. Creen que cuando alguien no es blanco y no habla perfectamente el inglés, pueden hacer con él lo que quieran. Mi padre ha sufrido con frecuencia desencuentros con comerciantes de Otaki. Siempre intentan bajar los sueldos, aunque todos los alumnos de mi padre hablan bien el inglés y saben escribir y leer. No hay ninguna razón para pagarles peor que a los *pakeha*. Mis padres dirigen una escuela para niños maoríes —añadió.

Duong Bao se encogió de hombros.

—Yong no sabe inglés y tampoco leer ni escribir. Ni tiene a alguien como su padre que intervenga por él. No puede elegir el puesto de trabajo. Tiene que aceptar lo que le dan, como todos nosotros. En general, se paga mal a los chinos. Yo tampoco gano más de dos chelines al día.

Ahora le llegó el turno a Aroha de fruncir el ceño.

—Pero usted habla perfectamente el inglés —se asombró—. Podría trabajar de intérprete.

Duong Bao asintió.

—Y lo hago. Pero por eso me pagan todavía peor que en la lavandería donde estoy empleado. La mayoría de las veces no cobro nada al pobre desgraciado por acompañarlo a un despacho o por mantener una conversación como la de hoy por Yong. A diferencia de ellos, yo al menos no tengo una familia en China a la que alimentar.

—¿Cómo ha llegado usted aquí? —preguntó Aroha. Sabía que era un poco indiscreta pero sentía curiosidad. El joven la fascinaba—. Si su familia pudo enviarle a un internado inglés, debe de tener una buena posición.

El chino se frotó las sienes.

—No fue mi familia la que me envió a Inglaterra, sino la Hija del Cielo, la Misericordiosa Alegría, la...

—¿Cómo dice?

El joven sonrió.

—Nuestra emperatriz —aclaró—. O mejor dicho, la emperatriz viuda y regente en lugar de nuestro joven emperador Guangxu. Cixi, así se llama, ha comprendido que China debe abrirse al resto del mundo. Por eso envía eventualmente hijos de la nobleza a países europeos para que aprendan idiomas y, de ese modo, se cualifiquen para ejercer de diplomáticos o para efectuar tareas relacionadas con el comercio internacional. Yo fui uno de los elegidos. A los diez años me enviaron a Inglaterra.

—¿Y a continuación le enviaron a una lavandería de Nueva Zelanda? —se sorprendió Aroha—. ¿Como qué? ¿Como espía chino?

A la muchacha se le escapó la risa. La idea era demasiado absurda. Seguro que Nueva Zelanda no tenía ni secretos militares ni de lo que fuera que valiera la pena espiar. Y desde luego ninguno que estuviese guardado en una lavandería de Dunedin.

Duong Bao la miró afligido.

—No —contestó con gravedad—. Mi viaje a Nueva Zelanda no responde al deseo de la emperatriz viuda. Fue más bien... Supongo que no habrá oído usted hablar de la rebelión Taiping, ¿me equivoco? —Aroha negó con la cabeza—. Fue antes de que usted naciera. Pronto hará treinta años. Un hombre de Cantón llamado Hong Xiuquan suspendió tres veces los exámenes para ocupar el cargo de funcionario y se lo tomó como una ofensa por parte de la casa imperial. Después de estar en contacto con un misionero cristiano tuvo visiones religiosas, unió el taoísmo y el cristianismo y un par más de creencias y llamó a la revolución. Al final dispuso de un ejército combativo y conquistó una buena porción de tierra. En el transcurso de diez años perdieron la vida cien mil hombres. Al final, los ingleses y franceses intervinieron en favor de la emperatriz. Las tropas imperiales vencieron. En 1864 murió

Hong y los generales y dignatarios de su imperio fueron ejecutados o huyeron.

—¿Y? —preguntó Aroha. Seguía sin entender qué tenía eso que ver con que Duong Bao hubiera acabado en una lavandería de Nueva Zelanda.

—Uno de los hombres de Hong era mi padre —contestó el joven—. Pudo salvarse porque ya se había separado de los rebeldes hacia 1860. Adoptó otro nombre, aprobó el examen para ser funcionario, se casó con una mujer de la nobleza y se convirtió en una persona imprescindible en la corte de la emperatriz viuda. Nuestra familia era rica y muy respetada, pero, naturalmente, en una posición así uno no solo hace amigos. Uno de los adversarios de mi padre logró enterarse de su secreto. La emperatriz Cixi... bueno, ella montó en cólera. Mi padre se suicidó antes de que lo procesaran. Ignoro lo que ha sido de mi madre, de las concubinas y del resto de los hijos de mi padre. A mí enseguida me llegó la orden de que volviera de Inglaterra. Por fortuna, recibí un aviso antes de obedecer a la llamada. En lugar de regresar a China, me compré un pasaje para el primer barco de emigrantes que zarpara. Que me trajera a Nueva Zelanda es cosa del destino. En otro caso, podría haber desembarcado en América o Australia.

—Pero... ¿qué tenía usted que ver con eso? —se sorprendió Aroha—. Usted nació después de la rebelión y su padre ya se había declarado contrario a ese... Hong antes de su caída.

Duong Bao soltó un resoplido.

—La emperatriz no se preocupa por esas cosas. Cuando alguien cae en desgracia, cae toda su familia. Y su poder llega lejos. En Inglaterra tampoco estaba seguro. Así es que ahora lavo ropa por un sueldo de pena en Dunedin y me persiguen los perros por las calles. Respecto a esto, me ha convencido usted: comparada con nuestra Misericordiosa Alegría, su *Tapsy* es absolutamente inofensiva.

Aroha sonrió.

—De todos modos, me extraña que no encuentre usted un trabajo mejor —dijo—. Se buscan desesperadamente traductores en todas las lenguas posibles.

Duong Bao se encogió de hombros.

—Creo que aquí no hay nadie que quiera conversar largo y tendido con los chinos —respondió—. La gente desconfía de nosotros. Porque tenemos otro aspecto, porque la cocina es distinta y porque... Sabe, la mayoría de los inmigrantes vienen aquí para establecerse. Se traen a sus esposas e hijos, y su objetivo más importante es obtener una parcela de tierra. Entre los chinos no es así, lo que de nuevo está relacionado con nuestra maravillosa emperatriz. Los dioses la recompensarán por todas las cosas buenas que ha dado a nuestro pueblo... —juntó las palmas y levantó la vista al cielo— pero ella no ve con buenos ojos que las familias se marchen del país. Así que los hombres llegan aquí solos con la intención de ganar mucho dinero para luego regresar a casa. Pero resulta que no es tan fácil, lo que hay que agradecer a su gobierno. —El tono de Duong Bao se volvió amargo—. Desde hace unos años grava a todos los chinos que regresan al país con un impuesto de inmigración de diez libras. Así que los hombres no solo deben reunir el dinero para el pasaje del barco, lo que ya les resulta difícil. Como consecuencia de todo eso, piden prestado dinero, a menudo a miembros de la familia más ricos, tíos o primos. Aunque de vez en cuando también a prestamistas profesionales que no conocen la piedad. Exigen que se paguen los plazos incluso aquí mismo, mientras que allá los parientes presionan a la esposa que permanece en el país. El deudor no se salva en ningún caso. Por regla general se tarda años en pagarlo todo. Y, naturalmente, durante ese tiempo ninguno de esos pobres desgraciados tiene tiempo ni ganas de aprender inglés. Los hombres no salen de su ámbito, se alimentan de arroz y unas pocas verduras y trabajan duro. No dan motivo para que se los persiga, pero su conducta resulta simplemente extraña para la gente de aquí. Y siempre se rechaza lo que no se conoce.

La muchacha reflexionó.

—Por supuesto. Lo lamento por sus compatriotas. Pero, a pesar de todo, en usted veo una excepción, señor Bao.

—Duong —la corrigió el oriental—. Tal como le he dicho, nosotros colocamos el apellido delante. De todos modos, sería para mí un honor que me llamara usted por mi nombre de pila.

Aroha asintió y le tendió la mano.

—Entonces usted... tú... tendrías que llamarme Aroha. Por cierto, es un nombre maorí. Tal vez deberías recordarlo. Se me acaba de ocurrir una idea. ¿Hablas otras lenguas además del chino y el inglés?

Bao le contó que también se expresaba bien en francés y ruso, tal como había intuido Aroha. La emperatriz insistía en que los alumnos a los que enviaba fuera aprendieran lenguas extranjeras. A continuación, informó a Bao acerca de su nuevo empleo en Te Wairoa.

—Apuesto a que allí también habrá algo para ti —añadió—. Y aunque sea un empleo de camarero o en la recepción de un hotel, seguro que te pagan mejor que por trabajar en la lavandería.

Bao arqueó las cejas.

—Lo dudo —respondió—. Siempre pagan mal a los chinos.

Aroha negó con la cabeza.

—¡Los maoríes no! —declaró categóricamente—. A ellos les da igual el color de tu piel. Salvo tal vez a un par de chicas que te harán proposiciones porque les gustaría tener un hijo de piel amarilla y ojos rasgados. —Sonrió—. En serio, los maoríes son distintos. Y las mismas tribus dirigirán una parte de los hoteles en los alrededores de las Pink and White Terraces. Necesitan personal que hable bien inglés. Si además habla también francés y ruso, se alegrarán mucho. ¡Segurísimo que te contratan!

10

Aroha pasó los últimos meses de invierno y los de primavera relativamente tranquila. Sus clases estaban a rebosar. No necesitaba prepararlas especialmente, ya que enseñaba maorí desde que había empezado a estudiar en la academia y hacía tiempo que tenía redactados los borradores de las clases. Lo que sí requería más esfuerzo eran los preparativos de la boda de Isabella. La joven deseaba celebrar una fiesta por todo lo alto y sus padres estaban dispuestos a satisfacerla. La amiga pidió a Aroha que la acompañara a ver el mejor hotel de Dunedin, donde, al echar por casualidad un vistazo a la cocina, Ahora volvió a ver, para su sorpresa, a su conocido chino, Duong Bao. Consiguió intercambiar rápidamente unas palabras con él antes de que el cocinero del hotel se diera cuenta y, así, se enteró de que había dejado su puesto en la lavandería para trabajar allí lavando platos. No estaba mucho mejor pagado, pero al menos no tenía que estar inspirando esos vapores tóxicos. Bao había adquirido una alergia a los blanqueadores y quitamanchas. Aroha repitió su propuesta de que viajara con ella al norte y esta vez él pareció tomarla más seriamente en consideración.

El día antes de la boda, Aroha, que estaba inspeccionando por indicación de su amiga los adornos florales del hotel, consiguió reunirse unos minutos con Bao. Se había decidido a ir con ella a Te Wairoa. Faltaban todavía seis semanas para la partida, tiempo suficiente para realizar los preparativos necesarios. Aroha estaba segura de que Bao encontraría un empleo cualificado cuando ella se lo presentara a los maoríes.

Casi se alegraba más de ello que de la boda de su amiga. Personalmente no compartía el entusiasmo de Isabella por su novio: George Trouth era demasiado conservador para su gusto. Pese a ello, Isabella avanzó feliz hacia el altar del brazo de su futuro esposo y bailó toda la noche. Disfrutó del «día más hermoso de su vida» desde que se puso el traje de novia hasta que lanzó el ramo.

Aroha puso cuidado en no cogerlo...

La familia Morris al completo acudió a despedir en el puerto a la joven que durante tantos años había hospedado en su casa. Y se sintieron desconcertados cuando Aroha embarcó hacia Auckland en compañía de un joven que, aunque muy educado, tenía los ojos rasgados. Buscando un enlace directo, Aroha se había decidido por la ciudad grande más próxima a las Pink and White Terraces. Sin embargo, tanto los Fenroy como sus padres la habían invitado a que pasara con ellos un par de días antes de empezar su nuevo trabajo, pero eso habría significado llegar a la región de Tarawera por tierra y realizar largos viajes en tren. Algo que ella seguía evitando.

Bao viajaba en el mismo barco, pero no en segunda clase como Aroha, sino con el pasaje más barato posible. Apenas llevaba equipaje, todas sus pertenencias cabían en un pequeño hatillo.

—Creo que casi no nos veremos durante la travesía —señaló él cuando se despidió de Aroha en el muelle.

—Mejor así —gruñó el señor Morris—. Debo decir que me has decepcionado un poco, Aroha. Primero maoríes, luego chinos... Yo no permitiría que mi hija tuviese tales compañías. Aún tendré que dar gracias de que no hayas acabado cubriendo de vergüenza nuestra casa...

Aroha no comentó nada al respecto y se limitó a darle otra vez las gracias por su hospitalidad. A continuación abrazó a Isabella, que la miraba casi con envidia. La amiga había comprendido a esas alturas que junto a su marido no podría llevar el tipo de vida que tanto había soñado, con profesiones que ella misma eligiera, viajes y contactos con personas de diversas nacionalidades. George había aceptado un puesto de docente en una escuela de Queenstown y permitía que Isabella ganase algo de dinero traduciendo novelas femeninas populares. Que trabajase fuera de casa era impensable.

—Vendrás a verme, ¿verdad? —pidió Aroha a su amiga.

Isabella asintió con escasa convicción. Las dos sabían que eso nunca sucedería.

La travesía en barco transcurrió sin incidentes. Aroha aprovechó el tiempo para informarse sobre el turismo en Nueva Zelanda en general y en el entorno de Ohinemutu y el lago Tarawera en particular. Quería averiguar todo lo posible sobre los visitantes —*manuhiri*, los llamaban los maoríes— antes de ocupar su puesto en Te Wairoa. Así que se puso a leer crónicas de viaje y se enteró de quién había sido el príncipe inglés que había mencionado Koro. En 1870, el príncipe Alberto había visitado Nueva Zelanda y lo había descrito como un país maravilloso. Desde entonces, el estado insular se había convertido en una parada obligatoria en el viaje alrededor del mundo (que como mínimo duraba seis meses) que los miembros de la clase alta inglesa o americana no tenían más remedio que hacer para conservar su rango social. Aroha se enteró de que los ingleses eran en su mayoría aristócratas, mientras que entre los americanos también había industriales, comerciantes o rancheros que se habían hecho ricos y se permitían el viaje o, con mayor frecuencia, se lo regalaban a sus hijos. En una pequeña librería de Dunedin había descubierto la primera guía de viajes de Nueva Zelanda escrita por Thorpe Talbot. Aroha averiguó que Thorpe Talbot era el seudónimo de Frances Ellen Talbot, quien vivía en Dunedin. ¡De haberlo sabido antes hubiera ido en busca de la escritora! Ahora tendría que bastar la lectura del librito y ella misma pronto vería cómo se relacionaban los maoríes y sus huéspedes.

Linda no quiso renunciar a dar la bienvenida a su hija en Auckland. Reservó una habitación en un buen hotel y estaba decidida a aprovechar cada minuto del precioso tiempo de que dispondrían para hablar con Aroha, ir de compras y visitar la ciudad. Había pasado mucho tiempo desde la última vez que se vieran. Linda sorprendió a Aroha esperándola en el muelle y saludó sin recelo al joven Bao. El muchacho había vuelto a reunirse con su nueva amiga y parecía agotado. Durante la travesía, Aroha no lo había visto ni había sabido nada de él, los pobres pasajeros del entrepuente permanecían estrictamente separados de los de primera y segunda clase. Mientras Aroha había disfrutado contemplando los delfines y las ballenas, leyendo sus guías de viaje y conversando con otros pasajeros, los compañeros de travesía menos adinerados habían tenido que apañárselas con las penosas condiciones de vida del fondo del barco. Bao ofrecía un aspecto desaseado y parecía no haber descansado. Se extendió en disculpas por su apariencia desaliñada.

—No había ninguna posibilidad de lavarse —explicó con repugnancia—. Y por eso, me temo que los piojos y las pulgas...

Linda le sonrió comprensiva.

—Lo siento, señor Duong. ¿Tiene ahora al menos un lugar conveniente donde alojarse? Aroha no ha dicho nada, de lo contrario habría reservado una habitación también para usted.

Bao negó con la cabeza.

—Habría usted tenido problemas para que un hotel le diera una habitación para mí —observó—. Sin contar con que no habría podido pagarla. Pero encontraré alojamiento en el barrio chino de la ciudad. Sin duda habrá casas de baños, así que espero poder presentarme ante usted con un aspecto más pulcro.

Y, dicho esto, se despidió y emprendió el camino a pie hacia la ciudad.

—Es muy amable, este Bao —dijo Linda cuando se marchó con Aroha en el coche de punto—. Aunque demasiado discreto. Al menos podríamos haberlo llevado con nosotras en el carro.

Madre e hija pasaron, tal como habían planeado, unos días muy bonitos en Auckland. Las dos se divirtieron yendo de compras por Queen Street y haciendo excursiones por los alrededores, pero también preguntaron en todos los teatros de la ciudad, como era su deber, por Robin Fenroy. Lamentablemente, la búsqueda no dio fruto. Ni el joven había pedido trabajo en ninguna compañía ni nadie había oído hablar de la Carrigan Dramatic and Comedy Company. Y nadie conocía a un actor llamado Carrigan.

Acababan de dejar el primer teatro en el que habían preguntado por Robin y la compañía cuando Linda se detuvo de repente.

—¿Qué pasa? —preguntó Aroha.

—Seguro que me equivoco —dijo Linda—, pero ese nombre... Conocí en una ocasión a una tal Vera Carrigan. Cuando... cuando todavía estaba con tu padre.

Aroha se volvió hacia su madre, alarmada por su tono.

—¿Y qué? —preguntó cuando Linda no siguió explicándose.

Linda no respondió de inmediato. Luego, habló con una rabia inesperada:

—¡Era la criatura más malvada que jamás haya conocido!

Aroha arrugó la frente. En general, su madre era prudente a la hora de expresarse. De hecho, nunca la había oído juzgar de modo tan duro a nadie.

—¿Hubo algo entre mi padre y ella? —preguntó sin rodeos.

Linda sonrió irónica.

—Y encima volverán a atribuir a los celos todo lo que diga sobre ella. Ya sucedió así entonces. Si bien nadie, absolutamente nadie, sabe si Vera y Fitz mantuvieron relaciones íntimas. Ni yo ni ninguna otra persona los vimos jamás tocarse siquiera con cierta confianza. Salvo por eso, había algo entre ellos, sí. Un lazo extraño, casi inquietante, muy difícil de describir. Vera todavía era muy joven, quince años recién cumplidos, él le doblaba más o menos la edad. Les gustaba representar que era una relación paternofilial.

Pero era distinto. Fitz parecía un esclavo de ella. Vera no podía hacer nada mal, siempre tenía razón, siempre obtenía lo que quería...

—¡Pero entonces sí que estabas celosa! —se le escapó a Aroha, y al instante le supo mal porque los intentos de Linda por justificarse casi parecían desesperados.

—¡No, no lo estaba! No en ese sentido, nunca tuve la sensación de que se tratara de una mujer más bonita o más interesante que yo. Vera no era ni una cosa ni la otra. Era una cría malhumorada, huraña y taimada: para que no te gustara Vera Carrigan no hacía falta ninguna rivalidad, Aroha. Me sentía más preocupada que celosa, pues continuamente inducía a Fitz a hacer cosas que perjudicaban nuestra existencia. Vivíamos en Taranaki como colonos militarizados, ya lo sabes, y Fitz tenía deberes que cumplir. No le gustaba, era un aventurero y se atenía con desgana a las reglas. Vera reforzaba su rebeldía. Al final, ella fue la culpable de que lo echaran del ejército.

—Pensaba que era por cobardía ante el enemigo —señaló Aroha, asombrada.

Linda asintió.

—De acuerdo. Pero fue ella quien lo condujo al escondite cuando atacaron los guerreros hauhau. Sabiendo que me lanzaba a mí y mi bebé recién nacido a los lobos.

—Él no debería haberla seguido.

Linda suspiró.

—Claro que no. Tampoco tiene que ser una disculpa. Pero ella influía tanto... Era muy buena influyendo en la gente. Mentía con una naturalidad y una seguridad que incluso es difícil encontrar entre adultos. Nunca hubiera creído capaz de tal astucia a una adolescente de quince años.

Aroha se acordó de repente de otra historia. También la anciana Omaka había contado la historia de una joven que para ella era la encarnación de la maldad.

—¿Fue ella la que hizo talar el árbol de Omaka? —inquirió.

Linda asintió.

—No sabía que te había hablado de ello —dijo a media voz.

Luego volvió a subir el tono—. Bien, ahora ya lo sabes. Vera Carrigan llevó a todo un grupo de *military settlers* a destrozar a hachazos el antiquísimo árbol kauri y quemar su madera. Con el objetivo de ofender a Omaka, para quien ese árbol era sagrado. Era enorme e imponente: su madera habría valido una pequeña fortuna, si se hubiera tratado bien y se hubiese vendido en Wellington. Pero los hombres destruyeron el árbol en una orgía de violencia, enardecidos por una joven rabiosa. Renunciaron al dinero porque así lo quería Vera Carrigan. —La voz de Linda tenía un tono estridente.

Aroha reflexionó sobre la historia. La demonización de la joven Vera le parecía exagerada. Sin embargo, ni Omaka ni Linda eran conocidas por sus diatribas violentas, y no había duda de que el kauri había sido destruido.

—¿Y tú crees que esa Vera... tal vez tenga que ver con la desaparición de Robin? —preguntó.

Linda negó con la cabeza.

—No, no lo concibo. Aunque... es un poco raro, pues lo último que oí decir de ella fue que trabajaba de actriz. Fitz se jactaba de ello cuando nos volvimos a encontrar. Vera y él habían dejado Taranaki juntos, pero luego Vera se unió a una revista de variedades en Auckland. Se metió hábilmente al director del teatro en el bolsillo. Según Fitz, le esperaba una carrera como la de Sarah Bernhardt. Naturalmente, no me creí ni una palabra de todo eso.

—Pero ¿podría ser? —preguntó Aroha preocupada—. ¿Podría esconderse tras la Carrigan Company? Robin solo habló de un señor Carrigan, pero la Pomeroy Company también toma su nombre de una mujer.

Linda se encogió de hombros.

—Si he de ser sincera, no lo concibo. Vera no tenía ningún tipo de formación, ignoro incluso si sabía leer y escribir. Estoy segura de que nunca había oído hablar de Shakespeare. Claro que era joven y con capacidad para aprender, pero no le gustaba trabajar. Era inconcebible que invirtiera energía y dedicación suficientes para realizar un estudio de la interpretación como hizo Robin.

No, pero sí puedo imaginar que en ese teatro de variedades moviera un poco las piernas, y es muy probable que ni siquiera eso. Veo más factible que el director del teatro hiciera de ella una «actriz», al igual que Fitz la presentaba como hija de acogida. Porque ninguno de ellos se atrevía a calificar a Vera Carrigan simplemente de lo que era: una... chica que se vendía. —Linda consiguió en el último momento no pronunciar la palabra «puta».

Aroha podría haber planteado muchas preguntas más acerca del tema Vera Carrigan, pero se abstuvo. Se encontraban delante del hotel y Linda no querría hablar de por qué consideraba una prostituta a Vera aunque su marido, por lo visto, nunca la había tocado.

Las dos mujeres se olvidaron del tema cuando el recepcionista no solo les tendió las llaves de sus habitaciones, sino también una carta.

—Un joven chino la ha traído para ustedes —informó el hombre—. Un tal señor Donck.

—Duong —corrigió Aroha. Abrió interesada la carta con la cual Duong Bao invitaba gentilmente a madre e hija a cenar en un restaurante del barrio chino de Auckland. Para él sería un placer llevarlas allí la noche siguiente, su última en la ciudad—. «La señorita Aroha ha expresado varias veces su interés por la cocina de nuestro país —leyó Aroha en voz alta—, si bien mi propio arte culinario se reduce, como es sabido, al *yorkshire pudding* y al *roastbeef*. Pero en esta bonita ciudad he encontrado alojamiento en una pensión cuya patrona prepara unos excelentes platos cantoneses. Por supuesto, las recogería en su hotel y las acompañaría de vuelta, para que no recorrieran sin protección nuestro barrio, para ustedes tan ajeno.» —Aroha miró a su madre—. ¡Qué propuesta tan amable!

Se alegraba de verdad y, naturalmente, Linda también. Irían con su nuevo amigo al extraño mundo que representaba para ellas el barrio chino de Auckland. Ambas eligieron su vestimenta para la ocasión y Bao (observado con recelo por todos los empleados del hotel) les dirigió unas amables palabras de elogio cuando se reunió con ellas en la recepción. Poco después conducía a madre e hija por las estrechas callejuelas adornadas con farolillos y banderillas de colores. En las entradas de las casas se acuclillaban unas pequeñas estatuillas de dioses gordinflones a los que, al parecer, había que seguir cebando, pues delante tenían platos con alimentos.

—De este modo honramos a nuestros dioses y nuestros antepasados —explicó Bao—. Cada casa tiene su propio santuario.

Sin embargo, los hombres que allí con tanto afecto cuidaban a sus deidades, estaban más bien flacos. Y la patrona de la pensión a la que Bao condujo a las mujeres parecía ser la única mujer de todo el barrio. Como casi todos los habitantes de Chinatown —así llamaban a la colonia china de Auckland—, no hablaba ni una palabra de inglés, pero saludó a las recién llegadas respetuosamente y enseguida les sirvió unos manjares con los más diversos aromas. Además, no se utilizaban platos, sino cuencos, y en lugar de cuchillo y tenedor, unos palillos.

—Ya hay algunas muchachas chinas en Nueva Zelanda —señaló Bao mientras enseñaba a Aroha a coger los trozos de carne y verdura con los palillos y a llevárselos a la boca—. Hace dos años se hizo un recuento. Había nueve.

—¿Nueve? —Aroha no se lo podía creer—. ¿Y con quién se casan los hombres chinos aquí?

Con esa pregunta planteada en tono travieso, Linda se quedó mirando a ambos jóvenes. ¿Estaría surgiendo algo entre su hija y ese muchacho chino? Al observar el rostro de su hija, se tranquilizó. Aroha simplemente sentía curiosidad y se divertía probando las variadas comidas, la mayoría muy picantes, e iniciándose en el manejo de los palillos. En cuanto a Bao, no estaba tan segura. Le resultaba difícil comprender los gestos de los asiáticos, pero el resplandor de sus ojos y la atención que dirigía a cada deseo de su hija no dejaban duda de que el joven se estaba enamorando de ella.

Linda se preguntaba si podía permitir sin escrúpulos que los dos siguieran viajando juntos, pero al día siguiente, cuando llevó a Aroha al puerto, sus temores desaparecieron. Koro había sugerido a Aroha que emprendiera el viaje a Ohinemutu junto con un grupo de visitantes ingleses y americanos.

«Hay agencias en Auckland que los organizan en colaboración con agencias inglesas y americanas, claro. Estarán encantados de llevarte con ellos —había escrito el joven maorí—, solo tienes que comunicarnos cuándo quieres viajar. Les hemos informado de tu cargo. Están muy contentos de tener en Te Wairoa una interlocutora *pakeha*. Y si viajas con los *manuhiri*, vivirás la llegada desde su óptica. Estoy seguro de que eso será interesante para todos.»

Aroha acudió puntualmente al vapor que partía hacia Tauranga, después de haber desayunado con Linda y tras una larga despedida. Un empleado de la agencia la presentó a quince excitados viajeros ingleses y americanos que ya esperaban a zarpar. Conversaban animadamente sobre las paradas que habían hecho hasta entonces en su viaje, los monumentos de París y Roma y las bellezas naturales de la Isla Sur de Nueva Zelanda. Enseguida acogieron a Aroha. La mayoría de los viajeros de más edad se alegró de la joven compañía, y dos muchachos que viajaban solos intentaron flirtear con ella.

Subir a Bao en el barco fue más complicado. El representante de la agencia declaró que no se hacía cargo de él. Sin embargo, estaba de acuerdo con Aroha en que contar con un colaborador políglota en Te Wairoa sería, con toda certeza, positivo, pero que aun así no podía ofrecerle ningún camarote junto a los adinerados trotamundos. Al final, Bao arregló el asunto por su cuenta hablando con el capitán y pidiéndole un lugar donde dormir en la cubierta o bajo cubierta. Estaba dispuesto a pagarse la travesía ayudando en el barco, dijo.

Durante el viaje, Aroha lo vio varias veces fregando la cubierta o colaborando en otras tareas. Eso la avergonzaba un poco, pues ella iba disfrutando con los otros viajeros de comidas exquisitas y de la vista de los acantilados de Waiheke Island y las playas de ensueño de la Coromandel Peninsula. Cuando hacía buen tiempo colocaban unas tumbonas en la cubierta para los pasajeros. Pese a todo, Bao estaba de buen humor y la tripulación contenta con él.

—Prefiero trabajar con ellos que estar encerrado bajo la cubierta —declaró cuando por fin entraron en la bahía de Plenty y vieron ante sí Tauranga, una acogedora y pequeña ciudad portuaria.

—Tauranga significa «fondeadero» o «lugar de descanso» —informó Aroha a los viajeros ingleses—. Los maoríes ya utilizaban este lugar como puerto y ha conservado su nombre original aunque está habitado mayormente por *pakeha*. Consideremos esto como un buen presagio para nuestro viaje por las tierras de nuestros indígenas polinesios. Los maoríes no son los nativos originales de Aotearoa, sino inmigrantes. Aunque llegaron aquí mucho antes que nosotros, los blancos, procedentes de una isla llamada Hawaiki...

Bao escuchó tan fascinado como los ingleses y americanos cuando Aroha disertó sobre las canoas de los polinesios y sobre las aventuras del primer colono, Kupe, que tuvo que huir de Hawaiki después de haber raptado a una mujer llamada Kura-maro-tini.

—¡Recuerda a Zeus y Europa! —exclamó riendo un emérito profesor inglés.

Pero solo a Bao le interesó la historia. Aroha confirmó que la mayoría de los viajeros de ese grupo eran americanos. No tenían demasiada cultura, pero eran abiertos y escuchaban complacidos sus explicaciones. Hasta consiguió tranquilizarlos con anécdotas de la mitología maorí cuando, poco después de desembarcar, vieron que los alojamientos de Tauranga eran muy sencillos.

—¡A cambio están ustedes más cerca de la naturaleza! —los consoló Aroha, y propuso a los viajeros más emprendedores un paseo al monte Maunganui, la montaña más representativa del lugar—. Desde allí seguro que tenemos una vista maravillosa de la ciudad y los bosques que recorreremos mañana.

Para el día siguiente estaba planeado seguir el viaje a caballo y en carro. Entre Tauranga y Ohinemutu apenas había sesenta kilómetros, pero Aroha sabía por Koro que el camino era pesado. Estarían todo el día viajando.

—Pero ahora van a construir una carretera —explicó el joven maorí que conducía al pequeño grupo de caminantes al Maunganui—. El verano que viene seguramente será más fácil llegar a Ohinemutu y a las fuentes que hay después de Rotorua.

—¡Y si no, el escenario es suficiente consuelo para tanta incomodidad! —dijo el profesor inglés señalando al sur, donde se elevaban unas escarpadas cumbres—. Las montañas... son volcanes todavía activos, ¿no, señorita Fitzpatrick?

Aroha observó divertida que los *manuhiri* ya la consideraban una guía turística. Había valido la pena leer previamente sobre la región.

—Seguro que no demasiado activos —sosegó a un par de mujeres que habían reaccionado a la observación del profesor haciendo unas preguntas ansiosas—. El grande es el monte Tarawera. Está cerca de las Pink and White Terraces. La montaña es además sagrada para los maoríes tuhourangi. Suelen enterrar a los jefes de la tribu a sus pies...

11

Por la mañana, unos carros de dos ruedas para todo tipo de terrenos y con cabida para cuatro pasajeros esperaban a los viajeros. Algunos se enfadaron por el hecho de que el transporte fuese tan primitivo, pero la mayoría estaban decididos a disfrutar de la aventura. Duong Bao de nuevo se quedó sin sitio. Tampoco había encontrado alojamiento en Tauranga y el dueño de los carros le había dejado dormir en el establo. Como no había visto antes a ningún chino, no tenía prejuicios. Probablemente tampoco habría tenido nada en contra de que viajara en un carro, pero el grupo de turistas ocupaba todas las plazas.

Esto no desanimó a Bao.

—Iré a pie y llegaré algo más tarde —le dijo a Aroha resueltamente—. Si no me pierdo. ¿Es difícil de encontrar el camino? —preguntó al joven maorí que conducía el carro de Aroha.

Este negó con la cabeza.

—No difícil, fácil. Fácil seguir camino ancho. El camino *pakeha*. Caminos maorí no anchos.

Las tierras que tenían que atravesar los *manuhiri* para llegar a las maravillas de la naturaleza pertenecían a distintas tribus. Todas tenían que dar su consentimiento antes de que se construyera una carretera y por el momento su pavimentación no había avanzado gran cosa. Un kilómetro y medio después de Tauranga, la vía se estrechaba y se convertía en una pista en parte embarrada, en parte pedregosa, toscamente trazada en el bosque y lo suficientemente ancha para que circularan los sencillos carros. Los viajeros sufrieron las fuertes sacudidas de los vehículos y, pese a las bellezas del fabuloso paisaje, con sus frondosos bosques de helechos, las cascadas y las singulares formaciones pétreas, al atardecer hasta la joven Aroha no podía más. Le dolía la espalda y lo único que deseaba era tumbarse en una cama.

Lejos de lo que cabía esperar, algunos de los viajeros demostraron ser muy resistentes. Ya entrada la tarde, las dos damas inglesas de avanzada edad todavía hablaban entusiasmadas de la exótica flora y de los pequeños lagos transparentes como cristales en cuyas aguas se reflejaban las montañas.

—¡No me sorprendería que de golpe apareciera por aquí un hada o un gnomo! —decía una de ellas.

—A lo mejor en busca de un té caliente —gruñó el profesor—. O de un masajista.

Aroha pensó en esas palabras. ¿No habían hablado de unos manantiales de aguas termales en las proximidades? A lo mejor se podía ofrecer a los *manuhiri* un día de descanso en ese lugar. Relajación a base de baños calientes y masajes, antes de emprender la excursión a las Terraces. A fin de cuentas, cuanto más tiempo permaneciera allí la gente, más dinero gastaría. Cuando comentó con las damas inglesas lo que había pensado, estas le prestaron atención. De hecho, ya había ese tipo de ofertas en los hoteles cercanos a Rotorua dirigidos por *pakeha*. Las damas habían pensado pasar en ellos un par de días de descanso después de visitar las Terraces. En cambio, los hoteles que dirigían los maoríes en Ohinemutu no tenían tan buena fama y Aroha no tardó en percatarse de que tal creencia no era producto de los prejuicios de los viajeros, sino que estaba justificada.

Ya empezaba a anochecer cuando los carros entraron en la colonia, algo de lo que los viajeros se hubiesen alegrado si no hubiesen tenido una primera impresión tan decepcionante y extraña. El poblado estaba rodeado de un pequeño seto de *raupo* como la mayoría de los *marae*, si bien nadie se había tomado la molestia de podarlo al mismo nivel. Los *tohunga* solo se habían esforzado en la configuración de la entrada, que estaba guardada por dos estatuas de dioses enormes y pintadas de rojo.

Las damas inglesas miraron con repugnancia las muecas de los *tiki*.

—¡Esto es espantoso! —exclamó una—. ¡Espíritus malignos en el país de las hadas! Y además obscenos... desnudos... y de color rojo.

—¡Dan miedo! —convino la otra, y miró los ojos de conchas de cauri brillantes que daban vida a las figuras.

—La misión de los *tiki* es proteger el poblado y asustar a los enemigos —intentó calmarlas Aroha.

A una de las americanas se le escapó un sonoro resoplido.

—Esto al menos lo han conseguido estupendamente —observó—. Una tiene de inmediato ganas de dar media vuelta y marcharse.

Más amable fue el efecto causado por los niños que estaban jugando en la calle del centro y ahora corrieron hacia los recién llegados. Aroha reconoció que llevaban una extraña mezcla de ropa tradicional y prendas *pakeha*. Iban descalzos y estaban sucios. Y se abalanzaron literalmente sobre los carros, algunos incluso se encaramaron y tiraron de las manos y vestidos de los *manuhiri*.

—*Mister, mister*, ¿tú penique?

—*Money, missis?*

—Nosotros muy pobres, *missis, mister*, nada que comer...

Los niños tendían las palmas de las manos y los consternados viajeros se apresuraron a coger sus bolsas con el dinero.

—Comprar pan, *missis*... —Un niño pequeño se subió en el carro de Aroha—. ¡Hambre!

Aroha no se creyó ni una palabra. No había ningún niño con aspecto de estar malnutrido, y además sabía por Koro lo rico que era el poblado. Seguro que ahí los niños no pasaban hambre. Todo eso no era más que teatro para que los *manuhiri* les dieran dinero. Aroha se enfadó. Se preguntó por qué los padres de los niños no les prohibían hacer eso.

—¡Sobrecogedor! —refunfuñó una americana, al tiempo que arrojaba un puñado de peniques a los niños.

Eso al menos provocó que los pequeños abandonasen el carro. Saltaron y se pusieron a recoger las monedas entre risas.

Los carros se internaron en el poblado, una extraña combinación de *marae* maorí y pequeña colonia *pakeha*. Entre los edificios destinados a reuniones y servicios, pintados de colores y bellamente adornados con tallas de madera, había unas toscas cabañas: tiendas, tenderetes de comida y hoteles. Los carros se detuvieron en la plaza de las asambleas, en medio del poblado, donde también concluía el viaje. Entre otros edificios, allí se erigía la casa de las reuniones, que habían decorado con unas tallas especialmente elaboradas. La entrada también estaba flanqueada por dos *tiki* haciendo muecas.

—¡Todavía más monstruos! —bufó otra americana—. ¿Cómo se puede rezar a unos dioses que dan tanto miedo? ¿Es esto un templo o qué?

—¿Les ofrecen sacrificios? —preguntó receloso un inglés—. Estuve en México, que, gracias a Dios, hoy en día es cristiano, aunque también es un lugar sucio, y vi unas impresionantes pirámides construidas para unos dioses igual de espantosos. Se realizaban sacrificios humanos en su honor.

Los visitantes se apretujaron inquietos alrededor de Aroha, que les explicó que las tallas maoríes podían no responder al gusto *pakeha*, pero que sus dioses no exigían, con toda seguridad, sangre de *manuhiri*.

A esas alturas, la llegada de los visitantes ya se había hecho notar y los miembros de la tribu se reunieron en la plaza alrededor de los carros. Los hombres y mujeres —vestidos del mismo modo que los niños— se apiñaban en torno a los recién llegados. Unos ofrecían lugares donde pernoctar, otros vendían piezas talladas o tejidas, los siguientes intentaban llevar a los turistas a sus puestos de comida o venderles empanadas de las bandejas que llevaban colgando.

—¿Tú sed, *missis*? ¡*Ginger ale*, como en Inglaterra!

—Muy barato, *mister*... ¿Qué dar por *hei tiki*? Traer suerte...

En miniatura, las figuras de los dioses maoríes no parecían provocar tanto espanto. Varios viajeros toquetearon los pequeños colgantes de jade o de hueso.

—¡Muy baratos, *mister*, dos chelines!

A Aroha se le cortó la respiración. Pero los maoríes también pedían cantidades abusivas por las empanadas y bebidas.

—¡Yo llevar cosas a hotel! —se ofreció un joven guerrero—. ¿Un chelín?

—¿Tú ver danza maorí? ¿Ya haber visto *haka*, *madam*? Nosotros bailar mañana. Recoger en el hotel antes de excursión a Terraces. ¡Tener que ver, *madam*, llamar espíritus!

Dos muchachas consiguieron cautivar de verdad a las damas inglesas, que se mostraron interesadas en los artículos y, para desconcierto de Aroha, empezaron a regatear como si fuesen tratantes de caballos. Los viajeros que daban la vuelta alrededor del mundo estaban acostumbrados a regatear el precio de los artículos y el coste de los servicios prestados. Maoríes y *pakeha* pronto se vieron envueltos en un tira y afloja de sorprendentes negociaciones que fueron elevándose de tono e incluso llegaron a ser agresivas en ocasiones. A Aroha le retumbaba la cabeza.

Pero en medio de todo ese lío, resonó su nombre.

—¡Aroha! He pensado en venir a recogerte aquí. ¡Para que no te vayas a la primera!

Koro Hinerangi resplandeció al reconocer a la joven. Se abrió camino hasta ella y le ofreció el rostro para hacer el *hongi* con nariz y mejillas y enseguida se sintió mejor. Koro olía a calidez y tierra, e irradiaba calma y optimismo.

El saludo a la manera maorí atrajo la atención de dos *manuhiri*.

—¡Qué interesante! —exclamó una americana—. ¿Se han frotado la nariz, no es así? Pensaba que lo hacían en lugar de besarse...

—¿Tú querer hacer? —Una maorí enseguida se interpuso entre la viajera y Aroha—. Yo hacer contigo. Enseñar a ti. ¡Un chelín!

—¿Qué circo es este? —preguntó Aroha aterrada, mientras la maorí y la americana empezaban a regatear.

La aglomeración de gente que se había formado en la plaza de las asambleas empezaba a disolverse lentamente. Los encargados de los coloridos cuatro hoteles de madera de dos plantas del poblado habían ido atrayendo a los turistas a sus establecimientos. Aroha no se explicaba qué motivos llevaban a los *manuhiri* a decidirse por uno u otro. En cualquier caso, los recién llegados seguían ahora a los hoteleros y mozos de equipajes para descansar por fin en sus habitaciones.

Koro condujo a Aroha a la pensión más distante del centro, llevando él mismo el equipaje de la joven. Los mozos debían de conocerlo y saber que no tenían opción, aunque siguieron mendigando a Aroha hasta que Koro los llamó al orden con firmeza. En la recepción del hotel volvieron a encontrarse con las damas inglesas.

—Esta casa debe de ser más tranquila —justificó una de ellas su elección.

—Es cierto —convino Koro—. Aquí nadie molestar en habitación. ¡La habitación tener llave!

Aroha se preguntó si eso no se daba por sentado en los otros hoteles. En cualquier caso, recogió aliviada la llave de su habitación. Koro subió su maleta y las inglesas negociaron con el hotelero por el mismo servicio. No estaba incluido en el precio.

—Regatean por cualquier pequeñez... —Koro suspiró mientras guiaba a Aroha por el pasillo. Entre las puertas de las habitaciones colgaban imágenes de las Terraces. Eran impresionantes, pero Aroha se planteó si verlas valía realmente el esfuerzo de hacer ese viaje—. Y además son muy cargantes. Ya verás cuando hagamos un paseo por el pueblo. ¿Cómo estás, Aroha, quieres refrescarte un poco o tienes hambre?

—Las dos cosas. Ha sido un viaje infernal. La agencia debería ofrecer un descanso más largo, incluso algún tentempié de vez en cuando. Cuando uno llega está muerto de hambre. Dame una hora, ¿vale? Luego bajo y me enseñas el pueblo.

Cuando Koro asintió, Aroha cerró la puerta de la sencilla pero aseada habitación y se dio cuenta de que en realidad ya no necesitaba descansar. Un momento antes estaba hecha polvo, pero el encuentro con Koro la había revitalizado. Empezó a cepillarse el polvo del camino y a arreglarse para dar un paseo por la ciudad. Se alegró de que hubiera una jofaina y buscó su neceser. Media hora más tarde se había lavado, cambiado de ropa y cepillado y recogido el cabello. Oliendo al perfume de flores de melocotón que se había dado el lujo de comprar en Auckland, se reunió con Koro en el vestíbulo del hotel. Vio complacida que los vivaces ojos negros del joven la miraban con admiración.

—¡Eres muy bonita! —exclamó—. Creo que los *pakeha* no dicen algo así tan directamente. Pero yo te lo digo.

Aroha sonrió.

—¡Gracias! —contestó con la misma desenvoltura y se percató de que durante todos los años pasados en Dunedin había añorado ese trato natural propio de los indígenas—. Tú también tienes muy buen aspecto. El traje de guerrero te queda bien.

Koro llevaba una falda tejida, larga hasta media pierna, cintas de piel con *tiki* y adornos alrededor del cuello, así como una capa corta, de fibras de *raupo* y plumas. Esto último seguro que era una concesión hacia los *manuhiri*. En la indumentaria tradicional del guerrero se mostraba el torso desnudo. Koro tampoco llevaba la maza de guerra y el cuchillo, de rigor en los guerreros. A primera vista parecía el representante típico de la tribu, pero todo estaba pensado para el encuentro con los *pakeha*.

—Vale la pena pensar cómo se viste uno —dijo como respuesta a la pregunta no planteada de Aroha, mientras la llevaba por la plaza de las asambleas. En las tiendas de recuerdos y los restaurantes reinaba ahora, a comienzos de la tarde, una gran agitación. Los visitantes habían descansado un poco y exploraban el poblado, conversando para ello con otros turistas que habían visto las Terraces el día anterior y ahora se disponían a emprender el viaje de vuelta a Ohinemutu—. Mi madre prefiere la ropa *pakeha*. Cree que da más confianza a los *manuhiri*. Sin embargo, los visitantes quieren saber cómo vivimos, cómo nos vestimos, qué comemos...

—Es como caminar por la cuerda floja —dijo comprensiva Aroha, y se dirigió hacia un restaurante improvisado que la atrajo por el aroma a pescado asado—. Queréis acercarlos a vosotros pero sin darles miedo. Esos bailes que se ofrecen... Los *haka* suelen ser marciales, ¿no?

Señaló a un par de muchachas maoríes muy ligeras de ropa que bailaban y cantaban en una esquina de la plaza mientras sus amigas tocaban la flauta y batían tambores. Los dos jóvenes del grupo que habían viajado con Aroha las miraban boquiabiertos. Las muchachas llevaban corpiños tejidos además de las faldas cortas de baile, pero esas blusitas mostraban más de lo que ocultaban.

Koro hizo una mueca.

—Eso siempre se vende bien —respondió con tono de desaprobación—. Y me temo que más adelante las chicas tampoco se opondrán a seguir a los hombres a la habitación de un hotel a cambio de un poco de dinero, o a llevárselos al bosque, algo que prefieren los hoteleros. Ya han tenido problemas cuando los padres de algún joven *pakeha* se han enterado de que ha ocurrido algo con su hijo o cuando algún sinvergüenza ha engañado a su esposa. Y en lo que respecta a las danzas de guerra, tienes razón, hemos tenido a *pakeha* que han huido gritando porque creían que los iban a matar de un momento a otro. Por otra parte, les gusta asustarse un poco cuando los guerreros hacen muecas y agitan sus lanzas. Lo mejor es que asistan acompañados a la danza, como a la visita a las Terraces. Prácticamente se trata de llevar de la mano a los *pakeha* y explicarles lo que dicen las canciones y lo que representan las danzas. En Te Wairoa esperamos que en el futuro tú te encargues de eso. Ese espectáculo se llama *powhiri*, si bien no incluye todo el ritual. Los *tohunga* se negarían de plano. Bailar un poco para la gente está bien y es bonito, pero acogerla ya desde un principio en la tribu... —El *powhiri* tenía como objetivo la unión del anfitrión y el huésped ante los dioses. El ritual duraba varias horas y la mayoría de los *pakeha* carecía de la paciencia necesaria para resistirlo—. En cualquier caso, nuestras representaciones son del agrado de los *manuhiri* y tampoco les pedimos mucho dinero por ellas —prosiguió Koro—. A pesar de todo, algunos pagan una pequeña fortuna por unos cuantos brincos y saltos en medio de la calle. Después se enfurecen porque se enteran de que los han timado.

Ambos habían entrado ya en el restaurante y se habían sentado a una mesa tambaleante en toscas sillas. Koro ahuyentó a un par de niños descarados que intentaban pedir dinero a Aroha.

—*Missis*, por favor, tú comer pescado y *kumara*. Nosotros hambre... ¡Un penique!

—Son los hijos de la cocinera —le contó Koro a Aroha—. ¡Y Aku sabe lo que se llevan entre manos! Lo considera un bonito ingreso adicional. No le preocupa que a los clientes la comida les sepa peor cuando los acosan unos niños falsamente famélicos. —Suspiró y dio brevemente las gracias cuando una chica desastrada les sirvió sin decir palabra unos platos de pescado y boniatos. No era un servicio amable, pero la comida parecía buena—. Los huéspedes no suelen quedar satisfechos —concluyó Koro antes de empezar a comer—. Si las Terraces no fueran tan hermosas, no vendría nadie.

12

A la mañana siguiente, el tema de conversación que predominaba entre ingleses y americanos era el desagradable espíritu comercial de los maoríes. Habían emprendido de buena mañana el viaje a Te Wairoa, a solo quince kilómetros de distancia, pero los caminos todavía eran peores que el tramo de Tauranga a Ohinemutu. Los ánimos no podían estar más bajos. Solo las dos damas inglesas conservaban su optimismo, aunque seguían indignadas con los habitantes de Ohinemutu.

—Solo quería retratar a las bailarinas —protestó una viajera que el día anterior había estado dibujando en su diario de viaje—. Un esbozo nada más. No les he pedido que posaran como modelos o algo que las molestase. Sin embargo, igual me han pedido dinero. ¡Lo único que quieren es dinero por todo!

—¿Y en qué se lo gastan? —preguntó otro viajero receloso—. ¿En comprarse ropa como Dios manda o en alimentar a sus hijos? Qué va, amigos, se lo soplan en alcohol. ¿Han visto la cantidad de borrachos que hay?

Aroha no lo había visto. Se había sentido cansada y Koro la había llevado de vuelta al hotel en cuanto acabaron de cenar. Pero él le había hablado al respecto. El abuso y dependencia del alcohol eran uno de los problemas con que la comunidad nativa tenía que enfrentarse desde que las Terraces y las fuentes curativas proporcionaban dinero en abundancia.

Aroha intentó tranquilizar a los exasperados viajeros, que también increpaban a Koro, quien, con el paso largo de los guerreros maoríes para no malgastar energía, avanzaba al lado de los carros. El joven se encogió avergonzado ante las críticas, aunque él no podía hacer nada respecto a la conducta de los maoríes de Ohinemutu.

—Ohinemutu pertenece a los ngati whakaue —se esforzaba por explicar Aroha—. Pero el señor Koro Hinerangi es miembro de los tuhourangi, la tribu para la que voy a trabajar y a la que pertenecen las Terraces. Ni el señor Koro ni su tribu son responsables de lo que ocurre con la gente de Ohinemutu.

No obstante, sabía que predicaba en el desierto. Para los visitantes de Inglaterra y América todos los maoríes eran iguales.

—En Te Wairoa nosotros intentar ser más amables —aseguró Koro—. Pero necesitar paciencia. Para gente esto es nuevo. No están acostumbrados a *manuhiri*.

A primera vista, Te Wairoa no resultaba mucho más acogedora que Ohinemutu, pero era más pequeña y de aspecto más tradicional. Los alojamientos para los *manuhiri* estaban fuera del *marae*. Originalmente allí había una misión y los edificios se agrupaban en torno a la pequeña iglesia que conservaba la comunidad cristiana de maoríes. Esto despertó cierta confianza entre los viajeros, allí no los molestarían grupos de indígenas queriendo vender cualquier cosa. Sophia Hinerangi y Kate Middlemass ya estaban listas para darles una amable bienvenida y ambas hablaban inglés con fluidez.

—No necesitan preocuparse de nada —aseguró la madre de Koro, una mujer delicada y bonita, con una larga y brillante melena y de aspecto sorprendentemente juvenil. Solo mostraba unos tatuajes alrededor de la boca, los suficientes para darle un aire exótico pero no amedrentador. Sus ojos eran tan negros y resplandecientes como los de su hijo—. Yo me encargo de la excursión a las Terraces. Para llegar hasta allí, embarcarán primero en un gran barco (un viejo ballenero que adquirimos especialmente para este fin) que los conducirá por el lago Tarawera. Después darán un breve paseo hasta el lago Rotomahana, donde unas canoas los llevarán directos a las Terraces.

—¿Y entretanto deberemos pagar y pagar? —preguntó un americano con desconfianza.

Sophia rio.

—Por supuesto que no. Ustedes pagan únicamente un precio fijo por la excursión. Y pueden elegir si desean que les guíe la señorita Middlemass o yo. Pero no intenten regatear: las dos nos atenemos al mismo precio.

La mayoría de los visitantes se decidían acto seguido por Sophia. Simplemente porque parecía más simpática que la alta y robusta Kate, quien hablaba con la misma fluidez inglés pero no tenía una voz cantarina tan agradable, sino más bien intimidante.

—Parece como si pudiese tumbar a un buey de un puñetazo —observó un joven americano que reservó plaza con Sophia.

—Es cierto. ¡Puedes sentirte seguro con ella! —Una de las inglesas maduras rio y reservó con Kate.

—Las dos siempre tenemos mucho que hacer —explicó más tarde Sophia a Aroha—. Este es un grupo pequeño, pero ayer por la mañana teníamos treinta viajeros y tuvimos que apretujarnos en las canoas. Una guía sola no lo hubiera conseguido. Kate y yo nos entendemos bien, trabajamos juntas, no una contra la otra. De ahí también el acuerdo sobre los precios. Ni te imaginas con cuánta frecuencia intenta la gente enfrentarnos a las dos para ahorrarse un par de chelines. Se quejan de los maoríes de Ohinemutu, pero son los propios *manuhiri* quienes les han enseñado a regatear. Pero deja que te salude como debe ser, Aroha. ¿Puedo llamarte Aroha ya que vas a vivir en nuestra casa? ¿O insistes en que te llamemos señorita Fitzpatrick?

Al principio, la guía turística solo había dirigido un breve saludo a Aroha para luego ocuparse de los huéspedes. Solo cuando hubo contestado a todas las preguntas y distribuido a los *manuhiri* en sus alojamientos, tuvo tiempo para la joven, a la que dio una sincera bienvenida. Aroha le aseguró que por supuesto podía llamarla por su nombre de pila.

—La mayoría de las veces hablaremos maorí cuando estemos solas —añadió en el idioma de sus anfitriones.

Sophia asintió.

—Hablas con mucha fluidez —dijo impresionada—. Como dijo Koro. —Sonrió con picardía y le guiñó el ojo a su hijo—. Ya he oído hablar mucho de ti. Al parecer hasta te has ganado las simpatías de Moana y Kereru. ¡Es todo un éxito! La mayoría de los ancianos observa con escepticismo la afluencia de visitantes; se sienten disgustados por el modo en que el dinero está transformando a la gente joven. Los entiendo, pero tienen que comprender que los *manuhiri* son nuestro futuro. Yo crecí en una misión, en Kerikeri. Conozco a los *pakeha*. No se irán un día de estos y dejarán las tierras a los maoríes. Al contrario, cada vez se irán apoderando de más y más territorio, con el argumento de que nosotros no sabemos cómo emplearlo. Si vivimos en paz con ellos y además queremos tener unos buenos ingresos, hemos de convencerlos de lo contrario. Parihaka fue un buen comienzo.

—¿Parihaka? —preguntó Aroha interesada.

—Fue un poblado ejemplar de Taranaki —explicó Sophia—, fundado por un «profeta» y veterano de las guerras maoríes, Te Whiti, que intentó defender el territorio maorí de la afluencia de colonos *pakeha*. Al principio fracasó y los ingleses obligaron a desalojar el poblado. Pero la idea sigue viva. Tenemos aquí una posición de salida mucho mejor. Si nos quitaran las Terraces habría un incidente internacional, al menos si conseguimos hacer de los *manuhiri* nuestros aliados.

—Ahora debemos llevar a Aroha a tu casa —terció Koro.

Sophia sonrió.

—Sí, debes de estar cansada. Y mañana vas con nosotros a las Terraces. Tienes que hacer la visita guiada para ir viendo cómo funciona.

La mujer cogió resuelta el equipaje de Aroha, pero Koro se lo quitó de las manos. No permitió que le privaran de acompañar a las dos mujeres a la casa de la familia Hinerangi, aunque él mismo ya no vivía allí. Había contado a Aroha que compartía con otros jóvenes guerreros un dormitorio del *marae*.

—No es que luchemos mucho —explicó—. Los otros chicos trabajan como yo para los *manuhiri*. La mayoría rema o conduce los carros. Otros hacen *hei tiki* o mazas de guerra que suelen venderse como regalos. No nos ejercitamos en la guerra. En cambio, bailamos más. Queremos ofrecer algo a los *manuhiri* en el *powhiri*. —Volvió a guiñar el ojo de aquella manera—. Yo bailo el *wero* —contó con orgullo. El *wero* era una danza de guerra que ejecutaban los mejores guerreros del poblado. Formaba parte del ritual de bienvenida y servía en sus orígenes para demostrar a los visitantes la capacidad de defenderse de una tribu—. ¡Voy a impresionarte, Aroha!

La muchacha se echó a reír. Le hacía gracia que ahora Koro flirtease con ella tan abiertamente.

—La cuestión es si los *manuhiri* te darán más o menos propinas cuando les cuentes de los tradicionales cazadores de cabezas —bromeó ella—. Ahumaban las cabezas de los enemigos, ¿no?

Sophia movió la cabeza sonriente. ¿Estaba surgiendo algo entre su hijo y la joven *pakeha*? No tenía nada que oponer. Ella misma procedía de un matrimonio mixto. La madre de Sophia era maorí y su padre, un herrero escocés. De ahí su nombre de pila inglés.

—¡Ya hemos llegado! —dijo al final, señalando una casa grande sobre una colina, fuera del pueblo—. ¡Bienvenida a mi hogar y a mi familia, Aroha!

Ofreció el rostro a la joven para hacer el *hongi*. Aroha notó la piel seca y cálida y los ásperos tatuajes, y se sintió protegida.

Tal como Koro había mencionado en Dunedin, la familia de Sophia Hinerangi era muy grande. Aroha precisó de cierto tiempo para conocer a todos los niños y adolescentes y distinguir a los que vivían en la casa, a los que ya se habían casado o a los que se habían mudado al *marae*. Sophia le presentaba en ese momento a su marido, Hori Taiawhio, y a sus hijos pequeños, que eran el puro retrato de Hori, un maorí de pura cepa, achaparrado y bonachón. Koro tenía un aspecto totalmente distinto.

—Tienes muchos hermanos —observó Aroha cuando Koro le llevaba el equipaje a la habitación del primer piso y saludaba a cuatro chicos y chicas más. Ella no pudo registrar todos los nombres.

Koro rio.

—En total somos diecisiete. En serio, lo sé, los *pakeha* no dan crédito, y aún menos porque mi madre es bastante menuda. Pero es cierto. Del matrimonio con mi padre, Koreoneho Tehakiroe, nacieron catorce, y con Hori ha tenido tres. Es una mujer digna de mención.

—¿Tu padre ha muerto? —preguntó Aroha.

El joven asintió.

—Sí, hace cinco años, en un accidente. Pero sus hijos tenemos buenas relaciones con Hori, pues se hizo cargo de nosotros como un auténtico padre. Los más jóvenes apenas recuerdan a Koreoneho.

—Yo tampoco me acuerdo de mi padre biológico. —Y se sorprendió de estar mencionando a Joe Fitzpatrick ante Koro. Le contó lo poco que conocía de él y acto seguido se sintió aliviada sin saber por qué.

Koro sonrió cuando le habló de su *maunga* en las nubes.

—Entonces es que eres la persona adecuada para trabajar con los *manuhiri* —dijo—. Tú los entenderás mejor que nosotros, que estamos sujetos a nuestro *maunga*. Ellos deben de ser gente inquieta y sin raíces, de lo contrario no buscarían la felicidad por todo el mundo.

—Yo no soy inquieta —lo corrigió Aroha.

Koro negó con la cabeza.

—Claro que no. Al contrario. Bajo el cielo de Rangi, en cualquier lugar te sientes en casa. Tan solo eres más libre que nosotros. Bailas al viento como una cometa.

«Mientras nadie me atrape», pensó Aroha. La última vez que había contado la historia de su *maunga* había sido en el *marae* de los ngati kahungunu. Había pasado mucho tiempo desde entonces, pero todavía recordaba las palabras de la abuela de Matiu: «Puede ser peligroso encarnar la cuerda que sujeta la cometa que los dioses anhelan...»

Tras la muerte de Matiu, se había prometido no volver a enamorarse. Se preguntó si pondría a Koro en peligro al no cumplir con su palabra.

Sophia Hinerangi no había exagerado. La excursión a las Pink and White Terraces estaba tan bien organizada como había asegurado a los turistas, que estaban de mejor humor que el día anterior. Koro había reunido a sus amigos la pasada noche y todos habían cantado y bailado para ellos, contentándose con las propinas que los extranjeros les dieron voluntariamente. No habían obtenido mucho, contó uno de los remeros a Aroha. Sophia tenía razón. Los anglosajones no eran especialmente generosos.

En cualquier caso, los grupos de Sophia y Kate se repartían en ese momento dentro del ballenero, impulsado por doce jóvenes y alegres remeros maoríes. Cantaban y charlaban durante la travesía, el ambiente era relajado y estaba cargado de expectativas. El tiempo también ponía su granito de arena. Si bien el día anterior el cielo había estado encapotado y había llovido, esa tranquila mañana de noviembre salió el sol. No hacía viento y la embarcación se deslizaba casi en silencio por un lago orlado de bosques y costas rocosas y sobre el cual se erigía el monte Tarawera, que obraba un efecto casi amenazador.

—¿Es cierto que puede producirse una erupción en cualquier momento? —preguntó amedrentada una americana, señalando el volcán.

Sophia sonrió tranquilizadora.

—Eso dicen los científicos *pakeha*. Nosotros los maoríes no recordamos que nunca haya vomitado fuego y ya hace mucho que vivimos aquí. Aun así, todos debemos esforzarnos para no enojar a los dioses de la montaña. Ella es la que vela por nuestra tribu, ¿saben? Enterramos a nuestros jefes a sus pies y sus espíritus se unen a los de ella. Nosotros nos sentimos seguros bajo su sombra, y nuestros visitantes también pueden hacerlo.

—Pero no tenemos que ofrecer sacrificios a esos espíritus, ¿no? —preguntó una inglesa que había escuchado desazonada.

Sophia negó con la cabeza.

—Solo tienen que ser respetuosos con el lugar —explicó—. No cojan las piedras ni graben sus nombres en las Terraces. Pueden dibujar a Otukapuarangi y Te Tarata, pero no deben tocar las piedras.

Otukapuarangi, «fuente del cielo nuboso», y Te Tarata, «roca tatuada», eran los nombres maoríes de las Terraces. Sophia los tradujo y aprovechó la ocasión para presentar también por sus nombres maoríes las colinas, cascadas y arroyos que se veían desde el buque. Al mismo tiempo, habló sugestivamente de los dioses y espíritus que vivían allí, y consiguió transmitir a los visitantes una imagen amable del cielo de los dioses maoríes. Mostró a los viajeros el *hei tiki* que llevaba colgado al cuello junto a una cruz. Sophia estaba bautizada pero mezclaba, como muchas personas de su pueblo, la fe en el Dios cristiano con la creencia, propia del lugar, en los diversos espíritus de la naturaleza.

—Pueden llevarse a sus países estas pequeñas estatuillas de los dioses. Las tallamos en jade y cauri, nuestros *tahunga* les cantan *karakia*. Creemos que dan suerte. Por un par de chelines pueden comprarlas en el poblado.

Aroha admiró el hábil y discreto modo que tenía Sophia de promocionar la artesanía de su pueblo. La guía informó también sobre los materiales de calidad, habló del significado que tenía para los maoríes el jade *pounamu* y del poder espiritual de la concha de cauri. Al final llegaron al extremo del lago y los remeros ayudaron a los *manuhiri* a desembarcar.

—Ahora iremos a pie hasta el siguiente lago —explicó Sophia—. Esta es la razón por la que ayer les pedí que trajeran un buen calzado. El camino no es muy difícil, pero en algunos trechos es pedregoso y está mojado.

En cualquier caso, era un trayecto maravilloso. Se alzaban peculiares formaciones pétreas junto a unos anchos arroyos que serpenteaban entre piedras redondas, a veces formando pozas o abriéndose paso entre selvas de helechos. Aroha pensó que nunca había visto tantos matices de verde como en ese soleado bosque entre los lagos. Le pareció que se aproximaban demasiado deprisa a su meta y tomó aire, igual de sorprendida y maravillada que los viajeros, cuando de repente apareció ante ellos el lago Rotomahana rodeado de colinas verdes y bosques de helechos. En la orilla aguardaban las canoas.

—Miren, ahí están nadando unos cisnes. También son lagos muy ricos en pesca —explicó Sophia—. A lo mejor esta noche les apetece probar las truchas del lago Rotomahana. Todos los hoteles y muchos puestos de comida ofrecen platos de pescado.

Los grupos de Sophia y Kate se separaron en ese momento para subirse a canoas distintas. Sophia siguió hablando del paisaje y sus particularidades, pero los viajeros estaban tan emocionados que apenas podían escucharla. Las Pink and White Terraces no tardarían en aparecer.

En efecto, de repente, después de que las canoas hubiesen rodeado una península, surgieron ante ellos, a la luz del sol, las White Terraces. A Aroha se le cortó la respiración. Ninguna descripción ni ninguna ilustración habría podido prepararla para lo que se alzaba ante ella: un río enorme convertido en piedra blanca como la nieve, del que se elevaba vapor. Los géiseres, a los que las Terraces debían su aparición, escupían agua termal caliente en breves intervalos.

—El agua contiene un mineral, geiserita, que aquí se sedimenta formando las terrazas —explicó el profesor inglés, mientras Sophia dejaba que la visión obrara su efecto sobre los viajeros—. Este mineral se conoce vulgarmente como «ópalo». En general, se hacen joyas con él.

—¡Cállese un momento! —exclamó una americana.

Como todos, contemplaba llena de admiración esa maravilla de la naturaleza. Las rocas planas se sucedían formando mayores o menores lagunas que relucían con todos los colores del arcoíris.

—En las Pink Terraces pueden bañarse —anunció Sophia—. Incluso ofrecemos la posibilidad, sobre todo a las mujeres, de que se cambien. No tocaremos las White.

—¡Aquí no pueden bañarse más que los dioses! —dijo Aroha conmovida. Habló en maorí y Sophia le sonrió—. ¿Cantas *karakia*? —preguntó a la guía turística. Las Terraces eran sagradas para los tohourangi y uno debería saludar a los espíritus.

Sophia negó con la cabeza.

—No. Este grupo es muy abierto, pero a algunos *manuhiri*, cristianos muy creyentes, eso les violentaría. Por supuesto, los *tohunga* lo hacen, y creo que rezan así por nosotros. Puedes venir algún día con Tuhoto *ariki*. De todos modos quiere saludarte.

—¿El jefe tribal? —preguntó Aroha.

—No, él conjura a los espíritus y mantiene el vínculo con los ancestros —respondió Sophia describiendo las tareas del sacerdote. El título de *ariki* era propio del jefe tribal, pero también se aplicaba a algunos ancianos y sacerdotes honorables—. Tampoco está muy satisfecho con la senda que ha tomado nuestro pueblo al tratar con los *pakeha*, si bien no se opone a que los viajeros visiten las Terraces. Él desearía presentárselas de forma más... espiritual. Y nunca acepta dinero.

Los remeros acercaron lentamente las canoas a las White Terraces. Los *manuhiri* tuvieron oportunidad de admirar las rocas, escribir sus impresiones en los libros de viaje o pintar. Hecho esto, siguieron su ruta hacia las Pink, que eran más pequeñas pero no por eso menos impresionantes. Debían su color a otro ángulo de la radiación solar. De hecho, eran de ópalo como las White.

—También se dice que tienen el color de las truchas arcoíris —mencionó Sophia, aludiendo una vez más, como de paso, a una de las especialidades culinarias de la región—. Atracaremos ahora al pie de las Terraces y les enseñaré las casetas de baño.

Aroha no había llevado traje de baño. De hecho no tenía. Cuando iba a bañarse con las chicas maoríes lo hacía desnuda o en ropa interior. Al principio, su padre adoptivo, Franz, se había escandalizado de que los niños se bañaran así, pero Linda lo había convencido de que transigiera. La laguna que había en el bosquecillo cercano a la escuela estaba bien escondida. Seguro que ningún *pakeha* se extraviaría por allí. Y si un par de chicos maoríes veían a las chicas, lo máximo que podía pasar era que bromeasen. En casa, los muchachos también veían desnudas a sus madres y abuelas. A los indígenas no les parecía extraño ir sin ropa de un lado a otro.

Pero en Te Wairoa, los tuhourangi se habían adaptado hacía tiempo a la rígida moral de los *manuhiri*. Escondidas en el bosque había casetas para cambiarse, y tanto Sophia como Kate se desenvolvían bien ayudando a las señoras a desembarazarse de los corsés y crinolinas y ponerse los trajes de baño cerrados. Las más osadas se bañaban en las lagunas naturales, al aire libre. Para las otras se había cubierto una pequeña laguna en el borde de las Terraces. Allí, las dos *ladies* inglesas disfrutaban fuera de la vista de los caballeros que chapoteaban en otra laguna.

—El agua está maravillosamente cálida y es buena para la piel —explicó Sophia—. Los maoríes venimos a veces aquí y nos bañamos tranquilamente. Es uno de los lugares predilectos de las parejas de enamorados. Muy romántico.

¿Por qué Aroha pensó en ese momento en Koro...?

Después del baño volvieron por el lago Rotomahana. Antes de iniciar el paseo entre los lagos, los grupos descansaron un poco y Sophia y Kate repartieron unos bocadillos.

—Podríamos haberlos comido en las Terraces —protestó una americana—. Creí que no nos darían nada. Me muero de hambre.

—Las Terraces son lugares sagrados para los maoríes y por ello *tapu* —volvió a explicar Aroha—. Y en un lugar así no se suele comer ni beber.

Una de las inglesas arrugó la frente.

—¿He entendido bien? ¿Esta gente no puede comer ni beber ante sus dioses y luego se baña... desnuda?

Aroha provocó una carcajada cuando por la tarde le contó a Koro esa conversación. Mientras los viajeros se estaban bañando, los remeros habían ido a pescar. Sophia les había comprado un par de truchas que ahora se estaban asando delante de su casa en un fuego abierto. Koro había llegado con Bao, lo que a Aroha le causó una gran alegría. Ya estaba preocupada por su amigo chino.

—¡Sin razón ninguna! —exclamó Bao alegremente.

Había llegado dos días antes, hacia medianoche, a Ohinemutu. Solo había necesitado unas horas más que los carros para recorrer el difícil camino. Escandalizado por la cantidad de dinero que pedían por pernoctar en Ohinemutu, se había marchado. Al final había pasado la noche en el bosque, lo que no había sido muy agradable a causa de la llovizna, y al amanecer había emprendido el camino hacia Te Wairoa. Una vez allí, había encontrado trabajo en el primer hotel.

—El propietario es un blanco —informó—, lo que me ha asombrado. Señorita Aroha, usted me contó que aquí las casas de huéspedes eran gestionadas por los indígenas. Pese a ello, el señor McRae, creo que es escocés, es un hombre honorable. Me ofreció un buen sueldo y un alojamiento estupendo. El servicio, compuesto por maoríes, duerme en su *marae*, así que tengo toda el área del personal del hotel para mí. Mi habitación es enorme. No recuerdo haber tenido nunca tanto espacio para mí. —Diligente como era, Bao había empezado de inmediato a trabajar en el hotel Rotomahana de Wairoa. Joseph McRae le había dejado unas horas libres para visitar a su conocida—. Y me pide que le ofrezca su más sincera invitación, señorita Aroha, está deseando conocerla. A fin de cuentas, colaborarán con frecuencia atendiendo a los *manuhiri* (¿lo he pronunciado bien, señor Koro?). Si tiene tiempo, le gustaría comer mañana con usted. La especialidad de la casa es trucha ahumada. ¡Yo me alegraría mucho de servírsela personalmente!

—Las truchas no pueden ser mejor que las de aquí —dijo Aroha, dirigiendo una radiante sonrisa a Koro. El joven maorí depositaba en el plato de la joven un filete en ese momento—. Pero, naturalmente, iré encantada. ¿Tú también quizá, Koro? Acabaremos trabajando todos estrechamente unidos...

En los días siguientes, Aroha inspeccionó todos los hoteles de Te Wairoa. Salvo el Rotomahana, estaban todos en manos de la tribu tuhourangi. Los maoríes hacían cuanto podían para adaptarse a las necesidades y hábitos de los *pakeha*. Las fondas estaban limpias y eran acogedoras, y Sophia y Kate habían quitado las figuras de los dioses de las entradas. No obstante, todavía no acababan de entenderse del todo con los *manuhiri*, razón por la cual muchos visitantes preferían el hotel del señor McRae. Era la mejor casa de la plaza y gracias a Bao aumentó su atractivo. El propietario escocés lo vestía con el uniforme de mayordomo, y el joven oriental utilizaba su educación en el internado para impresionar a los huéspedes con los perfectos modales de la clase alta inglesa. Por ello le premiaban con generosas propinas.

Aroha se ofreció a dar clases de inglés a los maoríes que trabajaban en los demás hoteles. Aplicaría ahí su experiencia con el método de aprendizaje Berlitz. Además, discutía el programa del *powhiri* con los cantantes y bailarines. Entretendrían por un precio fijo a los visitantes durante una hora con danzas y canciones tradicionales. Después los músicos estarían a disposición para enseñar sus instrumentos a los *manuhiri* interesados.

—Un pequeño *koauau* o un *nguru* podrían constituir unos estupendos recuerdos —explicaba Aroha a los asombrados maoríes—. Podéis hacer algunas flautas y venderlas, no tienen que ser obras de arte. El sonido no es importante, lo principal es que sean bonitas.

—¡El sonido es muy importante!

Aroha se sobresaltó cuando un anciano alto y con una voz profunda interrumpió su parlamento. Ella se había sentado junto al fuego con los músicos y bailarines y hablaba animadamente con ellos. El anciano llevaba vestimenta de guerrero, además de una valiosa capa de jefe tribal que llegaba hasta el suelo. Tenía tatuados tanto el rostro como el torso, y el *moko* daba un aire severo a sus rasgos como de pájaro. Sus penetrantes ojos castaños contemplaban a Aroha. Estaba casi segura de que era un hombre de rango elevado.

—La melodía del *koauau* despierta recuerdos largo tiempo olvidados. Da la bienvenida al mundo a los recién nacidos. El *nguru* habla con los pájaros, el *putorino*...

—Ningún *pakeha* dominará la flauta hasta el punto de despertar la voz de los espíritus —lo interrumpió Aroha—. No se trata de profanar los instrumentos, *ariki*. Los *manuhiri* no los harán cantar en sus casas. Solo quieren verlos... y a lo mejor dejan que los niños los soplen algún día.

—Nuestros instrumentos no son juguetes —insistió el viejo—. Allanan el camino hacia los dioses.

Los músicos que habían estado hablando con Aroha se retiraron vacilantes. La joven reflexionó acerca de su inesperado interlocutor. No era el jefe. Era más joven y el día anterior ya había dado amistosamente la bienvenida a Aroha a su tribu.

—¿Tuhoto *ariki*? —preguntó cortésmente.

El anciano sacerdote asintió.

—Así que ya te han dicho cómo me llamo —dijo con calma—. A lo mejor hasta te han prevenido. Soy consciente de que aquí me consideran un aguafiestas.

Aroha se levantó y se inclinó ante el anciano *tohunga*.

—Me han hablado con respeto de ti. No habría tardado en buscarte. Tú... tú hablas con los espíritus de las Terraces. No quiero enemistarme con ellos.

El rostro severo del *tohunga* esbozó una sonrisa.

—¿Qué más te dan a ti los espíritus, muchacha? —repuso irónico—. ¿Acaso no crees en el Dios *pakeha*?

Aroha se frotó las sienes.

—También los *pakeha* perciben la obra de los dioses al contemplar las Terraces —afirmó—. Cualquier hombre se siente pequeño y al mismo tiempo bendito ante tanta belleza.

Tuhoto hizo una mueca con los labios.

—¿Acaso, como me han dicho, las Terraces no son más que un nombre en una lista que los *pakeha* tachan cuando ya las han visitado? ¿Algo que ven pero no absorben? ¿Tal como hacen cuando participan en un *powhiri* sin realmente fundirse en uno con nosotros?

Aroha se encogió de hombros.

—Eso no lo sé, *ariki*, y no pretendo emitir un juicio al respecto. El que quiera aprender, debe tener la oportunidad de aprender. A lo mejor vas un día con nosotros a las Terraces, *ariki*, cuando Sophia y Kate se las enseñen a los *manuhiri*. Podrías ayudarles a verlas con tus ojos.

El sacerdote soltó una carcajada.

—¡Oh, no, muchacha *pakeha*! ¡No vas a convencerme de que participe en vuestros juegos. Juegos peligrosos. Nuestra gente se aparta del camino de nuestros ancestros. Ofenden a los espíritus. Condenan a los *tiki* al interior de las casas de reuniones para que su visión no asuste a los *pakeha*, y les arrancan los ojos y los sustituyen por monedas de oro. Cantan *karakia* para los extranjeros...

Aroha se mordió el labio inferior.

—¿Qué hay de malo en hablar con los espíritus del dinero? —preguntó desafiante—. Un *ariki* ngai tahu (en la tierra de su tribu está el *maunga* al que está arraigada el alma de mi madre) lleva años haciéndolo y su tribu lo obtiene.

Contó a grandes rasgos la historia de Te Haitara, que había conocido a Jane Fenroy muchos años atrás, cuando intentaba con desesperación invocar a los «espíritus del dinero». En aquella época, su tribu quería tener mantas y utensilios de cocina, telas y herramientas de los *pakeha*, pero Te Haitara no sabía cómo pagar todo eso. Jane lo había ayudado. Su camino en común a veces había sido difícil, pero la tribu se encontraba satisfecha y feliz bajo la dirección de Te Haitara.

—Te Haitara venera a los espíritus de la riqueza junto al río Waimakariri. Cree que se han instalado en ríos y arroyos porque es ahí donde a menudo se encuentra el oro, con el que se hace el dinero. Y como la corriente de oro fluye, el dinero va y viene. Te Haitara posee la paciencia de dejar que esto suceda. Mientras su esposa intenta de vez en cuando retener el río.

Tuhoto la escuchaba con atención.

—Dices palabras sabias, muchacha *pakeha*. Meditas y eres más inteligente de lo que yo pensaba. Supongo que tú y Koro, y Sophia y nuestro jefe solo intentaréis tranquilizar a los espíritus y conducir el caudal.

—Es lo que haremos.

Aroha asintió con humildad pero contenta en su interior. El sacerdote había comprendido y, aunque tal vez no aplaudía su proyecto, estaba dispuesto a permitir que lo llevara a término.

Pero Tuhoto no dejó de mirarla. Su figura se elevaba sobre la de ella y Aroha se sintió invadida por un súbito malestar. En el incipiente anochecer, la larga sombra del hombre se unía a la gran sombra del monte Tarawera.

—Entonces que los espíritus sean magnánimos —dijo en voz baja—. Pues la corriente de fuego que una vez formó las Terraces ya hace tiempo que se detuvo.

ARDE EL MUNDO

Hamilton, Te Wairoa, Rotorua (Isla Norte)

Mayo - Junio de 1886

1

La escena de *La tempestad* era especialmente desastrosa. Hacía poco que Vera Carrigan la había incluido en el programa y esta vez se había superado a sí misma al transformar una obra de Shakespeare en una obscena comedia de disparates. Y eso que Robin ya había pensado en varias ocasiones que la Carrigan Company no podía ir a peor. Primero la relación con las operaciones delictivas de Vera y luego la destrucción de sus obras favoritas: Vera Carrigan transformaba en putas a inocentes heroínas, y de los héroes hacía necios. Al principio se había negado a participar en ello, pero al final no le había quedado otro remedio. Claro que aquella noche espantosa, cuando por primera vez ella lo había convertido en cómplice de su artimaña, había pensado en escapar. En Wellington habría sido posible marcharse a escondidas y volver a la Isla Sur, Vera Carrigan no lo habría seguido. Llevado por el pánico, Robin había recogido sus cosas en cuanto había vuelto a su habitación y allí había comprobado que todo su dinero había desaparecido. Todavía hoy se preguntaba quién se lo habría robado. ¿Bertram o Leah? ¿La joven tal vez por orden de Vera? No creía probable que se tratase de un ladrón desconocido, a fin de cuentas en el Golden Goose no había desaparecido nada más. Así pues, al día siguiente Robin se había encontrado en el andén sin dinero y desesperado, y desde entonces dependía del reducido sueldo que le pagaba Vera. No podía ahorrar nada, nunca tendría lo suficiente para escapar y regresar a Canterbury.

A pesar de todo, había pensado otra vez seriamente en marcharse: el día que Vera empezó a darle papeles de mujer en las obras.

—Eres tan guapo, pequeño, con tus bucles rubios y tu carita inocente... Podrías ser una niña. Claro que te fallan las formas. Pero dicho entre nosotros, Leah tampoco es que tenga tanto pecho. He de ponerle algodón antes de cada función. Podríamos hacer lo mismo contigo.

Al principio, Robin se quedó mirándola estupefacto. ¿Ya no iba a interpretar a Romeo sino a Julieta? Desconcertado y abatido, se volvió hacia Bertram Lockhart, quien tampoco le prestó gran apoyo. «Ayu... ayuda a dar más... autenticidad —balbuceó el actor. Después de echar un vistazo a los cambios operados en los planes de la compañía tras la admisión de Robin, no había vuelto a estar sobrio en días—. Míralo así: en tiempos de Shakespeare las mujeres no podían subirse a un escenario. No... no era decente. Todos los papeles femeninos los interpretaban chicos adolescentes.»

Eso ya lo sabía Robin, claro, pero ya hacía tiempo que había cambiado la voz y se consideraba un hombre hecho y derecho; y, además, el arte de interpretar a Shakespeare no exigía que sus jóvenes actores fuesen unos horrorosos travestis. Vera no esperaba que Robin diera vida a Julieta, Miranda y Titania, sino solo a sus imágenes obscenas. Algo como lo que sucedía en *La tempestad*. La misma Vera, como un Próspero femenino, abría el telón para dejar al descubierto ante el público a la pareja desaparecida de Fernando y Miranda. En la versión original se los veía jugando al ajedrez. La Carrigan Company, en cambio, mostraba a Bertram y Robin ligeros de ropa y abrazándose. Y las famosas palabras de Miranda, «¡Qué hermoso es el género humano!», adquirían un significado totalmente distinto cuando «ella» le abría la bragueta a Bertram.

Naturalmente, el público encontraba la escena deliramente cómica. La Carrigan Company seguía actuando en *pubs* o en «hoteles». A menudo aparecía en cuchitriles que a Robin le hacían pensar más en casas de lenocinio que de huéspedes. Los hombres que bebían ahí preferían la comedia al drama. Les divertía ver a un joven en el papel de doncella shakespeariana y se ponían a gritar y hacer muecas. Los tipos se burlaban de los travestis y de las amaneradas Julieta y Miranda. Pero de vez en cuando se invertía el ambiente y la cólera y la frustración se manifestaban en odio y agresión contra el supuesto marica.

Al comienzo, Robin se había quedado desconcertado. Nunca había oído hablar de la homosexualidad. Al final, Bertram le explicó de qué se trataba y lo puso sobre aviso. Desde entonces salía corriendo tras la función a su habitación y se atrincheraba allí, no solo de eventuales proposiciones de hombres, sino también de Vera. Eran pocas las ocasiones en que ella le hacía proposiciones, pero cuando sucedía, él no se atrevía a evitarla. Después no solo odiaba a Vera, sino principalmente a sí mismo; a fin de cuentas, ella siempre conseguía excitarlo por mucho que él intentara resistirse. Mirarla le repugnaba, pero cuando la luz estaba apagada, el cuerpo de esa mujer lo confundía y ella hacía lo que quería con él. Vera solía divertirse mucho de esa forma. Aprovechaba ese poder oscuro para recompensarlo o castigarlo.

Por supuesto, de vez en cuando Vera pillaba una actuación en algún establecimiento serio. En pequeñas localidades sobre todo, los hoteleros y alcaldes se alegraban de introducir espectáculos supuestamente culturales y ponían a disposición de la compañía sus salas de fiestas y de la congregación. Al principio, Robin vivía para esas ocasiones. Vera cambiaba entonces el programa y él podía representar seriamente las escenas de las obras de Shakespeare. De todos modos, era imprescindible que Bertram estuviera sobrio y Leah lo suficientemente despierta. Por regla general, fallaba uno de ellos, por lo que Robin tenía que interpretar papeles de carácter para los que era demasiado joven, o representar escenas de amor con Vera en lugar de con Leah. En tales casos, hasta fracasaba su imaginación. Vera era una actriz todavía peor que Leah y hacía tiempo que él la odiaba. Así que, con el tiempo, Robin llegó a considerar que incluso las representaciones serias de la Carrigan Company eran una vergüenza. Lo peor era cuando la directora de la compañía simplemente no se daba cuenta de que estaban en un lugar con un público más culto, incluso femenino. Entonces ya no tenían tiempo de cambiar el programa y Robin se moría de vergüenza interpretando a las viciosas Julieta o Miranda.

Una hermosa tarde de mayo, la Carrigan Company actuó ante su público habitual, aunque en un escenario algo más grande. La sala formaba parte del *pub* de Hamilton (una localidad a ciento veinte kilómetros al sur de Auckland) y solía servir de sala de ensayos al grupo de teatro de aficionados del lugar. Los hombres habían construido el escenario con sus propias manos y estaban muy orgullosos de que dispusiera de camerinos y de una puerta trasera como un auténtico teatro. Para Robin, esto significaba no tener que bajar del escenario con la pintura de labios corrida y vestido de mujer, y abrirse camino entre las burlas de los espectadores. A esas alturas estaba tan desmoralizado que hasta se alegraba de ese pequeño consuelo.

El joven esbozó una sonrisa forzada cuando los intérpretes de *La tempestad* se despedían con una inclinación en el escenario y, aun así, hasta sintió una pizca de alegría y orgullo cuando estallaron los aplausos. A él le gustaba estar sobre las tablas. Ojalá las obras no fueran tan horribles y los compañeros actores, tan deplorables... Aunque eso podría cambiarse si Vera tuviera auténtico interés en la compañía. De hecho, seguían presentándose jóvenes aspirantes a actor, pues la directora seguía poniendo anuncios en los periódicos de las grandes ciudades. De vez en cuando alguno permanecía un tiempo con la compañía, sin duda reclutado en las mismas circunstancias que Robin.

Un año más tarde del ingreso de Robin en la *troupe*, una chica preciosa de cabello negro había actuado con ellos un par de días y el joven había recitado con auténtica pasión los versos de Romeo. Unos meses después había solicitado trabajo un joven aventurero con quien había podido realizar luchas a espada en el escenario como en la vida misma. Al final, todos se marchaban a la primera oportunidad que se les presentaba. Por regla general, huían de noche y Vera renunciaba a salir en su búsqueda por enriquecedora que hubiera sido su presencia para la compañía. A ella no le importaban las capacidades de sus actores. Ya hacía tiempo que Robin se había dado cuenta de que las funciones no eran su fuente de ingresos principal, sino solo un camuflaje para sus pequeños fraudes y trapacerías. Unas veces, Vera engañaba a su supuesto marido con un admirador borracho, como aquella vez con Robin; otras, Leah interpretaba el papel principal, dejándose llevar por un espectador ebrio para luego escenificar que «se moría». A continuación irrumpían en la habitación Bertram, como el padre de la chica, o Robin, como su hermano, y pedían dinero para no denunciar el caso y hacer desaparecer el cadáver sin que nadie se percatara. Los horrorizados clientes siempre se dejaban engañar. Borrachos como estaban, no se daban cuenta del fraude y preferían pagar antes que sufrir las posibles consecuencias de que una puta se hubiera muerto en su habitación de hotel.

Robin odiaba tener que participar en esas «funciones» e interpretaba bastante mal sus papeles. Pero Vera lo obligaba a hacerlo cuando Bertram estaba demasiado borracho para colaborar. Esto sucedía con mayor o menor frecuencia. En los ya dos años que llevaba en la compañía, había visto a Bertram en fases durante las cuales bebía solo un poco y realmente se crecía en las tablas. A estas le seguían otras en que pasaba días tan bebido que era incapaz de saber dónde estaba el escenario. No se podía confiar en él. Nunca se sabía cómo iba a presentarse al día siguiente. Pero Vera Carrigan podía lidiar con ello, a fin de cuentas, su compañía solo interpretaba escenas u obras muy cortas.

Empezó a desmaquillarse mientras Bertram y Vera se convertían en Otelo y Desdémona y Leah se preparaba para enamorarse de un burro en el papel de Titania. El texto no era tan importante como los actos obscenos con que lo relacionaban. A Robin le horrorizaba ese papel que nunca había interpretado antes. Cuando Leah fallaba, la remplazaba Vera. De vez en cuando, Robin tenía que representar al maese tejedor transformado en burro. Solían echárselo a suertes con Bertram y esa noche le sonrió la fortuna: Bertram tendría que llevar la cabeza de asno.

Mientras Bertram y Vera salían al escenario, Robin se reunió con Leah, que en ese momento se adornaba el pelo con flores. Como siempre, la expresión de su pálido rostro era de ensimismamiento. Apenas se dio cuenta de la presencia de él, como tampoco parecía sufrir miedo escénico ante las candilejas ni sentir el entusiasmo anticipado por actuar. A Leah le daba igual dónde estaba y qué hacía.

—¿Por qué estás aquí en realidad? —le preguntó Robin.

Le resultaba difícil calificar su relación con Leah. No confiaba en ella y como actriz solo podía desdeñarla. Pero de vez en cuando también le daba pena. Parecía tan... perdida. O hechizada.

La joven se volvió hacia él, sorprendida de que alguien le dirigiese la palabra.

—¿Eh? —preguntó.

—¿Por qué estás aquí? —repitió Robin—. En esta compañía. ¿Por qué eres actriz? Me refiero...

—Ya sé que no soy buena. —Leah habló sin amargura, simplemente admitía un hecho. Robin se apresuró a disculparse. Ella se limitó a mover la cabeza—. No te preocupes —le interrumpió—. Tengo claro lo que tú y Bertram pensáis de mí. Y tenéis razón.

—¡Podrías ser mucho mejor! —intentó animarla—. Si solo te esforzaras un poco... Podríamos ensayar un par de escenas. Ensayarlas de verdad. Podría enseñarte cómo se hace. Solo si tú quisieras.

Leah se encogió de hombros.

—¿Y de qué serviría? —preguntó con un deje burlón—. ¿Crees que vamos a convertirnos en el gran descubrimiento de los grandes teatros de Londres? Olvídate, pequeño...

—¡No me llames así! —protestó Robin. Vera lo llamaba siempre así, pero le molestaba que lo hiciese Leah. La chica no era mucho mayor que él y una cabeza más baja. Leah reaccionó a la protesta con un breve resoplido. Pero ahora Robin sentía curiosidad—. Si no crees que vayan a descubrirnos y si no te consideras buena actriz, ¿por qué no te dedicas a otra cosa?

Leah soltó una risa triste, como si intentase imitar la risa gutural de Vera.

—¡Hacer otra cosa! —se burló y su voz casi adquirió algo de vida—. Habla el niñato de casa rica que no consigue sacar nada adelante por sí mismo. Escucha, pequeño, para una chica que ha nacido en los yacimientos de oro y crecido entre la inmundicia de Gabriel's Gully no hay demasiadas cosas que pueda hacer. Y créeme, esto es mejor que todo lo que he hecho antes...

—¿Mejor? Pero Vera... Vera es horrible. Yo la odio, yo...

—Yo la amo —dijo Leah sencillamente. Su rostro, hasta entonces inexpresivo, casi se suavizó—. Me salvó. Me encontró cuando yo había tocado fondo e hizo algo de mí. Vera es la única persona en este mundo que ha sido buena conmigo. —Su voz sonó firmemente convencida. Pero Robin no podía creer que Vera hubiese actuado desinteresadamente. Si se había encargado de la joven y la había protegido de un destino todavía peor, seguro que había sido para convertirla en su complaciente marioneta—. Nunca la abandonaré... —añadió Leah como si Robin se lo hubiera preguntado—. Es mi ángel... Y ahora déjame en paz. Tengo que tomar un sorbo de mi medicina.

Leah cogió una botella que siempre guardaba en su bolsa: «Jarabe Reconstituyente del Dr. Lester.» Vera siempre se preocupaba de conseguir una provisión de esta «medicina» en los lugares donde actuaban si la compañía se quedaba más de un par de días. Se suponía que el jarabe contra la anemia combatía la palidez y delgadez de Leah. Bertram ya había reñido a la joven para que dejara de una vez de tomar ese mejunje. «Si tienes que enturbiarte la mente, hazlo con whisky como cualquier persona sensata —le había aconsejado con cinismo—. Al menos, con él puedes reír y llorar e interpretar tus papeles con más vida en lugar de quedarte mirando la pared como una muerta en vida.»

Robin preguntó más tarde al veterano actor qué creía él que contenía la medicina. Al fin y al cabo, también él había lidiado con la apatía de Leah cuando había intentado representar con ella una escena más o menos atractiva. Bertram lo miró como si Robin acabara de caer de la higuera.

—Por Dios, chico, ¿es que no te enteras de nada? —le espetó—. Y eso que vienes de casa rica. ¿Es que tu mamá nunca se ponía un poco de opio en la taza de té para relajarse?

Robin se mordió el labio.

—Bertram dice que esa tintura no es buena para ti —se atrevió a decir ahora—. Dice que el opio no es mejor que el alcohol...

Leah se dio media vuelta y lo miró iracunda. Hasta el momento nunca la había visto reaccionar con tanta intensidad.

—¡Y tú qué sabrás, pequeño! —le espetó a la cara—. ¡Claro, tú no necesitas ni lo uno ni lo otro! ¡Tú sí que controlas perfectamente tu vida! Maldita sea, Robin, si no estás a gusto con Vera, Bertram y conmigo, ¡vete! Lárgate en el siguiente pueblo y envía un telegrama a tu familia. ¿Qué te apuestas a que a los tres días pasan a recogerte y te envían de vuelta a la granja de ovejas envuelto entre algodones? Pero eres demasiado cobarde. Y ahora esfúmate, pequeño. A Vera no le gustará que hables así conmigo...

Robin oía ahora las voces de Vera y Bertram entre bastidores. No tenía ninguna gana de encontrarse con ellos esa noche. Salió del *pub* y fue a pasear sin rumbo fijo por la pequeña ciudad, situada en una fértil llanura. Había sido fundada por *military settlers* tras las guerras maoríes y presentaba un aspecto limpio y ordenado. Disfrutó del aire fresco. Se acercó hasta el río Waikato, que atravesaba la ciudad, y paseó por la orilla. Dejando aparte los puentes que unían las dos partes de la ciudad, casi podía creer que estaba junto al Waimakariri. Imaginó que estaba junto al río de su infancia, envuelto en la tranquilidad y la seguridad de Rata Station. Entonces ansiaba la emocionante vida de las grandes ciudades y, sobre todo, la fama. Había estado dispuesto a darlo todo por eso. Pero ¿adónde había llegado? Cruzó abatido el Waikato.

Desde el puente de transeúntes se veía el otro más reciente del ferrocarril. Hacía pocos años que un tren unía Hamilton con Auckland. Vera Carrigan planeaba seguir viajando con su compañía en esa dirección. De camino, tenían pensadas un par de funciones en localidades pequeñas, luego seguro que encontrarían algo en Auckland, que estaba junto a Wellington, la ciudad más grande de la Isla Norte. Había un puerto, enlaces por barco con la Isla Sur...

Distinguió a un grupo de jóvenes que se acercaban a él riendo y bromeando. De forma instintiva se colocó el pelo rubio, que llevaba demasiado largo, detrás de las orejas y se frotó los ojos para quitarse los últimos restos de maquillaje. No quería ni imaginar lo que podía ocurrir si con su aire femenino llamaba la atención de esos hombres...

Solo cuando los jóvenes pasaron de largo, se relajó y volvió a sus reflexiones. Triste, repasó de nuevo su conversación con Leah. En el fondo, la pobre chica tenía razón. Era más la falta de valor que de esperanzas lo que le retenía en la Carrigan Company. Bertram tal vez se quedase con Vera porque era la única posibilidad que tenía de subir a un escenario pese a su alcoholismo, y Leah permanecía por lealtad, a Vera o al Jarabe Reconstituyente del Dr. Lester. Con el sueldo de trabajadora en una fábrica no podría permitirse el opio.

Él, por el contrario, todavía tenía por delante su vida como actor, podía seguir buscando. También Bertram Lockhart le había confirmado que poseía un talento excepcional. Además, ya había cumplido diecinueve años y era mayor de edad. Podía ir a Londres y buscar allí fortuna. A lo mejor sus padres lo ayudaban. A fin de cuentas, al marcharse de Rata Station había demostrado que podía valerse por sí mismo y luchar por sus objetivos. ¡Su padre no podría volver a reprocharle que era un inútil!

Consiguió desechar las observaciones de Leah. ¡No, que nunca se le hubiera ocurrido pedir que le enviaran el dinero para escaparse no respondía a su falta de iniciativa y sensatez! Era más bien... en fin, tal vez orgullo. El orgullo y la vergüenza lo habían contenido. Ambos podían superarse. Y además no tenía por qué contar a Chris y Cat toda la verdad. Podía limitarse a decir que la Carrigan Company se había disuelto y quería aprovechar esa oportunidad para marcharse a Europa.

Robin se irguió. Ahora que veía esa salida, se sintió mejor. Podía hacer, simplemente, lo que Leah le había aconsejado. Seguro que en Hamilton había una oficina de telégrafos. ¿O mejor esperaba a llegar a Auckland?

Su euforia desapareció con la misma velocidad con que había surgido. Una cosa era tener una idea; otra, hacerla realidad. ¿Qué pasaría si Cat y Chris no querían saber nada más de él después de haber estado dos años sin dar señales de vida? Además, ¿creerían sus justificaciones?

Se rascó la frente. ¿Debería reflexionar más antes de enviar un telegrama a Christchurch? A la mañana siguiente continuarían el viaje y entonces no tendría ocasión de telegrafiar... Tal vez fuera mejor que lo hiciera hoy...

Inmerso en sus pensamientos, vagó por las calles comerciales de la pequeña ciudad y pasó junto a la iluminada oficina de telégrafos. Robin ni la vio.

Para su sorpresa, Vera, Bertram y Leah todavía estaban despiertos cuando una hora después entró en la pringosa pensión en que Vera había alquilado habitación. El *pub* donde habían actuado no disponía de habitaciones. Los actores estaban sentados en los roídos muebles de la sala de estar y se calentaban junto a la única chimenea de la casa. Robin se estremecía solo de pensar en las sábanas húmedas de la habitación sin caldear. Y eso que era otoño; todavía les esperaba el invierno. Paseó la mirada por todos. ¿Lo estaban esperando?

—Por fin has llegado. —Vera sonreía como siempre, con los ojos fríos—. Pensábamos que habías puesto pies en polvorosa. —Rio irónica.

Bertram bebió un trago de whisky.

—Venga, di lo que tengas que decir, Vera —gruñó—. Ahora ya estamos todos.

—¿Qué sucede? —preguntó Robin.

—Un cambio de programa —respondió Vera dándose aires—. Ha surgido la oportunidad de un viaje, nos llaman de un pueblucho llamado Wairoa. Suena a maorí y es maorí. Pero han montado un tinglado interesante. Se ve que el lugar es tan bonito que va mucha gente de Inglaterra y otros sitios. Van a ver no sé qué rocas, también tienen fuentes termales. Se bañan y tal. Actuaremos en un hotel. Un hotel bastante elegante...

—¿Cómo lo has conseguido? —preguntó atónito Robin.

—Suerte, pequeño. Uno de los hoteleros, un tal señor McRae, tenía cosas que hacer por Hamilton y después de la función fue a remojar el gaznate al *pub*. Y allí me puse a hablar con él. Está buscando artistas que entretengan a sus huéspedes. No es que tenga muchos, no me extraña: un *marae* en el fin del mundo... Hay que ser un extranjero loco para hacer un viaje en un carro de bueyes. En cualquier caso, paga bien. Y en cuanto a beneficios adicionales... —sonrió irónica— seguro que nos cae algo con ese público tan distinguido.

—El hotelero... ¿no ha visto entonces la representación? —preguntó con cautela Robin.

Betram Lockhart le tendió un whisky.

—Claro que no. De haberla visto no nos habría contratado... si es que tiene la cabeza en su sitio —observó.

—No digas tonterías —lo reprendió Vera—. En cualquier caso, lo convencí de que ofreceremos un estupendo entretenimiento a sus huéspedes. A fin de cuentas, somos una Shakespeare Company. Podrás volver a brillar en el papel de Romeo, pequeño. ¿No te alegras?

Robin no se alegraba en absoluto. Vera y su compañía volverían a ponerse en ridículo, él se vería de nuevo implicado en trabajos sucios y, encima, el asunto desbarataba sus planes de huida. Así que no dijo nada mientras Vera comunicaba su programa de representaciones, y se bebió en silencio el whisky. Luego se metió deprimido en su habitación. ¿Era el destino lo que lo mantenía ligado a la Carrigan Company?

Al día siguiente, a Robin Fenroy simplemente no se le ocurrió coger el tren para Auckland antes de que los demás se despertaran.

2

—Así pues, ¿cuándo pensáis secuestrar a mi fabuloso señor Bao? El señor McRae, el propietario del Rotomahana, bromeaba con Aroha. La joven había pasado por allí para reservar habitación y mesa para una cena con un grupo inglés, así como para hablar con Bao. El joven oriental servía té a su jefe actual y su futura patrona en la terraza del hotel. Esta ofrecía una vista maravillosa del lago con el volcán al fondo. Era uno de los últimos días cálidos del otoño.

—A finales del mes que viene —respondió Aroha alegremente—. Inauguramos a principios de julio. Vale, no es la época ideal para viajar, pero en invierno también vienen *manuhiri*. Nuestro establecimiento ya tendrá de por sí el atractivo de los baños. Además, seguro que está muy bien que la gente nos vaya viniendo poco a poco en lugar de todos a la vez. Primero tenemos que instruir al personal. —Sonrió traviesa—. Tampoco queremos enemistarnos con los hoteleros «robándoles» doncellas y camareros. Basta con que se enfade usted con nosotros. —Sonrió al escocés con una expresión de disculpa.

—Sí, instruir al personal... en eso también el señor Bao le será de inestimable ayuda. —McRae suspiró teatralmente y amenazó en broma con el dedo tanto a Aroha como al joven chino—. Señor Bao, no es muy amable por su parte irse por las buenas después de todo lo que le he enseñado.

Duong Bao contrajo el rostro con sentimiento de culpa y Aroha se limitó a reír.

—¡Simplemente pagamos mejor! —afirmó—. Le hemos hecho una oferta que no podía rechazar. Pues como usted sabe, mi dote es de verdad inagotable. Se supone que tenemos tanto dinero que podemos ofrecer a nuestros huéspedes camas de oro.

Joseph McRae puso los ojos en blanco. Naturalmente, conocía los rumores que corrían sobre el nuevo hotel de Aroha y Koro en Rotorua. Entre Te Wairoa, Ohinemutu y Rotorua había pocas cosas que le pasaran por alto. De hecho, hasta estaba bien informado en asuntos del corazón. Antes de que se hiciera público su compromiso, ya había sabido que algo se cocía entre el hijo de Sophia Hinerangi y Aroha Fitzpatrick. Ya cuando los dos comieron en su hotel, poco después de la llegada de la joven *pakeha*, había visto con claridad que ambos estaban a punto de enamorarse. En los siguientes dos años había observado divertido cómo Koro cortejaba a la joven siguiendo las reglas de ambas culturas. El joven le había hecho regalos, la había llevado en su propia canoa a las Terraces para nadar allí a la luz de la luna. La acompañaba a las fiestas, con traje tradicional del guerrero cuando las celebraciones eran maoríes, y con un clásico terno cuando los anfitriones eran *pakeha*. En el *powhiri* que se realizaba semanalmente para los visitantes de las Terraces, él insistía en hacer el papel de primer bailarín para impresionar a Aroha con el manejo de las armas tradicionales de su pueblo. Por otra parte, Koro conversaba educadamente con los ingleses cuando McRae organizaba funciones de ópera o teatro en su hotel.

En realidad, el escocés había encontrado extraño que Aroha no cediese antes a los requerimientos de Koro. El fulgor de los ojos de la joven cuando estaban juntos no le pasaba desapercibido. Pero también corrían otros rumores al respecto. Los maoríes decían que la joven era víctima de una maldición que le impedía unirse a un hombre. Aunque McRae no se tomaba en serio algo así, últimamente se hablaba mucho de maldiciones y condenas por los alrededores de Te Wairoa y Ohinemutu. Algunos *tohunga* no cesaban de propagar malos augurios. Los tradicionalistas estaban disgustados por lo mucho que sus *marae* se habían abierto a los *manuhiri* y lo mucho que con ello había cambiado su forma de vida. No cabía duda de que Aroha era también responsable de tales novedades. Eso podría explicar el resentimiento que había contra ella.

Pero a esas alturas el asunto de la maldición se había olvidado. Unos meses antes, Koro y Aroha habían celebrado su compromiso en el hotel Rotomahana a la manera *pakeha*. De hecho habían planeado una ceremonia con un pequeño círculo familiar, comiendo pescado que ellos mismos asarían en la terraza de la casa de Sophia Hinerangi. Pero luego se había unido a la fiesta un matrimonio inglés de ricachones. Los Sandhurst habían viajado con los padres de Aroha desde Auckland a Te Wairoa, y el viaje a Ohinemutu les había dado la oportunidad de conversar largo y tendido. De ese modo, los ingleses se habían enterado del trabajo que realizaban los Lange en Otaki y de los quehaceres de Aroha en Te Wairoa, y más adelante conocieron a Sophia Hinerangi y su familia. Sandhurst era pintor y pasaba muchos días en Te Wairoa pintando acuarelas de las Terraces. Mientras, la señora Sandhurst se aburría como una ostra, por lo que se alegró sobremanera cuando Aroha y Koro le comunicaron su compromiso. La dama era una entusiasta organizadora de bodas y nadie la hizo desistir de su propósito de invitar a la joven pareja y a los Lange, así como a la extensa familia de Sophia, a cenar en el Rotomahana. Linda y Franz, así como los Hinerangi, aceptaron tras una breve vacilación, sin sospechar el alud de chismorreos que desencadenaban. Entre Te Wairoa y Rotorua se rumoreaba que Koro y Aroha se habían hecho ricos de golpe. Y más adelante también surgió lo de la dote...

—Bueno, eso sí sería algo realmente especial —comentó McRae con seriedad—. Pero bromas aparte, nunca he acabado de entender del todo de dónde viene tanta prosperidad. Y los maoríes lo entienden aún menos. Si quiere acabar con las habladurías, tiene que desvelar el secreto. —La noticia de que Aroha y Koro planeaban abrir un hotel propio en Rotorua después de la boda, cuya construcción se financiaría con la dote de Aroha, había corrido como reguero de pólvora por el lugar—. Sus padres no son tan ricos, ¿verdad?

Aroha intentó hacer un gesto de afirmación y negación al mismo tiempo.

—En realidad no, pero tampoco tenemos ningún secreto —aclaró—. Es solo un poco complicado. Mi padre, que en realidad es mi padre adoptivo, no tiene dinero. Es reverendo y por eso está obligado a guardar cierta austeridad. Pero mi madre procede de una gran granja de ovejas de las llanuras de Canterbury. Al casarse, le habría correspondido una dote, pero ¿qué iba a hacer ella con miles de ovejas en una escuela de Otaki? De hecho nunca se habló demasiado del tema. Las ovejas se quedaron simplemente en las propiedades de la familia. Mi madre no me ha contado todo esto hasta ahora, cuando Koro y yo pensamos que no seguiríamos trabajando para la comunidad sino que preferíamos abrir nuestro propio hotelito. Mis abuelos no tienen problema en prestarnos el dinero. Por otra parte, ¡quieren asistir a la boda y ser los primeros clientes del hotel!

—Por el que me secuestra usted al señor Bao, para que dirija sus baños chinos. —McRae recuperó su tono bromista—. ¿Qué es eso en realidad?

Aroha volvió a sonreír. En realidad había pedido al joven oriental que ocupara el puesto de *maître de la maison* en su nuevo hotel. Ya hacía tiempo que Bao desempeñaba en Rotmahana un cargo directivo, instruía al personal y atendía a los huéspedes. McRae apreciaba su trabajo y le pagaba bien: el cambio laboral no venía provocado por cuestiones monetarias.

El hotelero, con su fina percepción, creía que también se trataba de una cuestión de sentimientos. En este caso, por desgracia, no correspondidos. Duong Bao amaba a Aroha Fitzpatrick, es más, la adoraba. Pero al parecer nunca había tomado en consideración cortejarla. McRae no sabía si era su origen y el color de su piel lo que lo retenía o el temor a competir con Koro. Sin embargo, al principio el hotelero había creído que tenía posibilidades. Aroha sentía gran simpatía por el joven. Si se tenía en cuenta lo mucho que la muchacha había tardado en ceder a los reclamos de Koro... Duong Bao podría haber aprovechado ese tiempo para atraer la atención de la joven. Con sus modales impecables, su formación y su manera de ser tan cordial resultaba sumamente atractivo. Y Aroha no parecía dar demasiada importancia a que sus amados tuvieran la piel blanca.

—Pensamos ofrecer algo exótico a nuestros clientes —respondió Aroha a la pregunta—. Todos los hoteles de Rotorua tienen casas de baños. Pero chinos...

—Mi pueblo posee una antigua cultura relativa a los baños —explicó Bao orgulloso.

—En la cual usted, sin duda, es un experto, ¿verdad, señor Bao? —bromeó McRae—. ¿A qué edad dejó usted China? ¿A los diez años?

—En cualquier caso, a mí ya me bañaban antes —observó Bao impasible.

Aroha rio.

—No sigas, Bao, es mejor que admitas que no tienes ni idea. Pero tampoco los *manuhiri*. No pasa nada. Tampoco deben de existir tantos modos de emplear los baños termales, así que las diferencias entre las distintas culturas no deben de ser demasiado grandes. Colgaremos unos farolillos chinos, imágenes de dragones, biombos de papel... Y de vez en cuando lanzaremos fuegos artificiales. Seguro que los huéspedes se lo pasan bien. Koro y yo creemos que la idea es buena.

—El hotel se convertirá en una mina de oro —confirmó Joseph McRae—. A mí mismo se me podría haber ocurrido la idea. Pero, claro, aquí no hay fuentes termales. ¿Por qué no quisieron instalarse en Te Wairoa?

Aroha se encogió de hombros.

—La verdad, no quiero una casa tan abierta como la de Sophia. Tener huéspedes, sí; pero una familia tan enorme, con ese constante ir y venir... Quería disponer por fin de cierta privacidad. Después de mi infancia en una escuela, tres años y medio con una familia de Dunedin y ahora este período en casa de los Hinerangi, estoy un poco harta de tanto trajín. Y no quiero estar continuamente al margen. En Te Wairoa siempre era la *pakeha* que se las arreglaba con las tradiciones tribales, siempre esforzándome por mediar entre viajeros, maoríes, *tohunga*, el jefe tribal... No voy a quejarme, lo hice de buen grado y me pagaban por ello. Pero ahora se trata de mi propia familia y prefiero vivir en una comunidad en la que haya más *pakeha*. —Sonrió—. Y una escuela. ¡Queremos tener niños pronto!

McRae asintió.

—Es una reflexión sensata. Parece que está todo meditado a fondo. Y tampoco me disgusta lo del señor Bao. —Inclinó la cabeza ante los dos—. De hecho, les deseo toda la felicidad del mundo. Naturalmente, asistiré a la boda. Incluso si no la celebran en mi establecimiento.

Koro y Aroha no habrían podido celebrar la fiesta en el hotel: no querían provocar otra avalancha de habladurías. Festejarían el evento en Te Wairoa e invitarían a todo el poblado.

—Ah, sí, por cierto, la semana que viene tenemos teatro en el hotel —añadió McRae cuando Aroha se disponía a despedirse—. ¿Podría ser tan amable de colgarme los carteles en los otros hoteles y en el *marae*? —Le tendió unos cuantos—. Por supuesto, usted y Koro están invitados.

Aroha sonrió.

—Será un placer. ¿Qué interpretan?

McRae se encogió de hombros.

—Creo que a Shakespeare.

En las horas que siguieron, Aroha no tuvo ocasión de leer con atención los carteles, pues hubo de interceder entre el jefe tribal y el agorero Tuhoto. El *tohunga* había montado un escándalo después de sorprender a unos jóvenes celebrando un ritual, irreverente desde su punto de vista, para los *manuhiri*. Según los primeros, los ingleses les habían pedido que los iniciaran en los secretos de su pueblo, lo que incluía magia y lugares *tapu*. Los jóvenes se habían olido que eso daría dinero y habían llevado a los viajeros al bosque, después de que les jurasen no decir nada al respecto, y allí las muchachas habían realizado unas danzas con mucho desparpajo, y los chicos habían hecho muecas y agitado las lanzas. En sí, todo inofensivo, si no hubiesen intentado simular un ritual *powhiri*. Una joven había interpretado el papel de sacerdotisa para invocar a los dioses y un joven, el de jefe tribal.

Aroha estaba de acuerdo en que los jóvenes fueran amonestados, pero la reacción de Tuhoto era exagerada. En la siguiente representación de baile oficial y totalmente inocua, el *tohunga* había aparecido entre maoríes y *manuhiri* y lanzado maldiciones y lúgubres profecías. Su voz estridente había asustado a los *manuhiri* y, además, una joven maorí había traducido en un inglés sumamente drástico los malos presagios. El sermón de Tuhoto provocó que algunos ancianos maoríes fueran presa del pánico. Se desprendieron de su indumentaria de baile y se marcharon con el *ariki* para realizar una ceremonia de purificación en el lago. A un par de *manuhiri* curiosos que los siguieron, los amenazaron con sus lanzas.

Aroha necesitó horas para tranquilizar a todos los implicados. Hasta el anochecer no se aplacaron los ánimos. Sentada en un banco de la amplia terraza de la casa de Sophia, se acurrucó en los brazos de Koro. Hacía frío, pero era una de las pocas ocasiones que la joven pareja tenía de estar a solas en Te Wairoa. La familia se había metido en casa debido al fresco del atardecer. Koro, en un gesto protector, envolvió a Aroha con una manta.

—¡Menudo día! —suspiró el muchacho—. Cuánto me alegraré cuando estemos por fin solos en Rotorua. Que sean otros los que discutan con los espíritus de Tuhoto.

—¿Qué ha ocurrido con ese arroyo? —preguntó Aroha.

Mientras tranquilizaba a los *manuhiri* y enviaba a los habitantes del poblado a trabajar, Koro había intentado aclarar un fenómeno que reforzaba las profecías del anciano sacerdote sobre futuras desgracias. Se suponía que el Wairoa se había secado como castigo por la relajación de las costumbres.

Koro se encogió de hombros.

—Raro sí que ha sido —respondió, besando a Aroha en el cabello—. De acuerdo, no ha llovido durante un par de días, pero antes el río nunca se había secado. En los próximos días voy a preguntar en Ohinemutu. Es posible que hayan necesitado agua y desviado la corriente. Ahora todo el mundo recurre a las atracciones acuáticas.

Junto a las fuentes termales de Rotorua, siempre del agrado de los huéspedes, y las Terraces, había por los alrededores otras curiosidades que mostrar a los *manuhiri*. Por ejemplo, géiseres, y los maoríes habían descubierto que se podían provocar surtidores y burbujeos espectaculares echándoles jabón. Los *tohunga* se indignaban por ello, claro: los fenómenos naturales como los géiseres y los manantiales de agua caliente eran *tapu*. También el gobierno estaba dispuesto a prohibir el uso de jabón. Pero los *manuhiri* lo encontraban divertido. Pagaban más por el espectáculo y estaban dispuestos a llevar el jabón escondido entre sus voluminosas ropas de viaje.

—En realidad da igual, pues el arroyo ha vuelto a su cauce —dijo Aroha.

Koro asintió.

—Queda por saber por qué ha vuelto a fluir de repente el agua y quién ha gritado. Se supone que en la orilla se ha oído un grito y que el Wairoa ha empezado a manar de golpe...

—Es posible que lo hayan retenido en Ohinemutu —dedujo Aroha.

—Ya. Posiblemente tendrá una respuesta sencilla. Lo absurdo es que esto le dé la oportunidad a Tuhoto para volver a amenazar con los espíritus y con cómo van a vengarse de quienes abandonan la senda de los ancestros. Es un hombre muy convincente. He escuchado sus proclamas y, sinceramente, he sentido un escalofrío en la espalda.

—Es que él cree en lo que dice —apuntó Aroha. Apoyó las

piernas en el banco y se reclinó sobre el pecho de Koro. Entonces se acordó de que los carteles de McRae seguían en el bolsillo de su vestido. Los sacó para no arrugarlos—. Mira, me había olvidado de esto —señaló, echando un vistazo al programa—. Shakespeare... A lo mejor interpretan *Macbeth*. A McRae seguro que le encantaría. ¿Lo conoces? Se desarrolla en Escocia y encaja muy bien con Tuhoto: brujas, espíritus, oscuras profecías...

Se inclinó un poco más hacia la escasa luz que salía de la cocina de Sophia y soltó una exclamación cuando leyó el anuncio.

—¡La Carrigan Company! ¡Anda, es la compañía a la que se presentó mi tío hace un par de años!

Koro se enderezó, lamentando que Aroha ya no fuera a intercambiar más carantoñas con él.

—¿El que desapareció sin dejar huella? —preguntó.

Aroha asintió.

—Sospechábamos que tras el grupo de teatro hubiera algo extraño. Aunque Cat siempre ha estado segura de que Robin sigue con vida. Habla del *aka*, y la creo. Cuando Cat y Chris naufragaron, mi madre siempre sintió que no estaban muertos.

Según las creencias maoríes, el *aka* era un lazo invisible entre personas muy próximas, como madres e hijos. Cuando se rompía, como ocurría cuando uno moría, el otro lo percibía.

Koro lo entendió.

—Entonces podrás preguntar a la gente de la compañía —dijo—. Y así confirmar si realmente lo contrataron en Wellington. Lo mismo hasta puedes reencontrarte con él. Quizá siga con el grupo.

3

La Carrigan Company todavía tenía algunas obligaciones cerca de allí que Vera debía atender. Pocos días después, McRae envió un carro. Entre Hamilton y Te Wairoa había unos ciento diez kilómetros, un viaje de unos tres días, dado el mal estado de las carreteras. Vera echaba pestes contra el camino lleno de baches y la incomodidad del viaje. Los carros en que los maoríes de Ohinemutu y Te Wairoa recogían a sus huéspedes no eran demasiado confortables. Los vehículos disponían de unos sencillos bancos de madera en los que se sentaban los pasajeros y carecían de toda suspensión. Cuanto menos hubiera que pudiera estropearse, mejor, tal era la filosofía tuhourangi.

Robin soportó el viaje de forma tan estoica como Leah, que durmió casi todo el trayecto, y Bertram, que se emborrachó. El joven estaba de buen talante. El hotel de Te Wairoa prometía funciones más serias que los *pubs* y el veterano actor le dio la oportunidad de ensayar fragmentos de escenas serias de las obras de Shakespeare durante el viaje. Protestando un poco, aceptó incluso los papeles de mujer. Entendía que un público medio no iba a escuchar diálogos entre Romeo y Benvolio o Hamlet y Rosenkranz, sino que disfrutaría más de la escena del balcón de Romeo y Julieta y de las famosas travesuras entre Catalina y Petrucho. Robin todavía no había estudiado *La fierecilla domada*, pero descubrió un placer inesperado en entregarse con Bertram a furiosas disputas. Por la tarde, cuando su compañero estaba demasiado borracho para ensayar, Robin se sumía en la contemplación del paisaje, que más espectacular se volvía cuanto más se acercaban a la región de Rotorua.

A Robin no le resultaba tan incomprensible como a Vera que la gente fuera allí para disfrutar de la naturaleza. Tenían que incluir sin falta la segunda escena del segundo acto de Hamlet: «¡Qué obra maestra es el ser humano!... ¡La belleza del mundo!»

Susurraba las palabras para sí, mientras el vehículo traqueteaba a través de espesos bosques, las cascadas centelleaban entre oscuros estanques y las montañas asomaban al fondo.

La tarde del tercer día de viaje llegaron a Ohinemutu. El cochero del carro les comunicó que al día siguiente proseguirían el viaje, pues no era aconsejable recorrer a oscuras el tramo por la fangosa carretera sin pavimentar que llevaba a Te Wairoa. Les recomendó un pequeño hotel donde pernoctar.

—Esto es un *pub*, podemos actuar aquí —anunció Vera cuando los miembros de la compañía, con los músculos contraídos y el cuerpo dolorido, bajaron del carro en el centro de la localidad. En cuanto los primeros niños maoríes se acercaron a mendigar, Vera reconoció el espíritu del pueblo—. Voy a preguntar ahora mismo. Sería una pequeña ganancia adicional antes de proseguir mañana rumbo a nuestro asentamiento de lujo...

Y dicho esto, miró con maldad tanto a Bertram como a Robin. «Aquí seguro que no conjuráis la naturaleza divina del género humano», decía su mirada.

La actitud de Vera estremeció a Robin. Podía imaginar muy bien la rabia que había sentido durante el viaje cuando él y Bertram ensayaban sin pensar en incluirla a ella. Ahora se vengaba. El *pub* al que se dirigían era un pringoso cuchitril. Lo máximo que podrían ofrecer allí era alguna comedia burlesca y las obscenas adaptaciones de Shakespeare.

—Es... *efto* no causará ninguna *fuena* impresión a... al señor McRae, que... querida —balbuceó Bertram. Estaba tan borracho que en realidad debería darle igual lo que fuera a interpretar, y probablemente no le apetecía nada tener que salir a escena esa noche.

—No se enterará —respondió Vera—. Que os lleven ahora a vuestras habitaciones y preparaos. Intenta estar sobrio, Bertram. Y tú, Leah, despierta. Voy a ver qué se puede hacer.

Naturalmente, los maoríes que dirigían el *pub* nunca habían oído hablar de Shakespeare, pero comprendían la expresión «aumentar ingresos». En un abrir y cerrar de ojos habían reunido a todo el poblado. El público se componía casi exclusivamente de maoríes, lo que a Robin le produjo cierto alivio cuando subió al improvisado escenario. Ahora, poco antes de que empezara el invierno, había menos clientes ingleses, y los que había ya estaban en la cama a esa hora.

Así pues, la función fue, naturalmente, horrible, mucho peor de lo habitual, según la opinión de Robin. Bertram continuamente se atascaba y se tambaleaba, bebido y agotado, sobre el escenario. Leah daba vueltas por ahí sin hacer nada, salvo desprenderse en el momento más o menos adecuado de sus prendas. Al público *pakeha* eso solía excitarlo, pero los maoríes estaban acostumbrados a la desnudez. Miraban sorprendidos y sin entender a la muchacha que, aun siendo hermosa, parecía ensimismada.

—¿Está poseída por los espíritus? —preguntaría luego un maorí a Robin, cuando este demostró que conocía el idioma al pedir un plato—. ¿Y de verdad que la gente os da dinero por decir esos versos tan raros? Ni siquiera es inglés bien hablado, ¿verdad?

Robin intentó explicarle las diferencias entre el inglés isabelino y el actual, recurriendo con ello a la comparación entre las lenguas polinesias y el maorí contemporáneo, lo que provocó ciertos malentendidos.

—¿Entonces es la lengua de los dioses? —supuso el joven—. ¿El maorí que se hablaba entonces en Hawaiki? Cuando todos muramos y volvamos allí tendremos que volver a aprenderlo. Entonces esa chica es *tohunga*, ¿no? Habla como muerta.

Robin no le llevó la contraria. De hecho, era la descripción de Leah más acertada que jamás había oído.

—¡La función es espantosa, simplemente espantosa! Koro Hinerangi había ido a Ohinemutu por la tarde para investigar sobre los extraños acontecimientos del Wairoa. Por la tarde había estado en el *pub* con Paora, un joven miembro de la tribu ngati whakaue, al que conocía desde la infancia. Paora tenía fama de dicharachero cuando bebía un par de tragos y Koro había esperado que confesara, después de que el resto de ngati whakaue instalados en Ohinemutu afirmaran no saber nada de que se hubiera represado ningún arroyo. Por ese motivo acabaron los dos presenciando la función de la Carrigan Company. Ahora, Koro compartía sus impresiones con Aroha.

—¿Podría ser, querido —se burló ella—, que no entiendas nada de arte? ¿Nada de Shakespeare?

Koro negó con la cabeza.

—Reconozco a un borracho haciendo eses en el escenario —respondió—. Y a una chica que balbucea como si no estuviera bien de la cabeza. Además, sé lo suficiente del señor Shakespeare para reconocer que no puede haber escrito lo que se recitaba allí. De lo contrario no se representarían sus obras por todo el mundo. Los *pakeha* son mojigatos. A los *manuhiri* ya se les salen los ojos de las órbitas cuando ven a nuestras chicas llevando *piupiu* (y eso que las falditas de baile son de lo más inofensivo), y a veces alguna *lady* se queja porque los corpiños maoríes son cortos. ¡No van al teatro a ver cómo los actores se lo montan en medio del escenario!

—¿Qué hacen? —preguntó Aroha incrédula—. ¿Se... se aman delante del público?

—Bueno, que se amen entre sí, no lo creo. Después discutían a gritos. Parecía como si estuvieran peleados unos con otros. Claro que sobre el escenario no tuvieron relaciones sexuales. Eso sería un desprestigio, pues ¡tanto Julieta como Miranda estaban representadas por un hombre! Apuran todo lo que es posible para no tener conflictos con la Policía de Costumbres. Aroha, ¡es la función de teatro más peculiar que haya visto jamás! No puedo imaginar que al señor McRae le guste algo así.

Koro se sacó la camisa por la cabeza. Ya era muy tarde por la noche y se había metido a hurtadillas en la habitación de Aroha, en casa de su madre. La muchacha insistía en esos juegos del escondite, pues no quería mostrar abiertamente que ella y Koro dormían juntos desde hacía mucho tiempo. En verano se amaban en los bosques o en las Terraces, cuando se bañaban en las aguas termales. Salvo por la visitas diarias de los *manuhiri*, no solía pasar nadie por allí y era el escenario más hermoso que Aroha podía imaginar para un amor joven. Pero ahora hacía demasiado frío. Podían dormir o no juntos en la casa. Koro participaba paciente en el juego. En realidad, era difícil de imaginar que a su madre le pasara inadvertido su continuo ir y venir nocturno. Pero Sophia nunca había hecho ninguna alusión al respecto. Estaba bautizada y educada en el cristianismo, pero en su corazón era maorí. La santurronería *pakeha* le era ajena.

—Tú misma lo verás mañana —dijo, dando por concluido el tema—. Y antes te voy a demostrar que yo tal vez no sepa nada ni de arte ni de Shakespeare, pero seguro que sí lo suficiente del amor...

Al día siguiente, volvió a reinar la inquietud en el poblado: el Wairoa amenazaba con secarse otra vez. En esta ocasión no se podía justificar con el clima: hacía tiempo que en las montañas flotaba la niebla, así que seguro que había llovido. Esa noche también se habían producido fuertes chubascos en el lago Tarawera. Pero por donde solía correr el río solo había agua enfangada.

Tuhoto volvió a referirse a los iracundos espíritus, generando desasosiego entre *pakeha* y maoríes. Koro sospechó de nuevo de la gente de Ohinemutu. Aroha, por el contrario, pensaba que estaban haciendo una montaña de un grano de arena. El suministro de agua para los habitantes del pueblo estaba de sobra asegurado gracias al transparente lago. Si tanta necesidad tenían los ngati whakaue de represar el arroyo, para así ofrecer a los *manuhiri* la posibilidad de que disfrutaran de un baño, o porque se les había ocurrido algo para competir con las aguas termales de Rotorua, a nadie le perjudicaría. Claro que iba contra la tradición. Habitualmente, las tribus solían evitar tales intromisiones en la naturaleza para no ofender a los espíritus que vivían en las aguas. Pero Tuhoto y los *tohunga* ngati whakaue deberían sentarse a discutir sobre ese asunto. Los tuhourangi y sus huéspedes *pakeha* no tenían nada que ver con ello.

—Como los ngati whakaue tengan algo que ver con esto... —observó Sophia Hinerangi preocupada, después de que Aroha hubiese tranquilizado a un grupo de nerviosos ingleses que temían que el sacerdote semidesnudo los hubiese maldecido con su vara de los espíritus—. Aunque me resulta inconcebible. De acuerdo, se han vuelto bastante codiciosos y tienen pocos escrúpulos a la hora de desplumar a los *pakeha*. Pero ¿represar un río para construir unas casas de baños? Incluso técnicamente es algo difícil. Exige esfuerzo, inversiones financieras y cierta planificación previa. Cosas de las que la gente de Ohinemutu más bien carecen. Mira si no las barracas de tablas que llaman hoteles. No sé, Aroha, lo de ese arroyo me da mala espina. Y no puedo calificar de delirantes las advertencias de Tuhoto. El anciano tiene sus peculiaridades, pero es un hombre lúcido.

Aroha acompañó a los ingleses a las canoas y charló un poco con Kate Middlemass antes de marcharse al hotel Rotomahana. Los actores ya habrían llegado y sentía curiosidad. Si bien la primera función estaba prevista para la noche del día siguiente, McRae ya podría comentarle sus primeras impresiones respecto a la Carrigan Company. El propietario del hotel y también Bao, quien le dio la bienvenida y enseguida le sirvió té y pastas, tuvieron que desengañarla. La compañía todavía no había llegado.

—Pero no es una sorpresa, con este tiempo —señaló Bao.

Llevaba todo el día lloviendo y Aroha incluso se había compadecido de los *manuhiri*. La mayoría de los ingleses no desistía de ir a ver las Terraces, aunque, por supuesto, eran más bonitas al sol. Y además tenían que hacer el trayecto en canoa y el paseo empapados por la lluvia. Aroha tampoco envidiaba a los actores, de viaje en un carro descubierto.

—El camino debe de estar anegado —dijo.

—La señorita Carrigan ya se quejó ayer en Ohinemutu de que el viaje había sido muy fatigoso —apuntó McRae, que acababa de llegar al vestíbulo. Al parecer le había llegado la información—. Lo que no le impidió colocar a su gente, ya entrada la noche, sobre el escenario. Por lo visto, necesita dinero. Y eso que en Hamilton daba la impresión de tenerlo.

—¿La «señorita» Carrigan? —preguntó Aroha asombrada—. Mi pariente se refirió a un tal señor Carrigan. —Contó a McRae un poco sobre Robin.

El escocés se encogió de hombros.

—Pues entonces se trata de otra compañía o el joven se equivocó. Esta, en cualquier caso, es de una mujer. Muy imponente, muy segura de sí misma. Su nombre de pila es... ¿Wilma? ¿Vera? Sí, eso es. Vera Carrigan.

Aroha se mordió el labio. ¡Era el nombre que había mencionado su madre! La mujer que, en opinión de la dulce Linda Lange, era la criatura más malvada del universo.

Empezó a sentir miedo.

—Por favor, infórmeme cuando lleguen —le pidió a McRae, y cuando este se había ido le hizo un encargo concreto a Bao—. Averigua si hay un joven en la compañía. Robin Fenroy. Alto, rubio, un poco ensimismado. Avísame cuando esté en el hotel. Pero no le digas nada de mí. Quiero darle una sorpresa.

Robin se estremeció cuando llamaron a la puerta de su habitación. ¿Qué querría ahora Vera? Acababan de llegar. Un amable chino, que sorprendentemente hablaba un inglés fluido y distinguido, versado en las obras de Shakespeare, lo había conducido a su habitación, y ahora lo que él quería era descansar. El último tramo del viaje había sido infernal, o más bien lo contrario, pues uno no se imaginaba el infierno con frío y lluvia. El paisaje, sin duda bellísimo, se había ocultado durante todo el día tras un velo de agua. La ropa de los viajeros no tardó en quedar empapada y, además, el indiferente joven maorí que conducía el carro les había hecho bajar varias veces y empujar cuando el vehículo amenazaba con quedarse atascado en el barro. Los zapatos de Robin y Bertram se habían echado a perder. Por descontado, Vera había estado quejándose todo el tiempo y se había enfadado. Robin pensaba que ese día no podría soportar más su estridente voz. Pese a que tenía hambre, había decidido rechazar la invitación del hotelero escocés de comer con él en el restaurante. Así se ahorraba los malos tragos. No tendría ni que soportar la elegancia fingida de Vera ni la somnolencia de Leah ni la borrachera de Bertram.

Y ahora, al parecer, alguien venía a pedirle algo.

—¡Adelante! —dijo malhumorado, al tiempo que levantaba la vista para encontrarse incrédulo con los ojos azul claro de su sobrina Aroha.

—¿Tú? —preguntó perplejo—. ¿Aroha? ¿Qué haces en este rincón del mundo?

Aroha lo miraba resplandeciente. No podía creer que hubiera encontrado a Robin, aunque la descripción de Bao no dejaba dudas acerca de su identidad.

—¡Eso más bien te lo pregunto yo a ti! —replicó, observando a su joven pariente.

A primera vista, el chico apenas había cambiado. Pero al mirarlo con atención se percató de que estaba más fuerte y maduro, ya no parecía un niño al que una ráfaga de viento podía tumbar, sino un hombre con un cuerpo robusto. Su rostro no se había redondeado. Todavía conservaba su apariencia élfica, pero a la muchacha ahora le evocaba la imagen de un caballero de los cuentos celtas. Durante los años que había pasado en la Carrigan Company había perdido ingenuidad e inocencia. Los inteligentes ojos castaños de Robin habían visto mucho, y eso había dejado huellas delatoras en sus rasgos. La arruga que antes solo aparecía entre sus claras cejas cuando estaba muy concentrado o preocupado, parecía ahora cincelada. Aroha también cayó en la cuenta de lo largo que llevaba el cabello. En Rata Station nunca había compartido la manía de su padre Chris de llevar el pelo largo y sujeto en la nuca con una cinta de cuero o un prendedor. Al contrario, a veces se había burlado de ello. Siempre había llevado sus rizos cortos, como la mayoría de los *pakeha*.

—Yo... nosotros... actuamos aquí —musitó Robin, todavía estupefacto.

—¡Deja que te dé un achuchón! —Aroha se acercó a su tío y lo estrechó entre sus brazos. Apenas se dio cuenta de que él retrocedía asustado—. ¡Qué alegría volver a saber de ti! Estábamos todos muy preocupados, Cat y Chris todavía lo están. ¿Por qué no has dicho nada? ¿Por qué no has escrito nunca ni nos has invitado a ninguna función? Porque actúas, ¿no?

Robin asintió.

—Claro, yo... Bueno, no interpretamos ninguna obra completa. Es una compañía muy pequeña, sabes... La mayoría de las veces solemos representar solo escenas sueltas de Shakespeare.

Aroha le sonrió.

—Mejor para ti, ¿no? ¡Así puedes ser una noche Hamlet y luego Romeo! —Robin asintió. Pero se mordió el labio, su sonrisa tenía algo de tristeza. La alegría de Aroha volvió a ceder paso a la alerta. Algo había que no funcionaba, eso estaba claro. Si Robin estuviera orgulloso de su trabajo en esa compañía, no se habría mantenido oculto durante dos años y medio—. ¡Cuéntame! —le pidió en tono animoso—. ¿Cómo te fue? Nos parecía imposible que te hubieras marchado solo a Wellington, pero a primera vista parece que te salió bien, ¿no? ¿Te presentaste allí sin más y te dieron un empleo?

—Me contrataron —la corrigió Robin—. Bueno, no... no hablamos de... un empleo.

De hecho, Vera Carrigan pronunciaba con frecuencia esa palabra, pero solo cuando se trataba de los pequeños ingresos extraordinarios que se agenciaba tras las representaciones.

Aroha se obligó a mantener la calma.

—Te contrataron —repitió—. ¡Venga, Robin, no me fuerces a sonsacarte! ¿Impresionaste de inmediato a la señorita Carrigan? ¿Como a mí en el pajar? ¿Y eres feliz?

Se sentó en la cama de Robin, esperando que él tomara asiento a su lado. En lugar de eso, por el rostro del joven pasó una sombra de terror. Después acercó una silla. Se movía con rigidez, sus gestos no eran tan gráciles como los recordaba Aroha.

—Me gusta mucho ser actor —afirmó Robin, como si Aroha lo hubiese puesto en duda—. ¿Y... y tú? ¿Qué haces aquí?

Aroha se percató de que intentaba cambiar de tema. Le hizo el favor, hablándole un poco de su trabajo con los maoríes y los *manuhiri*, así como de su compromiso con Koro y del hotel, en el que todavía se estaban terminando las obras.

—Lástima que no podáis quedaros hasta la inauguración —dijo—. Así verías a tus padres. Cat y Chris vienen para la boda. Pero seguro que tendréis planificada la gira... —Aroha siguió hablando animadamente como si no se diera cuenta de que al mencionar a sus padres Robin se había puesto rígido—. Estoy segura de que no les importará seguirte. Están deseando verte actuar.

—Robin todavía se puso más tenso. Palideció y sus manos se cerraron en torno al respaldo de la silla—. ¿Qué sucede, Robin? —Aroha dio un tono severo a su voz—. ¿No quieres ver a tus padres? ¿Todavía estás enfadado con ellos? ¿Por eso no les has escrito nunca? Robin, ¡lo hicieron con buena intención! Chris hasta te habría acompañado a Wellington...

Él negó con la cabeza.

—No estoy enfadado con ellos —dijo escuetamente—. Aroha, me... me han invitado a cenar... el señor McRae. ¿Quieres... quieres venir?

Era una invitación vacilante. Era obvio que Robin quería poner punto final a la conversación, y tampoco parecía querer presentarle a los demás miembros de la compañía. Aroha reflexionó rápidamente. Se moría de curiosidad por conocer a Vera Carrigan, pero su sexto sentido le advertía que fuera precavida. ¿Cómo reaccionaría Vera cuando se enterase de que Robin estaba emparentado con Linda Lange, antes Fitzpatrick? Al instante ahuyentó tales pensamientos. Todo eso era absurdo, no había ninguna razón para satanizar a Vera Carrigan. Probablemente no relacionaría el apellido de Aroha con nada. E incluso si depositaba en ella el odio que antes había sentido hacia Linda, no podría hacerle daño.

—¡Encantada! —contestó al final—. Aunque no es que vaya vestida para cenar en el hotel... —Llevaba un sencillo vestido de tarde bajo el impermeable—. Bah, no creo que sea nada formal.

Echó un vistazo al sencillo traje azul oscuro de Robin. Era una de las prendas que el joven se había llevado de Rata Station. Al parecer, el dinero que le pagaba Vera no llegaba para comprar ropa nueva.

Él se ruborizó.

—Todo... todo lo demás está húmedo y manchado de barro —explicó—. Las maletas estaban expuestas a la lluvia, y...

Aroha asintió comprensiva.

—Puedes darle las cosas a Bao para que las haga limpiar —sugirió—. Y el señor McRae es muy amable. Aunque mantiene ciertos formalismos en el hotel, sin duda el mejor del lugar, aquí las cosas no son tan estrictas como en los grandes establecimientos de Wellington y Auckland. —Sonrió—. De hecho, Bao y el señor McRae comentan a veces que a las sirvientas maoríes les gusta ir descalzas y que nunca aprenden a almidonar una capota... En cualquier caso, las reglas en cuanto a la indumentaria no son nada severas.

Vera, Leah y Bertram ya estaban presentes cuando Aroha y Robin llegaron al vestíbulo. Bao estaba sirviendo unos aperitivos junto a la chimenea. El señor McRae, sentado junto a sus invitados, que todavía parecían congelados, conversaba animadamente con Vera.

—Por supuesto, tiene que visitar todos los monumentos por los que vienen aquí nuestros huéspedes —le recomendaba en ese momento—. Las fuentes de agua caliente de Rotorua, los géiseres de Whakarewarewa y, naturalmente, las Terraces... Basta con que se apunte a una de nuestras excursiones. O no, esto la limitaría demasiado y seguramente tendrá usted ensayos. Es mejor que le diga a Bao cuándo quiere ir y él le tendrá listo un coche de punto. Aunque no podrá explorar las Terraces por su cuenta, tendrá que...

—Seguro que Sophia Hinerangi le ajustará un poco las visitas a la señorita Carrigan —intervino Aroha.

McRae la saludó resplandeciente.

—¡Señorita Aroha! ¿Ha encontrado usted a su... hum... pariente?

Se levantó educadamente y la presentó a la actriz. La joven estudió discretamente a los miembros de la compañía mientras intercambiaban saludos. Bertram Lockhart debía de ser el actor que la noche anterior había estado tambaleándose sobre el escenario, según Koro. Tampoco en ese momento parecía sobrio, pero todavía conservaba el control suficiente para saludar formalmente a Aroha. Lockhart llevaba un terno marrón que había conocido tiempos mejores, al igual que su portador. La cara angulosa y expresiva del hombre delataba su alcoholismo. Se la veía hinchada, el cutis macilento. Pese a ello, la voz profunda y agradable del actor enseguida conquistó a Aroha. Podía imaginárselo muy bien en el papel de rey o de mago sobre el escenario.

Leah, la joven rubia, casi una niña, daba una extraña y apagada impresión. Y sin embargo era preciosa. Aroha intentó imaginársela mejor alimentada y con ojos vivaces. Si llevara el cabello peinado y cuidado y en esos ojos violáceos brillara algo de vida, Leah fácilmente superaría en esplendor a la mujer que estaba sentada a su lado. Pero por el momento, la única que daba un poco de color a ese pequeño grupo era Vera Carrigan. La mujer, grande y de esqueleto recio, llevaba un vestido rojo, ceñido y con un gran escote, todavía decente como traje de noche. El sombrero también rojo que ostentaba sobre el pelo negro y espeso era extravagante. No cabía duda de que la directora de la compañía llamaba la atención.

Sin embargo, también Louise Pomeroy había atraído la mirada de los clientes del Excelsior cuando Robin había ido a hablar con los Elliot. Una actriz también actuaba en público, aunque no estuviera sobre el escenario. No obstante, la expresión de Vera no tenía nada en común con los rasgos elegantes y expresivos de la Pomeroy. Los de la primera eran más bien bastos; los ojos negros, fríos; la comisura de los labios se inclinaba hacia abajo cuando no se esforzaba en sonreír. Vera se había mostrado extremadamente cordial y amable con McRae. Pero cuando Robin apareció con una joven desconocida, su mirada se enfrió y su expresión se volvió sombría y desinteresada, hasta que se mencionó el nombre de Aroha. Los ojos de Vera se dirigieron a ella, brillando de un modo que a la muchacha le causó miedo. Un ave de rapiña oteando a su presa.

—¿Aroha Fitzpatrick? —preguntó Vera con su voz profunda—. Una vez conocí a un Joe Fitzpatrick.

—Mi padre —se limitó a decir Aroha.

Robin le lanzó una mirada sorprendida que empezó a centellear cuando se deslizó a Vera. Él no conocía la historia de Vera y Joe Fitzpatrick, pero era obvio que se ponía instintivamente alerta ante todo lo que tuviera que ver con la jefa de la compañía. Aroha se preguntó si tendría miedo de esa mujer.

—Interesante... —observó Vera—. Y... ¿cuál es su relación con nuestro... joven héroe? —La última palabra tuvo un deje irónico.

Aroha creyó recordar que en el teatro los calificativos de «joven héroe» o «joven galán» se referían a tipos de papeles. En relación a la vida privada y la evaluación del actor como persona no tenían ningún significado.

Pero Robin parpadeó ante esta observación.

—Estamos emparentados a través de mi madre —respondió cortésmente Aroha, intentando dar la menor información posible.

Vera no hizo más preguntas, aunque sus ojos siguieron mirando con interés a Aroha. Entonces Bao les anunció que la mesa estaba servida. McRae tomó a Vera del brazo y la conversación con Aroha se vio interrumpida. Vera no la reanudó en la hora que siguió, durante la cena, que como siempre fue estupenda, sino que se concentró en impresionar a McRae. A tal fin, no cesaba de darse importancia. Aroha juzgó su comportamiento de impertinente y exagerado, pero a McRae parecía gustarle. Flirteaba con ella, brindaba a su salud y era obvio que disfrutaba de su compañía. La muchacha recordó que ya su madre había mencionado la extraña influencia que ejercía Vera en los hombres.

Los demás miembros de la compañía no aportaron nada interesante a la conversación. Leah comía en silencio y demasiado poco. Se limitaba a picotear las sabrosas truchas del lago. Lockhart acompañaba la comida con demasiado vino. Seguro que ya estaba anhelando el whisky que se serviría después. Aroha se esforzaba por mantener una conversación con Robin. Le preguntaba por los lugares donde la compañía había actuado e intentaba averiguar más sobre lo que había sido su vida en los últimos años. Pero él contestaba con monosílabos. A Aroha le pareció que era desdichado y que estaba tenso. El joven se despidió inmediatamente después de cenar.

—Lo siento, pero estoy agotado por el viaje —se disculpó—. Y... y mañana tenemos que actuar y... todavía tenemos que ensayar por la mañana... —Robin lanzó a Bertram Lockhart una mirada que solo podía calificarse de suplicante.

Aroha no acababa de comprenderlo. Por lo que ella había entendido, esos actores salían juntos al escenario cada noche. Trabajaban unidos desde hacía dos años y medio. ¿Qué más tenían que ensayar? Sin embargo, cuando Robin estaba con Elliot y había actuado en *El sueño de una noche de verano*, después de la *première* se había hecho un ensayo extra porque la noche anterior algo había salido mal.

—En cualquier caso, nos veremos mañana por la noche. ¡Estoy deseando ver la función! —se despidió la joven, y se asombró tanto de la expresión afligida de Robin como de que retrocediera asustado cuando ella fue a darle un beso de buenas noches en la mejilla.

Ya de vuelta en la casa de los Hinerangi, escribió una carta a su madre.

4

—¡Por favor, te lo ruego! No puedo interpretar los papeles de Julieta y Miranda si Aroha está entre el público. Me moriría de vergüenza. ¡Por favor, Vera, por favor, nunca te he pedido nada! Robin suplicaba mientras Bertram Lockhart, que en su primera mañana en Te Wairoa todavía estaba algo sobrio, asentía comprensivo. Robin lo había sacado de la cama mucho antes de la hora en que solía levantarse Vera. Los dos habían pasado dos horas planeando el programa de la función de ese día y habían empezado a ensayar. Había varias escenas de *Hamlet* y *Romeo y Julieta* que podían interpretar juntos y que resultaban interesantes con sus luchas a espada. Robin quería recitar dos largos monólogos siempre que Leah fuese capaz de memorizar un par de frases en los papeles de Julieta y Ofelia. La muchacha se sabía los textos y él estaba dispuesto en caso de duda a impedir que se excediese con la «medicina». Vera, por su parte, quería interpretar el papel de madre de Hamlet. Carecía de profundidad y talento para un rol de carácter, pero eso permitiría que Robin todavía se luciera más.

—Déjale, mujer —intervino Bertram, poniéndose del lado del joven—. Venga, Vera, la chica que se encarga aquí de atender a los huéspedes es pariente suya. Escribirá a los padres de Robin. Si le obligas a hacer el papel de mujer, ¡hará el ridículo delante de toda la familia! Por muy normal que fuera eso en la época de Shakespeare...

—¡Justo! —exclamó Vera triunfal—. Era normal y así estaba planeado. No entiendo por qué voy a aceptar que me impongáis el programa. Y Leah...

—¡A Leah le da igual! —afirmó Robin.

Leah llevaba media hora allí, inmóvil entre los bastidores como un accesorio más.

En el rostro de Vera se dibujó una mueca malvada.

—Pues entonces que decida Leah —contestó sardónica—. Leah, cariño... ¿quieres hacer esta noche de Julieta?

Leah parecía no haber oído nada.

—¡Leah! —atronó Bertram.

La joven levantó la vista.

—¡Sí! —contestó, con los ojos violetas suavemente velados, mirando a Robin—. Es bonito el modo... el modo en que Robin habla con ella. —Y dio unos pasos de baile sobre el escenario.

—Oooh, Romeeeeo... —En su voz puso algo de expresividad.

Vera se quedó atónita.

—¿Ha bebido, Bertram? —preguntó enfadada.

Lockhart ni pestañeó.

—¿Cómo voy a saberlo? —repuso tranquilamente—. ¿Acaso soy el guardián de mi hermana?

Vera soltó un gruñido y volvió al tema.

—Está bien, que Robin haga de Hamlet y de Romeo. Vuestra dulce Leah recitará tartamudeando a Julieta... siempre que su estado se lo permita. Yo haré de Ofelia.

Robin reprimió un gemido. Vera era demasiado vieja e insensible para interpretar ese papel, le apagaría a él con sus gritos. Pero al menos Ofelia y Hamlet no intimaban tanto en la escena que proyectaban representar como para que Vera introdujese alguna obscenidad.

—Y... —Vera dedicó a Robin y Bertram una sonrisa malvada—. Como guinda final presentaremos también la escena de Titania y el burro. Ahí podrá brillar Robin otra vez. A fin de cuenta, hoy quiere interpretar solo papeles masculinos...

Y dicho esto se marchó, dejando atrás a un abatido Robin.

—¡Tenemos que volver a ensayarlo con Leah! —pidió—. Ella... ella simplemente tiene que recitar sus textos. No tiene que tocarme. Por Dios, Bertram, si hace de Titania como suele hacerlo...

Bertram hizo un gesto de rechazo.

—No lo hará —lo tranquilizó—. Más bien se peleará contigo. El alcohol la pone rebelde. Pero si acabas de verlo. Ha llevado la contraria hasta a su querida Vera. Y esto es solo el principio...

—¿Es cierto lo que Vera ha sospechado? —preguntó Robin—. En serio que le has... ¿Cómo has conseguido que bebiera whisky para desayunar?

—¡Ooooh, Romeeeeeo! —Leah se acercó con intenciones de frotarse contra él. El aliento le olía a alcohol.

Bertram sonrió irónico.

—Digamos que esta mañana no encontraba su medicina y estaba muy excitada. Así que le eché en el té un poco del rico whisky que sobró ayer. Creo que ni se ha dado cuenta. Pero esto no nos facilitará las cosas esta noche, Robin. Ahí Vera tiene razón. De hecho, nuestra pequeña Leah no soporta el alcohol. Primero llora, luego se enfada. Que Vera le compre ese caro opio está justificado. Así que tenemos que dosificarlo con mucha precaución. Pero no te preocupes: el tío Bertram lo tiene todo controlado...

Ese día, Bertram Lockhart consiguió mantenerse sobrio. Bebió el whisky justo para no mostrar síntomas de abstinencia. De algún modo privó a Vera de dirigir la velada. Por regla general, era ella quien explicaba brevemente las escenas de los distintos dramas y comedias, pero esta vez solo saludó brevemente a los espectadores y dejó que Bertram describiese un poco las obras con que pensaban «arrebatar» al público, como dijo el actor guiñando el ojo.

Robin miraba nervioso entre las cortinas del telón. La sala del Rotamahana disponía de un auténtico escenario con guardarropa para los actores, bastidores y todo lo necesario para poner en escena piezas breves. La sala estaba a rebosar de espectadores. En las filas delanteras se sentaban los huéspedes ingleses, y también distinguió a Aroha acompañada de un alto y musculoso maorí. Debía de ser Koro, el prometido de su sobrina, cuya expresión era escéptica. Aroha parecía inquieta. Más atrás había unos pocos maoríes interesados, por lo visto, en el arte de los *pakeha*, así como ingleses, irlandeses o escoceses que, según suponía Robin, dirigían los hoteles, casas de baño o tiendas de Rotorua. No cabía duda de que el público era más cultivado que la gente ante la cual solía actuar la Carrigan Company. Seguro que algunos espectadores ya habían visto *Hamlet* y *Romeo y Julieta* en algún escenario londinense.

Ante ese tipo de público, Robin tuvo que luchar un poco con el miedo escénico, pero al pisar las tablas se olvidó de él. Con el «Ser o no ser...» inició la mejor representación que la triste compañía de Vera Carrigan jamás había efectuado. Robin se metió tanto en sus personajes como había hecho en el pasado, y Bertram alcanzó su antigua grandeza. Cuando ambos tenían el escenario para sí, cautivaban a los espectadores. Su actuación no iba a la zaga de la de una compañía de renombre. Naturalmente, las mujeres bajaban mucho el nivel. Leah, en efecto, tartamudeó un poco y, como Julieta, más que recostarse contra Romeo buscando protección, se acercaba a él dando tumbos; pero Robin la sujetaba con destreza y le apuntaba el texto sin que nadie lo notara. Vera seguía siendo tan funesta ya como Ofelia o como Desdémona, pero al menos había entendido que delante de ese público era mejor recitar el texto original y mantener abrochado el camisón.

Al final, Robin esperaba temblando la escena en que Leah interpretaba el papel de Titania y se llevó un susto cuando, en el papel de maese tejedor con cabeza de burro, se inclinó sobre la durmiente reina de los elfos. En el lecho de flores no yacía Leah, sino Bertram, disfrazado de esposa de Oberón. El talentoso actor encarnó con tal comicidad el papel de mujer que el público se tronchó de risa. No había nada obsceno en esa escena y a nadie se le hubiera ocurrido tachar a Bertram de afeminado u homosexual por haber interpretado a ese personaje. Lo recompensaron con un cálido aplauso cuando se inclinó para saludar con una corona de flores calada en la encanecida cabeza.

—Vale, seguro que esta no ha sido la mejor representación de Shakespeare que yo haya visto —le dijo Aroha a Koro al terminar la obra—, pero tampoco ha sido tan horrible como me la describiste tú.

Koro enarcó las cejas.

—Hoy me han parecido... más serios —contestó—. Por no decir que parecían otros. O fue cosa mía. Como es sabido, no entiendo nada de arte...

Aroha rio y le dio un beso. Luego felicitó sinceramente a Robin por su actuación y se propuso que, cuando volviera a escribir a Cat, restaría importancia a los puntos flacos de la compañía y al malestar que le producía Vera Carrigan.

Pero no iba a escribir tan pronto la carta. En los días siguientes, los acontecimientos se precipitaron en Te Wairoa.

5

—¿Hoy solo seis? —preguntó Aroha a Sophia. La guía turística acompañaba al grupo de ese día a la embarcación—. ¿Y Kate no tiene ningún cliente?

Sophia se encogió de hombros.

—Hace un par de días que Kate no está por aquí, se ha marchado a visitar a unos parientes en Hamilton. Y ayer hubo un problema con el barco de Auckland. Sea como sea, no han venido más *manuhiri*. Hoy solo tengo a la gente que ayer se quedó aquí porque llovía mucho. —Sonrió amistosamente a sus clientes, dos matrimonios ingleses y dos jóvenes franceses—. Es evidente que fue una idea juiciosa. Disfrutarán mucho más de la excursión con este sol.

En efecto, en el último día de mayo hacía un resplandeciente tiempo otoñal. El lago Tarawera brillaba con un azul intenso y reflejaba las nubecillas que flotaban en el cielo. Las Terraces solían brillar de forma sobrenatural cuando hacía ese tiempo y, por supuesto, también era más divertido bañarse cuando a uno no lo mojaba también el agua de lluvia.

—Vente con nosotros si no estás ocupada, Aroha —la invitó Sophia—. Puedes hacer de intérprete a los franceses. Dicen que saben inglés, pero creo que no entienden ni una palabra. Y mejor si también te llevas a tu joven pariente. Dicen que actuó ayer estupendamente. Mi hija ya está loca por él.

Aroha sonrió.

—Tendré que animarlo. Creo que no ha tenido demasiadas relaciones con chicas, lo veo muy tímido. De todos modos, no lo podemos llevar, está con la compañía camino de Whakarewarewa, para ver los géiseres. Hoy no hay función; en el *marae* se presenta el *powhiri*. —McRae era lo suficientemente sensato para no hacer la competencia a la ceremonia de bienvenida semanal y al espectáculo de danza—. Pero es verdad que no tengo nada que hacer hasta que anochezca —prosiguió la joven—. Los franceses están de suerte.

—¡Y yo! —apuntó Sophia contenta.

—*Bonjour, messieurs...* —dijo Aroha dirigiéndose sonriente a los jóvenes franceses, mientras subía a la embarcación.

Se alegraba de hacer la excursión. Si recordaba bien, no había visto las Terraces en dos meses. Acto seguido estaba inmersa en una animada conversación con los franceses, que le contaban los viajes que habían hecho hasta el momento. También los remeros maoríes estaban de buen humor. El buen tiempo y la superficie del agua plana como un espejo los estimulaban a cantar para los extranjeros.

—¿De qué trata la canción? —preguntó uno.

Sophia y Aroha tradujeron la letra a los *manuhiri*.

—Trata del lago y la pesca —explicó Aroha—. Casi todas las canciones de los maoríes describen el país en que viven las tribus. Cada tribu tiene sus costumbres y sus *haka*, canciones y bailes específicos. Esta noche recibirán una primera impresión de lo que les describo cuando presencien el *powhiri*, el ritual de bienvenida. Los maoríes están muy unidos a su tierra, mucho más que nosotros los *pakeha*. A nosotros nos da más o menos igual dónde nos instalemos, si el entorno es bonito y los vecinos, amables. Estamos acostumbrados a cambiar varias veces de lugar a lo largo de nuestra vida. Los maoríes, por el contrario, se ven como parte de sus montañas, ríos y lagos. Un viejo dicho de los indígenas de Wanganui reza *Ko au te awa. Ko te awa ko au*, lo que significa algo así como: «Yo soy el río, el río soy yo.» Es cierto que de vez en cuando migran, pero siempre regresan. Por eso fue un crimen trasladarlos de un sitio a otro como si tal cosa durante la Guerra de las Tierras. Daba igual lo bonita, fértil y rica en pesca que tal vez fuera la nueva tierra (de hecho siempre era peor que la antigua, que ahora está en manos de granjeros *pakeha*), los maoríes no podían aceptarla realmente.

Ese día, Sophia y Aroha disfrutaron en igual medida de ir de excursión con un pequeño grupo de *manuhiri*, pues así podían responder con más detalle a las preguntas individuales. Y cuando los franceses expresaron su deseo de remar ellos mismos una «canoa» de guerra, dos maoríes les dejaron servicialmente y sonriendo su sitio.

—¡No fácil! —advirtió uno.

—Y tampoco es una canoa de guerra —informó Aroha—. De hecho no es una canoa sino un ballenero reformado. Así que quizá pueda sentirse usted como el capitán Ahab, pero no como un guerrero. Subiremos a una canoa cuando lleguemos al lago Rotomahana. Allí seguro que también podrán remar.

A continuación, resumió a los maoríes el argumento de la novela *Moby Dick* mientras los franceses manejaban torpemente los remos. Eran dos aristócratas parisinos que jamás habían trabajado con las manos, por lo que Aroha se alegró de ir en una embarcación tan estable.

El paseo a pie hasta el lago Rotomahana se prolongó de forma inesperada. Las parejas de ingleses ya eran mayores y el marido de una y la esposa de la otra tenían problemas para caminar. Aunque Sophia ayudaba a la señora y los franceses al caballero, el paseo duró mucho tiempo y luego los jóvenes también retrasaron la travesía del segundo lago. Para su satisfacción, allí les esperaba una canoa maorí tradicional y, como ya se sentían unos expertos remeros, no permitieron que nadie les impidiese volver a «ayudar».

—¡Y deberíamos cantar un *haka* de guerra! —exclamó uno, divertido.

Aroha negó con la cabeza.

—Lamentablemente no podemos pedirles algo así a los hombres —respondió categórica—. Primero, no conjurarían a la ligera a los espíritus de la guerra y, segundo, las Terraces son *tapu*. Jamás debe derramarse sangre allí. Los espíritus de las Terraces se encolerizarían al verse confrontados con himnos y danzas de guerra.

Los franceses se miraron con el ceño fruncido.

—¿Usted... usted no creerá en serio en los espíritus, *mademoiselle* Aroha? —preguntó uno.

Aroha sonrió.

—Lo que yo crea no es importante —respondió con una evasiva—. Lo importante es que las Terraces son sagradas para los maoríes. Ya es un acto de gran generosidad por su parte que permitan acceder a ellas a visitantes de todo el mundo. Lo mínimo que podemos hacer es atenernos a las reglas. Además... —dijo cambiando rápidamente de tema— esta tampoco es una canoa de guerra. Las de guerra son más largas, más finas, mucho más rápidas y a veces primorosamente decoradas con tallas de madera y plumas. Según la estrategia de guerra maorí, es más importante impresionar al enemigo que cruzar armas con él. Y las canoas de guerra son enormes. Una tripulación incluía hasta setenta hombres. Esta solo lleva doce remeros.

Aroha, Sophia y Kate no solían tratar en profundidad el tema de los «espíritus» con los *manuhiri*. Todas habían vivido situaciones en que mientras unos viajeros se sentían ofendidos en su sentimiento cristiano, otros desvelaban que eran espiritistas y por la noche no tenían nada mejor que hacer que importunar a los maoríes con la idea de organizar una sesión. Siempre había alguien que decía lo bonito que sería invocar por una vez a otros espíritus, no solo a los ingleses como era habitual.

Aroha consideraba esa actitud algo tontorrona, pero aun así, abierta al mundo y tolerante. Aunque no quería ni saber lo que pensaría Tuhoto al respecto.

Como siempre, en la canoa surgió un ambiente casi de recogimiento cuando aparecieron las Terraces. En el fondo, todo el mundo sentía ahí el aliento divino, y más con un día tan maravilloso como ese. El sol ya había llegado a su cenit cuando la canoa se deslizó silenciosa junto a las formaciones rocosas en forma de cascada. La blancura de Te Tarata deslumbró a los viajeros, Otukapuarangi se inclinaba sobre el lago en tonos de un naranja rojizo brillante. En ese momento, ni siquiera los franceses bromeaban. Todos comprendieron que esa espléndida maravilla de la naturaleza fuera sagrada para los maoríes.

—Hoy acortaremos el ceremonial del baño —advirtió Sophia cuando los remeros se aproximaron a las casetas de las Pink Terraces—. Oscurecerá antes de que lleguemos a casa. Y seguro que los *manuhiri* quieren refrescarse antes de acudir al *powhiri*.

Las mismas Sophia y Aroha renunciaron a sumergirse en las aguas termales, pues las ancianas inglesas necesitaban ayuda para pasar del corsé a sus bañadores y luego volver a sus voluminosas faldas. Así que el sol ya se estaba poniendo cuando por fin el grupo llegó al lago Tarawera y subió al ballenero otra vez.

Sophia observaba preocupada que la niebla subía.

—Vamos con demasiado retraso —constató cuando remaban hacia el sur del lago Tarawera.

Los maoríes aminoraron el ritmo cuando la visión empeoró. Pero los *manuhiri* no se quejaban, parecían disfrutar de la irreal atmósfera del atardecer, hasta que de repente apareció la canoa...

—*Mon Dieu!*, ¿qué es eso? —Uno de los franceses fue el primero que la vio.

Una canoa enorme, decorada con tallas finas de madera en la alta proa, surgió entre la niebla. Avanzaba a toda velocidad, impulsada por una gran cantidad de remeros que, sentados erguidos, miraban fijamente al frente. Otros, de pie en el bote, tampoco advirtieron al ballenero hacia el cual, sin embargo, se dirigían directamente. No se percibió ningún sonido, salvo el gemido asustado que lanzaron los remeros maoríes. En cuanto apareció la extraña canoa, habían dejado caer sus propios remos. Paralizada por el miedo, Aroha se quedó mirando a los desconocidos. Se percató entonces de sus atributos: eran guerreros maoríes, con los faldellines tradicionales de lino y las armas de rigor. Reconoció hachas y mazas. Los rostros tatuados parecían cincelados en piedra, el cabello recogido en moños de guerra y adornado con plumas. Aroha sintió un escalofrío. Las plumas ornamentales no se llevaban a la hora de emprender una guerra. Con las plumas de la garza blanca y de la huia los guerreros muertos regresaban a Hawaiki.

—Esto... esto...

Sophia estaba blanca como la nieve. Las inglesas se santiguaron.

—¡Remad! —El capitán de los remeros había vuelto en sí—. ¡Son espíritus! Es una canoa de espíritus, una *waka wairua*...

Después de permanecer paralizados, ahora los maoríes empezaron a remar frenéticamente. Pero, por supuesto, no llegaban ni de lejos a la velocidad de la extraña canoa. Para su alivio, la embarcación pasó por su lado y se desvaneció en la niebla.

—Así... así es como hay que imaginar una canoa de niebla —murmuró Aroha.

—¿Imaginar? —preguntó un francés—. ¡*Mademoiselle*, he visto esa canoa con mis propios ojos! Y usted también, ¿no?

Los ingleses asintieron, al parecer todavía no conseguían pronunciar palabra. Pero el otro francés pareció recuperarse.

—¿Es esto una atracción especial? —preguntó inquieto—. Usted... bueno, nos hablaba de guerreros y espíritus y de repente... ¿aparece esto? Pues si está organizado, pues... entonces vale la pena pagar un suplemento.

—¡No diga tonterías! —intervino Sophia—. Eso... eso era un *waka wairua*, una canoa de los espíritus. Y anuncia una desgracia. Creo que hoy he visto las Terraces por última vez...

Aroha se sobresaltó. ¿Cómo podía Sophia decir algo así? ¿Por qué? Habría sido mejor tranquilizar a los *manuhiri*, en lugar de confirmar que habían presenciado un incidente sobrenatural.

Por otra parte, ¡sí habían presenciado un incidente sobrenatural! Ya podía Aroha repetirse cuantas veces quisiera que no lo habían visto. ¡En el Tarawera no había tribus guerreras, durante generaciones ninguna canoa así había navegado por el lago! Sin embargo, los guerreros habían pasado tan cerca de ellos que sí, que casi habían podido percibir su aliento... si hubiesen respirado. Y los hombres llevaban las plumas ornamentales de los muertos... También Sophia daba la extraña sensación de estar sin vida, casi como si siguiera contemplando otro mundo. Sus últimas palabras tenían el aire de una profecía.

Desgracia...

—Morirán muchos hombres —musitó Sophia. Parecía no estar del todo en sus cabales.

Aroha se enderezó. ¡Eso no podía seguir así, a ver si Sophia, siempre tan profesional, iba ahora a asustar a los *manuhiri*!

—Yo... esto... bueno, estoy segura de que todo va a aclararse —dijo con fingido buen humor a los viajeros—. A lo mejor alguien se ha permitido gastarnos una broma...

Notó en los rostros de los viajeros que ninguno la creía.

Vera Carrigan hizo pagar a Robin por las arbitrariedades que se había permitido cometer en la programación de la noche anterior. Por supuesto, el joven ya se lo había temido, pero no se le ocurrió ningún pretexto cuando McRae sorprendió a la compañía a la mañana siguiente invitándolos a que cogieran un carro con destino a Whakarewarewa.

—Hoy ya no vienen más huéspedes nuevos, el carro está libre y hace un día espléndido. Disfrutarán de la excursión, además tienen todo el día para ustedes. Esta noche no hay función.

Vera aceptó la oferta, aunque fingió cierta decepción al enterarse de que McRae no los acompañaría.

—Lo lamento pero es imposible, soy imprescindible en el hotel —dijo el propietario con pesar—. Pero salude al Gran Géiser de mi parte. Y no permita que Arama vuelva a arrojar jabón en el interior. Sé que causa mucha impresión, pero es una tontería y el gobierno lo ha prohibido.

El camino a Whakarewarewa era idéntico al que llevaba a Ohinemutu, pero, con ese sol resplandeciente, el viaje fue todo un placer. A Robin los bosques le parecieron encantados, ese era el aspecto que debían ofrecer los decorados del *Sueño de una noche de verano*. No le hubiera extrañado ver aparecer a Puck y Oberón detrás de los helechos arborescentes y de las cascadas. Con un bosque verde en segundo término, se extendía el campo geotermal de Whakarewarewa, rocas blancas, entre las cuales Robin distinguía lagunas de un azul ultramarino y pozas de barro burbujeante. Cuando el imponente géiser Pohutu echó un chorro de agua al aire, a solo unos metros del camino, hasta Leah gritó sorprendida. Los campos de lava, las nubes de vapor y los manantiales de agua hirviente que surgían directamente de la tierra la impresionaron incluso bajo los efectos del opio.

Los tres géiseres más importantes se encontraban por encima de un río. Las rocas desde las que se alzaban parecían bordadas en oro, algún mineral debía de haber ahí arriba que producía ese efecto. Robin no se cansaba de contemplar la belleza de ese paisaje tan singular.

—¡Sería un maravilloso escenario natural! —comentó transfigurado.

El cochero maorí le aseguró que su tribu pensaba lo mismo y que de vez en cuando acudían allí para bailar y cantar en honor de los espíritus.

—Hay que serenarlos —aclaró con gravedad—, pues por mucho que estas fuentes sean una bendición, también pueden convertirse en una maldición. Cuando los espíritus se encolerizan hacen hervir el agua de las lagunas. Crean nuevas fuentes, vomitan el vapor de la tierra con una violencia desenfrenada. Debajo de nosotros arden fuegos furiosos, los espíritus dejan que las montañas se fundan cuando les apetece.

Robin tradujo sus palabras para los demás.

—¿Y dónde podemos bañarnos ahora? —preguntó Vera. Era la única que permanecía impasible ante las bellezas naturales—. Se dice... —parpadeó al joven cochero— bueno, que aquí podemos bañarnos... desnudos. —Su mano acarició como sin querer el hombro de Robin.

El joven maorí sonrió.

—Nosotros siempre bañar desnudos —chapurreó en inglés—. Trajes de baño no prácticos. Sí, yo enseñar fuentes lejos del camino. Pero ser precavidos. A veces agua más caliente que antes.

Vera hizo una mueca irónica.

—Bah, para nosotros nunca estará lo suficiente caliente, ¿verdad, Robin? ¿Y tú cómo te llamas, joven? Ay, sí, ya me acuerdo: Arama. ¿No significa Adam, pequeño? ¿Es que estás bautizado?

Mientras Bertram se daba media vuelta asqueado y Robin sospechaba lo peor, Vera coqueteaba con el joven maorí y se desabrochó el vestido sin el menor pudor cuando él les llevó a una laguna termal que pocas veces frecuentaban y a la que nunca acudían los *pakeha*. Era muy bonita, casi redonda, rodeada de una orla blanca donde se habían sedimentado los minerales. El agua era de un verde cremoso.

—Bueno para piel —señaló Arama.

A Robin no le gustó el olor de la balsa. Apestaba a sulfuro.

—Vamos, ¡desvestíos todos! —ordenó Vera.

Bertram se abrochó un botón que llevaba desabrochado en el chaleco del terno.

—Yo ya me cuezo bastante en el infierno —comentó—. No voy a revolcarme ahora en el fango de la laguna Estigia.

—¿Estigia? —preguntó Arama, quien en ese momento se quitaba los holgados pantalones de lino y metía la punta de los pies para comprobar la temperatura—. No haber mucho fango, poder nadar.

—La laguna Estigia es un lugar que se menciona en los libros —explicó Robin.

No estaba muy seguro de cómo actuar. No quería bañarse, sobre todo con Vera, cuyo blanco y voluminoso cuerpo estaba ahora desnudo. Le recordaba a un gusano grasiento. No podía compartir el brillo de deseo que apareció en los ojos de Arama. Prefería mirar a Leah, quien se desprendía obediente del vestido para sentarse sobre una piedra al borde de la laguna. Como era habitual en ella, no participaba; solo su postura —hombros encorvados, cabeza baja y un cabello enmarañado que casi cubría su torso desnudo— mostraba cierta conciencia de pudor. Robin habría preferido marcharse de allí. Pero si ahora no hacía lo que Vera quería, ella volvería a cambiar al día siguiente el programa y lo obligaría a humillarse delante de Aroha y sus conocidos. ¡Ahora ni siquiera podía huir!

Robin se habría abofeteado. Habría sido tan fácil marcharse de Hamilton o de cualquier otro sitio donde un ferrocarril lo llevara hasta Auckland... En Te Wairoa estaba bloqueado. Necesitaría aducir un motivo sólido si abandonaba la compañía aquí. Se quitó la camisa, abatido. Mientras, Vera se metió en la laguna, seguida de un Arama claramente voluptuoso, aunque algo desconcertado. Hasta ese día no había conocido a ninguna mujer *pakeha* como Vera. Su proceder le parecía algo intrépido, incluso para la relajada moral de su pueblo.

—¡Ven, Robin, pequeño, no seas ñoño! Jugaremos todos un poquito juntos, ¿vale? Lo mismo hasta juegas con Arama. Ya es hora de que entiendas de qué te tachan, puesto que eres tan dulce interpretando a Julieta.

Vera indicó con gestos a Robin que se acercara y este se desnudó hasta quedarse en calzoncillos. Así que también se deslizó en la laguna y soportó pacientemente los indecentes toqueteos, las burlas y las risas, ya que su sexo no se endurecía pese a los esfuerzos de la mujer. Para su alivio, Bertram renunció a ser testigo de su repetido sometimiento. Leah se metió en la laguna también, tendida boca arriba y con los brazos en cruz, pero no se implicó en los jueguecitos sexuales de Vera. En realidad, Arama fue el único que entró en detalle y que, a ojos vistas, no entendió de qué iba el juego.

—¿Eres su esclavo? —preguntó cuando al final los jóvenes volvieron a vestirse—. Yo pensaba que eso no existir entre *pakeha*. Nosotros tampoco tener.

Con el tratado de Waitangi los maoríes se habían puesto oficialmente bajo el dominio del Reino Unido y reconocido la legislación británica. La costumbre de conservar esclavos de guerra se había perdido; también porque los conflictos entre tribus eran cada vez más raros.

Robin suspiró.

—Algo parecido —murmuró—. Y sería muy amable por tu parte que no lo fueras contando...

La compañía llegó a Te Wairoa al ponerse el sol, casi al comienzo del espectáculo de danza de los maoríes. En el *marae*, sin embargo, todavía no desfilaba ningún bailarín. Todos discutían acaloradamente. Tuhoto llevaba la voz cantante, la gente se lamentaba y rezaba...

—¿Qué está pasando aquí? —preguntó Vera.

Robin, el único de ellos que entendía el vocerío de los maoríes, frunció el ceño.

—Yo tampoco lo sé —respondió—. Todos hablan de una canoa que han visto en el lago. Una canoa de espíritus. Con muertos remando o algo así. Qué raro suena...

—Trae desgracia —añadió Arama—. Cuando *waka wairua* viene, mueren personas. Mucha, mucha desgracia.

—Tonterías. —Vera movió la cabeza—. Los espíritus no existen. Esto es uno que se lo ha inventado.

—No solo uno —intervino Robin, por lo que oía decir—. Doce remeros, cuatro ingleses, dos franceses, una guía y... Aroha.

Miró alrededor y distinguió a su sobrina un poco al margen. Aroha hablaba con su prometido, McRae y el joven chino. Bao, recordó Robin. Saltó del carro, sin esperar a que Vera le diera permiso y se unió al grupo.

—Debe de haber alguna explicación natural —estaba diciendo Bao—. Que aparezcan unos espíritus en una canoa es increíble.

—¿No hay espíritus en China? —preguntó McRae—. Se supone que Escocia está llena. Pero a mí todavía no se me ha aparecido ninguno. En serio, señorita Aroha, ¿no habrá sido un espejismo o algo así?

La muchacha se encogió de hombros.

—No lo toqué, señor McRae —contestó—. Así que no sé si era real. Pero sé que vi una canoa, una canoa de guerra llena de hombres. Y todavía no he oído a nadie hablar de espejismos en Nueva Zelanda. A lo mejor fue una ilusión óptica. ¿En el desierto no hay espejismos?

—Hay historias de canoas de espíritus —informó Koro de mala gana—. Mi madre tiene razón, anuncian desgracias. Pero no me lo creería si no lo hubieses visto tú, Aroha. Y Sophia...

—Todos lo hemos visto —repitió Aroha—. Aun así, yo averiguaría si no son de otra tribu. A lo mejor de una que está migrando...

—¿Con canoas de guerra? —objetó Koro.

Aroha se mordió el labio. Ella misma sabía que era una idea absurda. Los tuhourangi conocían a todos los habitantes del lago Tarawera, la llegada de una tribu migrante no les habría pasado inadvertida. Sucedía que a veces venían tribus para ver las Terraces. Entonces se celebraba un gran *powhiri* y se acompañaba a los visitantes a las rocas. Naturalmente, no llegaban en canoas y no llevaban los adornos de los muertos.

—¿No hay hoy un *powhiri*? —preguntó Aroha, cansada—. Deberíamos avisar a los huéspedes y tal vez organizar otra cosa. No es bueno que los *manuhiri* escuchen las lúgubres profecías de Tuhoto.

—Tuhoto y los demás *tohunga* están preparando una ceremonia de purificación —informó Koro—. La gente del *marae* está demasiado asustada para ocuparse ahora de los huéspedes.

McRae asintió.

—Pues a cambio, invitaré hoy a una cena formal en el hotel —declaró—. Solo somos seis y los actores. Que hoy por fortuna han hecho algo distinto. —De repente todos miraron a Robin, y Aroha se preguntó por qué se sonrojaba—. Seguro que la señorita Carrigan tendrá algo que contar sobre los géiseres y las fuentes de agua caliente —prosiguió McRae—. Si la conversación en la mesa es animada, tal vez se olvide un poco el asunto de la canoa.

Llame entonces a sus corderitos, señorita Aroha. Se requiere traje de etiqueta. Haremos todo lo posible para que los huéspedes piensen en otra cosa.

En efecto, los huéspedes acudieron vestidos de gala. Robin volvió a avergonzarse de su raído traje. Aroha llevaba esa noche un elegante vestido azul oscuro. Vera apareció con un escueto vestido de fiesta negro cuyo generoso escote cosechó las miradas desaprobatorias de las dos *ladies* inglesas. Sin embargo, conseguir que esa noche los *manuhiri* pensaran en otra cosa que no fuera la canoa de los espíritus era un empeño inútil. Todos se explayaron en la descripción de la experiencia y luego surgieron las leyendas de los espíritus anglosajones. Aroha observaba fascinada con qué rapidez los hombres se sometían al encanto de Vera Carrigan. Y sin embargo, para el gusto de Aroha, la actriz era poco natural, hablaba demasiado fuerte y resultaba cargante.

Las damas inglesas también parecían molestas por esa razón, mientras que sus esposos estaban pendientes de todo lo que decía la actriz. Esta sabía de forma instintiva cómo manejar a los hombres. Sabía dedicar una sonrisa de complicidad, un pequeño e inocente roce, como la caricia en un brazo por aquí y un cumplido o una broma por allá. Solo los miembros varones de su compañía, Robin y Bertram Lockhart, permanecían indiferentes ante su actuación. Bertram parecía aburrido y bebía una copa de vino tras otra sin intervenir en la conversación. Robin removía en silencio la comida en su plato.

Aroha se preguntó si la falta de apetito de su tío tenía que ver con Vera Carrigan. El joven casi nunca la miraba. Cuando no podía evitarlo, en sus ojos brillaba algo que Aroha no lograba identificar, pero estaba claro que Robin no albergaba ningún sentimiento amable hacia su jefa. Aroha se prometió hablar pronto con él de ese tema. Ese día también ella estaba demasiado afectada por el sorprendente suceso del lago. No atendió a las historias de los ingleses sobre sesiones espiritistas y casas encantadas, pero aguzó el oído cuando Vera Carrigan aportó su experiencia invocando espíritus. La actriz contó alegremente una historia que Aroha conocía desde que era pequeña: la destrucción del *kauri* sagrado de los ngati tamakopiri. Linda, su madre, todavía ahora se estremecía cuando recordaba la maldición que la *tohunga* Omaka había lanzado entonces contra los hombres que habían participado en el sacrilegio. Y contra la joven.

Vera describió a Omaka como una instigadora de la guerra que había desvelado a los hauhau las posiciones británicas y había atraído al enemigo con sus cánticos y oraciones. Solo destruyendo el árbol que veneraban se había despejado el entorno de maoríes rebeldes.

—Esa vieja bruja pegó, por supuesto, un buen grito —concluyó Vera la historia—. Agitó su vara como una loca. Supongo que nos maldijo, al menos es lo que se dijo después en Taranaki. Un par de soldados involucrados murieron al poco tiempo. Se rumoreó que la causante de su fallecimiento había sido la hechicera.

—Aroha frunció el ceño. Ella no sabía nada de eso, pero Linda y Omaka se habían marchado a Otaki justo después del incidente del árbol, y Revi Fransi no habría permitido que en su orfanato se rumorease acerca de maldiciones y juramentos—. De todos modos, yo no me lo creí —añadió Vera sin inmutarse—. Y como ven, yo tenía razón. Aquí me tienen, delante de ustedes, ¡sana y salva! —se jactó, sonriendo al grupo.

—Pero usted no taló el árbol, señorita Carrigan —observó uno de los ingleses.

Vera rio.

—Animé a los hombres a que lo hicieran —respondió muy ufana—. Sin mí no se les habría ocurrido que había una bruja azuzando a los hauhau. Y la vieja no me soportaba. Si maldijo a alguien, fue a mí la primera. ¡Pero no le sirvió de nada! —Bebió relajada un sorbo de vino.

Aroha estuvo a punto de decirle que algunas profecías necesitaban más tiempo para cumplirse, pero McRae se le adelantó.

—A lo mejor, mi querida señorita Carrigan —dijo con una

sonrisa de admiración—, dispone usted de una magia más potente.

Aroha no oyó lo que Vera le contestó. Estaba ocupada dando palmaditas a Robin en la espalda, pues el joven tenía un ataque de tos. Se había atragantado al escuchar las palabras de McRae.

6

Vera Carrigan no era la única que estaba firmemente decidida a no hacer caso de las advertencias y profecías. Las opiniones también estaban divididas entre los maoríes. Si bien la mayoría de los tuhourangi estaban impresionados por la visión de la canoa de espíritus —los doce remeros pertenecían a sus familias y merecían credibilidad, al igual que Sophia Hinerangi—, los ngati whakaue de Ohinemutu y los ngati hinemihi, cuyo *marae* se encontraba junto a Rotorua, tacharon ese suceso de invención. Pensaban que Tuhoto estaba detrás de todo y que pretendía dar más fuerza a sus lóbregas profecías. De buen grado colaboraron con Koro en sus pesquisas: quienes se ocupaban de atender a los viajeros seguían buscando las causas naturales de la aparición, pero insistían en que en el lago Tarawera no había ninguna canoa de guerra.

Aroha y Koro, que conocían a sus huéspedes, no compartían los temores de los maoríes respecto a que la aparición de espíritus pudiera ahuyentar a los *manuhiri*. Al contrario, quienes se atrevían a ir al último rincón de Nueva Zelanda para contemplar una maravilla de la naturaleza eran aventureros. Consideraban que una canoa de espíritus era una atracción más y no el presagio de una desgracia. Aroha incluso contaba con que el número de huéspedes subiera bruscamente ese invierno. Solo esperaba que Sophia volviera a estar preparada para seguir con las visitas guiadas a las Terraces. Desde la aparición, la madre de Koro no se atrevía a acompañar a los huéspedes al lago Tarawera y Aroha se alegraba de que Kate Middlemass ya hubiese regresado. Escuchó tranquilamente lo que Sophia le contó, y solo movió la cabeza cuando esta le dijo que nunca más volvería a las Terraces.

—A saber qué canoa era esa —dijo la regordeta mujer—. ¡Como vuelva a aparecer, ya me enteraré yo, de eso podéis estar seguras! Y en cuanto a las Terraces... qué tonterías dices, Sophia. Acompáñame con mi próximo grupo. En caso de que tengas miedo a morir cuando estés de camino, yo te tranquilizaré.

Sophia no respondía a las bromas y tampoco se dejaba impresionar. Empezó a confeccionar rutas nuevas para sus *manuhiri*. En lugar de llevarlos a las Terraces, les enseñaba los géiseres y las fuentes termales. La visita al *marae* de los ngati hinemihi, quienes bailaban para los viajeros cada día y no solo una vez a la semana, era muy solicitada.

Un par de días después del incidente de la canoa de los espíritus, la Carrigan Company también se sumó a una de esas excursiones. Joseph McRae había invitado a Vera, pues él mismo quería participar de la nueva oferta antes de recomendársela a sus futuros huéspedes. Bertram Lockhart protestó un poco por el hecho de volver a Rotorua. Habría preferido ver las Terraces, y también a Robin le parecían más interesantes que las canciones y danzas maoríes. Por su parte, Vera siguió coqueteando con el propietario del hotel, Robin suponía que esperaba sacar algo de ello. En cualquier caso, no pensaba rechazar la invitación.

Era probable que Vera ni siquiera hubiese puesto objeciones si Robin y Bertram hubiesen hecho otra cosa. Pero Robin no quería arriesgarse a ir solo a las Terraces. Aroha llevaba días intentando hablar con él y seguro que aprovecharía la ocasión para plantearle por fin todas las preguntas cuyas respuestas deseaba saber.

Tras triunfar la primera noche en el Rotomahana, la Carrigan Company había vuelto a su antiguo programa. Si bien conservaron la seriedad —los actores prescindieron de todas las obscenidades y parodias—, Vera no quería renunciar a las escenas de amor que atraían tanto al público. Robin tenía que volver a ser Julieta o

Miranda sobre el escenario. Por supuesto, Aroha se había enterado y se lo mencionó a Robin en su siguiente encuentro. El joven se ruborizó y se justificó alegando que la idea había surgido de la necesidad.

Aseguró que la compañía no encontraba ninguna actriz, a lo cual Aroha reaccionó con una mirada incrédula.

—Bueno, hace un par de años más bien se trataba de que no contrataban actores —observó—. ¿Y de golpe se ha dado la vuelta a la tortilla? Pero Robin, sea como sea, no parece que te sientas muy feliz en esos papeles. De vez en cuando una parodia, tal como el señor Lockhart hizo la primera noche, está bien. Pero parece que solo interpretas papeles de mujer. —Y entonces Aroha mencionó la primera función en Ohinemutu, aquella a la que Koro había asistido entre el público.

Robin todavía se puso más rojo y buscó un pretexto para marcharse antes de que Aroha siguiera planteándole esas lamentables preguntas. Entretanto, también él se había convencido de que los caminos de Vera Carrigan y su hermanastra Linda se habían cruzado años atrás. Hasta se acordaba vagamente de la historia del kauri. Su madre se la había contado en algún momento. Y Aroha estaba ansiosa por sonsacarle acerca de Vera y la compañía, y él, por muy buena voluntad que pusiera, no sabía qué podía contarle.

Así pues, ese día huyó al *marae* de los ngati hinemihi, contempló sus danzas y escuchó lo que Sophia Hinerangi contaba sobre el paisaje y la historia de las tribus. Sin embargo, no encontró que el ambiente del *marae* fuese agradable. Todo le parecía artificial, demasiado colorido, demasiado forzado para agradar a los *manuhiri*. Descubrió que en las cuencas de las estatuas de los dioses brillaban soberanos de oro británicos.

—Puede que parezca de mal gusto —se esforzó por explicar Sophia Hinerangi, como si la gente hubiese sido víctima del indigno Mamón e hiciera ostentación de su riqueza—. Pero no hay que verlo de este modo. De hecho, esto solo responde al deseo de honrar a los dioses. Antes adornaban las estatuas con lo más valioso que tenían. En el pasado eran conchas de *paua*, hoy es dinero. Me han contado que en Europa hay iglesias cristianas recubiertas de oro. Eso no vulnera la fe de los hombres.

Pero a Robin eso le recordaba a los dioses del dinero de Te Haitara y encontró que ahí se les rendía homenaje de forma mucho más exaltada que entre los ngai tahu. Después del número de danza, el propio jefe tribal se rebajó a saludar a los viajeros. Rompió con todas las tradiciones al ofrecerles bebidas y pan ácimo untado con miel. Sin embargo, las costumbres de la Isla Norte exigían que el *ariki* se mantuviera lejos de las comidas de sus súbditos. Para él era *tapu* el simple hecho de tocarlas. Originalmente, no solo se preparaba una comida especial para los jefes, sino que se les daba de comer con un cuerno para que no tuvieran que tocar con las manos la comida.

Sophia también contemplaba con escepticismo el comportamiento de Rangiheuea, pero no expresó su opinión hasta que el anciano elogió las exquisiteces que iba repartiendo.

—¡Miel del monte Tarawera! Tomad, es exquisita. Una especialidad. El néctar de las abejas salvajes...

Sophia Hinerangi debatió consigo misma unos minutos. Luego se interpuso decidida entre los *pakeha* y el anciano.

—¡No! —dijo con tono imperativo—. Por favor, señoras y señores, el *ariki* Rangiheuea lo hace con buena intención, pero, por favor, no toquen la miel.

—¿Por qué? —preguntó Vera, cogiendo un pan ácimo untado de miel—. ¿Está envenenada? —Miró el pan con desconfianza.

—No, claro que no —respondió Sophia, observando entristecida cómo la actriz partía el pan, la miraba enfadada y luego se comía la miel.

También el jefe cogió un trozo de pan y se lamió el pegajoso néctar de las manos.

—¡No veneno! —exclamó—. ¡Muy, muy bueno! Regalo especial de la tribu para honorables *manuhiri*. Poder comprar. ¡Muy bueno!

Sophia lo miró indignada.

—*Ariki!* ¿Es que aquí no se respeta ningún *tapu*? —preguntó severa—. ¿Queréis desafiar a los dioses? —Reprimiéndose, se volvió de nuevo hacia su grupo cuando el jefe calló, obstinado—. Por favor, no toquen nada —pidió a los viajeros—. Esta comida no dañará sus estómagos, pero sí su alma. Es *tapu* recoger la miel del monte Tarawera. Solo algunos *tohunga*, sacerdotes y ancianos de la tribu pueden acercarse a los espíritus del monte para recolectar el néctar de las abejas salvajes. Lo utilizan en ceremonias especiales. Cualquier otro que lo coma será presa de una maldición.

Vera Carrigan soltó una carcajada y se llevó otro trozo de pan a la boca.

—¡Mmmmm! ¡Está riquísima! Y todavía más con esta historia de fondo. Dulce, sabrosa; siempre había querido probar la ambrosía de los dioses. —Se lamió los labios. Un gesto provocador que causó rechazo a Sophia y las otras mujeres, y fascinación a los hombres—. Y en cuanto a esos extraños *tohunga* y sus maldiciones... ya me las he visto con otros.

Vera se comió una rebanada más de pan con miel y le tendió otra a Robin, que la rechazó. Pero un hombre mayor sí la aceptó. Vera le sonrió seductora. Robin le dio la espalda. Otra víctima dispuesta a caer en las redes de esa mujer. En los últimos días se la había visto con varios hombres del grupo de los viajeros. No sabía exactamente qué pensaba hacer con ellos, pero ni él ni Bertram se habían visto forzados a colaborar en sus pequeños embustes. Sin duda había descubierto otra posibilidad de aligerar el bolsillo de los ricos británicos. A lo mejor robándoles las bolsas o el dinero mientras los hombres dormían.

Le invadió una extraña sensación cuando Sophia Hinerangi se apartó en silencio.

Por la noche, Aroha y Koro la vieron hablar con Tuhoto.

—Se van sumando los signos... —decía en voz baja cuando los dos le preguntaron—. Esto va a terminar mal, y no falta mucho.

—¡Qué noche tan maravillosa!

Aroha y Koro salieron a la terraza de la casa de Charles y Amelia Haszard. Al igual que Joseph McRae, los Haszard eran de los pocos *pakeha* que vivían en Te Wairoa. Ambos eran queridos, Amelia trabajaba de profesora y Charles se encargaba de una especie de farmacia y droguería local. Era conocido sobre todo como pintor. Sus cuadros de las Terraces formaban parte de las imágenes más logradas de esa maravilla de la naturaleza. Casi todos los *manuhiri* se llevaban una réplica a su país para transmitir a sus parientes y amigos al menos una impresión de la belleza de las formaciones rocosas.

Los Haszard habían celebrado el cumpleaños de Amelia con unos pocos amigos. Tras una buena comida, unas conversaciones interesantes y unas canciones entonadas a coro con Amelia al piano, los invitados se prepararon para marcharse. Aroha ya se alegraba de volver a casa bajo un cielo estrellado. Por primera vez desde que se habían cruzado con la canoa de los espíritus se sentía contenta y tranquila. Cogió a Koro de la mano y levantó la vista hacia la risueña luna llena, que iluminaba el monte Tarawera. Se sentía más que nunca reafirmada en la decisión de mudarse a Rotorua tras la boda. Le gustaban los maoríes de Te Wairoa, pero ya estaba harta de historias de fantasmas, *haka* y *tapu*. ¡Después de las eternas discusiones y conjuros del *marae*, qué refrescante había sido pasar una velada con *pakeha* de mente clara e instruidos! Uno de los invitados, un profesor de Geología de Auckland, les había dado la primera explicación más o menos plausible de la aparición de la canoa de los espíritus. Si recordaba bien la explicación de su estimada madre, había dicho el profesor Bricks inclinándose ante Koro, el monte Tarawera había sido durante siglos un lugar donde se sepultaba a los jefes tribales maoríes, que solían inhumarse en pie, atados a palos en sus canoas de guerra. ¿Acaso no era factible que una de esas canoas funerarias se hubiera conservado en el agua, en el barro mineral o como fuera, y luego hubiera sido expulsada de nuevo a la superficie?

Aroha lo consideraba posible. Pero para ella los guerreros estaban vivos y creía haber visto los remos golpeando el agua, aunque tal vez había sido una ilusión. Sin embargo, no observó que los hombres se movieran y la teoría del profesor también explicaba la presencia de los ornamentos funerarios.

—Mañana seguro que hace buen día —dijo ahora el profesor, inclinándose sonriente ante Amelia Haszard—. Y hoy todavía nos espera un paseo a la luz de la luna. —Bricks se alojaba en el Rotomahana—. Qué final tan hermoso para una velada perfecta y...

Bricks no había acabado de pronunciar su frase cuando un estruendo ensordecedor rompió el silencio de la noche. Aroha se tapó instintivamente las orejas, como los niños de los Haszard, que rompieron a llorar asustados.

—¿Lanzan una salva en mi honor? —preguntó Amelia inquieta.

Otro estruendo impidió que alguien le contestara. De hecho, el sonido era el que Aroha siempre había imaginado que emitían los cañones, pero mucho más fuerte. Si realmente fuesen cañones, pensó fugazmente, a los cañoneros se les desgarrarían los tímpanos. Los Haszard y sus invitados se encogieron cuando resonó el siguiente trueno y gritaron cuando la tierra tembló de repente. El suelo donde estaba la casa pareció levantarse y luego volver a su sitio.

Aroha buscó apoyó en la barandilla de la terraza. Koro la rodeó con el brazo y la sujetó con fuerza. Fue como si la tierra gimiese cuando un movimiento siguió al otro. Se sucedieron rápidamente unas breves explosiones y de repente el cielo tras el volcán enrojeció. La tierra dejó de temblar.

—Fascinante —observó el profesor Bricks—. Creo... Damas y caballeros, se diría que vamos a ser testigos de una ¡auténtica erupción volcánica!

El científico se alegraba, pero Aroha sintió miedo. El volcán despedía unas enormes bolas de fuego que ejecutaban una danza demoníaca. El cielo, sin nubes un momento atrás, parecía dispuesto a poner la música. De repente, el aire se había cargado, los relámpagos rasgaban la oscuridad y de nuevo se oían truenos. Las bolas de fuego se convirtieron en columnas. De la montaña ascendieron cuatro enormes antorchas, como surgidas de una nube de humo y vapor.

—¡Qué soberbia visión! ¡Ni aunque viviéramos cien años más volveríamos a ver algo semejante! —exclamó cautivado Charles Haszard.

Mientras, su esposa Amelia tranquilizó a los niños y corrió al interior de vuelta a su piano. Unos aires lentos y solemnes empezaron a acompañar la erupción del Tarawera para convertirse luego en alegres y traviesos. Aroha oyó cantar a los niños y un par de adultos se unió al coro. ¡Solo ella estaba asustada! ¿O...? Miró a Koro y reconoció el reflejo de su propio miedo en sus ojos.

—¿Quieres quedarte aquí? —preguntó él.

Aroha negó con la cabeza, sin poder separar la vista de la montaña en erupción. Ahora las explosiones no se limitaban al volcán, también en el lago se oían ruidos. A la derecha de la montaña, cerca de las Terraces, se erigió una columna de vapor.

—¡El agua debe de estar hirviendo! —observó el profesor Bricks, más fascinado que inquieto—. ¿Hay por los alrededores alguna montaña o algún lugar elevado que ofrezca una mejor vista?

Koro y Aroha le indicaron el camino hacia un mirador por encima del poblado.

—Le acompañamos —dijo Aroha—. Al menos hasta el pueblo. ¿Qué... qué pasará allí, Koro?

El joven se encogió de hombros.

—¿Tú qué crees? Estarán mirando lo que ocurre e invocarán a los espíritus. Si Tuhoto está presente, dirá que los *manuhiri* tienen la culpa de todo. Tal vez sería mejor ir al hotel. Para tranquilizar y proteger a los huéspedes en caso de que a Tuhoto se le ocurra dirigir a un grupo de guerreros contra los intrusos en nombre de los dioses...

Aroha no concebía algo así —si bien el anciano era un hombre difícil, nunca había incitado a nadie a la violencia—, aunque la idea de ir al hotel de McRae le pareció acertada. Estaba en un lugar más alto y mucho más alejado del lago. Algo le decía que en las próximas horas estaría más segura allí que en el *marae*.

Cuando ya iban a ponerse en camino, les llegó una ráfaga de viento caliente. Procedía de todas partes. Aroha se llevó un susto de muerte cuando un trozo de escoria retumbó sobre la cubierta de la casa de los Haszard. Desde luego, no eran unos simples juegos artificiales que uno pudiese disfrutar viendo.

—¡Vámonos, Koro! —susurró a su prometido—. ¡Vámonos corriendo de aquí!

La lluvia de piedras alertó también a los demás invitados. La reunión se disolvió y algunas personas se precipitaron a sus casas, mientras que otras se reunieron con Bricks para subir con él a la colina. También hubo dos que se retiraron a la iglesia. Las últimas canciones que habían entonado habían sido salmos. Esa noche, los maoríes no eran los únicos que pedían clemencia a los dioses.

La iglesia se encontraba justo al lado del hotel de McRae y el reverendo ya había empezado una oración cuando Aroha y Koro pasaron. Ambos se dieron prisa. Caía una lluvia caliente, el volcán arrojaba cada vez más escoria y piedras que se desplomaban sobre las casas de Te Wairoa y seguramente también sobre Ohinemutu y otros pueblos.

Sin embargo, Joseph McRae no parecía demasiado preocupado por lo que sucedía. Estaba en la terraza del hotel con otros huéspedes extranjeros y los miembros de la compañía de teatro. Era una curiosa escena. Asustados por las explosiones, parte de los clientes había salido en camisón. Vera Carrigan llevaba una bata roja, Leah solo un chal sobre el camisón, bajo el cual se perfilaba con demasiada exactitud su cuerpo magro. Pero en ese momento nadie se interesaba por las formas femeninas. Los huéspedes del Rotomahana miraban las columnas de fuego que se elevaban sobre el monte Tarawera con la misma fascinación que habían sentido antes los amigos de los Haszard. Mientras, sostenían copas de champán o vasos de whisky y brindaban una y otra vez. McRae tendió a Aroha y Koro una botella de champán.

—¡Qué bien que hayan venido! —los recibió eufórico—. El panorama desde aquí es único, ¿verdad? ¡Damas y caballeros, creo que el Rotamahana brinda la mejor vista de este espectáculo de la naturaleza!

Los huéspedes asintieron con vehemencia. Los únicos que no parecían compartir el entusiasmo de McRae eran Robin, Leah y Bao. Robin y Leah miraban al cielo en llamas, él intimidado y ella con miedo y sin entender. Aroha vio que había cogido con su pequeña y pálida mano la de Robin. ¿Es que había algo entre él y esa tímida joven escuálida?

Desechó la idea de un posible romance en cuanto vio el rostro tenso de Bao. El joven oriental hizo un aparte con McRae y le habló con inquietud. Aroha captó algunas frases, entre ellas: «¡Ahora todavía podemos marcharnos sin correr peligro!» Pero el hotelero hizo un gesto de negación. Aroha llevó a Bao a un rincón más tranquilo de la terraza.

—¿Qué sucede, Bao? ¡Parece como si hubieses visto un fantasma!

Bao gimió. Intentó bromear, pero su expresión era de puro terror.

—¿Uno, señorita Aroha? ¿No están allí bailando miles de espíritus del fuego? Tenemos que salir de aquí. La gente se comporta como si estuviera presenciando un espectáculo, pero es una erupción volcánica. Y no se limita a bonitos juegos de luces. Lo

Koro y Bao habían sacado el vehículo de la cochera y lo habían preparado para la partida. El castrado se negaba a estarse quieto y esperar a que todas las correas estuvieran sujetas.

—¡Eso pensó también la gente de Pompeya! —gritó Bao contra el viento—. ¡Antes de que llegara la lava!

Ambos jóvenes estaban empapados y cubiertos de barro de la cabeza a los pies. A la luz rojiza e irreal de esa noche parecían monstruos salidos de un agujero del infierno.

Por la parte del lago resonaban más explosiones y, como para demostrar a Aroha que encerrarse en una casa no era buena idea, un pedazo de escoria golpeó con estruendo la cubierta del establo. Un par de tablas se partieron y cayeron, lo que le provocó pánico al caballo pío. Koro necesitó recurrir a todas sus fuerzas para retener al animal. Tampoco la cubierta del hotel permaneció intacta. Aroha y los chicos encogieron el cuello. Bao sacó una lona de debajo del pescante del carro. No les protegería de la lluvia y en absoluto de las piedras que cayeran, pero sí una ilusión de seguridad.

Cuando Aroha acababa de ajustar la última correa, McRae salió a todo correr de la casa seguido de sus huéspedes. Hablaban unos con otros atropelladamente y parecían muy alterados. Una de las damas sostenía contra su frente un pañuelo empapado en sangre. Los hombres discutían acaloradamente sobre si escapar o atrincherarse en la casa.

—¡Llueven piedras! —gritó nervioso un inglés a Aroha, Bao y Koro, como si estos no se hubiesen dado cuenta—. ¡Trozos de piedra! ¡Uno ha atravesado la galería! Como si nada...

Por lo visto, la mujer había resultado herida. Gimió cuando la lluvia fangosa le llevó la sangre a los ojos.

—¡Bao, Dios le bendiga por ser tan previsor! —Con un rápido gesto, McRae indicó a sus huéspedes que tomaran asiento en el carro. Había desechado la idea de refugiarse en la casa. Conocía la estructura del edificio—. Si todavía hubiéramos tenido que enganchar el carro...

Aroha se subió al pescante y llamó enérgica a Robin para que se sentara junto a ella.

—¡Yo conduzco, tú ayudas! —ordenó al joven. Tal vez era un atrevimiento llevar las riendas, ni ella ni Robin tenían tanta fuerza como Koro, pero habían aprendido a guiar un caballo y tranquilizarlo. Koro todavía habría desorientado más al pío con su torpeza—. ¿Adónde? —gritó hacia atrás.

Nadie respondió. Solo el caballo parecía tener una opinión clara: tiró en dirección a Rotorua, bien lejos de la montaña que escupía fuego.

—¡Al *marae*! —decidió Koro por el contrario—. Tengo que advertir a la gente, no deben atrincherarse en el *wharenui*. Y alguien tiene que sacar también a los cristianos de la iglesia.

Eso último se demostró innecesario. Los feligreses salieron a su encuentro, decididos a escapar. Koro y Bao los ayudaron a subir al carro.

—¡Pueden dejarme simplemente en el *marae*! ¡No es necesario que me esperen! —gritó Koro a McRae, que parecía vacilar.

La lluvia de barro empezaba a inundar las calles, el pío se abría paso de mala gana por la masa espesa. Una piedra alcanzó a otro huésped, que gritó y se llevó la mano al hombro. Además, el aire estaba cargado de vapor y resultaba difícil respirar. Un siseo resonaba en el aire. Cuanto más se acercaban al lago, más luz había, una espectral luz de un tono rojo anaranjado. Y entonces...

—¡Así nunca llegaremos a Rotorua! —Bao gritaba por encima de las voces y la tormenta—. ¡Tenemos que refugiarnos en otro sitio!

—¡En casa de mi madre!

—¡Sí, en casa de los Hinerangi!

Koro y McRae tuvieron la misma idea mientras los *manuhiri* se lamentaban en el carro.

—Si nos hubiésemos marchado enseguida a Rotorua —se quejó Vera Carrigan—, ya habríamos hecho medio camino.

Ni Aroha ni nadie más se tomó la molestia de contradecirla.

—La casa de Sophia es un edificio muy sólido y queda protegido por las montañas —explicó McRae a los atemorizados huéspedes—. Si hay un lugar en Te Wairoa que pueda resistir las fuerzas de la naturaleza, es ese.

—¡Lo intentaremos! —gritó Koro por encima del estruendo—. Párate, Aroha, tengo que bajar aquí. —El carro acababa de llegar al *marae* de los tuhourangi. Koro se dispuso a saltar fuera—. Iré después.

—¡Te acompaño! —Aroha tendió las riendas al perplejo Robin. Ya no era difícil detener al pío. El caballo se limitaba a moverse con desgana hacia el lago y además le costaba avanzar en el lodo. Tampoco veía demasiado, pues llevaba adherido el barro al flequillo, que le colgaba pesado sobre los ojos y le reducía la vista—. ¡Quiero quedarme contigo! —insistió Aroha cuando Koro protestó con vehemencia—. No es cuestión que yo me vaya a un sitio seguro y tú...

—¡Acaben de una vez! —refunfuñó Vera.

Aroha se deslizó del pescante y resbaló en el barro. Fue Bao quien la sujetó. También él había bajado del vehículo. Aroha no tenía fuerzas para preguntarle el motivo. Él ni siquiera hablaba maorí. Pero siguió a Koro y Aroha a la casa de reuniones. En toda la zona reinaba mucha agitación. Atemorizada, la gente dudaba entre huir o permanecer en la casa comunitaria. Koro y Aroha miraron aterrados el lago, cuyo nivel se elevaba rápidamente. Mezclada con el barro y la escoria, el agua empezaba a inundar los primeros edificios. Las puertas de las casas de reuniones estaban abiertas y las aguas turbias ya empezaban a penetrar en ellas.

—¡Todo el mundo fuera de aquí! —gritó Koro a los ancianos, que parecían petrificados en la entrada, mirando el infierno que amenazaba con devorar su poblado—. Fuera de aquí, esto no mejorará, ¡va a peor! Intentad buscar refugio... Marama, dame al niño... Coge el bebé, Bao... Aroha...

Koro apremiaba a la gente para que saliera fuera. Él mismo estrechaba contra sí a una niñita cuya madre se agarraba a ella. Aroha sacó a un niño que lloraba, Bao permanecía a su lado con el bebé en brazos. Aroha tuvo la sensación de arrojarse contra un muro de barro cuando salió. En un instante, la masa caliente le empapó el vestido, ya cubría el suelo a la altura del tobillo. Al menos la lluvia de escoria amainaba y ya no había peligro de que los golpeara. Aroha intentó orientarse.

—¡A casa de Sophia! —oyó gritar a Koro.

Otros repitieron la orden, que ahogó una nueva y ensordecedora explosión. El niño que iba de la mano de Aroha se cayó. Ella tiró de él pero resbaló y cayó de nuevo, llorando. La nube de vapor procedente del lago la cegó. Trató de encontrar a tientas al crío, pero solo oyó un grito.

—¡Mamá, mamá!

Desgarraba el corazón. Aroha se arrodilló, pero alguien la levantó.

—¡No, señorita Aroha! No puede ayudarlo...

Era Bao con el bebé. La agarró del brazo y la obligó a avanzar. Las lágrimas de Aroha se mezclaban con el barro y la lluvia, notaba el sabor de la ceniza al inspirar. El barro ya le llegaba a la cintura, el vestido estaba empapado, cada paso que daba suponía un esfuerzo sobrehumano. El viento empujaba la lluvia y las cenizas, tablas y ladrillos de los edificios derruidos. El barro minaba los cimientos y las primeras casas se desmoronaban ruidosamente. Aroha entrevió a Koro, con la niña en brazos y la madre de la pequeña. Los tres estaban buscando refugio del viento junto a una casa cocina. Llevada por el horror, la mujer quiso arrancarle a la niña y, buscando apoyo, se cogió a la barandilla que rodeaba la cabaña...

—¡Koro! —Aroha gritó cuando el viento arrancó la cubierta del edificio. Koro se agachó y el barro lo cubrió—. ¡Koro! —Corrió hacia su amado, pero de nuevo alguien la detuvo.

—¡Señorita Aroha! —Bao la sujetaba con fuerza, aunque ella intentaba zafarse con desesperación—. Koro lo conseguirá, ¡es fuerte! Saldrá solo de ahí. Nosotros solo seríamos un estorbo para él. Venga, volveremos a verlo enseguida.

Aroha sollozaba y tragaba ceniza y barro, pero se dejó arrastrar y se cayó. Ya iba a rendirse, a abandonarse en esa masa caliente... pero Bao volvió a tirar de ella. Seguía con el bebé en brazos, la criatura estaba irreconocible. Las mantas con que estaba envuelta estaban impregnadas de barro, era imposible que siguiera con vida.

Consiguió subir una colina gracias a que Bao tiraba de ella o cargaba con ella... y de repente era más fácil moverse. Pese a que seguía cayendo ceniza, que dificultaba la respiración, quienes escapaban se habían librado del barro, que era lo peor. La masa de lodo llegaba solo hasta los pies.

—¡Señorita Aroha, ahí está la casa! —jadeó Bao—. Aguanta, bebé, ya la veo...

Las nubes de ceniza habían cubierto la montaña embravecida y todo lo que la rodeaba. Más que verlo, Bao avanzaba a tientas por el camino hacia la casa de Sophia. Ambos se orientaban gracias a los demás que también huían del desastre. Unas sombras cubiertas de barro se precipitaban, trastabillaban y se arrastraban hacia el edificio salvador. La casa de los Hinerangi permanecía incólume y apenas parecía dañada. Cuando Bao la empujó al interior, Aroha solo oyó la angustiada voz de Sophia.

—Aroha... ¿dónde está Koro?

Entonces se desmayó.

Aroha volvió en sí cuando alguien le limpiaba la frente con un paño húmedo y le retiraba el barro de las pestañas. Los ojos y el cuello le ardían como el fuego.

—¿Koro? —preguntó, pero reconoció a Robin.

—Todavía no ha llegado —respondió el joven—. Bao dice que ha tenido un problema en el poblado. A lo mejor se ha puesto a salvo allí y todavía no ha salido hacia aquí. Apenas es posible llegar al *marae* y los otros poblados. Pero ya están organizando equipos de rescate.

—¿Todavía es de noche? —preguntó algo mareada.

Reconocía ahora el lugar donde se encontraba: la sala de estar de Sophia, que en esos momentos parecía más un campamento. Por todas partes había gente sentada o acostada, muchos iban desnudos y otros semidesnudos, envueltos apenas en mantas o sábanas. Seguro que Sophia había sacado toda la ropa de cama y de vestir que tenía. La escena estaba escasamente alumbrada por la lámpara de gas. Sin embargo, era una habitación luminosa. Unos ventanales dejaban a la vista las colinas cercanas. Aroha distinguió en esa atmósfera espectral que los cristales se habían oscurecido a causa del barro. No obstante, detrás tampoco se vislumbraba la luz del día.

—Son las nueve de la mañana —respondió Robin—. Pero al parecer no clarea del todo. Todavía hay demasiada ceniza en el aire. Apenas es posible respirar. Aun así, muchos quieren marcharse enseguida a Rotorua. Tienen miedo de que haya una nueva erupción. ¿Puedes levantarte?

—¿La montaña ya está en calma? —preguntó Aroha irguiéndose con dificultad.

En realidad no estaba herida, aunque todos los músculos le dolían. La marcha forzada por el barro se cobraba su tributo. Tenía que cambiarse de ropa enseguida, todavía llevaba el vestido húmedo y cubierto de costra de barro.

—Desde hace un par de horas está tranquila —contestó Robin—. Pero... tienes que echar un vistazo, todo el paisaje ha cambiado. Todo está destrozado y parece como nieve... y como congelado... Ven, te ayudaré a levantarte.

Poco después, Aroha contemplaba desde la terraza de Sophia un paisaje irreal. Una parte de los árboles y arbustos estaba arrancada de raíz y otra era irreconocible, cubierta por el barro y con una capa de ceniza gris blanquecina por encima. El aire estaba cargado, caliente y húmedo, la luz era difusa.

Uno tras otro, quienes habían buscado refugio en casa de los Hinerangi iban saliendo y contemplaban perplejos ese mundo transformado. Solo Vera Carrigan y un par de huéspedes de McRae parecían haber superado el horror. Bebían café y homenajeaban a Joseph McRae como si fuera un héroe.

—Pues sí, vi que mi cubierta no resistiría el barro y la lluvia de piedras —contaba el escocés a otro superviviente *pakeha*—. Así que cogimos el carro y nos fuimos...

—Saldrá usted en todos los diarios, querido —lo elogió Vera—. Contando lo deprisa y juiciosamente que nos llevó a todos a un lugar seguro. Fue una idea muy acertada no intentar huir a Rotorua.

La compañía de teatro y los *manuhiri* del hotel de McRae parecían los menos afectados por esa horrible noche. No era extraño, como Robin explicó a Aroha.

—El señor McRae me indicó el camino y yo conduje hasta aquí el carro. No estaba lejos, no tardamos más de diez minutos, además el caballo mismo apretó el paso. Se veía que la situación empeoraba. Yo también propuse dar media vuelta, podría haber reunido a gente que venía hacia aquí. Pero McRae no quiso. Así que dejé el caballo en el cobertizo de las herramientas del marido de la señora Hinerangi. Se puso muy nervioso al principio, pero ahora está bien. El carro es seguro y tampoco se ha estropeado demasiado. Naturalmente, está lleno de ceniza y barro, pero una vez lavado, se llegará en él rápidamente a Rotorua. Que es lo que planean hacer cuando acaben de desayunar... —Señaló abatido a Vera y McRae.

El carro estaba detrás de la casa como una escultura cubierta de una costra de inmundicia. En realidad, a Aroha le resultaba difícil imaginar que McRae se hubiese alejado tan rápidamente de su hotel y de la castigada región. Por otra parte, seguro que no había que infravalorar el poder de influencia de Vera Carrigan.

—¿Y Bao? —preguntó.

Robin se encogió de hombros.

—No sé. Ha dormido a tu lado. De hecho, un par de ingleses se han escandalizado por eso, como si alguien hubiera tenido tiempo de pensar mal... Esta mañana todavía no lo he visto.

—Se ha marchado con el primer grupo de rescate —señaló Sophia. Estaba sentada en la cocina, pálida y afectada, y sostenía a un bebé en brazos—. Antes comprobó que estabas bien, Aroha. Ha dicho que iba a buscar a Koro. —Levantó la vista—. ¿Crees que lo encontrará?

Aroha se mordió el labio. Recordó la última imagen que conservaba de Koro, el tejado que caía, bajo el cual, Marama y la niña habían desaparecido.

—Sí —respondió con voz ahogada—. Él... él sabe dónde buscar... ¿Es... es este el bebé de Bao?

Se sentó con la ropa sucia junto a Sophia, que esbozó una sonrisa triste.

—Su bebé no, pero sí es el que traía. Es un milagro que todavía viva. Creo que es la pequeña Lani, la hija de Makere y Henare. ¿Sabes qué ocurrió con los padres?

Aroha negó con la cabeza.

—Entonces yo también me voy al *marae* —dijo a media voz. Un par de hombres que estaban repartiendo herramientas entre voluntarios delante de la casa de Sophia hicieron un gesto negativo.

—No podemos llevarla con nosotros, señorita Aroha —dijo uno—, sería demasiado peligroso, solo aceptamos jóvenes fuertes. El primer grupo ha enviado mensajes. El camino está casi impracticable, todo está lleno de barro y cenizas, la visión es mala. Te Wairoa está totalmente destruido, y el lago... No puedo ni creerlo, pero dicen que ya no existe el lago. Toda el agua se ha evaporado.

—¿Han encontrado cadáveres? —preguntó Aroha en voz baja. El hombre hizo un gesto compungido.

—Dan por sentado que los hay. Pero no es que las calles estén llenas, si es que todavía hay calles. Tendremos que excavar, señorita Aroha. Esto puede durar días. Y usted no puede ayudarnos, por muy buena voluntad que le ponga.

—Y... ¿supervivientes? ¿Se han podido refugiar en algún sitio? —Aroha no quería abandonar las esperanzas.

—Tampoco lo sabemos todavía. Hasta ahora no han llegado mensajeros de Ohinemutu o Rotorua. Todavía es muy pronto, señorita, y el sol no quiere salir. Nadie va a emprender un viaje desde un lugar todavía más próximo al volcán... Y por favor, déjenos hacer nuestro trabajo. Si es que quiere ayudar... seguro que aquí también tiene faena suficiente.

De hecho, no la había. Con sesenta y dos personas huidas de la desgracia, la casa de Sophia estaba a rebosar, y ya no había casi nada que Aroha, Sophia y sus hijas pudieran hacer por los demás. Las mujeres ya habían repartido durante la noche toda la comida que había en la casa, y lo mismo habían hecho con la ropa. Por fortuna, encontraron un vestido limpio para Aroha. Aunque Sophia y su marido habían dado cobijo a la gente en su dormitorio, no habían vaciado el armario. Eso es lo que hizo Aroha. Después de haberse lavado y cambiado de ropa, repartió los vestidos entre las mujeres maoríes que habían huido de Te Wairoa en cueros. En el fondo, no había sido una mala idea, seguro que habían podido moverse mejor que Aroha con su vestido *pakeha*. La joven era consciente de que sin Bao no habría sobrevivido.

Le dio otro vestido a Leah, que solo llevaba el camisón. Esa noche, la muchacha parecía más despierta de lo que solía, pero también irritable e intranquila. Lo mismo le ocurría a Bertram Lockhart, que apremiaba para irse a Rotorua después de haber comprobado que las reducidas provisiones de whisky de Hori y Sophia se habían distribuido por la noche entre todos los acogidos.

Sin embargo, Joseph McRae no frustró las esperanzas que se habían depositado en él. Se quedó en Te Wairoa y al mediodía se encargó del suministro, al mandar que fueran a su hotel a recoger comestibles y los pusieran a disposición de la gente. Las despensas de la planta baja todavía contenían muchas cosas utilizables. Si bien el barro había penetrado, no había llegado a las estanterías. Los daños habían sido mayores en el primer piso. La cubierta se había desplomado y casi no quedaban paredes. McRae lo había sospechado y por eso ya había puesto a sus huéspedes camino de Rotorua por la mañana. El escocés les había dejado el carro, pero Robin no iba a conducirlo en esta ocasión. Se había marchado al *marae* con el segundo equipo de rescate, orgulloso de que lo considerasen adecuado para la misión. A Vera no le entusiasmó la idea. Se lamentaba de la pérdida de las prendas y accesorios de teatro. Más adelante se descubrió que estaban tras los decorados del escenario del Rotomahana y que apenas se habían estropeado. Las pertenencias y objetos de valor de los huéspedes del hotel también se recogerían, en su mayoría intactos, en los días siguientes.

—Tendremos que volver a actuar lo antes posible para ganar dinero y compensar las pérdidas —declaró Vera—. Robin deberá ponerse en funcionamiento en cuanto vuelva a aparecer.

A lo largo del día, la mayoría de los supervivientes también se pusieron en marcha rumbo a Rotorua y Ohinemutu. Solo permanecieron quienes echaban de menos a familiares y suponían que estaban entre los escombros de Te Wairoa. Sophia, sus hijas y Kate, quien se había refugiado en casa de los Hinerangi al principio, pues había sospechado las consecuencias de la erupción en cuanto se produjo la primera explosión, se esforzaban por distribuir los comestibles de McRae entre la gente. Durante el día llegaron también noticias de otras localidades de la región afectadas, se hablaba de algunos asentamientos maoríes donde los daños habían sido peores. Para Aroha, la noticia más impactante estaba relacionada con los Haszard: su casa había quedado totalmente inundada de barro. Charles y los tres niños habían muerto. Los socorristas solo pudieron rescatar con vida a Amelia, quien iba en esos momentos camino del hospital de Rotorua.

En el *marae* ngati hinemihi la casa de reuniones había resistido a las fuerzas naturales. Todos los miembros de la tribu habían sobrevivido, a excepción del jefe. Un trozo de escoria había golpeado al *ariki* Rangiheuea. Sophia se santiguó cuando le comunicaron su muerte.

—La miel... —dijo en voz baja—. La maldición de la miel del monte Tarawera...

Esas palabras impresionaron a Aroha, sin que por ello creyera realmente que disfrutar de un manjar prohibido pudiera tener tales consecuencias. Pero pensaba en otra maldición. Pensaba en Matiu y Koro. Con cada hora que pasaba desaparecían sus esperanzas de que su prometido regresara. Por supuesto, era posible que se hubiese quedado en Te Wairoa y que estuviera colaborando en los trabajos de desescombro. Pero en tal caso habría enviado algún mensaje.

El primer equipo de rescate regresó del *marae* cuando el cielo sobre Te Wairoa se oscureció completamente al caer la noche. Aroha los vio subir por la colina y albergó por última vez esperanzas cuando distinguió que los hombres traían una camilla. Tal vez Koro estuviera herido y lo llevaran a la casa de Sophia. Pero vio la expresión grave de Bao y después el cuerpo cubierto. Quería preguntar algo, pero fue incapaz de pronunciar palabra. Detrás de ella salió Sophia.

—¿Koro? —preguntó con su voz cantarina.

Bao asintió.

—Supuse que era mejor traérselo. A... a los demás los hemos instalado en el sótano del hotel de McRae.

Aroha se arrodilló junto a la camilla cuando los hombres la depositaron en el suelo. Retiró con cuidado la manta de la cara del muerto, le habían limpiado solo el barro suficiente para poder identificarlo. Aroha pasó los dedos por sus rasgos, escuchó si respiraba aun sabiendo que era en vano, y al final lo estrechó contra sí. No sabía qué sentía, solo que ya había experimentado eso una vez antes. De repente volvía a estar en Siberia, y era a Matiu a quien sostenía entre sus brazos.

—No puedes estar muerto —susurraba—. Ya... ya hace mucho tiempo... No eres Koro, no puede suceder una segunda vez... no...

Empezó a mecer a Koro, igual como había hecho con Matiu anteriormente. El movimiento acompasado tranquilizó su espíritu. No podía ser, no podía ser, el rayo no cae dos veces sobre el mismo árbol...

—Déjalo, Aroha. —La voz de Sophia la arrancó del trance—. Su cuerpo está muerto. No intentes retener aquí su alma, así solo le haces daño. Déjala libre, ya sabes, tiene que ponerse en camino...

Según la creencia maorí, tras la muerte del cuerpo las almas emprendían el viaje hacia el legendario Hawaiki, la maravillosa isla de los mares del Sur de la que se suponía que habían llegado los ancestros de las tribus.

—¿Cómo puede marcharse sin mí? —preguntó en voz baja Aroha.

Sophia la desprendió suavemente del cuerpo de Koro y la tomó entre sus brazos.

—Hazme caso, su alma no quiere abandonarnos ni a ti ni a mí

—dijo—. Pero se ha separado del cuerpo y nosotras no podemos hacer nada por cambiarlo. ¿Quieres atarla aquí? ¿Debe vagar sin descanso como un espíritu? El alma de mi hijo debe partir, pequeña. ¡Déjala marchar!

Sophia se apartó de Aroha e indicó a los hombres que metieran en la casa a su hijo muerto. Quería prepararlo para el sepelio, que debía realizarse lo antes posible. Los maoríes creían que si los muertos quedaban demasiado tiempo sin enterrar, el alma se sentía insegura. Podía entonces quedarse en el *marae* en lugar de partir hacia Hawaiki, y errar luego entre los vivos como un espectro.

Aroha habría podido ayudar a lavarlo, a vestirlo con la indumentaria tradicional del guerrero y a adornarlo con las plumas de los muertos, como había visto en la tripulación de la canoa de los espíritus. Pero la joven estaba como paralizada. En su cabeza se mezclaban los horribles recuerdos de la noche pasada con los del accidente de tren. Veía a Koro sepultado y a Matiu morir, y una y otra vez oía las palabras de la madre de Haki: «¡Yo te maldigo, muchacha *pakeha*!», y la advertencia de la abuela de Matiu: «Sé prudente, nieto. Puede ser peligroso encarnar la cuerda que sujeta la cometa que los dioses anhelan...» Ahora un segundo hombre había querido detener a la muchacha cuyo *maunga* estaba anclado en el cielo. Y había pagado por ello.

A la mañana siguiente, cuando enterraron a Koro y a más de un centenar de maoríes, Aroha sostenía en brazos a la pequeña Lani, el bebé que Bao había salvado. También los padres de Lani se hallaban entre las víctimas de la erupción volcánica. Como la mayoría de ellos, habían perecido cuando el lago se había evaporado y el barro había inundado el poblado. También habían muerto siete *pakeha*: los Haszard y tres *manuhiri* que pernoctaban no en el Rotomahana, sino en hoteles dirigidos por los maoríes junto al lago. Sophia palideció al oír sus nombres y que todos habían tomado la miel del monte Tarawera en el *marae* ngati hinemihi.

La única que había sobrevivido a pesar de haber desafiado el *tapu* era Vera Carrigan.

Los actores habían llegado sanos y salvos a Rotorua. Solo Robin se opuso a cumplir los deseos de Vera. Siguió colaborando en las tareas de rescate de Te Wairoa. Todavía esperaban encontrar supervivientes. La noche anterior, un grupo de socorro *pakeha* había sacado de las ruinas de su casa al *ariki* Tuhoto. Los ayudantes maoríes se habían negado a salvar al anciano. Alguien había empezado a culparlo de la catástrofe. Los tuhourangi decían que para echar a los *manuhiri* había embrujado la montaña.

El rumor se vio reforzado cuando un temerario joven guerrero se abrió camino por la zona destruida para ver qué había ocurrido con las Terraces. Volvió desconsolado y comunicó algo increíble: las formaciones de piedra habían desaparecido, tragadas por el lago Rotomahana, cuya forma había cambiado totalmente. Todo el panorama montañoso que se iba dibujando lentamente tras la nube de ceniza se había transformado. Tarawera nunca volvería a ser la de antes. El presentimiento que había tenido Sophia Hinerangi resultó ser cierto: ya nunca más vería las Terraces.

—¿Y qué será ahora del bebé? —preguntó Bao cuando finalizaron las ceremonias fúnebres.

Aroha estaba junto a la tumba de Koro, impasible. Llevaba horas callada, solo miraba fijamente al frente. Lo único que parecía capaz de hacer era cuidar de la pequeña Lani. Durante la ceremonia —un *tohunga* maorí y el sacerdote cristiano habían celebrado juntos el servicio—, Robin y Sophia se habían colocado a su lado, Bao, discreto como siempre, se había mantenido algo alejado. Tras la pregunta, se atrevió a acercarse a Aroha.

Robin contestó en su lugar.

—Entre los maoríes, los niños pertenecen a toda la tribu —explicó al joven chino—. Tradicionalmente, llaman madre o abuela a todas las mujeres, y padre o abuelo a todos los hombres. Seguro que alguien se ocupará de la pequeña Lani. No debe preocuparse por ella. A lo mejor, los abuelos biológicos siguen vivos.

—No. —Para sorpresa de todos, Aroha alzó la voz—. Ayer

hablé con el jefe cuando amortajaron a los muertos, con los abuelos y los ancianos de la tribu. Todos están de acuerdo en que Lani se quede conmigo.

—¿Contigo? —preguntó Robin, atónito—. ¿Quieres adoptarla? ¿No eres demasiado joven? Me refiero a que... a que...

No le salían las palabras. Sin duda era poco delicado hablar de eso cuando Aroha estaba de duelo por Koro. Pero seguro que algún día encontraría a otro hombre que se casaría con ella y querría tener hijos propios.

—A los *tohunga* no les he parecido demasiado joven —contestó Aroha, serena—. Comprenden que para mí será un consuelo, como yo lo seré para ella. Es... *utu*. Una especie de compensación.

—¿Y si algún día quieres... quieres fundar una familia propia? —Robin intentó plantear con prudencia la pregunta.

Aroha hizo un gesto negativo.

—Nunca me casaré, Robin, y nunca tendré hijos propios.

9

Sophia y su familia convencieron a Aroha de que acompañase a Robin a Rotorua después del funeral.

—Tienes que ver qué ha ocurrido con tu casa —le dijo Hori—, con el hotel, quiero decir. ¿Has pensado lo que harás con él? Ahora que ya no están las Terraces...

Aroha se frotó la frente. Solo había estado pensando en la muerte de Koro, no en las Terraces ni en el futuro del turismo en la región de Rotorua, pero el marido de Sophia tenía razón. Tenía que tomar una decisión respecto al hotel. Tras la muerte de Koro, tampoco podía seguir con el mismo trabajo que hacía hasta entonces en Te Wairoa. De hecho, únicamente quedaba la posibilidad de seguir dirigiendo el hotel sola o abandonar Rotorua y buscar trabajo en otro sitio. Seguro que no sería difícil encontrar un puesto de traductora en Wellington o Christchurch que le dejara tiempo para educar a Lani. La perspectiva tenía cierto atractivo, pues a Aroha le dolía todo lo relacionado con el lugar donde había vivido con Koro. Sin embargo, si se marchaba alejaría a Lani de su tribu y de su hogar, lo que no sería del agrado de los *tohunga* locales ni de los abuelos de la pequeña. El *maunga* de Lani era el monte Tarawera, al menos lo había sido. Con un asomo de humor negro, Aroha pensó si el volcán había arrojado a Rangi, junto con el humo y el fuego, y las almas de los niños que se le habían confiado, y ahora Lani estaría anclada en el cielo como su madre adoptiva.

Miró a Bao buscando ayuda. El joven no se alejaba de su lado desde que habían enterrado a Koro. No llamaba la atención, pero se mantenía continuamente junto a Aroha y Lani.

—La desaparición de las Terraces influirá en el turismo de Rotorua —dijo Bao con calma, como si hubiese estado estudiando la situación desde hacía tiempo—. En un comienzo es posible que hasta positivamente. Ya ha visto, señorita Aroha, lo fascinados que estaban los ingleses durante la erupción del volcán. Es posible que en un futuro próximo viajen hasta aquí para contemplar la magnitud de la catástrofe. La hostelería de Rotorua debería prepararse en este sentido. A largo plazo habría que concentrar las fuerzas en los huéspedes interesados en las aguas termales. Es posible que al principio acudan procedentes de Auckland y Wellington, luego de Inglaterra, pero de momento esto no importa. El hotel de Rotorua está perfectamente preparado, señorita Aroha. Usted y el señor Koro tenían la intención de ocuparse de clientes interesados en los baños termales. Si lo desea... si lo sobrelleva —miró a Aroha comprensivo—, nada se opone a su inauguración tal como estaba prevista.

Aroha se frotó la frente.

—Entonces... —dijo en voz baja— así lo haremos.

—¿Quieres dirigir el hotel tú sola? —preguntó atónito Hori.

Aroha negó con la cabeza.

—No, sola no podría. Pero sí con Bao. ¿Me ayudarás, Bao? Es tal como lo habíamos pensado. —Dirigió al joven oriental una tímida sonrisa, la primera tras la muerte de Koro.

Bao le contestó resplandeciente.

—¡Pues claro que sí, señorita Aroha! ¡Por supuesto que colaboraré! ¡Haremos de su hotel, el mejor de Rotorua!

Ella le cogió la mano.

—Nuestro hotel, Bao. Y ahora acabemos, por favor, con el «señorita Aroha». Yo soy Aroha, tú eres Bao y ella es Lani. Los «señorita», «missis» y «mister» se los reservamos a los huéspedes.

El segundo día después de la erupción del volcán, Aroha, Bao y Robin encontraron la posibilidad de viajar a Rotorua con otras personas. La muchacha, que todavía no había dejado los alrededores de la casa de Sophia desde la catástrofe, pudo hacerse una idea de la magnitud de los daños. Había recorrido el camino que conducía a Rotorua docenas de veces en los últimos años, pero en la actualidad ni siquiera lo habría encontrado de no ser por las roderas dejadas sobre la masa de cenizas y lodo que cubría kilómetros de tierra. Aquel paisaje tan encantador con sus cascadas, sus bosques de helechos y sus retiradas lagunas, que los viajeros tantas veces habían comparado con un bosque de hadas, parecía haber sido maldecido por espíritus malvados y condenado a yacer bajo una capa que parecía de hielo. La mayoría de los árboles estaban desarraigados, las lagunas enfangadas, las cascadas secas. Lo que antes resplandecía con los más variados matices de verde, ahora mostraba solo un color gris bajo un cielo igual de gris.

—Siento como si estuviera viviendo una pesadilla —dijo abatida Aroha—. No hago más que pensar que basta con que despierte para que todo haya pasado.

—Reverdecerá —la consoló Bao—. La lluvia lavará las cenizas y las diseminará por el suelo. Lo hará más fértil de lo que era. Y crecerán nuevos helechos y echarán raíces nuevos árboles.

—Pero no serán los mismos árboles ni los mismos helechos, tampoco los mismos seres humanos —apuntó afligida Aroha—. Quien ha muerto seguirá estando muerto.

Bao se encogió de hombros.

—Es la ley del *I Ching* —añadió—. Todo es mudanza.

Aroha no deseaba ocuparse de la filosofía china en ese momento.

—¿Hasta dónde alcanza la destrucción? —preguntó—. ¿Hasta Rotorua? ¿Tendrá este aspecto el hotel? Entonces no podremos inaugurarlo, tendremos que renovarlo. Y quién sabe si nos llegará el dinero...

Esto último era lo que menos la preocupaba. Cat y Chris no reclamarían la dote ni pondrían problemas si ella necesitaba más dinero para abrir el hotel. Para Cat, en especial, era muy importante que una mujer no dependiera de nadie.

—Allí no ha pasado gran cosa —intervino Robin. En los últimos días habían llegado algunos voluntarios de Rotorua. Habían colaborado con los grupos de rescate de Te Wairoa e intercambiado informaciones—. Llovió ceniza y algo de barro, pero la lluvia de ayer ya lo limpió.

El día anterior había llovido un poco, lo que había empeorado la situación en Te Wairoa. La lluvia era negra a causa de la ceniza que todavía flotaba en el aire. Pero en Rotorua debía de haber llegado de otra dirección, y el viento ya se había llevado también los nubarrones. En los últimos kilómetros antes de llegar a la localidad se iba recuperando el paisaje original e incluso el sol se atrevió a asomarse un poco. Aroha se relajó. Era inmensamente reconfortante que al menos no todo el universo estuviera cubierto de escombros y ceniza.

En Rotorua todo parecía igual a primera vista. Era al hablar con sus habitantes cuando uno se percataba de lo impresionados que estaban. Las explosiones habían sacudido la tierra ahí tanto como en Te Wairoa. Habían visto el cielo incandescente sobre Tarawera, así como las columnas de fuego cuando el volcán había estallado. El día después habían tenido que acoger a cientos de huidos.

Robin se bajó en uno de los mejores hoteles, donde, según McRae, estaba instalada la Carrigan Company. McRae había dado a Vera una carta de recomendación. En la recepción ya colgaba el anuncio de la siguiente función: entre otras, se representarían escenas de *Hamlet*, la *Tempestad*...

—Viene a cuento —afirmó Vera, impasible, cuando Robin le señaló lo poco respetuoso que encontraba representar una función mientras la gente todavía estaba enterrando a sus muertos. La directora de la compañía había ordenado que fuera a verla en cuanto se enteró de su llegada—. Espíritus, naufragios... —Rio—. No seas tan sensible, pequeño, así distraemos a la gente. Y ya te lo digo yo que no vamos a representar esa versión llorona que Bertram y tú hicisteis para el hotel de McRae. La gente no quiere lamentaciones, pequeño, no sinceramente. ¡Lo que quiere es celebrar que está vivita y coleando!

Vera estaba de buen humor desde que había oído hablar de los muertos que habían comido miel. Una vez más había desafiado una maldición, y de nuevo había salido fortalecida en la convicción de que a ella no se le aplicaban las mismas reglas.

—Así que prepárate, pequeño. Esta noche actuamos.

El único consuelo que le quedaba a Robin era que Aroha no vería la función, como tampoco ninguna de las personas de Te Wairoa con quienes había estado desenterrando cadáveres y buscando supervivientes durante los últimos tres días. Se habría muerto de vergüenza delante de los hombres, y no por representar papeles femeninos, sino por cómo los representaba. El tiempo que había pasado sin la compañía le había hecho distanciarse y, en cierto modo, infundido valor. No tenía la obligación de quedarse con Vera Carrigan. Podía trabajar de otro modo y ganarse el reconocimiento. Pensó de nuevo en dejar la compañía.

Aroha y Bao encontraron su hotel en gran parte sin daños. Solo la fachada, antes de un blanco inmaculado, había sido víctima de la lluvia de ceniza, así como las conducciones del agua a causa de los temblores de tierra. Todo se arreglaría fácilmente, aunque la casa todavía no tuviera un aspecto muy acogedor.

—No dormiremos aquí —decidió Aroha tras reflexionar unos minutos—. No sé cómo lo ves tú, pero yo hoy necesito un baño caliente y una cama mullida.

El joven chino era de la misma opinión. Los últimos días con la familia de Sophia habían sido duros. La casa de los Hinerangi no ofrecía comodidades, para lavarse había que ir al río o a buscar agua y calentarla trabajosamente. La luz de las lámparas de gas solo alumbraba la casa lo necesario. Aunque en las condiciones actuales aquello era todo un lujo. Desde la catástrofe, el arroyo estaba lodoso y la gente no se podía lavar allí. La casa apestaba no solo a causa del olor de los cuerpos, sino también del vapor que emitían los trajes sucios que se secaban lentamente en las chimeneas. Las lámparas estaban encendidas noche y día. Las provisiones de gas se agotaban y las lámparas de aceite que las sustituían cargaban todavía más el aire de la casa con el hedor de la grasa de ballena.

Bao estaba tan contento de haber salido de ahí como Aroha, pero no creía que fueran a aceptarlo en ningún hotel de lujo de Rotorua. Y en el pueblo no había ningún barrio chino.

—Pero dormiré en el suelo —dijo. No quería utilizar ninguna de las camas que ya había en su hotel sin haber tomado un baño antes.

—¡Tonterías, Bao! Preguntaremos en el Rotorua Lodge, estoy segura de que te darán una habitación como a cualquier persona. Podemos mencionar a McRae, que es quien me ha recomendado la casa. Pronto, cuando abramos nuestro hotel, el propietario tendrá que aceptarte como director. Ya puede empezar a hablarte de usted y llamarte «señor Duong».

De hecho, no fue difícil que los acogieran en el mismo hotel que a la Carrigan Company. Aunque el propietario era *pakeha*, escocés como McRae, estaba casado con una preciosa joven maorí. Waimarama McDougal les dio amablemente la bienvenida tanto a Aroha como a Bao y le ofreció sus condolencias a la primera. Ya había llegado la noticia de la muerte de Koro, y también la señora McDougal la animó a llevar sola el hotel.

—Los *manuhiri* ya están deseando visitar los baños chinos —dijo afablemente. El Rotorua Lodge no tenía instalaciones para tomar las aguas—. Nadie sabe exactamente de qué se trata, pero a todos los atrae lo exótico. Tendremos que adaptarnos nosotros también. Si al principio no hay funciones de *haka* en Te Wairoa y con los ngati hinemihi, llamaremos a los bailarines para que vengan aquí. Las aguas termales son buenas para la salud, pero al cabo de tres días la gente ya está aburrida. Los espectáculos nocturnos siempre están llenos.

Aroha se forzó a sonreír.

—Entonces les enviaremos espectadores para sus eventos y ustedes nos envían clientes para los baños —dijo, echando un vistazo a la pizarra del *lodge* donde se anunciaban las actividades sociales.

—¿Esta noche vuelve a actuar la Carrigan Company? —preguntó estupefacta—. ¿Tres días después de la catástrofe? ¿Lo encuentra usted bien, señora McDougal?

La joven se puso seria.

—La vida sigue —contestó en voz baja—. Y para los clientes... En fin, la erupción del volcán fue emocionante. Todos pasaron una noche en blanco. Pero ya conoce usted a los *manuhiri*, señorita Aroha... Suelen disfrutar también de algo así. En cualquier caso, no han perdido nada ni a nadie y tampoco están de duelo. En cambio, están molestos porque hemos cerrado las fuentes termales. Hoy por hoy las temperaturas están fuera de control y el contenido mineral debe de haber cambiado. En cualquier caso, los geólogos que han llegado de Auckland tocan a rebato. Es necesario hacer varias pruebas antes de que volvamos a abrirlas de nuevo al público. Los *manuhiri* no lo entienden, por supuesto. No se imagina el ambiente que reina. Para mi marido y para mí, cualquier distracción es bien recibida. Si bien la elección de las obras me parece un poco extraña. ¿*Hamlet* no trata de... espíritus? Y no necesitamos en estos momentos que pongan en escena una tempestad.

Aroha cogió preocupada uno de los anuncios realizados a toda prisa que había en la recepción. En efecto, *Hamlet* y *La tempestad*. ¿En qué pensaba esa Vera?

—Pues resérvenos dos entradas, señora McDougal —dijo decidida—. Y a lo mejor encuentra usted alguna chica que pueda cuidar de mi pequeña entretanto. De lo contrario la llevaremos, a riesgo de que se ponga a llorar. ¡Necesito ver ese espectáculo!

Para los propietarios del Rotorua Lodge era importante entretener a sus clientes. El hotel disponía de un escenario grande con todas las comodidades para los actores o bailarines, y no solo tenía un telón como Dios manda, sino también candilejas, así como la posibilidad de oscurecer un poco la sala de espectadores. Robin lo agradecía especialmente. Se avergonzaba menos de representar el papel de Julieta o Miranda cuando no podía distinguir al público.

Respecto al programa, Vera no había escogido las peores adaptaciones de Shakespeare del repertorio de la compañía, aunque tampoco podía calificarse la función de seria o fiel a la obra. El programa seguía conteniendo parodias y comedias, y tanto Vera como Leah mostraban demasiada carne. Robin habría dejado encantado que la tierra se lo tragara cuando un Bertram totalmente borracho lo abrazó en la escena de *La tempestad* en que él encarnaba a Miranda, y Vera, por su parte, tampoco renunció a entrar en escena en el papel de una lasciva Desdémona.

Sin embargo, la representación no disfrutó de una buena acogida del público. El Rotorua Lodge era un hotel elegante, los clientes eran ricos e instruidos. Al público no le gustaron las obscenidades de Vera, pero aplaudió por educación. En un par de ocasiones, los actores cosecharon hasta un silencio perplejo. Robin estaba impaciente por encerrarse en su habitación después de sus lamentables intervenciones, y ya pensaba con horror en el día siguiente, cuando tuviera que encontrase con los otros huéspedes del hotel. A fin de cuentas, la compañía estaba instalada allí y seguro que todos los huéspedes habían estado entre el público.

Una vez finalizada la función, Bertram se enfadó con Vera en el camerino. Después de tal desastre, el actor por fin recuperó la sobriedad. Reprochó a la directora su falta de sensibilidad con el que era, excepcionalmente, un buen público.

Robin ni se tomó tiempo para desmaquillarse. En los pasillos del hotel no habría mucho trajín. Los huéspedes estarían en el bar o el restaurante hablando de la función. Esperaba llegar a su habitación sin cruzarse con nadie. Pero se equivocaba. En el pasillo, delante de su habitación, lo esperaba Aroha.

El joven intentó sonreír y saludarla con naturalidad. Aroha no le dejó decir ni pío.

—Robin, acabo de ver la representación —dijo con una voz que traicionaba su indignación—. Y yo... bueno, ya en Te Wairoa había oído algo sobre vosotros. La función que vi en el Rotomahana no era la... habitual. —Aroha apenas si lograba dominarse y estaba perdiendo la calma—. ¿Cómo te atreves? —soltó de repente—. ¿Cómo podéis representar algo así? Aquí y ahora, tres días después de una catástrofe en la que han muerto más de un centenar de personas. ¿En qué pensáis? ¿Acaso era para levantar los ánimos? Y no mencionaré la falta de respeto... Tampoco puedo imaginar que este programa sea del agrado de los McDougals. ¿Cómo puedes prestarte a algo así? ¿A semejante parodia de tu arte? ¡Por todos los cielos, nunca me ha gustado mucho Shakespeare, pero no se lo merece! Lo que hacéis es obsceno... feo... asqueroso... —El chico bajó la cabeza, lo que Aroha interpretó como un asentimiento—. Ajá, lo ves igual que yo. Me habría extrañado lo contrario. Entonces, ¿por qué lo haces? ¿Por qué actúas con ellos?

Él se mordió el labio.

—Yo... No había nada más y yo... bueno, tenía que...

—¿Tenías? —se burló Aroha, pero se contuvo ante el rostro pálido e infeliz del joven—. No sé qué te retiene aquí. Estaría bien que dejaras de andarte con rodeos y me contaras la verdad. De lo contrario, solo puedo sospechar que Carrigan te está chantajeando de algún modo. Pero, sea lo que sea lo que pueda utilizar en tu contra, no puede ser tan malo como para que te prestes a tales... asquerosidades. O me lo cuentas, o mañana hablo con esa Vera. Voy a averiguar lo que está ocurriendo, Robin, no te quepa duda. En cualquier caso, tu colaboración con esta compañía concluye hoy. —Estudió con la mirada a su tío—. A no ser que quieras seguir con ella...

Él negó con la cabeza.

—Es una larga historia —dijo.

Aroha suspiró. Estaba agotada y hubiera querido abandonarse a su cansancio y su pena. Pero no podría dormir sin saber qué era lo que abrumaba a Robin.

—Tengo tiempo —afirmó—. Bao cuida de Lani, todavía hay

que darle de comer, pero él no dejará que padezca hambre. Esta es tu habitación, ¿no? Entremos y me lo cuentas todo.

Una hora más tarde, Robin se había desprendido del peso que llevaba encima y se sentía indescriptiblemente aliviado. Aroha había escuchado con sorprendente tranquilidad sus explicaciones sobre los timos de Vera y el papel que Robin interpretaba en ellos. Pero no creía que Vera pudiese chantajearlo con eso.

—Si lo entiendo bien, hasta el momento nadie ha puesto una denuncia. Y si no hay querella, no hay probable culpabilidad. E incluso si alguien se querellase... Vera estuvo implicada personalmente en todas esas tretas. Significaría denunciarse a sí misma si pretendiera denunciarte. Nunca lo hará, pues tampoco sacaría ningún provecho. Ya fuera porque hubiese escapado o lo hubiesen arrestado, ella ya no podría contar con que Robin Fenroy volviera a actuar en su compañía.

Robin pensó en los jóvenes actores que habían escapado antes de las garras de Vera. De hecho, la mujer nunca había ido tras ellos.

—¿Tengo... tengo entonces que marcharme mañana a Auckland? —preguntó abatido.

Aroha hizo un gesto negativo.

—No, no es necesario. No tienes que escapar, aquí estás entre amigos. Conozco al agente de policía. Ni siquiera prestará atención a lo que Vera le diga, si es que amenaza con denunciarte. Yo te pago el hotel si no tienes dinero, y a partir de mañana te vienes a vivir conmigo. Ya pensarás tranquilamente qué hacer con tu futuro.

—¡Quiero ser actor de teatro!

Aroha puso los ojos en blanco.

—Y lo serás. Tú mismo sabes el talento que tienes. Encontrarás otra cosa. Algo mejor que esto, seguro. Así que ve a ver a Vera Carrigan y despídete de ella. Si hay un contrato que deba rescindirse, le dices que tu abogado se pondrá en contacto con ella. Si quieres, te acompaño... O le pedimos a Bao o a uno de los maoríes que vaya contigo. ¿Tienes miedo de que te agreda?

Por lo que Robin le había contado, ella creía que Vera Carrigan sería capaz de drogar a su estrella contra su voluntad y secuestrarlo. Robin negó con la cabeza. Aunque tenía miedo de hablar con Vera, no quería que Aroha pensara que era un cobarde, aunque posiblemente ya lo pensaba de todos modos. Así que fue dándose cuenta de que en todo ese asunto había estado comportándose como un niño tonto. Había sido cobarde e ingenuo, ¡pero tenía que ponerle punto final! Vera y su compañía se marcharían en los próximos días, tal vez al día siguiente mismo. Tras ese desastre, seguro que nadie la contrataría en Rotorua.

Robin se quedaría. Por fin sería libre.

10

Robin habría preferido hablar con Vera a la mañana siguiente. Pero la actriz se despertaba tarde y no convenía exasperarla despertándola antes de tiempo. Así que se reunió con Aroha y Bao para desayunar y jugó con Lani para no tener que ver a los otros huéspedes en el comedor. No obstante, la señora McDougal lo trató con amabilidad, Aroha ya había hablado con ella.

—¿Vuelve a su hotel o asistirá al servicio fúnebre? —preguntó a Aroha—. Naturalmente, también está usted invitado, señor Fenroy, y usted, señor Bao. El reverendo celebrará el servicio por las víctimas de la erupción del volcán. Sobre todo, por los *pakeha*, a los que acto seguido se dará sepultura aquí, en nuestro cementerio. No tiene sentido transportarlos a sus países de origen. Por supuesto, también recordaremos a las víctimas maoríes. Por favor, venga, señorita Aroha, deje que nosotros, los habitantes de Rotorua, le presentemos nuestras condolencias.

Aroha no se lo pensó mucho. Con todo lo que se le venía encima relativo al hotel y a Robin, apenas tenía tiempo para el duelo. Se había guardado para sí todo el dolor por la pérdida de Koro y pensaba que la iba a ahogar. Tal vez la ceremonia y la simpatía de sus futuros vecinos y amigos la serenarían un poco. Cuando Robin se unió a ella, Bao anunció que quería ir al hotel para supervisar las primeras tareas de rehabilitación. Ya había reunido a algunos hombres para que realizaran las obras.

—Si es que los trabajadores me hacen caso... —puntualizó.

Aroha hizo una mueca.

—Como no lo hagan, después se las verán conmigo. Tendrán que acostumbrarse a que tu opinión cuenta, Bao. Y tú también deberás acostumbrarte. Si no se atienen a tus instrucciones, los despides, aun a riesgo de que las cañerías no funcionen hoy mismo. Podemos dormir otra noche más en el Lodge.

Robin miraba a Aroha admirado. No recordaba que fuera tan severa. Con esa voz de mando, casi le recordaba a March, y eso lo conmovió. Cuando hubiera roto con Vera, podría volver a Rata Station. No sería un regreso triunfal, como había soñado, y tal vez March volviera a burlarse de él. Pero la idea de volver a verla lo hacía feliz.

Con la cabeza gacha, Robin cruzó la iglesia tras Aroha. Estaba llena, y seguramente habría gente que había visto la función la noche anterior, pero nadie le habló de ello. En cambio, los miembros del equipo de rescate con quienes había estado en Te Wairoa lo saludaron afablemente. Al instante se sintió mejor entre ellos. Ahí al menos había hecho un buen trabajo.

El servicio fue solemne. El reverendo pronunció unas palabras conmovedoras, el coro de la iglesia cantó himnos y cantos fúnebres, *waiata tangi*. Gran parte de la comunidad estaba compuesta de maoríes, y entre ellos había cantantes y músicos dotados. A Aroha le corrieron las lágrimas por las mejillas cuando los instrumentos tradicionales invocaron los recuerdos de todos los *powhiri* en que Koro había bailado para ella. Mecía a Lani al compás de las melodías y se sintió de repente segura de que quedarse en el distrito de Rotorua era una buena decisión. La madre de Lani había tenido una voz muy bonita, la niña tendría que aprender más adelante a cantar sus canciones.

Después del servicio, recibió el pésame de la gente de Rotorua que había conocido a Koro. Robin permaneció a su lado, intentando no llamar la atención. Pero en cierto momento se acercó una joven que le resultó conocida. Posiblemente la había visto en Te Wairoa. Al pensar que había podido presenciar una de las funciones, la sangre le subió al rostro.

—¿Señor... señor Fenroy? —preguntó ella en voz baja. Era preciosa, rubia, e iba muy bien vestida. En atención al triste acontecimiento que se celebraba, llevaba un traje de viaje azul marino de cuello cerrado y un sombrero a juego. Una indumentaria sencilla pero inusual y sumamente elegante—. Por favor... discúlpeme, yo... yo he preguntado en el hotel por su nombre. —Se sonrojó ligeramente. Robin no sabía qué decir—. Me llamo Helena Lacrosse... —se presentó la joven—. Y... bueno, lo he pensado mucho antes de dirigirme a usted. —Jugueteaba nerviosa con la bolsa de seda del mismo color del vestido, en la que llevaba el monedero y otros objetos personales—. Porque... ya es la segunda vez que lo veo en estas... estas obras de teatro. —Se sonrojó.

—¿La segunda vez? —preguntó Robin.

Una joven a todas luces educada e instruida se habría dado media vuelta horrorizada tras ver una sola función de la Carrigan Company. Robin creyó recordar que un caballero había conducido fuera de la sala a la joven señorita durante la adaptación que Vera había hecho de *Otelo*. Había sido en una de las representaciones en Te Wairoa. Ahora distinguía también al hombre en la iglesia. Estaba detrás de la señorita Lacrosse, algo apartado, para no molestar a los asistentes al funeral, y miraba con desaprobación hacia Robin y su acompañante.

—Sí —confirmó la señorita Lacrosse—. Porque... bueno, no porque me haya gustado, aunque usted... usted actúa realmente bien, solo que...

Robin hizo un gesto de rechazo.

—Son funciones espantosas, he de reconocerlo —afirmó—. Yo acabé ahí por descuido y... y voy a separarme de la compañía.

Ella sonrió aliviada.

—¡Oh, me alegro! Pero me dirijo a usted porque... recientemente ha interpretado a Julieta y ayer a Miranda...

Robin quería que la tierra se lo tragase. Esa joven también había visto el desastre de la noche anterior.

—Lo... lo siento...

Ya iba a dar explicaciones, pero la señorita Lacrosse no lo dejó seguir.

—De acuerdo, pero me ha llamado la atención... ¿cómo decirlo? Usted me recuerda mucho a alguien, señor Fenroy. Tanto que no puede ser una coincidencia. Aunque mi prometido lo ve distinto y también podría ser... Da igual, al menos quería preguntárselo. Porque... podría ser que fuésemos parientes.

Robin frunció el ceño.

—¿Cómo puede ser? —preguntó—. Bueno, no sé de dónde es usted; yo, en cualquier caso, vengo de la Isla Sur, de las llanuras de Canterbury. Y mis padres nunca han mencionado que tuviesen parientes en otro lugar. Claro que los Fenroy son... para resumirlo, un clan de Inglaterra. En caso de que también tenga usted allí sus raíces...

Helena negó con la cabeza.

—No, eso seguro que no. Conocemos perfectamente nuestro árbol genealógico y los Fenroy no constan en él. Una familia noble británica, ¿verdad? Sea como fuere, tampoco... tampoco es su nombre lo que me llama la atención, sino su aspecto. Su... su retrato cuelga en el vestíbulo de la casa de mi padre.

El joven sonrió.

—¿Mi retrato? —preguntó incrédulo—. Señorita Lacrosse, tal vez no deberíamos hablar de este tema en la iglesia. ¿Qué le parece si...? Enfrente hay un café.

Helena asintió.

—Es una buena idea, señor Fenroy. Harold... —Se volvió hacia el hombre que estaba detrás de ella—. Mi prometido, Harold Wentworth —lo presentó—. Me ha acompañado para que hablara con usted. Naturalmente, no hemos llegado solos hasta aquí, formamos parte de un grupo de viajeros de Otago. —Sonrió—. Un par de jóvenes y un tropel de damas de compañía.

Robin tendió la mano al señor Wentworth, se disculpó con

Aroha y condujo a los dos fuera de la iglesia hacia el café de enfrente. Aquello le resultaba extremadamente curioso. Esas personas no estaban emparentadas con su padre. ¿Sería con Cat?

—Por supuesto no es realmente su retrato el que cuelga —dijo Helena retomando el hilo de la conversación, después de que los hombres hubieran pedido café y ella un té—. Sino el de mi tía abuela. Podría ser que también fuera la suya. Lo he deducido después de verlo a usted en uno de esos papeles femeninos. La semejanza es chocante. Los rasgos de la cara, los... La figura no, claro, pero mi tía abuela también era así de delgada. Y el cabello, tan fino y de un rubio tan claro... Lo sé, parece que diga una tontería.

Robin negó con la cabeza.

—En absoluto —dijo amablemente—. Prosiga. Es que no puedo imaginarme cómo una antepasada mía podría estar relacionada con su tía abuela. ¿Qué sucedió con ella? Si tan bien conoce la historia de su familia...

—¡Precisamente esa parte no! —respondió Helena, agitada—. Mi tía abuela... desapareció. No sé exactamente qué ocurrió entonces. De eso hace sesenta años o más, y fue en Australia. Pero mi abuelo se llevó el cuadro cuando se mudó a Nueva Zelanda. Todavía se acuerda mucho de ella, era su hermana. Y, lo dicho, desapareció de repente. Sin dejar ninguna huella, simplemente se desvaneció. Es posible que se tratara de una historia de amor. Al menos es lo que yo supongo. ¿Por qué si no iba a huir? Y mi abuelo es muy severo, sus padres seguro que también lo eran. A lo mejor Suzanne no se enamoró del hombre apropiado y le prohibieron que se casara con él o algo similar. En cualquier caso, una tragedia. Mi abuelo dice que su madre nunca lo superó. Y él tampoco. Era tan bonita... tan dulce...

Robin contempló la piel clara y translúcida de Helena, su fino cabello rubio blanquecino, también ella debía de guardar semejanzas con su desaparecida tía abuela. ¡Y con él! Ahora que ella lo decía, estaba claro. No solo le había resultado conocida porque estaba entre el público, sino porque se parecía a su propia imagen. Podría haber sido la hermana de «Miranda» o «Julieta». Carraspeó.

—Yo no la conocí, pero mi abuela se llamaba Suzanne. Era la madre de mi madre.

Helena dio un respingo.

—¡Suzanne, sí, se llamaba Suzanne! ¡No puede ser una simple coincidencia! —exclamó—. ¡A que no, Harold, estas coincidencias no existen! ¡Qué bien que haya hablado con usted! Señor Fenroy... o Robin... ¡si es cierto que somos parientes, puedo llamarle Robin! ¿Cree usted... crees que podría hablar con tu madre? ¿Dónde vive? ¿Ella también tiene un trabajo... ambulante?

Esto último lo preguntó con un deje abatido. Helena podía alegrarse de haber recuperado a un pariente, pero la profesión de este no le complacía especialmente. Harold Wentworth, su prometido, alto y moreno, tenía una expresión más bien avinagrada. Seguro que todo aquello no era de su agrado.

Robin se apresuró a asegurar que su madre Catherine no tenía nada que ver con el teatro.

—Dirige una granja de ovejas en las llanuras de Canterbury —explicó.

El rostro de Helena resplandeció.

—¡Qué emocionante! ¡A lo mejor nuestras fábricas trabajan sus lanas! Tal como va encajando todo... Nuestra familia está vinculada con la elaboración de la lana. Tenemos molinos de lana y talleres de confección en Dunedin...

La llegada de Aroha interrumpió la conversación. Después de que Robin solo le hubiese susurrado que iba con unos «conocidos» al café de enfrente, se había preocupado. ¿Qué clase de conocidos tendría él ahí? ¿Andaría detrás de todo eso también Vera Carrigan? Se tranquilizó cuando Robin le presentó a la pareja.

—La señorita Lacrosse cree que estamos emparentados —añadió—. Y esta es mi sobrina Aroha Fitzpatrick. Su madre es mi hermanastra. Aroha sería entonces... bueno... la bisnieta de Suzanne.

—¿Cómo dices? —Aroha se acercó una silla y al instante Helena la acaparó. Ya antes de que llegara el camarero y de que le preguntara qué deseaba, Aroha conocía toda la historia—. Sinceramente, no puedo aportar nada, ni siquiera me hubiese acordado del nombre de la madre de Cat. Es cierto que alguna vez mencionaron algo de Australia. Creo que incluso nació allí...

—¡Otro indicio más! —exclamó radiante Helena—. ¡Oh, Robin, tienes que venir a Dunedin y conocer a mi abuelo! ¡Tienes que hacerlo! Tú también, claro... ¿Cómo te llamas? ¿Aroha? Qué nombre más extraño... Solo que a lo mejor contigo no se lo creerá, no te pareces tanto a mi tía abuela. Robin, en cambio...

Aroha hizo un ademán de rechazo.

—Tómeselo con calma, señorita Lacrosse —dijo amablemente pero con determinación. No quería intimar demasiado con esa entusiasta joven. No fuera a ser que animara a Robin a emprender ya su próxima aventura—. A lo mejor debería hablar primero con mi abuela. —Al pensar en Cat, se acordó de repente de que sus abuelos llegarían la semana próxima. La boda con Koro debería haberse celebrado muy pronto. Los ojos se le anegaron de lágrimas. En realidad no tenía ahora el menor interés en esa exaltada muchacha y sus teorías sobre su ascendencia y la de Robin—. ¿Cuánto tiempo se quedará usted aquí? —preguntó aun así—. Nuestros... mis abuelos... llegarán dentro de pocos días. Vienen a... a la inauguración de mi negocio. Abro un hotel aquí, en Rotorua.

Helena aplaudió entusiasmada.

—¡Es maravilloso! En realidad pensábamos marcharnos la semana próxima, pero, por supuesto, nos quedamos. Tengo que hablar sin falta con su abuela. Por cierto, ¿cuál es su apellido de soltera? Bueno, si además fuera Lacrosse...

—Significaría que Suzanne tuvo una hija fuera del matrimonio —intervino por vez primera Harold Wentworth.

Aroha empezó a disgustarse.

—Rat —respondió lacónica—. Catherine Rat. Y ahora, ¿nos disculpa, por favor? Todavía tengo mucho que hacer en el hotel y Robin... Bueno, hoy tiene un asunto importante que atender. —Clavó la mirada en su tío—. La señora ya debe de haberse levantado, Robin.

El joven se puso en pie. No entendía del todo por qué Aroha estaba tan contenida. En lo que a él concernía, la conversación con

Helena le había dado alas. Ella tenía razón, el parecido, el mismo nombre, y Australia... No podía ser una coincidencia. Además, incluso si la familia Lacrosse no tenía nada que ver con el teatro, a través de su parentesco tal vez estableciera nuevos contactos y surgieran nuevas oportunidades.

Se sentía lo suficientemente fuerte para enfrentarse a Vera Carrigan.

11

Vera Carrigan salía del despacho del propietario del hotel cuando Robin entró en el Lodge. Parecía furiosa e indignada. Al ver a Robin lo abordó al instante.

—Haz tu equipaje, Robin, hoy mismo nos vamos de aquí. No sé exactamente adónde ni cómo, pero ya pensaré algo. ¡Esto es demasiado fino para nosotros! La gente se cree demasiado exquisita para apreciar nuestras representaciones. Creo que nos vamos a Auckland.

Robin negó con la cabeza, como si le dieran la entrada. Inspiró hondo.

—No, Vera. No me voy contigo. Yo... yo me despido. Me quedo aquí.

Vera, que ya se había vuelto hacia las escaleras para que Bertram y Leah también se pusieran en marcha, se detuvo de golpe.

—¿Que vas a hacer qué? —Su tono era amenazador, pero se contuvo y esbozó su sonrisa malévola—. Ah, sí, pequeño, que tienes aquí parientes. Tu sobrina, ¿no? Esa chiquita rubia tan mona que quería casarse con el maorí que, por desgracia, murió durante la erupción. Ya me acuerdo. ¿Y ahora quieres quedarte aquí? ¿Para consolar a la pequeña por su pérdida? Ay, Robin... —Era como si le estuviera hablando a un niño con el que quería ser amable pero al que no podía tomar en serio.

—¡Ya hace tiempo que quiero despedirme de la compañía! —repuso Robin—. Tú ya sabes que no me gusta lo que hacemos.

—¿Así que no quieres volver a subirte a un escenario? —preguntó Vera con falsa simpatía—. En lugar de eso quieres... Ya, ¿qué hace aquí tu sobrina? ¿Trabajar en el hotel? Te imagino perfectamente haciendo de botones, pequeño...

—¡Soy y seguiré siendo un actor! —Robin perdió el control de su voz y casi gritó. El tono condescendiente de Vera le ponía de los nervios.

Ella rio.

—Puede que no durante mucho tiempo. Pero escucha, Robin... es mejor que no lo discutamos aquí, las paredes oyen...

Miró hacia recepción, donde la señora McDougal estaba en ese momento. La mujer le lanzó una mirada hostil.

—Yo no subo contigo a tu habitación —puntualizó Robin.

Vera negó con la cabeza.

—¡Claro que no, pequeño! ¡Cómo iba a meterte yo a ti a plena luz del día en mi habitación! Eso perjudicaría mi imagen hasta el final de mis días. Y es posible que dijeran de ti que solo obtienes los mejores papeles porque tú con la jefa... bueno, ya sabes. —Hizo un gesto obsceno con la mano—. Vale más que demos un paseo. Un poco de aire fresco nos sentará bien a los dos.

—El aire no está especialmente fresco —replicó Robin.

Continuaba flotando un extraño olor a humo y sulfuro en el lugar, era inevitable inhalar partículas de ceniza. Pero esa no era la razón de que rechazara la invitación. Simplemente no quería seguir hablando con Vera, aunque su mirada seguía reteniéndolo. Todavía sentía demasiado miedo ante esa mujer para contradecirla.

Vera llevaba el abrigo sobre el brazo y se lo echó por encima. El señor McDougal debía de haberle pedido que entrara en su despacho cuando ella estaba a punto de salir.

—¡Venga, vamos! —increpó a Robin cuando él se quedó parado, vacilante.

El joven se estremeció. Y la siguió.

El Rotorua Lodge se hallaba a la salida del pueblo y desde el hotel partían senderos que llevaban a las fuentes termales. El hecho de que los baños naturales estuvieran tan cerca era la razón por la que los McDougal no tenían casa de baños propia. Habían edificado unas casetas donde cambiarse junto a las fuentes de agua caliente más cercanas y los huéspedes se bañaban al aire libre, lo que a algunos todavía les resultaba más emocionante. Desde el hotel, un poste indicaba el camino a los *hot pots*, pero Vera tomó otra dirección. Robin suspiró aliviado. Por un momento se había temido que Vera quisiera llevarlo a las lagunas y que lo tentase una vez más con sus artes de seducción. Pero sabía que las fuentes todavía estaban cerradas por cuestiones de seguridad.

Vera se internó en la zona termal. Robin la seguía vacilante. Pasado un rato, creyó reconocer el paisaje. Pocos días antes habían ido de excursión por ahí, a los géiseres y la laguna que les había enseñado como en secreto aquel cochero. Robin sintió de nuevo una sensación de malestar. ¿Era allí adonde iba Vera? La actriz intentaba una vez más convencerlo. Le aseguraba lo importante que era él para ella, lo mucho que la compañía confiaba en su desempeño.

—Al menos tienes que darme la oportunidad de encontrar un sustituto, Robin. Y no será fácil. Un chico con un talento tan grande... —Nunca antes le había oído decir algo así. A pesar de todo su resentimiento, se sintió orgulloso—. Ven al menos con nosotros a Auckland, Robin. Nosotros... sí, hasta podemos cambiar un poco el programa. Tampoco era tan malo lo que tú y Bertram montasteis en Te Wairoa. Pondremos otro anuncio en Auckland, a ver qué artistas aparecen. A lo mejor encontramos a una chica joven con talento y a uno o dos jóvenes más. Entonces podríamos representar toda una obra en lugar de solo escenas. Eso sí te gustaría, ¿verdad, Robin?

La voz de Vera era dulce como la miel, Robin tenía que esforzarse por no dejarse convencer. Naturalmente, sería bonito representar obras enteras con una compañía más grande. Pero con Vera nunca lo conseguiría.

Intentaba no escucharla, sino que se concentraba en el paisaje por el que paseaban. La erupción volcánica no había tenido ningún efecto visible en Whakarewarewa. Si la nube de ceniza no flotase sobre la región, impregnando el ambiente de una difusa luz gris amarillenta, nadie habría creído lo sucedido tan cerca de allí hacía tan poco tiempo.

En efecto, Vera llegó a la laguna natural que Arama les había mostrado la semana anterior. Allí estaba, sugerente en un idílico terreno en parte rocoso, en parte cubierto de *raupo* y tussok, unos *manuka* crecían diseminados por distintos puntos.

—Nuestra fuente... —susurró Vera con su voz meliflua—. Venga, Robin, tampoco es todo tan malo en nuestra compañía. Nosotros dos siempre hemos tenido una relación muy especial... —Se acercó a la fuente, se acuclilló y metió la mano en el agua—. Calentita, igual que hace una semana. Aquí no hay nada destruido, Robin. ¿Y sabes por qué? Porque es mi fuente... nuestra fuente... —Salpicó un poco al joven con agua—. No pueden destruir lo que es mío —prosiguió con voz sugestiva, los ojos brillantes—. Yo me cuido de lo que es mío. Magia potente... ¿No has oído hablar de ella? McRae la notó... Y ya lo has visto, a mí nada puede hacerme daño. Ni maldiciones delirantes ni *tapu*... Solo tú podrías destrozarme, pequeño Robin. Mi compañía... Sin ti no puede seguir. Te necesitamos. Y tú nos necesitas, necesitas el escenario. Necesitas mi protección. Tenemos tanto, Robin... No irás a echarlo todo a perder, ¿verdad? —Lo hechizaba con la mirada, aunque sus ojos brillaban con una frialdad extraña. Robin se preguntó si tras ellos no se escondía la locura—. Ven, Robin... —Dejó que el abrigo resbalara por sus hombros. Llevaba una falda y una blusa, curiosamente, ni atrevida ni con un gran escote, sino como la que llevaría en un hotel una huésped normal. Robin se preguntó adónde se propondría ir. ¿A lo mejor a otro hotel para concertar una función? Debía de haberle quedado claro que no obtendría ningún contrato más en el Rotorua Lodge tras la actuación de la noche anterior. Y a lo mejor realmente quería elaborar un programa más serio y había adaptado su indumentaria a esa elección. Ella miró a

Robin por encima del hombro y empezó a desabrocharse la blusa—. Ven a bañarte, Robin... Vamos a bañarnos una vez más juntos...

Él negó con la cabeza.

—No. Es... es peligroso. —El joven no supo si se refería al agua o a Vera, quien con una risa cantarina se desprendió de la blusa, dejó caer la falda y se quedó en corsé ante él.

—Está caliente... —No hizo caso de las objeciones del chico—. Es buena cura... hace olvidar... Ven, Robin, ven conmigo. No quieres marcharte. Somos uno, tú, yo y los otros... somos una familia... ¿O tal vez solo tú y yo? —Se relamió los labios, se soltó la melena y la dejó caer sobre los hombros desnudos—. Ven, ayúdame... —Señaló los cordones del corsé—. Ayúdame a desatarlo.

Con desgana, Robin fue a satisfacer su deseo, pero de inmediato dio un paso atrás. Esta vez no cedería a su presión.

—¡Da igual lo que hagas y digas! ¡No me iré contigo, Vera! —dijo decidido—. No somos una familia. Es lo que tú haces creer a quienes están contigo, pero en realidad... Aroha es mi familia. Tú solo eres... tú solo me has engañado y estafado, me has hundido... Tú eres... eres como arenas movedizas, Vera, que devoran a la gente. O como un espíritu maligno que toma posesión de las almas. He visto tu juego. Soy libre, Vera, yo...

La fuerte carcajada de ella ahogó las palabras de Robin.

—Oh... ¡Así que el pobre Robin estaba poseído por mí! Deja que adivine, tu tía o tu sobrina o lo que sea ha encontrado a un sacerdote maorí que te ha cantado unas *karakia*. Para liberarte de la malvada Vera... —Dejó caer el corsé al suelo, se volvió hacia él desnuda y se deslizó lentamente en el agua caliente de la laguna. El vapor flotaba a su alrededor, suavizando las formas de su cuerpo—. Ya lo intentó una vez una *tohunga* —observó en tono despreocupado—. Una vieja bruja. Quería liberar de mí a Joe Fitzpatrick. Gañía como el perro de su estúpida esposa cada vez que me veían. Fitz y yo nos burlábamos de ella... Al final fui yo la que triunfé. Y entonces me maldijo... —Rio.

—Al parecer, te maldicen con frecuencia —observó Robin.

—¡Y siempre en vano! —Vera ya estaba en el centro de la laguna, el cabello revoloteaba en torno a su rostro como un aura oscura—. Porque soy más fuerte, Robin... Ya te lo he dicho, McRae lo notó... Tengo magia. Soy más fuerte que los espíritus. ¡Escupo sobre todos los *tohunga* y sobre los espíritus! —Se llenó la boca de agua caliente y la escupió. Robin se acordó de las demoníacas gárgolas de las catedrales europeas que había visto en los libros. Y sintió algo raro... una sacudida. ¿Estaba él temblando o era el suelo? ¿Vibraba la tierra a sus pies?—. Por eso te quedarás conmigo, Robin, porque conmigo estás seguro. Conmigo no puede ocurrirte nada... —La voz arrulladora de Vera se elevaba sobre el vapor, que se espesó de repente. Robin oyó retumbar, la tierra temblaba de verdad. Con expresión horrorizada, Vera empezó a gritar—. ¡Quema! —Y a continuación unos gritos desgarrados de dolor.

Robin observó impotente la lucha que la mujer libraba en el agua. Intentaba acercarse a la orilla, salir de la laguna, pero esta se abrió de repente bajo sus pies. Vera se vio succionada hacia las profundidades para ser escupida de nuevo con un impetuoso y siseante chorro que se elevó hacia el cielo oscurecido. Todavía dominado por el horror, Robin oyó que Vera gritaba cuando el géiser volvió a tragársela. Él había retrocedido instintivamente cuando la tierra había empezado a temblar y en ese momento tuvo que reprimir el impulso de acudir en ayuda de la mujer. El agua de la laguna burbujeaba. Debía de estar hirviendo. El aullido de Vera murió por fin. Robin no volvió a verla. El vapor cubrió todo lo que rodeaba la fuente termal cuando el géiser se agotó.

La tierra volvió a temblar. Y Robin entendió que debía huir de ahí. No podía hacer nada. Solo esperar que el géiser al menos le perdonara la vida a él. Perseguido por las maldiciones de los sacerdotes maoríes que al fin habían alcanzado a Vera, corrió por la explanada y no volvió a sentirse seguro hasta que alcanzó las primeras casas de Rotorua.

12

—¿Dónde está?

Aroha ya estaba celebrando que las tuberías del agua del hotel estaban arregladas, cuando la puerta se abrió de par en par y dos mujeres irrumpieron agitadas. Atónita, reconoció a su madre y a su abuela, ambas con una expresión de horror en el rostro. Linda y Cat llevaban trajes de montar y estaban tan acaloradas y sucias como si hubieran pasado horas galopando. Tampoco se entretuvieron en saludos.

—¿Quién? —preguntó Aroha, cogida por sorpresa—. ¿Y qué estáis haciendo aquí tan de repente? ¿Cómo me habéis encontrado?

Linda estrechó a su hija entre sus brazos.

—Aroha, cariño, nos hemos enterado de lo de Koro. Cuánto lo siento —dijo con dulzura.

Las lágrimas volvieron a asomar a los ojos de la joven, que seguía confusa. ¿Cómo podían haberse enterado Linda y Cat de la muerte de Koro? Solo habían pasado tres días desde la erupción. Hacía dos que los diarios habían publicado la información. Si Linda se había puesto en camino inmediatamente después, podía realmente estar allí. Pero Cat tenía que haber salido de Rata Station antes del incidente del volcán para llegar ese día.

—¿Cómo lo habéis sabido? —preguntó Aroha desconcertada—. Lo del volcán... lo de Koro...

—Hemos preguntado por ti en el Rotorua Lodge —respondió Cat impaciente—. Allí nos hemos enterado de la muerte de Koro. Y ya en Hamilton nos llegó la noticia de la erupción del volcán, cuando ya estábamos en camino. Por otra parte, hasta en Wellington se notaron los terremotos y se oyeron las explosiones. Era obvio que en algún lugar de la Isla Norte estaba sucediendo algo horrible, pero no se podía localizar con exactitud. Lo siento muchísimo, Aroha. Debes de haber pasado por un infierno. Pero por favor, hablemos de ello más tarde. Dime primero dónde está Robin. ¿Está bien?

La muchacha frunció el ceño. Cat la miraba con tal desesperación que se preguntaba qué habría desatado tanto pánico. El telegrama que había enviado a su abuela solo ponía que Robin había aparecido en Te Wairoa con la Carrigan Company y que estaba bien. A continuación, Cat y Chris habían pensado en anticipar el viaje que tenían planeado a Rotorua para ver a su hijo pródigo antes de que la compañía siguiera con la gira.

Aroha consultó el reloj de pie, un mueble bonito y adornado con tallas de madera, que decoraba la futura recepción.

—Lo he visto por última vez hace tres horas —tranquilizó a las mujeres—. Estaba animado y de buen humor y a punto de despedirse de esa horrible Vera Carrigan. A estas alturas ya debe de haberlo conseguido. Es probable que esté en el hotel... ¿Por qué lo preguntas? ¿Ha pasado algo?

Por un instante temió que le hubiera ocurrido algo a Chris Fenroy, un accidente o incluso una muerte de la que debía notificarse enseguida a Robin. Pero habría sido más fácil hacerlo por telegrama, y en los ojos de Cat no había preocupación ni dolor por su marido, nada más que miedo por su hijo. La tensión de su rostro dejó paso a una expresión de alivio.

—Gracias a Dios y a todos los espíritus —susurró—. No he podido dormir desde que Linda me envió este telegrama.

En los siguientes minutos contaron a Aroha que Linda se había visto invadida por el pánico al recibir su carta con las noticias sobre Robin. La sola idea de que su joven hermanastro estuviera en contacto con Vera Carrigan había bastado para intranquilizarla, y los comentarios de Aroha acerca de que el muchacho tal vez estuviera demasiado sometido a la influencia de esa arpía la había inquietado en extremo. Sin pensarlo ni un segundo y sin detenerse a hablarlo con Franz, había enviado un telegrama a Rata Station: «Robin quizás en peligro. ¡Ven enseguida! Linda.»

—Naturalmente, me puse en camino de inmediato —contó Cat—. Chris me dijo que estaba loca. Me señaló sensatamente que Robin ya llevaba dos años y medio con esa compañía haciendo giras. ¿Por qué iba Vera Carrigan a dañarlo justo ahora?

—¿Pues porque se ha encontrado con Aroha? —replicó Linda. No estaba ni mucho menos tan tranquila como su madre—. ¿Porque ahora sabe que Robin es pariente mío? Entonces quiso... quiso matar a Aroha... —Rodeó instintivamente con el brazo a su ya adulta hija.

—Eso fue hace veinte años —la calmó Cat—. Y además había un hombre de por medio, ¿no? Chris pensó que, en cualquier caso, teníamos que abordar el tema con serenidad y primero contrató a un detective privado, de una agencia con delegaciones en todo el país, para que obtuviera información sobre la Carrigan Company. En Christchurch creían que sus oficinas de Auckland o Wellington nos podrían entregar un dosier al cabo de pocos días. No resultaría difícil saber el paradero de Vera, siendo directora de una compañía de teatro. Chris opinaba que teníamos que esperar para no volver a ahuyentar a Robin. Podría ser que estuviera muy bien en la compañía. Y Vera... seguro que no es una persona agradable, pero había que tener en cuenta que entonces, cuando los caminos de ella y Linda se cruzaron, solo tenía quince años. Tal vez había cambiado con el tiempo.

—¡Jamás! —repuso Linda, y adoptó una expresión más inquieta cuando Aroha asintió.

—Yo tampoco era del mismo parecer —admitió Cat—. Por eso estoy ahora aquí. Cogí el primer barco de Christchurch a Wellington, compré un caballo allí (ya lo sé, Linda, me habríais prestado uno, pero salvo tu yegua solo tenéis caballos de sangre fría) y seguí hasta Otaki para venir aquí con Linda. Naturalmente, queríamos anunciarte que veníamos, Aroha. Intenté enviarte varias veces un telegrama. Pero las líneas no funcionaban, algo comprensible después de la catástrofe. ¿Quieres contarnos ahora qué sucedió? Pero ¿quién es esta niña tan mona?

Señaló a Lani, que estaba durmiendo en una cesta que Aroha había colocado sobre el mostrador de su futura recepción.

—Es... —Pero antes de que Aroha pudiese presentarles a su hija adoptiva, Linda la interrumpió.

—Creo que antes deberíamos averiguar dónde está Robin —indicó. A diferencia de Cat, que parecía haberse tranquilizado, se balanceaba nerviosa de un pie al otro—. Hasta que lo vea sano y salvo no descansaré. Sé que exagero, Mamaca, Aroha... pero tengo malos presentimientos. ¿Dónde está el hotel en que está instalada la compañía?

En el Rotorua Lodge habían notado el terremoto, pero pensaron que era una réplica. Desde la erupción del Tarawera se producían pequeños estallidos que perturbaban la tranquilidad de los habitantes. Los geólogos tranquilizaban a la gente, que no se sentía segura. Algunos huéspedes estaban en el vestíbulo con el propietario del hotel y su esposa cuando Robin Fenroy entró precipitadamente, blanco como la nieve, temblando de la cabeza a los pies y casi incapaz de pronunciar una frase coherente. Pese a todo, se dirigió a Waimarama McDougal, que lo escuchó, amable y comprensiva.

—El agua se ha... se ha puesto a hervir. Y el géiser... el géiser ha explotado... Ella gritaba... ¡gritaba mucho! —Robin se mesaba el pelo. En su mirada había puro terror.

—Tranquilícese, muchacho, tranquilícese —le dijo Brett McDougal—. Parece como si hubiese visto un espíritu.

—Sí... se han vengado. Los espíritus se han vengado... La maldición...

—¡Acompáñeme! Y tú, Waimarama, ocúpate de nuestros *manuhiri*.

McDougal arrastró decidido al joven a su despacho. Robin atraía demasiada atención en el vestíbulo, los huéspedes lo escuchaban ávidos de sensacionalismo.

—Tiene... tiene que enviar a alguien... a rescatarla. Seguro... seguro que está muerta, los espíritus, ella... Oh, Dios mío, cómo gritaba...

Robin escondió la cabeza entre las manos. McDougal llenó un vaso de whisky y se lo tendió.

—Beba, joven. No a sorbitos, de un trago. Así. Y ahora cuénteme desde el principio qué ha ocurrido. Antes le he visto en el vestíbulo. Con esa indescriptible señorita Carrigan... Entonces, ¿qué ha sucedido?

Poco después, el hotelero salía al vestíbulo con rostro grave y le comunicaba a su esposa algo al oído. Después miró alrededor, buscando a alguna persona discreta a la que poner al corriente de lo ocurrido y que pudiera ayudarlo a rescatar el cadáver. Alguien que supiera guardar silencio. Mejor no pensar en qué ocurriría si se extendía el rumor de que un huésped del hotel había muerto cocido en vida. Al final vio a Bao, al que conocía fugazmente. Sabía que había sido *maître de la maison* en el establecimiento de McRae y que ahora era director del hotel con Aroha; debía de saber cómo comportarse y seguro que tampoco se asustaba fácilmente

En efecto, Bao enseguida comprendió que el asunto debía manejarse con tacto. Pocos minutos más tarde se había puesto en camino con McDougal, mientras la esposa de este se ocupaba de Robin. Waimarama suspiró aliviada cuando poco después apareció Aroha junto con Cat y Linda.

Las tres llegaban extremadamente inquietas pues, por supuesto, ya habían empezado a propagarse los primeros rumores: un joven había contado en el Rotorua Lodge que había visto espíritus. ¿Otra aparición más del *waka wairua*? ¿Se anunciaba una nueva catástrofe?

Waimarama resumió a las recién llegadas el estado de las cosas.

—La señorita Carrigan ha muerto —les informó—. El señor

Fenroy está físicamente bien, pero muy afectado. Lo mejor es que vayan con él a su habitación. O no, esperen, voy a darles la *suite* nupcial. Ahora está libre, no hemos colocado allí a ninguno de los huidos de la catástrofe. Pueden quedarse cuanto quieran. Pediría también que les sirvan las comidas, pero creo que querrán llevarse al señor Fenroy enseguida a casa.

Cat y Linda le dieron las gracias por su generosidad y Aroha asintió comprensiva. Tanto los McDougal como los demás hoteleros de Rotorua estaban interesados en que en los siguientes días Robin se dejara ver lo menos posible y no fuera contando su terrible experiencia. Sin embargo, a Bertram y Leah no se les podía ocultar lo ocurrido. Estaban extrañados de la ausencia de Vera y Robin. Bertram empezó a preocuparse por el joven. Cuando se decidió a preguntar por él, Waimarama lo envió a la *suite* nupcial. Confiaba en Aroha. La joven se entendería con el actor, así que fue ella la que al final le comunicó el fallecimiento de Vera.

Acto seguido, Bertram le quitó a Leah su «medicina», pese a las protestas de la joven.

—Leah, preciosa —le explicó—, al parecer esta es la última botella de ese brebaje que no volverás a ver en tu vida. Así que ya puedes irte quitando el hábito. Si se la damos a Robin, es posible que nos cuente exactamente qué ha ocurrido.

Y eso hizo Robin. Con la voz torpe por el opio, describió lo que había vivido. Aroha, Cat y Linda, así como los actores, escucharon atentamente y en igual medida horrorizados. Poco después, Robin se quedó dormido en la lujosa cama de la *suite* nupcial. El Jarabe Reconstituyente del Dr. Lester —Bertram le había suministrado una dosis doble— y el whisky que Brett McDougal le había obligado a beber obraron su deseado efecto.

Mientras los demás estaban ocupados en asimilar la historia que habían escuchado, alguien llamó a la puerta y Bao entró con una gran botella de whisky de malta y vasos.

—Me ha dicho el señor McDougal que les traiga esto de su parte —dijo, sirviendo a todos. Les informó de que él y el hotelero habían regresado con las manos vacías—. No hemos encontrado el cadáver de Vera Carrigan y el nuevo géiser no deja de lanzar agua hirviendo. Es imposible que alguien haya sobrevivido a un baño en esa laguna.

—Se la ha llevado el diablo —constató Bertram—. No es que me sorprenda...

Tomó un buen sorbo después de brindar con Bao. Pese a que este último casi nunca bebía, ese día hizo una excepción.

Linda vació su vaso de un trago.

—Sé que es horrible y que nadie merece una muerte así. Pero creo... creo que el espíritu de la vieja Omaka por fin podrá poner rumbo a Hawaiki. Por fin encontrará la paz. Se ha cumplido su maldición.

—Pues encontrará amigos en el camino —observó Bao con un gesto entre el agradecimiento y el desagrado. También los chinos creían en los espíritus—. El anciano sacerdote maorí, Tuhoto, también ha muerto hoy.

Lo habían llevado al hospital de Rotorua después de sacarlo de entre los escombros de su casa. Sophia Hinerangi habría preferido que los curanderos de su propia tribu se hubiesen ocupado de él, pero los maoríes se negaron a acercarse al anciano profeta. A esas alturas, la mayoría de la gente pensaba que Tuhoto era culpable de la erupción del volcán. Los médicos y enfermeras blancos habían atendido con diligencia al anciano, pero la atmósfera del hospital *pakeha* seguro que no le había gustado. Aroha pensó con pena y respeto en el sacerdote que nunca había hecho más que servir a su pueblo. No había merecido ese final bajo el cuidado de sus odiados blancos.

—¡Pues bebamos a la salud de los dos, aunque a él no tuve el gusto de conocerlo! —propuso Bertram. Vera Carrigan no le daba ninguna pena—. Y a la salud de los espíritus, de Dios y el diablo. Hasta ahora nunca había creído en ellos, pero... ¡les tengo respeto! Voy a reflexionar sobre dar un giro a mi vida.

Leah, la única que había sentido simpatía hacia Vera Carrigan, callaba. Lo mismo hacía Aroha. Tenía que pensar en su propia maldición. La perseguiría de nuevo si volvía a enamorarse...

13

El cadáver de Vera Carrigan nunca se encontró. Eso facilitó las cosas para los hoteleros de Rotorua. Los McDougal y Aroha se pusieron de acuerdo en informar de la desaparición de la actriz. A aquellos que preguntaban por ella, les comunicaban que había desaparecido repentinamente. Nadie siguió investigando acerca de su paradero, salvo Joseph McRae, a quien al final pusieron al corriente del asunto de forma confidencial.

Waimarama McDougal estaba preocupada por la salvación del alma de Vera, pero Robin, Bertram y Leah le aseguraron que la fallecida no era religiosa. Con toda certeza no habría querido que se celebrara un servicio divino por ella.

—De todos modos, se siguen celebrando misas de difuntos —la tranquilizó también Aroha—. Por todas las víctimas de la catástrofe. A fin de cuentas, la señorita Carrigan fue una de ellas.

La noche que siguió a la muerte de Vera, Leah y Bertram se reunieron en la habitación de la directora para echar un vistazo y revisar sus pertenencias. Bertram encontró un montón de dinero y Leah, dos botellas más de su preciada pócima. Si Bertram se hubiese repartido el dinero con ella, Leah se habría podido comprar más jarabe. Así que arguyó ese motivo como pretexto para no hacerlo. Según su opinión, Leah debía protegerse de sí misma. Pese a ello, pagó tanto a ella como a Robin los sueldos atrasados. Esa cantidad debía bastar para viajar a Tauranga y comprar un billete de barco para Auckland, y más porque los hombres acordaron adjudicar a Leah la ropa de la fallecida, al igual que algunas joyas que también encontraron en la habitación. Así que podría empeñarlo todo y hacerse al menos con un pequeño capital inicial. Ignoraban lo que después sería de ella. Bertram y Robin bastante tenían consigo mismos. Para ninguno de los dos sería fácil conseguir un nuevo contrato. Ya no podían cuidar más de Leah. Al final, la joven desapareció una tarde sin despedirse ni comunicar su destino.

Bertram Lockhart, a su vez, aprovechó la primera oportunidad que se le presentó para marcharse, pero antes pasó a ver a Robin. Le contó que se iba a Auckland y que se presentaría en varios teatros.

—Nos vemos —se despidió amistosamente—. En nuestro gremio, los caminos se cruzan con frecuencia.

Robin no estaba seguro de desearlo.

Al día siguiente, Waimarama encontró en la caja fuerte del hotel el resto de las joyas de Vera, que Brett McDougal decidió quedarse y vender. Con el dinero cubrió los gastos de las habitaciones de los miembros de la compañía y donó el resto a los familiares de las víctimas de la catástrofe. Probablemente, fue esa la primera vez que Vera Carrigan dejó algo para un buen fin.

Por la tarde llegó una carta para Cat, cuyo remitente era el detective de Wellington que Chris había contratado. McDougal informó que la misiva la había entregado un mensajero.

—Tiene que ser algo importante —comentó al entregarle la carta a Cat.

Estaba sola en la *suite* con Lani y Robin, este todavía resacoso y afectado por los acontecimientos. Linda había acompañado a Aroha y Bao a su hotel para ayudarles a preparar la casa. En esos momentos llegaba a Rotorua mucha gente que necesitaba alojamiento: desde geólogos de las universidades de Wellington y Auckland hasta curiosos, pasando por voluntarios y periodistas. Todos los hoteles estaban llenos, así que Aroha y Bao se pusieron de acuerdo en abrir el Chinese Garden Lodge (tal era el nombre que le pusieron) ya al día siguiente. Salvo por un par de pequeñeces en el área de los baños, todo estaba listo, y los nuevos huéspedes no iban a hacerse ninguna cura en las aguas termales.

Cat echó un vistazo al remitente de la carta y fingió desinterés. No pensaba abrir el sobre en presencia del hotelero. Solo cuando el hombre se alejó decepcionado y tras intercambiar un par de formalidades, lo rasgó.

Aroha y Linda regresaron cansadas y hambrientas por la tarde. Aroha además estaba deprimida: se había imaginado la inauguración del hotel de un modo muy distinto. Ni Linda ni Bao habían conseguido animarla, así que Linda no pudo hacer más que acompañarla entristecida por la noche, que todavía caía demasiado pronto en Rotorua. Las nubes de ceniza aún no se habían disipado del todo.

Sin embargo, en la *suite* del Rotorua Lodge les esperaba una sorpresa. Cat había decorado festivamente la mesa con velas y cubiertos elegantes y había pedido una cena especial.

—He dicho que nos preparen algo bueno —advirtió Cat, sirviendo vino a su hija y su nieta—. No se trata de ninguna celebración, de verdad. Aroha, tú estás de luto y Robin tampoco está en forma. Pero tenéis que comer algo y hemos de brindar por la inauguración del hotel, en memoria de Koro. No lo conocí, pero creo... sé que estaría orgulloso de ti, Aroha, y que no se tomaría a mal que nosotros también lo estemos.

A Aroha se le saltaban las lágrimas, pero cogió su copa y brindó por el Chinese Garden Lodge, sintiéndose algo culpable con respecto a Bao. Él ya dormía en el nuevo hotel, pues había planeado hacer los últimos preparativos por la noche. Tenía que acordarse de abrir una botella de champán con él al día siguiente. Se sorprendió alegrándose de ello. Bao siempre era una agradable compañía.

Robin, por el contrario, solo removía la comida, y Linda nada más tenía ojos para Lani. Pese a que no estaba de acuerdo con la decisión de Aroha de no casarse nunca y no tener hijos propios, se había prendado de inmediato de la pequeña. Linda había criado a muchos niños en su vida, pero solo una vez había tenido un bebé. Ahora estaba decidida a compensarlo con su «nieta». Eso no aportaba nada al tema de conversación de la velada.

Al final, solo Cat dio interés a la cena en común. Esperó a que hubieran servido el postre y sacó el sobre del bolsillo.

—Por si a alguien le interesa: he aquí la vida de Vera Carrigan —anunció—. Documentada por la agencia de detectives Lovelace.

Robin casi se atragantó con una cucharada de *mousse* de chocolate. Palideció.

—Qué rápido ha sido —dijo Aroha asombrada, y tomó el último bocado del rico postre—. ¿Cuándo contrató Chris a esa gente? ¿Hace una semana?

—No fue difícil averiguar algo —explicó Cat—. La señorita Carrigan era conocida en la escena teatral de Auckland... bueno, no diré que una estrella, pero sí alguien que daba que hablar.

—¿Actuó realmente en el teatro de Auckland? —se sorprendió Linda—. Fitz dijo algo al respecto. Había conocido a un *impresario* que quería convertirla en una estrella. Naturalmente, supuse que exageraba o que, en el mejor caso, se trataba de una revista de variedades en la que Vera... bueno, podía desplegar sus auténticas cualidades. —Se ruborizó levemente.

—Pues te equivocaste —observó Cat, seca—. La joven señorita Carrigan no era en absoluto una puta cualquiera. En realidad tú eso ya lo sabías, a fin de cuentas se metió en el bolsillo a toda una guarnición de *military settlers*, si he entendido bien tus palabras. No hace falta que demuestres tanto ser esposa de un reverendo, Linda. Todos somos adultos. Si te refieres a una puta, llámala por su nombre.

Linda hizo una mueca.

—Pues... pues ¿a qué se dedicaba en realidad? —preguntó.

—Después de lo ocurrido con el ejército de colonos llegó a Auckland con Joe Fitzpatrick, y Fitz era un reconocido metomentodo. Se puso a trabajar como conserje en el King's Theatre, que dirigía John Hollander, un famoso actor de Shakespeare, sumamente serio, con el que Vera, por supuesto, empezó una relación. El señor Hollander ya ha fallecido, pero el detective habló con su viuda y sus hijos y averiguó lo suficiente para llenar todo un dosier. La viuda, sobre todo, se pone hecha una furia cuando oye mencionar el nombre de Vera.

—Me suena —apostilló Linda.

Cat sonrió.

—John Hollander cayó rendido ante los encantos de la joven Vera. Sin embargo, no inició ninguna relación sentimental con ella (habría sido demasiado lamentable, entonces ya tenía más de cincuenta años), sino que afirmó que Vera era una especie de diamante en bruto del arte de la representación. Una persona muy dotada, pero a la que hasta el momento nunca habían alentado.

—Entonces, muy equivocado no andaba —señaló Linda—. Tenía un talento natural en el arte de timar a los demás.

—¡Eso no tiene nada que ver con ser actor! —se hizo oír Robin con voz afligida.

Cat se encogió de hombros.

—En principio se trataba de interpretar la relación entre un padre y su hija. Lo que ya había funcionado antes con Fitzpatrick. Y en esta ocasión, ella podía sacar más provecho. Hollander le pagaba un apartamento con asistenta, una actriz cuya carrera en el teatro de Hollander también iba viento en popa. Probablemente como recompensa por mirar hacia otro lado cuando a Vera y a su protector les convenía. Contrató a un profesor particular de Literatura y Francés para Vera: la educación de una niña de casa bien. Además de clases de interpretación, por supuesto. Lo que no se puede averiguar es si eso era lo que Vera quería realmente o si Hollander insistió en ello para no sentirse culpable por... hum... amar a una chica tan joven. La viuda afirma que al cabo de tres o cuatro años el hombre empezó a hartarse de Vera. En cuanto a las circunstancias exactas, no se puede hacer más que especular. A lo mejor Vera quería que se separase de su esposa, tal vez le pidió dinero... en cualquier caso le dieron un par de papeles en el Hollanders Theater. Corrieron muchos rumores al respecto entre los actores. El trabajo de Vera no alcanzaba el nivel de la compañía ni de lejos.

Robin asintió.

—¡Ella simplemente no sabía actuar! —confirmó—. No podía meterse en los papeles, no...

—Omaka dijo una vez que la gente como Vera no es como nosotros —apuntó pensativa Linda—. Que son... distintos en esencia. A qué se refería exactamente, lo ignoro.

—Fuera como fuese, todo el asunto estaba a punto de convertirse en un escándalo —siguió contando Cat—, según la opinión tanto de la viuda como de los actores que aún continúan en la compañía. La relación entre Hollander y Vera se había hecho muy pronto pública. La viuda tenía miedo de convertirse en el hazmerreír de la buena sociedad de Auckland.

—¿Y entonces? —preguntó Aroha con curiosidad y cogiendo a Lani de los brazos de Linda.

La pequeña empezaba a lloriquear. Necesitaba el biberón, pero Aroha estaba demasiado interesada en el final de lo que Cat contaba como para ir a la cocina a calentarlo.

—Entonces murió —dijo Cat serenamente—. Hollander. Casi sobre el escenario. Hizo mutis. Se preparó para el acto final... y cayó muerto.

—¿Tuvo Vera algo que ver? —preguntó Linda con cara de espanto.

—La agencia de detectives cree que no. ¿Para qué? Su muerte no le aportaba ninguna ventaja. Al contrario, cualquier otro *impresario* la habría despedido enseguida. Así que prefirió continuar por su propia cuenta. Desapareció la misma noche de la muerte con los ingresos de la caja de una semana, lo que en un teatro que suele llenarse es una suma considerable. La agencia no pudo averiguar con exactitud dónde se metió. Pero en cualquier caso, la Carrigan Company apareció muy pronto. Poco en los expedientes policiales, pero los detectives obtuvieron información tanto de hoteleros como de propietarios de pubs. También encontraron a un par de miembros de la compañía, aunque no al hombre cuyo nombre al principio encabezaba el programa. Originalmente eran dos los que se ocultaban tras la compañía... —Miró a Linda.

Ella se quedó helada.

—¿No será...?

Cat asintió.

—Justo quien estás pensando: Joe Fitzpatrick. Él era quien escribía las obras de la compañía, obras cómicas basadas en fragmentos de las de Shakespeare.

—Encaja —dijo Linda—. Fitz siempre tuvo facilidad de palabra. Y formación. Mientras que, pese a todo el patrocinio de Hollander, no me imagino a Vera con una pluma en la mano...

—Tampoco ella se veía como actriz, sino que utilizaba la compañía de tapadera para cometer todas las estafas posibles. Por supuesto, también se prostituía, pero siempre de forma encubierta. Como he dicho, no era una puta cualquiera. Supongo que a Fitzpatrick tampoco le hacía gracia que ella se... se involucrara tanto físicamente...

—¿Te refieres a que la dejó por eso? —preguntó Linda—. No creo; también en Patea debió de darse cuenta de que se liaba con otros hombres.

—No; lo metieron en la cárcel. —Consultó el dosier un momento—. Fue hace seis años. Estaban huyendo después de intentar llevarse la recaudación de un pub. Fitzpatrick fue el único que acabó ante el juez. En el informe no consta si fue él quien asumió toda la culpa o si Carrigan se exculpó hábilmente a costa de él. Fuera como fuese, lo juzgaron y ella siguió sola con su compañía. En cuanto a los miembros del grupo teatral, les ocurrió lo mismo que a Robin. Se presentaban al ver el anuncio, se alegraban de que los contratasen enseguida y luego se veían enredados en intrigas delictivas. Aun así, la mayoría pronto descubría que las amenazas de Vera no eran más que pura palabrería. Permanecían unas semanas en la compañía y luego se marchaban. Solo un par de rezagados se quedaron hasta el final con Vera. Bertram Lockhart, antes un celebrado intérprete de Shakespeare a quien ya nadie permite subir al escenario a causa de su alcoholismo, y Leah Hobarth, una putilla de los yacimientos de oro que ya de niña debió de sufrir abusos. Vera Carrigan la sacó del barro y ella se volvió sumisa. Y sí, tú también, Robin... Tú eras todavía muy joven y estabas fascinado por el teatro para darte cuenta de las artimañas de Vera.

—También se me puede llamar tonto —observó Robin.

Cat alzó las manos.

—Yo prefiero la palabra «ingenuo» —dijo—. Pero si prefieres la otra expresión... Caíste de lleno en la trampa de esa señora. —Posó una mano sosegadora en el brazo de su hijo—. Pero las cosas no han ido más lejos. ¡No te entristezcas por eso y aprende de lo ocurrido!

Robin se mordió el labio inferior y Aroha, a su vez, dudó que su tío pudiera superar tan fácilmente lo pasado con Vera. Cat sabía por el informe de la agencia qué tejemanejes se llevaban Vera y sus actores masculinos entre manos con los clientes borrachos. Pero al parecer en él no se mencionaba el tema de las escenas obscenas que Robin había representado sobre el escenario. Aroha estaba segura de que ni su madre ni su abuela podían imaginar en qué se había visto realmente envuelto Robin. En cualquier caso, ella misma estaba convencida de que el joven no era el mismo tras todas esas humillaciones, habría que ver si había madurado con la experiencia o si esta le había dañado.

14

Para la inauguración del hotel, Aroha y Koro habían planeado celebrar una fiesta, pero ahora la joven se limitó a abrir sus puertas y adornar la recepción. Pese a ello, durante el transcurso de la mañana se acercaron algunas personas a felicitarla, al menos como muestra de cortesía. Los demás hoteleros y gerentes de las casas de baños, así como los dueños de las tiendas de recuerdos, sentían curiosidad, aunque sin malicia. Durante la estación de los baños todos los hoteles de Rotorua estaban llenos. Se consideraba que el Chinese Garden Lodge enriquecía el lugar y no se veía como una competencia.

Así pues, Aroha mostraba el establecimiento a la gente, y Linda y Cat colaboraban sirviendo champán y té. Bao estaba ocupado instruyendo a tres chicas maoríes que habían contratado para atender las habitaciones y servir los desayunos en el comedor. Contaban con que los clientes aparecieran a lo largo de la tarde, la mayoría llegaba pasando por Tauranga, un viaje que duraba varias horas.

Hacia las once se presentó una persona en el hotel que no tenía nada que ver con el turismo de Rotorua. Helena Lacrosse entró en el vestíbulo vestida con una elegante prenda de lana marrón claro, sobre la cual llevaba un abrigo más oscuro, corto y con faldillas. Sobre el cabello rubio lucía un atrevido sombrerito. Se había protegido de la lluvia que caía con un enorme paraguas negro. Tendió el paraguas a su prometido, que la seguía de mala gana.

Aroha, que en ese momento llegaba al vestíbulo con Cat, mientras Linda se encargaba de la recepción, suspiró.

—Ya está otra vez aquí —susurró—. No había vuelto a acordarme de ella, con todo el lío de Robin...

Helena enseguida reconoció a Aroha y se le acercó resplandeciente.

—¡Aroha! Puedo llamarle Aroha, ¿verdad?, ya que somos casi parientes. ¡Muchas felicidades por la inauguración! Es un hotel precioso. Si volvemos, nos alojaremos aquí, ¿no es cierto, Harold? —Harold Wentworth no se manifestó al respecto. Aroha reconoció en el paraguas el pequeño y discreto emblema del Grand Hotel. Al parecer, los Lacrosse y Wenthworth estaban acostumbrados a un lujo superior al que podía ofrecer el Chinese Garden Lodge—. ¿Ha pensado respecto a lo que le dije? —preguntó alegremente Helena—. Es decir, sobre una visita a Dunedin. ¿Dónde está Robin? No se habrá ido con la compañía, ¿verdad? ¿Es cierto que la directora de la compañía tuvo un accidente? —La joven no parecía ávida de cotilleos o de desgracias ajenas, sino solo amablemente interesada.

Aroha le confirmó que Vera Carrigan había muerto y que Robin todavía se encontraba en Rotorua. En realidad, se encontraba en la casa de baños del jardín, ayudando a Bao a pintar y decorar unas paredes.

—No he tenido tiempo de visitarla ni nada por el estilo —explicó, no de forma descortés pero sí yendo directa al grano—. Ya ve, estoy ocupada y voy a estarlo todos los días durante los próximos meses. Seguro que no voy a ir a Dunedin en un futuro próximo. Pero ha tenido suerte, mi abuela, la madre de Robin, llegó aquí anteayer. —Señaló a Cat—. ¿Me permite presentársela? Cahterine Rat Fenroy. Y ella es Helena Lacrosse, y su prometido Harold Wentworth. Son de Dunedin, pero la familia de Helena es originaria de Australia. Cree que está emparentada contigo...

Aroha envió a Helena, Cat y un Harold reticente directamente al comedor donde se servían los desayunos: no todo el mundo que pasaba por el hotel tenía que enterarse de la historia de su familia. El *foyer* del Chinese Garden Lodge era más bien pequeño y Helena enseguida se puso a hablar despreocupadamente y a voz en cuello.

Cat la escuchaba fascinada.

—Posible sí que es —observó con calma cuando Helena hubo concluido—. De hecho, el que Robin se pareciese tanto a mi madre enseguida me llamó la atención. Por lo demás, no voy a poder ayudarla, señorita Lacrosse. Mi madre ya llevaba mucho tiempo... confusa mentalmente cuando la dejé. Ya debe de haber muerto.

De hecho, Cat no recordaba haber visto a Suzanne en otro estado que no fuera el de completamente borracha. Ya cuando nació su hija no debía de estar en su juicio, de lo contrario al menos se habría animado a ponerle un nombre. Pero el sentido común de Cat le decía, no obstante, que era mejor no confrontar a Helena Lacrosse con los tristes hechos relativos a la vida de su tía abuela.

—¿Seguro? —preguntó la joven—. ¿No podría estar todavía viva? Mi abuelo aún vive, y era mayor que Suzanne.

Cat negó con la cabeza. Con la vida que llevaba Suzanne ya era un milagro que sobreviviera a su trigésimo cumpleaños. Su madre andaría cerca de los ochenta, y a tan vieja seguro que no había llegado.

—Como he dicho, cuando me marché ya estaba enferma —aseguró a Helena—. Y nunca me contó nada de su familia. Me dijeron que yo nací en Sídney, pero no me acuerdo de la ciudad. Recuerdo vagamente una travesía en barco... Yo tenía tres o cuatro años cuando dejamos Australia. No puedo decir nada más al respecto. ¿Dónde vive su familia, señorita Lacrosse? A lo mejor me acuerdo de algo si usted me cuenta un poco.

—Esos recuerdos no son ninguna prueba —advirtió Harold Wentworth.

Cat lo miró irritada.

—¿Acaso estoy ante un jurado, señor Wentworth? —replicó con aspereza.

Helena terció:

—¡Claro que no, señora Fenroy, por el amor de Dios! ¡Harold, qué modales son esos! La señora Fenroy intenta ayudarnos y tú...

—Yo solo constato los hechos —respondió Wentworth enfurruñado—. Y al final habrá que comprobarlo todo. Se trata de la familia Lacrosse, Helena. ¡No de un Smith cualquiera que no tiene nada que heredar!

Cat rio.

—¿De qué maravillosa herencia se preocupa tanto su joven prometido, señorita Helena? —preguntó irónica—. Para ser franca nunca he oído hablar de la familia Lacrosse. Claro que no voy mucho a Dunedin.

—Mi abuelo vive apartado —señaló Helena—. Por desgracia, mis padres murieron pronto. Si tuviera relaciones sociales en Dunedin, seguro que nos conocería a mí y a mi hermana Julia. —Sonrió—. Bueno, si asistiera usted a bailes de debutantes. A mí me presentaron en sociedad este otoño, a Julia el año anterior. Ahora vive con su marido en Australia. —Contrajo un poco el rostro, como si no le gustara el marido que había elegido su hermana—. Paul Penn dirige allí nuestras empresas...

A Cat le pasó por la cabeza que Harold Wentworth seguramente aspiraría a un puesto similar en Nueva Zelanda. Si es que existían también empresas en Dunedin.

—Nos ocupamos de la elaboración de la lana, ¿sabe? —siguió contando Helena—. Mi bisabuelo empezó con este trabajo, fundó la primera manufactura en bahía de Botany, que era como llamaban entonces a Sídney. Todavía trabajaba con presidiarios, sobre todo con mujeres. Más adelante se multiplicaron las fábricas en Nueva Gales del Sur. De hilados y tejidos, molinos de lana y todo eso. Mi abuelo, es decir, el hermano de Suzanne...

—Esto todavía no está comprobado —objetó Wentworth.

Helena puso los ojos en blanco.

—¡Claro que está comprobado! —replicó—. Los hijos de los Lacrosse se llamaban Walter y Suzanne. Ella desapareció cuando tenía diecisiete años y Walter, mi abuelo, se casó con una chica de Otago en Nueva Zelanda. Una baronesa de la lana. —Helena sonreía de nuevo. Por lo visto, no le duraba mucho el enfado—. Como a ella no le gustaba residir en Australia, Walter la siguió a Nueva Zelanda y fundó la primera fábrica en Dunedin. En la actualidad tenemos molinos de lana y talleres de confección. Todos funcionan muy bien, pero mi abuelo está triste porque no tiene ningún heredero varón. Mis padres murieron en un naufragio, cuando Julia y yo todavía éramos muy pequeñas...

—Esto significa que posiblemente haya una herencia enorme —señaló preocupada Cat cuando Helena y Harold se hubieron marchado y contaba a Aroha y Linda el encuentro. Robin y Bao seguían ocupados en la casa de baños—. Y Harold Wentworth hará todo lo posible para que a nosotros no nos toque un solo penique.

—¿Nosotros? —preguntó cándidamente Linda.

Cat levantó la vista al cielo.

—Linda, después de todo lo que sufriste cuando a Chris y a mí nos dieron por muertos, tendrías que ser especialista en cuestiones de herencia. Si Suzanne Lacrosse realmente era mi madre, Robin, tú y yo podríamos llegar a ser herederos. Aunque seguro que resultaría difícil conseguirlo. No es tan fácil de demostrar. A no ser que Walter Lacrosse nos reconozca o al menos a Robin, cuya semejanza con la familia parece impresionante. Y si queréis saber mi opinión, este es precisamente el objetivo de la joven Helena. Por eso insiste tanto en que Robin vaya a Dunedin.

Aroha frunció el ceño.

—¿Para que Robin le dispute su propia herencia?

Cat sonrió.

—Para no tener que casarse con Harold Wentworth. No parece que ese joven sea su gran amor. Si es cierto lo que pienso, escogieron a los maridos de las dos hermanas para dirigir las fábricas actuales. Paul en Australia y Harold en Nueva Zelanda. Julia entró en el juego dócilmente y Helena tampoco se atreve a oponerse. Pero si se esfuma su herencia, es posible que su pretendiente cambie sus propósitos por propia iniciativa.

—¡Qué imaginación tan turbia, la tuya! —observó Linda—. ¿Cómo habéis quedado?

Cat se encogió de hombros.

—En fin, a Helena le encantaría expedirnos a Robin y a mí envueltos como un paquete postal en el primer barco rumbo a Dunedin. Pero yo he protestado. Con la ropa que recogí a toda prisa cuando Linda me comunicó el incendio, apenas puedo entrar en los mejores hoteles de Rotorua. En la casa de un fabricante de Dunedin yo parecería la Cenicienta. Y Robin todavía más, con esos trajes tan gastados. Si apareciéramos con esta pinta en Dunedin, al único a quien haríamos un favor sería a Wentworth. Pareceríamos unos pobres desgraciados, cazadores de herencias. —Sonrió—. A Helena no se lo podía decir así, por supuesto. Nos hemos puesto de acuerdo en que Robin pasará primero por Rata Station conmigo y que Helena y Harold también se marcharán a su casa y darán a conocer con tacto el tema al patriarca. Al menos eso cree Harold. Si quieres saber qué pienso yo, Helena ya hace tiempo que ha escrito a su abuelo. Si nos envía una invitación, Robin podrá aceptarla. Tiene ganas de ir a Dunedin. Allí hay más teatros que en Christchurch y no está dispuesto a abandonar su sueño. —Suspiró—. Me gustaría volver a verlo en un escenario. ¿Dices que es bueno, Aroha? Así tendría mejores argumentos frente a Chris en caso de que se peleen de nuevo cuando Robin acuda a una audición tras otra en lugar de estar esquilando ovejas...

RESPONSABILIDAD

Llanuras de Canterbury, Dunedin (Isla Sur)

Julio de 1886 - Agosto de 1887

1

Robin trató de no sentirse un perdedor cuando subió con su madre a la barca que les llevaría a Rata Station. Temía un poco el reencuentro con toda aquella gente. El primero fue el barquero. Transportó a madre e hijo remontando el Waimakariri a remo y preguntó por la carrera de actor de Robin. El viejo Georgie era un tipo amable, pero un chismoso, así que lo que Robin le dijera en ese momento lo sabría toda la región al cabo de pocos días. De ahí que se limitara a darle unas vagas explicaciones.

—La compañía en que actuaba mi hijo se ha disuelto —acudió Cat en ayuda de Robin cuando Georgie preguntó qué era lo que traía de vuelta a las provincias al exitoso actor—. Por un motivo trágico. La directora falleció durante la erupción del monte Tarawera.

Por fortuna, la mención del volcán llevó a Georgie a cambiar de tema. Se interesó por Aroha y presentó sus condolencias cuando se enteró de la pérdida de su prometido.

—A la pobre señorita Aroha la persigue la desgracia —dijo—. Ya le pasó algo así en aquel accidente de ferrocarril, ¿verdad? ¿No se le murió allí un amigo también? Hay gente que parece atraer la mala suerte...

—No se lo diga en caso de que vuelva. —Cat suspiró. Antes de salir de Rotorua había hablado de ello con Linda—. Aroha teme ser víctima de una maldición, lo que, naturalmente, es absurdo.

Tiene miedo de volver a iniciar una relación. Y eso que hay un chico muy agradable, un chino, que la corteja discretamente...

Ni a Cat ni a Linda les había pasado por alto cómo seguía con la mirada Duong Bao a Aroha. Aunque, en realidad, para Linda era tranquilizador que ella no respondiera al afecto del joven. Tener un chino en la familia le resultaba demasiado exótico. En eso, Cat no tenía prejuicios, al contrario que Georgie. Este empezó a decir todas las tonterías que corrían en las ciudades sobre los asiáticos.

—Esos amarillos son arteros, traidores y tontos. Viven de arroz y de ratas. ¡Y roban los perros de los vecinos para asarlos y comérselos! —afirmó.

Cat rio al tiempo que hacía un gesto de rechazo.

—El Bao de Aroha es un auténtico *gentleman*, encarna la educación propia de un internado inglés y en el fondo es más británico que todos nosotros. No me extrañaría que le ganara en una carrera de remos, Georgie. ¿Qué se apuesta a que en Oxford era timonel de un ocho?

Georgie gruñó, mientras Robin miraba taciturno e impasible la extensa superficie cubierta del amarillento tussok de su paisaje natal. De vez en cuando veían una granja y ovejas que rumiaban desganadas la hierba invernal... Robin estaba muy lejos de sentir alegría por el reencuentro. Le imponía un respeto especial volver a ver a su padre, aunque Chris seguro que no sabría nada de sus humillantes actuaciones en el papel de mujer lasciva en aquellas mediocres adaptaciones de Shakespeare. Aroha había sido muy discreta ante su madre y Linda, y Cat posiblemente filtraría lo poco que sabía a Chris. Al menos eso había hecho ante sus conocidos de Christchurch.

Madre e hijo habían pasado un par de días en la ciudad para que Robin encargase ropa nueva. Se habían alojado en el Excelsior y habían tropezado con todos los barones de la lana que tenían algún asunto que resolver en Christchurch. Cat había hablado a todos de los primeros éxitos de Robin como intérprete de Shakespeare y no había dejado ninguna duda respecto a que su estancia en la granja no eran más que unas vacaciones entre dos contratos. Quedaba por ver si la gente se lo creía o no. En cualquier caso, Robin no tenía un aspecto demasiado imponente con esos trajes tan gastados. Se alegraba de poder tirarlos por fin. El sastre de Christchurch y sus asistentes habían trabajado con presteza y ahora llevaba ropa decente en la maleta. Para el viaje a Rata Station se había puesto unos pantalones de algodón fuerte, un jersey grueso y una chaqueta de piel. Tiempo atrás, cuando había escapado, no había cogido su vieja chaqueta de granjero y ahora necesitaba algo de abrigo para viajar por el Waimakariri. Así que ese día impresionó un poco a Georgie, al menos por su apariencia. Cuando subió al bote, el barquero pensó que no debían de ganarse tan mal la vida en el teatro. Ni se le ocurrió que Cat hubiese pagado la indumentaria de su hijo. Los criadores de ovejas debieron de verlo de otro modo, y a Chris no lo engañaría. Por una parte tenía acceso a la chequera de Cat y por la otra, conocía las investigaciones de la agencia de detectives acerca de la Carrigan Company.

Robin suspiró y se preparó mentalmente para un encuentro desagradable.

Chris Fenroy saludó a su hijo pródigo con cariño. Estaba sumamente aliviado de volver a ver a Robin sano y salvo, e incluso fingió estar muy admirado de que el joven hubiese podido desenvolverse solo durante tanto tiempo en el ambiente del teatro.

—Lo único que sobra es el susto que nos diste cuando desapareciste —censuró, no obstante, a su hijo—. Podrías haber dado señales de vida cuando encontraste trabajo.

Robin respondió con un par de vaguedades y Chris dejó el asunto a un lado. Preguntó por la erupción del Tarawera y el estado de la región afectada. Así, la catástrofe ocurrida junto a Rotorua casi pasó a ser una bendición para Robin. Cuando alguien empezaba a hacer preguntas incómodas, resultaba fácil cambiar de tema, justificando con la muerte de Vera Carrigan el regreso de Robin a Rata Station.

Pero tras pasar unos días en la granja, Robin volvió a sentir que allí sobraba. Todo seguía exactamente igual que antes de su partida: el trabajo con las ovejas, los bueyes y los caballos, incluso la gorda gata del establo, que antes había sido su «Julieta», se frotaba de nuevo contra sus piernas maullando. Había mucho trabajo que hacer en invierno y, después de dos días de descanso, todos daban por descontado que Robin cooperaría. Pero los esfuerzos de este por colaborar todavía resultaron menos satisfactorios que antes. Nunca había demostrado ser muy diestro, pero ahora le faltaba además la práctica. Los trabajadores no tardaron en convertirlo de nuevo en el centro de sus burlas.

Una vez más, Robin deseaba estar lejos de allí, pero en Canterbury tampoco había cambiado nada. Los pocos teatros existentes no tenían grupos de teatro estables, sino que invitaban a Christchurch a compañías conocidas de fuera. En general, no necesitaban refuerzos. Por esa razón, Robin empezó a pensar una vez más en marcharse a Inglaterra. Tal vez ahora su padre estaría dispuesto, ya que había crecido y se había desenvuelto solo por el mundo durante más de dos años, a enviarlo a Londres. Sin que Robin lo supiese, Cat habló acerca de ese tema con Chris. Pero este no se mostró demasiado comprensivo.

—Pero, Cat, no se ha desenvuelto por el mundo, ¡si apenas logró sobrevivir! —objetó—. ¿No te acuerdas? ¡Hace apenas dos semanas te marchaste corriendo para recogerlo sano y salvo! Consiguió meterse en un buen lío en la Isla Norte y ahora quieres que se vaya solo a Londres? ¿A una ciudad grande y desconocida donde se esconden figuras como esa Carrigan detrás de cada esquina? No sé, Cat. Realmente, no sé.

Ella dejó enfriar el asunto y esperó a que el mismo Robin hablara con su padre. Sin embargo, antes de que eso sucediera, se produjo un acontecimiento inesperado en Rata Station.

En invierno, la barca de correos solía llegar a la granja hacia el mediodía. Georgie y sus compañeros tenían bastante trabajo, pues a esas alturas había mucha gente viviendo en Waimakariri que escribía cartas o esperaba la entrega de mercancías compradas por catálogo. Así pues, Cat y Carol podían poner como pretexto que esperaban el correo para sentarse en el jardín de invierno de esta a tomar un café y charlar, después de acabar el trabajo matinal en los establos y antes de preparar la comida para la familia y los trabajadores.

Cuando la barca de Georgie aparecía, se echaban la chaqueta por los hombros y se acercaban tranquilamente al embarcadero para recoger cartas y paquetes. Sin embargo, ese día de julio, frío aunque sin lluvia, Georgie no se limitó a lanzar el correo desde la barca, sino que amarró la embarcación para que bajara un pasajero.

—¡Tienen visita! —anunció alegremente, y se volvió hacia el elegante caballero con terno que desembarcaba trabajosamente—. Luego paso a recogerlo, señor. O mañana, según cómo le vaya por aquí.

Y dicho esto, saludó tocándose la gorra y se puso a remar con fuerza para llevar el bote al centro del río.

Carol y Cat se miraron inquisitivas. Ni la una ni la otra conocían a ese hombre y el comentario de Georgie les había generado recelo. El anciano caballero, sin embargo, no parecía cohibido en absoluto. Primero tendió a Carol el montón de cartas que Georgie le había dado.

—Aquí tiene —señaló—. Su correo. Me despierta recuerdos de la niñez. Hace setenta años empecé a trabajar en la oficina de mi padre como chico de los recados.

Cat se preguntó si lo decía de broma. Pero el hombre no sonrió, sino que paseó una mirada escrutadora por las dos mujeres y la finca. Cat decidió presentarse.

—Catherine... Cat Fenroy —dijo—. Y ella es mi hija Carol. ¿En qué podemos servirle?

El hombre frunció el ceño cuando Cat le presentó a Carol, aunque le tendió la mano.

—Walter Lacrosse —dijo—. De Dunedin. Me alegro de haber

dado con usted. Mi nieta Helena me escribió diciendo que tal vez podría informarme sobre el paradero de mi hermana Suzanne, que desapareció hace varias décadas.

Carol seguía mirándolo sin dar crédito, aunque naturalmente Cat ya le había hablado de Helena Lacrosse. Ahora relativizaba algunas de las hipótesis que había albergado con respecto a los Lacrosse. Fueran cuales fuesen los motivos que Helena pudiese tener para reunir a la familia, la afirmación de que su abuelo seguía afectado por la desaparición de su hermana parecía cierta. Era evidente que en cuanto había recibido la carta de su nieta, Walter Lacrosse se había puesto en marcha para ir en busca de los posibles descendientes de Suzanne. Cat lo estudió con la mirada, pero no percibió ningún parecido familiar.

Pero Lacrosse era ahora muy viejo, tenía la piel apergaminada y cubierta de arrugas y el cabello blanco como la nieve, por lo que ya no podía deducirse cuál había sido su color original. Solo su figura, todavía muy delgada, y su estatura podían servir de referencia. Su constitución era similar a la de Robin. Tenía los ojos del mismo azul que Suzanne, pero su mirada era despierta, desconfiada e inteligente, mientras que la de Suzanne siempre había sido velada. Cat no recordaba que su madre la hubiese mirado alguna vez directamente a los ojos. Por el contrario, Walter Lacrosse fijaba la vista en su interlocutor. Cat le estrechó la mano y le devolvió una mirada firme.

—Su nieta Helena cree que su desaparecida hermana Suzanne era mi madre —rectificó—. Si eso fuera cierto, entonces solo puedo informarle de que dejé a Suzanne cuando tenía trece años. Por aquel entonces ella trabajaba en una estación ballenera en la bahía de Piraki. Ignoro lo que hizo después.

—¿De qué puede trabajar una mujer en una estación ballenera? —preguntó Lacrosse, pero se contuvo y adoptó de nuevo el tono formal con que había empezado—. Pero primero... ¿es eso verdad? ¿Es usted la hija de Suzanne? —Se acercó más a Cat y sacó un monóculo del bolsillo—. ¿Me permite que la observe?

Cat se quedó quieta, reprimiendo una sonrisa. Helena ya le

había parecido muy directa, pero su abuelo todavía se andaba menos por las ramas.

—La barbilla podría venir de ella —opinó después—. Tal vez la boca. Los ojos y el cabello son distintos... —Cat encontró impresionante la memoria del anciano. Parecía seguir viendo la cara de Suzanne—. Usted no se parece a ella en absoluto —le dijo a Carol.

Esta sonrió.

—Mamaca no es mi madre biológica —respondió.

—Pero debe de haber un hijo... —señaló Lacrosse.

Cat asintió.

—Su nieta descubrió una semejanza extraordinaria entre mi hijo Robin y el retrato de su hermana. Pero no deberíamos hablar de todo esto en el embarcadero. No sé cómo se sentirá usted, ni tú, Carol, pero yo me estoy quedando helada. Entre, señor Lacrosse, beba un café o un té con nosotras. Estaremos encantados de que se quede a comer aquí. Además, así seguro que conoce a Robin.

Walter Lacrosse hizo un gesto.

—Preferiría ver enseguida al chico, si es posible —respondió—. No tengo tiempo que perder. Si descubro que mi nieta delira, me gustaría coger la siguiente barca para Christchurch.

Cat asintió.

—Lo entiendo. Pero Georgie no pasa hasta el mediodía. Da igual, también podemos ver a Robin ahora mismo. Debe de estar con los caballos.

Robin Fenroy era muy buen jinete. Como todos los niños de su generación crecidos en Rata Station, se lo debía a un soldado de caballería alemán. Friedrich Müller —Chris siempre había creído que ese no era su auténtico nombre— había acabado por razones incomprensibles en Nueva Zelanda y luego en Rata Station, y años atrás había pedido trabajo en la granja. Chris había contratado al hombre alto y nervudo, con una extraña cicatriz en el rostro, el llamado *schmiss*, una prueba de valor característica entre estudiantes, para que cuidara de los rebaños, tarea para la que el alemán tenía poco talento. Müller no sabía nada de ovejas y no le gustaba estar a las órdenes de nadie, por lo que tampoco aprendía fácilmente. Los perros pastores le tenían miedo y los demás trabajadores se reían de él.

Chris no lo habría conservado mucho tiempo si no hubiese comprobado por azar que Müller era un auténtico genio en el trato con los caballos. En un santiamén, el alemán corregía a los caballos más difíciles de la granja y nunca se servía para ello de métodos desagradables o violentos, como era habitual entre los pastores cuando un caballo no se atenía a las instrucciones. Además, se mostraba dispuesto y capaz de enseñar lo que sabía a los demás. Chris y Cat sospechaban que a lo mejor se había encargado de formar reclutas en la caballería alemana y que seguramente no había dejado el ejército por su propia voluntad. ¿Deudas de juego? ¿Historias de faldas?

Por precaución, Cat y Carol no apartaban la vista de Müller cuando daba clases a las niñas en la granja. Pero sus recelos no estaban en absoluto justificados. Müller siempre se comportó correctamente, incluso cuando March pasó por la fase de coqueta e intentó seducirlo. Era un profesor extremadamente severo, pero siempre honesto con jinete y caballo, y amable por regla general. Con Robin tenía sentimientos encontrados: por una parte apreciaba su sensibilidad en el manejo de los caballos, pero por la otra criticaba en el hijo pequeño de Cat la carencia de todas las virtudes militares. Al final, dio clases a Robin, March, Peta y los hijos mayores de Carol durante cinco años, antes de irse a trabajar a una cuadra de caballos de carreras en la Isla Norte. El propietario, un lord inglés, lo había visto montar en una feria agrícola de Christchurch y lo había contratado en el acto.

Este aprendizaje resultó para Robin una especie de bendición, pues al menos le permitía prestar algún servicio en Rata Station. Como la mayoría de los barones de la lana, los Fenroy y los Paxton criaban caballos, sobre todo para uso propio, pues solo en alguna ocasión vendían potros a otros granjeros. Pero en la actualidad había un joven semental en la granja que Chris y el esposo de Carol, Bill, querían ofrecer a sus vecinos como semental de cría. El animal era de una constitución extraordinariamente buena y podría generar beneficios cubriendo yeguas. Bill había pedido a Robin que domara al semental para exhibirlo más adelante en la feria agrícola de Christchurch.

—En caso de que más adelante ya no estés aquí, Henry se encargará —dijo, previniendo posibles excusas por parte del joven actor—. Él también estaría dispuesto a domarlo, pero opino que es pedir demasiado a un chico de dieciséis años.

Robin hubiera considerado a Henry capaz de hacerlo, incluso a su hermano Tony, dos años menor que él. Todos los hijos de los Paxton amaban las labores agrícolas y eran unos audaces jinetes. Pese a ello, aceptó de buen grado la propuesta de adiestrar al semental, así como a otros tres potros. Al menos eso sí sabía hacerlo y era consciente de que Chris y Bill, Carol y Cat sabrían apreciarlo. Los pastores lo veían de otro modo y se reían porque Robin no salía a cabalgar al campo, sino que enseñaba al caballo en un prado junto a los establos.

Cuando Cat y Carol llegaron acompañadas de Walter Lacrosse, Robin estaba a lomos del semental, un impresionante caballo negro de cuello fuerte, grandes movimientos y un marcado espíritu de tozudez juvenil. Robin efectuaba grandes círculos y ochos por el prado para aquietar al animal y que entendiera bien los estímulos. Ya lo conseguía muy bien a la derecha. A la izquierda le costaba más. El semental no se dejaba doblegar y cuando se le presentaba la oportunidad trataba de que su jinete cambiara de dirección mediante trucos e incluso con actos de rebeldía.

Así que aprovechó de nuevo su oportunidad cuando Robin levantó un momento la vista para saludar a las mujeres y al visitante. En lugar de seguir girando hacia la izquierda, el joven ejemplar dio media vuelta por el lado abierto del círculo sin variar la posición de la cabeza, cambiando así de dirección por cuenta propia. Robin no perdió la calma, hizo un círculo por la derecha y luego un ocho, apretando los flancos para que el caballo se dirigiese a la izquierda. Reforzó el estímulo dándole un toquecito con la fusta. Cuando el semental reaccionó enfadado por la vara, Robin volvió a emplearla y además lo puso al galope. Después de un par de impertinentes cabriolas, el animal se rindió y trazó un círculo completo al galope. Robin lo puso al trote, repitió el ejercicio y fue aflojando las riendas para dar por terminada la sesión.

—¿Me buscabais? —preguntó, deteniendo el caballo delante de Cat y Carol.

Walter Lacrosse volvió a levantar el monóculo. Esta vez, cuando lo bajó, en su rostro había una expresión de increíble entusiasmo.

—Es... es fascinante. La semejanza... Dios mío, ¡este chico y Suzanne son como dos gotas de agua! ¡Aunque con eso no quiero decir que tenga usted un aspecto femenino, joven! —Se volvió hacia Robin, quien había hecho un gesto compungido—. Ni por mucho que uno se esfuerce. ¡Un jinete tan brillante! ¡Felicidades! Pero la forma de su cara, el cabello, los ojos, toda la expresión... Y si ahora me da pruebas de que su madre se llamaba Suzanne y que la trajo aquí desde Australia... —Estas últimas palabras iban dirigidas de nuevo a Cat.

Ella lo miró con fijeza.

—Señor Lacrosse, ya se lo dije a su futuro yerno. No puedo ofrecerle ninguna prueba que garantice mi vínculo con su hermana. Su nieta fue la que abordó a mi hijo, no al revés. Si tiene usted dudas respecto al parentesco, limítese a coger la barca para Christchurch y no siga importunándonos.

—No es eso... —El hombre se sosegó—. Solo pensaba que usted... que podría contarme algo más sobre Suzanne. ¿Adónde fue después de marcharse de Sídney... cómo...? Algo debió de decir sobre su familia y por qué se escapó. Ya... ¿ya estaba encinta?

Cat se encogió de hombros.

—Esto último podría calcularse —observó—. Por lo demás... —Se concentró en pensar cómo explicar al anciano caballero su ausencia de recuerdos.

—Tal vez podamos ir a casa —acudió Carol en su ayuda—. Robin, tú también puedes venir cuando hayas acabado con el caballo. No hay razón para que estemos discutiendo aquí fuera con este frío.

A Walter Lacrosse no pareció agradarle tener que separarse de Robin, no se cansaba de mirarlo, pero accedió. Mientras Carol entraba en la cocina, siguió a Cat al salón de la casa de piedra, la habitación más representativa que Rata Station podía exhibir.

—¿No tienen personal de servicio? —preguntó él cuando la propia Cat fue a buscarle una taza de té.

Ella negó con la cabeza.

—No. Tanto Carol como yo preferimos encargarnos nosotras mismas de la familia. No estamos acostumbradas a tener empleados domésticos... y nuestras casas tampoco son tan grandes como para que no logremos limpiarlas nosotras. Solo cuando vienen los esquiladores pedimos ayuda, en tales ocasiones tenemos que cocinar para toda una cuadrilla. E incluso entonces, cada año volvemos a discutir si realmente eso aporta algo. Para cuando hemos enseñado lo que hay que hacer a una chica maorí, ya hemos acabado la mayor parte nosotras solas.

Lacrosse, entretanto, iba mirando la casa con expresión crítica. El mobiliario de Carol no pareció entusiasmarle.

—Me había imaginado la casa de unos barones de la lana más señorial —observó. El anciano no tenía pelos en la lengua.

Cat rio.

—Depende —dijo—. Hay gente como los Warden o los Barrington que se han construido medio castillo. Pero precisamente los pioneros de la cría de ovejas, los Deans, los Redwood y nosotros, empezamos modestamente y no hemos visto ninguna razón para cambiar. Nos gusta así. Más adelante estaré encantada de enseñarle la granja para que vea que no pasamos hambre. ¡El dinero de su familia, señor Lacrosse, no nos interesa!

El caballero asintió.

—Tampoco pretendía acusarla de eso —afirmó—. Es solo que... bueno, Helena es muy impulsiva. Estaba muy entusiasmada con su nuevo primo o primo segundo. Harold, su prometido, me aconsejó que fuera precavido. Y más por cuanto los dos conocieron a su... tu hijo (Catherine, creo que no debería hablar de usted a mi sobrina) en circunstancias dudosas. Él... ¿sigue haciendo giras con una compañía?

Cat hizo una mueca.

—Robin interpreta a Shakespeare. Según dice todo el mundo, tiene mucho talento...

Lacrosse sonrió, casi con ternura, por vez primera.

—Suzanne también tenía una vena artística. Tocaba el piano y cantaba de maravilla. Y pintaba unas acuarelas fabulosas... Mi padre las tiró todas cuando ella se marchó. Él se sintió muy dolido. Posiblemente hasta hubiera destrozado su retrato, pese a que lo hizo un pintor muy famoso y es una obra valiosa. Yo lo escondí y más adelante me lo llevé a Nueva Zelanda.

Cat se preguntó si Suzanne había tenido en realidad tanto talento artístico como su nieto o como decía Lacrosse. Pero antes de que pudiese plantear otras cuestiones, la casa se llenó de vida. Robin había guardado y atendido al caballo e incluso había conseguido cambiarse de ropa. Chris y Bill llegaron a la mesa con la ropa de trabajo, y las hijas de Carol armaban un alegre alboroto. Cat presentó al invitado y le indicó un lugar a la larga mesa.

—Lamentablemente, solo tenemos puchero de carnero como plato único —se disculpó Carol, aunque no parecía nada compungida—. Espero que le guste. Si se hubiera anunciado habríamos preparado algo más elaborado.

—¿Qué le trae aquí, señor Lacrosse? —preguntó Bill.

Ayudado por Robin, el visitante volvió a repetir la historia para el marido y las hijas de Carol, lo que dio tiempo a Cat para ordenar sus recuerdos de Suzanne y embellecerlos para los oídos de su querido hermano. Cuando más tarde se sentó a tomar un café con su tío, le contó que se acordaba vagamente del tiempo que estuvieron en Australia.

—¿Tienes algún recuerdo de tu padre? —preguntó Walter.

Cat negó con la cabeza.

—Solo conservo... la imagen de un hombre delante... —Habría sido más correcto decir la imagen de «varios» hombres. De hecho, el ir y venir de los clientes de Suzanne formaba parte de los primeros recuerdos de Cat—. Y creo que mi madre huía de algo cuando nos fuimos de Sídney... —Lo que era seguro era que Barker, el chulo de Suzanne, era quien huía, pero Cat recordaba también vagamente una pelea en una taberna—. Suzanne viajó conmigo y dos amigas a la bahía de Piraki. Una de ellas, Priscilla, iba con su marido, que era un poco el que hacía las veces de nuestro protector.

—Qué amable —observó Walter Lacrosse.

Chris, que estaba sentado frente a Cat, apenas logró disimular una sonrisa irónica. Las «amigas» de Suzanne eran otras dos prostitutas y el chulo tenía algo así como una relación sentimental con una de ellas. En Piraki «protegió desde todo punto de vista» a sus tres «potrancas». A fin de cuentas, las chicas eran su único capital. Las vendía en un pub de mala muerte y estaba a la espera de poner también a Cat «a trabajar». La niña había huido cuando estaba organizando una subasta para ver quién daba más por desvirgarla.

—Yo al principio trabajaba como... dama de compañía de una mujer mayor —dijo, suavizando su propia vida laboral. De hecho el poco trabajo doméstico que realizó se vio recompensado por el trato maternal que le dedicó la esposa de un cazador de ballenas—. Pero por desgracia murió temprano, y el... restaurante donde trabajaba Suzanne no necesitaba más... camareras. Así que me marché con... con un vendedor ambulante rumbo a Nelson para buscar allí trabajo.

Chris se preguntaba cómo iban a encajar con cierta coherencia en la historia los años que ella había pasado entre los maoríes, así que decidió acudir en su ayuda, invitando a Lacrosse a dar una vuelta por la granja.

—¡Venga a echar un vistazo a Rata Station antes de que oscurezca! —invitó al caballero—. Al menos al terreno que rodea la casa. Disponemos de más de cien hectáreas de pastizales. Ah, sí, y

Cat no llegó a la granja como esposa mía, sino como socia, con un capital de ovejas propias de primera categoría. Pero esto ya se lo contaremos luego...

Se levantó y Lacrosse lo siguió.

—¡Estoy impresionado! —alabó a Cat—. ¡Lo que has logrado, habiendo salido de la nada! Lamento que Suzanne no fuera una gran ayuda para ti.

Cat se encogió de hombros.

—Me regaló la vida —dijo—. Mi madre adoptiva Te Ronga me enseñó que ese era el mayor obsequio que podía haberme hecho, más allá de lo que ocurriera después. He aprendido a respetarla por ello. Y ella tampoco pudo hacer nada por evitarlo —añadió—. Como ya he dicho... estaba enferma.

Lacrosse le puso la mano en el hombro antes de salir con Chris. Un gesto de consuelo.

—Me remuerde la conciencia —admitió después Cat a Carol, que estaba lavando los platos en la cocina—. Describo a Suzanne como si hubiera sido una santa. Pero era una puerca que estaba siempre borracha y que no dijo ni una sola palabra cuando iban a vender a su propia hija. —Cogió un paño para secar—. Y dentro de poco afirmaré que murió con el corazón roto...

Carol la observó con el rabillo del ojo.

—¿Y no fue así? —preguntó dulcemente—. Alguna razón debía de haber para que bebiera y no amase a su hija. A lo mejor Helena está en lo cierto. A lo mejor fue una historia de amor. Suzanne escapó con un hombre que luego la abandonó o la engañó...

—O la vendió al primer cliente. Y no tuvo fuerzas para defenderse. Es cierto, no debería guardarle rencor. Es posible que fuera simplemente demasiado frágil... —Se frotó la frente. Y añadió a disgustos—: Como Robin.

A Chris y Bill les divertía darse importancia delante de Walter Lacrosse. Lo llevaron por los establos, donde se encontraban los caballos bien cuidados y unos espléndidos toros sementales.

Los bueyes estaban en los grandes corrales abiertos y en los cobertizos. Las ovejas se apiñaban en unos espaciosos recintos.

—¡Más de ocho mil! —exclamó Chris orgulloso.

Bill mostró la nueva maquinaria agrícola que Rata Station había adquirido y enseñó al empresario los tres cobertizos de esquileo.

—Ahí es donde liberamos a las ovejas de la lana que luego usted hace hilar —dijo animado—. ¿O trabaja usted sobre todo algodón? Pero entonces lo importa de otro país, ¿no es así? Nuestra lana cumple las normas más severas. Y servimos vellones de una calidad muy uniforme.

Bill pareció apenado cuando un pastor lo llamó porque había un problema y Chris tuvo que finalizar la visita guiada solo. Vieron un par de corrales en los que había unos cientos de ovejas para la venta. Borregos añales. Chris arrugó la frente cuando descubrió algunos animales en un pastizal todavía verde, justo al lado de los corrales de invierno.

—Esas no deberían estar ahí —murmuró, y llamó a un trabajador que estaba reparando las vallas de un cercado—. ¿Potter? ¿Qué hacen los pequeños carneros en el pastizal sur? Iba a reservarlo para las ovejas madre que parirán en primavera.

El hombre se aproximó a su jefe y, al ver a Lacrosse, se llevó la mano a la gorra a modo de saludo.

—Oh... No lo sabía, jefe —respondió—. Pensaba que los cabritos estaban un poco débiles. La lana tampoco me gusta especialmente. Cuando están así, un poco de verde hace milagros. Por eso los he sacado.

Chris asintió.

—Está bien, entonces —dijo tranquilo—. Ya reservaremos los pastizales del norte para las ovejas madre. Pero todavía hay que abonarlos.

—De acuerdo, jefe. —Potter volvió al trabajo.

Lacrosse siguió caminando junto a Chis unos metros, hasta que el trabajador ya no podía oírlo.

—Qué tipo tan desvergonzado —refunfuñó—. Se permite hacer lo que se le antoja, no se disculpa y ni siquiera se despide. Yo lo hubiera tratado de otro modo, Fenroy. En una de mis fábricas no se atreverían a actuar así.

Chris sonrió.

—Es probable que nuestros pastores sean de otra especie que los obreros de su fábrica. Nosotros nos conformamos con que sean leales y trabajen de forma autónoma. Si tenemos que llevarlos de la mano, no ganamos nada. Potter es de confianza y sabe de ovejas. Que haya enviado los carneros a ese pastizal no ha sido una mala idea, solo tendría que haberlo comentado con Bill y conmigo. Pero es lo que hay. Si ahora me enfado por eso, tampoco crecerá la hierba más deprisa.

Lacrosse no dijo nada más. Pero entre los hombres la atmósfera se había tensado.

—Un hombre difícil, si te interesa mi opinión —se pronunció Chris por la noche cuando estaba con Cat y después de haberle contado el incidente con Potter—. Los empleados de sus fábricas me dan pena. Seguro que no lo pasan bien.

Sus hijos y nietos posiblemente tampoco, pensó Cat. Y él debía de haber recibido una educación igual de severa con su propio padre. Una formación que tal vez había destrozado a Suzanne.

La tarde siguiente, Walter Lacrosse embarcó no sin antes invitar a Robin a que fuera a Dunedin.

—¡Me alegra saber que voy a enseñarte las fábricas, muchacho! —declaró de buen humor—. Tengo ganas de saber qué opinas. Me gustas mucho, Robin... También tu madre. Merece todo mi respeto que haya llegado tan lejos después de lo poco que Suzanne se ocupó de ella. Suzanne era maravillosa, pero un poco... bueno, indulgente... como tu padre. —El anciano dirigió una sonrisa de complicidad a Robin. Este la contestó desconcertado—. ¡Tú seguro que eres de otra madera! —añadió Lacrosse—. ¡Me ha impresionado ver cómo mantenías ese caballo a raya!

—¿Qué? —preguntó Robin. Ya se había olvidado del pequeño desencuentro con el joven semental.

Lacrosse asintió.

—Y además modesto. Un rasgo muy noble, aunque no siempre útil en el mundo empresarial. No debes esconder tus virtudes, joven. En fin, ya lo conseguiremos. ¡Ven primero a visitar a tu tío abuelo! ¿Puedo abrazarte?

Robin asintió. Se sintió incómodo cuando Lacrosse le dio un abrazo de oso con olor a tabaco.

—¿Eres feliz aquí? —preguntó el anciano una vez más antes de volverse para despedirse de Cat y los demás.

Robin hizo un gesto negativo.

—No —respondió sinceramente—. Yo...

Lacrosse no le dejó acabar la frase.

—Ya me lo olía, muchacho. Pero no te preocupes, ¡ya encontraremos algo para ti!

2

—Margery, por favor —corrigió March mecánicamente a Georgie cuando él acababa de darle la bienvenida a la barca—. Me he cambiado el nombre. March era demasiado raro, no hay nadie que se llame así. Y además Jensch. «March Jensch» suena extraño. Nadie da empleo a una mujer que se llama así.

—¿Quién va a darte empleo, March? —preguntó Georgie burlón—. Esto... Margery. ¿O directamente «señorita Jensch»?

Con su discreto y elegante traje —tan adecuado para ir de viaje como para trabajar en un despacho—, combinado con un pequeño y práctico sombrerito azul oscuro, March tenía un aspecto suficientemente distinguido para que le hablase como a una adulta. Era obvio que se esforzaba por parecer mayor de lo que era. En el fondo daba igual cómo se vistiese, su belleza era tan llamativa que su presencia se hacía notar aunque fuera vestida con un saco.

—Hum, da igual.

March parecía estar perdiendo interés por la conversación con el barquero. Ya estaba disgustada por haber mencionado siquiera el cambio. Sin embargo, hacía tiempo que, en cuanto alguien pronunciaba su nombre de pila, lo corregía sin querer.

Georgie guardó silencio mientras March se sumía en sus pensamientos. Veía pasar las invernales llanuras por la orilla y se esforzaba por no sentirse como una perdedora. Martin Porter la había abandonado. Bueno, no había sucedido de golpe y, si tenía que ser sincera, su amor por su antiguo profesor hacía tiempo que se había enfriado. Sabía que él se veía con Hillary Magiel, la hija de un fabricante de Otago. Aunque no estaba especialmente enamorado de la muchacha, como más adelante explicó cuando informó a March de su compromiso con Hillary. «Maximizar la ganancia, bonita —le había dicho Martin—, ¡tienes que entenderlo! Tú eres un sueño, March, pero yo debo pensar en mi futuro. Y Hillary me ofrece una residencia en la ciudad y varias fábricas, susceptibles de ser ampliadas si uno trabaja con la destreza necesaria. Tú, por el contrario, aportas unos cientos de ovejas. Y la granja tampoco es de tus padres, ¿no? Es una especie de... hum... ¿cooperativa? Y el resto todo maorí... No, guapa, ha sido una época maravillosa, pero no hay nada que dure eternamente.

March veía el asunto de forma tan prosaica como él, y en realidad hasta le habría deseado sinceramente suerte si él no la hubiese engañado.

Se secó los ojos y se convenció de que lagrimeaba solo a causa del viento. En realidad no lloraba. Las chicas lloran, pero no las mujeres de negocios. Si daba ahora rienda suelta a sus lágrimas, daría la razón a los propietarios de la fábrica de tejidos de Kaiapoi, que la habían puesto de patitas en la calle el día anterior, no con sonrisas frías, no, sino con risitas alegres.

Y eso que Martin había prometido hablar con ellos. A fin de cuentas, el puesto de gerente estaba vacante y no había nadie mejor para ocuparlo que ella, que había sido su asistente durante años. «Claro que todavía eres muy joven —había objetado Martin—. Podría ser que te colocasen a un títere de jefe. Siempre hay miembros de la familia que son unos inútiles para los negocios y a los que hay que colocar en algún cargo que suene bien. Salvo por eso, déjalo en mis manos, ya te lo soluciono yo.»

Tras esa promesa, Martin Porter se había marchado y March había asumido la dirección de la fábrica con toda naturalidad. No sola, por supuesto, oficialmente trabajaban el gerente de la empresa —un hombre que de hecho nunca se dejaba ver por la oficina, sino que se ocupaba exclusivamente de las máquinas— y el jefe del despacho como representante de Martin. Pero siempre había sido March la que confeccionaba los programas de trabajo, repartía los turnos y optimizaba los ritmos laborales, la que negociaba con los proveedores y compradores, llevaba las cuentas de beneficios e imponía duros castigos cuando salía demasiado género defectuoso. Todas las innovaciones del último período —con la nueva maquinaria y gracias a su hábil organización, la producción había aumentado un 1,5 por ciento—, la compañía debía agradecérselas al celo inagotable de Margery Jensch.

De ahí que March se hubiese alegrado cuando tres días más tarde la habían llamado para una reunión. Ese día se habían instalado en el despacho que había sido de Martin los representantes de la Woollen Manufacturing Company, una sociedad anónima. Al parecer, los socios de la fábrica no sabían nada de la función que había desempeñado March allí durante los últimos años. Naturalmente, la joven estaba en nómina. Nunca le había preocupado que su sueldo como asistente de la dirección de empresa no fuera superior al del escribiente del despacho. Martin siempre se lo había justificado diciendo que en la empresa no se había previsto un puesto como el suyo y ella se había conformado porque, a fin de cuentas, estaba allí para aprender. ¡Ahora se habría abofeteado por tonta! ¡Debería haber insistido en que le pagasen de acuerdo con el trabajo que realizaba! Tal como comprobó ese día, ni siquiera se la consideraba una asistente.

March evocó el desagradable diálogo que la había llevado de un espanto a otro.

—Sinceramente, yo pensaba que March era el diminutivo de Marshal —reconoció el socio, exhibiendo así su desinterés por el trabajo de la dirección de la empresa, a fin de cuentas se habría encontrado con March si hubiese visitado aunque fuera una vez la fábrica.

Los demás socios sabían por supuesto que su director tenía empleada a una mujer como secretaria.

—¡Y además tan guapa! —observó uno de ellos, guiñando un

ojo. De hecho, ser tan hermosa había perjudicado a March. Incluso si algún accionista se hubiera dignado aparecer por la fábrica, no habría visto su trabajo, sino solo su cara bonita—. Al señor Porter se lo podíamos permitir —añadió el socio alegremente—. A fin de cuentas, no se dejaba distraer. Era estupendo en su trabajo y nosotros hacíamos la vista gorda ante su pequeña extravagancia.

March, que a esas alturas de la conversación ya estaba viendo por dónde iban los tiros, miró al hombre indignada.

—¿Está usted diciendo que yo era su amante? ¿Que él solo me contrató porque... porque teníamos una relación?

La respuesta llegó acompañada de otra dulce sonrisa.

—Sí. ¿Acaso no la tenían, hijita?

March se puso como la grana. Naturalmente, en la fábrica nunca había mostrado mantener una relación íntima con Martin. Nunca se habían acariciado o besado. A pesar de todo, se debía de notar que había confianza entre ellos. Se sonreían, se llamaban por el nombre de pila... Otro error. Sin duda se había rumoreado de ello y ahora se lo echaban en cara.

—Pero dejemos a un lado esos cotilleos —dijo el presidente de la pequeña asamblea, calmando los ánimos—. Vayamos mejor al grano: así que usted desea seguir trabajando aquí, señorita Jensch. ¿Qué sabe hacer usted? Me refiero a que... ¿escribe solo al dictado o puede usted misma tal vez redactar una carta? ¿Quizás incluso sepa algo de contabilidad? En cualquier caso, creo que para la producción no está usted cualificada, ¿cierto?

March se quedó mirando al hombre boquiabierta. No podía creer que concibiese siquiera la idea de darle empleo en la fábrica como obrera. Se recobró y empezó a enumerarle sus cualificaciones. Le habló de sus estudios de economía, y que hacía tiempo que, como el señor Porter sabía, tenía un diploma de Edimburgo. Y pasó a describir con todo detalle las tareas diarias que efectuaba en la fábrica.

Los hombres la escucharon, al principio amablemente y luego aburridos, hasta que uno la interrumpió.

—Parece como si quisiera dirigir usted la fábrica, señorita.

Acto seguido, March aseguró que sí, que precisamente eso era lo que ella anhelaba. Todavía resonaba en sus oídos la carcajada que siguió a sus palabras. En la discusión posterior quedó demostrado que Martin no había movido ni un dedo para contribuir a que March ocupase algún puesto directivo en la fábrica de tejidos. No obstante, la había mencionado y recomendado, aunque sin extenderse sobre de qué forma aprovechar la capacidad de trabajo de la joven.

En cierto momento, March entendió que nada de lo que pudiera argüir en su defensa iba a ser escuchado. No podía demostrar que hacía mucho que sus conocimientos teóricos en Ciencias Económicas no iban a la zaga de los de Martin Porter, y sabía que si incluso encontraba a alguien que confirmara que ella había colaborado en la dirección de la empresa, los hombres de su departamento minimizarían su participación. Además, ninguno de los empleados varones de las oficinas estaría dispuesto a admitir que, durante tres años, habían recibido órdenes de una joven que todavía no había cumplido veinte años.

Al final, los accionistas fueron condescendientes y le ofrecieron un puesto de mecanógrafa.

—¡Pero no intente convencer también al nuevo director de sus cualidades! —le advirtió el presidente, al tiempo que la amenazaba con el índice—. Se trata de un padre de familia con tres hijos. ¡No quiero saber nada de aventuras sentimentales en las oficinas!

March se estremeció solo de pensarlo. Esa última observación fue la gota que colmó el vaso. Había anunciado iracunda que se despedía en ese mismo momento y ahora se dirigía a Maori Station. Mucho más rica en experiencias y conocimientos, pero sin marido ni trabajo.

No obstante, la suerte le sonrió cuando la barca atracó en Rata Station. No había ningún Fenroy ni ningún Paxton a la vista, y tampoco había correo para la granja. March no tenía, pues, que hablar con nadie ni someterse a ningún interrogatorio acerca de Porter y la fábrica antes de ir a su casa. Los ngai tahu sin duda se percatarían de su llegada y querrían celebrarla.

En efecto, la gente se abalanzó sobre ella en cuanto entró en el *marae* y no le planteó ninguna pregunta molesta. Allí nadie se interesaba por el trabajo de March en Kaiapoi, o por si se había casado o no. Todos se alegraban simplemente de acoger de nuevo a una hija de la tribu. En los últimos seis meses, March había evitado volver a su casa. En realidad, tales recibimientos con *hongi*, abrazos y ceremonias le resultaban un fastidio, pero ese día se sintió consolada cuando sus viejas amigas le hablaron solícitas, con auténtica alegría por el reencuentro en lugar del hipócrita interés que habían mostrado por ella sus conocidos de Kaiapoi.

Naturalmente, Jane y Te Haitara aparecieron enseguida, y Jane seguro que se percató al instante de que el regreso inesperado de su nieta escondía algo más que una simple visita a la familia. Con sorprendente tacto, dejó para más tarde la conversación sobre ese tema y se limitó a abrazar a la muchacha.

Mara, la madre de March, saludó cariñosa a su hija y la retuvo a su lado durante la gran cena de bienvenida para así charlar con ella. La conversación transcurrió de forma tan forzada como siempre: madre e hija no tenían gran cosa que contarse. Mara se limitó a escuchar amablemente el resumen de lo ocurrido.

—Nunca tuve la sensación de que Martin Porter fuese el hombre adecuado para ti —opinó sin referirse al ofensivo trato de la compañía, que para March constituía algo más grave.

A Mara le pasaban desapercibidos los comentarios de March a ese respecto. Y justo después, la madre se dedicó a hablar una vez más de su propia vida, como si de algún modo fuera a consolar a su hija la satisfacción que ella sentía tocando la flauta, confeccionando instrumentos y colaborando con investigadores y músicos en torno al tema de la música maorí. Los logros de Mara no le interesaban a March en absoluto. Así que los escuchó también amablemente y en el fondo se alegró cuando los músicos la reclamaron para que tocase para la tribu.

—¡Tocaremos para ti! ¡Un *haka* especial! —anunció animosa Mara.

March reconoció la melodía principal y su padre adoptivo, Eru, sonrió con ternura al escuchar la canción. La música había sido la contraseña secreta de Mara y Eru durante años, cuando todavía nadie sabía que se amaban. De ese modo habían engañado siempre a Jane. Esta incluso había pensado que era el trino de un pájaro cuando había sonado en medio de Auckland... A March seguramente le habría ocurrido lo mismo.

Cuando por fin la fiesta concluyó, la joven encontró la oportunidad de contar sus penas. Jane Te Rohi la invitó a dormir en la casa que compartía con el jefe tribal. March se instaló en la pequeña habitación que había sido antes de Eru, y Jane enseguida apareció para hablar con ella.

—Venga, cuéntame qué ocurre —animó a su nieta—. O deja que adivine. Sin la protección del señor Porter te han bajado de nivel.

March no pudo evitarlo y rompió a llorar. Jane, no demasiado versada en el arte de consolar, se quedó sentada junto a ella y esperó a que se tranquilizara. Recordaba muy bien haber pasado por situaciones similares cuando era joven. Su padre le había permitido con frecuencia que le ayudase con la correspondencia y, por pura comodidad, no había prestado atención a que ella cada vez asumía más tareas organizativas, resolviéndolas correctamente para satisfacción general. Pero cuando se volvió demasiado independiente y demostró a su padre que ella sabía más de política de colonización que él y toda la New Zealand Company, le había quitado su puesto tan deprisa y con tanta dureza verbal como le había ocurrido ahora a March. De ahí que estuviera indignada, pero no sorprendida, cuando la muchacha le contó entre lágrimas su «reunión de trabajo».

—Ser mujer sigue siendo una maldición —dijo Jane, empatizando con su nieta—. Es posible que tardemos décadas hasta que los hombres reconozcan nuestra capacidad, y más porque ni siquiera votamos, así que no podemos contribuir a que se dicten leyes en esta materia.

—¿Y ahora qué hago? —gimió March—. ¿Pedir trabajo en otras compañías?

Jane suspiró.

—Hija mía, ni siquiera tienes títulos que presentar —observó realista—. E incluso si Martin Porter te escribiese una carta de recomendación... Cuando una compañía se tomara la molestia de entrevistarte, al verte rápidamente pensarían que él lo hizo por... hum... motivos ajenos a la empresa.

—¿Así que todavía es peor cuando una persona tiene buen aspecto? —preguntó abatida March.

Jane se encogió de hombros.

—De momento, quédate aquí y ayúdame con la administración de la granja —propuso—. Podemos estudiar las distintas inversiones que he realizado a lo largo de los años. A lo mejor basta mi influencia sobre algunas de estas empresas para apoyarte cuando solicites trabajo. Y si no... pues tendrás que pensar en estudiar algo que no sea economía. ¿Ya te he dicho que Peta se ha decidido por el derecho? Creo que es una muy buena elección. Si se especializa en las argucias legales en torno a la expropiación de tierras, puede ganar una fortuna.

Cada vez había más tribus maoríes que se percataban de cuánto se habían aprovechado de ellas los blancos al comprarles tierras, y muchas lo denunciaban. Seguro que preferirían a un abogado de sangre maorí que las defendiera que a un *pakeha*.

March asintió, aunque no creyó que su hermano se especializara en una materia tan árida como la expropiación de tierras. Era probable que Peta se viera más en el papel de abogado de gente sencilla que peleaba por un sueldo más digno en la fábrica o por un horario más reducido de trabajo. Encontraba a esos luchadores por la equidad, como ellos mismos se llamaban, unos pesados, y Jane se llevaría las manos a la cabeza cuando su nieto le contase un día los verdaderos motivos por los que había elegido esa carrera. Pero todavía no había ninguna razón para inquietarse. Pasarían años antes de que Peta se convirtiera en una espina clavada en la carne de los empresarios neozelandeses.

Se tranquilizó un poco con la perspectiva de empezar a estudiar derecho en el peor de los casos. No se veía como abogada, pero al menos la tomarían en serio si se especializaba en derecho económico. No sabía de ningún jurista que lo hubiera hecho en Nueva Zelanda. Martin Porter siempre se enfadaba cuando tenía que poner al corriente a los abogados de la empresa del estado de las cosas. Tal vez las empresas contratarían a una mujer, ya que no había ningún hombre versado en esos temas.

Pero era invierno y los cursos ya habían empezado. Así que March no tenía otra cosa que hacer que ayudar a Jane a administrar la granja de ovejas. La joven pronto confirmó que Maori Station seguía igual que siempre. Había los mismos animales, el mismo trabajo y los mismos problemas. Con los conocimientos adquiridos sobre la organización del trabajo, se entregó con afán al análisis de las condiciones de producción, pero no tardó en darse cuenta de que «la optimización del proceso de trabajo» y el empleo de pastores maoríes no eran compatibles. Jane escuchaba sus observaciones, pero con frecuencia se limitaba a hacer un gesto de rechazo.

—Ya lo sé, Margery... —Jane era la única que había aceptado solícita el cambio de nombre de la joven—. No necesitamos tres personas para llevar esas ovejas. Con una y un perro pastor bastaría. Pero ya empezamos con que los perros no siguen bien las instrucciones. Nadie se toma la molestia de adiestrarlos como hace Carol en Rata Station. Todos confían en el instinto natural de los collies, pero la mayoría solo corre alrededor del rebaño ladrando. Y luego tiene que haber alguien que contente a los espíritus, a fin de cuentas las ovejas van a comer la hierba fresca de pastizal, y podría ser que hubiera un par de elfos sentados en las raíces. Y entonces hay uno que acompaña al otro porque piensa que ahora no tiene nada más que hacer. Los establos ya se limpiarán al día siguiente... En realidad es incluso una insensatez que coman ahora el pasto, habría que reservarlo para las ovejas madre que hayan parido pronto en primavera. Pero es imposible porque las vallas del corral de los animales jóvenes todavía no se han reparado. Si no los ponemos en ese pastizal, se marcharán. Lo que, de nuevo, tampoco le molesta a nadie, ya volverán por la noche. Aquí, hasta que no sucede, nadie se preocupa por cuánto pasto han pisoteado durante el día o por si los trabajadores de Rata Station se quejan porque los animales pasan a sus tierras.

—¿Por qué no se han reparado las vallas? —preguntó March—. A lo mejor se podría empezar por ahí.

Jane puso los ojos en blanco.

—He enviado dos hombres a Christchurch para que compren los materiales necesarios. En el almacén de Cotton han recibido nuevos equipos de pesca y unas fabulosas escopetas de caza. Los dos se han comprado una para cada uno y han traído dos más para los amigos...

—¿Qué? —March se había educado en Maori Station, pero Jane nunca la había puesto al corriente de modo tan detallado sobre sus problemas cotidianos—. ¿Se han gastado el dinero para la valla en escopetas? ¿Y qué dice Te Haitara al respecto?

Jane se encogió de hombros.

—Nada. También le trajeron una y pensó que era una buena inversión. La plaga de los conejos... ya sabes... —Los conejos se propagaban en la Isla Sur de modo incontrolable—. Menos yo, todo el mundo está encantado. Los hombres con sus nuevos juguetes y las mujeres con los conejos para el puchero —dijo Jane con amargura—. Ya nadie se acuerda de la valla rota.

March sacudió la cabeza.

—Pero Te Haitara debe comprender...

—Te Haitara considera que su mayor obligación es hacer feliz a cada uno de los miembros de su tribu —le interrumpió Jane—. La gente obtiene lo que quiere, aunque los que piden dinero son los que menos. La contabilidad de Maori Station es endiabladamente complicada porque no pagamos a nadie un salario propiamente dicho. Les pagamos con lo que necesitan o se lo conseguimos. La mayoría no tiene ganas de ir a pie o en carro a Christchurch para comprar. El ajetreo de la ciudad y la agitación de las tiendas los desconcierta. Prefieren comprar a vendedores ambulantes o pedir los artículos por catálogo. No les preocupa el precio. Por suerte, nuestros maoríes no son codiciosos. Una vez hechas las cuentas, nuestros costes salariales son inferiores a los de, por ejemplo, Rata Station. Si los chicos quieren escopetas de caza nuevas, se las debemos dar. Lo único molesto es que no están atentos a lo que hacen. Seguro que el comerciante nos habría dado crédito, con lo que también habrían podido traer el material de construcción. Esto significa que los dos están de vuelta a la ciudad para comprar alambre y no nos queda más que rezar o conjurar los espíritus o lo que sea para que esta vez no se deslumbren con accesorios de pesca nuevos que crean necesitar urgentemente...

Ya hacía mucho tiempo que Jane se había adaptado a las condiciones de trabajo de Maori Station, por lo que ya no se peleaba más con el jefe tribal. Años antes, su codicia casi había destruido su matrimonio y costado a su hijo Eru la vida y la libertad. Desde entonces sabía cuáles eran sus límites. Pero March no quería aceptarlo. Intentaba inmiscuirse en todo y metía la pata continuamente. Al final, tanto Te Haitara como su madre Mara hablaron seriamente con ella. March le contó sus penas a Robin, quien había vuelto a casa más o menos por la misma época que ella.

—Se trata del *tikanga*, de la costumbre, la tradición, la espiritualidad y qué sé yo qué más. Pero resumiendo, me pidieron con toda amabilidad que no me metiera en sus asuntos. Al menos en el funcionamiento práctico de la granja. Que podía encargarme de la contabilidad, ya que no quieren saber nada de todo el papeleo. Por otra parte, no es mucho. Lo hace la abuela Jane sin el menor esfuerzo, junto con las demás tareas.

El joven estaba tan frustrado como March. Le acababa de contar que había recibido más rechazos de compañías de teatro de la Isla Sur.

—No puedo estar todo el tiempo adiestrando caballos —se quejó—. ¿Qué haces ahora?

March se encogió de hombros.

—Reducir la población de conejos —respondió con amargura—. Te Haitara tiene una nueva escopeta de caza fabulosa. Yo tengo buena puntería y todos están contentos. Ahora sí que trabajo bien, me dijo una anciana halagándome cuando le entregué un conejo para el asado...

Robin suspiró.

—Y yo ni siquiera sé disparar —admitió—. Nunca acierto, seguramente porque los conejos me dan pena. No me gusta nada, absolutamente nada de lo que se pueda hacer en una granja. Y tampoco me apetece trabajar aquí. Lo mío es el teatro.

—Y lo mío un despacho —musitó March—. A lo mejor debería echar un vistazo por Dunedin. Todavía están pendientes dos solicitudes de la abuela...

Jane había escrito a algunas compañías de las que era accionista. Sus participaciones, sin embargo, no bastaban para ejercer influencia en sus decisiones. La mayoría de los empresarios se expresó muy claramente: si Jane hubiese recomendado a un joven, seguro que se lo pensaban. Pero una mujer en la dirección de una empresa era algo inconcebible.

—Yo he conocido a alguien con influencia —dijo Robin—. Me ha dicho que ya me encontrará algo, y en Dunedin hay algunos teatros... —Y le contó a su amiga la extraña historia del supuesto tío abuelo que había visitado a Cat un par de días antes—. Yo pensaba que esa Helena estaba un poco chiflada. Porque eso de parientes recuperados, secretos de familia y esas cosas solo existen en las novelas o en el teatro. Pero el señor Lacrosse se lo tomó en serio y cree que no hay duda. Soy idéntico a Suzanne. Y de hecho, las historias encajan. Mi madre nació poco después de que Suzanne desapareciese. Recuerda haber llegado con su madre desde Australia y el nombre de pila coincide. Es evidente que no se trata de una coincidencia.

March rio.

—¿Y es rico, al menos, el tío Walter? —preguntó—. ¿Qué hace?

Robin se encogió de hombros. Cuando se hablaba de negocios no había prestado atención, aunque Helena había dicho algo sobre unas fábricas.

—Creo que tiene un molino de lana o algo así en Dunedin —contestó—. Puede que también estén en alguna asociación que fomente el teatro...

March contrajo su bello rostro con envidia.

—A lo mejor tiene un puesto para mí —dijo—. Vaya, un hombre con un molino de lana... ¡sería justamente lo que necesito!

Robin sonrió.

—Es posible que solo quisiera casarse contigo. Hoy... hoy vuelves a estar especialmente guapa. Si vuelven a invitar a alguna compañía de teatro a Christchurch, ¿me acompañarás?

El enamoramiento de Robin por March Jensch había vuelto a inflamarse desde que la había visto de nuevo. Pero no se hacía ilusiones respecto a ganarse su favor. Ella estaba destinada a algo más elevado, seguro que había un nuevo Martin Porter esperándola, esta vez quizás incluso con una fábrica propia. Robin ya se contentaba con que ella le permitiera sentarse a su lado y contarle sus cuitas. Seguro que a ella no le interesaban mucho sus historias del teatro y ahora ese asunto tan raro de familia. Seguro que le escuchaba solo por compasión. Pero salvo ella, no había nadie más con quien él pudiese hablar.

O callar.

March no contestó a su poco entusiasta propuesta. Como él, se quedó mirando el río —los dos estaban sentados en una roca entre arbustos de *rata* junto al Waimakariri—, inmersos en sus sombríos pensamientos. La barca pasó junto a su escondite a una hora inusual. En general, eso significaba que había correspondencia para alguien que vivía en el curso superior del río.

«Ojalá sea una buena noticia», pensó Robin, sin creérselo de verdad. ¿A quién le llegaba un golpe de suerte por telegrama?

3

—¿Dónde te habías metido, Robin? —Cat se abalanzó sobre su hijo cuando este llegó a su casa una hora larga más tarde. Tanto ella como Carol estaban agitadísimas. Cat hasta había sacado una maleta—. Ya iba a enviar a alguien a Maori Station —prosiguió sin esperar la respuesta de Robin—, pero pensé, en fin, no va a enterarse todo el mundo de lo que pasa. E irnos antes de mañana temprano tampoco servirá de mucho; basta, creo yo, con que cojamos el tren del mediodía. Por eso he dejado que Georgie se fuera. —Hablaba deprisa y excitada. Algo había alterado su tranquila naturaleza.

—¿El tren? —preguntó perplejo Robin—. ¿Te vas de viaje? ¿Y... yo contigo? —También el más oscuro de sus dos trajes nuevos estaba listo para ser empaquetado. De repente lo invadió una alegre emoción—. ¿Un contrato? —preguntó emocionado—. ¿Ha escrito una compañía de teatro? ¿Lo ha conseguido el señor Lacrosse? Pero ¿cómo... cómo tan rápido?

—En la vida las cosas pueden suceder muy deprisa —dijo Cat con gravedad y bajó el vestido oscuro que no sabía si llevarse o no—. Y en la muerte. Robin, hemos recibido un telegrama. Tú y yo. Walter Lacrosse, por lo visto pariente nuestro, ha muerto de repente.

—¿Qué? —Robin se dejó caer en una silla—. ¡No puede ser! Era tan vital y animoso... No parecía enfermo.

—Un infarto, creo —dijo Cat—. Algún problema cardíaco, el telegrama no lo explicita. En cualquier caso, algo imprevisible, nadie podía contar con que sucediera algo así. Solo él mismo parecía estar preparado para ello.

Robin frunció el ceño.

—¿A qué te refieres? —preguntó—. ¿Dejó... una carta?

Cat negó con la cabeza.

—Debió de cambiar el testamento después de pasar por aquí. El telegrama trata de eso. Debemos acudir al sepelio y a la lectura del testamento. Lo primero es pasado mañana. Así que tenemos que ir a Dunedin. Por la mañana temprano alguien nos llevará en barca a Christchurch y luego cogeremos el primer tren.

Robin estaba como si le hubieran dado un puñetazo. No sabía qué le sucedía. El señor Lacrosse había sido amable con él y le daba pena que se hubiera muerto. Pero no sentía vínculos de parentesco hacia él. Tal vez hubiesen surgido si lo hubiera visitado en Dunedin. Pero así... le parecía una injusticia sacar partido de su muerte.

—A mí me ocurre lo mismo —observó Cat cuando al día siguiente Robin le habló de lo que sentía. Chris los llevaba a la estación.

—Primero esperad a ver qué os ha dejado —recomendó Chris con serenidad—. Es posible que no sea más que el retrato de la abuela Suzanne. Ya podéis ir pensando dónde lo vais a colgar...

Cat había informado por telegrama de su llegada a Helena Lacrosse y la familia les envió un coche de punto a la estación. Para sorpresa de Robin se trataba de un landó con capota, en su origen de color crema pero ahora cubierta con paños negros. El cochero llevaba una librea negra y los caballos, un espléndido tiro negro, se habían cubierto con paños del mismo color.

—¿El señor y la señora Fenroy?

El cochero se inclinó y un sirviente cogió las maletas de Cat y Robin. Al mismo tiempo les abrió la portezuela del carruaje. Los asientos estaban tapizados de terciopelo granate.

—Por todos los cielos —susurró Cat—, nunca había viajado con tanto lujo.

—El señor... el tío Walter debía de ser rico —supuso Robin.

Cat sonrió.

—Pues sí, eso no lo disimulaba. Pero tanto lujo... Estoy impaciente por ver la casa.

La vivienda de los Lacrosse se encontraba en Mornington, uno de los barrios más nobles de Dunedin, a casi dos kilómetros del centro. Todas las residencias de la Glenpark Avenue eran grandes y representativas. Aun así, a Cat y Robin se les cortó la respiración cuando el carruaje finalmente se detuvo. La mansión de los Lacrosse semejaba más un castillo que una vivienda urbana. Rodeado por un pequeño parque, se alzaba un edificio color crema iluminado por el débil sol de invierno, con torrecillas y miradores, un elegante acceso y una escalinata en la entrada.

El acceso debía de estar vigilado porque, en cuanto Cat y Robin bajaron del vehículo, un mayordomo les abrió la puerta, de la que colgaba un crespón negro. El hombre los saludó ceremoniosamente para conducirlos después a un pequeño recibidor de un enorme vestíbulo dominado por una escalera. Las barandillas curvadas estaban adornadas con tallas de madera, al igual que el imponente mobiliario. Alguien debía de haber pasado horas colgando crespones de los armarios y aparadores.

Antes de que Cat pudiera contemplarlo todo con atención, descubrió a Helena Lacrosse, que en ese momento bajaba por la escalera. La joven llevaba un voluminoso traje negro y una capota a juego. Se precipitó sollozando hacia Cat y Robin, y los abrazó.

Robin la rechazó con embarazo y Cat la abrazó sin mucho entusiasmo. Encontraba inadecuada su forma de actuar, pero Helena parecía decidida a no permitir que nadie dudase de lo mucho que sentía la pérdida de su abuelo. Harold Wentworth estaba en el descansillo del primer piso de la escalera y miraba con expresión insondable a los recién llegados. Luego siguió muy lentamente a su prometida.

—Sucedió de repente, nosotros nos... nos quedamos horrorizados —dijo Helena—, pero mi... bueno, Harold dijo que acababa de estar con él y que de repente...

—Había hablado con uno de los capataces —informó Harold—. Acababa de darle una reprimenda. Luego yo mismo despedí al empleado. Si no se hubiera olvidado de lubricar esas máquinas...

—El señor Lacrosse habría fallecido la próxima vez que hubiera sufrido un pequeño disgusto —observó Cat—. No me parece justo que se culpe al trabajador.

Entretanto, a Helena se le ocurrió otra idea. Llevó a Robin a un ala lateral del vestíbulo.

—¡Ven, ven! ¿Lo ves?

Robin miró extrañado y con cierta timidez el gran retrato de una joven que ocupaba el sitio de honor sobre un voluminoso aparador.

Cat se quedó sin habla al verlo. No cabía la menor duda: era Suzanne, su madre. Todavía recordaba bien su pelo extraordinariamente fino y sedoso que se ondulaba como el cabello de un ángel. Noni había intentado algunas veces desenredarlo cuando Baker decidía que sus fulanas tenían que arreglarse de forma más llamativa. Siempre estaba enmarañado, pero ese rubio tan claro era inconfundible. El cabello de Cat era más oscuro, pero Robin había heredado el color y calidad del cabello de Suzanne. Contempló fascinada el dulce rostro de hada de su madre; la tez era más clara de lo que ella recordaba y la cara todavía no estaba hinchada a causa del alcohol. Pero lo que más le impresionaron fueron los ojos azul claro, que no miraban embotados y como muertos a la nada, sino que resplandecían cálidos y afectuosos. También la expresión le recordaba a Robin. Ella misma nunca había mirado el mundo de forma tan dulce y confiada. En el cuadro, Suzanne llevaba un vestido de puntillas azul claro y en sus manos, suaves y blancas, sostenía un libro.

—¿La reconoces? —preguntó Helena impaciente.

Robin arrugó la frente.

—Claro que no, nunca la vi. Pero...

Helena tenía razón en Te Wairoa. Él guardaba similitudes con la mujer del cuadro cuando interpretaba los papeles de Julieta o Miranda.

—Sí —terció Cat a media voz—. Sí, es ella. Es mi madre. Yo... yo hasta ahora no había creído realmente en todo esto. La imagen disipa totalmente cualquier duda. Creo que hasta reconozco el vestido que lleva... —Recordaba vagamente los encajes y volantes, con el tiempo raídos y sucios, claro. Si Noni no se hubiese enfadado de vez en cuando y hubiese obligado a Suzanne a cambiarse de ropa y lavarse el vestido, no se lo habría quitado nunca. Era su preferido—. Se lo llevó, ¿verdad? —quiso cerciorarse.

Helena asintió con recogimiento.

—¡Qué maravilloso es que nos hayamos encontrado! —suspiró—. ¡Y que el abuelo tuviera tiempo para vivirlo!

—Sí, podría decirse que han tenido suerte por duplicado —observó Wentworth con el tono de quien está al acecho—. No solo porque el anciano verificó la historia, sino porque además cambió el testamento. En eso, Walter Lacrosse siempre actuaba con rapidez y a la ligera, al menos lo cambiaba tres veces al año. Si les hubiera conocido más a fondo es posible que hubiera modificado su opinión... Así pues, han tenido mucha suerte.

Cat se disponía a dar una réplica contundente, pero Helena interrumpió a su prometido.

—¡Ya basta, Harold! ¡Qué forma de comportarse es esta! Sabes perfectamente que... que tía Catherine y primo Robin no le han contado ninguna historia. ¡Soy yo quien reconoció a Robin! Si no te gusta que los dos estén aquí, entonces critícame a mí, no a ellos. —La conducta de Helena ante Harold Wentworth había cambiado. Ella al menos no parecía molesta por que Robin y Cat disfrutaran de una parte de la herencia. Después de reprender a Harold, volvió a recordar sus deberes como anfitriona—. Debéis de estar cansados del viaje —observó—. El abuelo dijo que vivíais realmente apartados, así que seguro que hoy os habéis levantado temprano para coger el tren. Es muy amable por vuestra parte. Julia y su marido no pueden venir, tardarían una semana en llegar aquí desde Sídney. Así que habría estado sola en el funeral...

Harold Wentworth no parecía contar para ella. Cat sintió reforzada su idea de que la joven tenía ganas de desembarazarse de ese hombre. Ahora, tras la muerte de su abuelo, seguro que creía tener una auténtica oportunidad.

—Diré que os lleven a vuestras habitaciones para que podáis descansar. La cena es a las ocho, informal, no es necesario vestir de etiqueta. Solo... solo una comida frugal... Aunque seguro que estáis hambrientos, ¿no? —Helena parecía sentirse ligeramente superada por la administración de la casa. Se dirigió vacilante al mayordomo, que estaba apostado junto a la puerta, tan impasible como si formara parte del mobiliario—. ¿Podríamos... podríamos tal vez subirles algún tentempié, señor Simmons?

Cat intervino para asegurarle que no era necesario, que aguantarían hasta la hora de la cena. El mayordomo se inclinó sin que la expresión de su rostro se alterase ni una pizca.

—Ya se ha depositado una cesta de fruta y un refresco, señorita Helena. La señora Livingston también se ocupa de la cena. No se preocupe.

La señora Livingston resultó ser el ama de llaves que supervisaba al grupo de doncellas, asistentes de cocina y cocinera, al igual que el mayordomo se ocupaba del ejército de sirvientes, ayudas de cámara y mozos. Cat y Robin conocerían a la señora Livingston durante la cena, pero primero una doncella los acompañó a sus habitaciones. Robin se quedó otra vez pasmado al entrar en una serie de estancias. Los aposentos de Cat eran más pequeños, pero para un par de noches disponía de más espacio para ella sola del que había en toda la casa de Rata Station. Les habían preparado una bandeja de fiambres y quesos con pan recién horneado.

—Tengo cama con dosel —anunció Robin impresionado, cuando volvieron a reunirse poco antes de las ocho para bajar juntos a cenar.

Cat esperaba que su vestido de tarde marrón estuviera a la altura. Exceptuando el traje de viaje, solo disponía de un vestido negro para el entierro y quería reservarlo para el día siguiente y la lectura del testamento. Robin llevaba su nuevo terno gris.

—He pensado que era mejor vestirme un poco más formal aunque nos haya dicho que da lo mismo —justificó su elección—. El criado opinaba igual. Bueno el... el... Mamaca, lo cierto es que me han enviado a una persona ¡para que me ayudara a vestirme!

Cat sonrió.

—También a mí me han enviado una doncella, pero le he dicho que se fuera. Me ha mirado estupefacta. Es probable que con eso ya haya contravenido por primera vez las normas de la etiqueta.

Al final, Robin tenía razón. También Harold Wentworth llevaba traje para cenar. Además de él, había dos parejas más invitadas, los hombres hasta llevaban frac. Por lo visto, nadie les había advertido que se trataba de una sencilla cena familiar. Helena los presentó como amigos de la familia, mientras Cat se devanaba los sesos pensando cómo dar brillo a la ropa de Robin hasta la mañana siguiente. Seguramente se esperaba que para el funeral vistiera frac o al menos un traje negro. Mientras ella pensaba cuándo tendría lugar exactamente el sepelio, le llamó la atención que uno de los caballeros los observara, a ella y su hijo, con atención. Más adelante comprobó que se trataba del notario que en un par de días leería el testamento de Lacrosse.

La comida frugal que se suponía que iban a servir resultó un menú de cuatro platos. Robin puso especial cuidado en utilizar los distintos cuchillos y tenedores con los platos adecuados. De todos modos, Helena llevó la voz cantante durante la cena, describiéndoles a todos casi en solitario cómo se había producido el maravilloso encuentro con Robin. Este lo pasó fatal. Al final, no solo se desveló que había sido miembro de una compañía de teatro ambulante, sino que Harold Wentworth mencionó también que interpretaba papeles de mujer. A pesar de ello, ni él ni Helena hablaron de las dudosas versiones de Shakespeare de Vera.

Por supuesto, el tema de conversación principal fue la repentina muerte de Walter Lacrosse. Los invitados recordaron diversos casos similares.

—Al menos, Walter ya había puesto en orden sus asuntos —observó el notario—. Hay otros a los que se les arrebata la vida...

A Cat le habría gustado señalar que, de todos modos, el anciano casi tenía noventa años, pero se contuvo a tiempo y se disculpó para retirarse a descansar.

—Ha sido un viaje fatigoso y mañana debo cumplir más tristes obligaciones —dijo educadamente—. Me gustaría acostarme temprano.

Robin se unió a ella manifiestamente aliviado.

A la mañana siguiente, una joven despertó a Cat llevándole té y un desayuno ligero a la cama, mientras que una muchacha tímida y muy joven encendía la chimenea. La sirvienta llevaba uniforme y capota y preguntó cortésmente cuándo quería levantarse la señora y si podía ayudarla a vestirse.

—Soy una doncella de cámara con formación, *madam* —agregó, como si Cat temiese que fuera tal vez a ponerle el vestido al revés.

Pero esto le dio una idea. La joven debía de saber qué vestido y qué proceder eran los adecuados para ese sepelio, y tal vez incluso cómo conseguir algo apropiado para la ocasión. Cat se esforzó por actuar con diplomacia. No estaba acostumbrada a tener doncellas, pero también había que ir a veces con pies de plomo con los pastores *pakeha* para no herir su orgullo. Preguntó cautelosa por el nombre de la doncella y le contó su problema.

—Vivo en el campo, Jean, allí ni siquiera nos atamos el corsé. No, no me mire tan escandalizada, claro que he traído corsé y he encontrado un vestido negro. Pero no necesito ayuda para ponérmelo y eso mismo me produce cierta inquietud. ¿Es posible que sea demasiado sencillo para la ocasión? Cuando pienso en los vestidos que la señorita Helena llevaba ayer... Su vestido de luto se adornaba con menos fruncidos y volantes que los vestidos que solía ponerse, pero con la crinolina casi no cabía por la puerta...

Por fortuna, Jean demostró ser rápida de comprensión. No reaccionó con indiferencia, sino que enseguida empezó a buscarle una solución al problema.

—El funeral es a las once, *madam* —anunció—. Para entonces no podrá hacerse gran cosa. Al menos no podrá comprar un traje nuevo. Sin embargo... la señorita Helena se compró anteayer cinco o seis vestidos, pues tendrá que llevar luto más tiempo, o sea que su compra es proporcionada. —La joven añadió a toda prisa esta última frase. Era posible que los criados hubiesen comentado la prodigalidad de Helena—. Y usted es delgada. Si se ata el corsé un poco más fuerte, tal vez le vaya bien uno de sus vestidos. Son prendas muy sobrias —añadió, antes de que Cat llegase a decir que una mujer de sesenta y un años seguramente tenía que llevar otros vestidos de luto que una joven de veinte—. Lo hablaré con la doncella de la señorita Helena. Y respecto al señorito Robin, lo consultaré con el señor Simmons.

Con el mayordomo. Cat suspiró. Sin duda, Robin se sentiría fatal cuando todo el personal masculino de la casa se preocupara de su vestimenta. Pero no había otra salida: más valía hacer un poco el ridículo ante el personal que ante la alta sociedad de Dunedin.

Cuando poco antes de las diez y media los carruajes desfilaron delante de la iglesia en la que estaba Walter Lacrosse de cuerpo presente, Cat sabía que había hecho lo correcto. Helena no habría estado sola durante el funeral, de hecho habían acudido unas doscientas personas al servicio religioso. Todos miraron cuchicheando a los nuevos miembros de la familia Lacrosse cuando Cat y Robin siguieron a Helena y Wentworth hasta los primeros bancos de la iglesia. Cat llevaba, en efecto, un vestido de Helena y una capota negra con un velo que habría hecho los honores a la reina Victoria. La señora Livingston había dado un toque de elegancia al tocado, que le pertenecía a ella, con un crespón de Helena. De ese modo, la indumentaria de Cat era totalmente adecuada para el evento, aunque el vestido le iba un poco estrecho. Jean y la señora Livingston le habían apretado el corsé tanto que apenas podía respirar. En comer ni pensaba. Esperaba que no se celebrara una comida formal después de la ceremonia. Vestir correctamente a Robin había sido más difícil, pero los sirvientes de la casa Lacrosse conocían bien su oficio. De hecho, habían conseguido adaptarle rápidamente un traje del fallecido Walter Lacrosse. El joven que el día anterior había realizado el servicio de cámara de Robin, transformó, en un abrir y cerrar de ojos, la prenda de vestir con la destreza de un experimentado sastre.

—Está a la última moda, lo confeccionaron hace dos meses para el funeral de un socio del señor —explicó el mayordomo—. Y el señor Lacrosse no lo regaló después, como es de hecho la costumbre. Los señores no suelen llevar los trajes de luto más que con motivo del funeral. El señor Lacrosse pensaba que tampoco había estado tan unido con el fallecido como para sentirse demasiado abatido por su recuerdo. Un proceder un tanto peculiar, pero ahora un feliz golpe de fortuna.

Así pues, Walter Lacrosse había sido un tacaño, pensó Cat, mientras que sus deudos no habían ahorrado esfuerzos ni gastos para organizar un funeral lo más pomposo posible. Un coro cantó, el obispo rezó, la congregación recitó varias oraciones. Para sus adentros, Cat agradecía a la señora Livingston por haberle cosido el velo tras el cual ocultaba que no sabía ninguna de las oraciones ni canciones. Robin tan solo podía esconderse tras un mechón de su cabello. Por otra parte, tampoco Wentworth cantaba con todos. Helena sollozaba todo el rato, al igual que todas las empleadas de la casa, que ocupaban un lugar en un ala lateral de la iglesia. Al dar el pésame, todas las mujeres se tomaron la molestia de llorar. Parecía ser de buen tono. Solo algunas personas vestidas con sencillez siguieron la ceremonia con expresión estoica.

—Obreros de la fábrica —aclaró Wentworth cuando Cat le preguntó por ellas—. Se indicó a la dirección de la empresa que enviase una pequeña delegación para expresar la consternación del personal.

Esto explicaba la impasividad de los rostros. Esas personas no estaban allí por propia iniciativa. A Cat la afectó más el duelo forzado que los hipócritas sollozos de las damas de la buena sociedad. ¿Les conmovería realmente la muerte del anciano fabricante? ¿O acaso temían lo que podía suceder después de su muerte?

—Ahora vamos al cementerio —indicó Helena con el rostro anegado en lágrimas.

Seis portadores sacaban en ese momento el ataúd, una carroza negra con cuatro caballos negros delante esperaba el féretro de roble primorosamente trabajado. Otra carroza aguardaba a la familia. Detrás se formó un cortejo fúnebre casi interminable. Con los crespones colgando, los vehículos de todas las buenas familias de Dunedin se pusieron en fila.

—¿Es normal que la gente no se suba? —susurró Robin a su madre.

En efecto, los cocheros solo conducían landós vacíos, los propietarios se iban a pie a casa o se subían a otros coches que iban a recogerlos.

—Es la costumbre —informó Wentworth en tono condescendiente. Era evidente que le resultaba increíble que Cat y Robin no supieran eso—. El sepelio se realiza en el más reducido círculo familiar. Las demás personas que acompañan el duelo garantizan al fallecido su estima formando parte del cortejo fúnebre con un desfile de carruajes.

Cat lo encontró extraño, pero solo podía pensar en el corsé. «El más reducido círculo familiar» sonaba bien. Así que después del sepelio no habría banquete.

De hecho, el auténtico sepelio fue más bien prosaico. Cat no se desenvolvía bien en Dunedin, pero sospechaba que el cochero daba rodeos para que toda la población de la ciudad pudiera participar del cortejo. Llamaba la atención. Los transeúntes se detenían al borde de la calle, los hombres se sacaban el sombrero y las mujeres inclinaban la cabeza para honrar al difunto. El círculo familiar estaba formado por Helena y Wentworth, el notario y su esposa, Cat y Robin, y algunos empleados que se mantuvieron apartados con discreción.

Cat suspiró aliviada cuando por fin volvió a entrar en su habitación de la casa Lacrosse. Helena había dispuesto que hasta la recepción de la tarde, cada uno se entregara a su pena. Afirmó que no tenía hambre. Cat supuso, sin embargo, que a los demás miembros de la familia les aguardaba en la habitación el mismo sabroso tentempié que ella encontró en la suya. Naturalmente, habían limpiado el aposento y hecho la cama, la casa debía de estar llena de serviciales espíritus visibles e invisibles.

Lo único que deseaba Cat en ese momento era que Jean le desatara el corsé. Después de que la llamara con la campanilla, la joven lo hizo y la informó de que habían llegado una vendedora y un vendedor de la tienda más conocida y más cara de la ciudad. Por supuesto, incluía un departamento especializado en trajes de luto con el que el señor Simmons se había puesto en contacto después de que Cat hubiese solicitado ayuda. Ahora, los dos jóvenes vestidos de oscuro, sumamente delicados para con los dolientes, mostraban a Cat y Robin toda una colección de trajes de señora y caballero. Se presentaron en el alojamiento de Robin y, en las horas que siguieron, Cat compró un traje de noche y un terno negro para su hijo. Se consoló del alto precio que pagaba por ellos pensando que Robin podría volver a usar esas prendas más adelante. Sin embargo, en las llanuras de Canterbury no habría apenas ocasiones para que ella se pusiese el sencillo e increíblemente costoso vestido que había elegido.

—Que ni se os ocurra enterrarme con él —amenazó a Robin cuando los vendedores se hubieron marchado—. ¡En cualquier caso, no quiero llevar un corsé por toda la eternidad! Aunque este al menos me vaya bien.

La recepción de la noche fue un evento formal. Una vez más, docenas de desconocidos expresaron sus condolencias a Cat y Robin, se pronunciaron discursos y un grupo de música de cámara tocó melodías tristes.

Helena, de pie junto a Wentworth, seguía llorando.

A falta de otros quehaceres, Cat escuchaba con atención lo que los invitados tenían que discutir sobre todo con Wentworth. Tal como ella había supuesto, a partir de ahí se extraía una idea general del papel que el futuro esposo de Helena desempeñaba en las compañías de la familia Lacrosse. Por lo visto, Wentworth ya ocupaba una importante posición en la dirección de la empresa, que había asumido totalmente tras la muerte de Walter.

—Podremos seguir negociando con usted, ¿no es así? —preguntó un distinguido caballero, un proveedor posiblemente.

Wentworth asintió con naturalidad.

—Eso supongo, señor Bench. Por supuesto, tenemos que esperar a la apertura del testamento, pero se había estipulado que yo asumiría la dirección de la empresa en nombre de Helena. Se supone que la boda se celebrará dentro de medio año.

—Ahora tendremos que postergarla, claro —intervino Helena, y casi se olvidó de lloriquear por ese motivo—. Al menos un año.

Wentworth no parecía estar de acuerdo, pero, por supuesto, no la contradijo.

—En relación a los... hum... nuevos parientes, ¿esperan ustedes alguna sorpresa? —preguntó Bench, mirando discretamente a Robin, que se mantenía por timidez algo apartado.

Wentworth se encogió de hombros.

—Más bien no —respondió—. Hacía muy poco que se... conocían. Mi... bueno... mi casi abuelo político dejó entrever que pensaba legar el retrato de su madre a la señora Fenroy.

4

El día siguiente al sepelio era de descanso, pero Cat se sentía más bien inquieta. Estaba acostumbrada a tener siempre algo que hacer. Pasar el día sentada y dejándose servir por los criados la ponía nerviosa. Robin se las arregló mejor. Descubrió la enorme biblioteca de su tío abuelo y se sumió en una edición lujosamente encuadernada de las obras completas de Shakespeare.

—Ojalá el tío Walter me la haya legado... —murmuró ilusionado, tras lo cual Helena le prometió que se la regalaría en caso de que su abuelo no hubiera pensado en ello.

—¿Esperas heredar la casa, todas las compañías y todo lo demás? —preguntó Cat a la joven, mientras Robin se marchaba dichoso.

Su hijo quería seguir examinando libros. Esperaba que Helena estuviera dispuesta a separarse de otros ejemplares. La muchacha admitió con franqueza que solo leía novelas de amor y, sobre todo, revistas de moda.

Helena asintió a la pregunta, poco entusiasmada.

—Todo lo que nos pertenece en Nueva Zelanda —concretó—. Julia se quedará con las compañías de Australia. El valor es más o menos el mismo, pero a nosotras nos da igual. Las fábricas dan más dinero del que jamás podremos gastar.

Cat arrugó la frente.

—¿Estás segura? —inquirió—. Bueno, por lo que veo, aquí

gastáis una cantidad increíble de dinero. Todo este personal de servicio... Todavía no he conseguido saber cuántos son.

Helena sonrió.

—Yo tampoco los he contado —reconoció—. Pero los conozco a todos por su nombre, si quieres puedo...

—No, déjalo. —Cat hizo un gesto de rechazo—. No vamos a hacer ahora ningún inventario de quiénes están en nómina. La cuestión es que la gente quiere que le paguen cada mes. Eso es muchísimo dinero, Helena, y antes hay que ganarlo.

—Creo que eso lo hace Harold —contestó la muchacha.

Cat encontró peligroso su desinterés.

—¿Y está cualificado para eso? —preguntó con severidad—. ¡No vaya a ser que algún día te quedes con las manos vacías!

En realidad podría haberle dado igual, pero su despreocupada sobrina había empezado a caerle bien. Wentworth, por el contrario, le resultaba antipático.

Helena sonrió.

—Como sea, lo contrataron para eso. Y tuvo que demostrar su eficiencia dos años antes de que el abuelo le permitiera pedir mi mano. Con Paul pasó exactamente lo mismo... —suspiró—. Julia esperó hasta el último momento que cometiera un error decisivo...

Cat estaba decidida a marcharse después de la lectura del testamento, aunque Helena le suplicaba que le hiciera compañía un poco más de tiempo. Era obvio que la joven se moría de aburrimiento en esa casa tan grande. Cat supuso que eso sucedía desde que su hermana se había instalado en Australia.

—Pero no, tengo cosas que hacer —afirmó cuando Cat le habló de su vida regalada—. Voy de visita... claro, ahora no será posible por el luto. Y yo... bueno, recogemos donativos para los pobres de la iglesia. Vamos a menudo a conciertos y cenas de beneficencia. Y por supuesto voy de compras y discuto con la señora Livingston qué comida y qué adornos florales son los indicados cuando tenemos una recepción.

Nunca había pensado en aprender un oficio o trabajar en las fábricas de su abuelo. Pero admitió que Julia había expresado en una ocasión su deseo de hacerlo.

—A Julia le gustaría dirigir ella misma las fábricas —dijo con una sonrisa indulgente—. El abuelo siempre se burló de eso.

Cat no hizo ningún comentario al respecto, pero sintió pena por la joven Julia. Cat volvía a llevar su elegante vestido negro y esperaba que Robin tuviera buena presencia con su nuevo terno, al que acompañaba con un sombrero de copa que sostenía nervioso entre sus dedos. No quería ni imaginar qué dirían los pastores de Rata Station de ese aspecto tan digno de un dandi.

—Luego os podemos llevar a la estación —ofreció Wentworth a Cat cuando la ayudó a subir al landó—. Tendréis tiempo de coger el tren de la tarde...

Después de que en la cena de la víspera Cat hubiera contado como de paso que a su joven pariente March le encantaban las Ciencias Económicas y que había trabajado en Kaiapoi en la dirección de empresa, todavía tenía más ganas de librarse de una vez de los Fenroy. Incluso había sido descortés cuando Robin había señalado cándidamente que March estaba buscando un nuevo trabajo. El joven preguntó sin rodeos si en las fábricas de los Lacrosse no habría un puesto para ella. Las mujeres, opinaba Wentworth, no eran capaces de aguantar la presión que soportaba un hombre de negocios ni disponían de suficiente perspicacia empresarial para dirigir una compañía.

Cat inclinó la cabeza hacia él.

—El tren de la tarde me va como anillo al dedo —respondió—. Tengo muchas cosas que hacer en Rata Station. Ahora en invierno hay mucho trabajo con las ovejas.

—¿Con las ovejas? —preguntó Helena, arreglando su voluminosa falda de un negro profundo sobre el asiento del carruaje—. ¿De verdad trabajas con ovejas? ¿Siendo mujer?

Cat intentó no perder la calma. Había creído que en todo ese tiempo Helena ya lo habría entendido.

—Las ovejas —contestó— no hacen diferencias entre hombres y mujeres. Van adonde las llevan. No les interesa quién silba al perro.

Harold Wentworth le dedicó una sonrisa benévola.

—Pero alguien tiene que dejarles claro a los perros lo que tienen que hacer. Y allí sin duda se necesita la mano dura de un hombre.

Cat respondió a la sonrisa, pero la de ella fue sardónica.

—Mi hija adoptiva Carol es quien adiestra a los perros pastores —contestó—. Cuando era niña ya ganaba competiciones con ellos. También los vendemos. Disfrutan de una muy buena aceptación. Pero nosotros no los instruimos con «mano dura», no es aconsejable hacerlo con los perros pastores. Es mejor utilizar la inteligencia. A fin de cuentas, no sería equivocado afirmar que tienen más sentido común que algunos hombres...

Robin esbozó una sonrisa y Helena, captando la indirecta, disimuló una risita tras el pañuelo. Al final, la atmósfera reinante en el carruaje era gélida. Wentworth no volvió a abrir la boca hasta que se detuvieron delante del despacho del notario.

Las dependencias estaban suntuosamente amuebladas con alfombras mullidas y muebles pesados. Un secretario invitó a la familia del difunto a tomar asiento hasta la llegada del notario Fortescue. Junto a los familiares, también estaban presentes el señor Simmons y la señora Livingston. Los sirvientes se quedaron de pie.

Las altas sillas alineadas delante del escritorio del notario no eran ni la mitad de cómodas que los voluminosos sillones de la sala de espera, pero cuando el notario abrió las actas, todos prestaron atención.

—«Mi última voluntad...»

Con tono ceremonioso, Fortescue leyó primero algunas donaciones que el difunto dejaba a sus sirvientes. Entre otras cosas, el señor Simmons se quedaría con su reloj de oro, y la señora Livingston heredaría una joya que había pertenecido a la esposa ya fallecida. Los dos sirvientes parecían decepcionados. Seguramente contaban con que iba a dejarles dinero.

Wentworth escuchaba desinteresado las disposiciones para el servicio. Solo aguzó el oído cuando se mencionó el nombre de Cat.

—«A mi sobrina Catherine Rat Fenroy le lego el retrato de su madre Suzanne Lacrosse, que en la actualidad se encuentra en el vestíbulo de mi casa de Dunedin. Juro tener en la mayor alta estima a Catherine y lamento mucho haberla conocido tan tarde y no haber podido serle de ayuda durante su, en ocasiones, tan dura existencia. —Wentworth hizo una mueca mordaz—. A mis nietas Julia Penn y Helena Lacrosse les lego las casas y compañías que nuestra familia posee en Sídney, Australia. —Se detuvo un momento, pero ni Helena ni Wentworth se percataron de que ahí se iniciaba un cambio decisivo en el tan esperado testamento—. En la actual situación, propongo como solución que el señor Paul Penn pague a mi nieta Helena la mitad del valor de la casa donde está viviendo con Julia, así como los ingresos proporcionales de las fábricas enumeradas más abajo. En el caso de que Helena ya esté casada en el momento de mi fallecimiento, el señor Penn y el señor Wentworth tendrán que ponerse de acuerdo sobre un eventual reparto de las fábricas y bienes inmuebles. —Harold Wentworth se quedó boquiabierto y con los ojos como platos. Helena parecía sorprendida pero no alarmada. Robin esperaba tranquilamente. Todo eso no le producía el menor desasosiego—. Mi residencia en la ciudad de Dunedin, así como todas las propiedades de Dunedin y mis compañías enumeradas más abajo, las lego a mi único heredero varón, mi sobrino segundo Robin Fenroy. Para mi gran alegría, he podido conocer en edad avanzada al nieto de mi querida hermana Suzanne, y, pese a que no he podido disfrutar de mucho tiempo en su compañía, estoy seguro de que será digno de la confianza que deposito en él.» —El notario levantó la vista—. Joven, la pregunta que he de hacerle ahora es: ¿acepta usted la herencia?

—¿Yo... yo voy a heredar esa casa tan grande? —preguntó desconcertado Robin.

El notario asintió.

—Y también los talleres de confección, un molino de lana, una fábrica de tejidos... En total, son cuatro o cinco empresas de las cuales estará al frente en el futuro. Una gran responsabilidad. Es obvio que Walter Lacrosse le tenía en alta estima.

—¿Y yo? —intervino Harold Wentworth—. Quiero decir... ¿y Helena? Y... hum... ¿Julia? El parentesco de su abuelo con el señor Fenroy no está en absoluto comprobado. Claro que el anciano caballero deseaba saber con todo su corazón lo que había sucedido con su hermana Suzanne. Y cuando apareció un posible descendiente, se volvió literalmente loco de alegría. De ahí pueden haber surgido los cambios del testamento. No estaba en plena posesión de sus facultades mentales. ¡Las hermanas Lacrosse impugnarán el testamento!

—¡Tonterías! —Helena se puso en pie—. Por supuesto que mi abuelo estaba totalmente cuerdo. Hasta el último momento, estoy segurísima y así se lo diré a mi hermana Julia. No cabe duda de que Robin es el nieto de Suzanne y si mi abuelo quiso dejarle las fábricas de Nueva Zelanda, está claro que esa era su voluntad. —Sonrió a Robin—. ¡Que seas muy feliz, Robin! Ya ves, mi abuelo ha pensado en ti. Las obras completas de Shakespeare son tuyas.

El joven repondió a la sonrisa.

—Es... es muy amable por tu parte, Helena. No sé, no sé qué decir, yo... —Le tendió espontáneamente la mano y Helena se la estrechó conmovida.

—En primer lugar ha de decir sí o no —interrumpió el notario, impaciente—. ¿Acepta la herencia?

—Claro —dijo Cat.

Robin asintió.

Naturalmente, Cat y Robin no cogieron el tren de la tarde. Volvieron con Helena a Mornington. Wentworth había desaparecido sin decir palabra antes de que el notario concluyese la lectura del testamento. La única que lo escuchó todo con atención fue

Cat, quien al menos sabía al final cuál era la magnitud de la herencia de su hijo. Al parecer incluía un molino de lana, una tejeduría y dos talleres de confección. De regreso, pidió que dieran un rodeo para pasar por la oficina de telégrafos e informar a Chris.

«Robin ha heredado. Hay que estudiar los libros de contabilidad de las empresas. Lo mejor es que vengas», le escribió.

Harold Wentworth ya podría haber reído satisfecho cuando, después de todo lo que había dicho sobre la inteligencia femenina, ella pedía ahora ayuda a un hombre. Pero Cat había aprendido a manejarse con los números bastante tarde. Suzanne nunca había tenido dinero, así que no tenía nada que administrar, y la primera madre adoptiva de Cat en la estación ballenera solo le había enseñado a leer la Biblia. Como esposa del director de la estación ballenera, Linda Hempelmann no tenía que hacer cálculos. Entre los maoríes tampoco se llevaban demasiado las cuentas, apenas se sumaba o se multiplicaba. Fue al llegar a Nelson y ganar ella misma dinero cuando Cat tuvo que ocuparse de ingresos y gastos. Por supuesto, ahora dominaba las operaciones básicas. Pero era Chris quien llevaba la contabilidad de Rata Station. Y seguro que era sencilla comparada con la de una fábrica. En fin, tendrían que estudiar primero esas empresas.

Cat valoró si Robin y ella deberían dejarse caer por la tarde por el primer molino. Luego decidió esperar a que Wentworth se disculpara, lo que ocurrió relativamente pronto. Ya por la tarde, el joven hizo una visita de cortesía a Robin.

—No sé lo que me ha pasado antes —se disculpó cabizbajo—. Por supuesto, nunca habría aconsejado a Helena que impugnara el testamento. No cabe duda de que es justo que usted lo herede todo. Pero... hasta que adquiera usted práctica, necesitará un director. Ese es precisamente mi trabajo y estoy familiarizado con todos los procesos, así que podría ayudarle. Siempre que perdone usted mi anterior arrebato infantil...

—Mañana podría usted enseñarnos las instalaciones —propuso Cat antes de que Robin pudiese responder amablemente.

Ya veía el brillo asomar en los ojos de Robin: el joven estaba a punto de confiar a Wentworth el control de las fábricas y retirarse a la biblioteca a leer las obras completas de Shakespeare. Resplandeciente, había contado a Cat que la biblioteca de los Lacrosse también contenía las obras completas de Molière.

—Será un placer, señora Fenroy —respondió servilmente Wentworth—. ¿Paso a recogerles a eso de las nueve a usted y al señor Robin?

Las fábricas de Lacrosse no se encontraban demasiado lejos de la casa familiar. Cat apenas si lograba creer que el refinado Mornington y el sucio y sobrepoblado barrio industrial, en el lenguaje popular el Devil's Half Acre (el Medio Acre del Demonio), pertenecieran a la misma diócesis. Helena, que por puro aburrimiento se había unido a la visita, arrugó la nariz cuando el carruaje abandonó las amplias avenidas de la elegante zona y se adentró en aquellas callejuelas oscuras, flanqueadas por cabañas y casas venidas abajo, construidas en parte con bidones de hojalata, restos de madera y chapa ondulada. Las únicas calles anchas llevaban a las distintas fábricas, cuyas chimeneas contaminaban el aire con su hediondo humo.

—En su origen este barrio era un campamento de tiendas de campaña construido por los chinos —informó Wentworth mirando ceñudo una hilera de tiendas en que se alineaban bares, casas de juego y establecimientos de peor reputación—. Llegaron hasta aquí desde los yacimientos de oro y se quedaron cuando encontraron trabajo en la ciudad.

—¿Y ahora trabajan en sus fábricas? —preguntó Cat, pensando en Duong Bao.

Wentworth movió la cabeza negativamente.

—Apenas —dijo con aire despectivo—. Son demasiado perezosos y tontos. La mayoría no sabe ni una palabra de inglés. Y los demás obreros tampoco quieren relacionarse con ellos. Dar trabajo a esos amarillos solo creaba problemas. Para mí, que la mayoría de los que no se han ido trabaja ahora en el Barrio Rojo... Disculpa, Helena, naturalmente no debería hablar sobre estos temas en presencia de una dama. Y si no es ahí, en lavanderías, tiendas pequeñas cuyos propietarios no pueden pagar demasiado... Ya hace mucho que en esta zona son minoría. En estas casas (dicho sea de paso, el barrio se llama oficialmente St. Andrew's, como la iglesia) viven irlandeses, escoceses, escandinavos, alemanes... Gentes a quienes no les sirvió de mucho emigrar. Eran pobres en sus países y aquí no les ha ido mejor. Perdedores... —Robin se estremeció—. Ya verá, señor Robin —Wentworth se volvió hacia su nuevo patrón—. Hay que estar controlándolos todo el tiempo, explicarles cien veces los más nimios procesos. Son duros de mollera y no tienen interés. Incapaces de trabajar por su propia cuenta...

Cat se preguntaba qué era lo que a ojos de Wentworth diferenciaba tanto a esa gente de los chinos, pero se abstuvo de comentarlo. A partir de ahora, Robin tendría que trabajar con ese hombre. No ganaría nada incomodándolo.

—¿Por qué lo llaman «molino»? —preguntó Robin—. Bueno, a las fábricas de lana. Ahí no se muele nada, ¿no?

Wentworth sonrió.

—Una buena pregunta, señor Robin —contestó halagador. Cat apretó los dientes—. Bien, se llaman así porque en un principio las máquinas eran propulsadas por fuerza hidráulica. Se trabajaba con unas norias enormes. Para eso las fábricas tenían que estar al lado de un río, claro. Esos molinos de agua se abandonaron cuando, gracias a las máquinas de vapor, unas bombas sacaban el agua de un depósito para trasladarla a otro. Ahora ya trabajamos exclusivamente con máquinas de vapor, es decir, ya no necesitamos los molinos de agua. Pese a ello, se ha mantenido el nombre. Y la mayoría de las fábricas sigue estando junto al agua. Es muy útil, se necesita muchísima agua para la producción, en especial cuando se incluye en la fábrica el tintado...

El molino de lana de Lacrosse era un pequeño edificio gris dominado por una enorme chimenea. A las nueve de la mañana ya hacía tiempo que los trabajadores se hallaban en plena actividad. En el patio limitado por un alto muro de piedra no se movía nada, solo había un carro de caballos junto a una rampa de carga. Wentworth lo miró malhumorado.

—¡Ya hace rato que debería haber salido la primera entrega! —exclamó disgustado—. Pero esto es lo que ocurre: en cuanto uno falta un par de días, la gente se despreocupa de todo... Ahora mismo voy a...

—Enséñenos antes la fábrica —lo tranquilizó Cat.

Sentía curiosidad y se sobresaltó cuando Wentworth abrió la nave. El ruido era infernal, el aire estaba cargado y caliente. Los obreros se hallaban junto a las máquinas.

—¡Solo hay mujeres! —se extrañó Robin. Tuvo que gritar para que Wentworth lo oyera.

—Preferimos trabajar con mujeres —confirmó Wentworth—. No solo con ellas, naturalmente, pero sí aquí con las máquinas hiladoras. El trabajo no es duro...

—¿Que no es duro? —repuso Cat.

No distinguía exactamente lo que hacían las mujeres y las niñas junto a las máquinas, pero todas estaban sudadas y parecían agotadas. Algunas se metían a rastras por debajo de las máquinas, lo que debía de ser peligroso.

—¡Salgamos de aquí! —pidió Wentworth cuando hubo intentado por tercera vez responder a su pregunta sin conseguirlo debido al ruido.

—No es duro físicamente —explicó mientras conducía a Cat y al asustado Robin por un pasillo más tranquilo—. En los talleres de confección y en las máquinas de coser solo empleamos a mujeres. La mayoría solo se queda desde que deja el colegio hasta que se casa, para nosotros es suficiente. —Sonrió—. Un fabricante de Lyon dijo que solo daba empleo a muchachas entre los dieciséis y los dieciocho años. Con veinte ya estaban maduras para el hospicio. —Se interrumpió cuando vio las caras horrorizadas de Cat y Robin—. ¡Esto con nosotros no pasa, por supuesto! —se apresuró a asegurar—. En Nueva Zelanda las leyes son claras en cuanto a la protección de las trabajadoras. Las chicas únicamente trabajan nueve horas seis días a la semana...

—¿Únicamente? —repitió Cat.

—En Inglaterra trabajan en las máquinas entre doce y dieciséis horas —contestó Wentworth—. Allí también se permite contratar a individuos más jóvenes.

—¿Está hablando de trabajo infantil? —se alarmó Cat.

—En fin... en cualquier caso, nuestras fábricas son modernas y respetuosas con los trabajadores. Pregunte a la gente. Todos están muy contentos aquí.

Cat se acordó de los trabajadores que estaban en el funeral, pero no dijo nada. Tanto Robin como Helena parecían abatidos después de haber visto la primera nave de la fábrica, y habrían aceptado inmediatamente la invitación de Wentworth de ir al despacho. Sin embargo, Cat insistió en dar una vuelta completa por las naves húmedas, llenas de vapor y apestosas. Helena dijo que tenía que refrescarse, así que Cat la acompañó al primer lavabo que encontró. Helena salió de él al instante y Cat censuró a Wentworth por el intolerable estado en que se encontraba. Los sanitarios eran pequeños y estaban sucios, ni siquiera podía lavarse uno en ellos.

—¿Cuántas mujeres comparten este baño? ¿Cincuenta? Eso hay que limpiarlo sin falta al menos un par de veces al día. Y tiene agua corriente aquí, ¿no? ¿Por qué no hay ningún lavabo donde lavarse las manos?

Wentworth vaciló.

—Las mujeres son responsables de la limpieza de los lavabos —dijo.

Cat contrajo el rostro.

—¿Y tienen que traer ellas mismas bayeta, cepillo, cubo y lejía? Esto hay que mejorarlo. Robin, ve a ver cómo están los baños de hombres. Seguramente estarán peor.

Robin fue a inspeccionar las instalaciones de mala gana.

—Igual de mal... —murmuró al regresar.

—Entonces —lo animó su madre—, da tu primera orden como propietario de la fábrica. Hay que ampliar los baños, instalar lavabos y establecer una limpieza periódica de los servicios. Durante el horario de trabajo, señor Wentworth. Supongo que las chicas tienen que limpiar los baños antes o después del trabajo. Wentworth se mordió el labio, pero prometió una pronta renovación. Helena parecía sentirse molesta ante un tema tan desagradable. Se metió en el baño del despacho cuando Wentworth llevó a sus invitados al primer piso. Ahí presentó a Robin y Cat a los empleados. No consideró importante informar a los trabajadores del cambio en la dirección de la empresa.

Los distintos contables, escribientes y secretarios se apresuraron a expresar sus condolencias y también a dar la bienvenida al nuevo propietario.

—Le hemos preparado el despacho particular del señor Lacrosse, señor Robin —anunció solícito el jefe de la oficina—. Mire, desde la ventana interior hay una visión global de la nave de la tejeduría. Y por la ventana exterior puede ver todo el patio. Aquí no se le escapa nada. ¡Al señor Lacrosse le encantaba este despacho!

Robin miró al hombre sin entender, antes de darle educadamente las gracias. El amplio despacho contenía un gran escritorio, un pequeño conjunto de butacas y una mesa en torno a la cual sentarse con los socios, aunque delante del escritorio no había silla. Walter Lacrosse había preferido que sus visitas permanecieran de pie.

—¿Quiere ver ahora mismo los libros de cuentas, señor Fenroy? —preguntó un joven secretario—. Hemos pensado que le gustaría echar un vistazo. ¿O empezará mañana? ¿O puede que más tarde? Me refiero que para usted todo esto ha sido muy inesperado...

Robin no sabía qué contestar, aunque le libraron de esa tarea cuando el jefe de la oficina se dirigió tanto a él como a Wentworth.

—Urge tomar un par de decisiones. ¿Desea que se las plantee a usted o al señor Wentworth?

—¿Qué es lo que urge tanto? —gruñó Wentworth, tras lo cual el hombre empezó a explicarse con todo detalle.

Uno de los talleres de confección se había quejado de un nuevo proveedor porque entregaba agujas defectuosas.

—Se rompen enseguida, las mujeres no pueden mantener la velocidad de producción porque están más ocupadas en cambiar agujas que en coser. ¿Quiere usted reclamar y dejar la posibilidad de que las cambien o enviamos a alguien a Brunswick en busca de un par de paquetes de las agujas seguras? —Wentworth decidió (con buen criterio, según Cat) que se hicieran ambas cosas. Había que suministrar lo antes posible a la fábrica material de trabajo en buenas condiciones—. Ah, sí, y las mujeres le piden amablemente que no les haga pagar por esta gran pérdida de agujas. No es culpa suya que se rompan, ya les han reducido el sueldo por emplear mucho tiempo en cambiarlas. Si además también les cargan el coste de las agujas...

Wentworth negó con la cabeza.

—Rechazado —se limitó a contestar—. Que las señoras repasen sus contratos de trabajo, allí pone que se les cargará en cuenta el material que estropeen. Si empezamos a hacer excepciones, cada semana encontrarán un motivo para que sus agujas se rompan y las de los otros talleres de confección no...

—Los otros talleres siguen utilizando las agujas de Brunswick —se atrevió a objetar el jefe de la oficina.

Wentworth lo fulminó con la mirada.

—He dicho que solicitud rechazada. ¿Qué más?

Cat se frotó la frente. No sabía nada de dirección de empresas, pero en esa fábrica y en el severo modo en que Wentworth la dirigía había muchas cosas que le desagradaban. ¿Por qué no había, por ejemplo, ninguna sala de descanso para los trabajadores? En ese momento se precipitaban al patio para almorzar la comida que habrían preparado en sus casas. Seguro que se alegraban de salir al aire fresco, pero ¿qué ocurría cuando llovía? Y ¿dónde dejaban todas esas mujeres a sus hijos durante las horas de trabajo? En los talleres de confección trabajaban sobre todo muchachas jóvenes, pero ahí había visto a mujeres adultas, la mayoría casadas seguramente.

Lacrosse había sido un hombre severo que dirigía sus compañías con mano dura, sin duda un patriarca de la vieja escuela. Cat pensó en los trabajadores abatidos, de duelo forzado, que había visto en la iglesia, en las agujas rotas que las chicas sin culpa alguna debían pagar con su sueldo... y pensó en el lujo con que vivía la familia Lacrosse. Había muchas cosas que cambiar.

¿Sería su hijo Robin el hombre adecuado para introducir esos cambios?

5

Chris Fenroy todavía se expresó más drásticamente ante las condiciones de las fábricas de Lacrosse. Llegó justo el día después y se quedó tan impresionado como su mujer y su hijo por la magnificencia de las propiedades de Lacrosse. A la mañana siguiente regresó furioso de su minuciosa inspección de la fábrica.

—¡La gente trabaja en pésimas condiciones! —protestó indignado—. ¡Y no quiero ni saber cómo vivirán! ¿Has visto las chabolas de ese barrio? Los sueldos son un escándalo, aunque Wentworth afirma que pagan mejor que la competencia. Por cierto, la dirige Martin Porter, el chico de March. Se ha casado con la heredera de la Magiel Corporation. ¡En cualquier caso, tendrás que arreglar esto! —dijo a su hijo con determinación—. Mírate a fondo la normativa de la fábrica y escucha también a la comisión de los trabajadores. De todos modos, tendrás que recibir a la gente para presentarte a la plantilla. Si les informas de que vas a suavizar un poco algunas normas, enseguida te ganarás su simpatía.

—¿Yo? —preguntó Robin inseguro. Por deseo expreso de su padre, lo había acompañado otra vez a la fábrica y además del molino de lana también había visitado los talleres de confección. Ahora no sabía qué encontraba peor, si el matraqueo continuo de las máquinas de coser o el chirrido de las de hilar. En el despacho tampoco se había sentido mucho mejor. Wentworth y el jefe de la oficina habían mostrado diligentemente a Chris los libros de cuentas y este los había revisado, o al menos eso había fingido hacer. Sabía contabilidad suficiente para llevar el libro mayor de una granja. Pero le superaban los complicados presupuestos de una fábrica. El jefe de la oficina, un hombre mayor y cordial, enseguida se dio cuenta, pero no puso en un compromiso al padre de su nuevo jefe, sino que se lo explicó todo. Robin también habría podido seguir tales explicaciones, incluso mejor que su padre. A fin de cuentas, era Jane Te Rohi quien había planificado las clases en Maori Station. Naturalmente, los fundamentos de la contabilidad formaban parte del plan de estudios. Pero todo eso a Robin no le interesaba. Se había limitado a asentir aliviado cuando su padre le aseguró al final que los libros de la Lacrosse Company sin duda estaban bien llevados y en regla—. Pensaba... pensaba que de todo eso se encargaría el señor Wentworth. Quería ayudarme.

Chris se lo quedó mirando.

—¡No lo dirás en serio, Robin! —contestó alterado—. Ese tipo iba detrás del dinero de Helena y ahora va detrás del tuyo. Solo quiere ayudarse a sí mismo. ¡Y menuda actitud tiene con sus trabajadores! Ya lo has oído tú mismo, piensa lo mismo de las costureras que de las máquinas con que trabajan. «Es mi obligación sacar hasta el último chelín de ambas.» —Chris se estremeció al citar a Harold. Los dos habían discutido fuertemente al visitar el taller de confección—. Ese hombre es un verdugo, Robin. ¡Despídelo!

—O intenta al menos familiarizarte con esto lo más deprisa que puedas para sustituirlo cuanto antes —medió Cat—. No será tan fácil despedirlo, Chris. Primero, tiene un contrato laboral que no se puede rescindir de un día para otro mientras él no cometa ninguna falta grave; y segundo, es él quien conoce todos los procesos y maneja todo el tinglado. Si se va, se desmoronará todo. Ahora tienes que aprender rápido, Robin. Escucha todo lo que te diga Wentworth, pero atiende también al jefe de oficina. Al señor... ¿cómo se llama?

Miró inquisitiva a Robin, quien le contestó con una mirada desvalida.

—Todd. —Chris recordó el nombre del empleado—. Robin, ¿es posible que hayas pasado todo el día con ese hombre y no sepas cómo se llama?

El joven se ruborizó.

—Papá... no puedo con todo esto. No soy un empresario. No quiero todo esto. Soy un actor.

Chris meneó la cabeza.

—¡Tú ahora ni quieres ni no quieres nada! —dijo—. Tu tío abuelo te ha dejado esta fábrica en herencia, lo que significa una gran fortuna y una gran responsabilidad. Has de sacar beneficios. Hay doscientas personas que trabajan para la Lacrosse Company. Confían en que su lugar de trabajo sea seguro. Además quieren llevar una vida digna, así que introduce reformas y haz de la fábrica un lugar del que no tengas que avergonzarte. No tenías que asumir la responsabilidad en Rata Station, hay otros herederos que estarán contentos de asumirla. Podías hacer lo que quisieras. Pero aquí es distinto, todo reposa sobre ti. Lo siento, Robin Fenroy, ¡tienes que convertirte en adulto de una vez!

Así pues, Robin puso manos a la obra para tomarse en serio su inopinada responsabilidad. Después de que sus padres se hubieran marchado, cada día acudía al molino como era su deber, e intentaba llenar el despacho de Walter Lacrosse. Se dio cuenta de que los trabajadores necesitaban un intercesor en sus puestos y se puso a efectuar algunos cambios con Harold Wentworth en las normas de la fábrica, tal como también le había recomendado el señor Todd. Wentworth sostenía que ablandar las reglas llevaría la fábrica a la ruina, pero los trabajadores se alegraron de disfrutar de unas salas a cubierto donde desayunar y de que el descanso fuese más largo. El reverendo Waddell, pastor de la comunidad de St. Andrew's, visitó a Robin y elogió las reformas que había introducido. El joven heredero donó una gran suma para la guardería infantil que Waddell había fundado con ayuda de Rachel Reynold, un dinámico miembro de su congregación. Salvo por eso, Robin no logró del todo familiarizarse con la dirección de la compañía. Pronto le contaron que Wentworth lo había criticado comentando que era muy bueno gastando dinero, pero no tan bueno ganándolo...

Robin no pidió explicaciones a su subordinado, pues en realidad Wentworth tenía razón. Respecto a convenios con los proveedores y a negociaciones sobre los precios con los clientes, así como a hábiles estrategias de almacenamiento, era un torpe sin remedio. En él, simplemente, no había un hombre de negocios, era de buena fe y fácil de influir. Incluso se equivocaba con los cálculos de grandes cantidades. Robin no se preocupaba si alguien le ofrecía un juego de agujas de coser un penique más caro que otro. Total, ¿qué era un penique? No pensaba en que los peniques, cuando se pedían miles de paquetes, enseguida representaban muchas libras. Lo engatusaron con unas máquinas nuevas que la compañía no necesitaba y para las que, sobre todo, no había sitio. Coser ojales era una tarea que se hacía en las casas, había dicho con un suspiro incluso el paciente jefe de oficina. Aunque tener máquina para esa labor era una buena idea, esta no había sido lo bastante madurada. Producía una cantidad enorme de desechos.

—¿Es que no ha reunido usted ninguna información al respecto antes de firmar el contrato, señor Robin? —había preguntado Todd.

Robin dejó enseguida de firmar documentos y lo puso todo en manos de Harold Wentworth. Después de que este se hubiese burlado varias veces de él delante del personal de la oficina apenas osaba contradecirlo. Naturalmente, sabía que no debía permitir tales insubordinaciones. Si lo hubiera amenazado con despedirlo, Wentworth habría vuelto a su servilismo inicial, pero el joven no quería herir a nadie y además estaba aterrado de quedarse solo de repente en la dirección de la empresa.

No había ninguna persona con quien pudiese hablar de sus problemas. Pasaba mucho tiempo cultivando la vida social, Helena lo arrastraba a recepciones, cenas y actos de beneficencia. Su presencia era una estupenda excusa para que no tuviera que acompañarla Harold. Robin lo entendía y la acompañaba dócilmente, aunque los actos le parecían como una carrera de obstáculos. Al final no podía mantener ninguna conversación sin que la gente intentara sonsacarle algo. ¿Cómo había sido lo de la herencia? ¿Cómo estaba emparentado con los Lacrosse? El joven se sometía afligido a los interrogatorios y Helena contaba triunfal su historia por enésima vez. Él ya sabía que más adelante correrían rumores acerca de cómo ese joven tímido e insulso había llevado la compañía a la ruina. Los Lacrosse trataban sobre todo con otros industriales y comerciales. Nadie en ese grupo social entendía las reformas laborales de Robin. Las consideraban más bien peligrosas y de vez en cuando le avisaban «como amigos» de que los trabajadores solían tomarse la mano cuando uno les daba el dedo meñique.

Aunque nunca había asistido a tantas fiestas, Robin cada vez estaba más aislado. Evitaba escribir a sus padres, no quería contarles sus penas y menos aún pedirles ayuda. De nuevo estaba preocupado por que su familia lo considerara un fracasado. Pero no arrojaba la toalla. No huyó a la hora de intentar dirigir una empresa como tampoco había huido de la Carrigan Company. Robin luchaba día tras día, la única diferencia con lo que había hecho antes era que el teatro le ilusionaba. Al menos de vez en cuando había disfrutado de un aplauso sincero por una actuación buena. En Dunedin odiaba cada día que pasaba en el despacho y, por supuesto, nadie le aplaudía.

Mientras Robin se esmeraba en cumplir de una vez con sus deberes, transcurrieron el invierno y la primavera y brotaron las primeras flores en el jardín de los Lacrosse y en el parque contiguo. Al menos ahora, Robin disfrutaba de las mañanas. Se había acostumbrado a comenzar el día con una cabalgada, incluso por conciencia del deber. Para no tener que molestar cada vez a un cochero para ir a algún lugar, le habían enviado un caballo de montar desde Rata Station. Chris y Cat le habían hecho llegar de buen grado su potro favorito, un vigoroso castrado bayo. No obstante, el caballerizo había mostrado su desaprobación en cuanto vio el pequeño caballo, y

Helena estaba fuera de sí cuando Robin se reunió con ella para dar el paseo del domingo.

—¡No puedes ir trotando a mi lado con ese poni! —protestó, jugueteando disgustada con su fusta. Su yegua purasangre (un palmo largo más alta que el *Bingo* de Robin) se quedó mirando la varita e hizo escarceos—. Ya ves, *Princess* también encuentra que no está a su altura.

Dos días más tarde, su prima segunda le regaló un elegante purasangre castrado y de capa negra.

—¡Este sí es un animal apropiado! —exclamó orgulloso el caballerizo.

Robin encontró que el animal era sobre todo una carga. Había que mover a *Chevalier* cada día. Tenía mucho temperamento y necesitaba de cabalgadas largas para quedarse más o menos satisfecho. Así que Robin se levantaba temprano y cabalgaba incluso si llovía a cántaros. Dejar al caballo simplemente al cuidado del personal del establo y sacarlo cuando le fuera bien no era compatible con las enseñanzas que le había inculcado su profesor de equitación alemán. Para ir a la fábrica y volver seguía recurriendo al dócil *Bingo*, pues también él necesitaba moverse. De ahí que llegar tarde a la fábrica se había convertido en norma en lugar de excepción, y Robin se odiaba por eso. Arthur Elliot siempre le había dicho que la disciplina era sagrada para todo actor, a Robin nunca le hubiera pasado por la cabeza llegar tarde ni siquiera a un ensayo técnico. Sin embargo, en el despacho de la Lacrosse Company nadie le echaba de menos. Al contrario, Robin tenía a menudo la sensación de estar molestando. A fin de cuentas, Harold Wentworth y el señor Todd seguían trabajando tranquilamente hasta que él llegaba, y entonces se levantaban de un brinco para llevar a los clientes a su despacho y evitar en lo posible que tomara decisiones erróneas.

Ese soleado día de noviembre —por la mañana había llevado a galopar a su purasangre casi hasta Waikouaiti— no reinaba en la oficina nada que se pareciese a la calma. Robin oyó ya desde el pasillo gritos y risas, y al final la voz del señor Todd.

—Como le he dicho, señorita, si quiere presentarse para ocupar un puesto en nuestros talleres de confección vaya, por favor, directa a la sucursal.

Acto seguido, la puerta se abrió y Robin se vio ante una joven vestida con elegancia y sentido práctico. March Jensch llevaba un traje marrón, con el escote y el faldón adornados con cordones de tonos dorados. Su sombrerito era una pieza adornada con cintas y un velo marrón dorado. Le quedaba estupendo con el espeso cabello negro, que llevaba recogido en un moño en la nuca.

—¡Robin! —exclamó en un tono entre el alivio y la crítica—. ¿Dónde te habías metido? ¡Son las diez! Y yo que estaba segura de encontrarte en la oficina...

—¡Y me has encontrado! —Él la miró resplandeciente. Pocas veces se había alegrado tanto de ver a alguien—. Puede que llegue un poco tarde, pero...

—¿Un poco tarde? —repitió ella con severidad—. Robin, ¡los trabajadores empiezan a las siete! Si quieres ser para ellos un modelo...

—Creo que para modelo no sirvo. Pero tú... ¡Por todos los cielos, March! Me había... me había olvidado de ti... —Ahora, por el contrario, se le agolpaban las ideas en la mente—. ¡Debería haberte escrito hace tiempo!

Ella volvió a resplandecer.

—También podría haberlo hecho yo —observó—. Pero no me atrevía.

—No te... ¿atrevías? —Robin no podía creérselo. Hasta ahora nunca había habido algo ante lo cual March se hubiese echado atrás.

La joven suspiró.

—Pensé que me dejaba una última puertecita abierta antes de matricularme en la universidad —explicó—. Al principio tenía las esperanzas puestas en los contactos de la abuela Jane, en fin, pero de ahí no salió nada... Y luego esperé a que me dijeras algo. De hecho me resultaba imposible creer que realmente dirigías una fábrica. Estaba segura de que necesitabas ayuda... O que me llamarías por educación. Ya sabías que estaba buscando algo... —La joven parecía inusualmente turbada. No le gustaba pedir. Robin, en cambio, sentía que la paz le iba inundando y que volvía a enfadarse por su propia torpeza. ¿Cómo no se le había ocurrido antes? ¡March era la respuesta a todos sus ruegos!—. Me refiero a que... entiendo, no es fácil para ti —siguió ella—. Tampoco querrías aparecer con una mujer como asistente. Estos caballeros... —señaló a Todd, Wentworth y a los demás oficinistas, que escuchaban interesados por la puerta todavía abierta del pasillo y no se perdían palabra— me han dejado claro qué pensaba el difunto señor Lacrosse de las mujeres en la dirección de empresa.

Robin hizo un gesto de rechazo.

—«¡Oh, pobre espíritu!» —exclamó citando a Hamlet. March sonrió irónica—. ¿Venías a pedir trabajo? —preguntó esperanzado.

Ella asintió.

—Primero quería preguntar por ti —aclaró—. Y bueno, como todavía no habías llegado... No he podido resistirlo, tenía que enterarme prudentemente de si había algún puesto de trabajo.

—La señorita pretende trabajar con nosotros como contable —intervino el señor Todd—. Algo imposible, por supuesto. Pero como al parecer conoce usted a la dama... A lo mejor le encontramos algo como encargada en el taller de confección...

—Aunque yo lo desaconsejaría también —se inmiscuyó Wentworth, dando muestras una vez más de su falta de diplomacia—. La joven ha mostrado mucho atrevimiento, tendrá dificultades con sus superiores en cualquier puesto que ocupe.

Robin sonrió.

—En eso tiene razón —observó, dirigiéndose a March. Ella los fulminó con la mirada a él y a Wentworth. Robin prosiguió antes de que ella replicara—. Mi prima Margery prefiere tomar decisiones por ella misma. Y yo hace tiempo que tendría que haberle ofrecido el puesto que mejor le conviene en esta empresa. Caballeros, les presento a nuestra nueva gerente: la señorita Margery Jensch. Esto... tú... tú te ves capaz, ¿verdad, March?

Robin contempló la mirada incrédula de March y luego el brillo de sus ojos celestes.

—¡Pues claro! —dijo con tono triunfal y levantando la cabeza con tanto ímpetu que del moño se desprendió un rizo que revoloteó alrededor de su rostro cuando se volvió hacia el jefe de oficina.

—Por favor, ¿podría indicarme dónde está mi despacho...?, ¿señor Todd, verdad? Provisional por el momento, luego ya me buscaré yo misma uno. Y luego me enseñará los libros de contabilidad, me gustaría echarles un vistazo... —Y con toda naturalidad, entró en la oficina.

—¿Y... yo? —Harold Wentworth se había quedado literalmente sin palabras. Estaba rojo de ira, pero solo consiguió expresar esa breve pregunta.

Robin volvió a sonreír. Qué sensación tan buena, era como estar otra vez sobre un escenario. Por primera vez supo exactamente lo que tenía que decir en esa oficina. Ningún dramaturgo habría podido concebir mejor esa escena.

—Usted, señor Wentworth —dijo con voz sonora—, queda despedido ahora mismo.

Robin pidió a March que se presentara en su despacho, del que ella quedó prendada.

—Perfecto, por la ventana interior puedo ver el ciclo de producción y por la exterior se abarca todo el patio.

—Puedo imaginar vistas más bellas —observó Robin. Por fin volvía a tener ganas de bromear—. La del mar, por ejemplo.

March se lo quedó mirando atónita.

—Te gustaría tener un despacho con... ¿vistas al mar? —Cogió del escritorio un par de papeles que Robin tenía que firmar—. ¿Pedidos de aceite para las máquinas? ¿A Reynolds? Demasiado caro, en Kaiapoi trabajábamos con Keys, las entregas son más rápidas y es más barato. Hágales a ellos el pedido, señor Todd, antes de que yo lo firme. ¿Este es el libro mayor? ¿Lleva usted la contabilidad de las tres empresas a la vez o por separado?

Poco después, Robin se sintió como si hubiese sido transportado al día en que su padre había revisado los libros de cuentas. De nuevo estaba ahí sentado sin saber para qué lo necesitaban. Pensó que era su obligación apoyar a March. A fin de cuentas, ella no dominaba la dirección de una fábrica. Y si necesitaba alguna explicación... March no necesitaba ninguna explicación. Al contrario, al poco tiempo le señaló un error a Todd.

—Aquí hay algo que se ha colado en la columna equivocada. El libro diario no concuerda con el libro mayor. ¿O en qué cuenta ha registrado este asunto?

Robin no necesitó más de una hora para saber que no solo se sentía innecesario, sino que lo era. March ya no se percataba ni de su presencia y Todd estaba demasiado ocupado explicando los pequeños errores que ella tenía el placer de señalarle y corrigiéndolos. Se vengó con saña por las ofensas de la mañana y le marcó los límites. Robin no podía hacer otra cosa que admirarla por ello, aunque temía que Todd no tardara en despedirse.

—Que lo haga —contestó March durante la comida. Cuando la sirena de la fábrica anunció a la una el descanso, Todd dejó aliviado la pluma. March pensó brevemente si tenía que obligarlo a seguir trabajando, pero Robin la convenció de que hiciera también una pausa. La había llevado a un restaurante con vistas al mar, haciéndola reír por ello—. Tampoco un señor Todd es imprescindible. Además, no creo que nos deje por su propia voluntad. ¿Cuántos años lleva en la compañía? ¿Treinta? No pensarás que vaya a empezar con otra cosa. En otra firma no le darán trabajo. No puedes ser tan condescendiente con los empleados, Robin. Son ellos los que han de hacer lo que tú quieres, y no al revés.

—Si al menos supiera lo que quiero... —admitió él—. No soy un empresario, March, no conozco la materia y tampoco me gusta.

—¿Por qué lo haces, entonces? —repuso ella, imparcial—. Bueno, por mí, puedes quedarte en casa a partir de mañana. Yo me las apaño, siempre que me des poderes. ¿Lo dices en serio, Robin? ¿Tengo que dirigir yo la fábrica? Hasta ahora lo ha hecho Wentworth, ¿no es así? ¿Va en serio lo de su despido?

Robin asintió.

—Si es posible —puntualizó—. Mi madre dice que no se le puede echar así como así, que tiene un contrato y que...

—Le pagaremos una indemnización —dijo March, al tiempo que escribía una nota breve en el cuaderno que había colocado junto al plato—. O señalaremos alguna falta grave que haya cometido. Déjamelo a mí. Por ejemplo, si mañana no viene sin avisar que está enfermo... ¿O ha dado muestras de insubordinación contigo recientemente?

Mientras que, como toda una señorita, iba engullendo afectadamente a mordisquitos una trucha asada en mantequilla con patatas y espárragos, planeaba el despido de Wentworth como un tiburón.

—Es el prometido de Helena —respondió escueto Robin. March recibió la noticia con una mueca.

—Puede que ella se alegre de librarse de él —sospechó, hojeando la carta de los postres—. Dos pájaros de un tiro. Por cierto, ¿cómo es ella? ¿Accesible? Quería preguntarte... Bueno, supongo que vas a pagarme un sueldo decente, con el que pueda permitirme una vivienda. ¿Será difícil encontrar algo adecuado? A las mujeres solas les suelen alquilar una habitación como mucho.

—¡Te vendrás a vivir conmigo! —Robin sonrió afectuoso—. Bueno, si quieres. No sería indecente. Tenemos mucho personal, el ama de llaves es muy tranquila y el mayordomo también... Por el momento vivo en la casa con Helena, y nadie se ha escandalizado por eso.

March asintió, impaciente por abordar el siguiente punto de la lista.

—Es muy generoso por tu parte —dijo—. Podemos deducir de mi sueldo el alquiler de un par de habitaciones...

—¡Qué va! —Robin hizo un gesto de indignación.

—Realmente no eres un hombre de negocios —dijo March, disconforme—. Pero por mí, está bien. Espero que la señorita Helena no ponga objeciones. Y si las pone, apenas me verá. Por las mañanas estaré en el despacho a las ocho como mucho, y no saldré de ahí antes de que se haya marchado el último trabajador. —Levantó la vista para mirar el ornamentado reloj de pie que había junto a una pared—. La comida ha sido estupenda, Robin. Pero ahora tenemos que irnos. Ya hemos superado el tiempo de descanso del mediodía y eso no causa buena impresión. —Robin, que solía alargar cada día el descanso del mediodía, se encogió de hombros—. Bueno, me refiero a que he de marcharme —se corrigió March—. Tú puedes hacer lo que quieras. Mañana también podrás firmarme el documento en que me otorgas plenos poderes, hoy no hay que tomar ninguna decisión especial.

Robin se levantó y la ayudó a ponerse el abrigo ligero que llevaba encima del vestido. Se sentía liberado, aunque con cierta conciencia de culpabilidad. Estaba seguro de que March cumpliría sus obligaciones mucho mejor que él. Pero ¿qué haría él ahora con su tiempo?

—¿Y... yo? —preguntó con el mismo tono que había empleado Wentworth por la mañana—. ¿Qué voy a hacer yo ahora? No me refiero a hoy, sino en general. ¿Cómo voy a pasar el día?

March se echó a reír.

—Bueno, en primer lugar —propuso—, puedes representar a la compañía. Te exhibes en público, muestras tu riqueza... No tengas miedo, está bien considerado. Muchos industriales, precisamente de la segunda generación, van más a cacerías, bailes y la ópera que a sus despachos. Cuanto más relumbrante aparezcas, mejor representarás a tu compañía. A lo mejor hasta puedes hacer de mecenas. Te gusta el teatro, haz algo bueno por la ciudad y trae compañías famosas que presenten obras de teatro. O puedes patrocinar a artistas. Las obras de beneficencia también funcionan, por supuesto. Pero de ellas se ocupan más las señoras y es cosa de la clase media. No me imagino a la señorita Helena en el bazar de la iglesia. Haz lo que te apetezca, simplemente, o consúltalo con Helena. Seguro que a ella se le ocurre algo.

Después del encontronazo con Robin, Wentworth había salido precipitadamente de la oficina y se desahogó con su prometida montándole una escena a gritos. Le reprochó con dureza que hubiese arruinado la compañía trayendo a un comediante salido no se sabía de dónde y presentándoselo como heredero a su abuelo. Cargó contra Robin, March e incluso contra Suzanne, ante lo cual intervino el señor Simmons y no consintió más improperios. Era casi de la misma edad que Walter. El mayordomo había conocido a Suzanne y, por lo visto, la adoraba. Helena le dijo a Wentworth que no volviera, al menos hasta que se hubiera tranquilizado. Por la tarde, cuando Robin llevó a March a casa, no sabía si el compromiso todavía se mantenía, pero en ningún caso se veía a Helena deshecha en lágrimas.

Se quedó estupefacta al ver a March, seguramente había esperado encontrarse con una mujer menos atractiva. Pero su desconfianza pronto se desvaneció cuando March se cambió para la cena, dio muestras de unos modales impecables y una agradable conversación. La joven se había movido con Martin Porter en los mejores círculos de Christchurch. Ni la etiqueta de las casas señoriales ni las hileras de sirvientes la amedrentaban.

—Creo que mañana iré primero de compras con Robin —anunció encantada Helena cuando March abordó el tema de la futura vida del joven como rentista y le preguntó si podía hacer alguna sugerencia respecto a eventuales mecenazgos—. Si ahora quiere mostrarse más en público, necesitará un vestuario de verano adecuado. El sábado puede acompañarme a un *vernissage*. ¿Sabes algo de arte, Robin? Es una galería muy interesante, dirigida por dos mujeres. Y el domingo hay una fiesta al aire libre en el jardín de los Stillton...

Harold Wentworth no volvió a aparecer por la casa de los Lacrosse. Unos meses más tarde se rompió discretamente su compromiso con Helena. March, sin embargo, pronto volvió a oír hablar de él: Martin Porter, quien entretanto trabajaba en la firma de su suegro, lo había nombrado director de una de sus fábricas textiles. March lo entendió como un acto hostil. Magiel y Lacrosse siempre habían sido rivales y sin duda Porter esperaba obtener información confidencial de las empresas de Lacrosse a través de su nuevo empleado. Era posible que los hombres todavía estuvieran riéndose de la decisión de Robin de haber dado el puesto de Wentworth a March, aunque Porter debería saber de qué era capaz su antigua alumna.

De todos modos, tanto daba si temía o menospreciaba a March: esta le iba a pagar con la misma moneda que él le había dado en Kaiapoi. No podía permitirse debilidades, la producción debía optimizarse. Como consecuencia de ello, March llamó a su despacho a los representantes de los trabajadores una semana después de su llegada y les dijo que se mantendrían los descansos más largos, pero que habría que recuperar el tiempo por la tarde. Mantuvo también la subida de sueldo, pero pidió a los trabajadores un par de peniques por el café de la tarde, que hasta entonces era gratuito.

De hecho, a las dos semanas de ser nombrada directora de la empresa, había anulado todas las reformas introducidas por Robin. En cambio, conservó las máquinas de coser ojales. Probó personalmente el aparato y comprobó que su rendimiento era bueno si se observaban atentamente las complicadas instrucciones de uso. Como se comprobó que eso era incompatible con un adiestramiento rápido y el logro de cantidades elevadas de unidades, las mujeres destinadas a las máquinas cambiaban continuamente. Cuando no satisfacían las expectativas, March se limitaba a cambiar de trabajadora, no sin antes cargar a su cuenta la mercancía defectuosa. Tampoco hubo ningún problema para encontrar un sitio donde colocar las máquinas: March las puso en la sala de descanso recién inaugurada de los obreros.

6

—No sé, ¿un chico maorí? ¿No es un poco... dudoso? O sea, ¿no es algo de lo que deba asustarse uno?

Helena miraba preocupada la carta de Mara Te Eriatara. Robin la había abierto durante la merienda y la había empezado a leer en voz alta. Mara les comunicaba a él y a March que su hijo Arapeta había acabado los estudios superiores en Christchurch con matrícula de honor. Quería estudiar Derecho el curso siguiente en Dunedin. Pero Eru y ella estaban preocupados por el alojamiento.

—«Por supuesto, Peta puede buscarse un sitio en la residencia de estudiantes —prosiguió Robin—, Jane tampoco ve ningún problema en ello. Pero Peta tiene dieciocho años y además es maorí. Claro que es maduro para su edad y se las arreglará de algún modo, pero Eru y yo tenemos miedo de que en medio de un montón de *pakeha* mayores que él se sienta solo e infeliz. Por eso me dirijo a ti, Robin. Cat dice que vives en una casa grande y que March se aloja satisfactoriamente en tu casa. ¿No dispondrías también de una habitación para Peta? Eru y yo estaríamos más tranquilos si pudiera alojarse entre familiares y no entre tantos desconocidos.»

March se limitó a hacer una pequeña mueca después de leer la carta. Ni tenía ganas de convivir con su hermano ni consideraba que Peta fuese propenso a la soledad y la añoranza. Mara y Eru exageraban de nuevo, a través de sus propias malas experiencias fuera de Maori Station se habían convertido en auténticos ermitaños.

Pero ahora que Helena ponía objeciones, March se vio obligada a defender a su hermanastro.

—Arapeta es mi hermano —observó—. No es más peligroso que yo ni tiene más sangre maorí en sus venas. —De hecho, la parte de sangre *pakeha* en Peta era más elevada. March encontraba intrascendente entrar en detalle.

Robin sonrió.

—Habla la mujer que lleva semanas enseñando a la competencia lo que es el miedo —dijo con ironía.

Los beneficios de las fábricas Lacrosse se habían incrementado de golpe desde que la joven había asumido la dirección hacía más de medio año. March aceptó el dardo con una expresión complacida.

—¿Tú? ¿Maorí? —Helena reaccionó con un gritito de sorpresa—. Pero tú no eres una indígena... Quiero decir... no lo pareces y además... además estás educada y civilizada...

Sin duda eran demasiadas novedades para Helena, a quien además le resultaba difícil definir qué lugar ocupaba March en la sociedad. A sus amigos y conocidos les sucedía lo mismo. Durante los primeros meses después de que fuera nombrada gerente de la empresa, la clase alta de Dunedin había dudado en si ahora también había que hacer extensivas a Margery Jensch las invitaciones a los Lacrosse o no. Al parecer, la joven estaba emparentada con Robin, lo que parecía abogar por una respuesta positiva. Sin embargo, ella solo estaba en la fábrica como empleada, lo que la excluía. Fueron los inesperados logros de March en el mundo empresarial lo que por fin despertó el interés hacia ella. A esas alturas ya empezaba a rumorearse que procedía de una de las granjas de ovejas más ricas de las llanuras de Canterbury. Así que invitaron a March, y como su belleza y facilidad de palabra siempre la convertían en figura central de los pocos eventos a los que asistía, disfrutaba de gran admiración. ¿Y ahora resultaba que era maorí?

—Soy medio maorí —admitió March tranquilamente—. No

se me nota porque me parezco mucho a mi madre. Y como Mara se negó amablemente a darme un nombre maorí (todavía he de darle las gracias por llamarme March, «marzo»), en general suelo pasar por *pakeha*.

—¡Si bien no es ningún pecado ser maorí! —intervino Robin.

March arqueó las cejas.

—En cualquier caso, no es algo que promocione una carrera profesional. Sea como fuere, mi hermano lleva un nombre tradicional y por ahora nunca se le ha ocurrido cambiarse el nombre de pila, al menos por «Peter». Pese a su enervante forma de ser, suele lavarse regularmente, sabe hablar y no muerde. No se puede decir que sea peligroso ni incivilizado.

Helena se ruborizó. De vez en cuando March dejaba entrever demasiado claramente que consideraba a la prima segunda de Robin una chica bastante tontita.

—Es un joven normal y corriente, muy amable —dijo Robin apaciguando los ánimos—. Seguro que te cae bien, Helena.

—¿Vas a decirle que se instale aquí? —preguntó March.

Robin asintió.

—¿Por qué no? Claro que está un poco lejos de la universidad...

March se echó a reír.

—Tres kilómetros —señaló—. Eso lo hace un guerrero maorí en media hora escasa.

Helena palideció.

—¿Está... está tatuado? —preguntó.

March se llevó las manos a la frente.

—En la Isla Sur, Helena, casi ningún joven va tatuado. Mi hermano, nada. Y si se lo pedimos amablemente, también dejará la lanza y la maza de guerra en casa. Robin, supongo que ya sabes que considera a los empresarios los malos por antonomasia, continuamente anda hablando de sindicatos y recita de memoria el *Manifiesto del Partido Comunista*. Hay además otro libro, *La situación de la clase obrera en Inglaterra*, de un alemán llamado Engels, que para él es la Biblia. Lo cita sin cesar. Me sorprende que se digne vivir bajo el mismo techo con gente como nosotros. Cuando vea a los sirvientes, es posible que su sentimiento de culpabilidad lo mate. Como sea, pagará cualquier penique que Helena gaste en ropa y cada plato de comida que le sirvan.

Robin sonrió.

—¡Exageras, March!

—Me recuerda un poco al reverendo Waddell —intervino Helena.

March soltó una especie de gemido.

—Solo que el reverendo recita inofensivamente el sermón de la montaña, mientras que Engels habla de la lucha social y llama al sabotaje y al ludismo. ¡Y a la huelga! ¡Imagina! —Resopló—. La vida con Peta en esta casa no será fácil —profetizó—. Yo lo enviaría a la residencia. ¡Que amotine allí a otros estudiantes!

Helena ya se temía lo peor cuando, una semana más tarde, fue en el carruaje con Robin a la estación para recoger a Arapeta. ¿Un maorí y agitador? Pese a todas las afirmaciones de Robin y March, Helena seguía imaginándose al hermanastro de esta desayunando con ellos vestido con el faldellín de hojas de lino, el cabello recogido en moños de guerra y el rostro cubierto de tatuajes marciales.

Sin embargo, el joven que bajó sonriente del tren y abrazó a Robin como a un hermano disipó todos sus temores. Peta, así lo llamaban, era alto, de complexión más maciza que March y con los rasgos más impregnados de la herencia de su padre. A primera vista, no se apreciaba que era maorí, todavía menos por tener los ojos verdes, que producían un extraño efecto en ese rostro algo exótico. Llevaba corto el abundante cabello negro, que parecía crecer alborotado. La expresión del muchacho era afable y su sonrisa, dulce. Helena lo encontró a primera vista más simpático que March, sobre todo porque el mestizo maorí no era intimidador. Por descontado, tampoco llevaba ninguna indumentaria tribal, sino un traje de buena calidad. Helena se acordó de que los padres de March y Peta no eran pobres. No entendía exactamente cómo eran las relaciones, pero sabía que los Te Haitara, al igual que los Fenroy, dirigían una granja de ovejas.

Peta hizo una ceremoniosa reverencia cuando Robin le presentó a Helena. Pronunció «un placer conocerla» sin acento y cortésmente. Helena suspiró aliviada. Podría dejarse ver con este chico tanto en fiestas como en la iglesia sin llamar la atención.

—¡Y ahora te has hecho capitalista! —se burló Peta de Robin cuando vio la señorial carroza. Al mismo tiempo, impidió que los mozos le cogieran el equipaje—. Ya me las arreglo yo con la maleta.

—¿Acaso nunca lo fuimos? —preguntó Robin. Tras los sombríos comentarios de March, había comprado los libros de Marx y Engels y los había leído con atención. Solo encontró chocantes las descripciones de las condiciones de vida y laborales de los trabajadores en Inglaterra. Allí eran sin duda insoportables e incluso, aunque él recurriría a otros medios que los propuestos por Engels, estaba muy de acuerdo en que había que mejorarlas—. Me refiero a que mis padres y tu tribu tienen una granja de ovejas y poseen medios de producción. Esto significa que son capitalistas, ¿no?

Peta sonrió irónico.

—Estás bien informado. Pero eso afecta solo a tus padres, no a mi tribu. Nosotros somos más bien una cooperativa. De todos modos, en Rata Station nunca he visto que se explote a los pastores, en cuanto a eso puedes estar tranquilo. —Ambos jóvenes rieron con complicidad. Los pastores de las granjas de ovejas y, sobre todo, los hombres que iban en primavera de granja en granja para esquilar los animales, poseían tanta seguridad en sí mismos que a veces rallaba en la arrogancia. Tanto Robin como Peta habían tenido que aguantar sus comentarios cuando ayudaban a esquilar y no demostraban ser diestros en esa tarea—. Pero ahora tienes una fábrica... ¿o son dos? Esto es mucho más que un par de ovejas —observó Peta, meneando la cabeza cuando el mozo abrió la portezuela del coche a los señores. Helena subió grácilmente—. En serio, Robin, ¿permites que March la dirija? La vi en Kaiapoi. Ganar dinero despierta a la loba que hay en ella.

Robin asintió.

—No es mala haciendo sudar a la competencia. Hay además algo personal entre ella y Porter, que ahora está con Magiel. Siempre fue un tipo arrogante, y ese Wentworth al que despedí... Francamente, ninguno de los dos me da pena.

Peta hizo una mueca.

—Tampoco me la dan a mí —respondió—. Porter en especial es quien creó el monstruo en que se ha convertido mi hermana. Pero la lucha que libran los dos, o los tres, es a costa de los obreros. ¿No lo ves, Robin? ¿Nunca te acercas a los trabajadores y hablas con ellos?

—He alargado la pausa y aumentado los sueldos —respondió Robin triunfal—. Ahora los trabajadores tienen una sala de descanso y hay una guardería con una habitación donde amamantar. Las mujeres pueden llevar allí a sus bebés. Esto último fue idea de March. Así que ya ves...

—Esperando así, seguramente, que las mujeres regresen antes a la fábrica después de dar a luz —supuso Peta—. Además así no se quedan embarazadas otra vez tan pronto. Cuanto más tiempo amamanten... —Helena enrojeció y carraspeó. Peta se disculpó de inmediato—. Perdone, señorita Lacrosse, no debería hablarse así en presencia de una dama. Pero me resulta difícil creer que en las decisiones de mi hermana haya realmente una base altruista. Yo, en tu lugar, confirmaría lo del aumento de sueldo, Robin. ¿Cuánto tiempo hace que March dirige la fábrica? ¿Medio año o más? Es posible que haya invalidado todo lo que hayas hecho anteriormente.

Por supuesto, Robin no comprobó nada, confiaba en March. Aunque se propuso dejar una suma mayor en el cesto de la colecta de la iglesia. El reverendo Waddell había vuelto a reclamar donaciones y más compromiso con los proyectos sociales.

—¿Desde cuándo vas tú a la iglesia? —preguntó a su hermana cuando esta bajó por la escalera con un elegante vestido burdeos con crinolina, mantilla, una capota con velo y un libro de oraciones bajo el brazo.

Peta esperaba un agradable desayuno en común, no estaba preparado para ir a la iglesia. Pero también vio a Helena con la misma indumentaria y a Robin con un traje de domingo de un paño estupendo.

—Desde que soy de la misma parroquia que los trabajadores de mis fábricas —respondió March. Al igual que su hermano, entre la espiritualidad de los maoríes, el impuesto cristianismo de los gobernantes ingleses y el pragmatismo comercial de Jane, nunca se había hecho una idea clara de Dios—. Tenemos que dar buen ejemplo. Así que arréglate, hermanito.

—¿Cómo voy a ser yo ejemplo para alguien en la iglesia? —replicó Peta—. La religión tiende a consolidar las estructuras de poder...

—«Al César lo que es del César y a Dios lo que es de Dios» —citó March—. Está en la Biblia. El reverendo también debería leérsela alguna vez. Venga, Peta, debes venir con nosotros.

—También por el personal doméstico —añadió Helena—. Según mi opinión, aquí todavía es más importante dar ejemplo que delante de los trabajadores de St. Andrew's.

Robin no decía nada, miraba sin ganas por la ventana del vestíbulo la lluvia que caía a raudales y pintaba un mundo tan sombrío como su ánimo. Mientras se vestía, había encontrado un programa de teatro: cuatro años atrás había interpretado por vez primera el papel de Lisandro en Christchurch. ¿Y ahora? La semana siguiente llevaría de nuevo a Helena al teatro. Una compañía de Australia interpretaría *Como gustéis*. La Lacrosse Company financiaba la mitad del contrato; el resto, la ciudad y otros empresarios. Si tenía que dedicarse al mecenazgo, así había decidido el obstinado e infeliz Robin, al menos quería contribuir a mantener a otros actores. Mandaba escribir en su nombre a compañías de todo el país y les pedía que fueran a Dunedin. Esta era la segunda vez que alguien respondía a su llamada. Robin disfrutaría de la representación, bebería el champán que él mismo habría pagado en la recepción posterior y añoraría estar de nuevo en el escenario.

La St. Andrew's Presbyterian Church no quedaba demasiado lejos, los Lacrosse solían ir a pie. Ese día, sin embargo, el señor Simmons había mandado enganchar el carruaje para la familia. A fin de cuentas, los elegantes vestidos de las mujeres no debían mojarse ni mancharse. Robin se sentía culpable y Peta puso mala cara cuando pasaron junto a los sirvientes, quienes, por supuesto, iban a pie bajo la lluvia. Solo unos pocos carruajes transitaban por delante de la iglesia y Helena arrugó la nariz cuando entraron en la casa de Dios. El lugar, lleno de gente, olía a ropa mojada y cuerpos insuficientemente aseados. Helena se dirigió con naturalidad a las primeras filas, donde otros miembros de la clase alta diligentemente le dejaron sitio. Cada una de esas elegantes mujeres precisaba al menos de tres asientos para distribuir ostentosamente a su alrededor las voluminosas crinolinas. Las burguesas, en las filas siguientes, vestían con más sencillez. Las mujeres mayores de la clase obrera, que en parte solo encontraban un hueco de pie, llevaban la ropa de los domingos, oscura y gastada, que ya habría prestado su servicio durante años. Un par de muchachas jóvenes lucía unos bonitos vestidos de muselina de colores.

—Habría que comprobar de dónde sacan las telas —cuchicheó recelosa March—. Son todas costureras de las fábricas. No se les puede quitar la vista de encima, por si se llevan algo...

Puesto que la lluvia había impedido que los feligreses se reuniesen en la plaza, delante de la iglesia, a intercambiar novedades, los murmullos y un confuso sonido de voces llenaba el interior del templo. De vez en cuando hasta se oía alguna risa. Pero cuando sonó el órgano y el reverendo Waddell subió al púlpito a las diez en punto, la comunidad enmudeció en el acto. Era un silencio colmado de respeto. Los feligreses no se perdían nada de lo que decía el religioso, un hombre que a primera vista tampoco causaba gran impresión. Waddell era un individuo más bien bajo y de complexión casi frágil. Tenía un rostro delgado, lo que subrayaba más su perilla. Y presentaba notables entradas, aunque todavía se distinguía que otrora su cabello había sido castaño y ondulado. Ahora empezaba a encanecer. Su traje negro había conocido tiempos mejores, pero era evidente que ese hombre no era vanidoso.

El reverendo contempló a los miembros de su congregación con ojos vivaces, sumamente afectuosos, mientras los saludaba y pronunciaba las primeas oraciones. Era como si sintiera una enorme simpatía por cualquiera que entrara en su iglesia.

—Hoy veo caras nuevas entre nosotros —empezó el sermón—. Recién llegados a nuestra ciudad, tal vez, a los que me gustaría conocer después del servicio, a lo mejor personas que están de visita y que con este tiempo no van a llevarse la mejor impresión de Dunedin y en especial de St. Andrew's. No obstante, esto me lleva al tema de nuestro sermón: imaginémonos que Jesús viene a visitar nuestra bella ciudad. No tendría que preocuparse por el mal tiempo, supongo que Pedro se ocuparía de enmendarlo...

Sonrió travieso y se oyeron unas suaves risas entre los congregados.

—Salvo por ello... ¿qué impresión se llevaría nuestro celestial huésped de St. Andrew's? Buena, pensarán los honrados ciudadanos de las primeras filas. Por supuesto, Jesús estaría muy contento de sus bonitas casas y coloridos jardines. No se comportaría de forma extraña, sino que dejaría una tarjeta de visita de cantos dorados en el vestíbulo de sus casas, para que tal vez le invitaran a dar un paseo en sus nobles carrozas o a acudir a una de sus recepciones, o a una *soirée* con sus honorables invitados. —De nuevo se oyeron risas contenidas en las filas posteriores—. No cabe duda de que a Jesús también le gustaría pasear por la calle de las tiendas y ver los artículos que nuestros buenos burgueses exponen sin pedir por ellos un precio excesivo... —El reverendo guiñó el ojo. En las filas centrales se oyeron murmullos—. Y qué encantado estaría el Señor de ver a nuestras jóvenes y aplicadas costureras, que después de su jornada de trabajo cogen diligentes la aguja para alegrarnos la vista con sus preciosos vestidos nuevos. —Waddell sonrió a las muchachas, que soltaron unas risitas—. Más que nada para aparecer bien vestidas ante el Señor a la hora de ir a la iglesia y no para impresionar a sus galanes. —Amenazó juguetón con el dedo—. Pero lamentablemente también hay y suceden cosas en nuestra comunidad que pondrían furioso o triste a Nuestro Señor. Por ejemplo, los locales de la Walker Street...

Esa calle era conocida por su bares, burdeles, casas de juego y fumaderos de opio.

—Seguro que tendría ganas de volcar las mesas y arrojar a la calle el dinero fruto del pecado, tal como hizo entonces en Jerusalén, cuando expulsó a los vendedores del templo. Se horrorizaría de que llamaran a un barrio de nuestro distrito «el Medio Acre del Demonio», en especial porque allí el diablo acecha en cada esquina. Esas casas feas y tan poco acogedoras, con sus endebles paredes... Si el Señor acudiese invitado a las casas de los más pobres de nuestros feligreses, sin duda tendría que ayudarlos a limpiar el agua de la lluvia que ahora, mientras yo rezo, cae por las goteras del techo. Luego le servirían un ligero café de achicoria y un mendrugo de pan, pues hoy en día no hay mucho más en la mesa de algunos de nosotros.

»Por supuesto, Jesús se preguntaría cómo es eso posible, pues ve en las almas de los hombres cuán trabajadores y temerosos de Dios son. Los seguiría entonces a las fábricas y se quedaría perplejo de todo lo que se hace allí. Vestidos, mantas, telas... muchas cosas a las que antes solo tenían acceso los más ricos y que ahora puede permitirse todo el mundo, pues es factible confeccionarlas en grandes cantidades gracias a las máquinas. ¡Todo el mundo salvo los trabajadores que participan en su fabricación! «Ama a tu prójimo como a ti mismo», dice el Señor. —El reverendo alzó entonces la voz—. Y con eso no se refiere solo a que no hablemos ni pensemos mal de los demás. También significa: ¡No hagas al otro lo que no te gustaría que te hicieran a ti! ¡No exijas a nadie lo que no deseas que te exijan a ti!

»Así pues, cada uno de nosotros debería preguntarse si Jesús se alegraría de nuestro quehacer diario durante su visita o, más bien, quedaría decepcionado. A vosotros, propietarios de las fábricas, ¿os gustaría trabajar con vuestras máquinas por los sueldos que pagáis? Vosotros, caseros, ¿desearíais vivir en los cuchitriles por los que tanto dinero cobráis a los obreros? A vosotros, hombres, que aspiráis a gastar vuestro sueldo inmediatamente después de ganarlo en los pubs y casas de juego, ¿os gustaría permanecer en vuestras casas esperando inquietos vuestro regreso como hacen vuestras esposas? ¿Os gustaría morir de hambre con vuestros hijos mientras veis que el dinero se pierde en juegos y alcohol? ¿Os gustaría a vosotros, honrados tenderos, estar en el lugar de la mujer que os suplica volver a poner en su cuenta los alimentos que con tanta urgencia necesita? ¡Reflexionad en todo ello, amigos míos!

»Pero no quiero limitarme a criticar y reprender, también quiero mencionar las obras que sin duda provocarían una sonrisa de reconocimiento en el rostro de Jesús. Doy las gracias, por ejemplo, a las damas que se ocupan de nuestros comedores para los pobres y que preparan para los necesitados unos platos tan buenos como los que sirven a sus propias familias. A las personas que nos dan ropa para que los pobres puedan abrigarse e ir tan bien vestidos como ellos mismos. A Rachel Reynolds y las mujeres de la guardería, que se ocupan de los hijos de las madres obreras con tanto cariño como si fuesen sus propios hijos.

»En este contexto, quisiera mencionar también que esperamos más donaciones de libros para nuestra biblioteca. Me gustaría que hubiese más colaboración en nuestro St. Andrew's Young Men. Sé que los hombres de mi congregación tienen mucho trabajo... —Robin y un par de rentistas más se encogieron bajo la mirada del religioso—, pero sería bueno que hubiese algunos caballeros que desearan colaborar decididamente en la formación personal de los adolescentes y niños de nuestra comunidad. No, no. ¡No se trata de estudiar la Biblia! —De nuevo se oyeron risas—. Pero sí a lo mejor de organizar juegos de balón, coros, o de que nuestros artesanos inicien a los jóvenes en las técnicas elementales de su arte. Hasta es posible que aparezca algún voluntarioso aprendiz entre ellos...

—No quieren aprender nada —murmuró March—. Prefieren ganar dinero en la fábrica...

—La Sociedad de Fomento de los Jóvenes de St. Andrew's agradece cualquier iniciativa —prosiguió el reverendo—. Cualquier niño o adolescente que recojamos de la calle y le demos una ocupación sensata será un triunfo para St. Andrew's, para Dunedin y para Jesucristo Nuestro Señor. Y ahora, queridos amigos, os deseo un feliz domingo. En la casa parroquial se servirá un té y está bien caldeada. Para todos los que quieran entrar en calor antes de marcharse a casa.

—Otra vez apelando a nuestra conciencia —dijo burlona March al salir de la iglesia—. Siempre ese afán de equidad. Pero hablar sí que sabe, está en forma el vejete. ¿Cuánto le has dado esta vez, Robin? ¿Y adónde quieres ir ahora, Peta?

Peta distinguió en ese momento al reverendo en la puerta de la parroquia y se acercó a él espontáneamente. Ese hombre lo había impresionado. ¿Y acaso no había invitado a los nuevos miembros de la comunidad a presentarse?

Sin preocuparse más por Robin y March, se apretujó con varios feligreses al servicio bajo el alero de la casa del párroco. Ninguno de los ricachos de las primeras filas de la iglesia estaba ahí. Los únicos presentes eran harapientos, afligidos y demacrados. El té tal vez fuera la única bebida caliente que esos hombres se llevarían al estómago ese día. Peta se alegró por ellos cuando también vio sobre la mesa de la casa parroquial panecillos y galletas.

—¡Sea usted bienvenido, amigo! —lo saludó cordialmente Waddell—. ¿Desea... desea beber té con nosotros? —Lo examinó con la mirada—. ¿Acabo de verle entre las familias pudientes? Debe comprender que...

Peta hizo un gesto negativo con la cabeza.

—Está claro que no vengo a beberme el té de nadie —afirmó—. Solo quería presentarme y preguntarle si tal vez podría ser de ayuda. Mi nombre es Arapeta Te Eriatara. Soy un invitado en la casa Lacrosse... ahora más bien Fenroy.

El reverendo arqueó las cejas. Durante el servicio, el muchacho había estado sentado junto a Robin Fenroy, ese joven y rico heredero que tan poco transparente le parecía desde que lo había conocido hacía un año. Entonces le había causado buena impresión. Era como si Dios hubiese enviado por fin a una persona compasiva al despacho del viejo Lacrosse. Pero de repente todo se había desvanecido. Robin Fenroy se había retirado de los negocios, disfrutaba solo de su vida y al parecer no quería hablar acerca de que la presión sobre sus trabajadores no dejaba de aumentar. Algo de lo que parecía ser responsable la muchacha que trabajaba en Lacrosse como «gerente de la empresa», según se rumoreaba. A Waddell le resultaba casi increíble. Margery Jensch parecía sumamente dulce e inofensiva cuando se arrodillaba en su banco los domingos.

Waddell decidió esbozar una sonrisa hospitalaria.

—Entonces bebamos un té juntos —dijo—. En mi despacho. Robin Fenroy es uno de los... hum... más generosos donantes de esta comunidad. Sus aportaciones hacen factible gran parte de nuestra labor de beneficencia.

—Que tal vez sería innecesaria si él pagara mejor a sus trabajadores —apuntó Peta.

Waddell hizo una mueca.

—Es usted quien lo ha dicho —observó.

Peta rio.

—Bien, puesto que no voy a trabajar en la guardería, ¿qué puedo hacer por los jóvenes de St. Andrew's?

—¡También tú podrías cooperar, Robin! —afirmó con entusiasmo poco después Peta, durante la comida en la casa Lacrosse—. Se trata de propuestas educativas para los jóvenes trabajadores de la fábrica. El reverendo quiere animarlos a aprender a leer o a que realicen labores artesanales en lugar de pasar todo el fin de semana en el pub. Hay que instruirlos en general. Los obreros no cuentan con formación escolar. En cuanto llegan a una edad mínima van a la fábrica. ¡Robin, podrías leerles Shakespeare! O representar obras de teatro. Seguro que les gusta. El reverendo dice que hasta ahora lo más solicitado es el coro masculino.

—Podrían ensayar en el pub —intervino March—. Peta, el reverendo Waddell tiene buenas intenciones y vale la pena animar a esos tipos a que no se gasten todo el salario jugando. Pero ¿Shakespeare? ¿No exageras un poco?

Robin recordó una vez más las horribles funciones de la Carrigan Company al pensar en Shakespeare, obreros y pubs.

—Haré algún donativo para la biblioteca —declaró con la esperanza de que Peta cambiara de tema.

Este se lo quedó mirando.

—¡Ya lo he hecho yo! —replicó con insolencia—. *El manifiesto del Partido Comunista.* Dio la casualidad de que lo llevaba encima.

—Bien, entonces no hay nada que se interponga entre ellos y la revolución —se burló March, poniéndose en pie—. Vuelvo a la fábrica, tengo que acabar un asunto. Mientras mis obreros tienen el día libre. En fin, las pequeñas injusticias cotidianas... —Y se marchó.

Helena aprovechó la oportunidad para seguirla.

—¿Recuerdas la invitación para esta noche en casa de los McLaughley? —le recordó a Robin antes de irse—. Un recital de cámara... Bastante aburrido seguramente, pero tenemos que hacer acto de presencia.

—Deberías preocuparte más bien de cómo viven tus trabajadores —observó Peta, intentando convencer a Robin—. No permitas que March te adule todo el rato, solo cuenta la mitad. ¿Por qué ya no vas a la fábrica? El reverendo dice que al principio iba a verte allí, pero que ahora te has retirado. ¿Qué haces durante todo el día?

A Robin le hubiera gustado imitar a March y escapar de los responsos de Peta. Aun así, tenía mala conciencia. En los últimos meses se había integrado bien en su nueva forma de vida, también gracias a Helena, quien lo había introducido en la buena sociedad de Dunedin. Provisto de los más variopintos atuendos para las distintas ocasiones, Robin poseía a esas alturas trajes de tarde y de noche, fracs, pajaritas, fajines, chalecos, pañuelos de bolsillo, sombreros de copa, bombines, y otros sombreros cuyo nombre desconocía, así como diversas indumentarias para los ratos de ocio, dependiendo de que asistiera a una fiesta al aire libre, a un baile, concierto o *vernissage*, a jugar al críquet, al cróquet, al tenis o al golf. Sabía mantener conversaciones ligeras con otros notables y sus señoras y conocía cómo evitar una relación sin dejar de mostrarse encantador cuando alguien quería presentarle a su hija. Helena también le prestaba una ayuda inestimable en ese apartado. Ponía todo su empeño en mantener a Robin alejado de cualquier mujer. A veces Robin sospechaba que su prima segunda tal vez estuviera enamorada de él.

Él no ponía mucho interés en esas actividades, las tomaba más bien como improvisaciones en una función de teatro: los salones de baile, las pistas de tenis y las galerías eran escenarios donde interpretaba el papel de vividor joven y elegante. Sin embargo, cuando March estaba con él disfrutaba más de esos placeres, aunque su infantil pasión por la joven hacía tiempo que se había sosegado. En realidad, hacía meses que los sentimientos de Robin se hallaban bajo una especie de campana de cristal. Iba tirando, y no se habría definido como alguien feliz ni infeliz. Solo muy de vez en cuando, como esa mañana, cuando cayó en sus manos el programa del teatro, sintió vacío y dolor.

—Dono mucho dinero a la iglesia —respondió a Peta en ese momento—. Y debo asistir a muchos actos de representación. Represento a la compañía ante el público. Tú no lo entiendes. Y ahora disculpa. Tengo... tengo que cambiarme.

7

Peta no cedió, tampoco cuando empezó sus estudios. Naturalmente, se negó a que lo llevaran a la universidad y lo recogieran en coche.

—Puedo ir perfectamente a pie —respondió con aspereza a Helena, que siempre le ofrecía un vehículo—. ¿Qué dirían mis compañeros si me vieran aparecer cada día como un príncipe? Ya está lo suficiente mal que los sirvientes tengan que hacérmelo todo...

Helena se limitaba a callar resignada. Ya hacía tiempo que su huésped había dejado de caerle bien, desde que el personal cada día le venía con nuevas preguntas. El señor Peta insistía en encenderse él mismo la estufa, había prohibido a las sirvientas que le hicieran la cama y le limpiaran la habitación, no quería que le llevaran el té de la mañana a la habitación y había prohibido al señor Simmons que lo llamara «señor Peta».

—Dice que Peta es suficiente —informó indignado el mayordomo—. ¡He de llamarle simplemente Peta! Y no solo me lo ha pedido a mí, sino también a las sirvientas. Ahora están desconcertadas. Señorita Helena, si tengo que admitir esto... ¿Cómo va a llamarme entonces el joven a mí? ¿Por el nombre de pila?

Helena no concebía que alguien llamara a Simmons por su nombre de pila, que ella ignoraba pese a conocer al mayordomo desde su más tierna infancia. En cualquier caso, prometió que hablaría con Peta o Robin o con los dos, y al final se dirigió a Robin. Este censuró a Peta, quien, a su vez, puso condiciones.

—De acuerdo, me comportaré aquí como un burgués, pero a cambio tienes que ir conmigo a ver al reverendo Waddell. Escucha al menos lo que tiene que decirte. Ve a ver las casas donde viven los trabajadores de la fábrica. No necesitas leer a Karl Marx, basta con la Biblia, Isaías I:17: «Aprended a hacer el bien, buscad el juicio, restituid al agraviado.»

Desde que Peta colaboraba con el reverendo, leía la Biblia con frecuencia. El religioso era un defensor del socialismo cristiano. Según su opinión, las obras de Marx y Engels no eran necesarias, como tampoco la lucha de clases. Decía que bastaba con que los empresarios se rigiesen por los valores cristianos. Waddell y sus correligionarios citaban numerosas frases de la Biblia en las que basaban sus convicciones: Libro del Eclesiastés, capítulo 31: «El que codicia el oro no quedará sin castigo, el que ama el dinero se extravía por él.» O Libro de Amós, capítulo 5: «Por tanto, puesto que vejáis al pobre y recibís de él carga de trigo, edificaréis casas de piedra labrada, mas no las habitaréis.»

Robin se frotó la frente. Le faltaban tanto la energía como los conocimientos bíblicos para derrotar a Peta con sus propias armas, como en cambio sí hacía March. En la Biblia, afirmaba la joven, se encontraban argumentos en pro y en contra para prácticamente cualquier doctrina. Encolerizaba a Peta citándole las leyes mosaicas sobre el mantenimiento de los esclavos: «Si alguien golpea con un palo a sus esclavos y como resultado estos mueren, tiene que ser castigado. Pero si después de uno o dos días se recuperan, no será castigado porque son de su propiedad.» O acerca de castigar a un ladrón: «Si no quiere ni puede pagar, se venderá como esclavo por el valor de lo robado.» En sus fábricas, a los trabajadores solo se les descontaba el hilo del sueldo, solía alegar March. Así pues, ¿qué pretendía Peta?

Al final siempre ganaba March. Aunque a Robin siempre le dejaban un mal sabor de boca sus disputas. ¿Amedrentaba a los empleados y trabajadores del mismo modo con que intentaba intimidar a Peta y por eso nadie iba a quejarse a Robin? ¿Hacía él dejación de responsabilidades al permitir que March hiciera cuanto le venía en gana?

—Mañana —cedió al final. El día siguiente era sábado—. Mañana vas al St. Andrew's Young Men, ¿no? Bien, iré contigo. Por la tarde Helena tomará el té con unas amigas, y March se marchará a la fábrica. —Naturalmente, en los talleres Lacrosse también se trabajaba los sábados.

Peta sonrió irónico.

—Resulta significativo que tengas que salir de casa a hurtadillas cuando las señoras cumplen sus obligaciones. Pero a mí me da igual. Intenta no vestirte tan cursi... —Miró con desaprobación el elegante traje claro con pajarita. Robin iba a asistir con Helena a un partido de polo en Dunedin.

Este se sonrojó. Eso significaba que su ayuda de cámara haría preguntas. Ahora encontraba normal que un criado lo ayudara a vestirse. Y dudaba que todavía tuviera unos pantalones tejanos y una camisa de lino como los que solía llevar Peta cuando acudía a los encuentros con la organización eclesiástica.

Peta volvió a sonreír.

—Te daría algo mío, pero me temo que no te irá bien. Bueno, ya veremos, si puedo, pasaré un momento por casa de Waddell después de las clases. A lo mejor encuentro algo entre la ropa que hayan recogido...

Robin se sentía tan disfrazado con los sencillos pantalones de paño, la chaqueta de piel gastada y la camisa oscura —en efecto, Peta le había llevado, con una sonrisa de satisfacción, algo que ponerse—, como con las elegantes prendas de diletante. Se sintió casi como transportado a la época de la Carrigan Company cuando, en el lavabo de la casa parroquial, se cambió de ropa deprisa y corriendo como hacía entonces en los pubs, antes de las funciones. La casa parroquial también disponía de una sala donde se podía hacer teatro, era ahí donde actuaba el coro masculino y se realizaban los ensayos del coro de la iglesia. No había guardarropa, pero volvió a funcionar lo que Robin en secreto llamaba «su magia»: al ponerse la indumentaria se metía en el papel que quería interpretar. Peta advirtió admirado lo bien que el joven se movía con esas prendas.

—Casi pareces un ser humano —bromeó cuando Robin se reunió con él, el cabello algo revuelto, la chaqueta descuidadamente al hombro—. Waddell está en su despacho. Le he dicho que vienes. A ver qué nos tiene preparado.

Robin se quedó parado

—¿Le has anunciado mi visita con este aspecto? —Bajó la vista desconcertado a la ropa que llevaba.

—Bueno, de la otra manera ya te conoce, ¿no? —contestó Peta sin inmutarse—. Vamos, el reverendo es un tipo amable. No has de tenerle miedo.

En efecto, Waddell reprimió cualquier comentario acerca de la indumentaria de Robin y dio una calurosa bienvenida a sus invitados en su austero despacho. Tanto el púlpito como el altar de la iglesia de St. Andrew's estaban abundantemente adornados con tallas de madera, pero la casa parroquial era muy sencilla. En el despacho del reverendo solo había un viejo escritorio y un par de sillas, de la pared colgaba una sencilla cruz de madera.

—Tomen asiento —invitó a los jóvenes amablemente, y luego se dirigió a Robin—. Hace mucho que no hablamos, señor Fenroy. Pese a ello, recuerdo con simpatía nuestros encuentros en su despacho. En esa época introdujo usted muchas novedades...

Robin tragó saliva.

—Espero... espero que sigan aplicándose —murmuró.

El reverendo pareció sorprendido. Peta ya había explicado que Robin no tenía ni idea de lo que realmente estaba ocurriendo en las fábricas. A Waddell, sin embargo, le resultaba inconcebible.

—Me temo que no, señor Fenroy —contestó sin rodeos—. E incluso si así fuera... —Ignoró la mirada disconforme de Peta. El muchacho sin duda había esperado que le cantara a Robin las cuarenta. Pero el reverendo no consideró sensato ponerse en contra al joven heredero—. Las condiciones de vida de los hombres y mujeres que trabajan en sus fábricas (y en las que no son suyas) son... bueno, cómo expresarlo...

—Indignas de un ser humano —intervino Peta—. ¡Escandalosas!

El reverendo lo reprendió con la mirada.

—Para una persona honrada como su joven pariente, las condiciones son insoportables —admitió sin embargo—. Sus trabajadores, señor Fenroy, no ganan lo suficiente para alimentarse a sí mismos y a sus hijos, y viven en unas chabolas horribles por las que, además, pagan demasiado, porque sus arrendadores tampoco tienen el menor escrúpulo a la hora de aprovecharse de ellos.

—¿Me está diciendo que la Lacrosse Company los está explotando? —replicó Robin, más sorprendido que enfadado—. Pagamos lo suficiente. Los salarios se calculan según lo que los miembros de cada familia necesitan para vivir.

—Ya podríamos discutir acerca de si eso es justo —advirtió el reverendo antes de que Peta contestara duramente—. Pero de ese modo se priva a las personas de que puedan decidir por sí mismas. ¿Decide alguien por usted lo que necesita o no necesita, señor Fenroy?

Robin se sonrojó. No porque se avergonzara, sino porque casi contestó afirmativamente a la pregunta. En cuanto a indumentaria y al resto de las prendas personales, Helena era la encargada. El ayuda de cámara decidía qué se ponía; la cocinera, lo que comía...

—¡Además, el cálculo clama al cielo! —intervino Peta—. Por ejemplo, las mujeres cobran un sueldo menor que los hombres aunque realicen el mismo trabajo y produzcan exactamente lo mismo.

—Nosotros pagamos por resultados —afirmó Robin. Creía que March había dicho algo así—. Quien más trabaja, más gana...

—El ritmo que se marca es tan inmisericorde que casi nadie consigue producir más del mínimo establecido. —El religioso suspiró—. Así pues, pocas veces se gana algo más que el sueldo normal. Por el contrario, los obreros sufren muchas deducciones porque no consiguen los resultados adjudicados. Señor Fenroy, sus trabajadores se hallan bajo una presión continua. Y no pueden mejorar, por muy diligentes que sean. Los sueldos están calculados demasiado a la baja.

—Pero si son varios miembros de una familia los que trabajan, lo que suele ser el caso, entonces... entonces se suman.

Robin se sentía en la cuerda floja. Solo era capaz de repetir los argumentos de March y esperar que se le ocurrieran los adecuados.

El reverendo movió los objetos del escritorio como si fueran piezas de ajedrez. Era evidente que se esforzaba por no perder la paciencia, tal vez también por entender.

—Señor Fenroy, cuando el marido y la mujer trabajan, ganan lo suficiente para dar de comer a uno o dos hijos. Pero la mayoría no tiene solo uno o dos hijos. Cada dos años se añade otro, y a veces incluso antes. Así pues, tienen que estirar el dinero. Se ahorra de aquí y de allá. Pero ¿cómo puede ahorrar una mujer en casa si se pasa nueve horas trabajando en la fábrica? No tiene tiempo ni para comparar los precios del pan. Pese a todo, las familias consiguen mantenerse a flote hasta que el hijo mayor entra también en la fábrica y coopera con su sueldo. Sin embargo, sería mejor que los niños aprendieran un oficio. De ese modo podrían mantener más holgadamente a sus propias familias en el futuro. Pero esto no funciona porque los dos peniques que los maestros suelen pagar a los aprendices en el segundo año no ayudan a mantener una familia. —El reverendo colocó con determinación el tintero y la pluma en su sitio—. Bah, ¿sabe qué? Voy a dejar de aburrirle con mis sermones. Me lo llevo a la comunidad. Para eso ha venido usted, ¿verdad?

Robin lo siguió vacilante.

—Yo... yo pensaba que debía hacer algo con los trabajadores jóvenes —señaló—. Eso al menos dijo Peta. Pero no sé exactamente el qué, aunque yo... bueno... podría leerles algo...

El reverendo negó entristecido con la cabeza.

—Señor Fenroy, mire el reloj. —Señaló un modesto reloj de pie de madera—. ¿Le llama algo la atención?

Robin no entendía nada. Eran las once y veinte de la mañana. ¿Qué era lo que debía llamarle la atención?

—Los jóvenes de los que quiere ocuparse todavía están en la fábrica —le explicó el reverendo para no seguir atormentándolo—. Saldrán como muy pronto a las seis, por lo general a las siete. Después tal vez vengan aquí, o al menos eso esperamos, pues hoy tenemos baile. Su amigo Peta y un par de voluntarios se han ofrecido a adornar la sala parroquial con ese fin, por eso está hoy aquí. Normalmente los voluntarios vienen por la tarde. A esa hora, en el Medio Acre del Demonio solo están los enfermos y los niños en casa, al menos en lo que a los obreros se refiere. Los malvivientes se están levantando ahora y se preparan para hacer sus trapicheos.

Robin se ruborizó.

—Con mucho gusto ayudaré a decorar la sala —se ofreció.

El reverendo negó con la cabeza.

—No, señor Fenroy, vayamos a visitar a un enfermo. No tenga miedo, no se contagiará, tampoco verá herida su sensibilidad. De hecho, en la familia de Angus Smith se ha producido lo que suele llamarse en otros lugares «un feliz acontecimiento». Ha nacido su octavo hijo. Y ahora visitaremos a la madre para comprobar... —tosió— si le falta alguna cosa.

Robin se internó a pie por primera vez en el Medio Acre del Demonio. En las angostas callejas había tanto charco y tanta inmundicia que uno debía vigilar dónde ponía el pie. Era asqueroso, y en el mejor de los casos apestaba a col, cuando no a huevo podrido, excremento y orina. Al parecer, los retretes tenían pérdidas. En las puertas de las toscas casas se sentaban en cuclillas niños y ancianos. Los pequeños llevaban delantalitos grises que no permitían distinguir si eran niñas o niños. Se veían deshilachados, probablemente porque pasaban de un crío a otro. Robin se estremeció cuando vio que muchos de ellos andaban descalzos entre la basura.

—¿No acepta zapatos en su recogida de ropa? —preguntó al reverendo.

Este asintió.

—Claro. Pero el ciudadano medio rara vez dona zapatos para niños, ni prendas infantiles en general. La gente suele tener varios hijos y reserva la ropa para el siguiente. Aunque, señor Fenroy, ¿no ha dicho antes que sus empresas pagan suficiente a las familias para que puedan criar decentemente a sus hijos? ¿No debería incluirse en ello vestir de forma adecuada a los pequeños?

Robin se mordió el labio. Veía en ese momento que tampoco los ancianos iban mejor vestidos que los niños. Una mujer reconoció al reverendo y lo saludó con una sonrisa desdentada. Waddell acarició la cabeza de un crío y dedicó a la anciana unas palabras cordiales.

—Pase a vernos por la parroquia, señora Janey, con sus pupilos. Las madres no tienen tiempo. Miraremos juntos la ropa recogida. Los niños necesitan algo de abrigo. Todavía no ha pasado el invierno.

—¿Pupilos? —preguntó Robin—. ¿No es la abuela?

El reverendo negó con la cabeza.

—No, la señora Janey se gana la vida cuidando a los hijos de las trabajadoras. Es una de las mejores cuidadoras, nunca la he visto borracha. Antes trabajaba en una tejeduría, pero tuvo un accidente. Apenas puede caminar. Me temo que por eso no va a vernos. Siempre se queda sentada en el umbral de su puerta y deja que los niños jueguen en la calle.

—Pensaba que había una guardería —murmuró Robin.

El reverendo asintió.

—Sí, pero está hasta los topes. Nuestras damas hacen lo que pueden, se ocupan de cincuenta niños a partir de los cuatro años. Por muy buena voluntad que se ponga, no llegan para más. Estos pequeños... —señaló a los niños descalzos de la señora Janey— no tienen más de dos o tres años. ¡Y ahora no me cuente lo de la habitación para amamantar en su fábrica! —añadió con firmeza, a pesar de que Robin no iba a decir nada. Solo de pensar en amamantar un bebé en público ya se sentía molesto—. Las mujeres no pueden dejar ahí a los niños. Tal vez a los más pequeños sí. Cuando no encuentran ninguna otra solución, dejan las cestitas con los bebés a su suerte y ruegan que los niños no se despierten mientras ellas trabajan. Los mayores saldrían a gatas y podrían hacer cualquier tontería. Necesitarían a alguien que los vigilara. Pero, por supuesto, su fábrica no responderá a tal demanda.

Robin se preguntó preocupado cuánto costaría al día una señora Janey. Seguro que no tanto como para menguar el balance de beneficios de March. Decidió hablar con ella esa misma noche.

La familia Smith vivía más cerca de la fábrica que de la iglesia, en una casa de piedra algo más grande. Seis inquilinos se repartían dos pisos. El arrendador, un escocés, vivía en el sótano. El reverendo condujo a Robin por un estrecho corredor. La escalera y los pasillos parecían no haberse fregado en años. Cuando Waddell llamó a la puerta, le abrió una niña de doce o trece años. El reverendo la saludó sonriente.

—¡Buenos días, Emily! Qué, ¿cómo están tu madre y el nuevo bebé?

La niña, una dulce criatura de cabello moreno que habría estado muy guapa si le hubieran cepillado el pelo y puesto un vestido que no le colgara como un saco, contrajo el rostro.

—Es un hermanito —respondió—. Harry. No deja de llorar todo el día. Mamá no tiene mucha leche.

—Pero el niño sí tiene buenos pulmones —señaló el reverendo, intentando darle un pequeño consuelo—. ¿Podemos entrar, Emily? Este el señor Fenroy. Hoy hago la visita con él... para que conozca un poco mejor St. Andrew's.

—Pues yo le recomendaría otros sitios —se oyó desde dentro.

El reverendo sonrió.

—A la señora Smith le gusta bromear —observó mientras entraba en la vivienda.

Robin lo siguió. Miró atónito el revoltijo de camas, ropa y cosas que, a falta de armarios, se amontonaban en el suelo y los rincones. El pequeño apartamento tenía tres camas —una doble y dos individuales—, una silla y una mesa. Junto a la pared había una cocina muy sencilla. El horno también servía en invierno de estufa. Encima había un cuenco y a un lado otro. Un niño lo raspaba con una cuchara de hojalata como si fuese a encontrar restos de la última comida. Ese espacio y la minúscula habitación contigua, donde había otra cama, estaban llenos de niños. Incluida Emily, Robin contó seis de las edades más diversas. La mujer, que descansaba en la cama más grande, tenía un bebé en brazos.

—¡Acérquese, reverendo, y bendiga a nuestro pequeño Harry! —pidió a Waddell.

La señora Smith era una mujer de huesos recios, de cabello moreno y rubicunda. Estaba flaca y llevaba un camisón andrajoso que apenas cubría sus pechos hinchados, pero no parecía sentir ningún pudor. Con sus manos grandes y encallecidas retiró el paño que envolvía al bebé y dejó a la vista su rostro enrojecido y arrugado.

—Ya vuelve a llorar —dijo resignada cuando el pequeño Harry torció la boquita.

El reverendo lo bendijo rápidamente.

—Un niño guapo —lo elogió, mientras la señora Smith se ponía despreocupadamente el niño al pecho para evitar que se pusiera a chillar. Harry chupeteó diligente—. Aunque el parto fue difícil, me contó Emily. —La niña había informado del nacimiento de su hermanito en la parroquia—. Mi esposa le envía esto para que recupere fuerzas. —Waddell sacó un paquete que llevaba en el bolsillo y que contenía pan, un trozo de mantequilla envuelto en papel encerado y un tarro de mermelada. Los niños se acercaron como una manada de lobos.

—Las manos fuera, ¡es para mamá! —ordenó Emily.

Dio un brusco empujón a sus hermanos y puso la preciada comida sobre una penosa estantería mal colgada, lo bastante arriba para que los niños no pudieran alcanzarla.

—¡Ya os daré algo! —tranquilizó la señora Smith a los pequeños, que habían empezado a quejarse—. Tendremos una comida de reyes este mediodía. Muchas gracias, reverendo, y que Dios se lo pague también a su esposa.

Robin se volvió hacia Emily.

—¿Dónde... dónde duermen todos? —preguntó, señalando a los niños.

Emily se lo quedó mirando como si fuese tonto.

—Pues aquí —respondió escuetamente—. Los dos peques en la cama con mamá y papá, otros dos ahí... —señaló la cama individual más estrecha— y tres aquí. —La más ancha—. No hay problema —afirmó ante la mirada incrédula del joven—. Dos, uno al lado del otro, y Johnny a los pies. Y yo duermo ahí... —Mostró el cuartito.

Robin se preguntó por qué se le había concedido el privilegio de tener habitación propia. El reverendo, por el contrario, arrugó la frente cuando Emily explicó el reparto de las camas.

—¿La niña duerme en el cuartito? —preguntó con severidad a la señora Smith—. ¿No tiene a nadie que le alquile la cama por la noche? ¿Puede salir adelante sin ese ingreso adicional? Hasta ahora siempre tenía a dos personas durmiendo aquí.

La señora Smith asintió.

—Dos ya no puede ser —respondió entristecida—. Desde que Johnny ha crecido y Billy no puede dormir a los pies de la cama. Pero... —esbozó una sonrisa—. No, no me mire así de aterrado, reverendo. ¡Alquilamos la cama a una chica! Una chica muy buena que trabaja en la fábrica conmigo. Y sí, cuando tuvimos que sacar al chico, porque quería meterle mano a Emily, pensé: basta, se la alquilo a la chica. Bueno, con esto me arriesgo a que Angus alguna vez se equivoque de cama... —Bajó un poco la voz para referirse al posible adulterio, pero los niños seguro que la oyeron—. Pero mejor Angus que Emily. Y vale más que sea la chica la que salga de aquí con la barriga inflada que no mi propia hija. Aunque por ahora no puedo quejarme. Ni de Angus ni de esa muchacha. Al contrario, Leah es buena chica. No bebe, no se vende, tendría que llegar de un momento a otro. Mientras no me recupere del parto, se ha ofrecido a venir aquí en el descanso del mediodía, ir a comprar y cocinar, y eso que yo no quería. Yo sé lo mucho que se cansa una cuando encima tiene poco tiempo para ir corriendo de un lado a otro, y Emily ya puede encender la cocina e ir al tendero. Pero Leah es una santa, ya se lo digo yo...

Mientras seguía hablando y enumerando las bondades de su subinquilina, se abrió la puerta. Como si hubieran recibido una orden, todos los niños se abalanzaron sobre la joven que apareció en el umbral con un cesto colgado del brazo. Los pequeños intuyeron, con razón, que traía la compra.

Las primeras palabras de Leah sonaron alentadoras.

—¡Bizcochitos, niños! El panadero me ha rebajado el precio porque son de anteayer. Pero no pasa nada, los ablandaremos con agua y haremos una papilla. Y así celebraremos el cumpleaños del pequeño Harry. Y también traigo sopa.

Leah llevaba un sencillo vestido de algodón azul con un delantal blanco. Para protegerse del frío se cubría los delgados hombros con un chal de lana. El cabello fino y rubio se lo recogía en trenzas que le rodeaban la cabeza, un peinado que March más o menos prescribía a las trabajadoras para que no quedara atrapado ningún cabello largo en las máquinas. Leah era muy delgada, dulce y bonita. Sus ojos miraban despiertos, vigilantes y con cariño a los niños.

Robin se quedó mirando a la joven cuyo rostro ya no se veía abotargado por las drogas y el alcohol, y cuyos ojos violáceos ya no tenían ojeras oscuras ni se hundían en las cuencas.

—¿Leah? —preguntó sin dar crédito—. ¿Leah Hobarth?

La ex pupila de Vera Carrigan apartó la vista de los niños, que parecían dispuestos a arrebatarle los bizcochos duros y comérselos secos.

—¿Robin?

8

—¿Se conocen?

El reverendo miraba a uno y otro sorprendido. No conocía a la chica que alquilaba la cama de los Smith. Leah no asistía a su iglesia. Quizás iba a otra, o había llegado hacía poco a la ciudad. Entonces, ¿cómo conocía esa obrera de la fábrica a Robin Fenroy?

El joven asintió y consiguió no ruborizarse, pero no se le ocurrió ninguna respuesta. Leah se recuperó antes.

—El señor Fen... Robin y yo nos conocimos en Rotorua —explicó—. Yo trabajé allí... y él también.

—Cuando la erupción del volcán —añadió Robin.

—Sí, luego yo me fui. —Mientras Leah hablaba, hizo una grácil reverencia al reverendo.

Robin no añadió nada más. No estaba seguro de hasta qué punto conocía el religioso su historia, más allá de la versión que contaba Helena. Esta ya no decía que había conocido a su primo segundo en una compañía de teatro ambulante, sino que por azar se habían alojado en el mismo hotel y él había llamado su atención durante una función de teatro. Por supuesto, él no iba a desvelar más detalles acerca de su relación con Leah, sobre todo en presencia de la familia Smith.

—El mundo es un pañuelo —observó la señora Smith.

—No me digas que tú eres el «señor Fenroy» —susurró Leah a Robin.

Se había vuelto hacia los niños y les sirvió una sopa aguada de un cazo que sacó del cesto. Él fingió ayudarla.

—La sopa es de la señora Deaver, la vecina —explicó Leah a la señora Smith y al reverendo—. Para usted, señora Smith, para que recupere fuerzas. Es sopa de pollo.

Robin nunca lo habría dicho. El caldo, en cualquier caso, no contenía carne, solo flotaban unos trozos de zanahoria. La vecina debía de haber hervido huesos.

—Tenemos que hablar —susurró Robin en medio de las muestras de gratitud de la señora Smith y las voces estridentes de los niños, que protestaban porque creían salir perjudicados en el reparto. Iba a proponerle tomar un café en el límite entre Mornington y el barrio obrero, pero luego pensó que la «nueva» Leah era una chica decente, o al menos eso aparentaba. Era imposible que fuera a tomar un café a solas con un hombre, sin contar con que se armaría un escándalo si Robin Fenroy se dejase ver con una trabajadora de la fábrica.

—¿Vas a ponerte guapa para el baile en la casa parroquial? —preguntó Leah volviéndose hacia Emily y lanzando una significativa mirada a Robin—. Le he prometido que iré con ella, señora Smith. Sí, ya sé que todavía es muy joven, pero tiene tantas ganas...

—Y entre nosotros estará bien protegida —intervino el reverendo—. Le pediré a uno de los voluntarios que al final acompañe a las chicas a casa. Esto presupone que no va usted en busca de ningún novio a la fiesta. —Las últimas palabras tenían un deje severo.

Leah emitió su risita triste. Al menos eso sí lo había conservado.

—Yo no voy detrás de los hombres, reverendo —aseguró—. He tenido un par de príncipes, así que... —la mirada sarcástica que lanzó a Robin fue tan breve que nadie la advirtió salvo él— no voy a escoger ahora a ninguno de la fábrica.

—¡Una actitud loable, aunque te condenas a la soledad! —rio la señora Smith—. Por el barrio todavía no ha pasado ningún príncipe, que yo sepa.

—Deja que te peine, Emily —pidió Leah a la niña—. Y luego veremos si entre mis cosas encontramos un vestido bonito para ti.

Se metió con Emily en el cuarto en el que ambas dormían. Solo Robin oyó la palabra «cementerio» que ella le susurró al pasar por su lado.

—¿Y bien? ¿Le ha gustado cómo viven sus trabajadores? —preguntó el reverendo a Robin cuando regresaban a la iglesia. Ya había más movimiento en las calles. En especial las mujeres, pobremente vestidas, iban de aquí para allá, cargando unos cestos para hacer las compras en el breve descanso del mediodía de las fábricas y dar de comer a sus hijos—. Con el sueldo que ahora les pagan, los Smith pueden permitirse este cuchitril, aunque solo cuando tienen una o dos personas que les alquilan cama. Por lo general, obreros jóvenes que todavía no tienen familia propia. Suelen repartirse una cama con uno o dos hijos de la familia que los acoge. En la práctica acaban casi siempre durmiendo con una de las hijas. Y no todos los padres los ponen de patitas en la calle como Angus Smith cuando se dio cuenta de que su arrendado iba detrás de la pequeña Emily. La gente a menudo tolera esos comportamientos por un poco más de dinero. De vez en cuando el arrendado hasta comparte cama con la esposa. He oído muchas historias al respecto... ¡Cualquier cristiano se tiraría de los pelos! Pero la gente no es mala, señor Fenroy. Todo esto es fruto de la necesidad.

—Lo sé.

Robin asintió y prometió en silencio prestar ayuda. No sería fácil hablar con March, sin duda ella le replicaría que las otras fábricas tampoco pagaban más. Pero al menos en su fábrica, esa era la intención de Robin, la gente tenía que ganar lo suficiente para vivir razonablemente bien.

Pero por el momento lo que le preocupaba no era tanto la miseria de la familia Smith como el reencuentro con Leah. La «antigua» Leah no habría tenido escrúpulos en chantajearlo con lo que sabía de su vida anterior. Aunque, ¿se le ocurriría a ella misma una idea así? Robin lo dudaba. Por lo que él sabía de Leah, nunca había tenido iniciativa propia, siempre había participado en las pérfidas maquinaciones de Vera. Naturalmente, durante esa época casi nunca había estado con la mente despejada. Nadie podía saber qué ser humano se escondía realmente tras su velo de droga.

Robin decidió satisfacer primero su curiosidad. Le interesaba saber cómo había ido a parar Leah a Dunedin. Ya se vería qué vendría después. No creía que la joven tuviese pruebas de que él había colaborado con la Carrigan Company, y en caso de necesidad él podría negarlo. March seguramente no se echaría atrás a la hora de hacer encarcelar a Leah por calumnias.

—Espero que haya tenido una instructiva jornada —despidió el reverendo a su joven visitante cuando llegaron de vuelta a la iglesia. No volvieron a abordar el tema de la relación de Robin con Leah. La explicación de la joven parecía haber bastado al reverendo, o tal vez este prefería interrogar en otra ocasión a la muchacha en lugar de al rico heredero—. A lo mejor vuelve usted a emprender alguna acción en su fábrica, señor Fenroy... Incluso si la vida empresarial no le gusta, mientras los talleres sean suyos es usted quien tiene la responsabilidad.

Robin asintió una vez más, todavía pensando en su encuentro con Leah. En realidad tenía que ir con Helena a una velada. Sin embargo, fingió dolor de cabeza y un comienzo de resfriado y se tomó con mala conciencia la espesa sopa de pollo que a continuación le envió la cocinera a la habitación.

—¡Es lo mejor contra la gripe! Así enseguida recuperará fuerzas.

Helena lo sustituyó por una amiga y hacia las siete se marchó en el carruaje. March todavía estaba en la fábrica. Era el día de la paga, en tal ocasión nunca dejaba su puesto hasta que el último trabajador cobraba y se iba. Peta estaba en la casa parroquial, atendiendo a los bailarines. Robin había pedido a la cocinera que preparase una bandeja grande de bocadillos como donación para el baile, y el resultado había sido una serie de manjares exquisitos que los trabajadores probablemente nunca habían probado. Peta se había marchado con la bandeja la mar de contento y convencido de haber ganado a Robin para su causa.

Así que nadie vio que volvía a ponerse los pantalones y la chaqueta de segunda mano y se marchaba. La casa parroquial estaba iluminada. Sonaba música de baile irlandesa y se oían risas y canciones.

Robin contuvo el impulso de echar un vistazo al interior y se dirigió al cementerio contiguo, se sentó sobre una lápida y mientras esperaba recitó mentalmente el monólogo de Hamlet.

Leah apareció media hora más tarde y se alegró de verlo.

—¡Qué bien que ya estés aquí! No puedo quedarme mucho tiempo. No vaya a ser que algún rufián se le acerque demasiado a Emily. El reverendo seguro que la vigila, pero también a mí. Si estoy demasiado tiempo fuera me hará preguntas.

Leah parecía acalorada, probablemente había estado bailando. Se parecía un poco más que al mediodía a su personalidad anterior y volvía a llevar el cabello suelto. Solo se había hecho dos finas trenzas a cada lado del rostro y las había unido detrás de la cabeza. Así mantenía la cara despejada, mostrando su belleza. Llevaba un vestido muy sencillo pero bonito, estampado de florecillas, de talle ceñido y falda amplia que caía sobre unas enaguas rígidas.

—¡Y ahora, cuenta! —animó a Robin—. ¡No daba crédito a mis ojos cuando nos hemos encontrado! ¡Nuestro pequeño Robin es nada menos que el «señor Fenroy»! El misterioso propietario de la fábrica, que nunca se deja ver por allí. Pensaba que se trataba de un vejestorio que no tenía fuerzas para ir a la fábrica, pero que invertía la poca energía que le quedaba en la encantadora señorita Margery Jensch. Tiene que haber alguna razón para que ella mande a todo el personal.

—March es... de la familia. Y ella sabe lo que hace.

Leah rio.

—Eso no se puede negar —dijo sarcástica—. Cabe preguntar por qué Lacrosse no le legó la fábrica directamente a ella. ¡Pero cuenta, que te lo tengo que sacar todo con tirabuzón!

Robin le contó a grandes rasgos el asunto de la herencia, lo mucho que odiaba el trabajo en la fábrica y que March había sido su ángel salvador. Leah lo escuchaba con atención y lo observaba con sus ojos despiertos e inteligentes.

—«Ángel» sería lo último que se me ocurriría para referirme a ese mal bicho —dijo—. Pero a ti el plan te sale redondo. Ella hace su trabajo y tú te dedicas a la buena vida. Bien, no me mires tan abatido, yo también habría hecho lo mismo. Solo que yo no habría derrochado el dinero en vestidos, viajes y caballos, sino en el jarabe del doctor Lester. Mucho peor. ¡Así que disfruta de la vida que llevas!

—¿Y tú? Yo también me quedé... muy sorprendido al verte. ¿Qué haces en Dunedin? ¿No querías ir a Auckland? ¿A intentar que te contrataran de nuevo?

Leah puso los ojos en blanco.

—Déjate de ceremonias, no soy la prima Helena. Sabes perfectamente que no tenía la menor posibilidad de que me contratara una compañía de teatro. Solo podía hacer lo que hacía antes de que Vera me sacara del arroyo...

—¿Todavía le estás agradecida? —preguntó Robin incrédulo.

Ella se encogió de hombros.

—No sé. A estas alturas recuerdo como entre brumas lo que sucedía en la Carrigan Company. Por supuesto, no tenía que meterme en la cama con cualquiera, solo de vez en cuando. Pero ahora sé que «sacar del arroyo» es distinto de lo que hizo Vera conmigo. —Se remetió con timidez un mechón detrás de la oreja—. Sea como fuere, está muerta y yo estaba bastante acabada. Cuando no pude obtener más opio me sentí fatal. Todo me hacía daño, tenía miedo, me encontraba mal... Primero me gasté en bebida todo el dinero de Vera que me quedaba. Pero no aguanto tan bien el alcohol. Enseguida me pongo insoportable...

Robin gimió.

—Lo sé. Una vez Bertram lo utilizó para que contradijeras a Vera.

Leah no respondió a su sonrisa, sino que siguió hablando.

—Me metí en problemas. Insultaba a los clientes, por lo que nadie quería saber nada de mí. También me peleaba con otras putas y, una noche, armé una trifulca en un burdel, ya no me acuerdo por qué. Acabé en la cárcel. Había herido a una mujer y, por lo visto, a un tipo le robé la bolsa; no tengo ni idea de si fui realmente yo la que lo hizo, o si las mujeres aprovecharon la oportunidad para cargarme a mí todos los chanchullos que se traían entre manos. En la cárcel tampoco había alcohol. Por primera vez en años tenía la mente clara. —Miró a Robin con una expresión amarga—. Y tampoco encontré así a Dios o algo parecido. Ninguna iluminación ni aparición de un espíritu. Solo comprobé que estaba harta.

—¿Harta de qué?

—De tabernas pringosas y de tipos todavía más pringosos que me han maltratado como si yo fuese alguien aún más despreciable que ellos. Harta de aguardiente barato y de resacas por la mañana, y harta de tener siempre problemas. Comparada con todo eso, la prisión no era tan horrible. —Esbozó una leve sonrisa—. A veces tu fábrica me parece mucho peor, Robin. En la trena teníamos que trabajar, pero al menos nos daban comida suficiente y cada una tenía un camastro. A mí únicamente me horrorizaba lo que podía pasarme después. Sobre todo porque el tipo que me protegía estaba esperándome fuera. Esos tipos cuidan de que el cliente no te abra un tajo en el cuello, pero a cambio se llevan la mitad de lo que ganas o él mismo te corta el cuello. Cuando quedé en libertad fui directa al puerto, me colé en el primer barco que zarpaba y tuve la suerte de que me trajo a Dunedin y no me llevó a China, de lo contrario me habría muerto de hambre en la bodega. La cerraron en cuanto me escondí allí. En el cargamento no había nada que comer, solo lana. Pero es igual, aguanté el par de días que duró el viaje y salí sin que nadie me viera. Y luego, por primera vez en mi vida, me busqué un trabajo decente. En tu fábrica. —Rio—. La señora Smith tiene razón: el mundo es un pañuelo.

—¿Y... y cómo es? —Robin quería saber más.

—¿El qué? ¿Ser decente? Bonito. En serio, nunca lo hubiera

pensado, pero ser decente me gusta tanto como estar sobria. Claro que también me gustaría tener una cama propia, pero salvo por eso, estoy a gusto en casa de los Smith. Me gustan los niños, Emily es tan mona... Pero ahora tengo que volver a ocuparme de ella.

—Me refiero a la fábrica —concretó Robin.

Leah se encogió de hombros.

—¿Nunca has estado dentro? Ve y mira. Ni siquiera has de ponerte en una máquina, el ruido ya es infernal. Y el polvo y el calor son insoportables. El trabajo en sí no es difícil, pero sí monótono. Haces siempre el mismo gesto y por la noche te duele todo. En el descanso te echan fuera. Después de trabajar bajo ese calor, en el patio llueve. La mayoría en algún momento pilla una bronquitis; el pobre señor Smith cada noche saca los pulmones por la boca tosiendo. El salario es suficiente para ciertas cosas: tengo para comer y a veces puedo comprarme un vestido como este, pero he alquilado una cama. No podría permitirme una casa. Y ni pensar en quedarme embarazada. Por eso ahora ni me acerco a los hombres. El reverendo no tiene que preocuparse por mí.

—Y... ¿a la larga? ¿Vas a seguir haciendo esto toda tu vida?

Leah se encogió de hombros.

—A no ser que pase un príncipe por mi lado... No, en serio, no me haré vieja en el molino de lana. Pediré un puesto en el taller de confección en cuanto haya uno libre. Ahora están todos ocupados. Trabajar con las máquinas de coser es más agradable y más limpio, y una aprende a hacerse un vestido. Las costureras también ganan más. Ya veremos qué pasa más adelante. Mis planes no llegan hasta tan lejos. ¿Y tú? ¿No volverás a trabajar, Robin? Cómo te envidio. Pero yo siempre creí que te gustaba subir al escenario.

Él suspiró.

—No se aceptan príncipes —murmuró—. En privado siempre puedo interpretar alguna escena. En veladas sociales. Nos reunimos para oír tocar el piano, cantamos un poco...

—Pero si no sabes —le recordó Leah.

—Es cierto, pero sí sé recitar versos o monólogos. Mi Hamlet sigue siendo un éxito.

En la voz de Robin se notó la amargura que sentía cada vez que derrochaba su talento entre esos diletantes. Helena y los demás nunca escuchaban de verdad, solo se echaban a temblar con fingido miedo escénico cuando salían ellos mismos al escenario. Leah podía entenderlo, pero parecía lejos de compadecerlo.

Al menos su voz reflejó una indiferencia total cuando le respondió:

—Si te conformas con eso...

9

Robin pasó media noche pensando en las reformas que se requerían en la fábrica y en cómo iba a explicarle a March, sin que ella saltara, que urgía introducir cambios que aumentarían los gastos. Si bien estaba decidido a imponer su voluntad, temía la afilada lengua de su amiga y sus eternas discusiones. Era probable que incluso tuviera que hacer inspecciones periódicas en la fábrica para que ella no invalidara a hurtadillas sus resoluciones o las modificara de modo que al final todo acabase en lo mismo. Era un reproche que le reservaba. Hasta el momento siempre había pensado que ella había respetado sus deseos.

Al final, bajó temprano a desayunar, aunque de mal humor, con la leve esperanza de que March ya se hubiera marchado a la oficina. Algo más bien improbable un domingo por la mañana, pero que a veces sucedía. Después corría de la fábrica a la iglesia para asistir al servicio como era debido y luego desaparecía para volver a sus papeles. Robin no entendía cómo le podía gustar algo así, pero la joven se entregaba.

Esa mañana se la encontró sola a la mesa del desayuno. Tomaba café, un huevo escalfado y una tostada con mantequilla, y leía el diario del domingo. Ya iba vestida para acudir a la iglesia, así que no planeaba marcharse a la oficina. Y estaba de muy buen humor.

—¡Por fin te tengo para mí sola, Robin! —lo saludó—. Necesito hablar contigo —sonrió—. Ya iba a solicitarte formalmente una entrevista.

—Bah, tampoco soy tan inaccesible —refunfuñó él, que todavía no sabía si debía alegrarse de esa inesperada oportunidad para conversar con ella o si era mejor poner pies en polvorosa.

—No, pero Helena nunca te deja suelto —respondió March—. Deberías tener cuidado, ya corren rumores acerca de vuestro compromiso. Pero a lo mejor a ti ya te va bien...

March dio un bocado al huevo. Seguro que la relación de Robin con Helena no era el motivo por el que deseaba hablarle, aunque a él casi se le había caído la taza de la mano al escuchar el comentario de March. ¿Compromiso? Casarse con Helena era lo último que le pasaba por la cabeza.

—Somos... somos parientes —balbuceó.

—Primos segundos —especificó March—. Incluso podrías casarte con una prima de primer grado. Así que mantén la distancia si no es eso lo que quieres. Y ahora dejemos este asunto, ya te lo pensarás después. Tengo que hablar contigo sobre la fábrica. Sobre el molino de lana, para ser exactos.

Robin se irguió. March tenía razón. Su vida privada no era importante en ese momento. ¡Y ella le había dado la entrada!

—¡Yo también! —dijo con determinación—. O sea, yo también tenía que hablarte. No va a gustarte, March, pero hay varias cosas que tenemos que cambiar. Ayer salí con el reverendo...

—Había tenido una noche para preparar su discurso y lo expuso con voz firme, ayudado por el hecho de que March no lo interrumpió. Sin contradecirle, escuchó sus exigencias respecto a subir los sueldos, alargar las pausas e iluminar y airear más las naves de la fábrica—. Necesitamos también una especie de guardería donde las mujeres puedan dejar a sus hijos mientras trabajan. Hay una mujer en la ciudad que podría vigilarlos, seguramente no costará mucho dinero. Y tal vez te reirás de mí, pero ¿no se necesita gente bien formada en la fábrica? ¿No se podría instruir a los jóvenes obreros para que más adelante puedan ellos mismos emprender algún negocio? ¿Y pagarles como aprendices?

Fue entonces cuando March puso los ojos en blanco.

—Robin, a los aprendices no se les paga. Al contrario, la mayoría de los maestros quieren que les paguen al menos un año por instruirlos. Y un molino de lana quizá necesita tres mecánicos cualificados. ¿Vamos a dar clases a tres jóvenes para eso?

Robin se frotó la frente y suspiró.

—Era solo una idea. Pero lo demás tendremos que cambiarlo. El reverendo tiene razón: la fábrica es mía y yo soy su responsable.

March sonrió.

—Justo de eso iba a hablarte, Robin. Esa fábrica de tejidos no es rentable. Y da igual si pagamos a los trabajadores un par de peniques más o menos. El hecho es que nuestras instalaciones han envejecido. Todavía utilizamos máquinas que se inventaron hace casi un siglo. Ahora han salido otras mejores y más rápidas. Podría duplicarse la producción, pero antes habría que hacer unas inversiones fuertes. Habría que cambiar toda la maquinaria. Lo he calculado y pensado a fondo, y he llegado a la conclusión de que no vale la pena. Tendríamos que producir sobre todo para exportar, y además mucho más barato que las hilanderías de Inglaterra. Y a eso habría que añadir el transporte. Pasarían años antes de cubrir los gastos de la renovación.

»Los talleres, en cambio, funcionan estupendamente. Las máquinas de coser son relativamente nuevas, se recambian mucho más rápido que esas enormes máquinas de tejer y de hilar. Además, podemos aprovechar mejor la capacidad de trabajo de las costureras que la de las tejedoras. Las chicas suelen llevarse trabajo a casa. Así las dos partes salen ganando: ellas ganan más y nosotros aumentamos la producción. A partir de ahí he pensado lo siguiente... dando por supuesta tu conformidad, claro. Me gustaría vender el molino de lana, para el que ya tengo un interesado. Es un consorcio escocés que quiere modernizarlo completamente y asegurarse así todo el mercado neozelandés. Lo conseguirán. Si llevan a término sus planes, podrán superar a toda la competencia.

—Solo de pensarlo, una sonrisa de tiburón apareció en la cara de March. La competencia se llamaba Magiel y con ella estaba Martin Porter. Su molino de lana debía de estar tan anticuado como el de la Lacrosse Company—. El dinero de la venta lo invertiré en un nuevo taller —prosiguió—. Ya tengo el edificio adecuado, muy cerca, junto al puerto, un viejo granero. Y estoy pensando en la venta directa de nuestros productos. Es decir, confeccionamos ropa y luego la vendemos en nuestras propias tiendas o a lo sumo a un intermediario. Con eso también llevaríamos ventaja a la competencia, es decir, a Magiel. Y bien, ¿qué dices? —Se quedó mirando a Robin esperando su aprobación.

Él reflexionó. Necesitaba algo de tiempo para al menos entender lo que March le había explicado, pero sintió un asomo de alivio. El molino de lana ya no le pertenecería, ¡se quitaría de encima esa responsabilidad! Al menos cerraría durante un tiempo y los trabajadores tendrían la oportunidad de buscar otra cosa. A lo mejor encontraban un trabajo en mejores condiciones. Y luego, además, vendrían las máquinas nuevas que seguramente serían de más fácil manejo y harían menos ruido. Robin deseaba que los obreros y obreras de la fábrica trabajasen en mejores condiciones, pero, fuera como fuese, él ya no tendría que preocuparse. Tan solo asumiría la responsabilidad por los talleres, y en eso Leah y March opinaban lo mismo: a las costureras les iba mucho mejor que a las tejedoras. Robin recordó a las jóvenes de la iglesia que se habían confeccionado sus propios vestidos. Tenían un aspecto más vivaracho y feliz que las madres de familia de la fábrica.

—Creo... —dijo despacio— que sería una buena idea. Hagámoslo. Por cierto, conozco a una chica que hasta ahora ha estado en la fábrica de tejer y a la que le gustaría ir a un taller de confección. ¿Podrías hacer algo por ella?

March pareció tan aliviada como él.

—Claro, no hay problema. Que se presente mañana en mi oficina y ya tendrá un puesto. Me alegro mucho de que nos hayamos puesto de acuerdo tan rápido, Robin. ¡De verdad que es un placer trabajar contigo!

EL PECADO DE ABARATAR LOS PRECIOS

Rotorua (Isla Norte)
Dunedin (Isla Sur)

Octubre de 1888

1

—¿Vendrá a la reunión, verdad? —preguntó Brett McDougal. Había encontrado a Aroha en la pequeña imprenta de la ciudad. Los dos esperaban los nuevos prospectos de sus hoteles. La temporada alta, el verano neozelandés, estaba a la vuelta de la esquina y Rotorua se embellecía de todos los modos concebibles. Aroha dudaba de que todas las obras todavía en marcha en la actualidad estuvieran concluidas a principios de noviembre—. Por supuesto puede invitar también al señor Bao.

Aroha le lanzó una mirada indignada.

—¿Es usted quien define a quién puedo llevar o no a la reunión? —preguntó con sequedad—. El señor Bao dirige mi negocio, naturalmente que asistirá conmigo. Si es que vamos, pues no le veo sentido a estar discutiendo siempre los planes del gobierno. A quienes les interesa es a los maoríes. Simplemente debe tener más cuidado al arrendar sus tierras.

—Precisamente por eso la necesitamos a usted, señorita Aroha. Disculpe mi torpeza con respecto al señor Bao...

Ella hizo una mueca. Unos pocos meses antes, un desliz así no hubiera ocurrido en Rotorua, a fin de cuentas, Bao llevaba cuatro años trabajando en el hotel. Pero en Nueva Zelanda iba creciendo últimamente la hostilidad hacia los trabajadores procedentes de China. El gobierno había endurecido las leyes de inmigración con ese país y había subido la tasa de entrada. No obstante, los chinos —afectados por la superpoblación, las hambrunas y las inundaciones de su país, por no mencionar los conflictos políticos— seguían llegando. Y se lanzaban con mayor ahínco a realizar los trabajos peores y peor pagados de Nueva Zelanda.

—No me extraña, ahora tienen que pedir prestado todavía más dinero para venir aquí —comentó Bao—. Están bajo una horrible presión y ahora sucede justo lo que el gobierno quiere evitar: revientan los precios y bajan los salarios de los nativos.

En efecto, a esas alturas cada vez se veían más chinos en los hoteles de Rotorua como sirvientes, en los trabajos más bajos, naturalmente. Pese a todo, tanto *pakeha* como maoríes despotricaban contra ellos. Al fin y al cabo, antes les daban empleo «a ellos» y les pagaban mucho mejor.

—Venga, señorita Aroha. Alguien tiene que respaldar a los maoríes. Aunque solo sea como muestra de solidaridad. Waimarama también vendrá y puede traducir. Pero usted es *pakeha*, para los empleados del gobierno cuenta usted más. No puede escabullirse. ¡Koro habría querido que usted estuviera presente!

Aroha suspiró. Con este último argumento, McDougal la tenía en sus manos. Y tenía razón. Desde que las Pink and White Terraces habían desaparecido en el fondo del mar, Te Wairoa estaba sepultado y Ohinemutu ya no tenía sentido como lugar donde pernoctar, y la participación de los maoríes en el negocio del turismo había retrocedido sensiblemente. Antes apenas se notaba que era el gobierno quien controlaba desde el principio esa incipiente actividad. Ya en 1881 la Thermal Springs Districts Act (la ley que regía las zonas con fuentes termales) había establecido que solo el gobierno podía ocupar y explotar las tierras de Rotorua. Había arrendado tierras a los maoríes y las alquilaba después a *pakeha* que querían invertir. En consecuencia, estos habían edificado los hoteles de Rotorua, mientras que los maoríes se habían concentrado en comercializar las Terraces.

Todos habían quedado satisfechos con tales disposiciones. Ahora, sin embargo, solo quedaban las fuentes termales y los géiseres para atraer a los *manuhiri*. Los *pakeha* y los maoríes tenían que repartirse los beneficios y el gobierno favorecía a los colonos blancos. En Rotorua no dejaban de abrirse casas de baños. Se construyeron paseos, se instaló un pequeño zoológico y se acondicionó un parque de ochenta hectáreas. Los hoteleros organizaban conciertos. Se inauguraban restaurantes elegantes y salones de té, entre los cuales el Chinese Garden Lodge era el que disfrutaba de mayor éxito. Ahí se unían las tradiciones inglesa y china del té, a la vez que se satisfacía el deseo de los viajeros ansiosos de exóticas experiencias. El gobierno todavía admitía la oferta de espectáculos de danza e invocación de los espíritus, así como la venta de objetos artesanales al borde de los paseos de los balnearios. Pero en cuanto las tribus querían administrar sus hoteles o proyectaban abrir tiendas de artesanía, el gobierno les ponía trabas para obtener las concesiones y disponer de tierras.

Al día siguiente, por la tarde, un representante del gobierno acudiría de nuevo a Rotorua para informar a los empresarios locales de los nuevos planes. La reunión se celebraría en el Rotorua Lodge y Aroha suponía que no habían invitado a las tribus. Sin embargo, McDougal seguramente se había dado cuenta y reclamaba apoyo para el pueblo de su esposa.

—Está bien, iremos —accedió Aroha.

No es que tuviera especial interés. El hotel, la casa de baños y la casa de té estaban casi siempre llenos incluso fuera de temporada, y ni ella ni Bao tenían tiempo para ocuparse de sí mismos y de Lani, que ya había cumplido dos años y medio y exigía atención constante. Naturalmente, era la niña mimada de los *manuhiri*, aunque siempre provocaba extrañeza y a veces incluso era causa de que se cancelaran reservas. Los huéspedes de paso suponían que era hija de Aroha y Bao. Aroha siempre se preguntaba cómo llegaban a tal conclusión, puesto que la niña no se parecía ni a ella ni al oriental. Se apreciaba claramente su ascendencia maorí. Pero los clientes extranjeros nunca miraban francamente a la cara a los nativos. Atribuían la piel oscura de Lani, sus ojos algo rasgados pero más bien redondos y su marcada nariz a una extraña mezcla entre la mujer blanca y el chino, una unión que muchos desaprobaban. Sucedía con frecuencia que algunos clientes se marcharan después de que Aroha presentara a Lani como su hija y que la pequeña se pusiera a jugar con Bao.

Al principio, ella intentaba dar a la gente una explicación, pero con el tiempo el negocio ya funcionaba suficientemente bien como para permitirse perder algunos clientes. Le explicó a Waimarama, quien una vez había sido testigo de una de esas desagradables escenas entre un huésped y Aroha, que ella no quería tener nada que ver con racistas. Waimarama le preguntó después, guiñándole el ojo, si no sería posible que Lani tuviese un hermanito. De ojos realmente rasgados y tez un poco amarilla. ¡Algo debía de haber entre ella y Bao!, sospechaba.

Aroha negó con la cabeza y ofreció una vehemente explicación.

—Bao es mi más estimado colaborador y se ocupa con mucho cariño de Lani. Esto es todo. ¡Te estaría muy agradecida si no propagases ningún rumor, Wai!

Waimarama no había comentado que ya hacía tiempo que corrían rumores acerca de ellos. Los dos se dejaban ver juntos en todos los sitios y se trataban con mucha familiaridad. Cuando Lani estaba con ellos, parecían formar una armoniosa y pequeña familia. Naturalmente, nadie los había visto intercambiar alguna caricia. Él se comportaba de modo impecable y ella seguía de duelo por Koro. No iba en busca de una nueva pareja. Sin embargo, cuando algún joven perseverante la rondaba, enseguida tenía que vérselas con Bao. El joven chino se deshacía del pretendiente, marcando así terreno, o al menos eso se comentaba entre los hombres de Rotorua. Por su parte, las mujeres solo tenían que mirarle a los ojos para reconocer lo que sentía por Aroha. Solo dudaban de que la muchacha respondiera a sus sentimientos y, claro está, de que esa posible unión fuera socialmente aceptable.

—La señorita Aroha tiene inclinación hacia... cómo decirlo... lo exótico. —Había observado en una ocasión la señora Roberts, que dirigía el balneario y se enteraba de todos los cotilleos—. A fin de cuentas, estuvo a punto de casarse con un maorí. Pero ¿con un chino? Vaya, esos sí que son de una especie muy distinta...

Aroha nunca se había visto confrontada con ese tipo de comentarios, no pensaba en lo que sentía por Bao. Consideraba normal convivir con él. Cuando Bao empezaba una frase, solía concluirla Aroha. Cuando ella iba a dar una orden a un empleado del hotel, era frecuente que él ya se la hubiera dado antes. Ambos pensaban y actuaban al mismo tiempo. Pasaba a menudo que ella levantaba la vista de su trabajo y su mirada se encontraba con la del joven, y se sonreían. Hacían excursiones juntos y asistían a conciertos y funciones de teatro, ya que necesitaban saber qué había en la localidad para luego poder recomendarlo a los huéspedes. Juntos se reían mucho, hacían planes y pensaban actuaciones con las que sorprender a los huéspedes, y a Aroha le divertía que Bao le enseñase chino a Lani. Pero no pensaba en el amor. Se había prohibido terminantemente considerar una posible nueva relación. No mencionaba la maldición, ya que temía que nadie se tomara en serio sus temores. Cat, Linda y Carol solo consideraban una infeliz coincidencia que Aroha hubiese perdido primero a Matiu y luego a Koro en sendos accidentes.

«Esas cosas pasan a veces», repetía Linda en su última visita. Se había tomado cuatro semanas de vacaciones para ir a los baños de Rotorua y Carol se había reunido con ella. Las medias hermanas aprovecharon cualquier oportunidad para ejercer su influencia sobre Aroha. «Mira a Pai, ya sabes, la profesora de nuestra escuela, ya es el tercer hijo que pierde. ¡También ella podría hablar de una maldición!» Carol añadió que la encargada de correos también se había quedado dos veces viuda. A veces uno tenía mala suerte, simplemente...

Aroha contestaba obstinada que estaba contenta con su hotel y con Lani. Naturalmente, Linda y Carol también advirtieron que Bao lo hacía todo por ella. El joven siempre estaba dispuesto a realizar las tareas que a ella le eran desagradables, a protegerla de huéspedes impertinentes o simplemente a mimarla. Aroha ni se fijaba en cuántas veces tenía ante ella un vaso de té caliente con azúcar y crema de leche, cuando estaba impaciente ocupándose de la contabilidad o cavilaba sobre las previsiones de ocupación del hotel. Solo se daba cuenta a medias de las veces que el caballo la esperaba ya ensillado o enganchado al carro cuando tenía que ir a algún lugar, y eso pese al miedo que Bao tenía de los caballos. Y tuvo que superarse a sí mismo para hacerle su último regalo: cuando en Ohinemutu un pequeño perro vagabundo se cruzó en su camino, lo llevó al hotel para Aroha y Lani. «Podríamos llamarlo *Tapsy*», dijo guiñando un ojo.

Tapsy, un cruce de collie de pelaje rojizo, brincó encantado sobre Aroha cuando ella llegó al hotel cargada con un montón de prospectos. Bao estaba ocupado en la recepción. Lani se encontraba a su lado sobre una silla y repartía con cara seria folletos de un espectáculo de danza maorí a un reducido grupo de *manuhiri*. Le tendió también uno a Aroha.

—Gracias. ¡Eres de gran ayuda! —alabó a la pequeña, dándole un beso rápido. Como siempre, el corazón le daba un vuelco con solo ver a la niña, ya no podía imaginarse una vida sin ella—. ¿De qué haces publicidad? —Desplegó el prospecto.

—Mañana por la noche, los tuhourangi vuelven a empezar con su *powhiri* —explicó Bao alegremente—. Después del descanso del invierno. ¿Qué tal si vamos a ver qué han montado esta vez? Casi todos los huéspedes se han apuntado, apenas habrá nadie aquí para cenar, no tendrán mucha faena en la cocina.

Aroha contrajo el rostro.

—Ya me gustaría disfrutar de una tarde libre. Pero no va a ser posible: tenemos que asistir a una reunión. El gobierno presenta sus planes más recientes para el fomento del turismo. El señor Randolph, que el año pasado nos vendió ese maravilloso paseo que estarán construyendo hasta en temporada alta, se trae esta vez a un ingeniero. Proyectan hacer algo con les géiseres. McDougal quiere involucrar más a los maoríes y darle la lata a Randolph para que en el futuro no conceda las concesiones solo a los *pakeha*, como hasta ahora. Por eso tenemos que ir. Ha conseguido crearme mala conciencia. Koro habría querido que yo lo apoyase, me ha dicho. Y en eso tiene razón.

—Pero Koro habría negociado él mismo con el gobierno —replicó Bao—, y los tuhourangi no se han movido desde la pérdida de las Terraces. Desde que Sophia y Kate se fueron, lo dejan todo en manos de los *pakeha*.

Sophia Hinerangi y Kate Middlemass habían abandonado Rotorua tras la erupción del volcán, aunque habrían podido seguir ganándose la vida: todavía estaban las fuentes termales y los géiseres, y recientemente había interés por visitar el *buried village*, el «pueblo enterrado», como se llamaba a Te Wairoa en la actualidad. Algunos organizadores de excursiones vivarachos incluso ofrecían a los turistas paseos en bote por la zona en que antes se encontraban las Terraces. Sin embargo, ambas mujeres se habían visto muy alteradas por lo que habían vivido allí; además, Sophia estaba de duelo por Koro. Lo único que querían las dos era marcharse.

Aroha asintió entristecida.

—Y con ello se hacen cómplices de Randolph. Espero que las tribus maoríes envíen a la reunión al menos a un portavoz y que presenten alguna idea nueva para que McDougal tenga algo que apoyar —dijo—. Pero sea lo que sea lo que nos espera, tenemos que asistir.

Aroha y Bao llegaron tarde a la reunión... y con Lani. La canguro que tenía que encargarse de la pequeña había sufrido una fuerte indigestión y Aroha la había metido en la cama con una taza de manzanilla y una botella de agua caliente. La niña cabalgaba sobre los hombros de Bao cuando aparecieron. Aroha esperaba que se quedara dormida y no incordiara durante la reunión.

El señor Randolph —delegado del gobierno para el fomento del turismo— estaba presentando en ese momento a Camille Malfroy. Era conocido por lo mucho que le gustaba explayarse ampliamente, así que deslizó una severa mirada sobre Aroha, Bao y

Lani cuando distrajeron al auditorio con su llegada. Hubo murmullos y ruido de sillas. Randolph carraspeó para restablecer el silencio.

—Como todos sabemos, con la desaparición de las Pink and White Terraces esta región ha perdido gran parte de su atractivo para los viajeros extranjeros. Lo que ahora nos queda son las fuentes termales y los géiseres...

—Es suficiente —observó McDougal, sentado en la primera fila.

—No es suficiente en absoluto, señor McDougal, si queremos mantener Rotorua en las listas mundiales de lugares que visitar en países lejanos —lo contradijo Randolph—. Hay otros géiseres en el mundo que se elevan más alto y de forma más espectacular. ¿Por qué no iba a irse la gente a... ¡a Islandia, por ejemplo!

—Porque en esta época del año hace bastante frío —observó Aroha.

No podía controlarse. Randolph, un hombrecillo cursi y ataviado con un terno, cuyo rostro le recordaba un poco al de un pavo picoteando granos, le resultaba antipático. Ya había discutido con él cuando todavía trabajaba para los tuhourangi.

—¡Seamos imparciales, señorita Fitzpatrick! —la reprendió Randolph. Los demás rieron—. De hecho, es conocido que los viajeros no temen a las fatigas ni a las inclemencias del tiempo cuando se les ofrece algo realmente singular y espectacular. Y es ahí donde nosotros debemos mejorar. Tengo el placer de comunicarles que el señor Malfroy ha elaborado un sistema con el que podremos influir directamente en la actividad de los géiseres de nuestra región...

Randolph parecía estar esperando una aclamación, pero el murmullo de los hoteleros y los comerciantes tuvo un deje más bien escéptico.

—¿Significa eso que provocaremos una nueva erupción volcánica? —preguntó McDougal, dando voz a la preocupación del resto de los asistentes.

—¡Claro que no! —respondió Malfroy, un hombre alto y delgado y con una frente inusualmente alta—. Se trata de una especie de entubado. En invierno realicé una serie de experimentos con el géiser Pohutu y ahora arroja un chorro de dieciocho a veinticuatro metros de altura dos veces al día.

Waimarama McDougal se levantó indignada. Algunos representantes de los tuhourangi y los ngati hinemihi que estaban sentados al fondo de la sala no esperaron a que los llamaran, sino que empezaron a lamentarse en su propia lengua. Sabían suficiente inglés para entender lo que se decía en la reunión. Sin embargo, carecían del conocimiento de la lengua para poder participar en la discusión. Aroha empezó a traducir, pero Waimarama ya dirigía su indignación al representante del gobierno y su ingeniero.

—¿Que usted ha realizado experimentos? ¿Manipulando las fuentes termales y los géiseres? ¡Protesto enérgicamente en nombre de las tribus maoríes locales, a quienes, por otra parte, pertenecen los terrenos termales! ¡Para ellos el Pohutu es sagrado!

Randolph emitió un resoplido.

—Bah, no me venga con historias —respondió de mala manera—. Mientras nuestros amigos maoríes no tengan ningún prejuicio en poner jabón en las fuentes termales para que el chorro sea más espectacular, entubar los géiseres no me supondrá ningún cargo de conciencia. Por lo visto, los espíritus no se disgustan ni por una cosa ni por la otra. Así que, por favor, prosiga, señor Malfroy...

Pese a que en la sala los ánimos se habían caldeado tanto como las mencionadas fuentes termales, Camille Malfroy extendió los planos del proyecto. Explicó gráficamente cómo podía manipularse un géiser de modo que el chorro se elevase más. Y, la verdad, no parecía que ese sistema pudiera acarrear ningún peligro. No obstante, Aroha lo consideró escandaloso y una estafa. Los huéspedes iban a Rotorua para ver espectáculos de la naturaleza. Además, comprendía a los maoríes. Waimarama tenía razón, los géiseres estaban en sus tierras.

Cuando el ingeniero hubo acabado, también los maoríes pudieron elevar sus protestas. Un anciano y majestuoso jefe tribal se levantó y pronunció un discurso que Waimarama tradujo. En nombre de los ngati whakaue se oponía a que se manipulara el géiser.

—Es verdad que mi pueblo se beneficia del dinero de los extranjeros que visitan nuestro país y que nuestros ingresos se han reducido mucho desde que los espíritus de las Terraces se las han llevado de este mundo. Por eso un par de jóvenes cometen a veces el error de enfurecer a los espíritus de las fuentes termales echando jabón en sus profundidades. Es una insolencia y nosotros lo condenamos. Pero también condenamos que queráis someter a los espíritus de los géiseres a los *pakeha*. De eso no puede salir nada bueno y nosotros nos opondremos. Y hay otras cosas que no nos gustan de Rotorua. Antes esto era un lugar que compartían *pakeha* y maoríes. Dábamos juntos la bienvenida a los *manuhiri*, aquí en la ciudad y en nuestros *marae*. Podíamos negociar con ellos...

—¡Y timarlos! —gritó alguien de las filas de los *pakeha*. Aroha lo buscó con la mirada pero no logró distinguirlo.

—Les dábamos nuestra acogida —dijo dignamente el maorí—. Ahora los *pakeha* construyen hoteles cada vez más altos y a nadie le gusta vivir en los sencillos alojamientos que hemos preparado para los *manuhiri*. El agua de las fuentes termales se lleva a las casas de baños mediante canalizaciones, lejos de la naturaleza y de sus espíritus benignos. Solo traéis a los *manuhiri* a nuestros *marae* como si fueran rebaños conducidos por pastores: los guías *pakeha* los llevan allí y los sientan en sillas *pakeha* desde las cuales nos ven bailar. Un día van a ver animales en eso que llamáis zoo, al día siguiente visitan las tribus. Ya nadie les explica el significado de nuestras canciones y danzas...

—¡Cuando yo pedir permiso para abrir tienda de *souvenirs* en el centro de Rotorua, el gobierno no darlo! —lo interrumpió impaciente un maorí más joven hablando en inglés. Para él, el discurso del anciano jefe era demasiado largo.

Los murmullos empezaron a llenar la sala. Randolph tuvo que golpear la mesa para hacerse oír.

—¡Lo ven de forma totalmente equivocada! —dijo a los maoríes—. De acuerdo, sobre los géiseres tendremos que hablar y lo haremos. Pero en lo referente a los nativos como directores de hoteles y propietarios de tierras... Entienda lo que quiero decir, yo no defiendo la idea de que los maoríes sean exhibidos ante los viajeros como si fueran animales. Tampoco se correspondería con el espíritu de nuestra época, y menos aún entre las capas sociales ilustradas de las que proceden la mayoría de los visitantes. Ellos se interesan mucho por la cultura de los indígenas en las tierras que visitan. ¡Pero, por favor, ustedes deben conservarla! ¡Ver a un maorí vestido con uniforme de empleado de hotel les desconcierta! Quieren verlo con la indumentaria de un guerrero. Quieren participar en los rituales donde se invocan a los espíritus, ellos... ellos buscan, por así decirlo, al buen salvaje en el sentido de Rousseau, si es que me entiende. —Contempló a los presentes aguardando su aplauso.

—No, no lo entiende —señaló Aroha, mientras Waimarama hacía lo posible por traducirlo todo—. Ni lo comparte. Vivimos a finales del siglo diecinueve, y vivimos todos, también los maoríes. Compartimos un país y una moneda, muchos tienen la misma religión. El mundo está poblado de carreteras, ferrocarriles, fábricas y artículos que se producen y que a los maoríes también les gusta comprar. Ya hace mucho que no son salvajes, si es que alguna vez lo fueron (encuentro esta palabra en general inadecuada para calificar a ningún ser humano del tipo que sea). Y además nunca ha habido buenos salvajes. A lo mejor todavía se acuerda usted de las guerras de los hauhau. A un puñado de maoríes engañados se les ocurrió recuperar las antiguas costumbres polinesias. Decapitaban a sus rivales y ahumaban las cabezas sobre hogueras para guardarlas como recuerdo. Supongo que no querrá usted que nos remontemos a eso, ¿verdad? Tendrá que asumir entonces que los maoríes quieren prestar servicios como todos nosotros. Ellos modifican sus hábitos a fin de presentárselos a los *manuhiri* sin asustarlos, y a cambio los *manuhiri* deben asumir que el joven que por la noche baila un *haka*, durante el día lo espera en la recepción del hotel para enseñarle su habitación. En librea, como exige el dueño del hotel, que puede ser perfectamente también un maorí, pero para eso lleva un traje en lugar de la indumentaria del guerrero.

—Rousseau era un filósofo suizo —añadió Bao— que vivió hace más de cien años y escribió sus obras en francés. Seguro que era un genio, pero nunca viajó más lejos de Francia. Sus teorías sobre los buenos salvajes, o mejores seres humanos en estado natural, estaban basadas en hipótesis, por no decir fantasías.

Bao hablaba objetivamente, no tenía intención de molestar o ridiculizar al representante del gobierno. Su discurso era más una respuesta al comentario de Aroha. Al menos los maoríes que estaban presentes no habían entendido la referencia de Randolph a la concepción del mundo de Rousseau. Sin embargo, Randolph lo vio de otro modo. Rojo de rabia, dirigió su rostro de pavo a Bao.

—Nuestros visitantes no se sorprenderían, en efecto, cuando se encontrasen uno de estos días con hoteleros maoríes, ya que es evidente que también tenemos a un chino. ¿O cómo ha obtenido usted el derecho de intervenir en esta reunión?

Bao se inclinó.

—No sabía —respondió educadamente— que el derecho para hablar aquí estaba vinculado a la propiedad de bienes inmuebles y parcelas. Si he infringido alguna regla...

—Bah, tonterías, Bao —lo interrumpió Aroha—. Aquí todo el mundo puede hablar. El señor Duong es el director suplente del Chinese Garden Lodge, señor Randolph, como ya debería usted saber. Dado que conoce usted tan bien nuestra región...

—El director... —Randolph repasó con una mirada ofensiva la silueta bien proporcionada de Aroha, vestida con un bonito vestido de tarde azul, y a Bao, que llevaba un traje y estaba sentado con naturalidad al lado de la joven en la tercera fila—. Ajá...

—¿Qué quiere decir? —preguntó Aroha. Sus ojos echaban chispas.

—Tranquila —dijo con suavidad Bao—. Despertarás a Lani. —La niña estaba dormida en el regazo del joven.

—Qué conmovedor... el perfecto esposo y padre —se burló Randolph—. No se ponga así, señorita Fitzpatrick. ¡Cualquiera puede imaginar cómo ha llegado ese chino a la dirección del hotel!

—¡Ya basta! —McDougal se puso en pie—. En nombre de todos los notables de Rotorua, no permito que se acuse injustamente a uno de los nuestros de conducta indecente. El comportamiento de la señorita Aroha con respecto a sus empleados está fuera de toda duda.

—¡Y yo no tolero en nombre del señor Duong un menosprecio de sus cualificaciones! —exclamó Aroha—. El señor Duong debe su cargo en mi hotel a su formación, sus excelentes modales y su habilidad para organizar al personal.

—Y un poco a la inclinación de su jefa por lo exótico, ¿no? —Randolph no se dejó amilanar—. ¿O es que el predecesor del señor Duong no era maorí?

Con esta invectiva se pasó de la raya. Todos recordaban lo que Koro había hecho por el turismo en la región de Rotorua. Los presentes elevaron fuertes protestas y Randolph tuvo que ceder.

—Está bien, está bien... —Trató de aplacar los ánimos y se dispuso a dar por terminada la reunión metiendo los papeles en la cartera—. A mí solo me llama la atención que la señorita Fitzpatrick siempre se busque socios que al profano... no siempre le parecen del todo adecuados.

Aroha lo fulminó con la mirada.

—Yo no divido a los seres humanos en «adecuados» y «no adecuados». Como anfitriona, he de dar la bienvenida a todo el mundo, sin importar su nacionalidad ni el color de su piel. Es importante para los seres humanos, mucho más importante que hasta dónde llega el chorro de un géiser. Y, por favor, no hable de mí como una furcia que va pasando de hombre en hombre. Con Koro Hinerangi casi estaba casada, murió una semana antes de la fecha en que habíamos planeado el enlace, como tal vez recuerde usted. Sigo todavía de duelo. Pero si tuviera que ir de nuevo ante el altar, sería mi corazón el que decidiría, ya fuera la piel de mi esposo amarilla, roja o negra. —Se levantó—. ¿Nos vamos, Bao? Discúlpenos, señor Randolph, tenemos un hotel que administrar.

Tampoco los demás propietarios de hoteles y tiendas esperaron a que Randolph diese formalmente por concluida la reunión.

Hablando agitadamente los unos con los otros, se pusieron las chaquetas y abrigos. Un vecino ayudó a Aroha a ponerse el chal.

—No lo habrá dicho en serio, ¿verdad? —preguntó—. ¿Usted y el señor Duong...? Me refiero... bueno, Randolph es realmente irritante. Pero ¿usted y... un chino?

Aroha se lo quedó mirando.

—No puedo hacer más que repetirme: ¡ya se enterará cuando cuelguen las proclamas! —Y dicho esto, salió de la sala.

Bao, con Lani en los brazos, la siguió en silencio. Y eso que siempre, antes de abandonar una reunión, se despedía amablemente de todos los conocidos y daba a los hombres sus saludos para las esposas que se habían quedado en casa. Aroha volvió a mostrar su indignación hacia Randolph en cuanto recorrieron las calles vacías camino del Chinese Garden Lodge. Estaba iracunda por los géiseres manipulados, por las declaraciones racistas de Randolph y porque sus vecinos se escandalizaran a causa de su posible relación con un oriental.

—Hasta McDougal ha fruncido el ceño... y eso que él está casado con una maorí. ¿Opina que lo que está bien para un hombre no lo está para una mujer? —Furiosa, iba tropezando por el paseo todavía no terminado que unía Rotorua Lodge con el balneario—. ¡Como mínimo, necesitaríamos aquí alumbrado! ¡Es mucho más urgente que un géiser entubado!

Bao tomó la palabra cuando casi habían llegado al Lodge.

—¿Lo has... lo has dicho en serio? —preguntó a media voz.

Ella se detuvo. Bao vio a la luz de la luna que ella fruncía el ceño.

—¿El qué? —preguntó.

—Que a ti no te importa. Que podrías amarme aunque yo sea chino. —Bao la miraba a los ojos; solo era un poquito más alto que ella.

Aroha rio.

—Bao, yo no pienso en que eres chino —admitió—. Para mí tú eres... sencillamente una persona. Una... persona muy querida. Creo que después de Lani eres la persona más importante de mi vida.

En realidad no había querido decirlo, hasta ese momento ni siquiera había sido consciente de ello. Pero ahora que él estaba ahí, delante de ella... Aroha tomó de pronto conciencia de lo que Bao significaba para ella. Se ruborizó y esperó que él no malinterpretara sus palabras, que no hubiesen sonado como una declaración de amor...

Bao la siguió, de nuevo en silencio, cuando ella se dio media vuelta. Habían llegado al acceso del hotel y vieron el vestíbulo iluminado. Una joven maorí que estaba al cargo de la recepción les abrió la puerta.

—Dos huéspedes nuevos —informó Kiri—. De Auckland. Por lo demás, todo muy tranquilo. El *powhiri* debe de haber sido bonito. La señora Bean me ha preguntado si ofrecemos también ceremonias privadas para invocar a los dioses y cuánto cobran los *tohunga* por hora. Le he dicho que hablase con usted. Lo mismo a las señoritas Peters y Howe, a quienes les gustaría que les enseñasen a tocar la flauta (ya han comprado los instrumentos). Tres clientes se han quejado del ruido después de que ellas hubiesen soplado las flautas.

—Pues deben de tener talento. Yo en mi vida he sido capaz de sacar unas notas de un *putorino* con un volumen tan alto como para que lo oyera el vecino —bromeó Aroha—. ¿O qué es lo que han comprado, caracolas?

Kiri rio.

—¿Se encarga usted de la recepción, señor Bao? —preguntó—. ¿O me quedo yo? Me temo que esta noche Timoti no bajará. Ha pillado la gripe intestinal como la canguro. —Timoti estaba empleado en realidad como portero de noche.

—Por favor, quédese aquí, Kiri. —Bao insistía en llamar de usted también a los empleados maoríes, mientras que Aroha prefería el tuteo. Había formado parte de la tribu de Koro durante demasiado tiempo para separarse de golpe de ella—. Yo acompañaré a la señorita Aroha arriba y llevaré a Lani a la cama.

La niña dormía. Bao la llevó a las dependencias privadas de Aroha.

—¿Puedo entrar? —preguntó.

Aroha asintió, sintiéndose algo turbada. Hasta entonces él nunca se lo había preguntado. Lani no se despertó cuando él la depositó en la camita. Las miradas de Aroha y Bao se cruzaron de nuevo por encima de la cuna.

—Tú también eres para mí la persona más importante de mi vida —dijo él—. Y... y si me permitieras... cortejarte...

Ella intentó sonreír.

—Bao, no tienes que cortejarme. Yo... yo ya sé lo que me das... o lo que me darías... o...

Aroha no retiró la mano cuando él se la cogió.

—La persona más importante en la vida de alguien es aquella a la que más ama —susurró Bao—. Eso es lo que a mí me pasa contigo... ¿Te... te sucede a ti lo mismo?

La joven pensó unos segundos y finalmente dio rienda suelta al sentimiento que durante tanto tiempo había contenido. Sí, lo que sentía por Bao era amor. Le gustaba sentir su mano en la del joven. Cuando él se percató de que ella no oponía resistencia, empezó a acariciarle suavemente los dedos. A Aroha la piel se le erizó y sintió deseo, después de tanto tiempo... Después de Koro no había vuelto a sentirlo por ningún otro hombre. No se resistió cuando Bao la alejó lentamente de la cuna y puso la mano de la joven en su corazón. Empezó a acariciar la mejilla de la muchacha con delicadeza, temeroso de que se asustara.

—Eres preciosa, Aroha —susurró—. Creo que te amé ya la primera vez que te vi. Dime, ¿te ocurrió a ti igual? —La atrajo suavemente contra su cuerpo.

Aroha cedió. A ella, por supuesto, le había sucedido de otro modo. No había amado a Bao a primera vista. Pero lo había apreciado desde el primer día. Y el color de su piel siempre la había atraído, incluso le gustaba. Y también su cabello negro y liso, sus ojos dulces y las arruguitas de expresión que los rodeaban.

Siguió en silencio, sin decir nada. A cambio, le ofreció los labios en un beso.

2

—No deberíamos haberlo hecho...

Lani se movía en su camita y Aroha se levantó para ver qué le sucedía. Le flaqueaban las piernas. Entre los brazos de Bao, esa noche había sido más apasionada y frenética que ninguna otra noche de amor que ella hubiera conocido. Parecía como si, ya en la primera ocasión, el joven hubiese querido hacer realidad todas las fantasías que había alimentado durante años. Incrédulo ante el hecho de poseerla por fin, había sido todo lo tierno, delicado y sensible que puede ser un hombre.

Ahora se dio media vuelta relajado y la miró inquisitivo.

—¿Por qué no? De acuerdo, la virtuosa Aroha Fitzpatrick se ha acostado con su empleado sin antes haber contraído matrimonio. Sin duda será una gran decepción para todo el virtuoso vecindario. Pero no tenemos que contárselo. Y en caso de que hubiera tenido consecuencias, si pedimos ahora las proclamas, seguramente no se notará nada de aquí a la boda.

Aroha negó con la cabeza, se puso la bata y sacó a la pequeña de la camita.

—No deberíamos haberlo hecho —repitió, y despertó a la todavía semidormida Lani con un beso en la frente—. Ni ahora ni después. Bao, no puedo casarme contigo. No puede ser, no lo soportaría. Sufriría por ti.

Bao se levantó y las abarcó a ambas en un cariñoso abrazo.

—¿Qué hay que temer? —preguntó—. ¿Eres sonámbula y te lanzas con un cuchillo sobre tu amante?

Aroha se apartó de él.

—¡No es divertido! —replicó—. Bao, tú mismo sabes lo que me pasó con Koro...

Él miró desconcertado el rostro pálido de ella.

—Koro murió a causa de una erupción volcánica. ¿No irás a sentirte culpable por ello? Yo también estaba allí, ¿no te acuerdas? Nada ni nadie podría haberlo salvado. Si lo hubiésemos intentado, también nosotros habríamos muerto.

Aroha negó con un gesto.

—No me refiero a eso. Sé que no podíamos hacer nada. Pero también me pasó lo de Matiu...

Mientras vestía a Lani, le contó escuetamente sobre Omaka y su *maunga*.

—Y la anciana *tohunga* Ngai, la abuela de Matiu, lo sabía: cuando un hombre quiere unir mi alma a él, muere. Por eso no quería volver a enamorarme. Fue un error haber hecho el amor esta noche. Y si además nos casamos... —Su rostro reflejaba auténtico pánico.

Bao se rascó la frente.

—A ver, Aroha, para que yo pueda entenderlo. Tú, una de las mujeres más inteligentes y sensatas que conozco, ¿crees de verdad que te encuentras bajo el escrutinio de unos espíritus que vigilan tu alma y llevan la cuenta de si te enamoras, te acuestas con alguien y piensas casarte según el rito anglicano? Porque así era como estaba planeado, ¿no? Si la memoria no me falla, los Hinerangi eran cristianos. —Aroha asintió—. ¿Y eso era importante para los espíritus? —preguntó Bao—. Es más, tan importante era para ellos evitar ese casamiento que provocaron la erupción de un volcán, arrebataron a una tribu maorí sus medios de subsistencia, devastaron paisajes...

Ella se mordió el labio.

—Por favor, no te burles de mí. Mi madre y mi tía ya me recitaron el mismo discurso. Pero yo vi la canoa de los espíritus...

—Y mucha otra gente también —le recordó Bao—. ¿Están todos también bajo el influjo de la maldición? Es absurdo y lo sabes.

Aroha estrechó a Lani.

—Vamos a desayunar, Lani, cariñito —dijo a la niña, que había estado escuchando la conversación con expresión de no entender nada—. Mamá y Bao van a arreglarse enseguida.

—¡Babá, babá! —exclamó Lani, extendiendo los brazos hacia el joven chino.

—Al menos una de las señoritas Fizpatrick está contenta de tenerme aquí —bromeó él, cogiendo en brazos a Lani—. ¿Desea la señorita Lani un vehículo para dirigirse al comedor del desayuno?

Ambos intentaron no llamar la atención cuando bajaron al vestíbulo del hotel y escucharon lo que la recepcionista les informaba sobre esa noche en cierta medida tranquila. Bao controló las reservas de las habitaciones, Aroha subió con Lani a echar un vistazo al comedor del desayuno y la cocina, para comprobar que todo estaba en orden. La cocinera, una agradable mujer maorí, ya tenía preparado un vaso de leche con miel para Lani y habló en maorí a la pequeña mientras cubría las tostadas con mantequilla, freía huevos y llenaba cuencos con mermelada. Aroha podía dejar con toda tranquilidad a su hija con ella y las chicas de la cocina. Cumplió un par más de obligaciones matinales para reunirse luego con Bao y desayunar. Ambos se habían acostumbrado a tomar juntos el café de la mañana. Solían aprovechar para hablar de los planes del día y revisar el correo. El personal de cocina solía ponerles la mesa en un rincón algo apartado del restaurante.

—Se me acaba de ocurrir una idea —empezó Bao. Con el periódico y un montón de cartas en la mano, fue a sentarse junto a Aroha—. Respecto a tu *maunga*...

Ella hizo un gesto de rechazo.

—Por favor, Bao... no quiero hablar de eso, bastante difícil me resulta...

—Al menos escúchame, Aroha. Me tomo muy en serio lo que dices. Por eso he estado reflexionando sobre mi *mauṅga*. En caso de que mi cordón umbilical fuese enterrado, no me desenvuelvo tan bien con las costumbres chinas, a lo mejor suelen quemarlo en China o conservarlo en tarros como... como las mejores partes de los eunucos, entonces mi *mauṅga* está en algún lugar de Cantón. Pero a los espíritus no parece importarles que esté unido a él. Yo no siento ni pizca de añoranza por mi casa ni ningún vínculo con Cantón. Con Matiu sucedía algo distinto, ¿no es así?

Aroha asintió.

—Por supuesto, él siempre se sentía desarraigado. Y se sintió más feliz que nunca cuando llegó a Wairarapa.

—Ahí lo tienes —dijo satisfecho Bao—. Él estaba anclado a otro lugar y eso mismo quería para ti. Con lo cual puso a los espíritus en su contra. Me atrevo a poner en duda si eso fue suficiente para que descarrilara un tren; pero está bien, si es lo que quieres creer, pues que así sea. Y lo mismo con Koro. Quería que te establecieras en Rotorua, el monte Tarawera era su *mauṅga*. Los espíritus volvieron a reaccionar, exageraron un poco, según mi opinión, pero lo dicho, tú sigue pensando lo que quieras. En cambio, ahora mírame a mí. Mi *mauṅga* queda lejos del campo de influencia de los espíritus neozelandeses, y yo no tengo ninguna necesidad de anclarte a la sombra de no sé qué montaña cantonesa. Yo estoy tan desarraigado como tú. Conozco vagamente a mis abuelos, no tengo lares domésticos. No podría recitar ningún... ¿cómo lo llaman los maoríes?... *pepeha* aceptable. ¿Por qué iban a ocuparse los espíritus de mí? Olvídate de todo ese asunto, Aroha. Yo te amo, tú me amas y mañana pedimos las proclamas. Así de sencillo. Por lo demás, aquí está el correo.

Puso sobre la mesa una pila de cartas. A Aroha le llamó la atención un sobre escrito con caligrafía china.

—¿Quién te escribe desde China? —preguntó, contenta de poder cambiar de tema.

Bao dio la vuelta a la carta. Alguien había escrito con esmero la dirección en inglés.

—Es de Dunedin —contestó, señalando el sello—. Mi amigo Deng Yong. En Dunedin compartíamos un alojamiento bastante mísero. Qué raro, creía que no sabía escribir. —Abrió la carta, echó un vistazo a la sencilla hoja cubierta de signos chinos y sonrió con tristeza—. Es conmovedor, la carta procede de todos los hombres que se han repartido ese alojamiento de Dunedin, por no decir de toda la comunidad china de la ciudad. Es obvio que se han reunido varios que sabían un par de signos, también hay unas pocas palabras en inglés.

—¿Y qué te comunican con tanta urgencia? —preguntó Aroha, sirviendo café—. ¿Quieres un cruasán? La cocinera se ha superado esta mañana... —Cogió uno y dejó otro en el plato de Bao.

Él estaba enfrascado en descifrar la carta.

—Me piden ayuda —dijo por último—. Para los chinos, la situación cada vez está peor en Dunedin. Los hombres viven en las condiciones más precarias porque nadie les alquila un espacio decente. Los patrones cada vez pagan peor, además los acosan sin cesar. Y ahora los notables del lugar han proyectado una reunión en el Princess Theatre para organizar una protesta contra la infiltración china en la colonia. A saber qué significa, Deng Yong ha copiado las palabras del periódico. En cualquier caso, mis compatriotas tienen miedo y les gustaría enviar a uno de los suyos a esa reunión para dejar las cosas claras. Lamentablemente, ninguno sabe inglés. Así que se han acordado de mí. Reunirán entre todos dinero y dicen que me lo enviarán para pagar el viaje, lo que significa que para ellos lo que sucede es gravísimo. No les sobra el dinero, pero serían capaces de volver a endeudarse para costear mi desplazamiento.

—¡Entonces tienes que ir! —decidió Aroha—. Y, por supuesto, pagarte tú mismo el viaje.

—¿Y dejarte sola aquí? ¿Precisamente ahora? —Su mirada reflejaba el miedo no expresado de que a su vuelta todo volviera a ser como antes de esa maravillosa noche que habían pasado juntos.

Aroha reflexionó. Pese a sus irracionales temores, también a ella le costaba separarse de Bao. Era demasiado emocionante haberse encontrado por fin, y lo que él había dicho sobre su *maunga* y sus miedos parecía muy lógico y reconfortante. Ahora quería ver las catástrofes de su vida como los demás hacían con las propias. Matiu y Koro habían estado en el lugar y el momento equivocados. Su muerte había sido trágica, pero tenía tan poco que ver con la maldición de Aputa tras la muerte de Haki como con el anclaje del alma de Aroha en las nubes.

—Podría acompañarte —dijo—. La temporada empieza en noviembre. Hasta entonces tenemos más de dos semanas de tiempo. E incluso si nos quedamos un par de días más... Nuestros empleados sacarán esto adelante, forman un equipo con experiencia. Tal vez hasta McRae nos eche una mano para comprobar que todo anda bien...

El escocés no había vuelto a construir su hotel junto a Te Wairoa. Ahora vivía con su esposa en Rotorua.

—¿Quieres venir conmigo? ¿De verdad? —Bao parecía a punto de ponerse a bailar un *haka* de alegría—. ¿Pese... pese a esos espíritus?

—A los espíritus los dejamos aquí —declaró Aroha—. Y tengo ganas de ir a Dunedin. Ya sabes que estudié ahí. Iré a visitar a mis antiguos amigos, tal vez a la escuela. —Empezó a hacer planes.

—Pero... pero podría ser peligroso —objetó de mala gana Bao—. Mis amigos escriben que la amenaza es real. Deberías pensar si quieres viajar a Dunedin con un chino. Ya solo la cuestión del hotel... seguro que no nos dejan compartir habitación. Es posible que yo no consiga ninguna.

Aroha lo interrumpió con un gesto.

—No necesitamos un hotel, iremos a casa de Robin. Ahora vive en Dunedin.

—Vaya. Ha heredado, ¿no?

—Exacto. Al parecer vive en una casa enorme en Mornington, el barrio más aristocrático de Dunedin. Y debe de ser alguien influyente. A lo mejor hasta puede apoyarte en esa reunión. ¡Oh, qué contenta estoy de ir de viaje! ¡Siempre me ha gustado Dunedin!

Bao seguía oscilando entre una alegría rebosante y la sospecha de que esos no serían los apacibles días de vacaciones que Aroha imaginaba. No se hacía la ilusión de poder asistir con toda tranquilidad a una función de teatro o a la ópera, Aroha tendría que ir sola con sus parientes. Pero Bao calló sus dudas. En la casa de Robin estaría seguro y por estar junto a Aroha, se enfrentaría a un centenar de dragones.

—Pregunta primero a Robin si no tiene ninguna objeción, ni su prima —dijo—. Y recuérdale que soy chino. Si no quieren hospedarme, es mejor que lo sepamos antes de plantarnos delante de la puerta de su casa.

Por supuesto, Robin Fenroy iba a dar acogida a Aroha con quienquiera que la acompañase. Reaccionó eufórico a la pregunta por telegrama. La respuesta, enviada por igual vía, en la que se extendió tanto para remarcar que la invitaba de corazón, debió de costarle una fortuna.

Los demás preparativos del viaje se realizaron también sin problemas. McRae estaba dispuesto a reemplazarla un par de días. Se alegraba de volver a tener un hotel bajo su control. Después de pensárselo mucho, Aroha y Bao decidieron dejar a Lani en Rotorua.

—La residencia en Dunedin es demasiado elegante —fue el argumento de Aroha—. Y nadie en la familia tiene hijos. A saber si no se molestan porque la niña llora o mancha los caros muebles.

Bao, que cuando estaba en el internado había conocido casas inglesas señoriales, se preocupaba menos. Si Robin Fenroy realmente vivía en las condiciones que Aroha aseguraba, encontrarían a una niñera que vigilara a Lani todo el día. Daba la razón a Aroha por otros motivos: seguro que era preferible para la niña que no la vieran con un padre chino y una madre blanca en la ya agitada ciudad. En Dunedin había pocos maoríes y si tomaban a la pequeña por una hija biológica suya y de Aroha, la agresividad de los habitantes podía agudizarse más.

El lugar donde dejar a Lani tampoco suponía ningún problema. Sus abuelos, que ahora vivían en el *marae* de los ngati hinemihi, estarían encantados de ocuparse de ella. La niña se lo pasaría bien. Aroha los iba a visitar con frecuencia con la pequeña, que siempre se divertía con su familia maorí.

3

—¿Es esta la casa?

Cuando el carruaje se detuvo delante de la propiedad de los Lacrosse, Aroha no daba crédito. Había rechazado el ofrecimiento de Robin de enviarles su carroza al puerto. A fin de cuentas, los barcos no llegaban tan puntualmente como los ferrocarriles y no quería exigirle al cochero que estuviese esperándoles durante horas. De ahí que Robin les hubiera aconsejado que cogieran un coche de punto. «Que espere delante de la casa, saldrá el mayordomo y pagará al cochero», les había escrito.

—Sin duda, señora —respondió el conductor. Al principio, cuando Aroha había detenido su vehículo, el hombre había dudado de si transportar a un chino. Pero lo había convencido la dirección, en un barrio noble—. Antes Lacrosse, ahora Fenroy. Un chelín y seis peniques, señora.

Impresionada, Aroha sacó su bolsa y pagó sin hacer caso de las indicaciones de Robin. Bao cargó con las maletas de los dos y las llevó a la puerta de la casa. El mayordomo que abrió poco después miró el equipaje con aires de condescendencia.

—Deje las maletas aquí, el mozo las subirá —observó tras un breve saludo. Por supuesto reconoció el origen de Bao, pero no dejó entrever ningún recelo—. Señora, caballero, el señor Robin los espera en la biblioteca, a no ser que antes quieran refrescarse un poco. En ese caso, Jean puede conducirlos a su habitación.

—La sirvienta ya estaba preparada e hizo una reverencia.

Aroha sonrió a los dos criados.

—¡Iré primero a saludarlo! —decidió—. ¡Hace mucho que no veo a Robin! No puedo esperar. ¿Dónde está la... hum... la biblioteca?

En realidad se sorprendió de que Robin no la hubiera recibido en la misma puerta. A lo mejor no estaba bien visto ahí...

El mayordomo se dispuso a precederla, pero Aroha estaba impaciente y se adelantó en la dirección correcta. Había que cruzar un salón elegantemente amueblado, un comedor y una sala de caballeros antes de llegar a la enorme habitación repleta de libros. Aquella mansión la intimidaba. ¿Quién vivía ahí? Robin con su prima segunda, Peta y March. ¿Cuatro jóvenes solos en ese castillo?

Al oírla entrar, Robin, que estaba leyendo indolentemente sentado, dejó el libro. La joven se sorprendió de su buen aspecto. Ya no estaba pálido como antes y parecía más fuerte. Siempre sería un hombre delgado, pero se percibían los músculos bajo el polo, sobre el cual llevaba un pulóver de cachemira. Demasiado abrigado para la época, pensó Aroha, aunque en esas habitaciones de techos altos hacía frío. Por la noche seguro que había que caldearlas.

—¡Aroha! —Robin se levantó de un brinco—. ¡Cuánto me alegra que hayas venido! —La joven lo abrazó cariñosamente y se alegró de que él no retrocediese asustado como antes, tras sus experiencias con Vera Carrigan—. ¡Estás estupenda! —Miró complacido el nuevo peinado de la joven, dos trenzas enroscadas en dos moñitos a ambos lados de la cabeza. El peinado le redondeaba un poco más la cara y ofrecía un bonito contraste con el sombrero marrón dorado y el traje de viaje que llevaba. Aroha se había dado el lujo de comprarse un par de vestidos en Auckland antes de la partida, también con la idea de no llamar la atención entre toda esa gente rica que seguramente deambularía por la casa de Robin—. ¡Mi más sincera bienvenida, señor Bao! —dijo al joven oriental, tendiéndole la mano sin reservas—. Es un gran placer para mí darle la bienvenida. Recuerdo con frecuencia aquella espantosa noche en que ambos colaboramos en las labores de rescate en Te Wairoa.

Bao se inclinó formalmente y se preguntó si Robin también le daría tan calurosa bienvenida si supiera que era el amante de su sobrina. Pero Robin no hizo ninguna alusión a la relación entre ambos. Se limitó a ofrecerles asiento y llamó con naturalidad a una criada que enseguida les sirvió té, café y unas exquisitas pastas, al tiempo que les preguntaba por el viaje y el hotel de Rotorua. Aroha no tuvo la sensación de que eso realmente le interesara.

—¿Y cómo te va a ti? —preguntó ella a continuación—. Bueno... ya veo que muy bien. Con esta casa fabulosa, esta biblioteca... Un ratón de biblioteca como tú debe de sentirse aquí en la gloria.

Robin parecía haber estado esperando esa pregunta.

—¡Todo es fachada! —exclamó sin poderse contener—. En realidad, eso de ser tan... tan rico no es nada estupendo.

Aroha no pudo contener la risa.

—Me parece que no mucha gente comparte esa opinión —se burló—. Yo estaría muy contenta si no tuviera que hacer tantos cálculos. Aunque no puedo quejarme, estamos superando bien todas las dificultades.

—Yo no —reconoció Robin, y Aroha percibió un aire triste en su mirada—. Yo lo hago todo mal. Ni siquiera Leah me habla ya. Y el reverendo... el reverendo me trata cortésmente, pero se le nota que me considera una mala persona.

Robin se pasó con gesto nervioso la mano por los primorosamente cortados cabellos. En apariencia era la encarnación del perfecto *gentleman*. Además del polo y el pulóver llevaba unos cómodos pantalones de color claro. Lo único que le faltaba era esa seguridad en sí mismo que tiene esa clase de personas (Aroha se topaba con frecuencia con esos jóvenes ricachones en el hotel). Parecía angustiado.

Hamlet, pensó ella. Precisamente así debía interpretarse al príncipe de Dinamarca, desgarrado e ingenuo. Salvo que Robin ya no actuaba. Parecía estar viviendo su propia tragedia personal.

—Vayamos despacio —sugirió ella—. ¿Quién es Leah? ¿No será aquella pobre chica tan tímida que había estado en la compañía contigo? No la habrás traído aquí, ¿verdad? ¿Estabas enamorado de ella? Y que un religioso te considere mala persona... Robin, ¡no me lo puedo ni imaginar! En toda tu vida has hecho conscientemente algo malo! Bueno, al menos por propia iniciativa. Aquella Carrigan... ¡Pero de eso ya hace mucho! No lo habrás confesado todo, ¿no? ¿Son católicos los Lacrosse?

Robin se mordisqueaba nervioso los nudillos. Aroha corrigió su primera impresión de que parecía más maduro. Al contrario, todavía era tan ingenuo y frágil como en su anterior encuentro.

—No; presbiterianos —respondió y empezó a hablar. Habló de Peta y de sus actividades en la iglesia, de su visita con el reverendo Waddell, a quien había prometido tomar más en serio sus obligaciones para con los obreros de la fábrica. Habló de Leah, de la nueva Leah, a quien había reencontrado en casa de los Smith—. La de antes no me gustaba nada, pero la actual me cayó realmente bien. Me ha dado la impresión de que me comprende, a fin de cuentas me conocía de antes. Ha cambiado. Es tan vivaracha, inteligente, ¡y divertida! Es una persona ingeniosa. No me extraña que Peta se haya enamorado de ella.

Robin se frotó las sienes y miró infeliz su taza de té, indeciso entre beber un sorbo o no.

—El té está muy bueno —observó cortésmente Bao.

Aroha intentaba entender lo que Robin le contaba.

—A ver, estabas un poco enamorado de Leah y Peta Te Eriatara te ha quitado la novia —concluyó—. Puede pasar, Robin. No todo amor es correspondido. Lo cual, en este caso, incluso habla a favor de esa chica. Preferir un estudiante a un rico empresario es digno de respeto en alguien tan pobre.

—¡No fue así! —murmuró Robin—. La relación tampoco ha llegado tan lejos. Conoció a Peta cuando todos los obreros se echaron a la calle contra mí por lo ocurrido en la fábrica...

—¿Se manifestaron en su contra? ¿Qué es lo que hizo usted? —se interesó Bao—. Había oído hablar de revueltas de tejedores en Inglaterra. Pero se decía que las condiciones laborales en Nueva Zelanda eran mucho mejores.

—Vendí la fábrica —admitió Robin con aire de mortificada inocencia—. O mejor dicho, March la vendió. Yo solo firmé el documento. Pensé que de ese modo todo iría mejor. La gente estaba disgustada con las normas de la fábrica y los bajos salarios...

—¿Y quisiste ponerle remedio dejándolos sin trabajo? —preguntó Aroha—. Robin, ¡no lo dirás en serio!

—Pensé que el consorcio escocés les pagaría mejor. Y que las nuevas máquinas serían más fáciles de manejar. ¡Que para renovar la fábrica hayan tenido que cerrarla durante dos meses no es culpa mía!

—Los escoceses no son conocidos precisamente por su generosidad —intervino Bao—. ¿Cómo se le ocurrió que los escoceses iban a subir los sueldos?

Aroha hizo una mueca.

—March lo convenció —aventuró—. ¿Fue así, Robin? Te presentó el negocio como algo inofensivo y ventajoso para todos los implicados. Se le da muy bien, ya lo vi una vez en Kaiapoi. Dios mío, Robin, ¿nunca has pensado en controlar lo que hace?

—Yo no le deseaba ningún mal a nadie. Lo único que se me puede reprochar es que yo... bueno, que me alegrara de quitarme esa responsabilidad de encima. Y todavía me alegro. No hago nada por controlar a March ni a otra gente. Ni por hacer negocios. Pero entretanto todo se ha arreglado. Los obreros vuelven a tener todos trabajo fijo.

—¿Todos? —preguntó Bao sorprendido—. ¿No es que últimamente se contratan a chinos en las fábricas? A los que todavía se paga peor que a los demás trabajadores. Y encima se los acusa de estar robando los puestos de trabajo. Había un pasaje en la carta de Deng Yong que hasta ahora no había entendido. Ahora adquiere sentido.

—¿Y de qué han vivido los obreros mientras la fábrica estaba cerrada? —preguntó Aroha.

Robin se encogió de hombros.

—Algunos se buscaron otro trabajo. Leah también. No sé por qué está tan enfadada conmigo. Quería trabajar en uno de los talleres de confección y March le ofreció un puesto allí en cuanto se lo pedí. Podía estar satisfecha...

—A lo mejor no se preocupaba solo por sí misma, sino también por la familia con la que vivía —dijo Aroha sarcástica—. Por Dios, Robin, a veces uno puede creer que vives en otro mundo. ¿Y los demás? ¿Los que no encontraron trabajo?

—Creo que la comunidad los ha ayudado. Yo hice donativos. Siempre hago muchos donativos. Pero esta vez... Peta me acusó de querer volver a librarme de mi responsabilidad y se negó a aceptar el dinero. El reverendo sí lo hizo y me dio las gracias, pero con un tono... ¡Antes era tan afectuoso, tan amable! Y ahora me trata como si yo fuera un leproso. Como si me despreciara...

—Es probable que lo haga. —Aroha suspiró—. Has vuelto a meter la pata... ¿Y ahora qué hace March? ¿Se ha tranquilizado después de vender la fábrica?

—Ahora solo tenemos talleres de confección. Y tiendas en las que se venden las prendas. March dice que se venden baratas, que todo el mundo puede permitírselas. Esto está bien, ¿no? —Miró a su sobrina suplicante.

Ella miró desvalida a Bao.

—No sé —respondió—. Sinceramente, no entiendo nada ni de economía política ni de economía de mercado ni de cómo se relacionan entre sí. Pero sí, en general la gente se alegra cuando algo es barato...

Robin resplandeció.

—Eso es lo que también dice March. Y que de ese modo podemos vender y producir mucho y ganar mucho dinero. Pero no sé por qué aun así Peta y el reverendo me miran como si fuese el demonio en persona.

Aroha tampoco lo sabía, pero se propuso averiguarlo. A lo mejor podía visitar los talleres y, sobre todo, las tiendas donde March vendía sus productos.

4

Bao y Aroha cenaron solos. Robin y Helena estaban invitados a una cena a la que se suponía que no podían faltar.

—El alcalde organiza la *soirée*, cariño —había informado Helena con afectación—. Naturalmente, podríais acompañarnos, pero... —La joven había mirado a Bao con un aire de desaprobación y pesar, y a Aroha pidiendo comprensión—. Tienes que entenderlo, Aroha. —Y esta había asegurado que, de todos modos, estaba cansada del viaje.

Cuando Helena y Robin habían bajado en traje de noche y frac, se alegró de quedarse en casa. Entre los vestidos que había adquirido en Auckland no había ninguno tan suntuoso, aunque Bao sí tenía un frac (a fin de cuentas, trabajaba de *maître de la maison* y por las noches siempre daba la bienvenida a los invitados elegantemente vestido), pero no uno tan bien confeccionado y con un corte tan moderno como el de Robin.

—Habríamos parecido los parientes pobres —observó Aroha—. De todos modos, puedo renunciar a ese tipo de compañía. Me basta con tener que servir a esa clase de gente en el hotel. Aunque las mujeres no llevan trajes tan caros.

—Probablemente porque en las maletas no cabe tanta crinolina —señaló Bao con una sonrisa irónica—. Pues a mí sí me hubiera gustado asistir a la velada. El alcalde es el mismo que convocó la reunión en el Princess Theatre. Habría sido bueno conocerlo en un ambiente más relajado...

Al final, ambos disfrutaron de la cena y de pasar solos la velada. Ninguno había dormido antes en una cama con dosel, lo que contribuyó a avivar sus fantasías.

—¿Cómo se llama vuestra emperatriz? —preguntó sonriendo Aroha—. ¡Todavía seré más complaciente contigo si me llamas Hija del Cielo! No, dímelo en chino, por favor...

A la mañana siguiente, Bao fue a ver a sus compatriotas y Aroha se arregló para visitar la ciudad. Robin había salido a dar su paseo matinal a caballo y Helena se ofreció a acompañarla. March y Peta todavía no habían aparecido, lo que no sorprendió a Helena.

—March se queda mucho tiempo en la fábrica por las noches, y por las mañanas regresa allí a las siete —explicó a Aroha cuando subieron juntas en el carruaje rumbo al Octágono. Alrededor del centro de la ciudad se extendía una arteria octogonal, que era donde se localizaban las tiendas más interesantes. Aroha habría preferido como transporte el famoso tranvía de Dunedin, el *cable car*. La estación de ferrocarril estaba muy cerca de la casa Lacrosse. Pero Helena consideraba que no estaba a su altura utilizar los coloridos vagones que subían la montaña tirados por cables de acero—. Y Peta —prosiguió— creo que pasa la mayoría de las noches con esa chica. ¡Una relación ciertamente inconveniente! Una vez hasta se atrevió a traerla a casa... ¡Robin es demasiado tolerante! Yo no lo habría permitido, y para March también fue bastante desagradable, horrible. Esa pobre chica no sabe comer con cuchillo y tenedor...

Aroha no podía imaginarse esto último. De Te Wairoa solo había conservado una impresión borrosa de Leah, pero la joven había estado en el hotel de McRae sin llamar la atención.

—Naturalmente, la chica no pronunció palabra... Fue algo lamentable para todos los presentes. Así pues, soy de la opinión de que hay que dejar a la gente en el lugar al que pertenece... —Hizo una pausa y rectificó al ver que Aroha no contestaba nada—. Bueno... esto... claro que no me refería a nada personal —se disculpó de modo poco convincente—. Este... el... Bao tiene unos modales estupendos.

—Procede de la casa imperial —se jactó Aroha—. Dime, ¿dónde están las tiendas que March dirige para la Lacrosse Company? ¿Podríamos ver alguna?

El carruaje pasaba en esos momentos junto a un anuncio que rezaba «¡Ropa para damas y caballeros a precios todavía más bajos!». Pero el nombre del establecimiento no le dijo nada a Aroha.

—¡No querrás comprar esa ropa de plebeyo! —se inquietó Helena—. Esas prendas de baratillo no son para una dama. Pensaba enseñarte los comercios realmente buenos. Por ejemplo, Lady's Goldmine. Esa sí que es una tienda elegante...

—Allí no compraré nada, solo entraré a mirar —la interrumpió Aroha—. Si March administra algunas tiendas en nombre de Robin...

—No lo hace. No tiene comercios propios, solo abastece de prendas en las que cose la etiqueta «Cross» a un par de vendedores de artículos de precios bajos. Estuvo probando medio año con tiendas propias y luego lo dejó. Explicó que no se puede controlar al personal desde una oficina central. Es mejor que los comercios estén dirigidos por sus propios dueños.

—¿Entonces es Peterman's quien vende sus prendas? —preguntó Aroha.

«Almacenes Peterman's», se leía en el siguiente cartel que anunciaba ropa para damas y caballeros al alcance de todo bolsillo.

—Es probable —contestó Helena poco interesada—. Yo no he estado nunca. No es aquí... Ah, es en St. Andrew's —observó tras consultar la dirección—. En algún lugar del Medio Acre del Demonio. Las demás tiendas están en los barrios obreros. Luego podemos pasar por ahí, si tantas ganas tienes.

En el centro de Dunedin, donde dominaban las tiendas de confección para damas y caballeros, las de exquisiteces, joyerías y bancos, Aroha no encontró prendas que procedieran de las fábricas de Robin. Ahí todo se cosía a mano, era exclusivo y bien confeccionado, prendas bonitas y elegantes. La pareció maravillosa la selección de Lady's Goldmine, y más aún porque las señoras que dirigían la tienda también ofrecían vestidos que no requerían llevar corsé. Pensó que serían muy prácticos para su trabajo en el hotel, pero no podía permitirse ninguno de los variados conjuntos.

—Que lo carguen en la cuenta de Robin —sugirió Helena cuando Aroha se dispuso a dejar un maravilloso vestido de seda inspirado en la moda Imperio—. Me lo ha dicho expresamente esta mañana. Puedes comprar lo que quieras. —Ella misma se probó un vestido de tarde más conservador, con cintura de avispa y crinolina—. Este es bonito, ¿verdad? Tal vez la falda podría ser algo más amplia. Así parece un poco... hum... marcadamente discreta... ¿Es esta la intención, señora Dunloe? —La amable dueña de la tienda explicó que Kathleen Burton, quien diseñaba los vestidos de Lady's Goldmine, ponía mucho interés en que fueran fáciles de llevar.

—Así al menos un joven caballero puede sentarse junto a usted en un banco del parque cuando se tomen un descanso en un paseo, señorita Lacrosse. Mientras que con la falda que lleva ahora... Es preciosa pero ha volcado con ella la mitad de nuestros percheros... —En efecto, una chica maorí que hacía de ayudante en la tienda se ocupaba exclusivamente de que los percheros no fueran tumbados por las amplias crinolinas de las clientas.

Aroha miró divertida a la propietaria. También ella se preguntaba cómo circularía Helena por viviendas no tan espaciosas como la señorial casa Lacrosse.

—En fin... —admitió Helena—. Visto así... Bien, me lo quedo. Y la señorita Aroha se lleva el vestido Imperio. No hay peros que valgan, Aroha; de vez en cuando has de ponerte algo sofisticado. Tienes un vestuario muy sobrio.

Aroha dio las gracias ruborizada, mientras la señora Dunloe preparaba una factura con el precio de ambos vestidos que Helena firmó. La cuenta del banco en que se realizaría el cobro estaba a nombre de Robin Fenroy.

—¿Robin tiene cuenta aquí? —preguntó Aroha asombrada—. ¿Tienen también ropa de caballero?

La señora Dunloe respondió divertida que no.

—No, pero la señorita Helena es una de nuestras mejores y más preciadas clientas.

—¿Y la señorita Margery? —preguntó Aroha recelosa. Encontraba escandaloso el desparpajo con que Helena se servía del dinero de Robin.

—¿Jensch? —repuso la señora Dunloe—. Por supuesto, también servimos a la señorita Jensch. Y con gran satisfacción, pues sabe apreciar que la ropa sea elegante y al mismo tiempo práctica, como tiene por objeto la colección de la señora Burton. —La señora Dunloe, una delicada mujer mayor, en cuyo cuidado cabello negro ya aparecían algunas mechas grises, contempló con curiosidad a Aroha. Parecía darse cuenta de que se interesaba menos por los gustos en la forma de vestir de Marsch que por su forma de pagar—. La señorita Jensch mantiene su propia cuenta de cliente —añadió sin que se lo preguntaran, antes de despedirse cortésmente de Aroha y Helena.

Aroha se avergonzó de su propia desconfianza. En realidad March tampoco habría visto bien estar viviendo a costa de Robin como Helena. Como mujer de negocios, sin duda valoraba su independencia.

—¿Robin paga tus cuentas? —preguntó a Helena de la forma más natural que pudo, aprovechando que estaban admirando los escaparates de una tienda de guantes.

Helena asintió tranquilamente.

—Sí. Todo sale de una misma cuenta. En el sentido propio de la palabra, Robin no paga nada. Creo que nunca lleva dinero en el bolsillo, salvo para la colecta de los domingos. Al reverendo no le gusta que le dejen cheques.

—A pesar de todo, ese dinero es de Robin —objetó Aroha—. ¿No tienes ingresos propios?

Helena asintió despreocupada.

—Claro. Pero al final todo va junto. Cuando nos casemos...

—¿Cuando qué? —A Aroha casi se le cayó el paquete con su lujoso vestido nuevo—. ¿Vas a casarte con Robin? ¿Él ya lo sabe?

Helena rio y se volvió hacia una tienda que ofrecía unos bellísimos paraguas y sombrillas.

—Todo el mundo lo sabe en Dunedin —aseguró—. Bueno, Robin todavía se hace de rogar un poco... Es algo más joven que yo y la gente cotilleará. Por eso es prudente dejar que pasen un par de años. Pero es la unión más conveniente de todas, a no ser que se líe con la pequeña de los Magiel. Pero no será capaz. March lo mataría. —Rio—. Además, Rose Magiel es la mitad de alta que él y el doble de ancha. No puede gustarle. —Jugueteó coqueta con una sombrilla. El color conjugaba muy bien con el vestido que acababa de comprarse, y Helena indicó con un gesto que lo cargaran a «su» cuenta.

Aroha sintió por primera vez cierta comprensión hacia Robin. No tenía que ser fácil hacerse valer entre March y Helena. Si bien Robin había bebido los vientos por March cuando era joven. ¿Se habría enfriado la relación o le habría pedido March que se contuviera porque ser gerente de una fábrica era incompatible con ser la señora Fenroy?

—¿Podemos ir ahora a una de esas tiendas que venden artículos de Robin? —preguntó cuando Helena dio por terminadas las compras. El carruaje ya las esperaba en el punto de encuentro que habían concertado—. Me gustaría ver cómo se gana todo ese dinero.

Helena asintió indiferente y dio una dirección al cochero. Este frunció el ceño.

—No es recomendable llevar damas a ese barrio —advirtió—. No... no desearán apearse allí, ¿verdad?

Por la expresión de Helena se pudo deducir que, en efecto, eso no respondía a sus deseos.

—La señorita Aroha desea echar un vistazo a las tiendas del lugar —respondió—. No tardaremos mucho. Puede detenerse directamente delante del comercio. Le agradeceré que esté atento.

A Aroha le pasó por la cabeza que el elegante carruaje delante de una tienda para obreros seguramente atraería la atención de eventuales sujetos turbios. Pero no dijo nada, se concentró en mirar por la ventanilla mientras el coche dejaba el centro de la ciudad y volvía a atravesar Mornington. Las anchas calles estaban flanqueadas por parques y árboles frondosos. Por las aceras paseaban señoras que volvían a sus casas tras haber dado el paseo matinal, y niñeras con cochecitos y llevando de la mano a los hijos de sus señores. Se quedó pensando en Lani... Ya la echaba de menos. Pero entonces el carruaje pasó junto a una pequeña y cuidada iglesia, al lado de la cual se hallaban el cementerio y la casa parroquial.

—St. Andrew's —anunció Helena—. Nuestra parroquia. A la que también pertenecen por desgracia unas calles menos respetables... —Aroha se preguntó cómo se definiría la respetabilidad de una calle cuando el carruaje se internó en el barrio del que hablaban. Había oído hablar de los barrios de mala fama cuando estudiaba en Dunedin, pero nunca había salido más allá de Mornington. Ahora miró con repugnancia y cierta piedad las fachadas de colores llamativos de los bares y garitos de juego, y las casas venidas a menos delante de las cuales los niños jugaban en medio de la inmundicia. De vez en cuando aparecían tienduchas y panaderías, y entre ellas comercios que ofrecían ofertas y puestos de baratijas. Helena mandó al cochero que se detuviera delante de uno—. Entremos —dijo de mala gana.

La tienda tenía un aspecto desordenado y oscuro. El dueño las saludó amablemente, pero luego las miró con desconfianza al ver que dos damas miraban una pila de camisas baratísimas. Estaban realmente bien cosidas.

—Yo necesitaría horas para confeccionar una prenda así —dijo Aroha, pensando que un trabajo de esa calidad seguro que no se haría por dos chelines al día.

—Con las máquinas de coser esto se hace en un abrir y cerrar de ojos —afirmó Helena.

La etiqueta de las camisas rezaba «Mags».

—Estas tampoco son de Fenroy —confirmó Aroha.

—No; son de Magiel —intervino el dueño—. Las de Lacrosse cuestan dos peniques más. Magiel las ofrece más baratas. En cambio, los delantales son de Lacrosse. Así que si necesitan... —Sus palabras eran afables, pero con un deje de incredulidad.

Aroha, que en el hotel solía llevar delantal, dio el visto bueno al artículo. Tampoco podía criticarse la calidad del trabajo en este caso. Claro que la tela era modesta, pero las costuras estaban bien hechas.

—Supongo que Magiel también produce delantales, pero más caros —observó.

El tendero asintió.

—Bajan los precios continuamente. Las camisas de Lacrosse serán también más baratas la semana que viene, seguro. A mí ya me va bien...

—¿Y a sus clientes qué les parece? —intervino Helena dispuesta a ufanarse de su parentesco con los productores de los artículos.

El hombre se encogió de hombros.

—Hay opiniones encontradas. Mis clientes son casi todos obreros de la fábrica. Tienen que ahorrar mucho y por supuesto han de comprar barato. Pero preferirían ganar un poco más y poder gastar también un poco más. Estos precios... ¡Esto no funciona cuando se bajan mucho los salarios! La gente tiene que ahorrar en todo, y la comida... ¡no puede ser cada día más barata! El trigo no crece más deprisa porque lo azucen y el panadero tampoco regala nada. Uno puede renunciar a estas prendas —señaló con un gesto los artículos—. Pero hay familias que solo tienen una olla en la que hacer la sopa y una taza para el café. Se la van pasando. Los niños van heredando la ropa de sus hermanos mayores hasta que se les cae a jirones. Pero el pan han de comprarlo, sin importar cuánto valga. No, señoras, no creo que Lacrosse y Magiel estén haciendo una buena obra con su batalla de precios...

Helena estaba desencantada y Aroha tampoco había llegado a comprender el asunto cuando dejaron la tienda y subieron al carruaje, lo que tranquilizó visiblemente al cochero.

—¿Por qué lo hacen? —preguntó a Helena—. Lacrosse y Magiel, dijo. ¿Qué obtienen las compañías compitiendo con tanta agresividad?

Helena arrugó la frente.

—Por lo visto, sucedió algo entre el señor Porter y March...

Y entonces Aroha se enteró de que Martin Porter se había casado con la heredera de los Magiel. Esto le hizo entender algo mejor la situación.

—Tendré que hablar con March —concluyó más adelante, después de haberle contado a Bao la guerra de precios entre los competidores—. Aunque sería mejor que Robin hablara con ella. De lo contrario, todavía se ganará peor fama en la congregación. Lo mejor sería que Robin acordara con Magiel o con Porter un precio justo. ¿Y cómo te ha ido a ti por la mañana?

Bao parecía más abatido que Aroha después de su visita al mundo obrero. De hecho, él se había sumergido más profundamente que ella en los abismos del Medio Acre del Demonio. La mayoría de los chinos también vivía en la zona industrial.

—Al principio todo el barrio era una zona china —explicó—. Hasta que llegaron las fábricas y con ellas los blancos. Les alquilaron a ellos las chabolas, algunas incluso los chinos. Los pocos compatriotas míos que tienen algo de dinero, lo ganan ahí. Con garitos de juego, bares, opio... y, naturalmente, prestando dinero. La mayoría de los obreros chinos les debe dinero. Además de la mala fama. Corre el rumor de que todos los chinos son unos maleantes. Estas son las circunstancias que debo explicar al alcalde la semana que viene en la reunión. A ver si me hace caso. Como sea, mis amigos están descorazonados. Viven en agujeros infectos; en serio, Aroha, veinte hombres se reparten un cuchitril medio derruido y con goteras. Apenas ganan para vivir, pero además han de pagarse el billete del barco y enviar dinero a casa. No comen más que un puñado de arroz al día, y si una rata les pasa cerca, también se la comen. ¿Se les puede culpar por eso? ¡Y ahora, encima, los persiguen! Los pobres apenas se atreven a salir a la calle. En especial, desde que hay más chinos trabajando en las fábricas. Cuando yo todavía vivía aquí, los propietarios no les daban empleo porque hablaban muy poco inglés y los demás obreros no los toleraban. Ahora las cosas han cambiado, a los fabricantes les da igual quién se encarga de sus telares. En la fábrica, los supervisores mantienen el orden, pero los encontronazos de la mañana antes del trabajo y después por la tarde, son como carreras de obstáculos para los de mi raza.

—¿Otra cosa más que añadir a la cuenta de pecados de Robin? —preguntó triste Aroha.

Bao negó con la cabeza.

—No, esto no. Aunque Lacrosse está considerado uno de los mayores explotadores, la fábrica emplea exclusivamente mujeres. En especial mujeres jóvenes. Además, solo tienen talleres de confección.

—Deben de funcionar de forma más comedida que los molinos de lana. —Aroha repitió lo que le habían contado por la mañana Robin y Helena—. Helena dijo que las chicas van a la iglesia con vestidos bonitos y...

Bao se encogió de hombros.

—No puedo opinar al respecto, las chicas chinas se quedan en China. Pero las fábricas tienen pésima reputación. A lo mejor deberías echar un vistazo a ese hipotético paraíso del trabajo y luego dejarle bien claras las cosas a Robin. Tu tío es una persona amable, pero... —sonrió irónico— su *maunga* deambula por las nubes. Los espíritus deberían ocuparse de él un día. ¿Dónde está el sabio *tohunga* más cercano?

5

De hecho, fue un religioso quien colocó en el centro del interés general la lucha de precios entre las compañías Lacrosse y Magiel. Pero antes de eso, Aroha y Bao se encontraron con uno de los otros dos inquilinos de la casa Lacrosse. Peta se presentó al desayuno del día siguiente y se alegró del reencuentro con Aroha.

Aroha, que no había vuelto a ver al joven desde que habían visitado juntos aquella fábrica, se quedó impresionada por cómo había evolucionado. El muchacho iracundo de Kaiapoi había madurado, convirtiéndose en un estudiante de Derecho inteligente y sensato, que le hablaba con vehemencia de sus estudios y de su participación en la congregación del reverendo Waddell. Peta tenía muy buen aspecto. Era fuerte, pero menos cuadrado que su padre y su abuelo. Vestía de forma convencional, su traje era de buen paño, pero no estaba confeccionado por ninguno de los selectos sastres de la ciudad. Más bien debía de proceder de uno de los talleres de Christchurch. Para ser un sábado por la mañana, Peta iba demasiado formalmente vestido, pero lo justificaba el hecho de que combinara sus estudios con el compromiso social.

—Un par de estudiantes y yo prestamos asesoría legal gratuita en la casa parroquial. Nos ayuda el profesor Lucius.

—Con eso solo subleváis a los obreros —intervino Helena.

Hasta entonces, tanto ella como Robin habían estado escuchando en silencio la animada conversación entre Aroha y Peta.

El propio Peta no hacía ningún caso de sus anfitriones. Sin la visita de Aroha y Bao, la atmósfera habría sido gélida.

Peta dirigió una mirada a Helena que oscilaba entre la hartura y el desdén.

—Puedes venir un día conmigo y escuchar tú misma las preocupaciones de la gente. Entonces no tardarás en entender por qué a nadie se le ocurre denunciar a su patrón. Sin embargo, eso sería con frecuencia lo correcto, aunque fuera en vano. Porque incluso si el obrero ganase, no volvería a obtener un empleo en ningún sitio. A este respecto, los propietarios de las fábricas se mantienen unidos. Incluso March y Porter: si alguien aparece en su lista negra, que se muera de hambre. En nuestro caso son más frecuentes las querellas por el alquiler, las apuestas fraudulentas o la cuestión de si una muchacha violada debe denunciar o no a su violador.

—¡Por favor, no hables de temas tan desagradables en el desayuno! —Helena cogió afectada la taza de té.

—Tú has preguntado —replicó Peta poniendo los ojos en blanco—. En cualquier caso, ayudamos a la gente y con ello adquirimos experiencia práctica.

—Tenemos que irnos —dijo Robin a Helena, antes de que el ambiente se caldeara demasiado; temía que aumentara la violencia subliminal de la conversación—. No hagamos esperar a los demás... —Robin ya llevaba la ropa de deporte, por lo visto tenían proyectada una partida de golf.

Helena depositó despacio la servilleta a un lado.

—¿Juegas al golf, Aroha? —preguntó.

Contestó sonriente que no.

—Por el momento no hay ningún club en Rotorua. Aunque no tardará en aparecer. ¡A lo mejor deberíamos sugerirlo, Bao! Sería una interesante oferta adicional para los *manuhiri*. En lo que a mí se refiere —se volvió hacia Helena y Robin—, no le encuentro la gracia a ese juego. Me resulta aburrido.

—Un intento de hacer de la ociosidad un arte —observó Peta.

No tenía prisa y tomó otro café con Bao y Aroha cuando Helena y Robin ya se habían ido. Con su partida, la atmósfera se relajó. Aroha se preguntó qué ambiente habría cuando también estuviera March a la mesa. Sus motivos debía de tener para no dejarse ver. Tenía sentimientos encontrados. Encontraba a Peta sensato y romántico, a Helena, tontorrona y afectada, y por Robin sentía cierta pena. Su joven tío siempre había aspirado tanto a la armonía que llegaba al punto de renunciar a su propia voluntad. El ambiente de esa casa debía de pesarle. Peta lo despreciaba, March no lo tomaba en serio, y Helena lo llevaba como a un perro de la correa.

—¿Tienes un poco de tiempo? —preguntó Aroha. Había decidido abordar el tema cuando Peta se untaba tranquilamente un panecillo con mantequilla.

—Claro que sí —contestó relajado—. Mis primeros clientes no llegan antes de las once. Quien no ha de trabajar el sábado por la mañana suele tener turno de noche. Luego duermen un par de horas, y después vienen a escondidas a la cita para que no los vea el arrendador, el usurero o el que sea con quien tiene problemas.

Aroha planteó sus preguntas acerca de la penosa situación de las fábricas Lacrosse y expresó sus sospechas de que el motivo residiera en la competitivad entre Lacrosse y Magiel.

—¡Bien visto! —exclamó Peta sonriendo, cuando ella mencionó la relación entre March y Porter—. Los dos están como el perro y el gato, para gran satisfacción del viejo Magiel y de nuestro querido Robin. No se sabe quién gana más, nunca antes habían obtenido tantos beneficios los Magiel y los Lacrosse.

—¿Pese a esos precios tan baratos? —se sorprendió Aroha.

—Es por la cantidad —respondió Peta—. Y no olvides que ellos mismos compran muy barato. Los dos poseen todos los talleres de confección de la zona, lo que significa que pueden dictar los precios a los molinos de lana. Estos deben producir las telas a precios cada vez más baratos, lo que solo es posible bajando sueldos. Así que no solo sufren las costureras de las propias fábricas de March y Porter, sino también los obreros de las tejedurías y tintorerías. Ahora dan empleo a los chinos porque así pueden reducir todavía más los salarios. —Se dirigió a Bao—. Lo que provoca aún más malestar.

—No puedo creerme que Robin se alegre de los beneficios adicionales —dijo Aroha pensativa—. ¿Sabrá cuánto dinero tiene en la cuenta?

Peta lanzó al plato la mitad del bocadillo que se disponía a morder. Hasta ahora había un tono sarcástico en su voz, pero había argumentado razonablemente y con sensatez. Ahora parecía estar a punto de echar sapos y culebras.

—¿He de sentir pena por él, por el pobre Robin? Seguro que también se ha estado lamentando con vosotros de lo incomprendido que se siente y de lo pesado que es tener que ir al campo de golf para representar a la compañía Lacrosse y tener que bailar con su arrogante Helena. Ay, y esas interminables horas derrochadas en el sastre y el zapatero... —Peta imitaba a Robin, quien al parecer solía quejarse solemnemente de su destino—. ¡También lo intentó conmigo cuando llegué! —dijo con dureza—. Tras lo cual tuve que explicarle de la A a la Z cómo puede ser útil aquí. ¿Y qué hizo él? Librarse de sus responsabilidades una vez que comprendió el peso que lleva encima. Podría haberlo cambiado todo aquí...

—No está hecho para esto —defendió Aroha a su tío—. Sus cualidades se aprecian en otros ámbitos, es un actor de talento...

—De eso no hay necesidad, por desgracia —objetó Peta acalorado—. En cualquier caso, Robin podría haber tomado otra actitud, incluso si no hubiera sido víctima del infortunio de ser el heredero de un millonario. No te esfuerces, Aroha, no voy a tener lástima ni admiración por Robin, por muy bien que interprete a Romeo cuando se lo permitan. ¡Es un cobarde y un blando! Y su supuesta abuela, tan venerada por el tío Walter, era igual. Oí hablar a Cat de esa Suzanne la última vez que estuve en casa, y cuando se indaga un poco aquí y allá, las historias concuerdan. Por lo visto, Suzanne también fue víctima de la mala suerte. Se quedó embarazada, pero a su papá no le convenía el hombre. Comprensible, pues el individuo la dejó plantada en cuanto ella huyó con él, sin equipaje y sin un penique. Helena lo considera romántico. ¿Y tú?

—Más bien tonto —respondió Aroha a su pesar.

—¡Exacto! Pues tu querido Robin es de la misma especie. Pero al menos no bebe. Suzanne se entregó al alcohol en lugar de regresar simplemente al castillo de la familia. No creo que su padre se hubiera alegrado de que tuviese un bebé, pero al menos le habrían dado un nombre y algo que comer. Suzanne casi dejó que Cat muriese de hambre, la niña sobrevivió porque las otras putas la cuidaron. Ni una chispa de sentido de la responsabilidad, la personificación del egocentrismo. ¡Como Robin Fenroy! ¡Así que no lo protejas!

Peta se dispuso a levantarse.

—Usted también vive de su dinero —observó Bao, que había estado callado pero sintió que debía intervenir—. ¿O paga usted la comida y el alojamiento?

Peta rio, una risa fea. A Aroha le recordó a March. Por primera vez perdió su aire simpático.

—No lo hago —admitió—. Y la querida prima Helena ya hace tiempo que me hubiera echado de aquí. Pero Robin es demasiado cobarde para hacerlo. O quizá no lo hace porque me necesita. —Gimió—. ¡Yo soy su conciencia!

—Es tan gorrón como el resto —opinó Bao cuando Peta se marchó, dejándolos solos—. Vuelven loco a Robin y al mismo tiempo se aprovechan de él. Sin embargo, ninguno necesita comportarse de ese modo, ¿verdad? ¿No me contaste que los padres de este chico tienen una granja?

Aroha le explicó otra vez las circunstancias de las granjas Rat y Maori.

—En el fondo, todos son unos niños ricos —dijo ella sabiamente—. Y así es como se comportan. ¿Qué hacemos con el resto del día? ¿Una visita a la fábrica y vemos a la cuarta persona del grupo?

March Jensch los recibió en la oficina del nuevo taller de confección, junto al puerto, en un antiguo almacén, un imponente edificio de ladrillo. March lo había rehabilitado totalmente para ajustarlo a sus objetivos. A Aroha le llamó la atención que los pasillos fueran más anchos y luminosos que los de la fábrica de Kaiapoi. En su origen, las ahora amplias escaleras seguramente habían sido muy estrechas.

—La rehabilitación fue carísima —explicó March al notar lo admirada que estaba Aroha—. Especialmente las escaleras costaron una pequeña fortuna. De ahí que el arquitecto me tomase por loca, podría haberlo dejado todo tal como estaba. En Kaiapoi tuvimos una vez un incidente. Una bala de tela prendió fuego y los trabajadores huyeron aterrados. ¡Actuar de forma racional les resulta imposible, a ninguno se le ocurrió apagar simplemente las llamas! Al final, fue Martin, solo, quien apagó el fuego y no pasó nada. No obstante, tuvimos un par de heridos leves porque todos se apelotonaron delante de puertas estrechas en pasillos estrechos. Estuvieron a punto de morir aplastados. Si el fuego se hubiese propagado habría sido una catástrofe. Es como si todavía lo estuviese viendo. —Aroha sintió respeto por ella, a su pesar. Tampoco era que las trabajadoras le importaran tan poco como aparentaba—. Tenemos dos salas, cada una con cincuenta máquinas, y en cada una de estas trabajan dos mujeres, una costurera y una ayudante... —prosiguió March.

Condujo con orgullo a sus invitados por el taller de costura. También ahí, como en Kaiapoi, tenía que gritar para hacerse oír porque las máquinas hacían el mismo ruido infernal. El aire de las salas era asfixiante, aunque no tanto a causa de los productos químicos y las fibras sueltas, sino simplemente porque las ventanas eran demasiado pequeñas y no se podían abrir porque estaban muy altas. Entraba tanta claridad que no era necesaria luz artificial.

—Hace mucho calor aquí —observó Aroha.

—Ya. A mí tampoco me gusta —admitió March—. Pero el edificio se concibió así, como almacén. Para cambiarlo habría tenido que derribarlo y construir otro. Pero eso tiene su parte positiva: las chicas no pueden mirar afuera y distraerse.

En efecto, las mujeres no levantaron la vista del trabajo cuando March y sus visitas pasaron por su lado. Ni siquiera el aspecto de Bao despertó su interés. Parecían concentradas exclusivamente en sus máquinas, cuyos pedales accionaban con el pie. Con las espaldas inclinadas, se sentaban en sillas pequeñas. Las asistentes parecían estar algo mejor, cortaban y tendían a las costureras los trozos de tela, también a toda prisa. No era una tarea especialmente difícil, cada pareja de mujeres hacía siempre el mismo trabajo: una cosía las mangas, la siguiente las montaba y otra cosía el dobladillo de la camisa. Por lo visto ahí trabajaban sobre todo mujeres jóvenes y todavía solteras. Aroha calculó que la mayoría de las costureras tendría entre catorce y dieciocho años. Todas llevaban vestidos de algodón y delantales blancos que, aunque no eran uniformes, tenían el mismo corte. Seguramente les daba poco el sol, pues estaban todas pálidas y ojerosas. Pero tampoco parecían mal alimentadas.

—Se les paga por prenda —dijo March para explicar la velocidad con que trabajaban las mujeres—. Quien más hace, más cobra. Aquí todo funciona de forma justa. Las dos mujeres que trabajan juntas se reparten el dinero. Las costureras ganan un poco más que las ayudantes porque su trabajo es más difícil.

—¿Y cuántas horas trabajan al día? —preguntó Aroha. Encontraba muy interesante la técnica de las máquinas de coser y le habría gustado probar cómo funcionaba una.

—Nueve horas, según marca la ley. Aquí todo es correcto, Aroha, da igual lo que diga Peta. Y sí, también tenemos salas de descanso y para amamantar... Cuidado con el escalón...

March dejó las naves de la fábrica y condujo triunfal a los dos por las salas de descanso para las obreras. No había patio como en Kaiapoi. La fábrica daba directamente a la calle.

—Qué frío... —musitó Aroha cuando entró en la sobria sala de descanso, amueblada con unas sencillas mesas y sillas. Se hallaba en la planta baja y no estaba caldeada.

—Sí, las chicas han de ponerse abrigo en el descanso —contestó impaciente March—. Lo hacen complacidas. Prefiero no saber cuánto hilo e incluso tela se llevan bajo los chales y en las cestas. Aunque están bajo control, por supuesto, y riguroso... ¿Os apetece un café? Todavía puedo estar un cuarto de hora más con vosotros... Deberíais haber avisado, y habría sido mejor que vinierais otro día. Hoy es el de la paga y tengo que comprobar las cuentas.

Aroha y Bao entendieron la indirecta y renunciaron al café. Suspiraron aliviados al dejar la fábrica. Era un placer volver al aire libre y contemplar la bahía orlada de verdes colinas, en la que se hallaban las instalaciones portuarias de Dunedin. La península de Otago tenía unas playas maravillosas y el agua contenía peces en abundancia. Incluso ahí en el puerto había hombres pescando con caña. Después de soportar el ruido de la fábrica, los graznidos de las aves marinas y el suave chapoteo de las olas constituían un agradable fondo acústico.

—Es cierto que Kaiapoi era peor —señaló Aroha mientras se dirigían a un café cercano. Era más bien un puesto donde servían café y pequeños tentempiés por muy poco dinero. Allí miraron a los dos extraños tan bien vestidos con cierto recelo. La oferta estaba destinada sobre todo a las obreras—. Seguro que las mujeres ganan poco, pero no se diría que pasan hambre, y visten decentemente.

—Solo se las ve cansadas —dijo Bao a media voz—. Terriblemente cansadas.

En la casa Lacrosse dieron por supuesto que Aroha y Bao acompañarían a sus anfitriones el domingo a la iglesia.

—Si no le resulta... bueno, ¿ha estado usted alguna vez en una iglesia cristiana?

Helena miraba de nuevo con aprensión a Bao, aunque este se había vestido correctamente para asistir al servicio y no parecía en absoluto incómodo.

—He tenido una educación anglicana —explicó, sin mencionar si estaba o no bautizado.

De hecho, Bao no pertenecía a ninguna religión y nunca le habían preguntado al respecto. Por supuesto, en el internado había tenido que asistir a los servicios matinales y a la iglesia los domingos. Como hacía un buen día, fueron a pie. March estaba dicharachera. No parecía que ella y Helena fuesen muy amigas, pero se trataban con cortesía. Aroha se percató de que Helena iba vestida con sumo esmero ese día. No soltaba a Robin y acaparaba su atención cuando surgía alguna conversación entre él y March. ¿Eran celos? ¿Y acaso Robin, siempre en busca de la armonía, evitaba hablar sobre lo que sucedía en la fábrica porque Helena lo hacía todo para impedir cualquier contacto con March?

En cuanto a la congregación, Aroha no se dio cuenta de que se ignoraba a Robin, al menos hasta que los notables de Morningston comprobaron que el heredero de Lacrosse había aparecido con un chino. Los habitantes del barrio noble consintieron de mala gana la presencia de Bao, pese a que se comportaron con educación cuando Helena, con una risita nerviosa, les presentó a sus huéspedes.

—Nuestros parientes Aroha Fitzpatrick y el señor Duong. El señor Duong trabaja en el hotel de la señorita Fitzpatrick en Rotorua.

—Suena como si fueses el lavaplatos —susurró disgustada Aroha, pero renunció a corregir a Helena para no dejar a Robin en mal lugar.

La pareja siguió a Robin, March y Helena hasta las primeras filas de la iglesia. Peta se unió a los obreros, que se quedaron en el fondo. Hablaba con familiaridad con una bonita muchacha en quien Aroha reconoció a Leah Hobarth tras observarla con atención. La saludó cordialmente, pero Leah no parecía acordarse de ella. Tenía otros asuntos en que ocuparse. Peta y la joven cuchicheaban acalorados y Aroha se preguntó a qué podía deberse.

El misterio se resolvió cuando el reverendo Waddell subió al púlpito.

6

El reverendo paseó brevemente la mirada por su congregación. Se detuvo un segundo cuando distinguió a Bao, pero enseguida se olvidó del joven oriental que estaba entre sus feligreses. También al dar la bienvenida fue comedido. A Aroha le pareció que estaba un poco nervioso. Al final, Waddell colocó la mano derecha sobre el atril, como si buscase apoyo, y dio un paso a un lado para quedar a la vista de todos los presentes.

—¿Puede ser pecado abaratar el precio de un artículo? —Ya el comienzo del sermón despertó el interés de los oyentes—. En principio, uno respondería que no. Sin embargo, también nos referimos con esta palabra a aquello que se consigue con poco esfuerzo, o a lo que se da poco valor, lo que se desprecia. Y ahora, amigos míos, hay algo en esta ciudad que yo sin duda desprecio, y no solo en el sentido de que me disgusta, sino en el sentido de que lo rechazo. Lo que aquí está pasando es inmoral. —Dio un paso hacia el atril y desplegó ceremoniosamente un anuncio—: «Ofertas especiales, más baratas que nunca» —leyó—. «Rebajas. ¡Venga y compre a precios todavía más reducidos!» Allá donde uno vaya por esta bonita ciudad, le llega por los aires uno de estos volantes. Encontramos las mismas palabras en los carteles de las paredes, las vemos en los escaparates de las tiendas. «¡Todavía más barato! ¡Compre dos por el precio de uno! ¡Aquí casi regalamos!» Amigos míos, en vuestros rostros veo desconcierto. Precisamente en las últimas filas. Sé muy bien lo que las mujeres que están allí han de ahorrar para tener bien vestida y alimentada a su familia. ¿Por qué no iban a alegrarse de que se les ofrezca algo barato?

»Pero fijémonos por una vez en lo que ocurre detrás de esos precios que, a primera vista, nos producen satisfacción. ¿Cómo se llega a ellos? ¿Es que se regala la lana o el algodón de que están hechos los vestidos baratos? No. Hay que comprarlos, y el granjero que los ha producido tiene que recibir un precio justo por ellos. ¿O acaso la lana o el algodón crecen de repente más deprisa en las ovejas o en las plantas? No, las ovejas solo se esquilan una vez al año, y la lana tiene, como siempre, que hilarse y tejerse. También el algodón crece despacio, únicamente se puede cosechar una vez al año y luego hay que trabajarlo. ¿Y se convierten por sí mismas las telas en camisas, pantalones y vestidos? Tampoco; se necesitan las diestras manos de las costureras. Así pues... —alzó el tono de voz—, ¿en qué se ahorra para producir todas esas maravillosas y baratas prendas? ¿En el provecho de los dueños de las fábricas? Difícilmente. Por lo que yo veo, siguen viniendo a la iglesia en sus lujosos carruajes y mantienen sus casas y parques. En cambio, lo que sí baja es el sueldo de los obreros.

»Amigos míos, contemplo con preocupación cómo la codicia por obtener cosas cada vez más baratas lleva a que las fábricas sigan bajando los suelos. En especial se explota a las mujeres jóvenes y mayores, lo que ganan no se corresponde ni de lejos con lo que rinden. Esos artículos... —agitó en el aire el anuncio— no son baratos. ¡Se pagan con la vida, el bienestar y la felicidad de miles de obreros y obreras! Esta propaganda tampoco es inofensiva. Al contrario, bien mirado con ella se os invita al robo. ¡Contribuís a robar la capacidad de trabajo de las personas! Todos, desde el ama de casa que adquiere un sencillo vestido de niño hasta los fabricantes que mandan coser ese vestidito y obtienen con él provecho, son culpables de ese pecado. Claro que no todos en la misma medida. La mujer trabajadora se roba, a fin de cuentas, a sí misma. El dueño de la tienda que divulga este anuncio aviva la codicia, lo que es peor. Y el fabricante llega a cometer personalmente el robo.

»Y ahora, naturalmente, vendrá alguien a darme un discurso sobre economía de mercado. Mañana a más tardar encontraré en el periódico las justificaciones del explotador. La ley del mercado determina los precios, pondrá. Pero ¿tenemos nosotros, las personas, el deber de seguir las leyes del mercado? ¿No es preferible que sigamos las leyes de Dios? ¡No robarás! ¡No desearás lo que es de tu prójimo! Esto no solo es válido, mis estimados señores comerciantes, para los obreros, quienes tal vez envidien vuestras casas y vuestros carruajes. También es válido para vosotros, precisamente para vosotros, que codiciáis extraer todavía más rendimiento de una muchacha.

»Amigos míos, cuando las leyes de la economía de mercado contradicen las de la Biblia, las leyes cristianas han de tener prioridad. El cristianismo no solo debe vivirse los domingos, en la iglesia y en familia, sino también el resto de los días, en el trabajo y el comercio. ¡Así que renunciad a ese pecado llamado «abaratar»! ¡Volved al buen camino y a las leyes de Dios, que también son las leyes del amor! ¡Reflexionad sobre si el obrero de vuestras fábricas no es también vuestro prójimo!

Los presentes callaban consternados cuando el reverendo concluyó y abandonó el púlpito. Cuando hubo terminado el servicio, la mayoría de los feligreses pasó deprisa junto a Waddell. Tanto los tenderos como las ahorrativas amas de casa bajaron la cabeza. March era la única que no veía ninguna razón para esconderse. Erguida, segura de sí misma y con una belleza fría y severa, enfundada en su traje de domingo blanco y negro, se acercó al reverendo y le tendió la mano para despedirse.

—Un sermón muy conmovedor —dijo lacónica—. Del cual hay mucho que hablar. A lo mejor vuelve usted a abordar el tema. Y en ese caso, por favor, ponga atención en que no todos los comerciantes de esta ciudad son hombres.

7

Como ya había mencionado el reverendo, los diarios locales informaron el mismo lunes acerca de su sermón. Entretanto, los industriales, cuya conducta tanto se había censurado, despertaron de su parálisis y se defendieron. Nadie estaba obligado a trabajar en las fábricas, explicó Martin Porter a un representante del *Otago Daily Times*. Las costureras, por ejemplo, podían buscarse un puesto en una casa de campo. Pero ahí aún les pagarían peor y, además, en las granjas tampoco había vida nocturna, por supuesto.

—Hemos de entenderlo bien —tronó Porter—: esas chicas prefieren trabajar por dos chelines en la fábrica y luego disfrutar de las diversiones de la ciudad antes que servir a unos señores e ir a cuidar por las noches a las ovejas en un pastizal. ¿Podemos reprochárselo?

Los representantes de los trabajadores contraatacaban con cartas al director, una de las cuales sembró de nuevo el desasosiego en la casa Lacrosse.

—¿Es esto cierto? —preguntó Robin furioso. Desde el día del sermón, cada mañana se levantaba temprano para ser el primero en leer el diario y en esos momentos interrogaba a March antes de que la joven se fuera a la fábrica—. ¿Es cierto que las mujeres se llevan trabajo a casa?

El firmante de la carta explicaba a la redacción y a los lectores que la trabajadora de una fábrica no disponía de mucho tiempo libre si tenía que vivir de los ingresos de su trabajo y mantener su puesto en la fábrica. Era habitual que en los talleres de confección se saltaran las normas del horario laboral, dando a las mujeres trabajo adicional que hacer en casa después de la jornada. Se trataba de pequeñas labores que todavía se realizaban a mano para el acabado de las prendas de vestir. Las mujeres cosían por un poco de dinero extra hasta las once o las doce de la noche, y los propietarios de las fábricas con frecuencia ponían como condición para dar un empleo que la mujer estuviera dispuesta a hacer estas labores adicionales.

March echó un breve vistazo al texto.

—Claro que es cierto —dijo con frialdad—. Pero Lacrosse no fuerza a nadie. Las chicas lo hacen voluntariamente. Y como puedes ver en los bailes y la iglesia, tienen suficiente tiempo libre para hacerse vestidos bonitos y lucirlos por las calles de Dunedin. ¡Todo esto es exageradísimo, Robin!

—¿Y esto? —Señaló otra carta—. ¿Estas mujeres que trabajan en casa? ¿Son nuestras?

La carta hablaba de la situación de una mujer que tenía a su cuidado a dos niños pequeños y un marido enfermo y por esa razón no podía ir a trabajar. También en esos casos, las fábricas las «ayudaban» dándoles tareas para la casa.

—Hace los acabados de las camisas. Siete ojales, siete botones y algunas puntadas para rematar mangas y dobladillo. Por una docena de camisas le pagan ¡ocho peniques, March! Y logra hacer cuatro docenas diarias. Es imposible coser más. O sea, que gana treinta y dos peniques al día. Se le deduce el coste de la aguja y el hilo, que se le facilitan. ¡El autor se pregunta si eso es trabajo asalariado o esclavismo! ¿Habla de Lacrosse, March?

La joven se encogió de hombros.

—Como no sale el nombre de la mujer, no lo sé. Aunque en todas las fábricas hay las mismas condiciones. Pagamos tanto o tan poco como Magiel. Y acerca de esto solo puedo decir que la mujer lo hace por propia voluntad. Por Dios, Robin, todavía podríamos reducir más los costes. Cada día hay diez mujeres que vienen a vernos y que trabajarían por sueldos todavía más bajos...

—Y luego presionáis a nuestros empleados para que aprueben la reducción de salarios, aunque sabéis que están más cualificados y pueden rendir más que esas mujeres al borde de la desesperación. ¡Todo está aquí, March! —Agitó el diario—. Me avergüenzo de estas prácticas. ¡No sé cómo voy a volver a mirar a la cara al reverendo, a la congregación y sobre todo a los trabajadores!

—Tal vez sea sencillo cuando quites a March el poder omnímodo e impongas en la fábrica sueldos dignos, así como una regulación de las horas de trabajo y de descanso de acuerdo con la ley —sugirió Aroha una hora después—. Puedes empezar en cualquier momento, Robin, e invitar a Magiel a que haga lo mismo. Si él se niega, toda la indignación recaerá sobre él y sobre Porter. Hazme caso, al cabo de tres días te imitarán. Pero ahora tienes que actuar, Robin. ¡Desmiente lo que dicen! Y pronto los diarios escribirán sobre otro asunto. Mañana se celebra la reunión sobre la cuestión de los inmigrantes chinos...

Por el momento, a Robin los chinos le daban igual, mientras Bao leía con preocupación que los demás fabricantes habían contado a la prensa lo mismo que March había dicho a Robin por la mañana: siempre había obreros dispuestos a cobrar todavía menos que los hombres y mujeres de sus fábricas. Solo hacía falta pensar en uno de «nuestros conciudadanos chinos».

—De repente nos hemos convertido en conciudadanos chinos. Solo falta el «muy honorable» —observó Bao.

—¿Eso no puede mejorar vuestra posición? —preguntó Aroha—. ¿Y si mencionas a ese hombre de la reunión?

Bao gimió.

—Al contrario. Es precisamente eso lo que nos echan en cara. Les quitamos sus puestos a los trabajadores blancos. Es probable que el alcalde ni se dé cuenta de que ese tipo se sirve de uno para combatir al otro. ¿Va a animarse Robin a cambiar las cosas?

Aroha sonrió agotada.

—Primero iré a visitar a los Morris... —Se notaba que la cita con la familia que años atrás la había alojado hospitalariamente era más una obligación que un placer—. Luego volveré a sentarme con Robin y Helena, que por razones incomprensibles quiere intervenir. Confeccionaremos una lista de reformas y mañana Robin la hará pública. Todo puede dar un giro positivo. Robin solo tiene que actuar ahora y no volver a esconder la cabeza bajo el ala.

Bao echó un vistazo a los demás artículos que hablaban del tema.

—Debería hacerlo hoy —dijo con gravedad—. Por el momento, todos los fabricantes se han expresado al respecto, solo Lacrosse calla.

Aroha se encogió de hombros.

—Solo hablan con los empresarios. Ningún periodista habla con March.

—Es posible que quieran hablar con Robin. Y pueden enfadarse si March no se lo permite.

De hecho, no era March, sino Helena quien blindaba a Robin de la prensa. El personal doméstico tenía órdenes estrictas de impedir que los periodistas se acercasen a los señores, lo que ya le iba bien a Robin. Aroha se enteró de esto al mediodía, cuando se reunió con él para planificar las eventuales reformas.

Helena se unió a ellos, efectivamente, aunque escuchó sin mucho entusiasmo la conversación de Aroha con Robin. Intervenía con agresividad, hablaba mal de los obreros, del reverendo y en especial de Peta.

—¡Échalo de una vez, Robin! —decía furiosa.

Él jugueteaba con la pluma y oscilaba entre doblar los sueldos o capear el temporal con una subida insignificante. Tampoco él se implicaba a fondo en el asunto. Por la tarde estaba invitado a la casa de un miembro del consorcio que había adquirido el molino de lana. Helena quería acompañarlo y, haciendo una excepción, también March. Aroha tenía claro que lo que a esta le importaba era escuchar lo que los empresarios de la ciudad opinaban del sermón de Waddell. Cuando los tres se despidieron para cambiarse de ropa para la noche, Aroha estaba extenuada.

—¡Es como si fueran niños! —dijo a Bao enfadada—. Tenía la sensación de estar hablando con Lani. Pero ahora tenemos una lista de reformas decente, realista y totalmente aceptable tanto para los obreros como para los empresarios. El reverendo debería estar satisfecho.

—Mientras Robin no cambie de parecer —presagió pesimista Bao—. Esta noche discutirán acaloradamente. Seguro que los fabricantes se respaldarán los unos a los otros para no responder a las críticas. ¿Y Robin será quien mañana haga la revolución? ¡A ver si se atreve!

De hecho, Robin no tendría la oportunidad de hacerlo. Aroha, que esperaba coincidir con él durante el desayuno, solo encontró en el comedor el diario abierto.

—El señor Fenroy ha leído los titulares y se ha retirado inmediatamente —informó un criado—. Estaba muy... hum... inquieto, lo que es comprensible.

—Entonces, ¿ya ha leído usted el diario? —preguntó Aroha cogiendo el *Otago Daily Times*.

—Yo... bueno... con su permiso, lo he planchado —respondió el joven—. Y mientras... Bueno, no se puede evitar leer alguna frase.

—¿Lo ha... planchado? —repitió Aroha con el ceño fruncido—. Increíble...

Justo después, perdió cualquier interés en las precipitadas explicaciones del joven criado, quien justificó el planchado matinal del diario porque así se fijaba la tinta y no se manchaba el mantel ni la camisa blanca del señor cuando leía durante el desayuno. Los últimos artículos sobre «el escándalo de la explotación» eran demasiado escandalosos. El editorial trataba sobre la reacción del sínodo al sermón de Waddell. Era muy negativa, se advertía al reverendo que la iglesia no debía intervenir en la estructuración de los salarios. El Creador ya había previsto que hubiera un arriba y un abajo. Un miembro del sínodo llegó incluso a afirmar que las leyes de la economía eran comparables a las de la naturaleza y, por tanto, estaban sometidas a la voluntad divina. March seguramente habría aplaudido.

Encontró lo que a Robin tanto le había inquietado en la segunda página, donde no solo había palabras que leer, sino también un par de dibujos. Uno de ellos caricaturizaba a Robin: él blandía un palo de golf mientras a su lado una muchacha trabajaba con una máquina de coser. Algo más abajo se le veía vestido de etiqueta y con una copa de champán en la mano, mientras que la obrera estaba en una miserable habitación inclinada sobre la labor. Los pies de las ilustraciones rezaban: «Un día en la vida de una trabajadora. Un día en la vida de Robin Fenroy.» Aroha leyó horrorizada que habían identificado como empleadas de Lacrosse Company a las obreras que trabajaban en sus casas y de las que se había hablado en la anterior edición. Se informaba además de las condiciones laborales de las fábricas.

«Mientras Robin Fenroy, rentista y propietario de esta y otras fábricas, se dedica a sus placeres, las obreras trabajan a destajo cosiendo pantalones de duro algodón. Lo hacen desde las ocho de la mañana hasta las once de la noche y así ganan dos chelines al día. "No es suficiente para mantener sanos el cuerpo y la mente", dice el reverendo Waddell, cuyo sermón del pasado domingo en la iglesia presbiteriana de St. Andrew's giró en torno a la pobreza de las mujeres que trabajan en la fábrica y en casa. Entre los asistentes estaba Robin Fenroy, el heredero de los talleres Lacrosse...»

Las líneas siguientes describían minuciosamente la forma sorprendente en que Robin había obtenido su herencia y señalaban que no mostraba el menor interés por ocuparse de la dirección de las fábricas y que solo se preocupaba en gastar a manos llenas el dinero que le había caído del cielo. El autor emitía duras críticas. Robin se convertiría en la comidilla de toda la ciudad.

«Es significativo que Robin Fenroy estuviera inaccesible durante todo el día de ayer —concluía el periodista—. Nuestros intentos de preguntarle por las condiciones laborales de sus fábricas se vieron frustrados por el personal doméstico.»

Aroha cerró el diario. Entendía por qué se escondía Robin. Para una huida hacia delante, para reformas y disculpas ya era demasiado tarde.

—¿Qué hace este amarillo aquí?

El Princess Theatre, en la calle del mismo nombre, tenía casi todo el aforo lleno cuando Bao llegó, y de inmediato la cólera de la muchedumbre se dirigió hacia él. Bao se estremeció, pero se dijo que la gente reunida allí no era una chusma desatada. Solo veía caballeros que en general mantenían sus emociones bajo control. De hecho, los hombres le hicieron sitio, cuando musitando cortésmente disculpas se abrió paso hasta el alcalde Dawson. El político local dirigía la reunión y se quedó mirando a Bao con expresión hosca.

—¿Qué hacer tú aquí? —preguntó con agresividad—. Si esto ser provocación... Te lo advierto, hombre chino: ¡policía echarte a la calle!

Bao casi sonrió cuando Dawson habló como un niño, pero se dominó con mano férrea.

—Le entiendo perfectamente, señor Dawson, *sir* —dijo educadamente—. Y nada más lejos de mi intención provocarle... —El alcalde se lo quedó mirando y tomó nota entonces del elegante terno gris de buen paño, de la camisa perfectamente planchada y del impecable idioma inglés—. Pero mis compatriotas residentes en Dunedin me han pedido que participe en esta reunión como su representante...

—¿Le ha invitado alguien? —ladró el alcalde.

—No directamente —admitió Bao—. Pero mi presencia y la de mis compatriotas ocupan el centro de este debate, por lo que pensamos que tal vez yo podría aclarar un par de cuestiones. No queremos ser impertinentes, pero creemos que muchos desacuerdos entre los habitantes de esta ciudad y los trabajadores chinos se basan en malentendidos...

—Usted... hum... habla muy bien inglés —observó Dawson recuperando sus mejores modales—. ¿Por qué trabaja a pesar de todo por dos chelines al día en una fábrica?

Bao sonrió.

—De hecho, recibí una excelente educación en su maravillosa madre patria, Inglaterra —dijo, haciendo una inclinación—. Por cierto, mi nombre es Duong Bao, señor Duong, y no trabajo en una fábrica, sino en un hotel de Rotorua.

—Nunca había oído hablar a un chino de forma tan pomposa —señaló uno de los hombres que estaban cerca de la tarima y que se preparaban para pronunciar sus discursos.

Bao se lo tomó como un cumplido.

—¿Puedo entonces sentarme con usted? —preguntó humildemente.

—¡Tú puedes quedarte ahí! —respondió otro orador—. Mientras no molestes. ¿Empezamos, Dawson? ¿Antes de que aparezcan más chinos con una «excelente educación»?

Bao se quedó tranquilamente de pie junto a la pared, mientras el alcalde se dirigía a la tarima y se iniciaba la reunión. Dawson explicó con énfasis que el ayuntamiento se estaba tomando muy en serio la preocupación de los ciudadanos respecto a la infiltración de inmigrantes chinos. El desencadenante directo de la asamblea había sido un barco de China que ahora estaba camino del puerto de Dunedin y cuya llegada se esperaba para los próximos días. Por lo visto, el *Te Anau* estaba lleno hasta los topes de inmigrantes chinos. Hasta ese momento, Bao no sabía nada al respecto, pero le parecía difícil que Dunedin realmente fuera a rebosar de chinos. Lo evitarían las propias leyes de inmigración.

—¿Por qué, estimados conciudadanos, nos volvemos así contra esta invasión, nosotros precisamente, que solemos acoger cordial y abiertamente a los recién llegados? Para responder a esta pregunta, cedo la palabra a nuestro apreciado señor Fish, un comerciante de buena reputación de nuestra hermosa ciudad.

El señor Fish resultó ser el hombre que se había burlado de la forma «tan pomposa» de hablar de Bao. Y no tenía pelos en la lengua. Nueva Zelanda, explicó, estaba orgullosa y con razón de una población casi seleccionada individualmente. Gracias a las distintas compañías neozelandesas que habían organizado la inmigración, el país había quedado a salvo de los sujetos dudosos que se habían multiplicado en otras colonias. A Nueva Zelanda no se deportaron condenados, como a Australia, y tampoco a los más pobres de los pobres, como a América.

—De nosotros depende —concluyó— conservar este nivel y no amenazar la estupenda mezcla de la población (con cuánto acierto coinciden aquí los descendientes de los inmigrantes escoceses con los de los tenaces alemanes y las familias inglesas que se asientan en la región de Otago) con la entrada de masas de hombres chinos. ¡Y cuando digo «hombres» me refiero a hombres! ¡Porque aquí no vienen familias que quieran comprar y cultivar tierras para legárselas a sus hijos, sino exclusivamente muchachos jóvenes y fuertes dispuestos a invertir toda su capacidad de trabajo en quitar a nuestros hijos el sueldo y el pan!

En la sala resonó un aplauso que se acrecentó más cuando Fish siguió señalando los peligros a los que las hijas de los notables de Dunedin se verían expuestas con esos «hombres chinos». A fin de cuentas, ellos no tenían otra cosa en la cabeza después de concluida una jornada de trabajo que robar y violar o, casi peor, entrar por matrimonio en familias de pura raza blanca y adulterar así la sangre de los neozelandeses.

El siguiente orador, el abogado Allan, no fue menos aplaudido aunque en realidad afirmaba lo contrario que su predecesor. Se quejaba de que los chinos no tuvieran la intención de mezclarse con los blancos y censuró sus costumbres alimenticias, su religión —por lo visto se temía que los seguidores de la Iglesia de Escocia pudieran pasarse en tropel al culto de los ancestros chinos—... y su moderación.

—Caballeros, es por todos sabido que la economía solo funciona cuando los individuos compran. Pero ¿qué compran esos chinos en Dunedin? Arroz. Única y exclusivamente arroz. Nadie sabe lo que hacen con el dinero con que se están forrando.

Bao pensó que había llegado el momento de pedir la palabra. Levantó la mano y casi se asombró de que el alcalde lo llamara, en efecto, después de que el señor Allan hubiera dejado la tarima.

—El señor... hum... Duong —lo presentó—, el... hum... delegado de los chinos residentes en Dunedin.

Bao subió a la tarima acompañado de algún abucheo, pero callaron cuando se percataron de la fluidez con que hablaba inglés.

Volvió a presentarse, agradeció formalmente al alcalde y luego se puso a rectificar los argumentos de los oradores anteriores. Con palabras graves explicó que pocas veces había gente joven entre los chinos de Dunedin, sino más bien padres de familia hechos y derechos. Explicó el significado de los ancestros para las familias chinas y la obligación de las mujeres de permanecer en casa y cuidar a los parientes ancianos. Todo eso, así como la amortización del crédito para el pasaje de barco y los derechos de inmigración, que el trabajador tenía que pagar con su sueldo, justificaba el ahorro y la escasez en las comidas de los hombres. Además, subrayó que los chinos no eran inmigrantes propiamente dichos.

—Dunedin no debe temer una invasión de chinos. Quien viene de China planea marcharse. Pero ustedes lo dificultan con todas las medidas que emprenden para librarse de mis compatriotas. Nos hallamos ante una paradoja, señores: ustedes desean que mis compatriotas se marchen, pero con sus sueldos bajos y las trabas de inmigración los obligan a quedarse más tiempo del que tenían previsto. Piensen en ello antes de organizar un revuelo que, por lo demás, resultará inútil. Mis compatriotas siempre tratarán de venir a Nueva Zelanda. No para disgustarles, ni para hacer de misioneros o para infiltrarse en su sociedad, ¡sino por pura necesidad!

Bao dio otra vez las gracias por la atención prestada y bajó de la tarima. Los presentes permanecieron unos segundos en silencio. Luego el alcalde invitó a la votación. El cien por cien de los participantes de la reunión votó a favor de que se enviara un telegrama al primer ministro en Wellington.

«Reunidos en asamblea, los ciudadanos de Dunedin expresaron hoy su inquietud acerca de la infiltración de inmigrantes chinos en la sociedad de Otago. Nos manifestamos categóricamente a favor de detener otra llegada masiva de asiáticos. ¡Prohíba el atraque del *Te Anau*!»

Los hombres celebraron con vítores esta determinación.

Bao abandonó la sala sin volver la vista atrás.

8

REPRESENTANTE DE LOS INMIGRANTES CHINOS
EN DUNEDIN ADMITE SU FALTA DE PREDISPOSICIÓN
PARA LA INTEGRACIÓN

El señor Dung, delegado de la comunidad china local, confirmó recientemente las manifestaciones de los oradores que le precedieron. Sus compatriotas ni tienen tiempo para aprender nuestra lengua ni están dispuestos a adaptarse a nuestros hábitos y costumbres alimenticias. La razón, señaló el señor Dung, es la voluntad general de los chinos de regresar finalmente a su país, una intención a la que después renuncian por causas diversas.

—¡El periodista tergiversa mis palabras! —se indignó Bao, dejando a un lado el periódico. Esa mañana era a él a quien se le quitaban las ganas de desayunar con la lectura de la prensa—. Es increíble. Mis compatriotas van a creer que yo... que ¡los he traicionado! Debo ir a hablar con ellos. Deben de estar esperando que les informe. Y si leen esto... —Se puso en pie.

—No saben leer —lo tranquilizó Aroha. Tenían el comedor de la casa Lacrosse para ellos solos. A Peta parecía que la tierra se lo había tragado, March ya estaría en la fábrica como siempre (al parecer leía allí el diario), y tanto Robin como Helena se habían atrincherado en sus aposentos—. Y creerán que has hecho lo mejor que has podido. Come al menos alguna cosa, ayer por la noche tampoco tomaste bocado. Ah, sí, y llévate algo para tus amigos, para que prueben algo más que arroz y ratas. —Intentaba bromear, pero Bao tenía aspecto abatido—. Es una pena que nadie se coma estas exquisiteces.

Ella echó un vistazo a los artículos más importantes del diario mientras él engullía aprisa un panecillo, bebía un café y le pedía a la sirvienta que hiciera un paquete con unos pasteles para los más necesitados. En el fondo, Aroha había esperado que la asamblea sobre la cuestión china hubiese desplazado a Robin Fenroy de los titulares. Pero no había sido el caso. La situación más bien había empeorado, pues ahora los demás fabricantes empezaban a culpar de todo a la Lacrosse Company. La gente con quien Robin había celebrado fiestas y jugado al golf los últimos meses no encontraba nada mejor que hacer que lavar su imagen a costa de él. Magiel, por ejemplo, sostenía que él pagaría mucho mejor a las costureras si Lacrosse no le hubiese empujado a una guerra de precios. Los compradores del molino de lana justificaron los míseros sueldos que pagaban a sus obreros diciendo que Lacrosse les había pedido un precio exorbitante por la vieja fábrica. Y todos reprochaban a Robin que dejara en manos de una «caprichosa joven» las decisiones en torno a su empresa. Por supuesto, también se hacían alusiones a la relación de Robin con March, a quien se desacreditaba porque el joven heredero «estaba prácticamente comprometido» con su prima segunda Helena.

Duong Bao se dirigió abatido a uno de los rincones más sórdidos de St. Andrew's, una manzana de casas derruidas, en las que se hacinaba la mayoría de los chinos de Dunedin. Si el *Te Anau* al final atracaba en el puerto de la ciudad, todavía estarían más hacinados pues era seguro que todos los recién llegados tenían algún primo o algún hermano que querría albergarlos en la «Pequeña China» de Dunedin.

Bao pensó con tristeza en el ambiente esperanzado que reinaría ahora en el barco y en lo decepcionados que acabarían todos cuando se vieran confrontados a un miserable alojamiento y unos sueldos ínfimos. Por no hablar del rechazo de la población blanca...

Todavía era bastante temprano. En la calle se veían trabajadoras que llevaban a sus hijos a las cuidadoras camino de la fábrica. Se protegían del frío cubriéndose con chales y chaquetas harapientas, era un día desagradable y parecía no querer aclarar pese a que el verano estaba cerca. Quien tuviera algún recado que hacer en la calle, se esforzaba por acabar pronto, antes de que se pusiera a llover. Nadie hablaba con su vecino ni reparaba en los demás transeúntes. Por consiguiente, no se oían las groserías que habitualmente recibían los chinos. Pero de repente Bao oyó los pasos y las voces de personas que discutían acaloradamente. Encogió el cuello y miró hacia atrás. Más de dos docenas de hombres, en su mayoría jóvenes, se dirigían armados con porras y hondas improvisadas hacia el puerto. Hablaban a gritos entre sí y parecían animados y con ganas de armar jaleo.

—¡Vamos, todos a coro! —ordenó uno de ellos—. ¿Dejamos entrar a esos chinos de mierda?

—¡¡No!! —gritaron los otros.

—¿Paramos el *Te Anau*?

—¡¡Sí!! —Los hombres se exaltaban hablando a coro.

Bao buscó una escapatoria antes de que descubrieran que era chino. Pero fue en vano.

—¡Allí! —gritó uno cuando Bao intentaba cobijarse en un portal—. ¡Eh, chicos, allí hay un chino de mierda! ¡Venga, vamos a enseñarle lo que hacemos con esos amarillos comerratas!

Bao huyó a todo correr. Dobló una esquina, avanzó entre vehículos y carretillas y casi tiró a un niño que iba cogido de la mano de su madre. La quejumbrosa mujer retuvo un poco a los perseguidores con sus protestas, aunque todavía encendió más su furia. Bao no se hacía ilusiones de escapar con bien, la mayoría de aquellos hombres eran más jóvenes y más altos que él y ya empezaban a tirarle piedras. Pararse habría sido una locura. Tenía que tratar de llegar a la Pequeña China. Sus compatriotas pronto saldrían para ir a trabajar y podrían ayudarlo. Bao continuó jadeando, incluso cuando una piedra le dio en el brazo. Otra le golpeó en la nuca. No le dolió pero sintió la sangre deslizándose por el cuello.

Entretanto, las calles se iban poblando, las sirenas de las fábricas muy pronto anunciarían el comienzo del turno. Bao corrió en zigzag entre los transeúntes. Sus perseguidores ya no lanzarían más piedras, aunque cabía la posibilidad de que los obreros se solidarizasen con los manifestantes y lo retuviesen. Al menos el barrio de sus compatriotas ya estaba cerca. Bao empezó a gritar a pleno pulmón con la esperanza de que lo oyeran. Pero entonces una piedra le dio en la corva, lo hizo tropezar y caer. Intentó protegerse la cabeza cuando los hombres se abalanzaron sobre él con las porras.

Aroha pasó un día desmoralizador con Robin y Helena. Como era de esperar, Robin estaba hundido y Helena lloraba y lo hacía responsable del desastre.

—Siempre he dicho que Margery era impresentable como gerente de empresa. ¿No podías dar el empleo a un hombre como todos los demás? ¡Y ahora dicen todos que tienes un lío con ella! ¿Lo tienes, Robin? Di la verdad, ¿lo tienes? —Con el rostro anegado en lágrimas se veía fea.

Él negó con la cabeza.

—Yo... yo no quería que todo... —balbuceó desesperado.

—¡Entonces no tendrías que haberlo hecho! —replicó Helena sin la menor idea de qué era concretamente lo que Robin no quería—. Sobre todo tendrías que haberte mantenido alejado de March. Que encima es maorí... Cuando salga eso a la luz...

Aroha se preguntó por qué ese detalle lo empeoraba todo. En el mundo de los negocios se podía protestar contra el sexo de March, pero no contra su origen.

—Por favor, Helena, esos celos ahora no ayudan para nada —intentó apaciguarla Aroha—. Robin no tiene ningún lío con

March, es ridículo. Es mejor que los dos penséis en qué podéis hacer para salvar vuestra reputación en vez de hundiros en la autocompasión. Las reformas de las que hablamos anteayer, Robin...

—¡Bah, deja ya de hablar de tus reformas! —espetó Helena—. ¡Tanto remilgo! Cuando el abuelo dirigía las compañías esto no pasaba... todos estaban felices y contentos.

Aroha lo dudaba, pero era inútil intentar ejercer alguna influencia sobre ellos.

—Tal vez tendríamos que irnos de viaje —dijo Helena—. Desaparecer un par de meses... hasta que se haya olvidado este asunto.

—¿Y dejarlo todo tal cual está? —preguntó horrorizada Aroha—. Robin...

Él ya no se pronunciaba, solo miraba al frente como petrificado. El señor Simmons informó con rostro impertérrito de que unos periodistas deseaban hablar con el señor Fenroy. Helena lo rechazó histérica y Robin solo movió negativamente la cabeza. Aroha, por el contrario, pensaba que lo más sensato habría sido disculparse de una vez.

—Puede que no tengas ninguna buena disculpa, Robin, pero los demás tampoco la tienen. Todos los propietarios de fábricas explotan a los obreros, pero absurdamente eres tú el único en la picota. Sal, Robin, diles que reconoces que lo has hecho mal, anuncia un sustancial aumento de sueldos para tus trabajadores y una reducción del horario de trabajo. Di que consideras las pérdidas que cabe esperar de ello como el merecido castigo y da un donativo de unos miles de libras a la iglesia. ¡Puedes permitírtelo, Robin! Por supuesto se burlarán de ti, pero al menos los otros empresarios se callarán. ¡Les colgarán a ellos el muerto! ¡Venga, Robin! ¡Habla con los periodistas!

—¡No lo hagas, Robin! —exclamó Helena—. ¡No te pongas a su nivel!

El joven contemplaba mudo la pared y no respondía.

Comenzó a haber algo de movimiento cuando llegó March al mediodía. Llena de rabia, pero también de energía, convocó a Helena y Robin.

—No hablaré con los periodistas... —dijo Robin con voz hueca—. No sé qué decir, yo no quería que pasara todo esto, yo...

—¡Pues claro que no vas a hablar con los periodistas! —exclamó March. A diferencia de Helena y Robin, que todavía rondaban por la casa en camisón y bata como dos fantasmas, ella no se abandonaba en absoluto. Llevaba el traje con el que había salido de casa por la mañana. Del cabello recogido en lo alto no escapaba ningún mechón, se mantenía recto y compacto—. Volverías con tus lamentos y eso es lo último que necesitamos. No vamos a escondernos ni a disculparnos, Robin, no hemos hecho nada prohibido...

—Bueno, lo del trabajo en casa... —Aroha no pudo contenerse.

March hizo un gesto de rechazo.

—Enséñame algún taller de confección que no haga lo mismo. Y puedo obtener pruebas de ello. Lo haré cuando llegue el momento, te lo aseguro. ¡No voy a dejar que se salgan con la suya esos hipócritas! No, ahora no necesitamos desgarrarnos a nosotros mismos. Lo mejor es seguir adelante. ¡Para lo cual se me ha ocurrido un par de ideas! Quiero mantenerme en los titulares, pero esta vez en mejor posición... y por algo que interese a la opinión pública.

—¿Te refieres a que necesitamos algo bueno sobre lo que puedan informar? —preguntó Helena. Por su tono, parecía alimentar de nuevo esperanzas. Sonrió a Robin entre las lágrimas—. A lo mejor... bueno, si Robin y yo anunciáramos ahora oficialmente nuestro compromiso...

March la fulminó con la mirada.

—¡Os machacarían! —respondió—. Ya veo los titulares: «¡Que la fiesta continúe: Robin Fenroy se casa todavía con más dinero!» Contarían cada uno de los peniques que posee la futura pareja Fenroy y lo compararían con el salario de las pobrecitas costureras. Por Dios, Helena, ¿es que no sabes pensar? Y tú, Robin, ¡no me mires así! Por suerte se me ha ocurrido algo...

Aroha no lo había dudado ni por un segundo.

Pero antes de que March empezara a hablar, el mayordomo volvió a abrir la puerta y entró con su habitual paso solemne en la biblioteca, donde tenía lugar la reunión.

—Disculpen, señor Robin, señorita Helena... Fuera está... hum... el señor Peta. Pensé que... bueno... tal vez... No estoy seguro de que su presencia aquí sea deseada...

—¡Échelo de aquí! —Por una vez, Helena y March coincidieron y pronunciaron las mismas palabras.

Pero Peta no esperó a saber si era bien recibido en la casa Lacrosse. Se coló en la habitación detrás del mayordomo y se dirigió directamente a Aroha.

—¡En el Medio Acre del Demonio está pasando algo! Hay disturbios en el barrio chino...

Aroha se olvidó de Robin y de todo lo que la rodeaba.

—¿Qué... qué clase de... disturbios? —Palideció—. ¡Oh, Dios, Bao está en la Pequeña China!

Peta asintió.

—Eso pensaba. Y sé que hay problemas. Dicen que esta mañana un piquete de obreros iba al puerto para evitar que fondeara el *Te Anau*. Haciendo uso de la violencia si era necesario. De todos modos, el barco no va a atracar. Se dirige a Bluff porque hay mala mar. Y el piquete tampoco ha llegado al puerto. Se han estado pegando en el barrio con los chinos y ahora los asiáticos se han atrincherado en un bloque de casas y esa gentuza blanca los ha sitiado.

—¿Y la Policía? —preguntó Aroha. Sintió que se iba quedando helada. Era la misma sensación que entonces, cuando perdió a Matiu y a Koro...

Peta se encogió de hombros.

—Se lo toma con calma, por ahora ni siquiera parece haber llegado al lugar de los hechos. Acabar con las peleas en ese lugar no es precisamente una de sus tareas favoritas. Pero no lo sé seguro, solo he oído hablar de ello en St. Andrew's. El reverendo va camino de la Pequeña China. Quiere poner paz. Y pensé... pensé que querrías saberlo.

Aroha asintió.

—¿Qué hacemos, entonces? —preguntó. Se sentía tan desamparada como en Wairarapa y Te Wairoa. No debería haber amado a Bao. La maldición...

—Pues vamos allí. —March respondió decidida y con una voz que no admitía réplica. Aroha se volvió hacia ella estupefacta. La joven ya se había levantado y se dirigía resuelta al salón de caballeros, donde se encontraba el armario armero. Robin y Helena la siguieron atónitos con la mirada—. La llave, Robin, rápido —pidió March.

Él se encogió de hombros. No tenía ni idea de dónde estaba la llave.

—¿Señor Simmons?

El mayordomo abrió sin titubear el armario del bar y sacó las llaves de detrás de una polvorienta botella de whisky. Desde la muerte de Walter Lacrosse nadie en esa casa había vuelto a llenar un vaso de whisky ni a sacar un arma para ir de cacería. Robin y Helena participaban a veces en cacerías a caballo que en Nueva Zelanda, a falta de zorros, transcurrían sin que se derramase sangre.

March esperó a que el mayordomo abriera el armario, y a continuación fue sacando escopetas de caza. Como esperaba, eran de primera categoría.

—¡Tomad! —dijo, y tendió una a Peta y otra a Robin. Ambos se las quedaron mirando como si no supieran qué eran. March les habló con dureza—. ¿A qué esperáis? ¿Es que vais a dejar que esa chusma haga estragos a su gusto? ¿Adónde vamos a llegar si esos tipos no van a las fábricas y se dedican a atacar personas inocentes? ¡Si permitimos que esto se extienda, no tardarán en hacer con nosotros lo que se les antoje!

Robin negó con la cabeza. No sabía disparar. Peta, por el contrario, era un buen tirador. Pero rechazó el arma.

—March, yo estoy del lado de los obreros. Claro que no deben amenazar a los chinos, pero entiendo muy bien que teman por sus puestos de trabajo. Aunque ahora se están pasando de la raya...

Ella lo miró desdeñosa y dirigió la vista a Aroha.

—Entonces tú —dijo—. Tú ya has tenido una escopeta en las manos, ¿no?

Aroha asintió. Su madre Linda había sido de joven una excelente tiradora y también ahora se iba al bosque con el arma cuando en el menú de la escuela había ragú de conejo. Sin embargo, no era ella quien había introducido a su hija en esa disciplina, Aroha solo había aprendido a manipular un poco la escopeta con Carol en Rata Station. En las granjas se esperaba que todo el mundo colaborase en acabar con las plagas de conejos, de modo que la joven había disparado a menudo contra esos animales. Aunque nunca había dado en el blanco.

—¿Y bien? ¿Vamos a sacar a Bao de ahí o no? —preguntó March impaciente—. ¡Decídete! ¡Yo no puedo ir sola!

Aroha cogió el arma y de pronto se sintió decidida a porfiar a los espíritus.

—¡Si es que todavía vive, lo sacaremos de ahí! —dijo con firmeza.

9

March mandó ensillar dos caballos mientras corría a su habitación a cambiarse. Llegado el caso, Aroha podía cabalgar con su amplio vestido de tarde. Pero la falda del traje de March era tan estrecha que no habría podido ni sentarse en una silla de amazona. Cuando regresó, llevaba un elegante traje de montar.

—Parece... parece como si fueras a una cacería de zorros... —murmuró desconcertada Aroha—. ¿Qué crees que nos espera allí?

—La guerra —respondió lacónica—. Pero como no disponemos de los uniformes adecuados y además planeamos movernos entre los dos frentes, he optado por un vestido apropiado para una dama. ¡Y ahora vamos! No tienes que cambiarte. Y vosotros... —lanzó una mirada de desprecio a Robin y Peta— a ver si al menos sabéis avisar a la Policía. Puedes enviar a un criado si no te atreves a salir, Robin. ¡Por Dios, dais pena!

El mayordomo había pedido que ensillaran el caballo de March. Cuando tenía tiempo de montar, solía hacerlo en el pequeño y dócil ejemplar de Rata Station que Robin había llevado a Dunedin. Le daba igual que Helena pusiera mala cara. El purasangre de Robin estaba listo para Aroha. Ambos caballos llevaban silla de amazona.

—No son las adecuadas para una guerra —dijo Aroha nerviosa. En Rata Station solía montar en silla de caballero—. ¿Estás segura...?

—No querrás cambiar ahora la silla, ¿verdad? —March ya se había sentado sin ayuda y un mozo estaba preparado para ayudar a montar a Aroha. Con una ligera sensación de malestar, se dejó aupar sobre el enorme caballo. Como tuviera que bajar, no podría volver a montar, y mejor no pensar en una caída...

Cuando salieron de las caballerizas, March aceleró el paso. Pese a los adoquines de la calle, se puso al trote y luego al galope. Aroha esperaba que su montura no resbalara. Una vez que hubieron dejado atrás las elegantes calles de Mornington, tuvieron que aminorar el paso. En las estrechas callejuelas de St. Andrew's, los carros obstaculizaban el paso y también transitaban peatones. March increpaba impaciente a cocheros y transeúntes para que las dejaran pasar.

Oyeron el tumulto antes de acercarse al bloque de casas ante el cual la chusma se había reunido. El asedio se concentraba ante una casa que mostraba claramente quién vivía allí. La fachada estaba adornada con farolillos de papel y dragones desde que un joven chino había abierto en la planta baja un puesto de comida. Cocinaba para sus compatriotas platos muy sencillos y baratos con los que se ganaba un par de céntimos cuando los hombres estaban demasiado cansados para cocinarse su propio arroz, tras una dura jornada en sus diversos puestos de trabajo. Las reuniones entre Bao y sus amigos también se habían celebrado en ese lugar.

—¡Fuera chinos de mierda! —repetían los alborotadores blancos.

Aporreaban la puerta y empezaron a arrancar los adornos. Aroha esperaba que a ninguno se le ocurriera prenderles fuego. La mayor parte de la casa era de madera y en pocos minutos ardería.

El reverendo Waddell estaba cerca, sobre una caja desde donde predicaba la mesura y la paz. Pero solo unos pocos le prestaban oídos. Entre el griterío general, sus palabras casi no se entendían y en ese momento nadie quería saber nada de Jesucristo y el amor fraterno.

March enfiló el caballo hacia el centro de la muchedumbre.

—¡Dejen sitio! —ordenó—. Obstruyen el paso. Déjennos pasar o llamaré a la Policía.

Los hombres rieron.

—¡A la Policía le gustaría ver arder a esos amarillos tanto como a nosotros! —afirmó uno de ellos y, para espanto de Aroha, jugueteó con una caja de cerillas.

—¿Es que yo soy amarilla? —preguntó March con frialdad—. A la Policía le interesará saber por qué están ustedes alborotando y molestando a dos damas.

Adelantó un poco su caballo, pero todavía no lograba abrirse camino. El purasangre de Aroha se estaba poniendo nervioso y empezó a hacer escarceos.

—¿Y qué hacen estas damas en el rincón más indeseable del Medio Acre del Demonio? —se oyó una voz irónica.

Uno de los cabecillas se abrió paso entre la muchedumbre hacia las mujeres. Parecía un hombre atrevido con su cabello castaño alborotado y unos luminosos ojos azules. Sonrió a las mujeres con expresión mordaz.

—Quiero... Mi marido... —Aroha empezó a dar explicaciones, pero March la cortó.

—¡No tienes nada que explicar a esta gentuza! —dijo arrogante, y se volvió hacia el joven—. Señor, a usted no le importa qué hacemos aquí.

El hombre rio.

—¿No? ¿Y si las damas quisieran divertirse un poco? ¿Y si son tan cachondas que hasta besarían el culo de un chino? Entonces también podríamos nosotros ocuparnos del suyo.

Cogió las riendas del caballo de Aroha, que se encabritó asustado. El hombre retrocedió, pero no mostró miedo. Más bien se diría que se apenó de haber asustado al animal. De hecho, pronunció unas palabras tranquilizadoras e hizo gesto de ir a acariciarlo.

March sacó la escopeta y le quitó el seguro.

—Debería usted aprender cómo se habla a una dama —advirtió gélida—. Y más cuando podría ayudarle... por ejemplo, a desmontar esos horribles adornos...

Apuntó hacia uno de los farolillos rojos que colgaba de una pequeña cubierta sobre la entrada del puesto de cocina y disparó por encima de las cabezas de los hombres. La muchedumbre enmudeció cuando el farolillo explotó. March también apuntó con sangre fría hacia un dragón de papel. Esta vez cosechó un grito horrorizado. Los hombres encogieron las cabezas, algunos huyeron y otros se echaron al suelo asustados.

—No... ¡no dispare! —pidió el cabecilla al que March dirigía en ese momento la escopeta.

—¡Señorita Jensch! —Era el reverendo—. ¿Cómo puede abrir fuego aquí? Baje inmediatamente su arma, podría herir a alguien...

—Podría —observó March—. Aunque creo que ya he infundido suficiente respeto a estos tipos. Van a despejar esta calle y volver a sus puestos de trabajo.

—¡Si tuviésemos trabajo! —replicó el jefe—. Pero las fábricas prefieren dar trabajo a esos chinos de mierda, que...

—¿Que suelen ser menos dados a protestar, sublevarse y amotinar a la gente? —preguntó March—. En eso lleva razón, señor. No es precisamente gente así la que está más solicitada. Y déjeme adivinar... También usted ha perdido su trabajo, porque no podía tener su bocaza cerrada. ¿Aquí o ya antes en Irlanda? —El acento del hombre delataba su origen.

—A usted... a usted eso no le importa.

March sonrió. Había dado en el blanco.

—Está bien, Paddy —dijo campechana, utilizando el diminutivo de Patrick con que se solía aludir a los irlandeses—. Si llama al orden a sus colegas estaría dispuesta a darle una última oportunidad. Preséntese en la oficina de los talleres Lacrosse, necesitamos un cochero. Y parece entender usted algo de caballos...

El hombre se quedó boquiabierto.

—¿De verdad es usted Margery Jensch? —dedujo de las palabras de March y del reverendo.

—La misma que viste y calza. Y le doy tres segundos para que se decida. Uno...

March se echó hacia atrás en la silla y paseó la mirada por la multitud encendida. El joven irlandés lideraba un grupo de treinta hombres. En ese momento parecía indeciso. Por una parte, quería el trabajo que le ofrecían, un cochero ganaba más que un simple obrero. Por la otra, quedaría mal delante de sus seguidores si cedía ante dos mujeres.

Aroha temblaba para sus adentros. ¿Y si no cedía? Si en lugar de eso descargaba el odio que los obreros sin duda alimentaban contra March Jensch...

—Dos... —March contaba en voz baja. Solo el irlandés podía oírla.

Cuando March dijo «tres», el hombre se decidió.

—¡Larguémonos! —gritó a sus hombres—. El reverendo tiene razón, Cristo tampoco habría quemado a estos tipos. Y a uno ya le hemos enseñado lo que es bueno. ¡Ahora ya saben lo que les espera!

El hombre se llevó la mano a la gorra para despedirse de ambas mujeres.

March le sonrió.

—Muy sensato, Paddy. ¿Cómo era su nombre?

Aroha estaba impaciente por entrar en la casa para saber qué le había ocurrido a Bao. Sin embargo, se acercó a March, quien contemplaba tranquila la marcha de los alborotadores, hasta que allí solo quedó el reverendo. También Waddell le sonrió.

—Así se hacen las cosas, reverendo —dijo March—. Una de cal y otra de arena. Es lo que entienden esos tipos.

El religioso estaba pálido como la cera.

—¿Cómo ha podido disparar en medio de este gentío? Si se hubiera desatado el pánico...

—Entonces también se habrían ido —observó impertérrita March—. El efecto habría sido el mismo.

—¿Y si hubiese herido a alguien? —El reverendo bajó de su improvisado púlpito.

March suspiró.

—Vengo de una zona en la que se valora más matar de un tiro a un conejo que tener conocimientos de Ciencias Económicas. Hasta ahora nunca había sabido valorar en su justa medida esa formación, pero, como ha visto, ha resultado de lo más ventajosa. Lo que yo hago, lo hago bien, reverendo. No le he dado a nadie porque no he apuntado a nadie. Y ahora, discúlpenos, tenemos que buscar al novio de Aroha.

Waddell se la quedó mirando.

—Qué demonio de mujer —musitó.

March dirigió el caballo directamente delante del puesto de comidas, en cuya entrada apareció un intimidado joven chino.

—¿Dónde está Bao? —le preguntó Aroha.

El hombre no respondió. Solo tenía ojos para March. La miraba como si fuese un ser llegado de otro mundo.

March señaló los daños que había causado con el fusil.

—Siento haber tenido que romper el farolillo —le dijo—, y el dragón. Naturalmente, te compensaré...

El chino dijo algo incomprensible, pero se inclinó tantas veces y con tanta reverencia delante de March que el significado quedó claro. Él y sus compatriotas debían de haber seguido desde el interior el modo en que ella se había enfrentado a los alborotadores. Seguro que no habían entendido nada, pero sabían a quién debían su salvación.

—¿Bao? —preguntó desesperada Aroha. Si pudiese recordar las palabras que Lani había practicado con Bao... ¿Dónde está *Tapsy?*—. *Zai nar...* —pronunció pésimamente—. ¿*Zai nar* Bao? —Desmontó con cuidado del caballo.

El joven asintió, muy serio.

—¿Aloha? —preguntó

—Aroha —confirmó ella—. Por favor, ¿dónde está Bao?

El hombre le hizo un gesto para que se acercara. Dijo algo que ella no entendió. Al final ambas lo siguieron al interior del escasamente equipado puesto de comidas. Olía a especias chinas y a miedo. La mayoría de los habitantes de la casa se apiñaban, armados con cuchillos y porras, dispuestos a defenderse de la chusma.

El propietario del local dijo un par de palabras de las que Aroha solo distinguió el nombre de Bao y el suyo propio. A continuación la dejaron pasar en silencio. Una puerta, cerrada solo con una cortina, daba a la cocina, un diminuto cobertizo en el que también dormía el joven. Ahora en su colchón yacía inerte Bao, con el rostro tan hinchado que Aroha apenas lo reconoció. El cabello se le pegaba por la sangre seca y un brazo tenía una posición poco natural.

Aroha soltó un grito ahogado y se arrodilló junto a él. De nuevo sintió que todo en ella se petrificaba. El tercero, había perdido al tercer hombre. Habría deseado ser capaz de llorar, pero sabía que las lágrimas todavía tardarían en acudir a sus ojos... Pronunció ahogadamente el nombre de Bao, acarició su frente, sus labios. Todavía estaba caliente...

—¿Está muerto? —preguntó March consternada.

El joven propietario del local dijo algo.

Aroha levantó la vista.

—Claro que está muerto —susurró—. Siempre... siempre ocurre lo mismo cuando amo... cuando amo a alguien. Es la maldición, March. No debería haber cedido nunca... nunca. Es culpa mía...

—No muerto —oyó en ese momento a su espalda—. Ellos pegar. Nosotros salir, todos gritar. Nosotros salvar.

Aroha se enderezó y miró alrededor. Un chino había llegado del comedor y la miraba con pena.

¿No estaba muerto? ¿Bao vivía? Los pensamientos se le agolpaban en la cabeza. Tenía que hacer algo... Limpiarle las heridas, vendárselas... Miró desesperada la precaria cocina. Entonces oyó respirar a Bao y le puso la mano sobre el pecho. Le costaba tomar aire, sus agresores le habían roto la nariz. Pero el corazón latía con fuerza y de forma regular. Bao gimió.

—Vive... es cierto que vive...

Aroha tuvo que oír estas palabras para convencerse de que esta vez los espíritus no habían triunfado.

—Aunque parece bastante malherido —constató March—. Necesitamos a un médico. O no, mejor lo llevamos a casa de Robin. Aquí no se le puede atender adecuadamente. A saber si un médico querría venir aquí. Escucha, Aroha. Te quedas aquí y yo voy a casa a caballo y mando el carruaje. La pobre Helena... me temo que se le manchará su lujosa tapicería.

Los chinos se esmeraban en ayudar a Bao y Aroha. El propietario del puesto de comidas llevó agua y paños. Uno de ellos sabía vendar y se prestó a entablillar de modo provisional el brazo de Bao. Otro trajo barritas de incienso y las encendió junto al herido. Bao tosió y pareció volver en sí. Apenas podía ver a Aroha debido a la hinchazón, pero reconoció su voz.

—¿Estás aquí...? —susurró—. ¿Y dicen que nos has salvado?

—March —contestó Aroha—. Ella os ha salvado. Ha estado increíble. ¡La próxima vez que tenga un asunto pendiente con los dioses y los espíritus espero que esté ella a mi lado!

March había regresado a la residencia de los Lacrosse y ordenado a un criado que fuera a la Pequeña China con el carruaje. Y a continuación envió a otro sirviente en busca del médico.

Bao gimió cuando sus amigos lo depositaron cuidadosamente sobre los cojines. Estaba terriblemente maltrecho, pero no lo habían herido de muerte.

El médico, que llegó a la casa poco después del vehículo, también lo comprobó. Enderezó la nariz rota de Bao, le entablilló el brazo y le curó las heridas locales, dos de las cuales hubo de coser.

—También se le han fracturado dos o tres costillas —dijo resumiendo—. Deberá permanecer unos días en cama, y renunciar a los viajes las siguientes dos o tres semanas. Pero no se preocupe, todo lo que tiene se cura. Y usted, señorita Fitzpatrick, beba... El té, sin lugar a dudas, es estimulante, pero le receto que además tome una buena copa de coñac. Tiene usted peor aspecto que el paciente.

Aroha intentó sonreír, aunque estaba demasiado débil para ello. Solo ahora se atrevía a creer que Bao estaba realmente vivo entre sus brazos. La maldición, si es que alguna vez había existido, se había roto.

COMO GUSTÉIS

Dunedin (Isla Sur)
Rotorua (Isla Norte)

Noviembre de 1888 - Abril de 1889

1

Tras el éxito cosechado por el rescate de los inmigrantes chinos, March estaba animada, pero Helena temía que la prensa volviera a ensañarse con ellos. Ella también pensaba que March no debería haber disparado, pero en el fondo no hacía más que repetir lo que había dicho el reverendo. Robin se sentía aliviado de que Bao estuviera de vuelta y Aroha se hubiese librado de su supuesta maldición. Él comprendía mejor que los demás lo mucho que ella había sufrido, así que las renovadas críticas de los periódicos no le importaban.

—Sea como sea, me echan la culpa de todo —dijo, siempre fatalista—. O sea que no importa que la gerente de mi fábrica haya disparado un par de balas a unos farolillos chinos...

March meneó la cabeza y se propuso pasar al ataque. Después de asegurarse de que Bao sobreviviría, se cambió de ropa, mandó enganchar el carro y entró a primera hora de la tarde en el despacho del *Otago Daily Times*.

—Soy Margery Jensch y desearía hablar con Silas Spragg.

Spragg era el periodista que había publicado el artículo sobre las costureras mal pagadas. Aun así, no se había implicado directamente en la caza de brujas contra Robin Fenroy. Esa era una de las razones por las que March lo había elegido. El reportero, un hombre todavía muy joven, alto y delgado, de cabello oscuro, ojos inteligentes y mirada punzante, la recibió en una sala de reuniones.

—¿Margery Jensch? ¿De la Lacrosse Company? Vaya. Y ¿qué la trae por aquí? Espero que no se proponga pegarme un tiro. Corren rumores...

March sonrió. Había puesto esmero en su aspecto y era consciente de que le sentaba muy bien el vestido granate con la cinta que adornaba las mangas y faldillas. Debajo llevaba un corsé que acentuaba su silueta y se había peinado el cabello en un recogido no tan severo como era su costumbre. Unas suaves ondas rodeaban su rostro, lo que subrayaba el ligero exotismo de sus rasgos. La tez de March era impecable, sus ojos resplandecían. El periodista no tenía otro remedio que sentir interés por ella.

—De momento no he disparado a ningún hombre, y seguro que no empezaré con usted —respondió.

—Entonces ¿quiere hablarme sobre esa «caza del chino» que se ha producido hoy? —aventuró Spragg—. Parece que ha interpretado usted un papel importante en ella. Un par de colegas míos están entrevistando a los testigos sin demasiado éxito. Como sea, nuestro venerable reverendo Waddell la tiene a usted por un engendro del diablo, mientras que un grupo de chinos de nombres impronunciables la consideran una enviada de los cielos.

March se encogió de hombros.

—Dejo la decisión al respecto en manos de los dioses y los espíritus y espero que se pongan de acuerdo. Aunque sin duda sería interesante poder decidir después de morir si uno prefiere emprender el camino a Hawaiki o ascender al cielo presbiteriano o chino.

Spragg rio.

—¡Se olvida del infierno! —le recordó.

Ella asintió.

—Ahí, de hecho —respondió—, es donde quisiera dirigirme en primer lugar. Al menos adonde los diarios de Otago definen en la actualidad como el «infierno en la tierra». Pero volviendo a su pregunta: no, no vengo a hablar de que una chusma de blancos haya ido por las calles amenazando y golpeando a inocentes solo por ser chinos. A mí me interesa otro asunto. Como sabe, yo dirijo la Lacrosse Company...

—Lo que resulta ciertamente increíble. Una muchacha tan joven como usted... tan hermosa y de trato tan amable...

—Gracias. Pero tener un aspecto agradable y ocupar una posición en la dirección empresarial no son excluyentes. Tenga por seguro que nunca he estado envuelta en una relación sentimental con mi pariente Robin Fenroy, yo no me he aprovechado de que él estuviera enamorado de mí para descargar en los obreros mis infantiles caprichos, como dicen sus queridos colegas. De hecho, más bien he protegido al señor Fenroy de los chacales que estaban en la dirección de sus fábricas, sobre todo de Harold Wentworth. Debería usted saber que ahora dirige uno de los talleres de confección de Magiel y paga exactamente los mismos salarios que yo. Aunque yo tengo más éxito. Mis fábricas son las más productivas de la región. Los balances son estupendos. —Spragg iba a decir algo, pero March lo detuvo con un ademán—. No es sorprendente, pues mi profesor en el ámbito de las ciencias económicas y de la dirección de empresas no fue otro que el tan preciado Martin Porter, en la actualidad gerente de Magiel Company. Durante años fui su asistente en el molino de lana de Kaiapoi. Si bien todos comentan que él asegura haber aprendido de mí los métodos para dirigir una empresa. Así pues, el profesor se habría aprovechado de su alumna.

Spragg esbozó una sonrisa irónica. A esas alturas se había despertado su curiosidad por las relaciones entre ambos gerentes. Hasta ese momento ignoraba que hubiesen vínculos que los unían.

—¿Podría decirse entonces que la guerra de precios entre Lacrosse y Magiel se remonta a una, digamos, rivalidad personal entre usted y Porter? —dedujo.

March se encogió de hombros.

—Seguro que Martin tiene que demostrar a su suegro que extrae más provecho que la que en otros tiempos era su pequeña asistente —observó—. Pero yo no venía a hablar de eso. Lo que a mí me concierne es, única y exclusivamente, los reproches que usted nos lanza a la gente de negocios en general y en particular a mi pariente Robin, sin duda un hombre algo ingenuo pero totalmente inocente. Que pagamos demasiado poco, que explotamos a los trabajadores, que nuestras empresas son verdaderos infiernos... Me propongo demostrar que eso es una enorme exageración y presentaré las pruebas de ello. Yo sé mucho de dirección de empresas, señor Spragg, pero nada de trabajo manual. En eso estoy al mismo nivel que las chicas que buscan trabajo en mis fábricas. También soy de su misma edad y de similar resistencia. De ahí mi propuesta: yo, Margery Jensch, llevaré durante un mes la vida de una obrera, concretamente, la de una costurera, porque se trata de desmentir las acusaciones lanzadas contra los talleres de confección. Si usted quiere, también puedo colocarme en un telar.

—¿Va a trabajar en una fábrica? —Silas Spragg olfateó un reportaje sensacionalista.

March asintió.

—Y bajo el seguimiento de su diario. Le informaré cada día o cada semana, como le vaya mejor, acerca de mi experiencia.

—¿Y... y vivirá como una costurera? ¿Al salir de la fábrica no volverá a la lujosa residencia de Fenroy? —Spragg tomaba apuntes deprisa.

—Me gustaría contactar con alguna costurera... Ya le he echado el ojo a una que usted seguramente conoce. ¿He de suponer que, junto a Peta Te Eriatara, Leah Hobarth le ha estado suministrando información? —March lo miró inquisitiva.

—No desvelamos nada acerca de nuestros informantes —repuso lacónico Spragg—. ¿Así que estaría usted dispuesta a que esa chica le sirviera de guía y a compartir su vida con ella, día y noche, mesa y cama?

—Le aseguro que no codiciaré al amante de la joven —observó March con frialdad.

Spragg rio.

—¡En cualquier caso, es un gran titular! ¡La gerente de Lacrosse desciende a los abismos del trabajo en la fábrica! ¿Y dónde piensa usted vivir esa experiencia? ¿En sus propios talleres de confección?

March negó con la cabeza.

—No. Entonces me reprocharían estar engañando y disfrutar de favoritismos. Tiene que ser en la competencia. —Sonrió sardónica—. El señor Porter y yo trabajamos muy bien juntos en el pasado.

Spragg tendió espontáneamente la mano a March.

—Usted me gusta, señorita Jensch —dijo—. Hablaré con el editor de nuestro diario y si él encuentra el proyecto tan sensacional como lo encuentro yo, negociaremos.

Leah Hobarth estuvo de acuerdo en apoyar a March en su experimento, pero negó estar implicada en soplos confidenciales a la prensa.

—Ya no trabajo en Lacrosse —dijo cuando March le habló de ello en su primer encuentro. Era cierto. Si bien Leah había empezado en uno de los talleres de confección, se había despedido cuando Robin había vendido el molino de lana. Enseguida había encontrado empleo en el taller que dirigía Wentworth—. Me enfadé mucho con Robin cuando dejó a la gente en la estacada después de haber prometido el oro y el moro. Le había hablado de las condiciones de la tejeduría y él se quedó tan impresionado que decidió cambiarlo todo. Me dio esperanzas. Pero al final lo vendió todo a un consorcio escocés que todavía roba más a la gente.

—¿Y ahora usted lo ha perdonado y ha olvidado? —preguntó March, desconfiada.

Leah negó con un gesto.

—Pues no, pero conozco a Robin. Es un tipo amable y me cae muy bien, pero todos teníamos un motivo para estar en la Carrigan Company. Yo estaba por el opio; Bertram, por el alcohol; y Robin porque vivía en otro mundo. Él siempre necesitará a alguien que lo lleve de la mano. Nos vimos en el centro parroquial después de la visita que hizo a los Smith y pensé que había llegado el momento de que yo lo ayudara. Incluso parecía algo enamorado de mí. De hecho, después lo dejó todo en manos de usted... Así que yo también tengo algo de culpa. Pero yo no traicioné a Robin, debe usted creerme. Me despedí de Lacrosse porque Peta me estaba sonsacando información continuamente. Robin es la última persona del mundo a quien desearía algo malo... Bien, usted y yo deberíamos tutearnos. A fin de cuentas, a partir de mañana vamos a compartir cama...

Silas Spragg carraspeó. La conversación entre March y Leah tenía lugar en la sala de la redacción de su diario y March estaba segura de que había estipulado un precio con Leah por su colaboración, probablemente demasiado bajo... A March le habría gustado intervenir en la negociación. Por supuesto, ella misma no recibiría dinero por ese experimento, salvo el sueldo que iba a ganarse trabajando como costurera. La Magiel Company había accedido a contratarla durante un mes «de prueba». «Tal vez la señorita Jensch se encuentre tan a gusto entre nosotros que decida quedarse», había declarado un sonriente Martin Porter al *Otago Daily Times*.

Spragg jugueteaba con su libreta de notas.

—¿Podríamos hablar de cosas concretas, señorita March, señorita Leah? Por ejemplo, ¿qué hacemos con la ropa? La mayoría de las costureras se hacen los vestidos ellas mismas, ¿no es así?

Leah asintió.

—March también podría coger un vestido de la fábrica —dijo—. El corte es más o menos el mismo. Al menos entre las que no somos buenas patronistas. Nos limitamos a copiar las prendas del taller.

—¿Significa eso que os lleváis la tela ya cortada y luego coséis el vestido en casa? —preguntó March, sarcástica.

Leah ni asintió ni lo negó.

—No somos ladronas —fue lo único que respondió.

—La señorita March necesita, pues, un vestido... —prosiguió Spragg con su lista.

—Dos —dijo March—. Uno para la fábrica y otro para los domingos. Y ropa interior de recambio.

—No te olvides de pedir un chal —intervino Leah—. Te será más necesario que la ropa interior. Espera a ver el frío que pasarás por las mañanas cuando no tengas un carruaje que te lleve de puerta a puerta.

—Pensaba en una mantilla —señaló March, pero se percató de su error en cuanto Leah sonrió burlona.

—No encontrarás ni una sola trabajadora que pueda permitirse algo así. Ja, un chal tejido por ella misma. Yo no sé. El mío lo hizo la señora Smith... —March tampoco sabía hacer punto, pero había chales a buen precio—. Y un par de zapatos —dijo Leah señalando sus gastados botines. Miró de reojo los elegantes zapatos de ante de March—. Zapatos con los que puedas caminar y sean impermeables cuando llueva.

Helena se llevó las manos a la cabeza cuando March se marchó de la casa Lacrosse «disfrazada».

—¿No te pica esa tela? Por Dios, ¡no entiendo cómo puedes rebajarte a este nivel! De hecho, el actor de la familia es Robin.

March le lanzó una de esas miradas gélidas que últimamente siempre tenía preparadas para Helena.

—Esto no va de teatro, Helena, sino de una manera de vivir práctica. Voy a demostrar al reverendo, a los periodistas y a todos esos estúpidos que tan afectados están por la miseria de los obreros, que con nuestros sueldos se puede vivir bien. Siempre que uno sepa ahorrar. Eso exige saber contar y reducir gastos. No tiene nada que ver con el teatro.

—En cualquier caso, te deseo mucha suerte —dijo Robin, cansado—. Y éxito. Aunque yo no creo en él. Más bien doy crédito al reverendo. Después de lo que vi en aquella ocasión...

Aroha se despidió con un abrazo de March.

—¡Yo te veo capaz de todo! —dijo cariñosamente—. Pero Robin tiene razón: si fracasas, todavía pasaréis más vergüenza.

—Yo no fracaso —replicó March con determinación—. Buen viaje, Aroha, si no volvemos a vernos. Y saluda a Bao de mi parte.

Aroha y Bao habían planeado regresar a Rotorua en cuanto

les fuera posible, que no sería pronto. El médico había prescrito que Bao siguiera guardando cama.

Leah esperaba a su nueva compañera delante de St. Andrew's para llevarla a la casa de la familia Smith, donde seguía teniendo alquilada la cama.

—Hace poco que nos mudamos —informó—. Cuando nació el noveno niño. Era imposible seguir en la anterior casa. En fin, y como ahora Emily también gana dinero... La nueva es fría y entra el aire, pero es más grande y tiene acceso a un patio de muros altos, así que los pequeños pueden jugar sin que nadie los vigile.

—¿Nueve hijos? —March seguía pensando en cómo sería una familia tan numerosa, cuando llegaron a la nueva dirección de los Smith. No era más que un cobertizo añadido a una casa de alquiler de dos pisos. Se llegaba a él por un pasadizo. March arrugó la nariz cuando Leah la condujo por él. Estaba oscuro y olía a col y orina—. Deja que adivine, el retrete también está en vuestro patio posterior —observó.

Leah asintió.

—Sí, esa es la desventaja —admitió—. Cuando uno quiere ir por la noche, ha de tener cuidado. No todos los tipos que viven en la casa son demasiado amables. El mes pasado violaron a una chica del primer piso.

—¿Y luego dejáis jugar a los niños allí? —se escandalizó March.

Leah se encogió de hombros.

—Durante el día no hay nadie, todos están en la fábrica.

Al final del pasadizo estaba la puerta del cobertizo. Otra daba al diminuto patio, donde se marchitaban un par de plantas descuidadas.

—¿No podría hacerse aquí un huerto? —preguntó March. En su mente aparecieron unos bancales de verduras, suplemento de comida para la familia.

—Se podría si fuera nuestro. Y si tuviéramos tiempo para cuidarlo. Además, las semillas no son gratis, y hay que traer el agua desde la fuente. Bueno, mientras los hombres sigan meando fuera de la taza, regar no supondría demasiado trabajo... Pero tampoco es tierra buena, el patio está relleno de arena. No creo que creciera gran cosa.

March era de otra opinión. ¡Querer es poder! Se apuntó mentalmente una nota para el *Otago Daily Times*.

Leah abrió en ese momento la puerta de la vivienda de los Smith.

—¡Ah del castillo! —la recibió con ironía, mientras hacía entrar a March.

—¡Leah, Leah, Leah!

March dio un paso atrás asustada cuando una cuadrilla de niños corrió hacia ellas. Leah cogió a los pequeños riendo y los puso en fila.

—Johnny, Billy, Rosie, Willie, Katie, Sally, Harry —los presentó. March no habría podido distinguir si los críos eran niños o niñas. Exceptuando a la mayor, todos llevaban una especie de vestido suelto de tela barata y el cabello sin peinar alrededor de unas caritas sucias—. Petey todavía va en pañales y Emily está en la fábrica. Esta es la nueva chica que dormirá con nosotros, niños, se llama March. ¿Todo bien, Sally?

Se volvió hacia la niña mayor, una criatura de unos doce años, delgada y de aspecto abatido. Sally tenía un cabello rubio oscuro con greñas, que posiblemente no se había lavado en semanas, y un rostro puntiagudo de una palidez insana. Y con ella se suponía que jugaban los niños todo el rato en el patio. De ahí que tuvieran perdidos de mugre los pies descalzos.

El olor de la casa era asqueroso. Los pañales, supuso March, y los guisos. Vio la primitiva cocina sobre una mesa accesible a los niños, demasiado peligrosa. Pero no encontró la posibilidad de colocarla en un sitio más alto. Tres camas, la mesa y dos sillas llenaban la pequeña habitación. Había ropa sobre los colchones, medias y zapatos entre los armazones de las camas.

—No he conseguido hacerlo todo, Leah —admitió Sally angustiada—. Papá se enfadará y mamá también. Los niños vuelven a desordenarlo todo. Lo hacen para fastidiarme. Y todavía no he ido a buscar agua, y eso que tenía que lavar los pañales. Pero el señor Tenth está en casa, y no me he atrevido a pasar por su puerta. Ah, sí, y tampoco he podido comprar pan. Está más caro y me faltaba un céntimo. Y el señor Burke no ha querido fiarme. No fía a niños porque no sabe si las madres están de acuerdo. Solo faltaría que los críos fueran a comprar pasteles y las madres no estuvieran al corriente, ha dicho.

—Entonces, ¿no has comprado nada para comer, Sally? —preguntó dulcemente Leah.

—Solo boniatos. Estaban baratos. Aunque ahora no sé qué hacer con ellos. Crudos no saben a nada y dan dolor de barriga... —Señaló el montón de tubérculos que había sobre la mesa, ya de por sí llena, entre vestidos y artículos domésticos. Algunos estaban mordidos.

March tomó la iniciativa.

—Yo cocinaré los boniatos. No soy la mejor cocinera del mundo, pero todos los maoríes saben preparar boniatos. Tú ve por el agua, Leah. Y también por el pan.

Leah negó con la cabeza.

—No puedo, March —dijo en voz baja—. No tengo dinero. Tendría un penique de más, pero Sally ha gastado el dinero de su madre para los boniatos. Habremos de conformarnos con esto hasta mañana por la noche.

La niña se sintió reprendida y gimió. Las lágrimas le corrían por la cara.

—Tampoco pasa nada —la consoló March—. Los *kumara* son muy sabrosos. Voy a enseñarte cómo se pelan.

Sally cogió un cuchillo sin mucho entusiasmo e impidió que sus hermanos pequeños también «ayudasen». Gritaba de mala manera a los niños.

—Sally está agotada —comentó Leah cuando la niña dio un respingo porque el bebé lloraba—. Hace un mes que Emily va a la fábrica y Sally tiene que hacerlo todo sola. Vigila a los pequeños, pone los pañales a los bebés, cocina, compra y además trae el agua. Y encima no se atreve a pasar por delante de ese Tenth, un viejo verde que a la menor oportunidad soba y acosa a las niñas.

March escuchaba con atención.

—¿Su padre no puede denunciarlo? —preguntó.

Leah hizo un gesto negativo.

—Claro que no —respondió—. Tenth es quien le alquila el apartamento. —Sonrió con tristeza cuando vio la expresión sorprendida de March—. Pues sí, señorita Jensch —dijo burlona—. ¡Bienvenida al Medio Acre del Demonio!

2

Pero March Jensch no se dejaba desanimar tan fácilmente. Para cuando los Smith regresaron a casa tras su jornada laboral, había preparado un sabroso guiso de *kumara*. Un par de plantas secas del patio resultaron ser especias útiles para dar sabor a la comida. Sin embargo, no daban mucho de sí, por lo que March las arrancó sin más, las amontonó en el patio y les prendió fuego. A continuación asó en las brasas unos *kumara* para comer al día siguiente.

—No nos saciaremos, pero mejor esto que nada —dijo a Leah y a la angustiada Sally, que todavía temía la cólera de sus padres porque no había pan en casa.

—Tampoco nos saciamos con los mendrugos de pan que solemos comer —observó Leah.

March explicó a los niños mayores cómo hacer fuego sin cerillas y cómo preparar una comida sabrosa sin comprar especias.

—El domingo os llevaré al bosque y os enseñaré a recoger plantas comestibles. Por ejemplo, hay raíces de *raupo* a la vera de los arroyos. También os enseñaré a pescar. Antes los maoríes vivían aquí, y ninguno se murió de hambre pese a que no tenían dinero.

—Tampoco pasaban nueve horas al día en una fábrica —objetó Leah—. Hoy tenemos mucho tiempo...

A petición del *Otago Daily Times,* Magiel había dado la tarde libre a Leah. March empezaba al día siguiente en el taller de confección.

—A partir de mañana se te quitarán las ganas de ir a desenterrar raíces, eso te lo garantizo yo.

De todos modos, March lo hubiera dejado para los niños. Sally no tenía que quedarse encerrada en casa, podía salir con ellos.

—¿Y los dos pequeños? —preguntó Leah.

March suspiró.

—Vaya, no había contado con ellos —dijo—. ¡Nueve hijos es demasiado! ¿Cuánto debe pagar la fábrica para alimentarlos a todos?

Leah hizo una mueca.

—Y encima las mujeres tienen que hacerse los lavados de vinagre aquí. —Las doce personas que solían vivir en las dos habitaciones de los Smith se repartían cinco camas más o menos estrechas. No había pues la intimidad que podía desear una mujer para lavarse después del coito—. Sin contar con que después del trabajo uno está demasiado cansado —añadió Leah.

—Es sorprendente que no estén demasiado cansados para hacer hijos —replicó March mordaz—. Por otra parte, yo nunca me he lavado con vinagre. Basta con contar los días y contenerse aquellos en que se corre riesgo de embarazo.

Leah sonrió torcidamente.

—Se puede, March, si el hombre quiere. Aquí eso no se discute, a la mujer no se le pregunta si está o no cansada. Ya lo irás entendiendo. Pero hazme el favor de no hablarle así a la señora Smith. ¡Podría retorcerte el pescuezo!

Esa noche, sin embargo, la señora Smith estaba encantada con su nueva inquilina. March y Leah habían tenido tiempo suficiente para ordenar, ir a buscar agua y fregar la casa. Los pañales de los bebés estaban en remojo y los niños tenían al menos las caras y las manos limpias.

—Antes de pasar por el agua no hay nada que comer —avisó

March a los pequeños, que le hicieron caso e inmediatamente se pusieron en fila. March los enjabonó, mientras tomaba nota de que no estaban bien alimentados y que eran demasiado bajos para su edad. No eran comparables a los niños maoríes de su misma edad, a los que incluso ya se dejaba ir solos al bosque para recoger hierbas y raíces comestibles.

La señora Smith y Emily llegaron a las siete del trabajo, el marido no vendría hasta dos horas más tarde. Madre e hija no hablaron demasiado, pero comieron el guiso con avidez. Leah explicó lo que le había ocurrido a Sally con el pan y la madre no la regañó.

—Debería dejar un penique en un escondite para casos de necesidad —sugirió March—. Sally es una niña sensata, no gastará el dinero en caramelos.

—Pero los niños se lo cogerán —respondió Emily—. No obedecen a Sally, no la toman en serio.

Sally estaba de nuevo al borde de las lágrimas. En opinión de March, estaba todavía más agotada que las trabajadoras de la fábrica. La propia Sally parecía pensar lo mismo.

—Me gustaría poder ir también a trabajar... —se lamentó.

—¡Puedes ayudarnos a coser los ojales! —dijo Leah—. ¿Ha traído mi trabajo, señora Smith?

Por lo que oía March, Leah no se había librado de la labor que debía hacer en casa.

Después de cenar, los niños más pequeños se repartieron en las camas, se retiraron las cosas de la mesa y se limpió todo para que no se mancharan las camisas de franela que desempaquetó la señora Smith y distribuyó entre las mujeres. También dio a Sally dos camisas del montón, aunque a la niña ya se le cerraban los ojos.

—¡Al menos harás una! —dijo con severidad—. Dentro de dos años, como mucho, ya irás a la fábrica. Así que ve acostumbrándote.

March cogió la camisa de manos de la niña.

—Si me enseña, ya la ayudo yo, señora Smith.

Esta resopló.

—Tú ya tendrás tu trabajo que hacer mañana.

El trabajo que Magiel distribuía para hacer en casa equivalía al que March repartía entre sus trabajadoras. En la fábrica se cosían camisas, pantalones y vestidos, pero los últimos retoques había que culminarlos a mano. Las máquinas todavía no podían coser botones. Además, había que repasar las camisas por si quedaban hilos sueltos y en tal caso rematarlos. La señora Smith y Leah trabajaban con rapidez. En dos horas tenían lista la docena de camisas que le correspondía a cada una. Emily todavía se desenvolvía con dificultades. Estaba cansada y lloró cuando se pinchó un dedo al trabajar con la segunda camisa y manchó la tela de sangre.

—Si ahora no sale... si me descuentan toda la camisa del sueldo... —La señora Smith interrumpió su trabajo y limpió la mancha con agua fría—. ¡Y ahora ten cuidado! —advirtió a su hija—. ¡Y tú, Sally, no te duermas!

A eso de las nueve llegó el señor Smith, farfulló un saludo y se comió los restos del guiso antes de meterse en la cama. A las mujeres todavía les quedaba bastante trabajo por hacer. Hasta las once no depositaron, bien doblada en el cesto de Emily, la última camisa. March, a esas alturas, estaba casi tan cansada como todas y se alegró cuando llegó el momento de compartir la cama con Leah y la niña.

—Yo me pongo a los pies de la cama —dijo Emily, que se quitó el vestido por la cabeza y se acurrucó en prendas interiores bajo la manta. No pensó ni en cambiarse de muda ni en lavarse antes de dormir. Leah hizo lo mismo, solo se pasó un paño húmedo por la cara y las axilas.

—Si quieres lavarte a fondo tienes que ir a buscarte tú misma el agua —informó a March—. Pero ahora ya no es posible, las calles no son seguras. Por otra parte, aquí hay un orinal, por si no quieres pasar por el patio.

En cuanto al patio trasero, ese día estaba mejor iluminado que de costumbre. La hoguera de March todavía conservaba rescoldos. De ello dieron las gracias varias mujeres y niñas que a lo largo de la tarde habían tenido que ir al retrete. «Si cada una trae un trozo de leña, plantas secas o restos de madera, tendremos una hoguera para iluminar la oscuridad», había dicho March, y había decidido enviar a los niños a buscar material combustible al día siguiente. En lugar de hacerle la vida imposible a Sally, tenían que encontrar una tarea razonable. Aunque, ¿no deberían en realidad ir a la escuela?

March estuvo reflexionando al respecto, mientras intentaba dormir al lado de Leah en la estrecha cama. Solo era posible cuando una se quedaba totalmente quieta. Cualquier cambio de posición despertaba a la vecina. Pero no solo eso impedía que March descansara. De niña, había dormido con frecuencia en la casa común de la tribu maorí y los sonidos que hacían los demás durante la noche no la importunaban. Pero ahí todo sucedía en un espacio ínfimo. Los cuerpos sin lavar de sus compañeras de cama ofendían su olfato, así como el olor de los pañales y el que surgía de los orinales que utilizaban los niños.

Y encima el señor Smith empezó a moverse. March oyó resoplar enfadada a su mujer cuando él la despertó. Murmuró algo, puso a un lado al bebé que todavía dormía en la cama de los padres para que no molestase, y se quedó quieta mientras su esposo reclamaba sus derechos maritales. March lo oyó jadear y gemir, escuchó un apagado «¡Más bajo!» de la señora Smith y un resoplido de satisfacción cuando el hombre se echó a un lado. Después de haber engendrado posiblemente el décimo hijo...

March intentó dejar de pensar en ello. Y en un momento dado, la venció el sueño.

Quedarse dormido en casa de los Smith era imposible. Ya al amanecer despertaron los primeros niños y luego empezaron a sonar las sirenas de las fábricas. Por supuesto, March estaba acostumbrada a estar en el taller de costura antes que sus trabajadoras, así que sorprendió a todos cuando nadie tuvo que sacudirla como a Emily y Sally para que despertase. Emily había dormido como un tronco toda la noche a los pies de Leah y March y ahora le costaba abrir los ojos. Medio dormida todavía, se puso el vestido por la cabeza antes de salir tambaleándose a la habitación contigua. La señora Smith ya había preparado el café, al parecer el único alimento que abundaba en esa casa. Leah y Emily también habían preparado un poco la noche anterior, mientras trabajaban en las labores.

—Necesitamos el café —explicó Leah mientras bebía aprisa una taza—. Si no, no resistimos todo el día.

March observó que también los niños bebían el oscuro líquido. Eso no podía ser sano.

La señora Smith entregó unos céntimos a Sally, previniéndola seriamente que esta vez no volviera a casa sin pan. A continuación, todos emprendieron el camino a las fábricas: el señor y la señora Smith trabajaban en el molino de lana del consorcio escocés; Leah, Emily y ahora también March, en uno de los talleres de confección de Magiel. Se encontraba en un edificio cercano a un riachuelo, concebido en su origen como molino de lana. March observó que ahí no se habían realizado grandes remodelaciones. Se utilizaban las antiguas naves, entre las cuales se extendían angostas escaleras y pasillos, construidos con madera barata a toda prisa. En cada nave había unas cincuenta máquinas de coser colocadas en filas. En Magiel ya se había abandonado el principio del trabajo en equipo de costurera y ayudante. Las muchachas más jóvenes, y seguramente peor pagadas, se encargaban de cortar la ropa en unas naves separadas, vigiladas por dos mujeres mayores. Las costureras trabajaban independientemente a destajo.

En el fondo, March había pensado que la dirección de la fábrica iría a recibirla, pero Porter y Wentworth dieron muestra de su calaña. Ambos consideraron que ningún miembro de su personal leía el diario y que, además, el *Otago Daily Times* tampoco había desvelado en qué fábrica se realizaba el experimento de March. De ahí que fuera muy probable que, al menos al principio, trabajase de forma anónima y sin ser reconocida.

—¿Tiene alguna experiencia? —preguntó la supervisora cuando saludó a la nueva.

—Sé cómo funciona una máquina de hacer ojales —respondió orgullosa March.

La mujer frunció el ceño.

—Aquí no tenemos. Es una labor demasiado delicada, los mandamos hacer en casa... ¿Ha manejado alguna vez una máquina de coser?

March asintió. Solía probar todos los modelos que adquiría para los talleres y era muy diestra a la hora de enhebrar hilos y coser perneras de pantalón. La supervisora se alegró de tener que dar solo unas pocas explicaciones.

—Solo hay que ir rápido —farfulló—. Y con esmero, por favor. Comprobamos las piezas que ya están listas. Si una costura está torcida, la descontamos del sueldo. Como las agujas rotas.

—Y se rompen a menudo con esta tela tan gruesa —susurró Leah, que había tomado asiento en la máquina de coser contigua a la de March y hacía los dobladillos de las perneras.

March no tardaría en experimentarlo en carne propia. La primera de sus agujas aguantó una hora, y luego tuvo que pedir a la supervisora que le enseñase a colocar una nueva. Eso llevaba su tiempo. Cuando la sirena anunció el descanso, a March todavía le faltaba mucho para concluir el trabajo que le habían asignado, así que ni hablar de ganarse un bono. Se levantó mareada y de repente advirtió el silencio. Todavía había ruido en la nave, de las conversaciones y los pasos en el suelo de madera, pero ya no el penetrante y continuo matraqueo de las máquinas de coser. Le dolía la espalda de estar todo el tiempo inclinada.

—Pronto notarás también las piernas —advirtió Leah—. Y mañana apenas podrás moverte de las agujetas.

Las máquinas de coser que se utilizaban eran sumamente eficaces. Hacían mil puntadas por minuto en lugar de las cincuenta a sesenta de una buena costurera. Se propulsaban con pedales, la trabajadora movía los pies permanentemente arriba y abajo.

—Y es posible que tengas dolor de vientre —añadió Leah—. El movimiento de los pies repercute en el vientre. Todas las mujeres mayores tienen molestias...

March no lo mencionó, pero se acordó de que Robin había citado en una ocasión a Wentworth y hasta ella se había escandalizado: «Un fabricante de Lyon dijo en una ocasión que él solo daba empleo a chicas de entre dieciséis y dieciocho años, pues con veinte ya estaban listas para el hospicio.»

Lentamente, fue dándose cuenta de que las leyes de protección laboral que establecían en nueve horas la jornada de las obreras de Nueva Zelanda tenían su razón de ser.

Tanto Leah como March estaban hambrientas, pero se reservaron los boniatos para el descanso del mediodía y se contentaron con un café. La empresa ofrecía una taza por trabajadora, lo que March encontró muy generoso. En su propia fábrica no había café gratis. Pero ahora tenía la garganta seca, irritada por el polvo que flotaba en la nave. Se habría bebido de buen grado una segunda taza, pese a que el líquido amargo, sin azúcar ni crema, le sabía extraño. Pero antes de que pudiese darle vueltas a ese asunto, la sirena sonó de nuevo para anunciar la vuelta a las máquinas. Tuvieron justo el tiempo para ir al baño. March salió asqueada de allí. El hedor era insoportable, las instalaciones estaban llenas de porquería.

—Los nuestros son mejores —le dijo a Leah, quien poco después volvía a colocarse junto a la máquina de coser—. Los lavabos de Lacrosse están relucientes.

—¿Los limpias tú misma? —repuso Leah, burlona—. ¿O lo hacen las mujeres gratis antes y después de las horas de trabajo?

—¡Durante! —exclamó triunfal March, aunque enseguida se sintió culpable porque las obreras trabajaban a destajo. Mientras limpiaban los lavabos no podían coser ninguna camisa.

En el descanso del mediodía se encontraron con Emily. La niña tenía hambre, se había comido su *kumara* durante el primer descanso.

—¡Era muy fácil de tragar! —dijo—. El pan siempre está tan duro que hay que remojarlo en el café.

—¿Pan duro? —preguntó March incrédula, ganándose unas carcajadas una vez más.

—Compramos pan del día anterior —le explicó Leah—. Sería demasiado caro comprar pan fresco para doce personas.

A la mayoría de las trabajadoras parecía pasarles lo mismo. Casi todas humedecían el pan seco en el café antes de llevárselo a la boca. Así se prolongaba la comida, y posiblemente el pan llenaba más que los *kumara*. March no tenía mucha hambre. Estaba tan concentrada en sus nuevas experiencias que casi no pensaba en la comida, pero Emily le daba pena. Le ofreció la mitad de su *kumara*. La niña dio las gracias entusiasmada y se comió el boniato con avidez.

—De vuelta pasaremos por la panadería —la consoló Leah—. A lo mejor hay brioches duros y yo todavía tengo un penique. ¡Celebraremos un banquete!

»El panadero tiene debilidad por mí —le explicó luego a March—. Siempre me guarda algo. Incluso podría conseguir más si... si fuese un poco amable con él... ¡Pero esas cosas ya no las hago!

A March le habría gustado saber a qué se refería. ¿Había trabajado Leah como prostituta? No sabía mucho sobre el período que Robin había pasado en la Carrigan Company y nada sobre los miembros de la compañía. Leah, de todos modos, no parecía una actriz especialmente dotada. March se propuso averiguar en algún momento algo más sobre su vida. Cuando no trepidara ninguna máquina de coser, cuando la espalda no le doliese y los dedos dejaran de estar irritados por el contacto continuo con el tejido áspero de algodón. Después del último descanso de la tarde estaba hecha polvo y no sabía qué parte de su cuerpo le dolía más, si la cabeza por el ruido constante, los hombros por la postura forzada y el repetido movimiento para deslizar el tejido, la espalda, las piernas o los dedos. Desde luego, era muy distinto coser a máquina un par de minutos que pasarse nueve horas cosiendo.

Dio gracias a todos los espíritus cuando la sirena por fin anunció el final de la jornada. Tenía un hambre canina, pero ninguna intención de ponerse a cocinar. Fuera lo que fuese lo que Sally preparase, March se lo comería como habían hecho la señora Smith y Emily el día anterior.

Antes de que las obreras se fueran, se repartió el trabajo para casa. Leah, March y Emily se llevaron una docena de camisas cada una, a las que debían dar los últimos retoques. La señora Smith, que de regreso a casa pasó por el taller de confección, cogió quince camisas. Por supuesto, esperaba que Sally hiciera al menos tres.

March avanzaba ensimismada y dando traspiés junto a Leah. Antes de entrar en la panadería, esta todavía tuvo fuerzas para colocarse de una forma sugerente el chal sobre los hombros y dejar asomar un par de mechones de cabello por debajo del modesto sombrerito. El panadero, un hombre rubicundo y obeso con unos duros ojos azules, le sonrió.

—¡Ah, la pequeña Leah me honra una vez más con su presencia! ¿Qué puedo hacer por ti, preciosa mía? O ¿qué vas a hacer tú por mí?

—Le doy un penique —respondió Leah zalamera, como si le ofreciera las joyas de la Corona—. Por un par de panecillos secos. Los niños tienen hambre después de que ayer dejara marcharse a nuestra Sally sin pan. No fue muy amable por su parte, señor Burke. Ya sabía usted que le habríamos traído después el penique que le faltaba a la niña. Y dicho sea de paso, ¿cómo es que el pan ha subido de precio?

El panadero fingió sentirse ofendido.

—No ha subido, solo que no quedaba suficiente pan seco. Vuestra Sally tiene que venir antes si lo quiere. Y tal vez ser un poco más amable. Esa tonta no abre la boca. Ni para hablar ni para nada más. —Puso los labios como para dar un beso.

Leah iba a contestarle, cuando March despertó de golpe. Dio un paso adelante, escandalizada.

—¡Un momento! ¿Acaso usted espera que una niña de doce años le... le besuquee antes de darle el pan? ¿Y que su pan es más caro cuando ella no hace lo que usted quiere?

El panadero rio.

—Yo no espero nada, guapa. Y menos delante de una gata como tú. Eres nueva, ¿verdad? ¿Otra que alquila cama a los Smith? Pues esos pronto podrán permitirse comprar pan fresco. Entonces, ¿qué quieres por una horita de amor? ¿Una bolsa de bollitos? ¿Frescos?

March estaba a punto de tirarle a la cara la cesta con la labor. Por fortuna, Leah la detuvo.

—Basta con el pan seco —respondió sin más—. Por un penique. Y no toque a Sally. El señor Smith es muy paciente, pero el chico que alquilaba cama y que toqueteó a Emily en su día, después se arrepintió mucho. Somos chicas decentes, señor Burke. Preferimos pasar hambre antes que negociar del modo que usted sugiere.

—¡Es una insolencia que te pidan algo así! —se encolerizó March—. Podría ir a la Policía... y Sally...

—¡Ya basta, March! —ordenó Leah—. Así pues, señor Burke, ¿quedan todavía panecillos? ¿Por un penique?

El panadero torció el gesto.

—Pues no. No para vosotras, cielo. Sobre todo no para esa. —Señaló a March—. Ya vendrán otras que sean más amables conmigo...

—Yo siempre le daba un beso —admitió Emily cuando salieron de la tienda.

Leah y March iban igual de rabiosas, aunque la ira de esta se dirigía contra el panadero, mientras que aquella estaba furiosa porque el arrebato de March había desbaratado sus planes. En general, Burke se limitaba a un inofensivo coqueteo. Pero en ese momento ambas se sobresaltaron.

—¿Que has hecho qué? —preguntó escandalizada Leah.

Emily se estremeció.

—No era nada. Solo un beso en la mejilla. Con eso tenía suficiente. Y a cambio me daba un poco más de pan. Leah, ¿no te has dado cuenta de que tenemos menos desde que Sally se ocupa de los niños? Ella no quiere besar a ese viejo. Ya le he dicho que cuando lo hace tiene que pensar en un príncipe, pero ella dice que no puede.

—¡Es increíble! —murmuró March.

Leah se la quedó mirando con gravedad.

—Esta es nuestra vida. Cuando no tienes dinero, tampoco tienes protección.

3

—Pues me voy a ver a Waddell —anunció Helena—. A mí no me importa acudir a él. March tiene razón, no tenemos nada que reprocharnos. ¿Cómo hay que vestirse, Aroha?

Aroha se esforzó por no poner los ojos en blanco. Se alegraba de que tanto Robin como Helena estuvieran dispuestos a aceptar la sugerencia de arreglar las cosas. Había sido Bao quien había pensado que los herederos de Lacrosse podían mejorar su reputación haciendo público su compromiso social.

—Aunque Robin dona mucho dinero, nunca se deja ver —observó—. Las madres de mis compañeros de escuela en Inglaterra siempre ayudaban en los bazares de la escuela o repartían comida entre los pobres, aunque tenían tanto dinero que podrían haber pagado una comida a todos los empleados. Pero los herederos de Lacrosse se han mantenido demasiado retirados hasta ahora.

—Los periódicos solo se burlarán de nosotros —dijo receloso Robin—. O no informarán de ello.

—A lo mejor, a la larga, sí hablan —objetó Aroha—. Tienes que pensar a largo plazo, Robin. De momento es cierto que no harás nada bien. Pero si cada vez te muestras más en actos de beneficencia y menos en el campo de golf, y si March introduce reformas en las fábricas, y esperamos que lo haga una vez que haya vivido su experiencia como trabajadora, tu reputación irá mejorando progresivamente.

Al final, Robin cedió, como siempre. Pero le resultaba demasiado embarazoso acudir al reverendo Waddell para ofrecerse como voluntario. Helena no tenía reparos. Se aburría porque no recibía las invitaciones habituales de sus amigos y conocidos desde que los diarios habían tomado a Robin como cabeza de turco. Así que aceptó complacida la idea de colaborar en la guardería de la congregación. Tenía ganas de posar ante la prensa rodeada de graciosos niñitos.

—Ponte un vestido viejo que esté algo sucio —le aconsejó Aroha, ganándose con ello una mirada reprobatoria. Helena no tenía vestidos viejos, y tampoco pensaba manchar uno—. Y en cuanto a ti, Robin... —Mientras hablaba hojeaba el diario y buscaba crónicas de actos de beneficencia—. Seguro que St. Andrew's no es la única congregación que busca voluntarios que colaboren en sus tareas. Mira, aquí se habla de un reverendo Burton, de St. Peter's Church, en Caversham. Dirige un comedor para pobres. Cada día se sirve una comida caliente a los necesitados de la congregación en la casa parroquial. Está a kilómetro y medio de aquí y es también un suburbio. Es una iglesia anglicana.

—¿Y cómo le explico yo a ese reverendo que no me presento en mi propia parroquia? —preguntó Robin malhumorado.

—Tú eres anglicano —le recordó Aroha—. Di que quieres volver a tus raíces, que no te sientes a gusto con los presbiterianos.

Peter Burton recibió a Robin en la sala de la congregación, más pequeña que la de St. Andrew's. Se trataba de un sencillo anexo de una casa de campo rodeada de un jardín primorosamente cuidado que el propio reverendo barrió antes de abrir el comedor a las doce. En la sala flotaba el aroma de la comida. Era obvio que se cocinaba justo al lado.

Burton sonrió cuando Robin se presentó y explicó atropelladamente los motivos por los que quería cambiar de congregación. El religioso seguramente no se creyó ni una palabra, pero la sonrisa del joven le daba un aire simpático. Burton parecía un hombre afable. Tenía el rostro surcado de arruguitas de expresión y cuando hacía una mueca se le formaban hoyuelos, como si fuera un adolescente. Salvo por eso, su aspecto era serio. Era alto y delgado, con ojos castaños y un cabello lacio castaño claro.

—¿Así que el sermón que pronunció mi querido hermano Waddell hace un par de días no influyó en su decisión? —preguntó con una agradable voz de bajo—. ¿Cómo se llamaba? «El pecado de abaratar los precios», ¿no? Porque usted es el heredero de Lacrosse, ¿verdad?

Robin se ruborizó y bajó la vista.

—Sí... Si no me acepta...

Burton negó con la cabeza.

—Señor Fenroy, no se trata de «no aceptar». Aquí todo el mundo es bien recibido, todo aquel que necesite ayuda y todo aquel que desee ayudar. En su caso deben de ser ambas cosas. No lo juzgo. Pero, por favor, no me cuente mentiras.

—¿Usted no me juzga? —se le escapó a Robin—. Aunque yo... —Reflexionó acerca de qué era exactamente lo que tenía que reprocharse.

Burton lo miró indulgente.

—Estoy en desacuerdo en cómo se está tratando a los obreros en el curso de la industrialización, tanto en sus fábricas como en las demás —aclaró—. Sin embargo, yo no puedo juzgar en qué medida se le puede responsabilizar personalmente a usted de esto. Usted ni siquiera forma parte de la dirección de la compañía, si he entendido bien lo que publican los diarios.

Robin asintió abatido.

—Yo debería haber dirigido la compañía. Era mi obligación. En cierto modo lo he hecho todo mal. Pero si supiera al menos cómo hacer algo bien...

El reverendo volvió a sonreír.

—Es usted muy joven —dijo bondadoso—. Todavía tiene tiempo para hacer muchas cosas bien en vida. Empiece ahora sacando los platos de sopa y las cucharas del armario y colocándolos aquí. Nuestros invitados podrán así coger un cubierto y hacer cola. Las señoras pronto habrán acabado de preparar la sopa. Ayúdelas a traer la olla. Cuando lleguen los comensales, ya le daremos más instrucciones. Ah, vaya a ver si el panadero ha entregado el pan. Cójalo y córtelo...

Robin puso manos a la obra aliviado y confirmó sorprendido que le gustaba servir sopa y cortar pan. Las mujeres de aquella congregación no eran tan afectadas como los burgueses y burguesas de St. Andrew's, ni tan apocadas como las trabajadoras. Los «invitados», como los llamaba el reverendo, no venían de las fábricas, sino que eran en su mayoría ancianos o incapacitados.

—Veteranos de los yacimientos de oro —los llamó una voluntaria, y le contó de la fiebre del oro, veinte años antes—. De un día para el otro llegaron de Europa miles de buscadores de oro. Las colinas que rodean la ciudad estaban blancas de tiendas de campaña, los vendedores de palas y sartenes para lavar el oro se hicieron ricos. Pero no la mayoría de los buscadores de oro. Muchos se dedicaron después a otros trabajos (y el reverendo intervino por ellos con frecuencia), pero les fue más mal que bien. Y ahora que son viejos no tienen lo suficiente para vivir...

Sin embargo, los ancianos buscadores de oro todavía mostraban optimismo. Se alegraban de tener a un joven entre ellos, se reían y bromeaban con él. Burton lo había presentado como «señor Robin» y una cocinera enseguida lo había relacionado con Robin Hood.

—¡Ese también solía invitar a la gente a comer antes de desvalijarla! —advirtió sonriendo a los invitados—. ¡Tened mucho cuidado, chicos!

Robin consiguió no relacionar ese comentario con la explotación de los obreros en sus fábricas, y contó que lo habían bautizado así por Robinson Crusoe. Las mujeres le pidieron complacidas que explicara más detalles. Esa tarde no se mencionaron las palabras «fábrica» o «Lacrosse» ni una sola vez. Si alguien reconoció a Robin, no lo demostró.

—¿Puedo volver a venir? —preguntó Robin al reverendo cuando se despedía afectuosamente de él.

Burton asintió.

—Claro que sí. Quienquiera que busque ayuda y quiera ayudar es bien recibido. Aunque me temo que mañana tampoco aparezca por aquí ningún periodista por su causa... —Y agitó el diario vespertino.

Robin se sonrojó cuando vio la imagen de Helena rodeada de niños. «"¡Me encantan los pequeños! —rezaba el titular correspondiente—. ¡Cuando me case quiero tener muchos hijos." La heredera de Lacrosse visita la guardería de St. Andrew's.»

—Por cierto, a usted también le encantan los niños, señor Fenroy —observó con sequedad el reverendo, tras echar un breve vistazo al artículo—. Al menos según la opinión de la señorita Lacrosse. Se diría que la joven va a engendrar un equipo de rugby con usted.

Robin se rascó la frente.

—¿Puedo volver cada día? —preguntó.

Una semana más tarde, Robin estaba a punto de contar al amable reverendo sus experiencias e ideales como actor. Peter Burton estaba abierto a todo lo que pudiera dar vida a su congregación y Robin ya no creía que fuera humillante colaborar tal vez en un grupo de teatro de aficionados. Mientras llenaba generosamente el plato de sopa de los miembros más necesitados de la comunidad, pensaba en cuál era el mejor modo de empezar a contar su historia y cuánto debía explicar de la Carrigan Company, así que casi creyó estar viendo una alucinación cuando de repente apareció ante sus ojos Bertram Lockhart.

Robin ya había levantado el cucharón, pero lo devolvió a la olla. Se quedó mirando al veterano actor, tan perplejo como él.

—¿Robin? —preguntó—. Por todos los demonios, chico, ¿qué haces aquí? Pensaba que habías heredado y vivías en un castillo por no sé dónde... En fin, ¿dónde reside un adepto a Shakespeare? ¿En Stratford? ¿En Inverness? —Sonrió irónico.

Robin se llevó un dedo a los labios.

—Más bajo. No... no tienen que enterarse todos...

—¿Te va bien y no lo cuentas? Siempre fuiste incapaz de manejar tu propia vida. —El viejo actor rio—. En fin, entonces cumple con tu inesperado deber. ¡Me muero de hambre!

Robin le llenó el plato.

—Antes más bien te morías de sed —observó.

Bertram hizo una mueca

—Sí, recuérdame solo por mis viejos pecados —dijo con amargura—. No eres el único. Hoy me he presentado en dos teatros para pedir trabajo. Sí, se acuerdan perfectamente de Bertram Lockhart. Pero por desgracia, también de la sed que tenía...

Robin miró la cola que se había formado detrás de Bertram.

—Tengo que seguir sirviendo —le dijo—. Podemos vernos más tarde. ¿En... hum... en un pub?

Lockhart sonrió.

—¿Por qué no? Esperaré a que hayas terminado.

Ese día, Robin acabó su servicio un poco antes. Nadie le hizo ninguna pregunta cuando comunicó que le esperaba un viejo conocido.

—¿Ha visto alguna otra vez a ese hombre por aquí? —preguntó al reverendo Burton.

Este echó un vistazo a Lockhart.

—Nunca —respondió—. Debe de ser nuevo en la ciudad. Ya me contará mañana de qué lo conoce.

Ni Robin ni Bertram sabían de ningún pub en los alrededores. Pero pronto encontraron una posada. Robin pidió una cerveza y Bertram un café.

—Lo he dejado —declaró cuando Robin se lo quedó mirando sorprendido—. Sí, de verdad, puedes creerme. Ya no bebo. No fue fácil, pero me pasaron un par de cosas...

—¿No has tenido ningún contrato desde que murió Vera?

Bertram negó con la cabeza.

—Claro que no. ¿Siempre borracho y sin otra experiencia en

el escenario durante los últimos años que la Carrigan Company? Al final me puse a hacer monólogos en los pubs para que alguien me pagara una cerveza. Y dormía en la calle. En el fondo quería matarme bebiendo... hasta que salí del bache. ¿Y tú? Te tocó el gordo, ¿verdad? No podía creérmelo cuando lo leí.

Robin hizo una mueca y tomó un trago de cerveza.

—No es oro todo lo que reluce —suspiró—. Ay, Bertram, nunca más interpretaré el papel de Hamlet. En cualquier caso, no en el escenario adecuado. A veces lo recito en reuniones sociales, pero...

Bertram sonrió irónico.

—No es lo mismo, creo yo. Pero es bueno oír que el dinero no da la felicidad.

Robin se frotó la frente.

—Ya puedes burlarte de mí —murmuró—. Y eso que tú deberías ser quien mejor lo entendiera. ¿O alguna vez has querido hacer otra cosa que no sea estar sobre un escenario?

—También he disfrutado bebiendo y yendo de putas —admitió Bertram—. No pretenderás que te tenga lástima, ¿verdad, Robin?

El joven se encogió de hombros.

—Tampoco es agradable aparecer continuamente en los diarios por lo que haces mal.

Bertram rio.

—¡Pero es parte del trabajo, chico! Por supuesto, ningún crítico escribía sobre la Carrigan Company. Pero si te subes a los grandes escenarios, también hablan de ti en los diarios. Hoy te ponen por las nubes y mañana te dejan a la altura del betún. Eso no debe preocuparte, o te volverías loco.

—Las críticas del teatro no me afectarían —aseguró Robin—. Dejaría que me pusieran de vuelta y media con tal de poder actuar. Y además se hablaría de mi trabajo. Y no de si... de si soy o no una buena persona.

Robin le contó lo sucedido y al final se quedó mirando al antiguo actor pidiendo ayuda.

Bertram removió el café de la taza.

—¿Por qué no vendes simplemente las fábricas y fundas una compañía de teatro?

Robin dio un respingo y salpicó cerveza del vaso.

—¡No lo dirás en serio!

El otro se encogió de hombros.

—¿Y por qué no? Tú ni eres un hombre de negocios ni quieres serlo.

—No puedo. Yo... yo tengo una responsabilidad... con la gente.

Bertram lo interrumpió con un gesto.

—No tienes ni idea de dirigir una empresa, lo que tampoco me parece muy positivo para la compañía de teatro... Pero al menos eso te interesaría. Y en lo que se refiere a la responsabilidad... ¡El viejo Lacrosse seguro que no te legó las fábricas para que hicieras felices a sus trabajadores! Al contrario, ese seguro que estaría contentísimo con lo que ha montado tu amiga March. Si ahora lo cambias todo, es posible que la compañía quiebre. Eso tampoco le gustará a nadie. No escuches lo que dice la gente. Vende esas fábricas o regálalas. Es una estupenda idea. Conserva la fortuna que tienes para tu compañía y el resto se lo das al pequeño sinvergüenza de tu pariente. ¿Cómo se llama? ¿Peter? O a ese reverendo Waddell. Que se peleen entre ellos. —El actor se echó a reír—. ¿Tienes más fortuna además de las fábricas?

Robin se mordió el labio.

—Demasiada —se quejó—. Y crece... —Sonaba como si cada vez llevara un lastre más pesado.

Bertram rio.

—Urge que empieces a gastártela —le aconsejó—. Y hazme caso: si hay una posibilidad de quemar deprisa el dinero, es con una producción teatral. Puedes crear una compañía, contratar a gente buena de la que tú mismo puedas aprender algo. Lleva a *Hamlet* a escena o *Como gustéis*. Y después ve de gira con tus actores o alquila una sala de teatro. Si es cierto que tienes tanto dinero como dices, ¡cómprate un teatro!

Robin reflexionó. Era una idea seductora. Pero por otra parte... ¿qué pasaría si hacía el ridículo? ¿Si al final salía de gira con una compañía tan lamentable como la de Vera? ¿Si nadie lo tomaba en serio?

—No puedo hacer todo eso —murmuró—. Contratar actores, repartir papeles, dirigir una obra, esbozar los decorados... Cometería un error tras otro.

—¡Entonces pide ayuda! —propuso Bertram—. Alguien encontrarás que sepa manejar el dinero. Y en cuanto al reparto de papeles y la dirección... Hace treinta años que estoy en el negocio, chico. Y mientras no toqué el alcohol era bueno. Si confiaras en que a partir de hoy trabajaré en serio...

—¿Por qué dejaste de beber? —preguntó Robin para cambiar de tema. Era una idea demasiado grande para él... al menos por el momento. Más adelante reflexionaría al respecto.

Bertram se rascó la barbilla.

—Mi... mi esposa murió —respondió.

Robin frunció el ceño.

—¿Tu esposa? ¿Estabas casado? ¡Nunca lo contaste!

—Me abandonó. O a lo mejor la abandoné yo. Sí, eso podría decirse, ella forma parte de todo lo que abandoné por el whisky. La conocí en el teatro, en Sídney, y me la llevé a Wellington. No era una actriz muy buena, quería serlo y amaba el teatro, pero salvo por su mera belleza no tenía presencia en el escenario. No sabía dar vida a los personajes. Pese a ello, obtenía papeles secundarios... Y sin embargo me enamoré. Era bonita y lista... no se merecía a un tipo como yo. Y ahora necesito beber algo más... Pídeme una limonada, chico, por difícil que me resulte. —Suspiró.

Robin pidió dos limonadas.

—Y entonces falleció —lo animó a seguir contando—. ¿Cómo te enteraste?

—Fue el azar o el destino, como prefieras llamarlo. Lo intenté otra vez en el Queen's Theatre de Wellington, donde había actuado antes. Y supe que Joana se había quedado siempre allí. No sobre las tablas, sino detrás. Como apuntadora, en el guardarropa, como chica para todo. Todos la querían. Y Lucille, nuestra hija, creció prácticamente en el escenario, la niña se sabe de memoria la mitad de las obras de Shakespeare... En el teatro me preguntaron por Joana porque llevaba semanas enferma, así que una mañana intenté mantenerme sobrio y fui a verla. Vivía en condiciones muy precarias, pero todo lo tenía limpio y ordenado. Lo que Joana ya no conseguía hacer, lo hacía Lucille: cuidó de su madre hasta que murió. No podía dejarla en la estacada... —Se pasó la mano por el cabello encanecido—. Maldita sea, tenía ante mí la mirada desdeñosa de Vera y, en cuanto a sentimentalismos, yo no era ni mucho menos distinto a ella. Pero a pesar de todo, le prometí en su lecho de muerte que cuidaría de Lucille. Y desde entonces no he vuelto a tomar ni una gota de alcohol. —Miró afligido su limonada.

—¿Dónde está ahora? Me refiero a Lucille. ¿Cuántos años tiene? Vaya, tienes una niña pequeña...

—No es pequeña, ya tiene dieciséis años —respondió Bertram al tiempo que se le iluminaban los ojos—. Una muchacha arrebatadora... una Julieta, una Miranda... El público enloquecería por ella. Pero ya sabes lo difícil que es incluso si uno tiene talento. Me he presentado en todos los teatros de esta isla, y también les he recomendado a Lucille si no me querían a mí. Pero ni siquiera le han hecho una audición.

—A mí me sucedió igual. Cuando uno es joven, sin experiencia ni formación...

Bertram asintió con conocimiento de causa.

—Hemos arrojado la toalla —dijo entristecido—. Lucille ya tiene un puesto en un taller de confección. Creo que no es Lacrosse sino la competencia. Trabaja de cortadora. Y yo mañana lo intentaré en el molino de lana. No sé si todavía me aceptarán a mis años. Si no es así, trabajaré en el puerto, ahí siempre se necesitan estibadores. A no ser que te pienses lo del teatro. Podríamos conseguirlo, Robin. ¡Lo conseguiríamos!

4

La idea de fundar su propia compañía de teatro no abandonaba a Robin. Ni cuando se sentaba frente a Helena en una aburrida cena, que Aroha evitaba comiendo en la habitación con Bao, ni cuando se retiraba con un libro a la biblioteca. Le habría encantado hablarlo con alguien. Le pasó por la cabeza hacerlo con Aroha. Pero ¿lo entendería? ¿Confiaba en él y Bertram? A fin de cuentas, solo había visto al veterano actor totalmente ebrio y él mismo dudaba un poco de su opinión. Era probable que solo pensara en lo que escribirían los diarios sobre este asunto. «Un nuevo capricho del heredero de Lacrosse...» Robin ya veía los titulares.

Pasó una noche en blanco hasta encontrar por fin la respuesta. ¡El reverendo! ¡Sí, le preguntaría su parecer! Hacia el mediodía, después de recuperar los ánimos emprendió el camino a Caversham, esperando que Bertram no volviera a aparecer en la comida de los pobres. Pero el viejo actor debía de estar cumpliendo su propósito de buscar trabajo ese día. No se dejó ver por Caversham.

El mediodía se le hizo eterno a Robin y aún más porque el reverendo estaba de viaje. ¿Volvería antes de que cerraran la cocina? Por supuesto, podía postergar la conversación hasta el día siguiente, pero ahora vibraba de emoción. Tenía que hablar de lo que le preocupaba, incluso a riesgo de que Burton no lo tomase en serio.

Por fin, el reverendo regresó cuando los voluntarios de la casa parroquial estaban ordenándolo todo. Asintió cuando Robin le pidió hablar.

—¿Se trata de esto? —preguntó levantando el diario que llevaba en la mano.

—¿Qué? No...

Robin miró desconcertado el periódico. Por la mañana no había podido echar un vistazo a su ejemplar. Tenía otras cosas en que pensar.

—Bien, mejor nos sentamos tranquilamente —lo invitó Burton—. Pase, nuestra cocina es más acogedora que el despacho.

Poco después, Robin estaba sentado en la cocina comedor de la casa del religioso, olía a especias y pan recién horneado. Kathleen Burton lo saludó y sirvió sonriendo una tetera y un plato de *scones* a él y su esposo. Robin se percató de lo excepcionalmente bella que era pese a haber alcanzado la mediana edad. Su rostro le resultó familiar, posiblemente la había visto en algún *vernissage* o concierto al que había asistido con Helena.

—Conozco a su prima segunda —dijo la señora Burton resolviendo el enigma—. Es clienta de Lady's Goldmine.

Robin frunció el ceño.

—Una tienda de ropa de mujer en el centro —acudió en su ayuda el reverendo—. Mi esposa y una amiga son las dueñas.

—Yo solo diseño los vestidos, de la venta suele ocuparse Claire —explicó la señora Burton—. Pero he visto a menudo a la señorita Helena, frecuenta nuestra tienda. —Sonrió—. Y creo que yo también le conozco a usted, señor Fenroy. Al fin y al cabo, cargamos las compras a su cuenta. Es usted muy generoso...

Robin asintió desconcertado. No tenía ni idea de estar pagando a una tienda de ropa femenina. El reverendo lo estudió con la mirada.

—¿En qué puedo ayudarlo, Robin? —preguntó—. ¿Puedo llamarlo por su nombre de pila?

Robin no tenía objeciones mientras pudiera abrir su corazón a alguien. Ni siquiera le molestó que Kathleen Burton permaneciera en la cocina, atareada cocinando, mientras él hablaba. Contó que ser actor era el sueño de su vida y habló de las clases con el señor Elliot y de su primer éxito como Lisandro en *El sueño de una noche de verano*. A continuación describió a grandes rasgos los años en la Carrigan Company, rememoró la espantosa muerte de Vera y al final cómo había heredado. Por último mencionó el reencuentro con Bertram y su sugerencia.

—Yo opino... —empezó el reverendo, después de haber escuchado atentamente.

—¡Debería hacerlo! —terció la señora Burton, que parecía rejuvenecida y emocionada—. ¡Hay que hacer realidad los sueños! Ya estoy impaciente por verlo sobre el escenario.

Burton le dirigió una cariñosa mirada.

—Ya lo ve, todavía no ha recitado nada y ya tiene una admiradora.

—Entonces... ¿ustedes creen también que...? —balbuceó Robin—. Creen que yo debería... que podría...

—Robin, lo que yo pienso y lo que piensa mi esposa, a quien amo más que a nadie en el mundo, no es tan importante —dijo el reverendo con prudencia—. Lo importante es que se acostumbre a la idea de que puede hacer todo lo que quiera. Es usted rico, Robin, e independiente. No necesita consultar con nadie antes de satisfacer un deseo.

—¡Qué va! —protestó amargamente Robin—. No puedo hacer nada en absoluto. Cuando vendí la última fábrica, todos se lanzaron sobre mí. Y ahora lo hacen porque conservo las otras fábricas pero no me ocupo lo suficiente de ellas. Tengo que introducir urgentes reformas de las que unos dicen que son imprescindibles, mientras otros aseguran que llevarán la fábrica a la ruina. Yo...

El reverendo lo interrumpió con un gesto tranquilizador.

—Robin, en cada decisión que tomamos hay personas que están de acuerdo y otras que nos detestan por ello. Cuanto mayor alcance tiene nuestra decisión, más extremas son las posiciones frente a ella. Así que no intente ser justo con todo el mundo. De ese modo solo se consume.

Robin se rascó la frente.

—Entonces, ¿no debo intentar... hum... responder ante Dios? ¿O ante los espíritus?

Burton sonrió.

—Yo no soy responsable de los espíritus, acerca de ellos deberá consultar con un *tohunga*. En lo que concierne a Dios, soy de la opinión que Él quiere que sus criaturas sean felices.

—¡Justamente! Y nadie es feliz en St. Andrew's, una situación que estaría en mi mano cambiar, según el reverendo Waddell...

Burton movió la cabeza.

—No considero que mi colega sea alguien tan poco inteligente —dijo—. También Waddell sabe que usted no puede dar marcha atrás a estos tiempos. Ha llegado la industrialización y sus aberraciones todavía son peores en Europa que aquí. Los dueños de las fábricas pueden suavizarlas, pero solo los legisladores pueden realmente poner remedio. Los obreros también tienen que luchar para que algo cambie. En Europa se están creando sindicatos para defender sus derechos. No tardará en pasar aquí. El reverendo Waddell seguro que esperó de usted al principio... una mejora de las condiciones laborales. Precisamente porque tiende usted a ser justo con todo el mundo. Le sobrestimó o se equivocó en su juicio, lo que puede disculparse porque apenas le conoce. Simplemente pensó que su tío abuelo había nombrado heredero a un joven y ambicioso hombre de negocios. No sabía nada de su vida real. Así que, por favor, no lo condene, pero tampoco se deje influir demasiado por él. Si quiere vender esas fábricas, hágalo.

—¿Debe usted prescindir a toda costa de sus empleados porque quiere fundar una compañía de teatro? —preguntó la señora Burton—. ¿No puede contratar a un gerente, darle unas pautas claras en relación al trato con los obreros y controlar de vez en cuando o hacer que alguien controle si se siguen sus indicaciones?

Robin se encogió de hombros. No tenía la menor idea de cuál era el estado de su patrimonio.

—Tendría que consultarlo con March —respondió—. Ella lo sabe. Solo me temo que no le gustará que la controlen. Ella tiene sus propias ideas en lo que al trato con los obreros se refiere.

—¿La señorita... Jensch? —preguntó el reverendo. Cuando vio la mirada que intercambiaba el matrimonio, Robin se sintió mal. El reverendo abrió a continuación el diario que había comprado en la ciudad y dejado sobre la mesa—. Al principio había pensado que quería hablarme de esto.

Robin leyó el titular. «¡La dirección de la compañía Lacrosse reclama el restablecimiento del trabajo infantil!»

—Esto... ¡esto no puede haberlo dicho March! —protestó tras leer por encima el primer párrafo—. Tiene sus peculiaridades, ¡pero jamás enviaría a los niños a trabajar en una fábrica!

—Es verdad que han manipulado un poco sus declaraciones —dijo la señora Burton aplacando los ánimos—. Es un pequeño resumen de sus experiencias como obrera, ese experimento en que se ha metido en colaboración con el *Times*. Habla de una niña de doce años que tiene que cuidar a sus siete hermanos menores mientras los padres están en la fábrica. Tiene también que mantener limpia la casa y cocinar y lavar para una familia de doce miembros y dos huéspedes, y por la noche la madre espera que la ayude en el trabajo que se lleva a casa. Para resolver este problema, la señorita Jensch propone que a partir de los doce años las niñas y los niños realicen trabajos livianos en la fábrica. Ella invertiría en guarderías los provechos obtenidos mediante su trabajo y durante el día ofrecería a los más pequeños una comida caliente. Está convencida de que esto representaría una clara mejora en las condiciones de vida de la pequeña Sally, y es posible que hasta tenga razón...

—Solo que nadie irá tan a fondo —señaló el reverendo—. Harán trizas a la señorita Jensch por estas revelaciones, y a usted con ella, Robin. La señorita Jensch no puede seguir en sus empresas. Tiene usted que distanciarse de sus declaraciones, tiene que despedirla.

Robin se mordió el labio. Seguía pensando en la pequeña Sally.

—Con doce años no debería ni ir a la fábrica ni estar cuidando niños —murmuró—. Con doce años debería estar en la escuela.

—¡Pues entonces envíe a los niños a la escuela! —La señora

Burton dejó lo que estaba haciendo y se sentó a la mesa con los dos hombres. Clavó la mirada en Robin—. ¡Funde usted una escuela para los hijos de los obreros de sus fábricas o, todavía mejor, financie una en la congregación de Waddell!

—Pero yo... —A Robin le zumbaba la cabeza—. Yo no puedo...

El reverendo cerró el diario.

—¡Sí, claro que puede! —exclamó—. Esta es la diferencia entre usted y la señorita Jensch: cuando ella, como gerente de un negocio, quiere fundar una guardería, tiene que pensar en cómo financiarla. Usted, por el contrario, tiene dinero. En caso de que no lo tenga líquido, venda esa inmensa casa que mantiene en Mornington. ¿Cuántos sirvientes se ocupan de usted y la señorita Lacrosse? ¿Los necesita? Robin, averigüe de una vez cuánto dinero tiene. Estoy convencido de que más del que se imagina. Y luego haga una lista. Escriba lo que le haría feliz y a continuación lo que le gustaría hacer por gente como la pequeña Sally. Luego busque ayuda para hacer realidad sus planes. No debería ser tan difícil encontrar asesores inteligentes a los que pedir consejo.

—Si despido a March, la haré infeliz a ella también... —musitó Robin.

El reverendo se encogió de hombros.

—¡Pues que lo sea! —sentenció con dureza.

—No tiene por qué ser así —intervino Kathleen—. Basta con que encuentre otra cosa para la señorita Jensch. Encomiéndele la gestión de su teatro, por ejemplo. Conozco a la joven, Peter. También es cliente de Lady's Goldmine, y Claire y yo estamos encantadas con ella. La señorita Jensch es sumamente enérgica e inteligente, solo que lo que hace ahora le exige demasiado.

—Desde que dirige la fábrica, las ventas han aumentado Dios sabe cuánto —dijo Robin—. Tan mala no puede ser...

—Es estupenda a la hora de contar, sabe del negocio más que nadie —le dio la razón Kathleen—. Pero carece de... tacto. Dice todo lo que piensa y sus razonamientos a veces resultan... raros. ¡Seguro que también carece de empatía! Proviene de una familia acomodada y ha recibido una educación muy... muy singular.

¿Quién llama a un especialista en economía de Edimburgo para que dé clases de Ciencias Económicas a su nieta de doce años? ¿Y además se enorgullece de que se vaya a vivir un par de años con ese hombre y aprenda cómo aterrorizar al personal de un molino de lana? —Robin se preguntaba cómo sabía la señora Burton todo eso. Algo había aparecido en el diario, por supuesto, pero tal vez la misma March había hablado con las costureras. A fin de cuentas, siempre le había gustado hablar abiertamente de sus estudios y de la época que había pasado con Martin Porter—. Todavía tiene mucho que aprender —prosiguió Kathleen—. Joven e inteligente como es... Pero no lo hará mientras ejerza el poder absoluto sobre una o dos fábricas y pueda echar a cualquiera que se atreva a contradecirla. Deje que adivine, Robin: el personal del despacho de la señorita March cambia continuamente, ¿no? —El joven se mordió el labio—. Ahí lo tiene. —La señora Burton vio confirmada su tesis—. En una compañía de teatro no podría ir cambiando así. Además habría un director artístico o comoquiera que se llame, y usted, Robin, estaría también presente y tendría su opinión. Piénseselo todo, no tiene que precipitarse en nada... —La señora se puso en pie.

—¡Exceptuando lo del trabajo infantil! —farfulló el reverendo—. ¡Tiene usted que corregir esas declaraciones!

Robin asintió.

—Lo haré. Fundaré una escuela. Y no le daré más vueltas a este asunto. Iré a ver a March y hablaré con ella. Sobre todo. Sobre el dinero, el teatro, las fábricas... ¡Ahora mismo! ¡Voy a buscarla a la fábrica!

La señora Burton sonrió.

—Entonces le deseo mucha suerte. —Cogió una bolsa de papel de un armario y la llenó de los pasteles que Robin y el reverendo no habían tocado—. Tenga, llévese unos *scones* para la pequeña Sally y sus hermanos, y para March. —Pensó unos segundos y sacó un pan de un cesto—. Y también esto, lo he horneado hoy mismo.

Si bien Robin no podía imaginarse a una March famélica, dio

las gracias ceremoniosamente y acto seguido se puso en marcha. Bien, todavía faltaban dos horas para que el taller de confección cerrase, pero podía pasarlas en un café cercano y escribir una lista de todo lo que debía hacer. No quería ser un rentista. Si ya tenía más dinero del que necesitaba, prefería ser un filántropo. ¡Y pronto, muy pronto, si todo iba bien, volver a ser por fin un actor!

5

—Qué frío hace...

La chica nueva no solía quejarse, siempre estaba callada, también cuando Emily y sus amigas parloteaban y reían en los descansos. Pero ese día todas lo estaban pasando mal, soplaba un viento frío del mar para el que no iban preparadas. En los últimos días, el verano parecía flotar ya en el aire y, por tanto, las chicas se habían puesto ropa ligera y dejado los chales en casa cuando emprendieron el camino a la fábrica al amanecer. Algunas ya estaban incubando un resfriado. Comían poco y tenían las defensas bajas. En esa época, los partes de enfermedad se amontonaban en la fábrica. Por la mañana tampoco se había presentado una de las supervisoras de la nave de las cortadoras jóvenes, por lo que el señor Wentworth había puesto a la segunda junto a una máquina de coser como ayudante. Había advertido con voz amenazadora que las chicas tenían que espabilarse solas. Que preguntara la nueva a las demás si es que había algo que no entendía. Las veinte cortadoras ya podían imaginar lo que las esperaba si a pesar de todo no trabajaban al ritmo habitual.

Para Wentworth eso no representaba ningún problema. Si la nueva muchacha cometía un error, le rebajarían del sueldo la tela que hubiera echado a perder. Pero por el momento, la joven Lucille no cometía ningún error, tampoco es que representara un gran trabajo cortar una tela de algodón gruesa a partir de un patrón.

Una vez entendido lo que significaba «dirección del hilo», era difícil que algo saliera mal. La tela de la que se cortaban los pantalones en el taller era recia y resistente. Las obreras trabajaban con tijeras grandes difíciles de manipular. En las manos de Lucille se habían formado ampollas donde las otras ya hacía tiempo que tenían callos. Pero lo peor era el frío. Hacía poco que habían pintado las paredes y todavía no estaban secas del todo. El ambiente era húmedo y el viento se colaba por las rendijas de ventanas y puertas. Emiliy tenía los dedos ateridos. La nueva expresó lo que todas pensaban.

—¿Cuánto falta para acabar la jornada?

Lucille, de voz suave y cantarina, pronunciaba las sílabas tan bien como si paladeara el lenguaje y llorase la pérdida de cada palabra que saliera de sus labios.

—Horas todavía... —Una chica rubia llamada Annabell suspiró—. Deberían instalar al menos una estufa. Mañana tienes que ponerte guantes, Lucille, como se te revienten las ampollas mancharás la tela. Y yo volveré a traer los míos. Maldita sea, ojalá llegue el verano de una vez.

—¡Puedo encender una hoguera! —dijo Emily de repente.

Todas las miradas se volvieron hacia ella.

—Está prohibido traer cerillas aquí —objetó Annabell.

No lo sabía exactamente. Como la mayoría de las chicas del taller, ella tampoco sabía leer y solo recordaba vagamente las normas de la fábrica. De todos modos, las obreras lo tenían casi todo prohibido, más aún encender una hoguera en la nave donde trabajaban.

—¡No necesito cerillas! —replicó Emily con orgullo—. La chica que viene a dormir a casa es medio maorí o algo así, March nos ha enseñado a encender fuego sin.

—¿Sin cerillas?

Las chicas se interesaron porque los fósforos costaban un dinero que a las familias les iría bien ahorrarse.

—Sí. ¡Mirad y os enseño! —Emily disfrutaba de ser por una vez el centro de atención—. A nadie le molestará que hagamos un fuego ahí en una esquina. No nos reñirán por que cojamos los restos de ropa, de todos modos los tiran. Y aquí el suelo no puede arder.

Las cortadoras trabajaban a ras de tierra, nadie se había tomado la molestia de hacer un pavimento decente. Solo habían echado cemento para apoyar en firme las máquinas. Eso también contribuía a que hiciera más frío en la sala.

—Si el señor Wentworth nos descubre se pondrá hecho un basilisco —señaló una chica.

—¡Pero con las manos tan frías no podemos trabajar rápido! —protestó Annabell—. Venga, Emily, ¡haz un fuego pequeño! Enséñanos cómo y así podremos calentarnos un poco.

Emily no titubeó. Reunió unos cuantos jirones de tela y cogió dos reglas de madera que se utilizaban para medir las telas. Una era de madera más blanda que la otra, algo importante para alcanzar su objetivo.

—Bien, lo mejor es tener un bastoncito de madera blanda y frotarlo con uno de madera dura. Pero también funciona así...

Hizo un pequeño montón de jirones, luego cogió la regla dura y empezó a frotar la blanda como si fuera a serrarla. Lo hacía deprisa y con aplicación, ¡no quería fallar ante sus compañeras! Cuando las primeras espectadoras empezaban a mostrarse impacientes, las reglas frotadas emitieron un pequeño resplandor. Emily se esforzó en prender la mecha con el rescoldo y sopló con cuidado. Las demás contuvieron el aliento cuando el humo empezó a elevarse y al final ardió una pequeña llama.

—¡Arde! ¡Arde de verdad!

Las chicas lo celebraron con vítores. Un instante después, todas habían arrimado sus restos de tela. La diminuta llama se convirtió en un fuego vivo y Lucille se calentó las manos con él. Las demás la imitaron.

—¡Es fantástico! —exclamó fascinada Annabell—. ¡Por fin esto empieza a caldearse!

Emily disfrutaba de la admiración general, pero señaló que debían volver al trabajo. Ya habían perdido mucho tiempo.

Arrastraron juntas un pesado rollo de tela a la habitación y lo dividieron en trozos grandes para cortarlos. Luego se pusieron a trabajar. El rollo de tela estaba entre la puerta y el fuego, y el viento soplaba a través de las hendiduras. Avivaba el fuego, jugueteaba con los jirones de tela que lo alimentaban...

—¡Fuego!

Cuando el grito llegó al tercer piso, donde March, Leah y cincuenta jóvenes más trabajaban, una parte de la planta baja ya estaba en llamas. Quizá podría haberse apagado el fuego cuando este había prendido en las pacas de algodón, pero las aterrorizadas jóvenes no hicieron ningún intento por extinguirlo, sino que huyeron presas del pánico. Las otras trabajadoras de la planta baja oyeron sus gritos, eran embaladoras y planchadoras, también en sus naves se amontonaban los materiales fácilmente combustibles. Las puertas y un par de tabiques y las escaleras, por supuesto, eran de madera. Las mujeres advirtieron a sus compañeras de los pisos superiores, pero se pusieron a salvo en el exterior. Muchas costureras del segundo piso corrieron escaleras abajo. Pero como todas querían salir al mismo tiempo, pronto se formó un atasco delante de la puerta.

—¡Rápido! —gritaba Leah—. ¡Tenemos que salir antes de que arda la escalera!

Las mujeres y niñas dejaron las máquinas y corrieron a las salidas. March, por el contrario, se quedó inmóvil. Oía los gritos de abajo, los chillidos y el estrépito, y de nuevo recordó los momentos de terror en Kaiapoi.

—¡No! —gritó a Leah y las otras, cerrándoles el paso—. ¡No! En ningún caso por la escalera. Abajo ya está bloqueada, cientos de personas quieren salir a la vez. Y si prende el fuego, arderá como la paja. Quien esté ahí morirá...

Las otras iban a protestar, pero en ese momento vieron a las primeras mujeres que subían huyendo del segundo piso y oyeron el crepitar de las llamas.

—¡Por las ventanas! ¡Solo podemos salir por las ventanas! —gritó March. Las ventanas estaban colocadas a una buena altura, pero eran suficientemente grandes para que una persona pudiera pasar por ellas. March se subió a una silla e intentó abrir una. Imposible.

—Tenemos que romperla...

March cogió otra silla y la estrelló contra el vidrio, haciéndolo añicos. Un par de mujeres hicieron lo mismo en otras ventanas, con éxito. La fina lámina de cristal se quebró sin problema, también en eso habían ahorrado al construir el edificio. Lo que se veía por el agujero de la ventana acobardó a las mujeres. La calle estaba muy abajo y por las ventanas de la planta baja se alzaban las llamas.

—¡Moriremos todas quemadas!

Las mujeres gritaban y lloraban, March se esforzaba por pensar con claridad.

—¡Bajaremos por una cuerda! —gritó a Leah—. ¡La única posibilidad es bajar por una cuerda!

—¿Tenemos cuerdas? —preguntó Leah. Estaba blanca como la cal pero mantenía la calma—. Aquí no hay ninguna...

—Aquí hay montones de tela de algodón. ¡Perneras! ¡Cóselas, Leah, rápido! Todavía tenemos algo de tiempo. —March empujó a su amiga a la máquina de coser y ella misma empezó a recoger las perneras ya cortadas—. ¡Si colabora alguien más iremos más deprisa!

March gritaba a las mujeres, la mayoría de las cuales corría de las escaleras a las ventanas y viceversa, otras estaban considerando si saltar. Pero una mujer mayor comprendió la situación y se sentó a una máquina junto a Leah. Con el ajetreo rompió la aguja, pero tuvo suficiente sangre fría para pasarse a la máquina siguiente. March corrió a la puerta de la escalera para cerrarla. El humo ya entraba en la nave, desde la planta baja hasta el segundo piso la escalera ardía. Se oían gritos también desde fuera. Abajo estaban las mujeres y niñas que habían podido huir a la calle y que ahora temían por sus amigas y compañeras. March buscaba en vano más perneras. Habían estado esperando que una de las jóvenes cortadoras les subiera más...

—¡Ya las he cosido todas! —dijo Leah—. ¡Dame las tuyas, Gina!

La otra mujer le tendió una larga tira de perneras de algodón cosidas y Leah la unió con la suya.

Entretanto, la humareda ya penetraba por las ranuras de la puerta que daba a la escalera. Los gritos y lamentos aumentaron. March tuvo que chillar para hacerse oír.

—¡Calma! Tenemos una cuerda improvisada. La lanzaré por la ventana y bajaremos por ella, una detrás de otra, sin que cunda el pánico. Colocaos tranquilamente en fila.

Leah anudó un extremo al pie de la máquina de coser más cercana a la ventana. Las máquinas eran pesadas y estaban firmemente sujetas al suelo. Aguantarían el peso de una mujer sin problema, y lo mismo el tejido de algodón grueso. March se subió de nuevo a la silla, delante de la ventana rota, y arrojó la improvisada cuerda al exterior. Llena de esperanza, vio que se desplegaba junto a la fachada. Pero entonces oyó el grito de las otras mujeres, antes de comprender lo que sucedía.

No alcanzaba. La cuerda solo llegaba hasta la parte inferior del segundo piso, y luego quedaban diez metros más hasta el suelo...

Robin esperaba en una cafetería a una manzana de distancia de la fábrica. Su clientela sin duda estaba formada por los obreros de los alrededores. En los descansos se servían bebidas y tentempiés sencillos. Ahora, durante el horario de trabajo, Robin era el único cliente. Bebió un té y se quedó mirando ocioso la calle a través de la ventana. Por las aceras no pasaba gente, al mediodía no transitaba nadie por la calle, salvo algunos vehículos que circulaban con frecuencia, muchos seguramente camino del taller de confección. Robin observó un carro cargado que iba hacia la fábrica. Entregaba telas nuevas. Las grandes pacas formaban altas pilas sobre la superficie de carga. Robin se preguntó qué harían los proveedores cuando llovía. ¿Cubrirían el carro con una lona? Seguro que March lo habría sabido. ¿Qué diría de sus nuevos planes? Pero en realidad le daba igual, ya no tenía miedo de hablar con ella. Con una pequeña sonrisa, pensó en el consejo que el reverendo Burton le había dado. «El mandamiento dice: "Ama a tu prójimo como a ti mismo." No que intentes hacer el bien a costa de tu propia felicidad.»

Absorto en sus pensamientos, Robin comenzó a dibujar los decorados de su propio teatro en el margen del periódico de la cafetería. Mucho mejor que estar hojeándolo con inquietud para ver qué volvía a escribirse sobre el heredero de Lacrosse.

Se sobresaltó cuando oyó los gritos. La camarera corrió asustada a la puerta.

—¡Vienen de la fábrica! —dijo, saliendo a la calle.

Robin la siguió y vio también a las primeras personas corriendo.

—¡Fuego! ¡Se está quemando! —gritó una mujer.

Robin corrió hasta la fábrica. Su primer impulso fue meterse en el edificio, ¡ahí dentro, en algún lugar, estaban March y Leah! Pero ¿era sensato? Cada vez eran más las mujeres que se precipitaban fuera del edificio y ahora también el humo se colaba por las rendijas de algunas ventanas. Las trabajadoras que se habían salvado informaban horrorizadas que la planta baja estaba en llamas. Entre ellas se encontraba Harold Wentworth, mirando atónito el edificio. Robin vio a través de la ventana que el fuego hacía estragos en la planta baja. Entonces los cristales reventaron y las llamas se inflamaron.

—¿Qué hace usted aquí? —preguntó Robin al joven director de la fábrica—. ¿No debería estar dirigiendo la evacuación? Ahí dentro todavía hay docenas de mujeres. La fábrica tiene varios pisos... —Recordaba vagamente lo que March le había contado del miedo que había pasado en Kaiapoi. Era una de las razones que había dado para invertir más dinero del que había sugerido el arquitecto al hacer la rehabilitación del antiguo granero y su remodelación como taller de costura.

—¿Está loco o qué? —Wentworth movió la cabeza—. Yo acabo de salir. Estaba en la oficina del segundo piso y a duras penas he podido abrirme paso. Las mujeres están fuera de sí, pasan unas por encima de las otras en la escalera...

Robin pensó que era eso precisamente lo que Wentworth debería haber evitado. Aunque ya era demasiado tarde. Las últimas mujeres que todavía salían del edificio a trompicones, tosían y tenían hollín en la ropa y el pelo.

—¡Ya no se puede bajar, la escalera está ardiendo! —gritó una chica y señaló el borde quemado de su vestido. Robin y otros voluntarios habían apagado las llamas de su falda cuando salía—. Todas se han amontonado delante de las puertas, querían salir al mismo tiempo y ninguna lo conseguía. Casi morimos aplastadas. Al final todas han corrido hacia arriba cuando la escalera se incendió... pero yo quería salir, mejor morir quemada enseguida que tener que seguir esperando ahí arriba.

La chica no parecía haber comprendido todavía que ya estaba fuera de peligro. La envolvieron con una manta y la condujeron con las demás. Y entonces se oyó la campana de los bomberos. Llegaban con tres vehículos, pero demasiado tarde para evitar que el fuego se propagase por los dos pisos superiores.

Las mujeres acorraladas en el segundo piso rompían las ventanas. Se oían a través de ellas los gritos y llamadas de socorro, se veían las manos, los brazos, los rostros presas del terror.

—Las ventanas están bastante altas —explicó una de las mujeres al capitán de los bomberos—. No es fácil saltar.

—La caída sería mortal —murmuró el hombre—. ¿Tenemos lonas de salvamento?

Los hombres ya habían sacado de los vehículos bombas de mano y las dirigían hacia las ventanas del edificio en llamas. Otros desplegaban torpemente una lona de salvamento. Una muchacha, paralizada por el miedo, se asomaba por una ventana. Robin entendió que sintiera pánico: estaba demasiado arriba y la lona era demasiado pequeña para caer sobre ella.

De la muchedumbre de espectadores salió un grito cuando del tercer piso cayó una cinta de tela. Robin reconoció a March. La joven no se dejaba invadir por el pánico, actuaba... El alivio de la gente que estaba en la calle se convirtió en decepción cuando la cinta terminó un poco más abajo del segundo piso.

March parecía discutir con las chicas de arriba, gritó algo hacia abajo. ¿Qué se proponía? De las ventanas del segundo piso salían espesas nubes de humo. El fuego acabaría extendiéndose también por la nave superior.

Hablaba con una chica muy delgada, para que fuese la primera en bajar. Posiblemente había llegado a la conclusión de que saltando desde el segundo piso tal vez podría sobrevivir, pero no a un incendio en el tercer piso.

Y entonces a Robin se le ocurrió una idea. La tela de algodón era recia. March había improvisado con ella una cuerda. También podía servir de cojín.

—¿Dónde tiene el almacén? —Robin se abalanzó sobre Wentworth, que en ese momento hablaba con el capitán de los bomberos—. Esos vehículos de carga que traen y se llevan las telas... ¿Adónde van?

—La rampa está detrás —respondió Wentworth—. Debe de haber un carro allí, el capitán está enviando a sus hombres. El cochero debe poner a salvo a los caballos, el fuego puede propagarse fácilmente a los almacenes.

—¡El cochero tiene que traer el carro aquí! —gritó Robin—. ¡Deprisa! O mejor déjelo, ya iré yo mismo... ¡March —gritó hacia arriba—. ¡Espera, March, os ayudaré!

Dejó plantados al estupefacto Wentworth y al atónito capitán y corriendo rodeó el edificio en llamas. «Dios mío, por favor —rezaba—, que los hombres del almacén no hayan descargado todavía el carro.» El fuego se había iniciado en la zona de la fábrica que daba a la calle, era posible que en la parte posterior no se hubieran dado cuenta de ello hasta más tarde y que hubiesen seguido trabajando como si nada.

Robin soltó un suspiro de alivio. Delante de la rampa de descarga, en el patio, estaba todavía el carro, lleno hasta arriba, y con los dos caballos de sangre fría. El cochero seguramente había oído los gritos y estaba ayudando a los bomberos. Por suerte, la carga no había ardido. En tal caso habría tenido que vérselas también con dos caballos tirando de un carro en llamas. ¡La mitad de la ciudad podría haber ardido! Los animales sin duda presentían que algo no iba bien, pero estaban relativamente tranquilos.

—¡Y ahora demostrad que realmente tenéis sangre fría! —dijo Robin, y desató los caballos y cogió las riendas. Se subió de un salto al pescante y se dio un susto de muerte cuando por debajo del carro se movió algo. Robin miró y distinguió la silueta de una muchacha que se había acurrucado allí abajo—. ¿Qué haces ahí? ¡Sal! —le gritó.

La joven volvió su rostro pálido y rodeado de rizos dorados hacia él. Sus ojos castaños reflejaban puro pánico.

—¡Todo es por mi culpa! —se lamentó—. Yo...

—¡Lo primero que tienes que hacer es salir de ahí abajo! O te atropellaré. ¡Deprisa! ¡Venga!

La niña se estremeció al oír esas palabras y salió arrastrándose junto a las grandes ruedas del carro. Robin se aseguró con la mirada de que estuviera fuera de peligro. Después iría a buscarla o, mejor aún, enviaría a los bomberos para que comprobaran si estaba bien... Pero luego se olvidó del extraño encuentro. Necesitaba de toda su concentración para dar la vuelta al pesado carro en el angosto patio y conducir los caballos, que se estaban inquietando, alrededor del edificio. Robin creyó distinguir que los bomberos habían conseguido apagar la zona de la entrada de la fábrica. ¡Gracias a Dios! De las ventanas de la planta baja todavía salía humo, pero no llamas. En cambio, el fuego empezaba a propagarse por el segundo piso. Las mujeres y niñas que estaban allí gritaban y tosían, se apretujaban delante de las ventanas. Seguro que alguna saltaría.

—¡Eh, ¿qué hace usted ahí?! —gritó uno de los hombres.

—¡Dejen paso! —gritó Robin a un par de bomberos que se habían quedado parados al ver el carro.

No hizo ningún intento de refrenar los caballos, ni por los bomberos ni por los muchos curiosos que obstaculizaban los trabajos de extinción. Como mejor pudo, colocó el carro delante de las ventanas tras las cuales las mujeres creían que iban a morir quemadas. Y entonces también los bomberos comprendieron cuál era su intención. Un carro de seis o siete metros de alto lleno de tela amortiguaría la caída.

—¡Saltad!

En el tercer piso, la primera chica ya bajaba por la cuerda. March había entendido lo que Robin planeaba. La joven, que llevaba minutos sentada en la ventana y pugnaba con la idea de lanzarse a la lona de los bomberos, no lo dudó más. Saltó y aterrizó en el blando algodón.

—¡Una después de la otra! —gritó el capitán, y llamó a tres hombres para que ayudaran a bajar del carro a las mujeres—. ¡No todas a la vez, o caeréis unas encima de las otras!

De hecho, varias se lanzaron de la ventana al carro, de otra forma habría sido imposible que se salvaran todas. Cuando las últimas del segundo piso saltaron, las llamas se elevaban detrás de ellas y justo después alcanzaban la ventana. March, presa del pánico, tiró de la cuerda. Por suerte, el capitán de bomberos había sido previsor. Tres de sus hombres estaban preparados para dirigir las bombas de incendios hacia las ventanas del segundo piso.

—¡Arrojen agua!

Por un breve instante, la humareda de las llamas apagadas ocultó a las mujeres del tercer piso cuyo rescate avanzaba lentamente. Tardarían en bajar una tras otra, y tenían que esperar a que el carro quedara libre. Pero luego March volvió a lanzar la cuerda, el proceso seguía, y las chicas iban ganando confianza en la cuerda improvisada. Siguiendo las indicaciones de March bajaban a veces una o dos al mismo tiempo. March y Leah fueron las últimas que se salvaron, con la cara y la ropa negras de hollín. Cuando aterrizaron sobre las pacas de algodón y se deslizaron hasta el suelo, dejaron un rastro negro tras de sí.

—El señor Magiel nos quitará del salario la tela sucia —advirtió March cuando Robin la abrazó—. Pero me alegro de que no te hayas olvidado de pensar.

Él le sonrió.

—Acabo de empezar a pensar, March. Y no estoy seguro de que eso vaya a gustarte...

Todavía no había acabado de hablar, cuando un hombre fuera de sí se abrió paso entre la multitud. Bertram Lockhart parecía haber envejecido años, tenía el rostro blanco como la nieve y mudado, una máscara de miedo y horror.

—¿Ha sido usted la última? —preguntó a March—. ¿Está... está usted segura? Porque no... no puedo encontrar a mi hija Lucille... Nadie sabe dónde está.

—En el tercer piso no había ninguna Lucille —respondió una de las trabajadoras—. Conozco a todas las mujeres. ¿Seguro que trabaja aquí?

El actor asintió, sollozando.

—Seguro. Desde hace tres días. La he... la he traído aquí esta mañana... Si ha muerto...

—¿Tiene el pelo castaño claro? —preguntó Robin—. ¿Como un... un ángel?

March frunció el ceño.

—¿Un ángel?

—Lo tiene rizado —respondió Bertram esperanzado—. Sí, de ricitos como...

—¡Ven conmigo! —le dijo Robin—. Creo que sé dónde está. Oh, no, ahí está ese Spragg del *Times*... —El periodista salía en ese momento de la multitud de curiosos y se aproximaba a Robin y March—. ¡Ni se te ocurra hablar con él, March! Con lo que dijiste ayer...

—¡Ya lo creo que voy a hablar con él! —repuso con afectación—. Hoy no podrá manipular mis palabras. ¡Los titulares serán por una vez positivos! —Y sonrió al periodista.

Robin y Bertram se alejaron presurosos.

—Tiene los ojos castaños y la cara todavía un poco aniñada —dijo el veterano actor—, pero será una belleza... No es bajita, pero sí muy delgada, como un hada... En un principio le daría el papel de Flor de Guisante en *El sueño de una noche de verano*...

Bertram siguió describiendo a su hija y cuanto más asentía Robin, más firme era su voz.

—¿Lucille? —llamó Robin en el oscuro almacén.

La muchacha ya no estaba en el patio. Ahí tampoco había ninguna posibilidad de esconderse. Después de la segunda llamada oyó un sollozo contenido.

—¡Lucille!

Fue Bertram quien gritó su nombre, y acto seguido surgió una sombra entre las pilas de telas y vestidos hechos que esperaban ser retirados o acabados.

La joven se lanzó a los brazos de Bertram.

—¡Yo tengo la culpa de todo, papá! ¡Solo yo!

—No te creerás lo que acaba de ocurrirme. —Aroha entró sonriendo en la habitación que compartía en la casa Lacrosse con Bao. El joven chino estaba colocando con la mano sana las camisas y prendas pulcramente dobladas en la maleta. Todavía tenía el brazo derecho enyesado, pero por lo demás se encontraba mucho mejor. La pareja había decidido regresar a Rotorua al día siguiente y Aroha había hecho un par de compras en Dunedin—. Creo que los espiritistas lo llaman *déjà vu*. En serio, me he sentido como... como si me hubiese transportado a Rata Station.

—¿Qué? —Bao interrumpió lo que estaba haciendo—. ¿Vas a decirme que has visto una oveja en la ciudad? —Sonrió tiernamente, mientras la atraía hacia sí para besarla.

La joven le devolvió el beso.

—No tiene nada que ver con ovejas, más bien con escenas de amor. —Sonrió y empezó a explicarse—. Fui al establo. Desde que Robin despidió a los mozos de cuadras tenemos que ocuparnos nosotros mismos de los caballos. Nunca hubiera pensado que esto llegara a parecerme extraño... En fin, en cualquier caso, ahí estaba esa chica, cómo es que se llama...

—¿La guapa?

—¡No me hagas sentir celosa! —Aroha estaba de muy buen humor—. Lucille, ahora me acuerdo. La pequeña Lucille estaba sobre una caja, con la vista baja hacia el box donde está el caballo de Robin y miraba al animal con una expresión... no sé cómo describirla, lo que mejor se ajusta es de éxtasis o de amor.

Bao rio.

—Hay adolescentes sobre las que los caballos ejercen este tipo de efecto —dijo burlón.

Aroha soltó una risita.

—¡No te rías de mí! No se limitaba a mirar. Estaba recitando a Shakespeare. La escena del balcón de *Romeo y Julieta*. Cuando llegué estaba justamente con: «Mis oídos todavía no han bebido ni cien palabras de esos labios, pero conocen el sonido. ¿No eres tú Romeo, un Montesco?»

Bao frunció el ceño.

—¿Y? ¿Qué le dijo el caballo?

—El caballo calló cortésmente, idéntico a la gata cuando Robin suspiraba por ella la vez que lo descubrí recitando en Rata Station. La misma escena, la misma cara arrebatada. Entonces solo faltaba Julieta y hoy falta Romeo. En serio, Bao, cuando los pongan juntos sobre el escenario, el público se emocionará. Hasta ahora he considerado con cierto escepticismo el sueño de Robin de crear un teatro propio, pero cuantas más vueltas le doy... Esta joven pareja como protagonistas y March, que tan diestramente lo comercializa todo, deberían triunfar. Por otra parte, la pequeña se puso tan roja como cuando descubrí a Robin años atrás. Tuve que prometerle que no le diría nada a su padre. Él no quiere ni oír hablar de que ya esté estudiando los papeles principales. Quiere formarla despacio.

—Parece sensato —opinó Bao.

Aroha asintió.

—Muy sensato. Pero según Lucille, su papel soñado es el de Julieta y, Bao, creo que ya ha encontrado a su Romeo. ¡No solo sobre el escenario! ¡Entre ella y Robin está surgiendo algo! ¡Que haya estado recitando con el caballo de él, y no el de Helena, no es mera coincidencia!

Bao rio.

—Pero ¿el caballo de Helena no es una yegua? —siguió bromeando—. Y Robin... sin duda hay algo. Aunque sin texto no se desenvuelve demasiado bien. Cada vez que por descuido se cruzan sus miradas se ruboriza.

—En fin, por suerte el señor Shakespeare ya les facilitó el texto. —Aroha rio—. ¡Ay, cuánto me alegro por Robin! ¡El teatro, la chica, y por fin unos titulares amables!

En efecto, tras el incendio del taller de costura, los diarios se apresuraron a publicar artículos de alabanza a Robin y March. Gracias a su valor e ingenio no había que lamentar pérdidas humanas y solo había habido heridos leves, aunque el interior del edificio estaba totalmente quemado. Las mujeres y niñas del tercer piso alabaron a March diciendo que era su ángel guardián, y por fin las distintas revistas hicieron constar sus cualidades de liderazgo. El *Otago Daily Times* se deshizo en elogios: «En determinados círculos corre la voz de que la señorita Jensch abandonará la dirección de la Lacrosse Company en un futuro próximo. Pero de una cosa puede estar seguro el lector avisado: ¡esta joven dará que hablar!»

March, por su parte, no perdió la ocasión de ofrecer entrevistas a los periodistas. Conducía triunfal a uno tras otro a través del taller Lacrosse y explicaba las medidas que se habían adoptado contra incendios. Las declaraciones de Robin acerca de que bajo la nueva dirección, aún por determinar, habría una escuela y un parvulario para los hijos de los obreros contribuyó a que la opinión pública se pusiera en favor de la Lacrosse Company. Y para gran alivio de Robin, March no protestó contra su propuesta de que dejara la dirección de los talleres y a cambio ocupara un puesto de directora comercial en el teatro que pensaba fundar. La nueva tarea la estimulaba, y aún más por cuanto ya había alcanzado el objetivo que se había impuesto al asumir la gerencia de la Lacrosse Company: había ganado la guerra a Martin Porter y Magiel. Las fábricas de ella seguían en pie, mientras una de las de su rival estaba en ruinas. No podía reclamar a nadie daños y perjuicios. La planta baja estaba totalmente quemada y era imposible determinar la causa del incendio. Wentworth rehuyó sonsacar nada a las trabajadoras, pero de todos modos la prensa ya lo había denostado después de que dos trabajadoras contasen en el *Otago Daily Times* cómo las había empujado en su intento de salvarse él antes que nadie. La falta de medidas contra incendios, la ausencia de extintores y de salidas de emergencia había sido uno de los temas tratados por la prensa. Magiel se vería obligada a introducir cambios en sus otras fábricas.

A ello se añadió que las reformas que ahora Robin insistía en hacer se anticipaban a lo que en breve se convertiría en una obligación para todos los empresarios. Después de los artículos aparecidos en los diarios sobre el modo en que se explotaba a los obreros, el gobierno había designado una comisión de investigación. Las condiciones salariales y las innovaciones que sin duda saldrían de ella todavía debilitarían más la capacidad de competir de las fábricas de Porter. March no tenía más que sentarse cómodamente y contemplar, pero esto no era propio de su naturaleza. La dirección de un teatro era, desde luego, un desafío mayor.

Como los Burton habían profetizado, las cuentas de Robin estaban tan llenas que no tuvo que vender ningún taller para hacer realidad su sueño. Pese a ello, había decidido desprenderse de la casa de Mornington y reducir de forma drástica el personal doméstico. El producto de la venta se destinaría a las escuelas y guarderías de las fábricas y también a seguir apoyando generosamente a la parroquia. Robin había hecho las paces con el reverendo Waddell y Peta. El reverendo aspiraba a fundar un sindicato de costureras, y Robin ofreció a Peta un puesto en la dirección de la Lacrosse Company cuando concluyera sus estudios. Allí podría intentar combinar el afán de lucro con la responsabilidad social frente a los obreros. Para sorpresa de Robin, el joven no aceptó entusiasmado la oferta, sino que señaló con inaudita modestia que todavía le faltaba mucho para aprobar el examen final.

Bertram Lockhart sonrió irónicamente cuando Robin se lo contó. Opinaba que Peta era más dado a criticar que a poner algo en marcha. El actor dijo burlón que seguramente pasaría toda su vida librando batallas estériles y sintiéndose así un héroe trágico.

Después del incendio, Bertram y su hija aceptaron la invitación de Robin de mudarse a la residencia de los Lacrosse. Era inadmisible que el futuro *impresario* del Dunedin Globe Theatre siguiera viviendo en la modesta casa del Medio Acre del Demonio en que se habían alojado hasta entonces. La empresa ya tenía el nombre de Dunedin Globe Theatre antes de disponer de un local adecuado. Fue una sugerencia de Lucille que Robin aceptó gustoso. El joven estaba fascinado con la hija de Lockhart. No se cansaba de mirar su cabello, largo hasta la cintura, y que revoloteaba en ricitos dorados alrededor de su rostro, un rostro en cuya vivaz expresión se reflejaba cualquier sentimiento, emoción o ilación de pensamientos de la muchacha. Lucille era más expresiva que cualquier otra actriz que Robin hubiese conocido. Se quedaba extasiado cuando Bertram la hacía recitar. Era preciosa, con su rostro en forma de corazón, las pestañas largas y las cejas espesas como su padre. De tez clara, solo en la nariz asomaban algunas pecas. Los labios carnosos armonizaban con sus ojos castaños.

En la casa Lacrosse, ni el padre ni la hija llamaban la atención. De los días en que había sido un intérprete bien cotizado de Shakespeare, Bertram todavía recordaba cómo comportarse en la buena sociedad, y pese a que Lucille se sentía algo intimidada por el lujo de la mansión, estaba muy bien educada. Además, encantaba a todos los habitantes, incluso al mayordomo Simmons.

Helena era la única que no se alegraba con dar alojamiento a los Lockhart ni con la evolución de la compañía Lacrosse y su heredero Robin. La transformación de rentista apático a diligente y emprendedor gestor de un teatro le cayó como un cubo de agua fría. Nunca lo había visto tan apasionado y decidido como ahora.

Al principio, Helena estaba desconcertada y más adelante, cuando Robin le comunicó sus planes de vender la casa, furiosa. En parte por torpeza y en parte porque temía su reacción, el joven se lo dijo mientras cenaban todos: March, Aroha, Bao, Bertram y Lucille.

—¿Y yo dónde se supone que iré? —preguntó Helena con tono estridente.

Robin tenía la intención de comprar una casa más pequeña cerca del futuro teatro y mantenerla solo con dos o tres sirvientes. También había pensado deshacerse de los carruajes de los Lacrosse, así como de los caballos de caza y de polo.

—Eso tendrás que decidirlo tú misma —respondió March al arrebato de Helena—. No es que Robin te deje en la calle con una mano delante y otra detrás.

—Naturalmente, puedes vivir en mi casa —se apresuró a precisar Robin—. Faltaría más...

—¿Tengo que vivir de limosna en un sitio no mayor que una cabaña? —preguntó teatralmente Helena—. Sin suficiente personal, sin mi doncella...

—Puedes conservar la doncella —intervino Aroha—. Pero págale con tu propio dinero. Al fin y al cabo, también tú has heredado.

Helena se mordió el labio. De hecho, todavía no había visto ni un céntimo de la mitad de los bienes familiares de Australia. Paul Penn, su cuñado, no se alegraba de tener que repartir con Helena los beneficios de las empresas y guardaba con celo el dinero. Cada vez que ella le pedía un giro para realizar alguna compra importante, como en su día el caballo de caza para Robin, su pariente siempre salía con evasivas y afirmaba que él custodiaba la herencia de ella con vistas a su dote. Cuando ella se casara, le informó, su futuro marido podría disponer del dinero. Y en un momento dado, Helena había dejado de reclamar sus derechos. Era más cómodo servirse de las cuentas de Robin, quien nunca se había quejado de ello.

Pero en ese momento el joven se rascó la frente y abordó otro tema que le preocupaba desde que había hablado con el reverendo Burton.

—Yo... esto... no querría ser tacaño, Helena, pero últimamente he descubierto que no solo pagas con mi dinero a la doncella, sino también todas tus compras y adquisiciones.

—¡Con la fortuna de los Lacrosse! —corrigió ella—. ¡Fue mi abuelo quien la labró!

—Y se la dejó a Robin en herencia —observó March—. Se puede especular si fue una decisión acertada o justa, pero ahora así son las cosas. Al menos la mitad es de Robin. En cualquier caso, con solo un cuarto dispones de más dinero del que podrás gastarte en tu vida. Me he informado de las propiedades de Australia. Son más variadas que las de aquí y de ellas puedes sacar mucho provecho. Helena, yo en tu lugar iría allí y echaría un vistazo a todo, a lo mejor incluso encuentras un marido adecuado. Bueno, si es que quieres casarte. ¿O ya tienes aquí algún candidato?

March preguntaba con pretendida inocencia, pero sus ojos brillaban burlones.

Helena la miró furiosa.

—¡Pues estaba esperando a que Robin me hiciera la proposición! —respondió cortante, volviéndose hacia Robin, quien se sintió molesto mientras Lucille se ruborizaba—. ¡Desde hace dos años te has pegado a mí como una lapa, Robin! ¿Cómo iba a cultivar otras amistades? En todos los ecos de sociedad se nos mencionaba a los dos, hemos ido juntos a todas las cenas, todos los eventos deportivos, todas las funciones de teatro. ¡En Dunedin, todo el mundo está convencido de que somos pareja!

Él se mordió el labio.

—Bueno —murmuró—. Yo... bueno... pues no.

Helena se puso en pie. Su rostro, antes rojo de ira, palideció.

—Entonces pido disculpas por haberte entendido equivocadamente durante más de dos años —espetó—. ¡Voy a hacer los preparativos para viajar a Sídney!

Y dicho esto, salió precipitadamente de la sala dejando a todos sumidos en la turbación. Solo March y Bertram parecían seguir disfrutando de la comida.

Robin todavía no había vendido el carruaje, así que Aroha y Bao disfrutaron una última vez del privilegio de que los llevaran a la ciudad en el fastuoso vehículo de la familia Lacrosse. El barco —viajaban directamente a Auckland— los esperaba en el puerto. Aroha se percató de que esta vez el cochero no solo parecía extremadamente molesto por tener que abrir la puerta a Bao, sino que tampoco le dedicó a Robin ninguna mirada amable. Desde que se había reducido el personal, tenía que preparar él mismo el carruaje y enganchar luego los caballos. Y se lo reprochaba al señor.

—Cuando hable con su nuevo patrón, expondrá como motivo del cambio que Robin lo obligaba a realizar tareas que no le competían e incluso a transportar chinos —susurró Bao a los demás.

—Lo que acabará definitivamente con la buena reputación del heredero de Lacrosse en la alta sociedad de Dunedin —añadió Aroha riendo.

Eso a Robin lo tenía sin cuidado, había terminado con la alta sociedad de Dunedin. Solo le interesaba como público de su futuro teatro, que ahora anunciaba sin ambages. Lucille, por el contrario, parecía tomarse en serio la amenaza y miraba preocupada a Robin. Helena se había retirado pretextando tener migraña. Era evidente que la prima segunda de Robin ya estaba harta de su «felizmente recuperada» familia. Aroha suponía que lamentaba haber «descubierto» a Robin y haber desencadenado tantas cosas.

Mientras Bao y Robin se encargaban del equipaje, Lucille se llevó a un aparte a Aroha. Soplaba un viento fresco y la muchacha tiritaba aunque se había cubierto con un chal. Pronto necesitaría ropa nueva. A Aroha le pasó por la cabeza si Robin se acordaría entonces de su cuenta en Lady's Goldmine o si la hija de Bertram tendría que esperar a que el teatro arrojara beneficios y su padre recibiera su parte.

—¿Qué sucede, Lucille? —Aroha sonrió a la muchacha.

Lucille dudó antes de plantear las preguntas que la acuciaban.

—¿Es cierto? —dijo al final—. ¿Hará la gente el vacío a Robin y a la señorita Helena si dejan de tener su lujoso carruaje y él se dedica al teatro en lugar de a su empresa?

Aroha meneó la cabeza.

—Tonterías, era una broma. Y aunque fuera así, Robin ya no quiere tener nada que ver con esa gente. Nadie lo apoyó cuando la prensa hablaba mal de él. Al contrario, todos se pusieron en su contra para que el estilo de vida que llevan, basado en el lujo y la ostentación a costa de sus trabajadores, no llamara la atención. Robin tiene ahora otras prioridades. No te preocupes.

—Lo de Robin ya lo sé... —dijo Lucille, al tiempo que se ruborizaba como siempre que mencionaba al joven. El viento agitó alrededor de su rostro los ricitos que llevaba ligeramente recogidos, lo que le dio un aspecto encantadoramente joven e ingenuo—. Pero la señorita Helena... A ella sí le interesan todas esas fiestas y... y todo eso... ¿Es cierto que Robin quería casarse con ella? ¿Y que él ahora, a causa de... de... —Se interrumpió. Aroha sonrió. A Lucille no le había pasado por alto que Robin estaba enamorado—. Para mí sería horrible descubrir que es una persona... una persona infiel —añadió.

Y encima eso: Lucille dudaba de la integridad de Robin. Aroha le pasó un brazo por los hombros.

—Bah, son meras suposiciones. Él nunca hizo que Helena alimentara ninguna esperanza. No fueron más que imaginaciones de ella que él tendría que haber aclarado hace tiempo. Aunque creo que ni siquiera se dio cuenta de que Helena estaba enamorada de él.

En el rostro de Lucille asomó la sombra de una sonrisa.

—No... no le resulta fácil... darse cuenta —susurró.

Aroha la estrechó contra sí.

—Es propio de nuestra familia —bromeó—. Al menos eso diría Bao, él tuvo que esperarme mucho tiempo.

La muchacha sonrió vacilante. Luego su frente volvió a ensombrecerse.

—Yo solo... bueno, la señorita Helena, ella... es que ella me da un poco de miedo —confesó.

Aroha reflexionó. ¿Estaría celosa Helena? Debía de haberse percatado del modo en que Robin miraba a Lucille.

—¿Ha dicho algo? ¿Ha sido desagradable contigo?

Lucille negó con la cabeza.

—No. Solo creo que no le gusto.

—A lo mejor es una deformación profesional —observó Aroha después de contarle a Bao su conversación con la muchacha. Ambos contemplaban Dunedin desde la borda del barco, las verdes colinas que lo rodeaban y los Alpes Meridionales, siempre nevados, que lentamente iban haciéndose más pequeños—. Los actores no soportan que alguien no los ame.

Bao sonrió, pero no parecía tan despreocupado como Aroha.

—Lucille y Robin deberían ser prudentes. Helena es una niña mimada. Es posible que no soporte que no le den lo que desea...

7

En ausencia de Aroha y Bao no había cambiado gran cosa en Rotorua. Todavía no se podía transitar cómodamente por el paseo, aunque hacía tiempo que había empezado la temporada. En cambio, Camille Malfroy había llegado para instalar su sistema mecánico de manipulación del géiser. McDougal y los demás hoteleros discutían con el gobierno acerca de quién debía pagarlo.

Bao y Aroha encontraron a Lani bastante crecida. Según los abuelos, la niña les había echado de menos.

—¡Cada día hablaba chino! —aseguró el abuelo—. ¡Una niña muy lista!

Con la postura que se había adoptado respecto a los chinos, Aroha dudaba de que tales conocimientos lingüísticos fueran a servirle de algo en un futuro próximo. No obstante, Bao se alegró de ello y volvió a dar clases a su hija adoptiva. Y se puso contento de que *Tapsy* lo saludara brincando y ladrando a su alrededor.

—Acabarán gustándote los perros —se burló Aroha—. Y no solo asados.

El Chinese Garden Lodge estaba casi completo; McRae había sustituido estupendamente a Aroha. De todos modos, le devolvió de buen grado su puesto.

—A lo mejor me voy a ayudar a los maoríes. Escribiré un par de cartas de protesta al gobierno por los géiseres entubados

—anunció tranquilamente—. Pese a todo, los maoríes están bastante divididos en esta cuestión, unos se alegran de cada metro que sube el géiser porque las propinas que sueltan los *manuhiri* son proporcionales a la altura del chorro, y otros temen por la paz de los espíritus. Pero seguro que protestar no hace daño a ninguno. Al menos así a nadie se le ocurrirá enviar la factura a las tribus.

Aroha y Bao reemprendieron sus actividades en el hotel, él un poco entorpecido por el yeso en el brazo derecho. Como no podía hacer algunas reparaciones que necesitaba la casa de baños antes de la temporada, pasaba el día trabajando sobre todo en la recepción.

Un lluvioso día de principios de diciembre, cuando estaba estudiando la lista de reservas de las habitaciones, entró un hombre. Vestía de un modo extraño para ser cliente de una casa de baños: los pantalones de algodón resistente, las botas, el abrigo encerado y el sueste chorreando agua, que se quitó al entrar en el vestíbulo, eran más propios de un pastor o un explorador.

—¿En qué puedo servirle?

Bao levantó la vista y se quedó mirando atónito unos ojos de un azul muy claro, como el agua de un lago de montaña. Hasta ese día solo había visto a una persona con esos ojos: ¡Aroha!

—Estoy buscando a la señorita Fitzpatrick —dijo el hombre con una voz potente y agradable—. Aroha Fitzpatrick.

Bao se quedó mirando al desconocido, de estatura más bien baja. Aparentaba unos cincuenta años y su rostro anguloso estaba surcado de profundas arrugas. La tez era morena, al igual que el largo cabello, abundante y fuerte, aunque ya empezaba a mostrar mechones blancos.

—¿Está aquí? —preguntó impaciente—. Me entiende usted, ¿no?

Bao asintió.

—Por supuesto, señor. Solo que no sé exactamente dónde está Aroha en este momento. Creo que ha ido a inspeccionar la casa de baños. Puede esperarla en el salón de té, señor...

En el salón de té, los camareros le podrían echar un ojo. Bao no quería dejarlo solo en el vestíbulo del hotel. A fin de cuentas, ahí estaba la caja.

—Fitz —dijo lacónico el hombre—. Joe Fitzpatrick. Y ahora vaya a buscar de una vez a mi hija.

En un primer momento, Aroha pensó que se trataba de una broma, pero se convenció en cuanto se vio frente a Joe Fitzpatrick. Bao la había encontrado en la casa de baños doblando las toallas y, naturalmente, la noticia la había inquietado. Si realmente era su padre, ¿qué aspecto tenía? ¿Le gustaría ella a él? Una mirada en el espejo le confirmó que, si bien no iba vestida con elegancia, sí iba correctamente. Llevaba un traje de tarde azul y encima un delantal que se quitó rápidamente mientras seguía a Bao camino del vestíbulo. Este había dejado al visitante solo y esperaba que no hubiera desaparecido con la caja. Lani caminaba torpemente detrás de ambos, al igual que *Tapsy*, que sorprendió a Aroha saludando a Joe Fitzpatrick como si fuese un viejo conocido. ¿No era que los perros tenían un sentido especial para distinguir a los hombres buenos? Esto la hizo sentirse menos recelosa.

—¿Señor? —Aroha quiso hablarle formalmente, ya que podía tratarse perfectamente de un farsante. Sin embargo, se quedó petrificada al ver sus propios ojos en el recién llegado.

Joe le sonrió irónico.

—¡Tienes mis ojos! —constató—. Aunque te pareces más a Linda. Hum... tal vez la forma de la cara. La piel de Linda era más clara. En cualquier caso, ¡eres guapa, Aroha! Una mujer muy bonita, como tu madre. ¿Todavía vive con ese reverendo, allá en Otaki?

—Franz Lange siempre ha sido un buen padre para mí —contestó Aroha. A primera vista, Joe le resultaba simpático.

En los labios bien contorneados de su padre apareció una sonrisa. ¿De aprobación? ¿O un poco burlona? En cualquier caso, era una persona que se tomaba la vida a la ligera... Aroha recordó cómo lo había descrito su madre: «Tu padre es un farsante encantador.» Aroha no iba a permitir que hablase mal de su padre adoptivo.

—Y yo fui un mal padre —señaló Fitzpatrick con franqueza—. Lo admito, Aroha. Las circunstancias no eran las mejores... Simplemente no se dieron. Así que es mejor que nos conozcamos ahora. Te va bien, ¿verdad? ¡Tu propio hotel! ¡Pero esto también lo has heredado de mí! Sencillamente intentarlo, actuar, poner algo en marcha... —Los ojos le brillaban. Parecía lleno de entusiasmo.

Aroha recordó que él, contrariamente a Franz y Linda Lange, nunca había logrado poner algo en marcha. En el informe del detective sobre Vera Carrigan incluso se mencionaba una estancia en la prisión.

—¿Dónde has estado todo este tiempo? —preguntó—. ¿Qué... qué has hecho?

Joe Fitzpatrick hizo una mueca.

—Dando vueltas por ahí, de todo un poco... Apañándomelas. El hotel debe de dar de sí, ¿no? Es una ciudad agradable. Cuando uno se acostumbra a que por todas partes apesta a sulfuro... ¿Quién es esa? ¿Es posible que ya tenga una nieta? —Cambió diestramente de tema inclinándose sobre Lani, quien se acercó a él tan confiada como la perra—. Qué mona eres... Deja que adivine: tu papá es maorí. Pues sí, Linda siempre tuvo debilidad por los nativos. Aunque no en este aspecto, de lo contrario habría preferido a un guerrero en lugar de a esa oveja dócil de reverendo. Yo lo habría entendido mejor...

Aroha aprovechó la oportunidad para contarle la historia de Lani. A continuación le desveló que pronto se casaría con Duong Bao. La reacción de Fitzpatrick la sorprendió agradablemente.

—¡Eh, podríais celebrar una boda china! —exclamó sonriendo—. Aquí en el hotel. Sería un buen sitio. ¿A que a vuestros clientes les gusta lo exótico? Quemáis dos barras de incienso, conjuráis a un par de espíritus y la gente estará encantada. Fantástica idea también la de llamar a esto el Chinese Garden Lodge. Así os diferenciáis de los otros hoteles.

Fitzpatrick no parecía tener prejuicios contra la raza de Bao.

Tan pocos como contra los maoríes. Por primera vez, Aroha dudó en lo que su madre le había contado. ¿Se había realmente portado tan mal con la anciana Omaka?

—¿Qué te trae por aquí? —preguntó—. Deberíamos sentarnos, vamos al salón de té, todavía no hay mucho jaleo. ¿Vienes, Bao? Kiri puede sustituirte aquí.

Bao se volvió hacia la joven maorí que, en ese momento, salía del salón de té con una bandeja. Aroha se la cogió y la llevó a la cocina, Kiri se colocó en la recepción. También se quedó con Lani, que disfrutaba de su compañía. Bao condujo a su futuro suegro a una de las mesas más apartadas.

—¿Té, señor? —preguntó cortésmente—. ¿O café? Tal vez le apetezca comer algo...

Joe Fitzpatrick negó con la cabeza.

—Tal vez un whisky, amigo —respondió—. ¡Por el susto de tener de golpe una hija mayor! O no, es más bien algo que celebrar. ¡Champán! Tendrán, ¿no?

Bao se quedó atónito. La tarde acababa de empezar. En el Chinese Garden Lodge no solían servir alcohol a esas horas. A veces, cuando hacía frío, algún cliente regaba su té con ron o coñac.

—Por supuesto, señor —dijo formalmente.

Joe rio.

—Déjate de «señor». Mi nombre es Fitz. ¿Y tú eres Duong? No, Bao, ustedes los chinos ponen delante el apellido, ¿verdad? O sea, Bao. ¡Por una buena amistad!

Alzó una copa imaginaria, por lo que a Bao no le quedó otro remedio que ir al comedor de noche para coger una botella de champán y descorcharla. Aroha, que acababa de llegar, le lanzó una mirada inquisitiva. Bao señaló con la barbilla a su padre. Este empezó a beber con naturalidad en cuanto el chino llenó las copas.

—¡Por mi maravillosa hija! ¡Pero qué grata sorpresa!

—¿No me estabas buscando? —preguntó Aroha al tiempo que bebía un sorbito de su copa. Le gustaba el champán, pero todavía le quedaba media jornada de trabajo.

—No directamente —respondió Fitzpatrick y tomó un largo trago de su copa—. Más bien estaba buscando a una vieja amiga. Oí decir que había muerto aquí, pero no podía creérmelo.

—¿Vera Carrigan? —preguntó Aroha con recelo.

Fitz sonrió.

—Por la cara que pones, ya veo lo que te habrá contado de ella tu madre. Pero las cosas no fueron así. O sea, no quiero decir que Linda mienta, pero tenía una visión algo distorsionada de las cosas...

—Conocí personalmente a la señorita Carrigan —observó Aroha, intentando dar un tono imparcial a sus palabras. Vera Carrigan era el pasado, no debía crear discordia entre padre e hija.

—¡Justo! —dijo Fitz—. Cuando pregunté por ella, mencionaron tu nombre. También el de un tal McRae y Robin Fenroy. Eh, ¿es uno de los Fenroy de Rata Station? Al principio no pensé en ellos, hay tantos Fenroy como arena en el desierto, y Fitzpatrick tampoco es tan inusual. Pero «Aroha»... Tal vez haya sido una buena idea por parte de Linda ponerte un nombre tan singular. Salud, otra vez, ¡por el reencuentro! Aroha, Bao... —Volvió a beber.

—¿Así que se ha enterado de la muerte de la señorita Carrigan? —preguntó Bao—. Un suceso muy desafortunado. Le habrán hablado de la erupción del volcán...

—Hasta ahora, no con detalle. Solo algo sobre un géiser. Nunca encontraron el cadáver. Eso me permite tener la esperanza...

—Ya puedes enterrar la esperanza, está muerta —replicó Aroha—. Robin lo presenció, no hay duda.

—Así que ese Robin lo presenció. Interesante... Vera lo encontraba fascinante, ¿sabes? Lo tenía en gran consideración, pensaba que tenía un gran talento... —La expresión tranquila y hasta divertida de Fitz se transformó en acechante.

—Demasiado para una compañía como la de la señorita Carrigan —respondió Aroha—. Robin pensaba dejarla.

Fitz apretó los labios. Entre sus ojos se formó una arruga.

—Y entonces ella murió... Curioso... —Su voz enronqueció, parecía estar hablando consigo mismo. Pero al punto se percató del efecto que obraba su rostro en ellos dos. Se enderezó y volvió a esbozar una sonrisa—. Pero bueno. No tenemos que hablar aquí del juguetito de Vera. Vuestro hotel... ¿marcha bien?

Aroha no respondió enseguida. Estaba desconcertada y afectada por la palabra que empleó su padre. Sabía, por supuesto, que Robin había sido un juguete para Vera. Pero Fitz hablaba como un padre que encuentra divertido que un niño atormente a un perro, y que está dispuesto a disparar al animal en cuanto se defienda y muerda.

—Todos los hoteles de Rotorua rinden mucho —respondió Bao con amable talante comercial—. Es una floreciente estación termal, a pesar o precisamente a causa de la pérdida de las Pink and White Terraces. Entonces venían visitantes de corta estancia y el negocio se repartía entre Rotorua, Ohinemutu y Te Wairoa. La gente visitaba las Terraces y los géiseres y volvía a marcharse. Hoy en día ya no vienen tantos, pero los que llegan se quedan más tiempo y gastan más. Y quieren más comodidades. Por una noche uno se conforma con un alojamiento más básico en un *marae*, pero para tres semanas prefiere un entorno refinado. Estamos satisfechos.

Fitz sonrió.

—Ya. Así que no tengo que preocuparme por la subsistencia de mi hija —bromeó.

—Claro que no. —De nuevo fue Bao quien respondió—. ¿Podemos ofrecerle algo, señor... Fitz? Nos complacería si aceptara quedarse a cenar. Pero hasta entonces tenemos que seguir trabajando. ¿Ya has acabado con la casa de baños, Aroha?

—No del todo —respondió aliviada.

También ella deseaba concluir la reunión y, de hecho, habría preferido que su padre se despidiera de modo tan repentino como había llegado. De alguna forma, Joe Fitzpatrick no encajaba en su luminoso y amable hotel. Por simpático que fuera, le habría resultado más natural encontrárselo en un pub lleno de humo.

—En fin, si me lo pregunta así... —Fitz volvió a sonreír con un toque irónico, pero ya no parecía tan seguro de sí mismo—. Aroha, es tu hotel... ¡podríais ofrecerme un trabajo!

Fue algo inesperado. Los dos se quedaron perplejos, por lo que Fitzpatrick prosiguió diligentemente.

—Sí, ya sé, suena raro que sea la hija quien tenga que ocuparse del sustento del padre en lugar de al revés. Pero estoy un poco colgado... Necesito trabajo y por qué no en este hotel.

—¿Qué... qué sabes hacer? —preguntó Aroha—. Quiero decir, ¿de qué te gustaría trabajar aquí?

Fitz sonrió.

—¡Os sorprenderé! —respondió complacido—. En serio, no me preguntes qué sé hacer, sino qué «no sé» hacer. En esta vida lo he hecho todo, Aroha. Sí, y lo que aquí necesitáis es un hombre para todo. —Posó la vista sobre el brazo enyesado de Bao—. Alguien que se encargue de las pequeñas reparaciones, que mantenga la casa en orden... Por otra parte, también he trabajado de camarero. —Se levantó, se colgó una servilleta en el brazo y se puso tan tieso y ceremonioso como un mayordomo inglés—. ¿Qué le apetece, *madam*? ¡Oh, una elección estupenda! ¿Tal vez una copa de champán como aperitivo? —Cogió la botella de champán y sirvió con toda destreza la copa que Aroha casi no había tocado—. Además, soy buen cocinero, sé conducir un carro, sé limpiar, cargar maletas... ¡Soy lo que necesitáis! —De nuevo rio con suficiencia. Miraba inquisitivo a su hija cuando volvió a sentarse—. Hazme una prueba de dos días y entonces verás a qué me refiero.

Aroha se mordió el labio y buscó la mirada de Bao. Esperaba su apoyo, tal vez un discreto movimiento negativo con la cabeza, pero el joven oriental solo se encogió levemente de hombros.

—Está bien —dijo Aroha de mala gana—. Hay un montón de cosas que hacer antes de que empiece la temporada alta. Pero tienes que llevar librea cuando estés aquí...

Era impropio que un empleado deambulara por ahí como un trampero. Ya ahora, los primeros clientes que llegaban para tomar el té miraban desconcertados a esa figura desharrapada. Fitz adoptó de nuevo una expresión sombría. Bao no llevaba librea.

—También puede llevar traje —lo sacó del apuro el chino, para su sorpresa—. Si es que tiene alguno. De lo contrario... bueno... le prestaremos el dinero para que se lo compre. Y ahora mismo me ocuparé de que le preparen una habitación adecuada. Discuta mientras con ella sobre el tema... económico. Nos vemos en la casa de baños, Aroha.

La joven se quedó atónita cuando Bao se levantó. Ella había mantenido con frecuencia negociaciones sobre sueldos y, lejos de lo que esperaba, hablar con su padre de pagos por horas le resultó más fácil que preguntarle sobre qué podía hacer exactamente en su casa, cómo se vestiría o dónde iba a vivir. Tal vez porque el estatus que iba a adquirir en el Chinese Garden Lodge daría que hablar entre los empleados. ¿Qué sería Joe Fitzpatrick allí? ¿Un chico para todo o el padre de la jefa?

Bao ya lo había decidido. Sugirió que Fitz no se instalara en la habitación del personal sino en la que él mismo ocupaba antes de unirse a Aroha. Trasladó el resto de sus cosas a los aposentos que compartía con ella.

La joven no estaba muy entusiasmada.

—Bueno, me alegro de que ahora vivas del todo conmigo, pero ¿no lo estamos promocionando a una posición que un sirviente tiene que ganarse primero? Yo pensaba ofrecer ese alojamiento a Kiri o Timoti. —Tanto la joven recepcionista como el camarero mayor y portero de noche habían manejado los asuntos del hotel estupendamente en ausencia de Aroha y Bao—. ¿Te parece bien que le haya dado un empleo? No estoy nada segura de mi decisión...

Bao la rodeó con un brazo.

—No debes plantear esta pregunta a un chino. Nuestra cultura antepone el cuidado de nuestros progenitores a cualquier otro asunto. En China es normal que la hija mantenga al padre. Tiene que honrarlo y darle lo que necesite. Sea como sea que él la haya tratado, merece su estima.

—Pero en el fondo, ¿te causa mi padre tanta desconfianza como a mí? Quiero decir... estuvo en la cárcel. ¿Crees que es posible que hasta ahora no lo hayan dejado en libertad? ¿Y que esté colgado, como él ha dicho, porque ya no puede refugiarse en casa de Vera Carrigan?

Bao negó con la cabeza.

—Prefiero no especular acerca de la gente a quien tengo el deber de respetar —observó, al tiempo que en sus ojos oscuros surgía un brillo de picardía—. No vaya a ser que ponga a los espíritus de mis antepasados en nuestra contra, puesto que ya cargamos con los tuyos. Lo primero que deberías hacer es encargar a Fitz que les construya un santuario...

Por supuesto, Joe Fitzpatrick no construyó ningún santuario para los espíritus chinos o neozelandeses, pero sí dos nuevas piscinas para la casa de baños, a las que dio la forma de un dragón yacente. Consideró que así ofrecerían un aspecto más oriental, lo que Bao no podía confirmar, aunque sí fascinó a los huéspedes. Y también encontró otros modos de sorprender a su hija y a Bao. Fitz no les había dado falsas expectativas. Demostró con creces estar capacitado para desempeñar cualquier tarea y no parecía tener la intención de vivir a costa de su hija. Así que primero realizó las labores que no eran de cara al público (de hecho, diversas reparaciones pendientes en la casa, el restaurante y el parque) y luego se compró un traje con su propio dinero. No tenía reparos a vestirse de librea o de camarero, y todavía menos porque Bao solo lo destinaba a aquellos ámbitos en que podía demostrar su categoría. Fitz daba la bienvenida a los clientes y hacía de *sommelier*, exhibiendo unos excelentes conocimientos del noble caldo neozelandés y extranjero. A veces, Bao arrugaba la frente cuando le oía jactarse del «dulzor telúrico» o los «aromas a cacao y pera» que se suponía que destacaban en este o aquel vino.

—¿Cómo sabrá eso? —le preguntó a Aroha y bebió un sorbo de vino que paseó lentamente por la boca. Por la noche se había llevado una botella a la habitación para intentar paladear el sabor a «acentos achocolatados».

Aroha bebió un poco, pero solo le encontró sabor a vino.

—Sospecho que se lo inventa todo, así de simple —contestó—. Pero la mayoría de la gente todavía sabe menos y disfruta con su palabrería.

Lo que se confirmó también cuando Fitz se inició como guía turístico. En una ocasión acompañó a un grupo a la zona de los géiseres, que por lo general mostraban los maoríes, y empezó a organizar visitas para los huéspedes del Chinese Garden Lodge. El éxito fue abrumador.

—¿Qué hace él mejor que los demás? —se preguntaba McDougal.

Había llevado a algunos de sus clientes al hotel de Aroha para que participaran en una de las visitas guiadas por Fitz. Los clientes de la joven habían contado maravillas durante el concierto del balneario.

—Mañana iré con él —prometió Aroha y, cuando fue testigo de los cuentos que contaba su padre a los *manuhiri* durante la visita, dudó entre salir corriendo del susto o mondarse de risa.

—¿Sabes ese estanque en el que el agua tiene un brillo verde? —preguntó a Bao por la noche—. Pues se supone que ahí arrojó una princesa maorí el tesoro de jade de su pueblo después de que su tribu fuese exterminada por una tribu rival. Solo ella sobrevivió, pero el hijo del jefe fue tras ella y en cierto momento se confesaron su amor a la orilla del lago, tras lo cual los espíritus que en él habitaban tiñeron de verde el agua. Por supuesto, todo inventado, pero él tiene una historia de ese tipo para cada charco que ve, a veces hasta dan miedo... Me recorrió un escalofrío cuando contó una o dos que recordaban mucho al modo en que murió Vera Carrigan. ¿Crees que está comercializando la tragedia o que simplemente nadie le ha contado todavía que ella murió en agua hirviente?

Fitz no había vuelto a abordar el tema y tampoco a preguntar por Robin Fenroy. Por supuesto, se reunía con frecuencia con Aroha y Bao para desayunar y cuando recibían el correo se enteraba de qué novedades había en Dunedin si ella se las contaba a

Bao. March había encontrado una casa en Rattrey Street que podía convertirse en un estupendo teatro. El señorial edificio se había construido en la época de la fiebre del oro y por entonces había albergado un banco. Oportunamente situado en el centro de la ciudad, a unos trescientos metros del Octágono, una línea de *Cable Cars* pasaba directamente por allí. Las obras de rehabilitación estaban en marcha y Robin y Bertram hacían audiciones a jóvenes actores con vistas a formar la compañía. Habían planeado debutar el otoño siguiente con *El sueño de una noche de verano*. Todavía no se había vendido la casa de Mornington; no se encontraba fácilmente interesados en la compra de viviendas tan grandes y caras. Helena vivía allí y seguía sin hacer ningún preparativo para viajar a Australia.

—Y por lo demás, Fitz incluye todos los números posibles en el programa —siguió contando Aroha—. En los charcos hirvientes mete huevos en un colador y los cuece. Se supone que de ello resulta un huevo con el sabor de los huevos milenarios chinos. ¿Puede ser cierto?

Bao negó con la cabeza.

—No. Por lo que sé, no saben a azufre. No me acuerdo exactamente, tenía diez años cuando me marché de China. Creo que nunca he probado los *pidan*. Pero se ponen en una mezcla de anís, pimienta e hinojo y no se pudren, sino que fermentan.

—En cualquier caso, nuestros *manuhiri* están encantados y se pelean entre sí por probar esos huevos. Espero que no sean perjudiciales para la salud. Por supuesto, Fitz se ha aprendido el truco de la espuma de jabón y se entiende divinamente con Camille Malfroy. No me preguntes cómo lo hace, pero Fitz consigue que el géiser suba un poco más arriba. Sea como fuere, recibe propinas nunca vistas hasta ahora. Pronto tendremos problemas con los maoríes. A fin de cuentas, les está quitando el negocio y además enfurece a sus espíritus...

Tampoco esos temores se vieron confirmados. En lugar de ello, Fitz y los maoríes llegaron a un acuerdo satisfactorio para ambas partes. Los guías —chicos jóvenes más interesados en propinas que en espíritus— adoptaron las historias que él contaba mientras él se embarcaba en el comercio de *souvenirs* que ellos también gestionaban. Fitz vendía *hei tiki* a los *manuhiri* como amuletos contra el reuma, y mazas de guerra como pisapapeles. Oyó hablar de las misteriosas «voces de los espíritus» que emitía el *putorino* e hizo creer a los visitantes que se podía invocar un espíritu protector emitiendo un sonido con la flauta.

—Y si no funciona soplando, también se puede tamborilear con ella sobre la mesa —repitió Aroha las palabras de su padre—. ¡Cómo este hombre no se ha hecho millonario es un misterio para mí! No necesita robar ni timar, es un vendedor nato...

—También se le podría calificar de mentiroso, si no se tratara de una persona a la que estamos obligados a respetar y cuidar —observó Bao—. Y cabría preguntarse si una mentira no sigue siendo una mentira incluso si nadie se siente engañado...

Pero en el fondo, también Bao se sentía agradablemente sorprendido con Fitz, sobre todo por su capacidad de entusiasmar y arrastrar a la gente consigo. Cuando hizo una convocatoria en domingo para mejorar de una vez el estado del pavimento del paseo, no solo se presentaron todos los hoteleros y tenderos que llevaban meses peleándose por lo que costarían las obras, sino también hombres procedentes de las tribus maoríes.

—¡Demasiado bonito para ser verdad!

Aroha se alegró cuando Fitz pidió a las damas del lugar que se unieran por la tarde al desfile de celebración del final de las obras. Durante el paseo, llevó a Lani sobre los hombros, y *Tapsy* trotaba complacida a su lado. McDougal sirvió vino espumoso a todo el grupo cuando este llegó a su hotel. Fitz bebió con él y, como de paso, le anunció amablemente la unión de su hija con el chino Bao.

—¡Una boda china! ¡Esto sí que será una novedad para los clientes! Yo en su lugar, celebraría aquí la fiesta, el Rotorua Lodge es más grande que nuestro Chinese Garden. Organice usted una velada asiática con las comidas apropiadas... Da igual si su cocinero sabe o no guisarlas. ¿Qué se apuesta a que los huéspedes jamás han probado una comida china?

—Si esto se convierte en un éxito, Fitz y McDougal podrán casar cada semana a alguien. —Aroha rio. Bao y ella estaban acostados tomando un vino con supuestos aromas de limón e hinojo—. Nunca lo hubiera creído, pero es el cielo el que nos ha enviado a Fitz.

Igual de eufórica era la carta que Aroha le escribió a su madre dos semanas después de la llegada de Joe. Lo había postergado mucho tiempo, pues ya sabía lo que Linda y Franz Lange pensaban de su padre. Pero no podía seguir callando su aparición y que ella estaba contenta de no tener que decir por el momento nada negativo acerca de él.

—¿Es posible que haya cambiando tanto? —preguntó Franz.

Estaban ya en pleno verano y los Lange disfrutaban en la terraza del fresco anochecer de un día largo y cálido. El sol se ponía por el cercano mar y teñía las escasas nubes de un matiz dorado. Brindaba todavía luz suficiente para que Linda leyese en voz alta la carta de su hija.

Linda movió la cabeza.

—No. Siempre fue así. Cuando Fitz empieza algo nuevo siempre está eufórico y realiza con ahínco sus labores. Suele sacar adelante sus empresas, es inteligente, hábil y tiene ideas. Y sabe trabajar. Sé que no te lo crees, y que te he contado cómo rehuía cualquier tarea en Taranaki. Pero ahí ya estaba Vera. En cambio, cuando pienso en Otago, en el peñasco donde algún tonto pensó que entre sus piedras habría vetas de oro... ¡Fitz trabajó como un mulo para hacerlo estallar! Y cuando Vera quiso una casa, le construyó una en un abrir y cerrar de ojos. O cuando recuerdo el modo en que se puso a trabajar en la granja, en Rata Station... —Sonrió—. A mí me impresionó lo suficiente como para enamorarme de él. En este aspecto, la admiración de Aroha no me sorprende. Pero en algún momento Fitz empieza a aburrirse. La diversión se convierte en trabajo, y el trabajo en rutina. De repente se pone de mal humor, se relaja y a continuación se marcha. Es también lo que pasará ahora. Ya verás. La cuestión es si debo advertírselo o esperar a que ella misma se dé de narices.

Franz, pensativo, bebió un sorbo de whisky.

—De todos modos, seguramente no te creería. ¿A qué te refieres con que se dé de narices? ¿Hemos de preocuparnos por ella?

Linda pensó un momento y luego negó con la cabeza.

—No. Solo que si Aroha confía en él, la decepcionará, es posible que la deje en la estacada. Si el volcán vuelve a estallar, él será el primero en salvarse, por ejemplo. Pero bueno, eso es improbable, y ella tampoco está rodeada de hauhau enloquecidos. Joe Fitzpatrick nunca fue realmente peligroso o violento, sino un sinvergüenza encantador, nada más.

Franz arrugó la frente.

—Hasta que conoció a Vera Carrigan —observó.

El sol desapareció en el horizonte.

8

—No es asunto mío, señorita Aroha... —Joseph McRae acudió por la tarde al Chinese Garden Lodge, a sabiendas de que Joe Fitzpatrick se encontraba con un grupo visitando los géiseres— y sé lo indiscreta que es esta pregunta. Pero con respecto a su padre... ¿posee algún tipo de participación en su hotel?

Aroha negó con la cabeza, sorprendida, al tiempo que le servía el té. Se había tomado un respiro para charlar con su viejo amigo, sobre todo porque era extraño que apareciera a esas horas y le solicitara tan formalmente hablar con ella. A principios de otoño no había mucho trabajo en el hotel. La temporada alta había terminado. Eran más los clientes que se iban que los que llegaban.

—Claro que no —respondió—. El Chinese Garden Lodge es solo mío. Y también de Bao cuando nos casemos, por supuesto... ¿Cómo ha llegado a la conclusión de que mi padre...? Ah, bueno, él siempre habla de «nuestro hotel» cuando se refiere al Lodge. Pero también lo hacen los empleados, lo que demuestra que se sienten responsables de lo que sucede aquí.

McRae hizo un gesto compungido.

—Yo diría que en el caso del señor Fitzpatrick se echa de menos el sentido de responsabilidad —objetó. Era obvio que le resultaba difícil hablar a Aroha de lo que sabía—. Él... Bien, no voy a andarme con rodeos. Su padre juega, señorita Aroha. Y pone su hotel como prenda, por decirlo de algún modo.

—Pero ¿qué dice? —se escandalizó la joven—. ¿Cómo lo sabe?

—Suelo ir a tomar una copa por las noches al hotel de McDougal —admitió McRae—. A veces añoro a mis cosmopolitas huéspedes, siempre me ha gustado hablar con esos señores tan viajados, y la sala de caballeros del Rotorua Lodge me brinda una gran oportunidad para hacerlo.

El hotel de los McDougal era mucho más grande que el Chinese Garden Lodge, que solo tenía una sala de estar para sus huéspedes. En el de McDougal había un salón de té para las damas y una sala de caballeros donde estos se retiraban después de cenar, para fumar, tomar un whisky y también jugar una partida.

—Usted sabe que a veces se juega allí... Sí, y según me ha contado McDougal, se juega mucho más a menudo desde que su padre está en la ciudad. Las apuestas también se han elevado. Brett y Waimarama no están contentos. Ya han pensado en hablar con usted al respecto. Pues eso, ayer yo estaba presente cuando Fitz no tenía qué apostar en una partida de póquer. Así que escribió un pagaré con su hotel como garantía...

—¿Mi padre juega por el valor de todo un hotel? —preguntó horrorizada Aroha.

McRae sacudió la cabeza.

—No era eso, tal vez eran mil libras. Y las había ganado, pero las perdió en la siguiente partida. Así funciona.

—¡Mil libras son una fortuna! —exclamó Aroha—. ¿Por qué no se queda con el dinero cuando ha ganado? Yo nunca...

—Ya. Usted y yo nunca apostaríamos tanto dinero a una carta, y por consiguiente nunca ganaríamos. Su padre sí se atreve, una y otra vez. Es un jugador.

Aroha se frotó la frente. Joe ya llevaba cuatro meses con ellos y su entusiasmo y el de Bao acerca de su trabajo en el Lodge iba disminuyendo progresivamente. Al principio Fitz se olvidaba de algún encargo, desatendía la recepción aunque tenía servicio, o no se presentaba a realizar alguna visita guiada. Pero esos episodios habían aumentado en los últimos tiempos y, mientras que al principio se disculpaba por sus negligencias, ahora respondía cada vez más agresivamente cuando Bao o Aroha se lo mencionaban. Ella también creía haber notado que desaparecía dinero de la caja cuando Fitz se encargaba de la recepción. Bao se lo confirmó, pero pensó que por respeto no se lo podían decir a Fitz.

—En China sería imposible. El dinero de los hijos es también de los padres y se les ofrece de buen grado.

A Aroha le rechinaban los dientes, pero calló, con lo que la convivencia con Fitz no se hizo más fácil. Sobre todo, las comidas en común cada vez eran más forzadas, pues él ya no estaba de buen humor y rebosante de ideas, y no les hacía reír como antes. Fitz estaba desasosegado y no quería hablar de asuntos cotidianos para no dar pie a reproches ni discusiones. Al principio, cuando la conversación giraba en torno a su pasado, encontraba evasivas encantadoras y evitaba respuestas haciendo bromas. Pero ahora se ponía agresivo. Aroha y Bao ya no hablaban con libertad, sino que pensaban cada palabra que le dirigían, y encima tenían que encontrar razones para, sin acusarlo directamente, mantenerlo alejado de la caja. Hasta el momento solo habían desaparecido pequeñas sumas, pero ella no se hacía ilusiones: si lo permitían, irían aumentando. Y ahora el juego, un asunto mucho más serio.

Aroha toqueteó nerviosa la servilleta.

—¿Qué... qué podría ocurrirnos? —preguntó alarmada a McRae—. Si Fitz no hubiese ganado esa partida.

—En realidad nada —la tranquilizó él—. Las deudas de juego no se pueden reclamar judicialmente y el que alguien apueste dinero y propiedades de otro carece de trascendencia. Y aún menos porque el señor Fitzpatrick solo trata en el Rotorua Lodge con caballeros. Ricos, en su mayoría de edad avanzada y nada violentos. Pero sería una situación sumamente lamentable. Ya entiende a qué me refiero. Si alguien llegara aquí con un pagaré y empezara a correr la voz... perdería usted su buena reputación.

—Y además no es del todo seguro que mi padre juegue exclusivamente con caballeros —señaló Aroha, expresando lo que acababa de pasarle por la cabeza—. ¿Qué sucedería si en Rotorua

Lodge no encontrara a nadie con ganas de jugar? ¿Iría a otra clase de hotel? ¿O a un pub?

McRae alzó impotente las manos.

—Eso debe preguntárselo a él. Yo lo único que hago es comunicarle lo que he visto y me ha preocupado. Hace tiempo que los conozco a usted y a Bao, señorita Aroha, me siento un poco responsable de usted. De ahí que espero que sepa disculparme por la indiscreción de mis palabras.

Dio sinceramente las gracias a Joseph McRae y bebió un té más con él, pero se sentía como en ascuas. Por mucho respeto y veneración a los padres que tuvieran los chinos, ella tenía que hablar con el suyo. Y de nada servía aplazarlo. Al contrario, cada día crecía el riesgo de que ambos cayeran en desgracia por culpa de Joe.

Así que detuvo a su padre cuando este atravesaba el vestíbulo saludando despreocupadamente. Llevaba el traje bueno, probablemente se dirigía al Rotorua Lodge. Aroha se encargaba de la recepción y en ese momento no había nadie en el vestíbulo. Como esperaba que esto siguiera así durante un rato, abordó de forma directa el tema de la adicción al juego.

Él no la contradijo, sino que sonrió con superioridad.

—Cariño, seguro que tu madre te habrá contado que me gusta apostar. Pero debe de haberse callado las veces que nos salvamos gracias a eso. Hubo épocas en que la familia Fitzpatrick iba muy corta de dinero... —Se frotó la frente, más teatralmente que avergonzado—. Ah, sí, todavía me acuerdo del día que llegué a casa y arrojé todo el dinero que había ganado sobre la cama de Linda, como si fuera maná caído del cielo. ¡Y de lo mucho que ella se alegró!

—Pero aquí se te paga lo suficiente —objetó Aroha—. No tienes que correr ningún riesgo para ganar dinero en una mesa de juego.

Él rio.

—¡Ay, cariñito! ¡Donde no hay riesgo, no hay diversión!

Aroha respiró hondo y se enderezó. Ahora tenía que adoptar el papel de jefa.

—Pero yo no quiero —dijo sin perder la calma—. El hotel se ganará mala fama si uno de sus empleados juega.

La expresión de Fitz se endureció.

—¿Es que ahora soy un empleado? —preguntó con sequedad.

Aroha se esforzó por no perder la compostura.

—Desde hace cuatro meses eres mi empleado —contestó—. Viniste aquí y pediste trabajo. Te lo dimos y te pagamos un sueldo correcto. Así que estás empleado aquí y tienes que atenerte a ciertas reglas.

—¡Hablas como tu madre! —exclamó Fitz, riendo burlón.

Aroha asintió.

—Hablo como cualquier persona sensata que podría perder su buen nombre o, como entonces mi madre, el último capital que le queda. Y ahora que hablamos de dinero, he oído decir que no solo juegas sino que además apuestas cosas que no te pertenecen. ¿Pretendes que a mí, Lani y Bao nos pongan de patitas en la calle? ¿O debo yo saldar tus deudas cuando alguien aparezca por aquí con un pagaré en el que esté escrito el nombre de mi hotel?

Fitz hinchó el pecho orgulloso.

—Cariño, ya se lo dije a tu madre, yo no pierdo nunca. ¡O al menos muchas menos veces de las que gano!

Ella arqueó las cejas.

—Entonces, eso significa que haces trampas —dijo con dureza—. ¡Lo que todavía es peor! ¡Si te descubren y corre la voz de que mi padre tima a los huéspedes de mis amigos jugando al póquer, mi nombre quedaría por los suelos en Rotorua! ¡Tienes que dejarlo! ¡Ahora mismo!

—¿Y qué pasa si no lo hago? —La voz de Fitz adquirió un deje amenazador—. ¿Acaso me echarás, bonita? ¿A tu padre, por fin recuperado? ¿Después de todo lo que he hecho por ti?

Aroha sintió crecer su indignación. En ese momento encolerizaría a un montón de espíritus chinos.

—Tú no has hecho nada por mí —respondió decidida—. Cuando yo acababa de nacer, engañaste a mi madre y me pusiste en manos de Vera Carrigan. Que me habría matado si Omaka no hubiese intervenido. Cuando los hauhau irrumpieron en casa, elegiste tu propia seguridad y la de Vera, dejando desamparada a mi madre...

—¡Quería ponerte a buen resguardo! —afirmó Fitz.

Ella hizo un gesto de desdén.

—Los jueces no te creyeron en su día, y yo no te creo ahora. Y por lo que has hecho estos últimos meses por mi hotel, ya te hemos pagado...

—¡He sacado a flote el negocio!

Aroha se hubiera echado a reír.

—Has cooperado en que tuviésemos una buena temporada, igual que Kiri y Timoti y los demás que trabajan aquí, desde los jardineros hasta las doncellas. Yo no te debo nada, al contrario. En la caja falta dinero. Lo justo sería que lo devolvieses o que trabajaras para saldar la deuda.

Fitz miró furioso a su hija.

—¡Cada vez mejor! ¿Primero soy un tramposo y ahora un ladrón? ¿Quién te has creído tú que eres? Vine aquí a buscar una amiga, te encontré y me quedé para ayudar...

Aroha ya no sabía qué más decir. Fitz manipulaba sus palabras. Se preguntó si su padre se creía lo que decía o solo interpretaba un papel. Y comprendió de golpe lo impotente que su madre debía de haberse sentido cuando él le insistía en que nunca había tenido una relación con Vera Carrigan. Se avergonzó incluso de haber sospechado durante todo ese tiempo que Linda había tenido celos injustificados.

—No quiero seguir hablando de esto —dijo—. Con mucho gusto, Bao y yo te hemos dado un empleo aquí, y tú has hecho un buen trabajo. Así que puedes quedarte el dinero de la caja como un bono. Pero no vuelvas a hablar de «nuestro hotel», ni hagas creer que te pertenece a ti. ¡Y deja de jugar! Yo no se lo permitiría a Bao mientras fuera mi empleado y tampoco te lo permito a ti.

—¡Tu Bao está dominado por su mujer! —se burló Fitz—. ¡Y yo que había pensado que habías heredado algo de mí, Aroha! ¡Cómo pude equivocarme tanto! ¡Eres idéntica a tu madre! Ella pilló a ese mojigato castrado y tú a un tipo salido de la escoria de la sociedad. ¡Otros hombres no se dejarían dar órdenes por vosotras, harían lo que quisieran! Yo, al menos, nunca permití que Linda me dijera lo que tenía que hacer. ¡Y tú tampoco vas a decidirlo! —Soltó un resoplido—. ¡Me despido! —anunció.

Aroha no perdió la calma. Ya se enfurecería más tarde, y tal vez llegara a llorar, pero ahora no podía mostrar ninguna debilidad. Ofendiendo a su padre adoptivo y a Bao, Fitz se había pasado de la raya. Ella había creído en su tolerancia respecto a personas de otras razas y nacionalidades, nunca había sospechado que solo era aparente.

—Entonces —dijo fríamente—, no puedo más que aceptar su despedida y desearle suerte en su nueva vida, señor Fitzpatrick.

Se volvió cuando su padre abandonó el vestíbulo.

9

Joe Fitzpatrick no se había olvidado de Robin Fenroy. El asunto de Vera había quedado algo relegado a un segundo plano con el inesperado encuentro con Aroha, la diversión inicial de trabajar en un hotel y, sobre todo, con la oportunidad insuperable de timar con el juego, dentro de pautas civilizadas, a unos caballeros muy ricos y sumamente ingenuos. Pero al principio había esperado encontrar a Vera allí, al menos su última carta llevaba el sello de Rotorua. La misiva no parecía pesimista. Por lo visto, Vera se las apañaba bien con su compañía, incluso si el número de sus miembros era demasiado pequeño. A diferencia de Fitz, a Vera le costaba estimular a la gente. No había entendido bien el complicado juego de alabanzas y amenazas con que uno subordinaba a caracteres sensibles como el de los actores. Ella había apostado, en cambio, por adictos a las drogas como Bertram y Leah, a los que había contratado después de que Fitz se separase de la compañía. Fitz ignoraba cómo había conseguido retener tanto tiempo a Fenroy. Cuando le había escrito entusiasmada acerca de ese joven de talento extraordinario que le había caído del cielo, él dedujo que el muchacho se marcharía mucho antes. ¡Y ahora se había enterado de que Vera había muerto el mismo día que Robin había anunciado que dejaba la compañía! Fitz no había podido averiguar las circunstancias exactas en que se había producido el incidente, parecía como si la gente de Rotorua callase intencionadamente al respecto. Pero era seguro que Vera había sufrido una muerte violenta. Una muerte de la que Robin Fenroy tal vez no fuera inocente...

Ahora, a caballo entre Rotorua y Tauranga —después de discutir con Aroha, inmediatamente había tomado rumbo a Auckland—, volvía a reflexionar sobre ello. Mientras abandonaba los vapores sulfurosos y la tierra todavía marcada por la erupción del monte Tarawera, se le ocurrió que quizá Bertram y Robin se hubiesen puesto de acuerdo para deshacerse de Vera. A lo mejor, ella hasta tenía dinero, era muy posible que hubiese hecho algunos negocios colaterales. ¿Acaso los dos habían colaborado con ella en desplumar a algunos comerciantes, les había dado envidia lo que Vera ganaba y habían planeado fundar una compañía propia con lo que ella dejara? ¿Tal como seguían pretendiendo, aunque ahora de forma más elegante gracias a la herencia de Robin Fenroy?

Cogió una habitación en una sencilla pensión del puerto, a la sombra del monte Maunganui, bebió un par de whiskys en el pub y hojeó un ejemplar del *New Zealand Herald*. Medianamente interesado, echó un vistazo a las ofertas de trabajo y apenas dio crédito a lo que veía cuando descubrió un anuncio del Dunedin Globe Theatre: Robin Fenroy y Bertram Lockart invitaban a actores de toda Nueva Zelanda a presentarse a las audiciones para conseguir un contrato fijo como miembros de una Shakespeare Company. Buscaban además escenógrafos y tramoyistas capacitados para realizar diversas tareas en el nuevo teatro.

Fitz arrancó el anuncio. ¡Un trabajo hecho a su medida! Sonrió irónico y estuvo a punto de creer en el destino. Con un nuevo whisky brindó por el espíritu de Vera Carrigan. Volvería a buscar fortuna en la Isla Sur, de nuevo respiraría un poco el ambiente del teatro y, al mismo tiempo, sondearía a ese Robin Fenroy.

Un par de días después llegó a Auckland y sacó un pasaje de barco rumbo a Dunedin con el resto de sus ganancias del juego.

Según el anuncio, debía dirigirse a una dirección en Mornington, y Fitz dedujo que no se trataba del teatro, sino de la lujosa residencia heredada de que Aroha y Bao habían hablado. Al teatro habría ido con pantalones de faena y chaqueta de cuero, ya que se presentaba como operario, pero su instinto le dijo que tal vez necesitara un traje elegante para acudir a la casa particular, así que se puso su mejor terno para la entrevista de trabajo. En efecto, el mayordomo que le abrió la puerta lo trató con consideración. Fitz contestó a su amable saludo con una fría reserva. Ni él mismo sabía por qué adoptaba el papel de *gentleman*. Cuando Robin Fenroy lo recibiera quedaría de manifiesto su auténtico rango social. Pero se divertía. Fitz nunca había tratado con mayordomos.

—¿En qué puedo servirle, señor? —preguntó el sirviente ceremoniosamente.

Fitz le habría tendido el sombrero, pero no llevaba.

—Desearía hablar con el señor Fenroy, Robin Fenroy. —También habría podido preguntar por Margery Jensch, era la persona de contacto para los puestos de tramoyistas que se mencionaba en el anuncio. Pero se dejó llevar por su intuición: por razones incomprensibles no quería que el mayordomo supiese que su visita guardaba relación con el teatro.

—Lamentablemente, el señor Fenroy no está en casa, señor —contestó el mayordomo—. Solo la señorita Lacrosse. Si desea hablar con ella...

Fitz asintió despreocupadamente.

—Oh, bueno. ¿Por qué no? Si quiere anunciarme... Patrick Fitz.

Fitz fingió buscar una tarjeta de visita, desistiendo al final con una sonrisa de disculpa. El mayordomo supondría que las había olvidado. Al mismo tiempo, Fitz se preguntó si no estaría yendo demasiado lejos. Claro que era interesante hacerse pasar por un caballero delante del personal doméstico de Fenroy, pues así tendría acceso a zonas de esa casa vetadas a los simples mortales, pero era difícil de justificar su deseo de ver a Helena Lacrosse, quien no tenía nada que ver con el teatro. Claro que podría alegar que había entendido mal al mayordomo y creído que se trataba de la señorita Jensch.

—Sígame, por favor —le indicó el mayordomo—. La señorita Lacrosse está en el jardín.

Fitz atravesó el vestíbulo y tuvo que contener un silbido de admiración. Cruzaron varios salones y comedores —algunos tan grandes como salones de baile— hasta que se abrieron las altas puertas que conducían al enorme jardín. Unos vetustos árboles flanqueaban senderos nítidamente trazados, mientras que parterres de flores, surtidores de agua y setos amenizaban el lugar. Helena Lacrosse estaba ocupada con los rosales. Grácilmente cortaba flores que empezaban a marchitarse y las colocaba en un cesto. Rosas de otoño, pues su perfume llenaba todo el jardín.

La joven levantó la vista sorprendida cuando el mayordomo le anunció la visita.

—¿Nos conocemos? —preguntó ella, reservada.

Fitz se inclinó formalmente.

—Qué rosas tan hermosas —observó en lugar de contestar—. ¡Y qué escena tan idílica! Una hermosa dama rodeada de fragantes flores. La esencia de la perfección: un jardín como sacado de un cuento, una jardinera sacada de un sueño.

Helena se ruborizó.

—Me halaga usted, señor... ¿Fitz?

—Patrick Fitz, sí, señorita Lacrosse. Aunque estoy lejos de halagarla. Solo tengo cierta tendencia a expresar mis sentimientos... —Sonrió y la miró del modo que ya años atrás había cautivado a Linda. Fitz sabía dar la impresión a su interlocutor de que este contaba con toda su atención y no solo por amabilidad, sino porque para él era la criatura más interesante del mundo.

—¿Nos habíamos visto antes? —preguntó Helena por segunda vez—. No consigo recordar su nombre.

—No me extraña —dijo Fitz, sonriendo para sus adentros. Lo había cambiado para prevenir que alguien recordara su auténtico nombre. El de Joe Fitzpatrick seguramente tampoco habría despertado las sospechas de Robin y March, a fin de cuentas se había separado de Linda antes de que ellos nacieran. Pero era posible que Aroha hubiese hablado de él en sus cartas o que alguien de la familia lo hubiera mencionado en algún momento. Incluso podía darse la situación de que Vera hubiese hablado de él con Bertram Lockhart. En cualquier caso, era mejor no darse a conocer—. Sin embargo, es posible que en alguna ocasión nuestros caminos se hayan cruzado —afirmó—. La gente se mueve, ¿no es así? He oído decir que ha viajado usted mucho.

—¿Sí? —Helena no superaba su sorpresa—. ¿Cómo lo sabe? ¿Conoce a otra persona de la familia? ¿A Robin tal vez? —Una sombra asomó al rostro de la joven—. ¿Es usted amigo de Robin? —Su voz perdió el tono afable.

Fitz estaba alerta. Sonrió.

—De hecho estoy aquí para hablar con él —explicó—. Pero no puedo decir que seamos amigos...

Helena suspiró.

—Ah, entonces debe de ser algo relacionado con el teatro, ¿verdad? Y yo que había esperado que se tratase de una visita social. De alguien a quien se ha conocido superficialmente en algún sitio y que aparece después para ofrecer sus respetos. Antes ocurría con frecuencia, ¿sabe? Antes la gente pasaba por aquí, para charlar...

—A mí me gusta charlar con usted, señorita Lacrosse —aseguró Fitz—. ¿Puedo llevarle el cesto? —Helena siguió cortando flores mientras él le aguantaba el cesto—. No puedo imaginar que alguien no se sienta a gusto conversando con usted. Pero parece alterada. ¿Ha ocurrido algo? ¿Acaso ya no recibe hoy más visitas?

Ella se encogió de hombros.

—Una horrible campaña de prensa contra la familia Lacrosse —contestó—. Al menos, todo empezó así. La gente se distanció de nosotros. ¡Aunque eso habría pasado! ¡Podríamos haber recuperado nuestra vida tal como era! ¡Pero entonces a Robin se le ocurrió esta idea del teatro!

Fitz arqueó las cejas.

—¿No le gusta el teatro? —preguntó fingiendo extrañeza—.

Me desconcierta, la veo en este jardín, en el escenario más bello, encarnando la imagen de un hada, una criatura que uno desearía pintar.

Helena se irguió.

—Interpretar a la perfección el papel de una dama en sociedad es algo distinto que actuar disfrazado ante el público —señaló cortante—. Gente de nuestro rango social, y espero que usted se incluya en él, señor Fitz, acude al teatro y pasa una velada con actores de buena reputación, serios y famosos. ¡Pero no los trata como a sus iguales!

—¿Se distancian entonces de usted, señorita Lacrosse, porque su pariente se dedica al teatro? —preguntó Fitz, sorprendido.

La joven negó con la cabeza.

—Es más bien Robin quien se distancia. Se ha vuelto loco, ¡solo piensa en ese teatro! Esto que está viendo, señor Fitz, la casa, el jardín, mis rosas... pronto desaparecerá. El señor Fenroy planea venderlo todo para vivir «más modestamente».

—Pues la privará de un marco hecho a su medida. La separa de aquí como quien corta una rosa... —Señaló el cesto—. Son preciosas. Pero sin el jardín, sin el arbusto, la tierra y la dedicación del jardinero, se marchitan...

Helena asintió asombrada.

—¡Sí! ¡Lo ha descrito tal como lo siento! ¿Qué... qué desea de Robin? —Pareció asomar un último asomo de desconfianza.

Fitz se puso serio. A lo mejor se echaba a perder ahí mismo la perspectiva de encontrar un empleo en el teatro, pero tal vez conseguía saber algo sobre la muerte de Vera Carrigan. Helena Lacrosse había estado en Rotorua. Y ella deseaba contar la verdad.

—Yo... pues he venido a preguntarle algo. Se trata de un fallecimiento. En Rotorua, hace casi tres años. ¿Estaba Robin Fenroy por aquel entonces en Rotorua?

Helena asintió afligida.

—¡Oh, sí! Allí empezó todo. Hoy en día no puedo entender cómo fui tan tonta. ¡Qué ingenua! Me alegré de conocer a mi nuevo pariente, pensaba que se integraría en mi mundo sin problemas. —Suspiró—. A decir verdad, pensaba que iba a salvarme. Entonces yo estaba casi casada... Un par de viajes más y me habría instalado aquí, uniéndome con un hombre que vivía exclusivamente para sus fábricas... ¡mis fábricas! Era yo quien tenía que heredarlo todo, no Robin.

—Y así debería haber sido... —la apoyó Fitz con cautela.

Ahora ella le contaría la historia de su vida. Las personas tendían a abrirse sin reservas cuando estaban con él. A veces era necesario tener paciencia para escucharlas, pero podía ser provechoso. Fuera como fuese, Helena admitió que, al conocer a Robin, había esperado que el recién descubierto sobrino segundo provocase un cambio de intenciones en Walter Lacrosse. Su abuelo introduciría al descendiente varón, al que hasta entonces siempre había echado dolorosamente en falta, en la dirección de la empresa y al final le legaría la dirección de sus negocios. En tal caso, Harold Wentworth dejaría a Helena, pues a él lo que le interesaba era la compañía y no la nieta de Walter. De ese modo, ella podría casarse con quien quisiera.

—Pero todo fue mucho más deprisa de lo que yo había pensado, aunque al principio no se anunciaba nada malo. Robin no se interesó por la empresa. —En el rostro de Helena asomó una sonrisa—. Lo dejaba todo en manos de March y yo lo tenía a él para mí sola. ¡Era maravilloso! Era tan atento, iba a todos sitios conmigo, siempre afectuoso, siempre paciente... La nuestra era una casa abierta y todos tenían claro que estábamos hechos el uno para el otro. Yo pensaba que se casaría conmigo.

Fitz esperaba que los ojos azules de la joven se anegaran en lágrimas, pero se mantuvieron secos. Helena ya no sentía tristeza. En su mirada no había más que rabia.

—¡Y de golpe esto! ¡Un teatro! Un viejo actor salido de la nada y una adolescente con ricitos angelicales de quien Robin es incapaz de apartar la vista. ¡Los dos lo han embrujado, literalmente! Me ha dicho a la cara que no le intereso. ¡En presencia de todos! Va a vender la casa sin contar con mi opinión, ha cerrado mis cuentas en las tiendas... Aunque ¿para qué necesito un guardarropa de otoño? De todos modos, ya nadie me invita. A lo sumo llegan invitaciones para los dos, y Robin ya no las lee. ¿Qué tengo que hacer? ¿Ir sola? Una dama sin compañía en bailes y recepciones... ¿Qué pensaría la gente?

Helena se explayaba al tiempo que manifestaba cada vez más rabia, mientras iba avanzando por el jardín. Fitz la seguía con el cesto de flores.

—De hecho no parece propio de un *gentleman* —observó—. Sobre todo, teniendo en cuenta que el señor Fenroy se lo debe todo a usted. Usted lo encontró, usted ha renunciado generosamente a su herencia...

Helena asintió con vehemencia.

—¡En realidad todo esto me pertenecía a mí! —dijo con amargura.

—Pero volvamos a Rotorua. Robin Fenroy era allí miembro de una compañía, ¿verdad?

—Si quiere llamarla así... —contrajo la boca—. Bueno, una persona normal se avergonzaría de llevar a escena ese tipo de obras. Se supone que Robin quería despedirse. Pero no tenía dinero. Afirma que lo chantajeaban...

—Así que usted también lo salvó de eso —dijo Fitz con énfasis. Helena asintió convencida—. Lo ve, justo de eso quería hablar yo con él —prosiguió—. Se dice que acusaba a la directora de la compañía de hacerle chantaje. Pero luego resulta que estuvo implicado en su muerte. Esto plantea ciertas preguntas...

—¿Sí? —Helena escuchó con atención—. ¿Lo están investigando? ¿Desde alguna instancia oficial? ¿Es usted detective o algo similar?

Fitz negó con la cabeza.

—No. Solo estoy personalmente interesado. La señorita Carrigan tuvo muy mala suerte a lo largo de su vida. Tampoco ella estaba satisfecha con el tipo de obras que representaban. Pero no le quedaba otro remedio. Muchos tenían una imagen equivocada de ella.

—¿Se refiere a que no hizo ningún chantaje a Robin?

—¡Nada de eso! —Fitz respondió con total convicción—. Por supuesto, quería conservarlo en la compañía. En cierto modo... ella lo amaba.

Helena se puso alerta.

—¿Quiere decir que había algo entre ella y Robin?

Los ojos de la muchacha brillaban. Fitz leyó en ellos: la muchacha pensaba que Robin había tenido un lío con Vera y ahora se preparaba para tener una relación con Lucille Lockhart. Solo a ella, Helena, nunca la había amado.

—En cualquier caso, estoy preocupado por las circunstancias de su muerte —dijo Fitz evitando una respuesta—. Un hombre y una mujer se marchan juntos y solo regresa el hombre... Es una situación que plantea interrogantes. Interrogantes que nadie en Rotorua quiere contestar.

—¿Ha estado usted en Rotorua?

Fitz lo admitió.

—Es un asunto que me interesa mucho —subrayó—. ¿Qué sabe de él? Usted estuvo allí, debe de haber oído algo.

Helena volvió a asentir, pero su expresión se ensombreció.

—Sí, algo he oído. Circularon rumores, aunque el hotel los acalló. Fue una historia sumamente desagradable... Si era usted amigo de la señorita Carrigan, tal vez prefiera no saberla. —Fitz esperó. Helena tenía ganas de abrirse, seguro que no se guardaría ese asunto para sí misma—. ¡Se... se coció! —En efecto, no pudo contenerse—. ¡Se coció viva! Debió de ser horrible. Una laguna termal de la que surgió un surtidor que en un instante calentó el agua a cien grados. Ella no pudo salir a tiempo.

Fitz tragó saliva. Solo de pensarlo se sintió mal.

—¿Cómo sucedió exactamente? —preguntó—. ¿No iban a pasear, Robin y ella? ¿Cómo es que se cayó en una laguna?

—Se metió en el agua voluntariamente. Son fuentes termales y antes de que estallara el volcán la gente se bañaba ahí. Nosotros también lo hicimos, el agua estaba deliciosamente caliente. Pero después de la erupción lo prohibieron. Por buenos motivos, como demuestra la trágica muerte de la señorita Carrigan.

—¿La culpan a ella misma de lo ocurrido? —farfulló Fitz.

Helena se encogió de hombros.

—Eso es lo que he oído decir.

—¿Y el único testigo fue Robin Fenroy? Que no hizo ningún gesto por salvarla. ¿Cómo se sabe que no la empujó? —Sus ojos brillaban con tanta rabia como antes los de Helena.

—¿Por qué iba a hacerlo? —preguntó desconcertada Helena.

A Fitz se le ocurrían diversos motivos. Podría ser que Vera hubiese atormentado a ese joven hasta el punto de provocar un acto irreflexivo. O incluso que Robin lo hubiese planificado para librarse de sus garras. Muy probablemente Vera lo había amenazado de algún modo para conservarlo con ella.

—No lo sé —respondió—. Pero entonces no sabía nada de la fortuna que pronto iba a heredar. Tal vez quería apropiarse de la compañía... él y Lockhart. Es como si la tierra se hubiese tragado las pertenencias de la señorita Carrigan. No hay vestidos, ni joyas ni dinero... Alguien se quedó con todo. Alguien debe de habérselo apropiado. Alguien se aprovechó de su muerte.

Helena lo miró amedrentada.

—Nunca lo había considerado desde ese punto de vista —murmuró—. ¿Va a pedirle explicaciones? ¿Va a averiguarlo? Quiero decir... si realmente tiene algo que ver con su muerte, entonces... entonces es peligroso... —De repente la preocupación desapareció de sus ojos—. ¿Está usted pensando en vengar a su amiga? —preguntó expectante.

Ambos ya habían dado la vuelta al jardín y se encontraban delante de las altas puertas que llevaban al interior. Fitz le devolvió el cesto.

—Creo —dijo lentamente— que debemos mantener en secreto esta breve conversación. Es posible que tengamos intereses comunes...

Helena le abrió la puerta.

—Debería asegurarse de que... que no saliera perjudicado ningún inocente —observó sin mirarlo.

—Volveré sobre el particular. Y le insisto, ha sido una conversación sumamente interesante. Merecería usted volver a ocupar su puesto en la sociedad. Si puedo ayudarla de algún modo...

—Volveré sobre el particular —respondió Helena sonriendo.

Helena Lacrosse no era de la misma naturaleza que Vera Carrigan. Pese a ello, Linda Lange hubiera sabido que había llegado el momento de preocuparse.

EL SUEÑO DE UNA NOCHE
DE VERANO

Dunedin (Isla Sur)

Mayo - Junio de 1889

1

—¿Yo tengo que hacer de duende? ¿De Flor de Guisante? ¡Pero papá, es un papel insignificante! —Lucille Lockhart protestaba pocas veces, pero cuando Bertram dio a conocer el reparto de *El sueño de una noche de verano*, levantó ofendida la voz—. Había pensado que...

—¿Qué habías pensado? ¿Que iba a dejarte interpretar a Titania? —Lockhart se echó a reír—. Pero hija, ¡si nunca has estado sobre un escenario!

—Bueno, no en el papel de Titania —reconoció Lucille—. ¡Pero sí en el de Hermia o Helena! Quiero un poco más de texto que «¡Aquí estoy!» y «¡Salud, mortal!».

—Flor de Guisante representará la parte de los duendes de la primera escena del segundo acto —señaló Robin—. No tenemos gente suficiente para reunir alrededor de Titania un séquito tan diverso como el que pensaba Shakespeare.

—Así que también tienes esa escena con Robin —observó Bertram—. ¿Acaso fue idea suya hacer coincidir los papeles?

Los otros quince miembros de la compañía rieron cuando, acto seguido, tanto Robin como Lucille se sonrojaron. Pero era una risa amable. Hasta el momento, la atmósfera de la sala de ensayos del Globe Theatre era relajada. Bertram y Robin habían entrevistado en general a actores jóvenes, solo había una actriz con más de dos años de experiencia sobre las tablas: Martha Grey. Al igual que Bertram, era muy buena, pero demasiado mayor para representar los papeles principales de las grandes obras.

—Considero inapropiadas las Julietas de treinta y cinco años —había dicho Bertram a Robin durante las primeras conversaciones en torno al concepto del futuro teatro—. O los Hamlets de cincuenta. Claro que siempre se dice que se necesita cierta madurez para interpretar esos papeles y que si se representan bien el público no se da cuenta de la edad del actor. Pero lo considero absurdo. La Julieta de Shakespeare tiene catorce años, en las obras originales encarnaban el personaje muchachos imberbes. Tan maduros no podían haber sido. Y Hamlet debe de tener dieciocho años, veinte como mucho... Trágico, sí, pero ¿maduro a esa edad? En cualquier caso, yo apuesto por actores jóvenes. Después de un período de preparación, tú interpretarás los papeles importantes, Robin. Elaboraremos el programa de modo que empezaremos con obras cuyo protagonista sea algo mayor y los papeles secundarios serán para ti y Lucille... y para otros actores jóvenes.

Robin había asentido diligente y había dado su conformidad respecto a llevar a escena *Macbeth* y dramas reales en las primeras temporadas, en lugar de *Hamlet* o *Romeo y Julieta*. Sin embargo, había deseado representar *El sueño de una noche de verano* en el debut. Bertram interpretaría el papel de Oberón, Martha Grey, el de Titania y Robin, el de Puck. De este modo se hacía realidad uno de los grandes sueños de Robin. Los demás actores también estaban satisfechos con el reparto. Solo Lucille se sentía decepcionada. De hecho, el papel de Flor de Guisante no era ni digno de mención, aunque le hubiesen añadido ahora un par de líneas más.

—Y además no puedo promocionarte antes que a los demás —justificó Bertram su decisión en el despacho de March poco después—. Nadie, ni en el teatro ni en la crítica, debe sospechar que obtienes los papeles destacados por ser la hija del *impresario*. Tampoco debes obtenerlos porque seas muy mona... —Lanzó una mirada envenenada a March, que estaba sentada al escritorio sumida en un balance. Ella se había declarado partidaria de presentar de inmediato a Lucille en un papel protagonista. Todo el mundo habría hablado del teatro si hubiesen presentado *Romeo y Julieta* con Robin y Lucille en los papeles principales. A March le daba igual si las críticas eran buenas o malas, los espectadores habrían acudido en tropel a la representación—. La única razón por la que alguien obtiene aquí un papel es por ser apto para él —prosiguió Bertram—. Debe tener suficiente expresividad, talento y experiencia. Hija, tú serás un duende extraordinario.

—¡Y volarás! —intervino Robin para animar a Lucille—. ¡Seguro que es divertido!

El vuelo de los cuatro duendes del séquito de Titania iba a ser un triunfo en la técnica de los recursos escénicos, una novedad que March había insistido en introducir. Ella seguía pensando que Shakesperare era aburrido, al menos cuando se interpretaba con un decorado sencillo y fijo. Un poco de fuegos artificiales, truenos y movimiento, por ejemplo cuando un barco zozobraba en medio de la tormenta, accesorios escénicos entre los cuales los actores pudieran moverse como en la vida real y un montaje giratorio con el que los escenarios lograran cambiarse rápidamente hacían que la obra resultara más emocionante para el espectador. Una esmerada luminotecnia hacía el resto. Por primera vez en un teatro de Dunedin, la sala se oscurecería totalmente en cuanto empezara la obra y el escenario brillaría mediante una serie de candilejas de gas. Incluso había un foso para la orquesta.

Bertram consideraba que todo eso era superfluo. Según su opinión, era el arte del actor lo único que cautivaba al público. Robin, por el contrario, tras una primera vacilación, estaba encantado con las posibilidades que se ofrecían allí. Para convertir en realidad sus fantasías, March había encontrado al hombre ideal en un joven carpintero llamado Josh Haydon. Al igual que Robin, Josh se había enamorado del teatro la primera vez que había presenciado una representación. Pero a él no le atraía el escenario, sino lo que había detrás. Tenía muchas ideas acerca de cómo aumentar la fascinación que se ejercía sobre el espectador. Siguiendo sus instrucciones, se instalaron elevadores y cables tras bambalinas, así como puentes de iluminación y tornos de cuerdas. Con su ayuda, los cuatro duendes —Flor de Guisante, Telaraña, Polilla y Grano de Mostaza— entrarían suspendidos en el aire cuando Titania los llamara.

—¡Con tal que las chicas no se caigan! —gruñó Bertram—. ¿Y qué sucede con los demás operarios? ¿Se ha presentado alguien más? ¡Hombres para construir los bastidores ya tenemos suficientes, necesitamos a algunos que estén dispuestos a moverlos!

Para Fitz fue fácil conseguir un empleo en el teatro de Robin. De hecho, fueron March y Josh Haydon quienes realizaron la entrevista de trabajo y enseguida se quedaron prendados de sus habilidades y su experiencia. Contó que había trabajado ya en una ocasión, años atrás, para un teatro de Auckland, y respaldó su afirmación utilizando variados términos técnicos. Haydon quiso que empezara enseguida. Los trabajos de rehabilitación del edificio ya estaban casi terminados, ahora había que abordar asuntos como la decoración, las butacas y el montaje de los recursos escénicos.

—Si lo hacemos juntos, conocerá tan bien como yo el funcionamiento de todo y podrá sustituirme en caso necesario —explicó Haydon, impresionado con lo deprisa que Fitz entendía la técnica de todo aquello.

Le enseñó los cables de mando mediante los cuales uno se servía de las tramoyas para mover los decorados, así como la instalación, y le explicó la importancia del contrapeso.

—¡He pensado algo muy especial para la zona inferior del escenario! —prosiguió Haydon con entusiasmo—. Se pueden hundir también partes del escenario, es decir, elementos de decoración o incluso actores. Basta con un par de maniobras. ¡Ofreceremos unas funciones espectaculares!

Durante los trabajos en el escenario, Fitz conoció por fin a Robin, que se interesaba más por ese campo que el resto de los actores.

—A fin de cuentas es mi teatro —comentó alegremente—. Quiero saber cómo funciona todo.

Fitz no pudo confirmar la impresión que Vera había tenido del joven. Ella siempre lo había descrito en sus cartas como alguien de débil voluntad, tímido e incapaz de tomar decisiones, y además se burlaba de su ensimismamiento. Si eso hubiese respondido a la verdad —y en el fondo Fitz no dudaba de las capacidades de observación de Vera—, Robin debía de haber cambiado mucho. ¿A causa de su repentino enriquecimiento? ¿O acaso ya antes de la muerte de Vera le había sucedido algo? ¿Se había armado entonces de valor para librarse de un modo drástico de las garras de la directora? Lo mismo podía aplicarse a Bertram Lockhart, quien, según las cartas de Vera, era un alcohólico fracasado, mientras que en la actualidad dirigía a los jóvenes actores con gran seguridad y aplomo.

En las siguientes semanas, mientras llegaban los primeros decorados y se instalaban las filas de butacas para el anfiteatro, Fitz tuvo tiempo de sobra para pensar en todo ello. Cooperó con vigor en todo e incluso presenció los primeros ensayos de Robin, Bertram y su hija. A su pesar, los tres le impresionaron, pero eso no lo reconcilió con ellos. Al contrario. ¿Acaso su sintonía no había sido posible gracias a la muerte de Vera? Ahora Fitz también sentía celos. Robin, Bertram y Lucille cosecharían éxito y admiración mientras él trabajaba como peón y Vera ardía en el infierno. Seguía sin saber si Robin era responsable de ello, pero sabía perfectamente lo que Vera le habría recomendado en su situación actual. Helena Lacrosse se arrepentía de haber contribuido a que el actor heredase. Si Fitz la ayudaba a dar marcha atrás le estaría agradecida. En caso de que Robin tuviese un accidente... Si lo planeaba bien con Helena, Fitz estaba convencido de que obtendría una pequeña fortuna como recompensa. Vera no habría dudado ni un segundo. Nunca había tenido escrúpulos.

En cuanto a él, así consumaría su venganza. Vengarse del asesino de Vera lo llenaría de orgullo y lo reconciliaría un poco con la muerte de ella. El crimen por fin apaciguaría el rencor que bullía en él desde que había perdido a Vera, aunque asesinar no era moco de pavo. Fitz era un rebelde, pero ¿matar a sangre fría a alguien para beneficiar a un tercero? De momento, no podía ponerse a urdir un plan en serio porque no había vuelto a visitar a Helena. Esperaba y observaba, una estrategia enervante porque avivaba su cólera. Pero pronto se vería recompensado.

Fitz pintaba de rojo y dorado los adornos de la pared del anfiteatro, cuando la joven entró en el teatro. Estaba muy delgada, llevaba un vestido azul muy sobrio pero bonito y encima una mantilla de un azul fuerte. Una capota de ese mismo color, adornada con un poco de tul, cubría el cabello rubio recogido con sencillez en lo alto. A Fitz la joven le pareció una empleada doméstica o una profesora, ingenua y aburrida. Tenía un rostro fino y realmente bello, sus ojos violáceos y tranquilos brillaron al ver a los actores ensayando sobre el escenario. Avanzó lentamente por el pasillo central hasta las filas de asientos anteriores, y Fitz ya iba a dirigirse a ella cuando Robin Fenroy se percató de su presencia. La saludó contento, pero siguió recitando su texto hasta el final antes de interrumpir el ensayo y bajar a recibirla.

—¡Leah! —Robin tendió las dos manos a la recién llegada—. ¡Qué bien que vengas a vernos! ¿Por qué has tardado tanto?

—No quería darte un susto —respondió la joven con una sonrisa traviesa—. Habrías pensado que quería pedirte un papel.

Los dos mantuvieron las manos unidas y se sonrieron. No enamorados —al menos ya no, aunque Fitz no hubiese descartado que por parte de Robin quedase algo de interés—, pero sí con mucha confianza, casi con complicidad.

Y de repente, Fitz se acordó: Leah. Robin había llamado a la joven Leah. Leah... ¡la tercera! ¡La tercera de la Carrigan Company! Fitz se aproximó a los dos intentando no llamar la atención.

—¡Tampoco me habría asustado si lo hubieses hecho! —aseguró Robin—. Aunque no sé si puedo afirmar lo mismo de Bertram. Sigue sosteniendo que tu falta de talento no tiene arreglo. —Los dos rieron.

—Y lleva toda la razón —apuntó Leah—. Nunca me gustó subirme a un escenario. En la guardería soy más feliz. Quería darte las gracias otra vez por el puesto, Robin. ¡Es tan bonito ver cómo los niños prosperan! Y las madres están más contentas ahora que saben que sus hijos están bien cuidados y pueden verlos en los descansos.

—Sí, cierto, la guardería del taller del puerto —recordó Robin—. No me des las gracias a mí, sino a March. Es ella la que te propuso para dirigirla, ¿no?

Leah asintió dichosa.

—¡Es todo maravilloso! El señor Mint, ya sabes, el nuevo director de la fábrica, es muy amable. Severo, como debe ser, pero buena persona. Y el reverendo hace de mediador cuando pasa algo. Y Peta... —su sonrisa se volvió celestial— ¡me ha propuesto matrimonio!

Robin la miró resplandeciente.

—Me alegro por ti. Y ahora ven, ¡voy a enseñarte el teatro! Naturalmente, te habría enviado entradas para la inauguración, pero así es más bonito. Estoy impaciente por enseñártelo todo. Quítate el abrigo, todo el edificio está caldeado. De otro modo sería imposible. Los duendes se morirían de frío y seguro que el público femenino también llevará vestidos de noche ligeros.

Ayudó a Leah a desprenderse de su mantilla y Fitz aprovechó para acercarse servilmente, prestándose para guardarla.

—¿Puedo llevársela al guardarropa, *madam*? —No había terminado la frase cuando le saltó a la vista un detalle: en el vestido de Leah brillaba un pequeño broche de plata, una golondrina volando...

Fitz apretó los dientes. Por su mente pasó la imagen del día que había comprado ese broche. En Auckland, antes de separarse de Vera. Tras el episodio con los *military settlers*, los dos se habían ido a Auckland, él había conseguido un trabajo en el teatro y Vera había seducido a John Hollander. Más adelante, ella se mudó a la vivienda que el actor le compró y Fitz se puso en marcha hacia la Isla Sur. Su objetivo era en realidad Rata Station, la granja que pertenecía a su esposa Linda. Fitz planeaba sacar algún provecho de ella, tal vez reconciliarse de nuevo con Linda o cobrar un buen dinero por la separación. Al final le salió el tiro por la culata. Pero al comprar el broche la intención había sido mantenerse un par de años separado de Vera. «Me voy, pero ¡volveré!», le dijo, y ella, por supuesto, se burló de que fuera tan sentimental. «No necesito ninguna baratija para acordarme de ti —contestó—. ¡De ti es imposible olvidarse, Fitz!»

Luego puso el broche en un joyero, donde desapareció bajo los diamantes y collares de perlas que Hollander le obsequiaba. Fitz no sabía si alguna vez había llevado esa joya, pero le bastaba con saber que ella la tenía. ¡Y ahora colgaba del vestido de esa zorra!

Robin descubrió el broche casi al mismo tiempo que Fitz y también él lo reconoció.

—¿Lo has... conservado todo? —preguntó, señalando el broche—. ¿Todas sus cosas?

Leah negó con la cabeza.

—No, claro que no. Solo este broche. Lo demás lo vendí. Esto no tiene mucho valor, pero es bonito. Las demás joyas eran demasiado ostentosas...

Robin esbozó una sonrisa torcida.

—La señorita Carrigan no tenía nada de gusto —observó.

Y le echó el brazo por los hombros para conducirla hacia el escenario. Fitz dejó el abrigo de Leah sobre una silla y los siguió discretamente. ¡De ninguna manera iba a marcharse ahora al guardarropa y perderse la mitad de la conversación!

—¿Todavía piensas en ella? —preguntó Leah en voz baja.

Robin asintió.

—Me persigue en mis sueños. Su muerte fue... Todavía la oigo gritar.

Retiró el brazo de los hombros de Leah y le abrió una puerta que llevaba a la escalera del escenario. Fitz ya no podía seguirlos de cerca, se habrían dado cuenta. Esperó impaciente a que llegaran al fondo del escenario. Pasó un rato hasta tenerlos de nuevo al alcance del oído.

—Al principio te tuve rabia —decía Leah es ese momento, mmientras Fitz se escondía tras un soporte. Estaba sentada en un taburete que representaba un tocón, Robin se apoyaba en un «árbol». Los recuerdos compartidos de Vera ensombrecían la visita del teatro—. Aunque por supuesto era consciente de que tú no podías hacer nada. Yo ya sabía cómo era ella... conseguía sacarle a uno de quicio. Y ahora, por muy horrible que haya sido su muerte, pienso que en el fondo fue algo bueno. Se lo merecía. ¡No le des más vueltas, Robin!

Él sacudió la cabeza.

—No lo hago. Tampoco me arrepiento de nada. Es solo que no es fácil de olvidar. Son imágenes que aún me dan vueltas... —Decidido, se apartó del bastidor—. Vamos, Leah. No hablemos más de eso. A Dios gracias, Vera es parte del pasado. ¡El futuro es mi teatro! ¡Es deslumbrante! ¡Vale la pena todo lo que he hecho para llegar aquí!

Joe Fitzpatrick apretó los puños. Estaba todo claro. Robin Fenroy estaba involucrado en la muerte de Vera, ¡y antes de que Fitz lo librara de todos los recuerdos de ella, ese rubio guaperas tendría que confesar qué había hecho exactamente! En principio bastaba con lo que sabía. Todos ellos, Robin, Bertram y Leah, se habían beneficiado de la muerte de Vera. ¡Y todos pagarían por ello! Robin Fenroy sería el primero en bajar al infierno.

En cuanto estuvo seguro de que todos los miembros de la compañía estaban en el teatro, Fitz fue a visitar a Helena.

—Tenemos que reunirnos muy pronto. En un lugar secreto —anunció, después de que el mayordomo lo condujera hasta la joven—. No quiero que me vean demasiado por aquí y, menos que me vean Fenroy, Lockhart o Jensch. Pero hay ciertas cosas de las que tenemos que hablar. Ningún inocente saldrá perjudicado.

—Parecerá un accidente —le aseguró a Helena cuando se vieron a principios de la tarde del día siguiente—. Y con algo de suerte será realmente un accidente. Manipularé el aparato elevador, ese con el que la amiguita de Robin vuela cuando hace de duende, ya te lo habrán contado, ¿no? Una entrada espectacular, los duendes flotan sobre el público y aterrizan delante de Titania. Todo eso funciona con cuerdas y maromas. El día decisivo, el vuelo de Lucille Lockhart se detendrá sobre el foso de la orquesta y una parte de su correaje se soltará. Estará colgada a quince metros del suelo y no podrá ir ni adelante ni atrás. Robin subirá por el cable para intentar salvarla. A lo mejor se cae por sí mismo y se desnuca. Si no es así, la maroma de acero se soltará y los arrastrará a él y a la chica al foso.

A Helena no parecía preocuparle el posible destino fatal de Lucille.

—¿Y si se cae y no muere enseguida? —preguntó imparcial.

A Fitz le impresionó su frialdad. Había estimado que sería más difícil y miedosa. De hecho, ella misma había elegido premeditadamente la cafetería del Medio Acre del Demonio para su encuentro, así como el traje con que se camuflaba: llevaba un vestido sencillo con el que podía pasar fácilmente por una obrera. Le contó que se lo había comprado para su breve estancia en la guardería de la congregación de St. Andrew's. Escondía su fino cabello rubio bajo un chal. En la penumbra —era además un día lluvioso— nadie la reconocería. Por su parte, Fitz también se sentía seguro. Vivía en una habitación amueblada próxima al teatro, muy alejada de St. Andrew's. Nadie lo había visto jamás en el Medio Acre del Demonio.

—Entonces, lamentablemente se producirá un segundo accidente —respondió—. La maroma arrastrará una de las grandes lámparas de gas, que caerá en picado. Prenderá fuego...

—Pero la gente lo apagará enseguida —objetó Helena—. ¿No son además cuatro los duendes que vuelan? ¿Y qué hace Robin en el escenario? Él actúa con...

Fitz sonrió pensativo.

—Robin y Lucille estarán esa tarde o esa noche solos en el teatro. Conmigo, naturalmente, pero de eso se darán cuenta cuando ya sea demasiado tarde. No, hágame caso, el único riesgo que tiene este plan es que no participen los dos. Si él no permite que Lucille vuele sobre el escenario, tendré que inventarme otra cosa. Está claro que prepararé el terreno. El día anterior se producirá algún fallo técnico para que se justifique un ensayo más antes de que la función vaya en serio. De todos modos, no es seguro. Si no hacen una prueba con el mecanismo de suspensión, habremos perdido. Entonces urdiré otro plan.

Helena contrajo el rostro.

—Pronto me iré a Australia y los demás se instalarán en una casa cerca del teatro —observó—. Se ha encontrado un comprador para la casa de Mornington. No tenemos mucho tiempo, señor Fitz.

Él se encogió de hombros.

—En eso no puedo hacer gran cosa. Hago lo que está en mi mano para que no nos condenen a los dos. Es como una apuesta, señorita Helena. Y créame, ¡yo sé mucho de apuestas!

2

Robin esperaba en el puente de luces y disfrutaba de la visión de su teatro. Al día siguiente cobraría vida. La *première* se había anunciado por todo lo alto y el noventa por ciento de las entradas ya estaba vendido. El nuevo edificio con su moderna tecnología estaba en boca de todos desde que March le había ofrecido una visita guiada al diligente periodista del *Otago Daily Times* por el teatro, reforzando de ese modo la campaña publicitaria. Robin estaba impaciente por salir a escena. La mayoría de sus familiares estarían sentados en la primera fila. Para la mañana siguiente esperaba a sus padres y a Carol, Jane y Te Haitara, así como a Mara y Eru. Aroha y Linda ya estarían ahí, llegarían por barco desde la Isla Norte. Franz y Bao no las acompañaban. Había mucho que hacer en la escuela de Otaki cuando faltaba tan poco para las vacaciones de invierno y, pese a la época del año, el hotel de Rotorua estaba al completo. Alguien tenía que seguir en la brecha. Robin pensó divertido que a Aroha no le habría importado invertir los papeles: Bao sabía apreciar más que su esposa las obras de Shakespeare. Pero su sobrina no podía perderse la primera representación de su tío en su propio teatro, y además se alegraba de reencontrarse con su madre y su abuela. En realidad, Robin había tenido la intención de ir a recogerlas al barco, pero había encontrado una nota de Lucille en su habitación que le había causado un gran desasosiego. Ella nunca le había escrito antes.

Querido Robin —rezaba la caligrafía femenina—. Me da un poco de miedo el vuelo de los elfos de mañana en la *première*. Hoy el cable no funcionaba demasiado bien, se notaba que se enganchaba continuamente. El señor Haydon iba a controlarlo, pero yo preferiría ensayar una vez más el vuelo. ¿Nos vemos hoy en el teatro? ¿A las seis? ¡Por favor! Lucille.

La carta le había provocado una avalancha de sentimientos. Lucille quería que se vieran. En el teatro. ¡Solos! Por supuesto, había dicho que sí, aunque realmente no se creía lo del elevador. No, esa razón tenía que ser, al menos en parte, una excusa. Lucille ansiaba tanto como él estar por una vez a solas. El corazón de Robin latía con fuerza cuando pensaba que ella pronto llegaría al escenario, buscándolo con la mirada, sonriéndole cuando él le hablase. Ya veía ante sí su silueta delgada, la cascada de finos ricitos castaños y los ojos dulces y con motas doradas.

Cuando Lucille realmente subió al escenario, él la iluminó con un foco y rio cuando ella se asustó. La muchacha enseguida se repuso y, como actriz nata que era, se dejó impregnar por la luz de las candilejas. Se dio media vuelta, sonrió y jugueteó con los efectos de las luces y sombras en su pelo. Lucille había dejado el abrigo en el guardarropa. Llevaba un vestido reforma, como solían hacer las actrices en los ensayos. A fin de cuentas, querían estar cómodas y moverse con soltura, y un corsé era un engorro en tales casos. Se había atado los rizos en la nuca. Parecía un hada en el bosque encantado que se había montado sobre el escenario para *El sueño de una noche de verano*. Las sombras de los árboles y las flores jugueteaban a su alrededor.

—¿Lucille? —la llamó Robin.

La joven miró hacia arriba con picardía.

—«¿Qué hay en un nombre? —respondió, recitando la escena del balcón—. Lo que llamamos rosa seguiría emanando su dulce perfume con otro nombre. Oh, Romeo, despréndete de tu nombre y a cambio de él, que no forma parte de ti, ¡toma todo mi ser!»

Él sonrió.

—«Te tomo la palabra. Llámame amor mío, será un bautismo nuevo y en adelante dejaré de ser Romeo.»

—¡Sería una pena! —dijo Lucille—. ¡Me gustaría tanto actuar un día de verdad contigo!

—Entonces tú tendrías que estar arriba y yo en el jardín —señaló Robin—. Venga, sube, querías volver a ensayar el vuelo.

Ella se metió por la caja de la escalera y subió los escalones que unían la parrilla del telar con el puente de luces.

—¿Yo quería? —Parecía tan fascinada por el fantástico decorado como Robin antes de que ella llegara—. ¿Cómo se te ocurre?

Robin frunció el ceño.

—¿No me has dejado una nota? —Le tendió la carta que llevaba guardada.

Lucille la leyó por encima y sacó a su vez una hoja del bolsillo.

Querida Lucille —habían escrito con una caligrafía picuda y claramente masculina, aunque no de Robin—. Sé que parece delirante, pero en cierto modo Puck tiene algo de loco, y tal vez yo esté demasiado metido en el papel. A lo mejor ya estoy hechizado como en el bosque donde encontraré al más bello de los duendes de Titania. Temo, Lucille, que me falle la palabra cuando mañana te salude en el escenario. Tu visión me inmovilizará como cada día desde que te conocí. Entonces todos se burlarán de mí, tu padre me regañará y me convertiré en el hazmerreír del teatro. No querrás que esto suceda, Lucille. Así que si te apiadas de mí, si quieres hacerme un favor, te pido que te reúnas conmigo a solas en el teatro. Deja que te contemple una vez sin que nadie me moleste, deja que escuche una vez más las palabras de Shakespeare de tus labios, para que así reúna fuerzas para recitar las mías. Sé que mi ruego es atrevido. Pero ¿considerarás pese a todo atenderlo? ¿A las seis, en el teatro?

ROBIN

Robin se ruborizó al leer estas palabras.

—Una carta preciosa —dijo Lucille, entregada—. Como si la hubiera escrito el mismo Bardo.

—Solo que no es mía —admitió él, desengañándola—. Y también es un poco... pomposa.

Lucille hizo una mueca con los labios y volvió a coger la hoja.

—¿Habrías preferido que no viniese?

—¡No! —Dejó caer sobresaltado su propia hoja—. Me... me alegro... Solo que... ¿Quién ha escrito estas cartas, Lucille?

La joven se encogió de hombros.

—Yo apuesto por Frederic y Marian. ¡Son unos diablos!

Frederic y Marian se hallaban entre los jóvenes actores, representaban a Hermia y Lisandro.

—¿Es una broma? ¿Te refieres a que alguien ha querido tomarnos el pelo?

Robin miraba desconfiado alrededor, como si temiera que el resto de la compañía saliera de entre bastidores dando voces.

Ella sonrió pensativa.

—¿Y qué? A lo mejor es que alguien quería que... que tú y yo nos reuniésemos.

Él sonrió a su vez.

—Pues lo ha conseguido. Los dos estamos aquí.

Lucille asintió seria, aunque sus ojos brillaban.

—¿Y ahora? ¿Quieres que repasemos otra vez el texto? ¡No puede ser verdad!

—Y si no quisiera, si prefiriese... besarte, ¿saldrías corriendo? —preguntó Robin.

Lucille alzó el rostro hacia él, con los labios húmedos levemente abiertos.

—Seguro que no —susurró.

Fitz miraba impaciente cómo Robin la rodeaba suavemente con sus brazos y la besaba. El asunto podía alargarse. Seguro que se entretendrían acariciándose mutuamente... si es que no llegaban más lejos. Aunque Lucille era todavía demasiado inocente y Robin, demasiado mojigato. La demora era molesta, pero qué remedio. Habría querido poner algo más ambiguo en la carta de Robin a Lucille, pero no se le había ocurrido otra razón para citar a la muchacha en el teatro. En fin, ahora los había hecho felices, deberían estarles agradecidos a Helena y a él. Helena había escrito la carta de Lucille y había depositado después las dos epístolas en las habitaciones de los jóvenes actores. Por suerte, todavía vivían todos en la casa de Mornington. Por el momento todo iba sobre ruedas, salvo que Fitz creía haber visto a Linda Lange en el puerto cuando había salido de su pensión camino del teatro. En ese momento, la que había sido su esposa subía a un coche de punto y lo había mirado incrédula. Pero Fitz dudaba que realmente lo hubiese reconocido y esto le enervaba. Le habría gustado acabar pronto con lo que se llevaba entre manos.

Linda Lange no estaba segura de si el hombre que había visto en el muelle al desembarcar era Fitz, al fin y al cabo hacía más de veinte años que no se cruzaba en su camino. Durante la travesía a la Isla Sur había estado hablando de nuevo de él con Aroha. De ahí que creyera que se trataba más de una ilusión que de un encuentro real y no le mencionó nada a su hija, que ya estaba sentada en el vehículo. La joven no se había sentido bien durante el viaje y ahora estaba agotada. Linda pensó que era más sensato no preocuparla con lo que había observado, y su decisión se vio confirmada cuando Aroha se disculpó al llegar a la casa de Monington y se retiró.

—Mamá, ¿te importa que vaya a mi habitación y descanse un poco? —dijo Aroha con una leve sonrisa. El mayordomo le había asegurado que podía ocupar la misma habitación que había compartido unos meses antes con Bao. Se había sorprendido de que el señor Simmons todavía siguiera trabajando allí. March le había sugerido que se encargase del control de la restauración, los camerinos y de los encargados de la limpieza del teatro, y él se había sentido muy honrado por la oferta. Sin embargo, le había dicho ceremoniosamente a March que no quería cambiar su cargo antes de que se vendiera la propiedad de Mornington. No podía dejar la residencia antes que sus propietarios—. Luego te llevaré a dar una vuelta —añadió con sentimiento de culpabilidad.

A continuación Linda se quedó mirando el lujo que había en la casa Lacrosse con la misma estupefacción con que había contemplado su elegante exterior. Sin duda, le habría gustado irse enseguida a dar una vuelta.

En ese momento, March entró en el vestíbulo preparada para marcharse. Saludó exultante a Aroha y cordialmente a su madre. Hacía años que no veía a Linda y no pudo contener la risa cuando esta se maravilló de lo mayor que estaba. Linda también se echó a reír.

—¿No puedes enseñarle la casa a mi madre? —preguntó Aroha cuando Linda mencionó la elegancia de la sala—. No me encuentro bien y me gustaría acostarme un poco.

March consultó el espléndido reloj de pared con adornos de marquetería.

—Si no tardamos mucho... Tengo que volver a esa tienda de exquisiteces, Simmons dice que el propietario todavía no ha entregado el champán. Ya se lo ha reclamado, pero es mejor que yo misma me deje ver por allí. Una *première* sin champán sería catastrófica. —Sonrió a Aroha e hizo un gesto invitador a Linda—. Acompáñeme, señora —empezó como si fuera una guía turística—. Iniciaremos nuestra pequeña visita con las llamadas salas de recepción, en las cuales la familia solía realizar reuniones íntimas, durante las cuales tenían que estar presentes al menos quince hijos con los correspondientes hijos políticos y nietos para que valiera la pena calentar espacios como estos...

Mientras Aroha se retiraba aliviada, Linda siguió a March a través de los salones, las salas de damas y de caballeros, la biblioteca y el jardín. Al igual que antes Robin y Cat, Aroha y Bao, Linda admiró la amplitud de las habitaciones, las suntuosas arañas, las tupidas alfombras y los pesados muebles. Lo que atrajo su atención en especial fue la vitrina donde se guardaban las armas. Miró interesada la colección de escopetas.

—Elegantes escopetas de caza —observó—. ¿También del anciano Lacrosse? ¿O Robin practica el tiro al pichón?

March rio.

—Robin se entierra como un kiwi cuando se oye un disparo —dijo con malicia—. Ya sabes que es vegetariano y se pone a llorar cuando esquilan una oveja. No; son parte de la herencia Lacrosse. Nadie las utiliza. Helena tampoco practica el tiro y en lo que a mí respecta, no sabría a qué disparar. De momento no he visto ningún conejo.

—A lo mejor Lacrosse se iba de caza a otro lugar —supuso Linda.

March hizo un gesto de ignorancia.

—O solo las tenía como objetos decorativos. De todos modos, funcionan perfectamente. Si quieres llevarte una, ánimo, escoge la que más te guste. De todos modos van a venderlas y Robin no se volverá más pobre por una menos para subastar.

Linda estaba muy interesada.

—Me gustaría sustituir mi antigua escopeta por uno de estos nuevos modelos. Pero sin consultar antes a Robin... —dudó—. ¿De verdad se va a subastar todo esto? ¿Los muebles, la cubertería de plata...?

March asintió.

—Una parte del mobiliario ya se ha sacado de aquí. Robin ha amueblado su nueva vivienda con piezas sencillas y ha sido tan generoso que ha permitido que los Lockhart también se sirvieran a su gusto. Así no tienen que llevarse los ruinosos muebles del apartamentucho de St. Andrew's a la bonita casa de George Street, donde se instalan la semana que viene. Por supuesto, también Helena se quedará con sus objetos favoritos. Será fácil organizar el transporte a Australia, aunque ella todavía no ha empezado a hacer su selección.

—¿Dónde está, por cierto? —preguntó Linda, hojeando un ejemplar lujosamente encuadernado de la biblioteca—. Me habría gustado conocer más a fondo a mi pariente.

March hizo una mueca.

—No creo que esté ansiosa por conocer a más miembros de la

familia —apuntó—. Ya echa pestes contra los que tiene. Cuando la casa por fin se vendió, se puso hecha una furia y ahora está de morros. Prácticamente no abandona su habitación, y si lo hace, es para quejarse de que no hay personal suficiente para ocuparse de ella las veinticuatro horas del día. Pero tiene que apañárselas así. Hemos dado empleo a casi todo el personal en el teatro, no se ha echado a nadie y a algunos los necesito ahora más horas al día para hacer los preparativos de la *première*. Claro, la pobre Helena no lo entiende. Todos nos alegraremos cuando se vaya a Australia, pero en el fondo no quiere marcharse. Lo que pasa es que no tiene alternativa, aunque Robin está dispuesto a apoyarla. Si quisiera abrir un negocio o algo similar, él se lo financiaría, incluso si solo arrojara pérdidas. Pero ella se niega. Según la veo, no sabe lo que quiere, únicamente lo que no quiere.

—Qué triste —lo lamentó Linda.

March se encogió de hombros.

—A mí me pone de los nervios. Bueno, ¿alguna pregunta más o puedo ocuparme ya del champán? —Ambas estaban de vuelta en el vestíbulo.

—¿Dónde está el famoso retrato? —preguntó Linda—. El cuadro de Suzanne. La madre de Cat a la que se supone que Robin se parece tanto. ¿Se lo ha llevado Robin?

March rio.

—¿Robin? Lo miró una vez y nunca más. Y Cat tampoco se lo ha llevado a Rata Station, aunque lo heredó ella. Está ahí colgado, pensaba que ya lo habías visto.

March señaló el cuadro de la hermosa mujer rubia con el vestido de puntillas que colgaba en un lugar bien visible, sobre uno de los pesados muebles de la entrada.

Linda se acercó para contemplarlo mejor.

—Se me ha pasado por alto. Pero suelo tener trastornos perceptivos. Antes, en el puerto, me ha parecido ver a Fitz.

—¿Conoces a Fitz? —preguntó March—. ¿Ya habéis estado en el teatro?

Linda se dio media vuelta alarmada.

—¡Yo estuve casada con Joe Fitzpatrick! La cuestión más bien es de qué lo conoces tú.

March, que ya se dirigía a la puerta, se detuvo y frunció el ceño.

—Fitz... Patrick Fitz... es nuestro tramoyista. Muy diestro, estamos satisfechos de tenerlo con nosotros. —Su rostro adquirió una expresión inquisitiva—. De todos modos, la similitud de los nombres es asombrosa —observó—. Me parece bastante... raro.

—¡Más que raro! ¡No puede ser una coincidencia! —Linda sacudió la cabeza—. ¿Qué aspecto tiene? ¿Más bien bajito, de cabello oscuro y ojos claros?

March asintió con expresión preocupada.

—Ojos como los de Aroha. Tienes razón, ¡por eso siempre tengo la impresión de conocerlo de antes! Oye, tenemos que hablar de esto, también con Bertram y Robin. Ahora he de marcharme. Iré rápido, ¡nos vemos esta noche!

Linda se mordió el labio. De repente tenía la sensación de que no podía esperar hasta la noche para hablar de Joe Fitzpatrick.

—¿Dónde está la habitación de Aroha? —preguntó.

Linda no perdió tiempo admirando la elegante *suite* de Aroha y la cama con dosel. Se tranquilizó al ver que su hija leía un libro.

—¿Te encuentras mejor? —preguntó.

La joven asintió sonriendo.

—No es nada serio. Solo que ahora no soporto el balanceo del barco. Y eso —se acarició el vientre— que los chinos son de una antigua nación de navegantes...

—¿Estás embarazada? ¿Y me lo dices ahora? —Por el rostro de Linda asomó el resplandor de una sorpresa, que dejó paso a una expresión sombría—. Es maravilloso, hija mía, me alegro de verdad —aseguró, para pasar de inmediato al asunto que la ocupaba—. Aroha, antes he visto a tu padre en el puerto. No he dicho nada porque pensaba que me había equivocado, pero March me ha contado hace un momento que tienen de tramoyista a un tal Patrick Fitz. Por la descripción es él. ¿Sabes qué puede estar ocurriendo?

Linda estaba muy inquieta, pero no había contado con la reacción de Aroha. La joven no necesitó más de un segundo para hacerse cargo de la situación.

—¡Me temo que sí! —dijo, levantándose de un brinco para vestirse—. En su día no te lo dije por escrito, porque sabía el efecto que ese nombre produce en ti, mamá. Y quería que Fitz se quedase, por lo que te hice creer que había ido a buscarme, pero en realidad estaba siguiendo la pista de Vera Carrigan. Y cuando oyó hablar de su muerte empezó a hacer preguntas en el pueblo que nadie quería responder. Fue una historia muy fea y desde luego contraproducente para promocionar nuestras fuentes termales. Fitz solo averiguó que Robin había sido testigo del accidente y creo que estaba a punto de sacar la conclusión de que estaba involucrado en la muerte de esa mujer. Pero luego no siguió con eso...

—Porque te encontró y le distrajeron las tareas del hotel. Pero ahora ha vuelto a recordarlo y aparece aquí con un nombre falso...

Aroha asintió y le dio la espalda para que le cerrara el vestido.

—Tenemos que advertir a Robin —dijo—. Y pedirle explicaciones a Fitz. A lo mejor es cierto que solo quería el trabajo de tramoyista, pero no estoy segura...

—No me lo creo —repuso Linda—. Son demasiadas coincidencias. Por cierto, ¿dónde está Robin?

Lucille y Robin yacían uno junto al otro sobre las tablas del puente de luces, demasiado ocupados para encontrar incómodo el suelo. Él le había bajado el vestido por los hombros y cubría el principio de sus pechos con pequeños besos. Le susurraba lo tersa que era su piel y lo dulce que era su aroma. Ella le acariciaba el pelo y la nuca y le respondía también con susurros lo suaves que eran sus rizos y lo bien que olía su piel. Estaban excitados, con las respiraciones entrecortadas. Pero antes de que él pudiera desnudarle del todo los pechos, ella lo apartó con prudencia.

—Despacio, ¿vale? —le pidió temerosa—. Todavía... todavía no lo quiero todo, necesito un poco de tiempo...

Robin asintió, le besó los hombros de nuevo y hasta le arregló con cuidado el vestido.

—Tenemos una eternidad —dijo, atrayendo la cabeza de la joven hacia su hombro para hundirle el rostro en sus sedosos y abundantes rizos—. Nunca haré nada que no quieras. Todo lo que nos incumbe debe ser perfecto. Te amo, Lucille Lockhart... como Romeo amaba a Julieta. Ahora puedo entenderlo todo. Moriría por ti...

«¡Pues a ver si pones en marcha de una vez el elevador, joder!», rabió Fitz para sus adentros. Lo tenían impaciente. Los jóvenes se abrazaban y besaban desde hacía una hora y desde luego no iban a tener toda la tarde el teatro para ellos solos. De acuerdo, Bertram había dado la tarde libre a los actores, pero era muy posible que Josh Haydon quisiera comprobar por última vez las instalaciones o la hiperactiva March inspeccionar la cocina del restaurante. A esas horas, Fitz ya debería estar camino de su pensión, o ya a buen resguardo en su casa. Nadie lo había visto dejar su alojamiento. La patrona solo se había percatado de que había vuelto a su habitación al mediodía. Si podía volver allí pasando desapercibido, eso no le daría una coartada infalible pero sí bastante verosímil.

—¡No te pongas tan lúgubre! —Lucille sonrió—. ¡Me hace más ilusión vivir contigo! ¡Y actuar! ¡Será maravilloso! ¡Llevaremos a escena todas las grandes obras! Seremos famosos...

—¡Todo el mundo dirá lo bonita que eres! —añadió Robin.

—¡Y lo bien que tú actúas! Iremos de gira, ¿verdad? ¡Quiero conocer mundo! Tú y yo con la Robin Fenroy Company.

—¡Con la Lucille Lockhart Company! —corrigió Robin.

—¿Y con la Lucille Fenroy Company? —preguntó ella con coquetería.

—¿Es una proposición de matrimonio? —preguntó Robin.

—«El velo de la noche cubre mi rostro, lo sabes, de lo contrario el virginal rubor teñiría mis mejillas —citó Lucille—. Es cierto, Montesco mío, soy demasiado apasionada. Podrías pensar que soy de ligera conducta.»

Él rio.

—«Señora, juro por esta bendita luna que corona de plata las copas de los árboles...»

—«¡Oh! No jures por esa inconstante que no deja de cambiar al girar en su órbita...»

Fitz puso los ojos en blanco. Aquello iba para largo. Ambos tortolitos se conocían la obra de memoria. Estaba a punto de dar por perdido su plan, cuando Robin se enderezó.

—Lucille, ¡nunca había sido tan feliz! —confesó a la muchacha—. Pero tenemos que ponernos en marcha. Aroha y Linda deben de haber llegado y nos estarán esperando. Y tu padre me echará de menos. Le podríamos comunicar nuestro compromiso... Bueno, estoy seguro de que todos se alegrarán...

—¡Mejor no! —exclamó asustada Lucille—. No... no antes de que tu prima se haya marchado. Últimamente me mira de una manera como si... como si... Bueno, estoy segura de que barrunta algo. Y me odia.

—¡Es imposible que alguien te odie! —afirmó Robin, besándola una vez más—. Solo creo que deberíamos volver a casa. ¿O quieres que ensayemos la llegada de los duendes volando? Josh ha dicho antes que había comprobado la estructura, ayer había algo que se atascaba, pero mejor lo probamos. Antes de que mañana se bloquee el elevador y los duendes queden colgados en el aire delante de Titania.

Lucille soltó una risita.

—¡A los periodistas les gustaría! Ya veo los titulares: «La pesadilla de una noche de verano.» De acuerdo, voy a volar una vez más. Aunque para eso no necesito ningún elevador. ¡Ya estoy flotando en el aire! —Miró a Robin con ojos radiantes y le ofreció de nuevo la boca.

Fitz tembló de emoción. Por fin se cumpliría su plan. Lo iban a hacer...

Robin ciñó el cinturón de seguridad alrededor del espigado cuerpo de Lucille y apretó concienzudamente las hebillas. Después cerró el mosquetón, que estaba ligado a un discreto cable, a su vez unido mediante un rodillo a una maroma metálica tensada sobre el escenario y el foso de la orquesta. Robin se colocó junto a la manivela con la que deslizaría lentamente hacia abajo a Lucille cuando hubiera volado por encima del foso. Debía parecer que los duendes descendían a la tierra en un único movimiento. La maroma se combaba ligeramente y su tensión se manipulaba mediante una polea. Robin controló si estaba correctamente fijado. Luego indicó a Lucille que se dejase caer desde el puente de luces. Describiendo un suave arco, la joven flotó un breve trecho por encima del anfiteatro de butacas, lo que arrancaría al público exclamaciones de admiración, y luego llegó al foso de la orquesta. Ahí estaba bastante lejos del suelo. Lucille sonrió al escenario allá abajo, como si ya la estuviera esperando Titania. De repente el descenso se interrumpió.

—¡Robin, no avanza! —La voz de la joven no sonó nerviosa, y ella tampoco se agitaba cuando Fitz la miró desde su escondite, abajo. Lucille confiaba en la técnica y era evidente que no sufría vértigo—. Algo bloquea el cable.

—Muévete un poco —dijo Robin—. Quizá los rodillos se han torcido o la maroma se ha atascado en algo. Si logras que supere el obstáculo seguro que sigues avanzando. Mierda, ¡tendremos que repararlo!

Lucille empezó a balancearse y moverse en el aire.

Fitz la miraba nervioso. Si ahora no se soltaba el cinturón de seguridad, su plan se vería frustrado. Por el momento, Lucille no se sentía realmente en peligro. Si la situación no se volvía más dramática, Robin no intentaría llegar hasta ella. Fitz volvió a dudar del éxito de su empresa. Pero entonces la muchacha se agitó abruptamente y lanzó un grito. El cinturón de seguridad se había soltado y ahora ella colgaba solo de los arneses. Asustada, se agarró con fuerza.

—¡Tranquila, enseguida te bajo! —gritó Robin—. No tengas miedo, enseguida lo hago. —Empezó a accionar la manivela, pero también esta parecía bloqueada. Seguro que un operario hábil como Josh Haydon habría sabido desbloquearla, pero Robin se asustó—. ¡Espera, agárrate fuerte, voy contigo! —Buscó nervioso por el telar y cogió al final un cable que colgaba de la pared—. Bajo hasta donde estás y luego nos descolgamos por el cable.

—¡Pero ten cuidado! —Lucille lo miraba desde abajo con temor—. ¿No puedes lanzarme el cable?

A Fitz le rechinaban los dientes. Un punto flaco en su plan. Si Robin le hacía caso, Lucille solucionaría ella misma el problema...

Pero el joven negó con la cabeza.

—No podrás cogerlo, sería demasiado peligroso. ¡Agárrate fuerte, voy!

Robin se colgó del cable de acero y descendió despacio con la intención de llegar hasta Lucille. Fitz reconoció que su gran ilusión no iba a cumplirse: Robin no caería por sí mismo.

—¿Sabe alguien dónde está Robin?

Linda corría por las habitaciones de la casa con la esperanza de tropezar con alguien del servicio. Al final encontró al señor Simmons y a dos sirvientas. Las dos guardaban bajo la supervisión del mayordomo una valiosa cristalería en cajas acolchadas.

—El señor está en el teatro —respondió el mayordomo, permitiéndose una sonrisa—. Junto con la joven señorita Lucille. Ella le pidió hacer un ensayo más, había algún inconveniente en una de las escenas.

—¿Ah sí? —Joan, una de las muchachas, se detuvo asombrada—. Pues ella a mí me contó que era él quien le había pedido que se reuniesen. Estaba muy emocionada la pobrecilla. Una criatura tan dulce, entiendo muy bien al señor Robin...

—No digas tonterías —la regañó el señor Simmons—. Un poco más de discreción, Joan.

Joan calló amedrentada, pero Linda movió la cabeza.

—Siga hablando, Joan. ¿En qué puede entender al señor Robin y por qué estaba emocionada la señorita Lucille? ¿Porque iban a ensayar una vez más?

Joan se ruborizó.

—Pues porque no era un ensayo. Él se expresaba un poco pomposo, como si tuvieran que repasar el texto...

—¿Los estuviste escuchando? —terció el mayordomo, escandalizado.

Joan sacudió la cabeza.

—¡No! Me hizo leer la carta. Yo... nosotras... bueno, la ayudo a vestirse, y tengo un poco de confianza con la señorita Lucille. Disculpe, señor Simmons, por favor. Yo...

—Está bien, está bien, ahora deje de disculparse —interrumpió Linda su balbuceo—. Que dos chicas jóvenes se hagan amigas es de lo más normal, incluso si una es la señora y la otra la doncella. Así que Robin le escribió una carta a Lucille. Una carta... ¿de amor?

Joan asintió intimidada.

—Por lo que sé, es el señor quien ha recibido una carta —señaló estirado el señor Simmons—. Una nota, la encontró en su habitación y después me informó que se iba al teatro. Quería disculparse ante usted, señorita Aroha, y ante usted, señora Lange. Volverá para la cena.

Aroha acababa de entrar en el comedor detrás de Linda. Las dos intercambiaron una breve mirada.

—¿Hay alguien más a estas horas en el teatro? —preguntó Aroha.

El mayordomo hizo un gesto de ignorancia.

—Depende de si hay ensayo o algo que hacer...

—¡Claro que no! —Joan se arriesgó a recibir otra regañina al interrumpir a Simmons, pero no pudo contenerse—. Por eso la señorita Lucille estaba tan nerviosa. El señor Robin quería estar solo con ella. Y ella está tan enamorada...

Aroha se frotó las sienes.

—Por favor, señor Simmons, que enganchen los caballos... O no, búsquenos un coche de punto, iremos más rápido. ¡Tenemos que ir urgentemente al teatro!

Linda ya había ido a la sala de caballeros. Fue directa al armario de las escopetas.

—¡Abra! —ordenó a Simmons. El mayordomo la miró desconcertado. Como no reaccionaba, Linda cogió una silla y la estrelló contra el cristal, haciéndolo añicos. Luego cogió un arma y le tendió otra a Aroha—. ¡Vamos! No sé qué planea Fitz. Solo espero que no lleguemos demasiado tarde.

Fitz cambió de sitio la lámpara de gas y se expuso a la luz. También Robin y Lucille quedaban dentro del haz. Robin parpadeó deslumbrado, pero atisbó la sombra de Fitz y le pidió ayuda.

—¡Hay alguien ahí! ¿Es usted, Fitz? —Robin tenía que girar el cuello para mirar hacia arriba. Entonces lo vio y su voz sonó apremiante—: ¡Rápido, Fitz, venga aquí! ¡Tiene que ayudarnos!

—¿Tengo? —preguntó él asomándose a la barandilla del puente de luces—. ¿Igual como la ayudaste tú a ella? —Su voz sonaba amenazadora.

—¿Qué dice? ¿A quién? —Robin no entendía nada.

—No finjas. Se lo has confesado a la pequeña Leah. Y ahora quiero saberlo con todo detalle. ¿Qué había entre tú y Vera? ¿Qué le hiciste?

Fitz se acercó al soporte de la maroma metálica y empezó a manipular la polea que la tensaba o soltaba. También tenía una manivela.

—¿Vera Carrigan? —preguntó Robin perplejo.

—Exacto. —Fitz soltó la fijación de la maroma. Ahora solo se aguantaba con la manivela—. Tú estabas con ella cuando murió. ¡Tú la mataste!

—¡Está usted loco! ¡Yo ni la toqué! Vera se metió voluntariamente en esa laguna. Yo le advertí del peligro que corría, pero no me hizo caso. Quería desafiar a los espíritus... y entonces el géiser estalló.

—No me creo ni una palabra —replicó Fitz con frialdad—. La querías abandonar y como no lo conseguiste, porque eres un blando, la mataste. —Bajó su mirada enajenada hacia Robin, que, desesperado, seguía descendiendo hacia Lucille—. Y de los otros también me encargaré... Esos, esos que se han hecho ricos después de su muerte, que llevan sus joyas... que han robado su teatro.

—¡Está loco! —repitió Robin.

Fitz soltó la manivela y la maroma de acero se desplegó. Con el peso de dos personas colgando, estas se precipitaron a toda velocidad hacia el fondo. Se suponía que Robin debía perder el agarre y caer de espaldas en el foso de la orquesta. Pero se sujetó al cable con la fuerza y el valor del desesperado cuando Lucille empezó a gritar, y tampoco se soltó cuando la caída se detuvo abruptamente. No impactó contra el suelo del foso, sino que quedó colgando a unos cinco metros por encima. La caída de la muchacha se había detenido a solo un metro antes del choque; pero ella se agarraba al cinturón de seguridad y sollozaba histérica, segura de que iba a estrellarse. Con los nervios, no pensó en desabrocharse el cinturón y simplemente dejarse caer.

Robin, por el contrario, mantuvo la calma. Fitz observaba horrorizado cómo volvía a desplazarse hacia Lucille. Si llegaba al cable del que ella colgaba, podría bajar por él y se salvarían los dos.

Fitz no le dio más vueltas. La única solución era utilizar la luz de gas, a ser posible antes de que Robin tocara el suelo. El fuego no tardaría en propagarse por el foso de la orquesta, eran sillas de madera forradas de terciopelo y atriles de madera, un violonchelista y la arpista habían dejado allí sus instrumentos. Esperaba que cuando la enorme lámpara chocara contra el suelo se produjera una explosión.

Frenético, empezó a soltarla de su soporte, pero se sobresaltó cuando en el teatro resonó un disparo.

—¡Aparta de ahí las manos!

Se volvió asustado y vio el rostro enrojecido de su ex esposa. Lo apuntaba con una escopeta de caza.

—¡No te atrevas a moverte! —lo amenazó Linda—. ¡Sabes que dispararé!

Fitz contrajo la cara en una mueca.

—A lo mejor a un guerrero hauhau sí —replicó—. Pero no a mí, Lindie. Te he visto antes en el puerto. Apenas has cambiado.

—Como él había esperado, el rostro descompuesto de la mujer se suavizó al oír el afectuoso diminutivo—. Tal vez vas vestida un poco anticuada, como la esposa de un reverendo, pero sigues tan bonita como siempre. Y como siempre, lista para levantar el arma... —Fitz miró de reojo la lámpara. Solo colgaba de un tornillo. Si conseguía empujarla por encima de la baranda, caería por su propio peso. Si el caos se desencadenaba ahí abajo, tal vez pudiera huir. Simuló ir a levantar las manos—. He conocido a nuestra hija, Lindie —añadió—. Una chica preciosa...

Linda bajó un poco el arma. Pero entonces Fitz descubrió la embocadura del arma de su hija.

—¡Apártate de la barandilla y de la lámpara! —bramó Aroha. Había subido las escaleras detrás de su madre, preocupada por la criatura que llevaba en el vientre. Le bastó un solo vistazo para entender la situación—. ¡Más lejos! —ordenó con severidad cuando Fitz obedeció lentamente.

—¡Por Dios! —dijo Linda—. ¿Te has vuelto loco?

—¡Se ha vuelto malo! —corrigió Aroha—. Fitz, Robin no tuvo nada que ver con la muerte de Vera Carrigan. La investigación confirmó su versión de lo sucedido. Su vestido se encontró en la orilla de la laguna, así que nadie la empujó, como tú pareces creer. El que la gente no hablara al respecto era solo para tranquilizar a los huéspedes de los baños. ¡No para proteger a un asesino!

—¡E incluso si así hubiese sido! —Linda se deslizó entre Fitz y la baranda y lo alejó un poco más de la lámpara—. Las autoridades son las que se ocupan de resolver los delitos. Tomarte la justicia por tu propia mano a partir de una sospecha... Por Dios, Fitz, ¿en qué te has convertido? ¡Qué hizo de ti Vera Carrigan!

Él la miró.

—¿Y si ella no hubiese hecho nada de mí? ¿Y si yo siempre hubiese sido lo que soy?

Linda suspiró.

—Omaka tenía razón —dijo a media voz—. Dijo que erais de una especie diferente. Y por eso la amaste, ¿no es cierto, Fitz? Delante de ella nunca tuviste que disimular...

—¿Dónde está ese desgraciado? —Robin abrió de un tirón la puerta del telar. Tenía el rostro contraído por la cólera, la ropa desgarrada y manchada de sangre, las manos desolladas de colgar por el cable. Sorprendidas por su repentina aparición, Aroha y Linda lo miraron un segundo. Fitz aprovechó la oportunidad: saltó por encima de la baranda, cogió la combada maroma de acero y se deslizó hasta el escenario—. ¡Dispara! —gritó Robin a Linda, que era la que estaba más cerca de la baranda—. ¡Que no escape!

Intentó hacer lo mismo que Fitz, pero, tal como tenía las manos, no se atrevió a deslizarse por el cable. Se dio media vuelta y bajó deprisa la escalerilla para atrapar al fugitivo.

Linda apuntaba a Fitz, podría haber apretado el gatillo pero no lo consiguió. No podía matar, ni siquiera herir, al padre de su hija. Esta, por el contrario, disparó sin vacilar. Sabía que no le acertaría, pero tampoco era esa su intención. Fuera como fuese, era su padre, solo quería intimidarlo para que se rindiera. Por supuesto, fue en vano.

Las mujeres siguieron a Fitz con la mirada cuando llegó abajo y corrió hacia la salida. Para que no pudieran dispararle desde arriba, no se marchó por el anfiteatro, sino por detrás del escenario: una oportunidad para Robin de darle caza.

—¿Crees que Robin lo pillará? —preguntó Aroha a su madre mientras bajaban con cuidado del puente de luces.

—No sé si se lo deseo a ninguno de los dos —murmuró Linda.

Fitz titubeó brevemente si ir a la salida posterior de actores o a la delantera. La de atrás sería más segura, pues no daba a Rattrey Street, más ancha y poblada, sino a una calle lateral por la cual sería mucho más fácil desaparecer. Pero ignoraba si estaba abierta. Él mismo había entrado por la otra, al igual que Aroha y Linda. Además, si Robin y Lucille habían entrado por la de los actores, podían haberla dejado abierta o cerrada. Si estaba cerrada y Robin lo perseguía por los estrechos pasillos que había entre los camerinos, acabaría atrapándolo. Así que solo quedaba la entrada delantera.

Se precipitó entre los pasillos hasta el *foyer* y en ese momento vio a Robin dirigirse hacia el vestíbulo. Siguió corriendo hacia la salida y estuvo a punto de chocar con Lucille. La joven estaba en medio del vestíbulo totalmente desorientada, con el vestido manchado de sangre y el cabello revuelto. Robin debía de haberla dejado sola en el foso de la orquesta para correr tras Fitz, y ella había salido de ahí sin saber si tenía que seguir a Robin, ir al anfiteatro o simplemente esperar.

Fitz aprovechó su oportunidad. Rápido como una centella, se colocó detrás de la muchacha, la cogió y le puso en la garganta la punta de su cuchillo. Lucille soltó un grito ahogado.

Robin se detuvo en seco.

—¡No se atreva a hacerle nada! —advirtió.

Fitz se echó a reír.

—No estás precisamente en posición de exigir nada —se burló—. Al contrario, soy yo quien tiene las mejores cartas. A ver cómo las juego... A lo mejor me marcho con la pequeña hacia fuera, caminamos un par de manzanas y luego la dejo libre. Siempre que no me sigas, claro. Pero a lo mejor hago con tu amada lo que tú hiciste con la mía... Claro que yo no lograré cometer un acto tan bestial. Tu querida prima Helena dice que Vera murió en el agua hirviente. Bueno, en realidad se expresó de forma todavía más drástica: dijo que ¡se coció! Yo no podré superar algo así...

Cosquilleó la garganta de Lucille con el cuchillo hasta que brotó una gota de sangre. Ella se revolvió.

—¡Yo no toqué a Vera Carrigan! —insistió Robin—. ¡Yo no la maté!

—¿Y si para mí es suficiente con que desearas su muerte? —repuso Fitz.

Fue retrocediendo lentamente con Lucille en dirección a la salida. Le habría gustado provocar más a Robin, pero temía que Linda y Aroha llegaran. Seguro que se lo pensarían dos veces antes de dispararle mientras tuviese a la rehén, pero no quería correr el riesgo.

—¿Cuándo ha hablado con Helena?

Fitz rio.

—Oh, la querida Helena y yo nos entendemos estupendamente. También tiene cierto interés en sacarte de en medio, Robin Fenroy. ¿Quién te crees que ha escrito tu misiva y ha dejado sobre vuestras camas las cartas de amor para ti y la pequeña Lucille? —Robin no se lo podía creer, pero en ese momento no podía pensar en eso. Fitz cada vez estaba más cerca de la salida—. Y ahora, bonita, nos vamos —susurró a Lucille—. No podré ir así por la calle contigo, pero puedo asegurarte que te arrepentirás si intentas algo. Ya comprobarás que mi cuchillo sabe dónde pinchar. Ya no tengo nada que perder. ¿Me has entendido?

Lucille asintió aterrada.

Fitz la arrastró por delante de la taquilla del teatro y a través de las caras puertas de cristal para bajar los tres escalones que había delante del edificio. Cuando vio de reojo que Robin también salía del teatro, echó a correr. Iba vigilando a la chica, a la que sujetaba con firmeza de la mano, tirando de ella, y a su perseguidor. No veía a los peatones de Rattrey Street que protestaban porque los empujaba y tampoco oía la campanilla que anunciaba que un tranvía se estaba aproximando.

—¡No!

Lucille se detuvo abruptamente afianzando los pies en el suelo. Vio venir el tranvía y no creyó que pudieran cruzar la vía antes de que pasara. Fitz se volvió enfurecido hacia ella.

—¿No te he dicho que...?

La joven no pudo oír el resto de la frase. La voz de Fitz se vio apagada por un estridente chirrido. El conductor del tranvía tiró del freno de emergencia y las ruedas se bloquearon sobre los raíles. Pero a la velocidad que iba, era imposible detener el vehículo. Lucille empezó a gritar. Con una sacudida desesperada se soltó de la mano y sintió al mismo tiempo que tiraban de ella hacia atrás. Un transeúnte había corrido en su ayuda. Resbaló y cayó con ella al adoquinado. La muchacha se dio un fuerte golpe, pero estaba a salvo.

—No mire —dijo el hombre, que fue el primero en incorporarse—. No... no es una visión agradable. —Se puso entre Lucille y el tranvía, que por fin se había detenido. Entonces la ayudó a levantarse—. ¿Se ha hecho daño?

Ella contestó que no con un gesto.

—Lucille, por el amor de Dios, Lucille... —Robin se abalanzó sobre ella y la abrazó antes de que la muchacha pudiera responder. El joven reía y lloraba al mismo tiempo, aliviado de verla viva y aparentemente ilesa. Balbuceó dichoso unas palabras de agradecimiento a su salvador, quien en ese momento se sacudía el polvo del traje—. Si puedo demostrarle mi reconocimiento de algún modo... soy Robin Fenroy.

—Doctor Paul Finn. —El hombre se inclinó y recogió su maletín negro—. Ha sido un honor para mí. Si la señorita no necesita nada más, me ocuparé ahora de la otra víctima. Si bien en su caso ya no hay nada que hacer... Es mejor que no se vayan hasta que llegue la Policía. Necesitarán su declaración.

El médico se despidió y se volvió hacia el gentío que se había formado alrededor del cuerpo sin vida de Joe Fitzpatrick. El conductor del tranvía estaba pálido como la cera. Los pasajeros habían bajado y hablaban y gesticulaban agitados. Sobre los raíles había sangre.

Robin condujo a una temblorosa Lucille de vuelta al teatro.

—Aquí no podemos hacer nada —dijo a media voz—. Si la Policía quiere algo de nosotros, sabrá dónde encontrarnos. Y Linda y Aroha estarán preocupadas. Entremos por la puerta posterior y vayámonos luego a casa. Tú tienes que tranquilizarte y yo tengo que hablar con Helena.

3

Los visitantes de Rata Station llegaron al mediodía del día siguiente y March les mostró orgullosa el teatro. Carol, Cat y Chris, Jane y Te Haitara admiraron los techos altos, las hileras de asientos tapizados de terciopelo azul y rojo para el público, el colorido telón delante del enorme escenario y las cortinas azules con las cuales se oscurecían las altas ventanas de la gran sala. El *foyer* y la escalera estaban cubiertos con espesas alfombras. Varios pesados muebles de la casa de Mornington, así como jarrones y cuadros, daban un aire acogedor al edificio.

—Un templo al espíritu del dinero —susurró Jane a Te Haitara, quien casi se había quedado mudo ante tanta opulencia.

—Un templo para los espíritus del arte... —Mara sonrió y comprobó la acústica tocando la flauta en el escenario. Eru no había ido con ellos. Huía de las muchedumbres y se avergonzaba de los tatuajes que cubrían su rostro cuando estaba entre *pakeha*—. No es que necesiten tanto lujo, pero siento que están aquí.

Jane seguía sin sentir nada y se vio reafirmada al intercambiar una mirada con March. Su nieta puso los ojos en blanco. Ese teatro no había sido construido para los espíritus, sino para los notables de Dunedin.

—Los camerinos de los actores son funcionales —aclaró para evitar que le reprocharan tanto derroche—, pero espaciosos y luminosos. Además de ampliables en caso de que la compañía crezca o si presentamos otras producciones. Robin y Bertram solo piensan en Shakespeare. Pero si nuestro teatro no solo ha de mantenerse sino también arrojar beneficios, tendremos que presentar de vez en cuando un musical, un ballet o una obra moderna...

Se diría que la joven ya tenía ideas concretas, y sus ojos brillaban por su deseo de convertir el teatro en un éxito también en el plano económico.

—Entonces solo espero que tus empleados colaboren —observó Jane—. ¡Que no sean los espíritus los únicos que intervengan!

Mientras Mara hablaba con los músicos, que ya estaban afinando sus instrumentos en el foso, Cat y Carol admiraban las pinturas colgadas en las paredes del *foyer* y Jane calculaba su valor, March condujo a los hombres al telar. Les mostró las instalaciones técnicas, en las que Josh Haydon todavía andaba trajinando.

—¿Habéis podido repararlo todo, después de lo que sucedió ayer? —preguntó Chris.

Josh asintió.

—Perfectamente, señor. En realidad no había nada estropeado. Ese hombre ya llevaba semanas trabajando aquí, conocía bien los recursos escénicos. Por eso supo manipularlos. Por suerte no sabía que la maroma de acero está especialmente asegurada. —Josh sonrió—. Lo hice yo mismo ayer, por mi cuenta, porque el señor Robin también quería a veces manejar los elementos técnicos, y es sabido que a veces los actores suelen estar en las nubes.

March le dirigió una sonrisa de reconocimiento, con cierto aire de intimidad.

—Más bien se planteó la pregunta de si Lucille estaba dispuesta a deslizarse de nuevo por el cable —explicó March cuando volvieron a bajar para reunirse con las mujeres—. Robin estaba tan preocupado por el alma sensible de ella que quería eliminar el vuelo de los duendes. Pero Bertram ha hecho uso de su autoridad. Según su opinión, los estados de ánimo deben subordinarse a las representaciones, cosa con la que estoy de acuerdo.

—Pero la situación debió de inquietar a una chica joven —observó Mara—. ¿No pensasteis en ningún momento en aplazar la *première*?

—¿Aplazarla? —March miró a su madre como si no estuviera en sus cabales—. ¿Después de todos los preparativos y los comunicados de prensa? ¿Después de la venta anticipada de entradas? ¡Imposible! A Robin no se le hubiera ocurrido ni en sueños. Y tampoco a Lucille. Para ellos esto es más importante que todo lo demás —sonrió—. Robin se enfureció menos por que quisieran matarlo que por el hecho de que intentaran incendiar su teatro. Esa idea no lo dejaba serenarse ayer por la noche. ¡Alguien quería incendiar su teatro! Y tenía una mirada asesina. Creo que de haber atrapado a Fitz, lo habría dejado en peor estado que el tranvía.

—Qué historia tan horrible —lamentó Cat—. Pero ahora deberíamos ir a Mornington y arreglarnos para la velada. Ya tengo ganas de ver a Linda y Aroha. Esta anunciaba en su última carta que tenía una sorpresa.

Un par de horas más tarde, todos estaban alrededor de una mesa del *foyer*, bebiendo champán y observando la afluencia del público para la *première*. Te Haitara no se desenvolvía del todo bien con su traje, Jane había insistido en que se vistiese como un *pakeha*, aunque a March le hubiese encantado verlo con la indumentaria de un gran jefe tribal; seguro que los periódicos lo hubiesen comentado. De modo que la tradición maorí solo se vio representada por Mara, quien, como en sus recitales de flauta, llevaba la falda y el corpiño con los colores de la tribu, además de una capa de plumas de kiwi cosidas. El cabello, largo hasta la cintura, caía suelto por encima de sus hombros. Mara cosechó tantas miradas de sorpresa y admiración como su preciosa hija. March llevaba un ceñido traje de noche color champán con un pronunciado escote.

Chris siempre se sentía incómodo en traje de etiqueta, al igual que Cat no se sentía a gusto con vestidos que requerían llevar corsé. Sin embargo, verse en el gran espejo del vestíbulo la reconcilió con la incomodidad. Se había hecho confeccionar para esa ocasión un vestido verde oscuro adornado con jade que caía en volantes sobre una vistosa crinolina. Su cabello rubio, que ya tenía algunas hebras blancas, estaba coronado por una diadema provista de *pounamu*. Chris la había mandado hacer en su vigésimo aniversario de boda. Los orfebres *pakeha* no trabajaban mucho con jade, pero el marido de Cat sabía que su esposa seguía sintiéndose muy unida a los maoríes. Ese día también llevaba un diminuto *hei tiki*, una figurilla tallada de un dios maorí, el único recuerdo que tenía de Te Ronga, la mujer maorí que la había adoptado.

Jane había adornado con perlas un vestido de seda azul oscuro. Prefería el polisón a la crinolina. Su modista solía asegurarle que estilizaba su silueta, algo robusta. La misma Jane no creía mucho en ello, pero la consolaba el hecho de que a Te Haitara le gustaban especialmente sus formas carnosas.

Linda y Carol eran las que lucían los vestidos más sencillos. Ninguna de las dos había encargado nada especial para la *première*. Carol llevaba el traje de noche que se había puesto la primera vez que asistió al teatro en Dunedin, cuando actuó la Bandmann Beaudet Shakespearean Company. Linda llevaba el vestido de terciopelo negro que solía exhibir en las celebraciones de la escuela y, además, un medallón de oro. Cat sonrió al reconocer la cadena. Era parte de una herencia y le recordaba a su primera madre adoptiva, Linda Hempelmann, a quien debía el nombre su hija. Cat sintió la misma calidez que cuando deslizaba por los dedos el *hei tiki* de Te Ronga. En cambio, no sentía nada al mirar el retrato de Suzanne, su madre biológica, que había vuelto a ver en Mornington. En ese momento decidió no llevarse el retrato a Rata Station. Que lo colgara Robin en el teatro, al menos él tenía algo que agradecer a su abuela.

Para su satisfacción, Aroha todavía cabía en el vestido reforma que se había comprado con Helena en Lady's Goldmine. Se movía en él con toda libertad y parecía la más relajada de las mujeres. Por la tarde había repartido tarjetas de invitación entre la familia. La siguiente fiesta sería su boda con Bao.

—¿Y qué vais a hacer ahora con Helena? —le preguntó a

March, que se reunió con ella después de saludar a algunos invitados.

Helena Lacrosse entraba en ese momento en el *foyer*. Vestida a la última moda, con un collar de diamantes al cuello y una diadema similar en el cabello artificiosamente rizado, avanzaba por el vestíbulo del brazo de un hombre alto, cuyos músculos parecían a punto de reventar el traje de etiqueta. Helena estaba pálida, pero se esforzaba por aparentar normalidad y saludaba a derecha e izquierda amablemente. Aun así, no dedicó ni una mirada a la familia de Robin. Solo lanzó un vistazo despectivo a Peta, que entró con Leah, modestamente vestida.

—No le quitamos ojo hasta que se pierda en el horizonte en un barco rumbo a Australia —respondió March a la pregunta de Aroha—. Al joven se le paga por acompañarla. Le paga Robin. Es de un servicio de seguridad conocido por su discreción.

—¿No vais a pedirle responsabilidades? —preguntó Chris—. Estuvo implicada en un complot de asesinato.

—A ella sola no se le habría ocurrido contratar a un asesino a sueldo —supuso March—. Pero sea como fuere, no hemos podido probar algo así y además... ¡no consigo ni imaginar lo que sucedería si los diarios empezaran a propagar esa noticia! Doy gracias a todos los espíritus reunidos aquí porque no se haya vinculado la muerte de Fitz a los Lacrosse. ¡Y eso, pese a que Robin se presentó formalmente a ese médico! Hasta después no pensó que era mejor no airear según qué cosas. Por fortuna, el doctor Finn parece comprensivo y discreto. Ayer no dijo nada cuando Robin y Lucille desaparecieron de repente del lugar de los hechos, y tampoco hará nada. Esta mañana he hablado con él. Un hombre muy agradable. Por cierto, ahí está, con su esposa... —March saludó sonriendo a un hombre delgado que salía del guardarropa con una mujer joven de cabello moreno y vestida con un espléndido traje de noche. Ambos fueron a reunirse con el reverendo Burton y su esposa, era posible que pertenecieran a su congregación—. Lucille quería regalarle unas entradas para la *première* —prosiguió March—. Se las llevé yo personalmente y le expliqué la situación.

Entiende que no queramos hacerlo todo público, y menos aún por cuanto el hecho en sí no conlleva más consecuencias. Fitz no causó perjuicios y tampoco los causará en el futuro.

—Debería estar de duelo por él —dijo en voz baja Aroha—. A fin de cuentas, era mi padre.

Linda le puso la mano en el brazo.

—Apenas lo conocías —le dijo para consolarla—. Ninguno de nosotros lo conocía de verdad. Y tú a él no le importabas nada, como yo tampoco. La única que le interesó fue Vera... Tal vez esté ahora de nuevo a su lado.

—Un motivo para temer la muerte —observó March—. O para cambiar de vida. Antes de encontrármelos a los dos en el infierno, me conformo con el infinitamente aburrido cielo.

Una melódica campanilla invitó al público a entrar en la sala. March escuchaba complacida las expresiones de admiración que provocaba entre los presentes la visión de la sala opulentamente decorada. La enorme araña, una obra maestra de cristal, bañaba el espacio en una cálida luz. Unas muchachas vestidas de rojo y azul acompañaban a las damas y caballeros a sus asientos. Aroha reconoció a Joan y le sonrió. Los músicos entretuvieron desde el foso al expectante público hasta que las luces se apagaron y se levantó el telón. El palacio de Teseo resplandecía con colores luminosos, y la oscuridad de la sala de espectadores permitía que lo que ocurría en el escenario obrara un efecto mucho más intenso, tal como Robin había esperado. Incluso Aroha se vio atrapada por la obra cuando Teseo hizo su aparición.

Pero el público se quedó realmente fascinado en la segunda escena, cuando Robin apareció en el escenario en el papel de Puck y Lucille, en el de duende. El joven, con una corona de flores en el cabello rubio, y la arrebatadora muchacha con su ligera indumentaria danzaban uno alrededor del otro, bromeaban y no ocultaban cuánto se amaban. Shakespeare no había concebido un romance entre Puck y Flor de Guisante, pero habría disfrutado de esta versión. Más adelante, Lucille flotó espectacularmente con los demás duendes, valiente y sin miedo, pues su entusiasmo por la actuación le hacía olvidar el nerviosismo. Robin encarnó con ligereza a Puck hasta el final e interpretó un papel encantador junto a Bertram como Oberón y Martha Grey como Titania. Al final arrancó una sonrisa a todos los espectadores. Desde el telón solo se veían caras felices.

Ya en el descanso, March recibió las primeras felicitaciones por la compañía y, por supuesto, por la escenotecnia. Se le notaba que ya estaba pensando qué efectos similares podía introducir en *Macbeth* y *Ricardo III*. Y entonces se levantó el telón por última vez y los cabos que habían quedado sueltos empezaron a atarse. Bertram y Martha, encarnando a Oberón y Titania respectivamente, dieron su bendición y dejaron a Puck en el escenario para pronunciar su monólogo final.

Robin interpretó su papel con los flexibles movimientos de un animalito. Su Puck era un espíritu cautivador, una criatura de la naturaleza, un elfo sonriente y dichoso.

—«Tal vez todo esto no fuera más que una ilusión... tal vez un sueño nada más...»

Riendo con picardía, Robin recitó las palabras de Shakespeare, pero se puso serio cuando mencionó el silbido de la serpiente de cuya maldad habían logrado escapar él y los otros. Una sombra pareció pasar entonces por su frente coronada de flores. Pese a su liviandad, Puck conocía los peligros de la vida. Pero luego volvió a sonreír y tendió los brazos hacia los espectadores, su expresión no se correspondía con la comedida actitud con que humildemente pedía el favor del público. Robin sabía que la obra había gustado a los presentes. Disfrutaba sobre el escenario y cautivaba a todos los que habían compartido con él sus sueños.

—Así que buenas noches, la función ha terminado, ¡dedicadnos un amable aplauso!

Se inclinó y, mientras estallaba una ovación, aparecieron los demás actores detrás de él. El público, fascinado, obligó a saludar una y otra vez a la compañía. Robin se inclinaba con Bertram y Martha. Los actores desfilaban uno detrás de otro al borde del escenario y disfrutaban del aplauso, y al final Robin tendió atrevido la mano a Lucille, que estaba en un segundo plano con los demás. La atrajo hacia delante y por primera vez recibió un encendido aplauso con la mujer que un día sería su Julieta, su Catalina, su Viola y su Miranda. Al mismo tiempo, buscó con la mirada a su familia y distinguió reconocimiento y sincera admiración en los ojos de su padre, lágrimas de alegría en los de su madre y su hermanastra y los extasiados rostros de March y su abuela Jane. Hasta a ellas las había conmovido. Nadie podía resistirse al hechizo de su arte.

De repente, a Robin le dio igual lo que dijeran los diarios a la mañana siguiente. Atrajo a Lucille hacia sí y la besó.

Nota de la autora

Haere mai, e tai, kei te wera te ao!

(Venid y mirad, ¡arde el mundo!)

HORI TAIAWHIO

En realidad iba a poner al principio del libro este grito del marido de Sophia Hinerangi al hacer erupción el monte Tarawera, pero luego me pareció demasiado lúgubre. Sin embargo, la catástrofe acontecida en la región de Tarawera y de la que fueron víctimas varios poblados maoríes se halla en el centro de esta historia.

A partir de los relatos de testigos y las fotos del desastre causado por la erupción volcánica me he esforzado en describir lo ocurrido de la forma más auténtica posible, y espero haber logrado una imagen representativa de los hechos. Salvo por los personajes de la novela —Koro Hinerangi es un personaje ficticio, pero Sophia sí trabajó como guía turística y fue madre de diecisiete hijos—, todas las personas cuyo destino describo vivieron realmente. Tampoco me he inventado todos los acontecimientos y presagios, incluyendo la canoa de los espíritus y el sacrilegio de ofrecer a los turistas miel del monte Tarawera. Considero especialmente extraño esto último: un grupo de turistas, así como los remeros maoríes y Sophia Hinerangi, vieron y describieron la canoa de los espíritus, y se dice que realmente murieron todas las personas que probaron la miel prohibida. Es digno de atención, porque solo siete *pakeha* se contaban entre las aproximadamente ciento veinte personas que perecieron víctimas de la erupción volcánica.

Independientemente de la catástrofe natural del monte Tarawera, también encontré interesante la consolidación de la industria del turismo en la Nueva Zelanda del siglo XIX. El factor desencadenante del *boom* turístico fue la visita del príncipe Alberto en 1870, quien describió entusiasmado lo que había visto. Al principio los objetivos de los viajeros eran Milford Sound, el río Whanganui y, naturalmente, las Pink and White Terraces, así como los cercanos baños termales de Rotorua. Las Terraces eran calificadas de Octava Maravilla del Mundo. Especialmente en la región del monte Tarawera, las tribus maoríes locales participaron mucho en la comercialización de las atracciones turísticas. Tal como describo en mi novela, lo consiguieron complaciendo en mayor o menor medida a los viajeros: todas mis descripciones se basan en crónicas de viajes de contemporáneos. Convivían los fastidiosos pedigüeños y los precios inflados con las visitas bien organizadas, y es cierto que ya entonces se cantaba y bailaba para los visitantes.

Todavía hoy, la región de Rotorua es un gran centro del turismo maorí. En ningún otro lugar de Nueva Zelanda hay tantas ofertas para «degustar» su cultura y presenciar sus danzas, saborear un *hangi* y comprar artesanía. Hace unos años se recuperó una parte de las Pink and White Terraces, perdidas tras la erupción del Tarawera. Están bajo agua y hay que bucear para verlas.

Tras el estallido del volcán, el turismo de la región de Rotorua quedó ampliamente en manos de los *pakeha*, y los campos termales con sus fuentes y géiseres se convirtieron en el objetivo más importante. Todo lo que se describe en el libro es auténtico. Y sí, parecía que el gobierno se disponía a entubar los géiseres del lugar para que fuesen más espectaculares que, por ejemplo, los de la competencia islandesa.

También la segunda catástrofe que determina el destino de mi protagonista Aroha, el accidente del distrito de Wairarapa, se inspira en la realidad. En las mismas circunstancias que describo en mi libro, tres vagones descarrilaron en el Rimutaka Incline el 11 de septiembre de 1880. Hubo varios heridos, algunos de gravedad, y murieron cuatro niños. Pero, al contrario que en mi narración, todos eran *pakeha*.

Otro de los grandes temas de Nueva Zelanda con el que se ven vinculados mis personajes es el de la industrialización y los comienzos del movimiento obrero. El reverendo Waddell hizo historia con su conmovedor sermón. También ahí me he atenido en todo lo posible a los hechos históricos. Había molinos de lana en Kaiapoi y un empresario llamado Mosgiel que tenía fábricas en Dunedin. Aun así, he cambiado su nombre porque en la historia se mezclan elementos auténticos y ficticios. Martin Porter y Harold Wentworth son personajes ficticios y, por fortuna, tampoco se produjo ningún incendio tan devastador en Nueva Zelanda en la época en cuestión. No obstante, uno debe imaginar las condiciones de vida de los trabajadores tal como se plasman en el libro o parecidas.

Los artículos de Silas Spragg tras el sermón de Waddell que describen la vida y la jornada laboral de las costureras, responden a los hechos. Quien lo desee puede leerlos en internet. También he recurrido a fuentes alemanas e inglesas para describir la vida cotidiana de una obrera y evitar cualquier exageración. Las condiciones eran tremendas, si bien es cierto que en Nueva Zelanda se cuestionaron antes que en ningún otro lugar. El trabajo infantil estaba mal visto desde un principio. Por ejemplo, nunca se hizo en la metrópolis de Inglaterra una crítica comparable a la del reverendo Waddell cuando pronunció su famoso sermón *The Sin of Cheapness*, en octubre de 1888.

También fueron impactantes las consecuencias que tuvieron en Nueva Zelanda el sermón y los artículos periodísticos subsiguientes. En 1890, el gobierno estableció una comisión investigadora, a la que pertenecía entre otros Waddell, y proclamó leyes de gran trascendencia para regular los horarios y las condiciones de trabajo. Por esa misma época se fundó el primer sindicato, la Tailoresses' Union. Su representante fue el reverendo Waddell, pero muy pronto fueron las mismas mujeres quienes tomaron las riendas. La Tailoresses' Union, con su dinámica representante Harriet Morison, contribuyó de forma fundamental a que las mujeres obtuvieran el derecho al voto ya en 1893. Este potente personaje histórico también aparece en *Las lágrimas de la diosa maorí*.

Lamentablemente, no parece haberse conservado el texto exacto del sermón de Waddell, al menos yo no lo he encontrado. Así pues, he reconstruido sus palabras a partir de los artículos y noticias de los periódicos.

También en 1888, y por tanto no tan cerca temporalmente al sermón de Waddell como aparece en mi libro, se realizó la asamblea de los «honorables ciudadanos de Dunedin» en torno a la cuestión china, y más tarde las agresiones contra orientales en las calles de la ciudad. En la novela, Bao describe varias veces muy gráficamente los problemas de sus compatriotas en Nueva Zelanda, así que no voy a volver a entrar en detalles sobre su historia. Lo importante es que me he mantenido lo más fiel posible a la realidad. Naturalmente, Bao es un personaje ficticio, pero aun así su destino no es demasiado rebuscado. La emperatriz Cixi sí fue un personaje histórico y las descripciones de las condiciones sociales y políticas en China responden a la realidad. En efecto, la emperatriz apoyó un programa mediante el cual enviaron a jóvenes chinos al extranjero con objetivos comerciales y para estudiar la lengua y la cultura ajenas con fines diplomáticos.

Por desgracia, no he podido comprobar que existiera una escuela Berlitz en Nueva Zelanda en el período que nos ocupa. Pero ese método para aprender idiomas extranjeros ya era conocido. Berlitz dirigía su famosa escuela de Filadelfia desde 1878 y en 1877 ya se había publicado su libro *The Logic of Language*.

Por el contrario, lo que fue fácil de investigar fue la historia del teatro en Nueva Zelanda, que está muy bien documentada. Los personajes de la novela explican buena parte de ella. En el período de la fiebre del oro se produjo realmente un *boom*, se crearon muchos teatros y aparecieron compañías ambulantes, mientras que el interés por el teatro se situó en su punto más bajo cuando mi ficticio Robin busca trabajo. Está claro que algunas compañías exitosas tenían suficiente para vivir, como la Bandmann Beaudet Shakespearean que Robin acude a ver en Dunedin, donde en el momento descrito realmente estaba actuando, y la compañía de Louise Pomeroy. También ella residía en Christchurch en el período en cuestión. Es muy posible que Elliot diera clases además de actuar. Ya lo había hecho antes en Australia.

El teatro de Robin, la familia Lacrosse y su historia son producto íntegro de mi imaginación. No obstante, desde hace unos años existe en Dunedin un grupo de teatro de aficionados del mismo nombre —Globe Theatre—, aunque la semejanza del nombre es casual y no tiene nada que ver con mi novela. Por lo demás, investigué a fondo las condiciones de vida de la clase alta, sobre todo las costumbres funerarias victorianas, tan grotescas.

¡Muchas gracias!

«¡Tú acaba el libro que de lo demás ya nos ocuparemos nosotros!»

Es eso lo que ponía en un mail que recibí de mi editora española hace un par de días. Y ahora que el libro está concluido, quiero dar sinceramente las gracias a todos los que «se ocupan de lo demás» mientras yo escribo. Sin todas las personas que me ayudan en la elaboración de mis libros y en su comercialización —y sin Joan Puzcas y Kosa Anna, que cada día superan conmigo los avatares de la vida cotidiana—, no podría dedicarme a escribir novelas tan relajada y concentrada. Atendemos además a dieciocho caballos, un mulo y una llama, ocho perros y ocho gatos, a los que nadie quería y que sin nosotros no estarían tendidos felizmente al sol. Muchas gracias, Nelu y Anna, por cuidarlos tan cariñosamente y hacer así posible que yo pueda viajar y presentar mis libros en lugares tan lejanos.

En lo que respecta a la génesis de mis obras, mi editora Melanie Blank-Schröder y mi correctora de textos Margin von Cossart son las que más participan. Las dos siguen entregándose con alegría y vigor a la reelaboración de cientos de páginas, presentan propuestas y ayudan a mantener la coherencia de la línea temporal. De lo contrario me haría un lío con las edades de mis personajes principales, los años y las medidas. Puedo escribir bien, pero cuento mal.

Y agradezco no tener que hacer cálculos continuamente y disponer de dinero suficiente para todos los caballos y niños a Bastian Schlück, de la agencia Schlück en Garbsen. No podría tener mejor agente. Aunque siempre niega ser capaz de hacer milagros, ¡sí puede!

Gracias también a Christian Stüwe, quien colabora en difundir mis libros por todo el mundo. ¡Siempre me alegra mucho encontrar en mi buzón algún ejemplar escrito en una lengua exótica! ¡Gracias a todos los editores, traductores y colaboradores, en especial en China y Chile, que lo hacen posible! Mención especial merece, naturalmente, Ediciones B, mi editorial española que ya no siento más como una empresa con licencia para publicar mis libros, sino como un segundo hogar literario. Allí siempre están todos a mi disposición, ya sea en ferias del libro o en repartos de premios. En este contexto, gracias a Juan Bolea y al Ayuntamiento de Zaragoza por concederme en 2014 el Premio Internacional de Novela Histórica. Disfruté mucho del tiempo que pasé con vosotros y aprecio profundamente que siempre esté a mi lado un empleado de la editorial. Gracias en especial a Marta, Olga, Mercedes, a todas las Carmen y, por supuesto, a Ernest Folch.

A superar los problemas de la lengua española siempre me ayuda mi amiga Susana Salamanca Amorós. Te agradezco que siempre pueda enviarte un correo cuando no entiendo alguna pregunta de una entrevista, por la genial atención que dedicas a mi página en Facebook y por estar simplemente ahí en la mayoría de las presentaciones de mis libros, lecturas y conferencias.

SARAH LARK

ÍNDICE